鲁迅全集

第十七卷

日 记

（人物书刊注释）

人民文学出版社

图书在版编目（CIP）数据

鲁迅全集. 17/鲁迅著. —北京：人民文学出版社，2005. 11（2022. 11重印）
ISBN 978-7-02-005033-8

I. ①鲁… II. ①鲁… III. ①鲁迅著作—全集②鲁迅日记注释 IV. ①I210.1

中国版本图书馆 CIP 数据核字（2005）第 069998 号

责任编辑　刘　伟
装帧设计　李吉庆
责任印制　王重艺

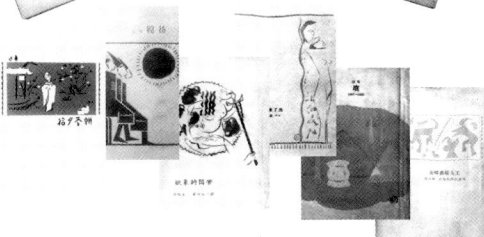

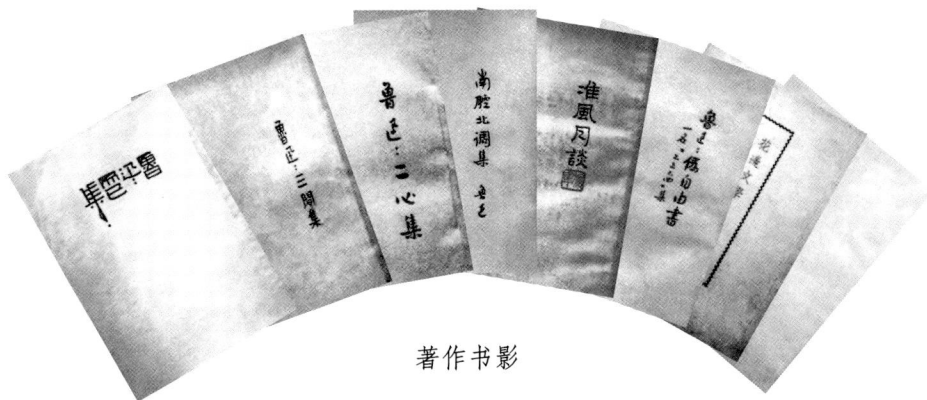

著作书影

外文版著作书影

（一）貓頭鷹
（二）雨
（三）天
（四）樹
（五）月
（六）雪
（七）九〇七一二五

（一）
（二）
（三）
（四）
（五）
（六）
（七）

自绘猫头鹰等图

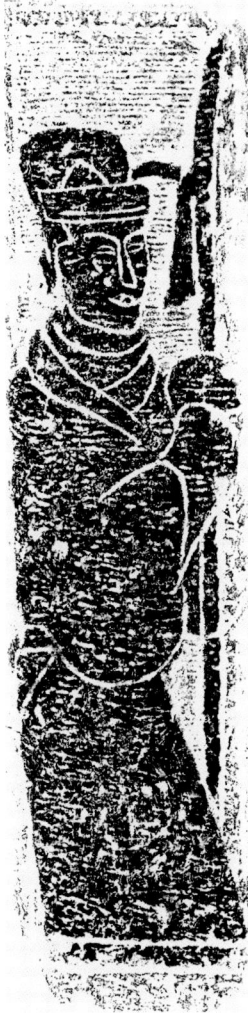

所藏南阳汉画像　执戟门吏（左）　白虎铺首衔环（右）

人物、书刊注释说明

　　一　本注释所注为日记中出现的与鲁迅有交往的人物和所记的书籍(含书稿)、报刊。

　　二　人物的注头一般用通用名,日记用别名时则另列条目互见。书籍、报刊的注头一般用全称,日记所用书刊名与全称有文字出入者,则用〔　〕、〔　〕、〖　〗三种符号分别标示其误字、漏字及衍字。

　　三　人物、书刊名,汉字按首字笔画排列;外文以字母(日文依假名)为序,其中日文汉字仍按首字笔画排列。

　　四　每条注释后所列的数字,系指见于日记中的日期:黑体数码为年,阳文圈码为月,正体数码为日。如"**1934**②9。④1,9,26。"即"1934年2月9日。4月1日,9日,26日。"

目　录

人 物 注 释

首 字 检 索 表

一　画

二　画

三　画

四　画

五　画

玉（34）　未（34）　正（34）　甘（34）　世（35）　艾（35）　古（35）

可（36）　石（36）　龙（36）　平（36）　东（37）　卢（37）　目（37）

申（37）　叶（37）　田（39）　史（40）　白（41）　丛（41）　冬（42）

包（42）　乐（42）　市（42）　邝（42）　立（42）　玄（42）　半（42）

汉（42）　宁（42）　它（42）　冯（43）　永（45）　司（45）　加（45）

圣（45）　台（45）　矛（46）　母（46）　幼（46）

六　画

邢（46）　耳（46）　吉（46）　亚（47）　芝（47）　协（47）　西（47）

有（47）　百（47）　存（47）　达（47）　成（47）　毕（48）　扫（48）

师（48）　光（48）　曲（48）　吕（48）　朱（49）　廷（53）　竹（53）

乔（53）　传（53）　伍（53）　伏（54）　延（54）　仲（54）　任（54）

华（55）　佀（55）　伊（55）　向（56）　企（56）　旭（56）　名（57）

邬（57）　庄（57）　刘（57）　齐（62）　亦（63）　衣（63）　关（63）

米（63）　冲（63）　次（63）　江（63）　池（64）　汝（64）　汤（64）

宇（65）　守（66）　安（66）　冰（66）　祁（66）　许（66）　阮（77）

如（78）　妇（78）　羽（78）　约（79）　孙（79）

七　画

寿（83）　玛（84）　戒（84）　赤（84）　坂（84）　志（84）　声（85）

芷（85）　芳（85）　芦（85）　严（85）　克（85）　苏（85）　杜（86）

村（86）　杏（86）　杉（86）　巫（86）　杨（86）　李（90）　两（101）

丽（101）　来（101）　连（101）　抑（101）　坚（101）　肖（101）　吴（101）

时（104）　秀（104）　邱（105）　何（105）　佐（106）　作（107）　伯（107）

佣（107）　伽（107）　余（107）　佘（107）　希（107）　谷（107）　狄（108）

岛（108）　邹（108）　应（108）　辛（109）　汪（109）　沛（110）　沙（110）

沃（110）　沈（110）　沁（115）　宋（115）　弟（118）　冶（118）　启（118）

评（118）　识（118）　译（118）　君（118）　尾（118）　张（118）　陆（125）

阿(126)　陈(126)　邵(136)

八　画

玨(137)　武(138)　青(138)　坪(138)　若(138)　茂(138)　苟(138)
范(138)　茅(140)　林(140)　松(144)　画(144)　臤(144)　雨(144)
郁(144)　欧(145)　抱(145)　招(146)　叔(146)　卓(146)　贤(146)
尚(146)　国(146)　昌(147)　明(147)　易(147)　岩(147)　罗(147)
岭(149)　牧(149)　和(149)　季(149)　秉(150)　侍(150)　侃(150)
依(150)　征(150)　径(150)　金(150)　念(152)　朋(152)　胁(152)
周(152)　庖(162)　育(162)　郑(162)　单(165)　炜(165)　浅(165)
河(165)　学(165)　沸(165)　波(165)　泽(165)　宗(165)　定(165)
宜(166)　空(166)　宓(166)　诗(166)　房(166)　诚(166)　建(166)
妹(166)　孟(166)　绀(167)　练(167)　细(167)　织(167)　绍(167)
经(167)

九　画

春(167)　珂(167)　封(167)　项(168)　政(168)　赵(168)　郝(170)
某(170)　荆(170)　草(171)　胡(172)　荫(175)　荔(175)　南(175)
柯(175)　查(175)　柏(175)　柳(175)　郫(176)　省(176)　映(176)
星(176)　思(176)　品(176)　钝(176)　钟(176)　钦(177)　钧(177)
拜(177)　适(177)　秋(178)　重(178)　段(178)　修(179)　保(179)
信(179)　侯(179)　俊(179)　须(179)　俞(180)　剑(182)　眷(182)
饶(182)　盈(182)　施(182)　恂(183)　养(183)　姜(183)　娄(183)
前(183)　总(183)　洪(183)　洙(183)　洛(183)　津(183)　室(184)
宫(184)　客(184)　语(184)　祖(184)　祝(184)　费(184)　眉(185)
姨(185)　姚(185)　贺(186)　勇(187)　柔(187)　孩(187)　骆(187)

十　画

耕(187)　秦(188)　素(188)　聂(188)　起(188)　盐(188)　袁(189)
莘(189)　真(189)　桂(189)　桔(189)　桢(190)　索(190)　栗(190)

注　释　条　目

一　画

一　沤　未详。——**1928**⑥1。

一　萌　见李一氓。

一少年　见杨鄂生。

一学生　见李遇安。

二　画

二　弟　见周作人。

二　萧　见萧军、萧红。

二弟妇　见羽太信子。

二弟夫人　见羽太信子。

十　还　见孟十还。

丁　山（1901—1952）　名山，字丁山，安徽和县人，历史学家。北京大学国学门毕业，1926 年秋任厦门大学国学院助教，1927 年 8 月任中山大学文科教授，1929 年 6 月后改任中央研究院历史语言研究所专任研究员。——**1926**⑪13。⑫11，25，30。　**1927**①5，9，11，12。③9。④14，19。⑤20。⑥10。　**1928**⑦19。　**1929**⑥30。

丁　玲（1904—1986）　姓蒋，名炜，字冰之，笔名丁玲，日记又作丁琳，湖南临澧人，作家，"左联"成员。1925 年 4 月在北京写信给鲁迅，诉说自己感到世事日非、奔波求知而找不到出路的心境。1931 年为筹办《北斗》月刊往访鲁迅。1933 年 5 月在上海被国民党逮捕，鲁迅曾参与营救，并在传闻她被害后作《悼丁君》诗。1936 年 7 月经中共地下党安排离南京赴陕北，临行前写信给鲁迅表示感谢。——**1925**④30。**1931**⑦30。　**1936**⑦18。

丁　琳　见丁玲。

丁丁山　见丁山。

丁葆园(1863—1924) 名志兰,字葆园,浙江绍兴人。1914 年时在北京交通部工作。——**1914**①25。

卜成中 见孙用。

卜英梵(1908—1978) 浙江杭州人。孙用之弟,小学教师,《北新》、《奔流》投稿者。——**1929**①24。⑦10。

人 灿 见李人灿。

九 孙 见阮久荪。

九 经 见金九经。

乃 超 见冯乃超。

力 群 见郝力群。

三 画

三 弟 见周建人。

三太太 见羽太芳子。

三弟妇 见羽太芳子。

于 雁 见于黑丁。

于黑丁(1914—2001) 又名雁,山东即墨人,作家。1936 年在上海铁路局工作,为寻找党的关系及请教写作问题与鲁迅通信。所寄短篇小说《生路》,经鲁迅介绍发表。——**1936**④20,23,26。⑤16。

工 见齐坤。

士 远 见沈士远。

土屋文明(1890—1990) 日本歌人。山本初枝的老师。——**1933**⑪27。

大 崎 见尾崎秀实。

万 方 浙江上虞人。1915 年到北京投考县知事。——**1915**③30。

万 慧(1889—1959) 即万慧法师,姓谢,名善,字希安,四川梓潼人。谢无量三弟,久居印度、缅甸研究佛学。——**1916**⑧4。

与 田 见与田丰蕃。

与田丰蕃(1892—1960) 日本人。当时在上海黄陆路开设花园庄旅馆。1931 年 1、2 月间,鲁迅在该处避难。——**1931**⑤19。⑥10。
1932 ④23。⑤11。⑥30。

与田君孩子　与田丰蕃的孩子。——**1932**⑥30。

上　遂　见许寿裳。

山　上　见山上正义。

山　本　见山本忠孝。

山　本　见山本初枝。

山　县　见山县初男。

山　定　见黄山定。

山上正义(1896—1938)　日记又作山上政义,中文名林守仁,日本人。1926 年 10 月以日本"新闻联合社"特派记者身份到广州,1927 年初开始与鲁迅接触。后曾译《阿 Q 正传》为日文,请鲁迅为之校释。——**1927**②11。⑤6。**1929**⑩21。**1931**②27。③3,8。⑦12。⑩17,19。**1932**④6。

山上政义　见山上正义。

山口久吉　日本画商、神户"版画之家"编辑。——**1930**②12。

山川早水(1877—？)　日本人。1925 年为日本某报社驻北京通讯员。——**1925**⑤18。

山本夫人　见山本初枝。

山本正路　日本人。1927 年生,山本初枝之子。——**1931**⑥29。**1933**③17。**1934**⑦28。

山本初枝(1898—1966)　笔名幽兰,日本歌人。日清汽船公司船长山本正雄(1888—1942)之妻。侨居上海时常去内山书店,因而认识鲁迅。——**1931**⑤31。⑥2,12,29。⑨26。⑪30。**1932**③11,12,20,29。④7,8,28,30。⑤8,20,21,30。⑥3,12,29。⑦3,5,11,19。⑧1,17,19,30。⑨10,19,22,30。⑩3,26。⑪9,30。⑫2,16,19,26。**1933**①20。②4,14。③2,4,16,17,18,24。④3。⑤1,8。⑥19,20,26。⑦4,12。⑧4,22。⑨2,18,29,30。⑩11,30。⑪13,14,15,27。⑫8。**1934**①10,11,12,27,28,31。②13,19,26。③17。④1,7,25。⑤11。⑥8,12。⑦18,24,28,30。⑧3,14,31。⑨12,18,23。⑩17,24。⑫13,

24。 **1935**①5, 17, 18, 28。②28。③19。④7, 9。⑥1, 25, 27。⑦1, 30。⑧9, 31。⑨18。⑩14。⑫3, 4。 **1936**①4。③18。⑤5, 26。⑦ 28。

山本忠孝（1876—1952） 日本京都人。曾留学德国，获医学博士学位。1911 年在北京开设山本医院，任院长。——**1920**⑦6, 15。**1926**⑥27。

山本实彦（1885—1952） 日本改造社创办人、社长。曾为《改造》杂志多次向鲁迅约稿。——**1934**①8。 **1936**②11, 24。

山本修二（1894—1976） 日本人。厨川白村的学生，曾将厨川遗稿《苦闷的象征》整理发表。——**1926**①26。

山田女士 见山田安子。

山田安子 日本人。1931 年为研究童工问题赴英国，途经上海在内山书店逗留时，偶与鲁迅相识。——**1931**①16。

山县初男（1873—1971） 日本人。中国文学研究者。1927 至1933 年任武汉"日本制铁株式会社大冶办事处"主任，经内山完造介绍与鲁迅相识。——**1930**⑥15。 **1933**③2, 17。

山岸盛秀 1934 年为日华旅行海事公司经理。——**1934**②5。

山室周平（1909—？） 日本基督教救世军队员，1934 年与其妹山室善子同往庐山参加基督教学生大会，会后途经上海，由内山完造介绍往访鲁迅。——**1934**⑧7。

山室善子 日本人。山室周平之妹。——**1934**⑧7。

山崎靖纯（1894—1966） 日本经济学家。1936 年为东京山崎经济研究所所长，《读卖新闻》经济部部长。经内山完造介绍认识鲁迅。——**1936**⑨14。

川 岛 见章廷谦。

久 孙 见阮久荪。

久 荪 见阮久荪。

久 巽 见阮久荪。

久米治彦（1900—1961） 日本茨城人。上海福民医院妇产科医生，1929 年 9 月 27 日曾为许广平助产。——**1929**⑩24。

丸　山　见丸山昏迷。

丸山昏迷(1895—1924)　原名丸山幸一郎,又名昏迷生,日本长野人。1919年到北京,任《新支那》记者,1922年起任《北京周报》记者。曾在北京大学旁听鲁迅讲课。——**1923**①7,20。③18,22。④8,14,15。⑤4,8,26。⑨1,3,14。⑪10,12,14。⑫12。　**1924**①20。

广　平　见许广平。

广　湘　见赵广湘。

之　超　未详。——**1930**①12。

已　然　见阎宗临。

已　燃　见阎宗临。

卫川有澈　未详。——**1929**⑪19。

小　山　见萧三。

小　川　见小川环树。

小　芋　见刘肖愚。

小　西　即小西兵太郎,日本人。时任北海道大学教授。——**1923**⑤4。

小　岛　见小岛醉雨。

小　林　见小林胖生。

小　峰　见李小峰。

小　酩　见李小酩。

小　愚　见刘肖愚。

小　燕　见章小燕。

小土步　见周丰二。

小舅父　见鲁寄湘。

小舅母　即鲁寄湘夫人沈氏(1857—1930),浙江绍兴人。——**1913**⑦15,21。

小山博士　见小山濠一。

小山濠一　日本人。上海福民医院内科医生。——**1935**⑨10。

小川正夫　日本人。日本三笠书房编辑。——**1935**⑫9。

小川环树　日本汉学家。1910年生。当时在中国留学,由郁达夫介绍与目加田诚往访鲁迅。——**1935**③21。

小田岳夫（1900—1979） 日本作家,中国文学研究者。著有《鲁迅传》。——**1936**⑨15。

小坂狷二（1888—1969） 日本人。铁道局工程师、世界语学者。——**1924**④23。

小岛醉雨 日本人。中国文学研究者。——**1931**⑪29。 **1933**④23。 **1935**⑧13。⑫18。 **1936**⑦14。

小林胖生（1876—1957） 日本人。当时在北京研究中国风俗民情等。——**1926**⑦1。

小峰夫人 见蔡漱六。

小原荣次郎 日本人。曾于1905年来华经商,当时在日本东京开设京华堂,经销中国文物古玩和兰草。——**1931**②12。

子 元 见裴善元。

子 英 见陈子英。

子 佩 见宋子佩。

子 培 见宋子佩。

马 珏（1910—1994） 号仲珊,又作仲服,1910年生,浙江鄞县人,马幼渔之女。1926年为孔德学校学生,1927年至1929年春在中法大学伏尔德学院预科学习,1929年春转入北京大学预科。1931年至1934年为北京大学政治系学生。——**1926**⑥1,3。 **1928**①8,11。②8,17,18。③2,9,24。④8,20。⑤14。⑥2,12,13,25,28,29。⑦17。⑨13,20。⑩8。⑫17,31。 **1929**①10,30。②12,21。③12,24。⑥27。⑦3,16。⑧2。**1930**②8。③1。⑥17。 **1931**⑪14。 **1932**④7,28。⑤9,13,25。⑦19,20。⑧1。⑩11,13。⑪26。⑫2,15。 **1933**③13。

马 泰 1921年生。马幼渔之幼子。——**1932**⑪19。

马 理 见周鞠子。

马凡鸟 见马彦祥。

马子华（1912—1996） 云南洱源人,"左联"成员。1935年为上海光华大学国文系学生,曾函请鲁迅为其友审阅《安娜·卡列尼娜》译稿。1936年与周而复、田间等合编《文学丛报》。——**1935**⑪10,12。⑫11。

1936②26。④5。⑤11。⑨6。

马幼舆　见马幼渔。

马幼渔(1878—1945)　名裕藻,字幼渔,亦作幼舆,浙江鄞县人。日本东京早稻田大学、帝国大学毕业,1908年与鲁迅等同听章太炎讲小学。民国初年开始任北京大学教授,讲授文字学。后兼北京女子师范大学讲师,并先后任两校的国文系主任。女师大风潮中,曾领衔发表鲁迅起草的“七教授宣言”,积极参与组织校务维持会并义务讲课。与鲁迅一直保持深厚友谊。——**1913**②22。③3,10,24。④19,25,26。⑨2,27。⑫17。　**1914**②22。⑥13,17,18。⑨27。⑫13,23,31。**1915**②14。⑥20。　**1918**②13。④14。⑨10。⑪26。　**1919**③29。⑪23。　**1920**④18。⑧6。⑩8。⑪20。⑫5。　**1921**③16。⑧22,28。⑨1。⑫2,11。　**1922**②17。　**1923**①10,22。②3,17。③20。④11。⑤26。⑦7,12,20,30。⑨14。⑩9。⑫22。　**1924**①29。⑦3,5,6。⑨21,25,26。　**1925**①28。⑤24。⑧19。⑨3,7,11,19,30。⑪7。**1926**②5。③1,9。⑤10,13。⑦13,19。⑧7,8。⑩1。⑪21。　**1928**②17。③6。⑨2。　**1929**⑤17,18,25,28。⑥27。⑧12,29。　**1931**⑨17。　**1932**④7。⑪15,16,18,19,26。　**1933**③13。⑩9。　**1934**⑧22。

马吉风(1916—1970)　又名马吉峰、马蜂,山东济南人。1935年至1936年间在上海月明公司东方剧社和联华书局等处任职。是隐藏的国民党特务。——**1935**⑧15,18。　**1936**⑧2。

马仲服　见马珏。

马仲殊(1900—1958)　江苏灌云人。1926年在东南大学毕业后,历任广州岭南大学讲师、上海浦东中学、无锡中学国文教员。1927年参加创造社,曾发表《周年》、《一个中学生日记》等小说。——**1927**⑥26。　**1928**④24。⑧22。⑨10。

马孝先(1884—1966)　名禩光,字孝先,浙江绍兴人。1916年任北京大学校长蔡元培的秘书。——**1917**①11。③4。④14。⑥24。

马叔平(1881—1955)　名衡,字叔平,浙江鄞县人,金石、考古学家。马幼渔之三弟。曾任北京大学金石学讲师、国史编纂处征集员、史

学系教授、图书部主任等职。1934 年后任故宫博物院院长。——**1918**
②15,24。③30。④1。　**1919**⑤23。　**1920**④18,24。⑫25。　**1921**
①7。③27。　**1923**④16。

马国亮(1908—2001)　广东顺德人。1935 年间为上海良友图书
印刷公司编辑。——**1935**①10。

马思聪(1912—1987)　广东海丰人,音乐家。1929 年自法国巴黎
国家音乐学院毕业回国,曾往访鲁迅。——**1929**⑫29。

马叙伦(1884—1970)　字彝初,又作夷初,浙江杭县人。因参加反
清革命运动与章太炎相识。1915 年初在北京医学专门学校任国文教
员。——**1915**②14。⑩22。

马彦祥(1907—1988)　笔名马凡鸟,浙江鄞县人,戏剧家。马叔平
之子,1927 年为上海复旦大学国文系学生。——**1927**⑪2。

马理子　见周鞠子。

马隅卿(1893—1935)　名廉,字隅卿,浙江鄞县人,明清小说、戏曲
研究者,版本学家。马幼渔之七弟,曾任北京孔德学校总务长,1926 年
秋继鲁迅在北京大学教授小说史课程。——**1929**⑤25,27,28,29。
1934⑪10。　**1935**⑤13。

马湘影　1928 年为上海法政大学学生。1 月 10 日她在杭州遇一
人自称"鲁迅",信以为真并函鲁迅,鲁迅即复信辟谣。同年 3 月,她由
朱国祥陪同来访。——**1928**②25。③17。

马巽伯(1903—?)　名巽,浙江鄞县人。马幼渔长子,曾留学日
本,1927 年回国后在杭州任教,1932 年起在浙江省教育厅兼职。寒暑
假途经上海时常往拜访鲁迅。——**1926**⑧22。　**1928**①20,28。⑨2。
1929①1。②2。　**1932**⑤30。

马彝初　见马叙伦。

马幼渔幼子　见马泰。

四　　画

丰　　　见周丰一。

丰　一　　见周丰一。

丰 九 见周丰一。

丰子恺（1898—1975） 名仁,字子恺,浙江崇德(今属桐乡)人。画家、文学家。曾留学日本。1924 年冬参与创办上海立达学园,任校务委员兼西洋画科负责人,曾翻译《苦闷的象征》。——1927⑪27。

王 见王镜清。

王 见王维白。

王 见王顺亲。

王 见王方仁。

王 凡 见王钧初。

王 氏 1919 年夏周作人全家到北京时,鲁迅代为向王氏租屋居住。——1919⑦26。

王 弘 见王钧初。

王 君 见王植三。

王 君 上海合义昌煤号经理。——1932⑪10。

王 林(1909—1984) 原名王弢,改名王相林、王林,笔名僬闻,河北衡水人,作家。1935 年在北平出版《幽僻的陈庄》后,曾寄请鲁迅审阅,因恐写错地址,故又另寄一册。——1934⑫13。 1935①7,21。④22。

王 弢 见王林。

王 某 鲁迅住在绍兴县馆时的邻居。——1914①31。

王 亮(1881—1966) 字希隐,浙江黄岩人。南京江南陆师学堂毕业,时任陆军部员外郎,后曾为清史馆协修。——1912⑥26。

王 葵 字芝麟,浙江杭州人。——1912⑥26。

王 铸(1902—1986) 名淑明,安徽无为人。1925 年间在家乡县立中学任教员,就《苦闷的象征》题名函询鲁迅,鲁迅作《关于〈苦闷的象征〉》为答复。后参加"左联"。——1925①9。

王 楷 未详。——1930⑦26。

王 橚 字朴菴,浙江江山人。日本早稻田大学毕业,曾任京师大学堂矿物学教员,后任山西第二高等检查分厅监督检查官。——1914⑧28。

王　黎　未详。——**1933**⑤30。

王　潜　未详。——**1912**⑥26。

王　衡　见鲁彦。

王又庸　江西人。1925年由日本回国。章衣萍、吴曙天、孙伏园等拟从其习日语，设宴招待时邀鲁迅作陪。——**1925**③21。

王大钟　未详。——**1936**⑩3。

王之兑　见刘岘。

王女士　见王蕴如。

王小姐　见王顺亲。

王子馀(1874--1944)　名世裕，字子馀，浙江绍兴人。清末《绍兴白话报》、《绍兴公报》与民国初年《禹域新闻》等报纸创办人。晚年从事纂修绍兴县志等工作。——**1916**⑧27。　**1917**①24。

王云衢　见王倬汉。

王艺滨　未详。——**1929**⑧21。

王仁山(1871—？)　名树荣，字仁山，浙江吴兴人。清光绪甲午(1894)科举人，京师法律学堂毕业，曾任天津高等审判厅长等职。——**1929**①5。

王文修　福建闽侯人。1935年为上海光华大学学生。——**1935**⑩31。

王文灏　见王铎中。

王方仁(1904—1946)　笔名梅川，浙江镇海人。1926年9月起在厦门大学国文系学习，为泱泱社成员。鲁迅在沪定居后他也随即到沪。所译《红笑》由鲁迅校订并介绍发表。1928年冬与鲁迅、柔石等成立朝花社。其兄开设的合记教育用品社，因在与朝花社业务往来中舞弊赖账，致使朝花社遭亏损而告结束。不久，他即往德国留学。——**1926**⑪28。⑫4。　**1927**①1，10，15。②10，15。③6，9，11，12。④8，15。⑨19。⑩4，16，18，20，31。⑪11，28。⑫23。　**1928**①11，22。②15，16，25。③13，22，28，29。④14，22，23。⑤4。⑥2，12，23。⑧3，7，21，24，28。⑨4，7，10，12，21，27。⑩8，24。⑪1，3。⑫12，14，24。　**1929**①14，17，18。③7，8，17。④27。⑤7，8。⑥7，8，15。⑦21，25。⑧19。⑩

8,9。　**1930**①22。⑥4。⑨1。⑩9。

　　王以刚(1895—1943)　字家蕴,笔名克柔,浙江绍兴人。曾任绍兴成章女子学校校长多年。1927 年任《越铎日报》(同年改名《绍兴民国日报》)主编。——**1927**⑨16。

　　王书衡(1864—1931)　名式通,字书衡,号志盦,山西汾阳人。清末进士,1914 年间任约法会议秘书长。——**1914**⑧2。

　　王正今(1910—1984)　又名黎生,河南内乡人。王正朔的堂弟。1936 年间在南阳一带从事中共地下工作。应王正朔之托,为鲁迅收集汉画像石拓片。——**1936**④9,13。

　　王正朔(约 1907—1939)　河南内乡人。1936 年间在南阳一带从事中共地下工作。应杨廷宾之托,为鲁迅收集汉画像石拓片。——**1936**⑧17。

　　王幼山(1872—1928)　名家襄,字幼山,浙江绍兴人,曾留学日本。1913 年间为参议院议员、议长,大总统选举会主席,是研究系的重要人物。——**1913**③24。

　　王式乾(1889—?)　字道纲,浙江嵊县人。鲁迅在绍兴府中学堂任教时的学生。1914 年考入北京工业专门学校,鲁迅曾为作保。后转入北京大学机械科,1919 年毕业。学习期间常向鲁迅借支或汇划学费。——**1914**⑨5,9。　**1915**①2。②27。③29。④1。⑨11。⑫28。**1916**①10。④14,27,28。⑥20。⑨17。⑩23。　**1917**③10,11,30。④10。⑨16。⑫21。　**1918**①4。④6。⑤5。⑦5,21,28。⑨4,25,26,29。⑩29,31。⑪12,18,30。⑫27。　**1919**①16。④1。⑤31。⑦2。**1921**⑦21。

　　王亚平(1905—1983)　字减之,河北威县人,诗人,中国诗歌会成员。1935 年在青岛筹办《诗歌季刊》。——**1935**⑥12。

　　王有德(?—1932)　字叔邻,又作茹苓,云南阿迷人。1924 年至1925 年在北京大学国文系学习。1926 年进黄埔军校,后在十九路军任职。——**1924**③2。　**1927**①30。

　　王乔南(1896—?)　河北河间人,教育工作者。1930 年在北平陆军军医学校任教时,曾为将《阿 Q 正传》改编为剧本事与鲁迅通信。——1930⑩13。⑪10,15。

王伟人　见王维忱。

王伟忱　见王维忱。

王仲仁(？—1923)　原名仲宸,字星汉,山东蓬莱人。北京大学英文系学生,新潮社成员。——1923④10。

王仲猷　名丕谟,字仲猷,河北通县(今属北京)人。教育部社会教育司第二科主事,兼教育部阅览室主任,后又兼任京师通俗图书馆主任、通俗教育研究会会计干事及中央公园图书阅览所主任。——1913⑩30。⑪2,28。　1914③21。⑫3,31。　1915⑧8。　1923⑧25。⑩31。⑪1。⑫16,20,24。　1924①28。　1925⑧17。

王任叔(1901—1972)　名运镗,字任叔,笔名巴人,浙江奉化人,作家、文艺理论家。文学研究会成员。1928年8月在上海主编《山雨》半月刊。1929年曾赴日本,次年回国,参加"左联"。——1928⑦1。1929⑪9,10。

王华祝　见王画初。

王志之(1905—1990)　笔名楚囚、含沙等,化名思远,日记又作识之,四川眉山人,作家。1932年为北平师范大学国文系学生,北方"左联"成员,《文学杂志》编辑之一。受北方"左联"之托与鲁迅联系。所著短篇小说集《落花集》曾经鲁迅校订。——1932⑫20,22,26。1933①5,9。②2,3。④3,28。⑤2,9,10,11,20。⑥2,10,13,25,27。⑦5。⑧1,8,30。⑩18,30。⑫27,29。　1934①18,29。⑤11,15,22,24,29。⑥3,6,24。⑦7。⑧7,24。⑨4,16,19。⑪20,27。⑫23,28。1935①17,18。③8。④7。⑤6。⑦15,26。⑧17。⑨13,19,27。　1936③12。⑨26。

王志恒　未详。——1925⑤20。

王佐才(约1904—？)　江苏无锡人。1930年时为东吴大学学生。——1930②4,8,10。

王佐昌　见王懋熔。

王伯祥(1890—1975)　名钟麒,字伯祥,江苏吴县人,历史学家,文学研究会会员。1926年任上海商务印书馆编辑。——1926⑧30。

王余杞(1905—？)　四川自贡人。1929 年在交通大学北平铁道管理学院读书时曾向《奔流》、《北新》投稿,并与王志之、翟永坤等合编文艺半月刊《荒岛》。同年夏赴沪实习,经郁达夫介绍往访鲁迅。1934年任天津《当代文学》编辑时,曾向鲁迅约稿。——**1929**⑧9,27。⑪13,26,27。　**1934**⑦13。

王希礼(Б.А.Васильев,？—1937)　苏联人。1925 年在冯玉祥国民军第二军俄国顾问团工作,《阿 Q 正传》俄译本的最初译者。鲁迅曾为之作《俄文译本〈阿 Q 正传〉序及著者自叙传略》。——**1925**⑤9。⑦10。⑧11。⑩25,28。　**1927**⑤27。

王冶秋(1909—1987)　笔名野秋,安徽霍丘人。未名社成员。曾在山西、天津等地教书。——**1934**⑪17,24。⑫7,14,27,28。　**1935**①4,8。②26。③21。⑧19。⑩17。⑪4,5,11,17,18,23。⑫3,5,13,21,22,29。　**1936**①17。②20。③19。④3,6,16。⑤4,5,31。⑥3。⑦11,16。⑨1,15,28。

王君直　名益保,字君直,天津人。清末学部总务司主事,民国后在内务部任职。教育部通俗教育研究会戏曲股名誉会员。——**1913**⑪15。

王阿花　浙江上虞人。因不堪丈夫虐待而逃沪为佣,在鲁迅家为女佣时,其夫曾纠合流氓前来取闹,后由鲁迅代付赎身费了结。——**1929**⑩31。　**1930**①9。⑥21。

王画初(1879—1967)　名道元,字画初,日记又作王华祝,河北安新人。1917 年起为京师学务局中学教育科科长。1922 年至 1925 年任京师学务局局长。后参加北伐任国民革命军第三军秘书长。——**1917**⑦12。　**1918**⑧31。　**1928**③2,5。

王叔邻　见王有德。

王叔钧(1874—？)　名章祜,四川华阳人。1912 年任教育部社会教育司第二科科长,同年底调任四川教育厅(司)长。1916 年又任教育部编审员,并继鲁迅兼任通俗教育研究会小说股主任。1917 年调内务部为秘书,旋又出任直隶教育厅长。1920 年 8 月至次年 5 月任教育部次长。——**1916**①5。③9。　**1917**②5,8。　**1923**②26。

王叔眉(1875—1941)　名述曾,字叔眉,又作叔梅,浙江绍兴人。民国初年任福建闽侯县知事。——**1912**⑦22,26。　**1913**③24。

王叔梅　见王叔眉。

王峄山　见王桐龄。

王征天　未详。——**1935**⑨28。⑩1。

王育和(1903—1971)　浙江宁海人。柔石的同乡,上海沙逊大厦瑞商永丰洋行职员。曾为营救柔石及抚恤其子女与鲁迅有交往;1932年4月将李平(林克多)所著《苏联闻见录》稿送请鲁迅作序。——**1931**⑤12。　**1932**④7。⑥10。

王学熙　未详。——**1935**③7,22。

王泽长　见刘岘。

王宝良(1908—1992)　日记作波良,浙江镇海人,上海内山书店店员。——**1931**⑫23。　**1935**⑨28。

王宗城　浙江绍兴人。《语丝》投稿者,来稿为散文《风雨亭》。——**1929**⑩26。

王实味(1900—1947)　名诗微,笔名实味,河南潢川人。当时的文学青年。——**1928**⑩19。

王孟昭　名昉,字孟昭,山西猗氏人。1925年北京大学经济系毕业。——**1928**⑥18。

王茹苓　见王有德。

王相林　见王林。

王映霞(1908—2000)　浙江杭州人。1928年10月与郁达夫结婚,后离异。——**1927**⑩5,6。⑪2。⑫31。　**1928**③6。④5,15。⑤19。⑥24。⑦7。⑧21。　**1929**①26。③1,17。　**1930**①5,9。④4,17。⑥13。⑦22。⑧8。　**1931**⑧31。　**1932**③3,7。⑤17。⑩5,12,13。　**1933**⑨8。⑫29,30。　**1935**①10。

王思远　见王志之。

王品青(? —1927)　名贵铃,字品青,日记又作王聘卿,河南济源人。1925年北京大学物理系毕业,任北京孔德学校教员。《语丝》撰稿人之一。1924年曾促成鲁迅往西安讲学。鲁迅曾为其所校订之《痴华鬘》作题记。——**1924**⑥28，30。⑧15。⑪30。　**1925**①2，28。②12，27。③19。④8。⑤14，21，31。⑥6，20，23，28。⑦5，12，17。⑧2，15，17，23。⑨7，13，25，26。⑩2，9，13，22。⑪8，14，22，29。⑫25。　**1926**①2，9，19，21，23，31。②5，26。③7，25。⑤13，14，30。⑥1，6，7，8，16，17，19，21，23，26，27。⑦1，5，7，22。⑧19。⑩5，6，12。

王峙南　未详。——**1929**①31。

王钧初（1904—？）　又名祐曼、胡蛮，日记又作王凡、王弘，河南扶沟人，美术工作者。1934年为北平"教联"和"文总"成员。1935年赴苏联学习。——**1934**①12。　**1935**⑧3，13，25。⑨1，6，26。⑩18。⑪3。⑫23。　**1936**②2，7。⑧19。⑨24。

王顺亲（约1898—？）　日记又作王、王小姐，浙江绍兴人。1925年为北京女子师范大学学生，许广平的同班同学。——**1924**⑥8。**1925**①25。⑦6，21，28。⑩5。

王剑三　见王统照。

王屏华　名铸，江苏太仓人。教育部社会教育司第二科主事。——**1913**⑨4。　**1914**①27。④15，30。⑤14。⑩6，26。　**1915**⑧31。

王统照（1898—1957）　字剑三，山东诸城人，作家，文学研究会发起人之一。北京中国大学毕业。——**1923**⑤4。　**1924**①8，12。**1925**⑪17。

王珪孙（1897—1969）　字桂生，浙江嵊县人。1927年间为厦门大学工科工程系教授。——**1927**①9。

王桐龄（1877—1953）　字峄山，河北任丘人，历史学家。曾留学日本，1912年回国，历任教育部参事秘书、北京高等师范学校史地部教务主任、北京师范大学历史系教授等职。1924年曾与鲁迅同赴西安讲学。——**1924**⑦14。

王振钧（1900—1927）　山西天镇人。时任北京《国民新报》编辑。——**1925**⑫19。

王铁如　见王惕如。

王铁渔　见王惕如。

王铎中（1892—1953） 名文灏，字铎中，浙江绍兴人。鲁迅在绍兴府中学堂任教时的学生，1908 年参加越社，后为《越铎日报》主持人之一。——**1916**⑪13，15。

王造周 字本善，浙江余姚人。与鲁迅、陈子英等同期留学日本。——**1913**②25。 **1914**⑥8，10。

王倬汉 字云衢，浙江嵊县人。1919 年毕业于北京大学国文系。——**1919**⑦12。 **1921**④3。 **1924**②15。⑥27。

王捷三（1898—1966） 名鼎甲，字捷三，陕西韩城人。1924 年在北京大学哲学系学习时，通过王品青认识鲁迅，曾以西北大学驻京代表的身份促成并接待鲁迅在西北大学讲学。——**1924**⑦4，7，26。⑪5，30。 **1925**②18，20。⑩9。

王野秋 见王冶秋。

王望平 原名王弼，江苏人。中国济难会成员，《白华》杂志主办人。——**1927**⑩19。

王惕如 日记又作王铁如、王铁渔，浙江绍兴人。曾在绍兴、北京、四川等地行医，业余研究中国古典文学。——**1913**③17。⑤18，22，27。⑨4，5，15。⑪5，29。 **1914**⑥20。 **1915**④10。⑦25。 **1917**⑤13。⑦15。 **1918**③13。

王焕猷（1892—？） 字儒卿，陕西商县人。1923 年北京大学国文系毕业后，在天津南开学校任教。1924 年暑假回西安时，适值鲁迅在西安讲学，故往访。——**1924**⑦23。

王维白（1878—1939） 名家驹，字维白，江苏丹徒人。毕业于日本早稻田大学，民国后任教育部佥事、视学等职。1919 年兼任国立北京法政专门学校校长。——**1916**⑤19，23。 **1919**②22。

王维忱（1875—1922） 名嘉榘，字维忱，号伟人，日记又作王伟忱、王维忱，浙江嘉兴人。与鲁迅同期留学日本，光复会在日本的负责人，《浙江潮》编辑。民国后任教育部主事、佥事、秘书等职。——**1912**⑪6。⑫2。 **1913**③1。⑧18。⑨27。 **1914**⑥13。 **1915**②12。③2。⑧7。⑨2。 **1916**⑤26，30。 **1922**②26。

王植三（约 1896—？） 日记又作王君，浙江镇海人。1929 年间为日商"大学眼药店"店员。——**1929**⑥20。　　**1931**②15。

王晴阳　浙江绍兴人。绍兴旧书店奎元堂书商。——**1913**⑥30。⑦1。

王聘卿　见王品青。

王锡兰　号馥琴,河北任丘人。1929年北京师范大学国文系毕业。——**1924**⑫14。

王慎思　见刘岘。

王熙之(1904—1960)　名裕和,字熙之,甘肃临洮人。1933年前后为甘肃临洮师范学校教员。所寄儿歌曾经鲁迅介绍给北新书局,未发表。——**1933**⑩21,26。⑫22,26。　**1934**①4。

王蕴如(1900—1990)　名贤桢,日记又作王女士、王馨如,浙江上虞人。周建人夫人。——**1927**⑪19,30。　**1928**①20。⑥2,12。⑦1。**1929**①18。④5。⑥7,8,10。⑦19。⑩10,17,22。　**1930**②28。③3,24,30。④11,23。⑥6,12,21,22,30。⑦10,19。⑧9,10,18。⑨27。⑪3,5。⑫26,31。　**1931**①3。②16,19。⑤16。⑥3,12,23,24,27。⑦1。⑧5,10,12,24。⑨13,26。⑩9,11,18,30。⑪13,21。　**1932**①2,4,10,18,25。②15。③14,16,18,22,28,30。④5,7,12,18,26,27,30。⑤10,12,15,18,25。⑥3,12,25,26,27,28。⑦2,7,13,25,26,28,30。⑧28。⑨1,4,8,12,14,16,18,24,29。⑩1,8,23,30。⑪2,5,10,⑫3,10,13,18,24。　**1933**①1,3,8,15,24,28,31。②3,6,12,18,19,23,26,27。③5,11,26,28。④28,30。⑤7,14,21,24,27。⑥3,7,11,17,21,25,29。⑦2,7,12,13,16,22,30。⑧3,5,8,13,16,20,27。⑨3,24。⑩1,8,10,15,22,24,29。⑪5,12,27,29。⑫1,2,17,24,31。**1934**①3,7,14,18,21,28。②3,10,12,15,19,25,26。③4,11,13,18,26,31。④3,7,9,14,15,17,29。⑤1,4,6,7,12,14,16,19,21,26。⑥2,9,13,16,23,25,30。⑦2,5,7,10,12,14,16,18,19,21,25,28。⑧4,11,14,16,20,25。⑨1,4,8,15,17,22,29。⑩1,7,12,13,14,20,22,27。⑪3,10,13,17,24。⑫1,8,15,22,25,29,31。　**1935**①5,10,13,19,26,29。②2,11,16,19,23,26。③2,9,11,16,21,23,25,30。④4,6,8,11,13,18,20,22,27,30。⑤4,6,11,16,18,25。⑥1,8,15,22,26,

29。⑦6,13,20,27。⑧3,5,10,17,24,31。⑨7,14,18,21,28。⑩12,19,20,25,26。⑪2,9,13,16,23,30。⑫7,14,21,27。 **1936**①4,11,18,25。②1,8,22,29。③7,9,14,21,28。④4,11,18,25。⑤2,16,23,30。⑦4,11,18,25。⑧1,5,8,12,15,19,22,29。⑨2,5,6,8,12,16,18,19,26,28,30。⑩3,7,10。

王毅伯 未详。——**1928**②8。

王翰芳(1895—?) 陕西平利人。曾留学日本,当时任西北大学法律系主任。——**1924**⑧23。

王镜清(1892—?) 字鑑秋,浙江嵊县人。鲁迅在绍兴府中学堂任教时的学生,1913年考入北京大学预科第二部,请鲁迅作保,1917年退学。学习期间曾向鲁迅借支或汇划学费。——**1913**⑤12,17,31。⑩2,5,11,16。⑪23,25。 **1914**②5,6,24。③20。⑥7,22,28。⑨15。⑫26。 **1915**②2,13,20,28。③27,30。⑤22,29。⑥28。⑩2。⑫18,28。 **1916**②16,19。③6,7,15。④13,30。⑤3,7,28,29,30。⑫2。**1917**⑥22。

王儒卿 见王焕猷。

王懋熔(?—1913) 字佐昌,京师图书馆馆员。——**1913**②2。③30。④6。⑨14。⑩1。⑪11。⑫26,31。 **1914**②9。

王馨如 见王蕴如。

王老太太 日记又作王家外婆,王蕴如之母。——**1929**④27。**1931**⑩26。⑪25。

王家外婆 见王老太太。

王叔钧长子——**1923**②26。

王冶秋之子——**1935**⑪23。

王维白夫人——**1919**②22。

井 上 日本人。爱罗先珂的学生,1923年间因参加政治活动受迫害来中国。——**1923**①20。

井 原 未详。——**1923**①7。

井上红梅(1881—1949) 原名井上进,日本人。日本改造社成员。中国民俗研究者,著有《支那风俗》、《中华万华镜》等。1932年翻译《呐喊》、《彷徨》为日文，以《鲁迅全集》为书名出版。1933 年 6 月曾到上海。——**1932**⑫14。　**1933**⑥22。

　　井上芳郎　日本人。东京庆应大学图书馆职员，中国古代社会研究者。为研究中国封建社会家族情况到上海，在内山书店与鲁迅相识。——**1934**⑧24,29。

　　天　行　见魏建功。

　　天　彭　见今关天彭。

　　元　庆　见陶元庆。

　　韦女士　见韦伊兰。

　　韦丛芜（1905—1978）　又名立人，笔名蓼南，安徽霍丘人，韦素园之弟，未名社成员，翻译工作者。鲁迅曾为其所译《穷人》作小引。1930年 8 月由他主持未名社社务后，管理不善，致令该社于 1931 年因亏损解体。他挪用的未名社积欠鲁迅的版税，自 1934 年 6 月起以他在开明书店的版税偿还，至 1935 年底基本还清。——**1925**③26,28。⑤9。⑦19,27。⑧1,6,30。⑨1,9,14,18,25,26。⑩1,7,10,13,25。⑪14,24。⑫5,14,20,26。　**1926**①31。②10,17,19,20,26,27,28。③1,21。④13,14。⑤4,21,23　⑥11,13,16,26。⑦4,13,16,19,24,26,29,30。⑧1,3,4,10,12,16。⑨29。⑩4。⑪22,24。⑫13。　**1927**③9,17。④28。⑤20。⑥23。⑦6,7。⑫26,29。　**1928**②8,22,29。⑤14。⑦25。⑧2,3。⑪15,24。　**1929**④15。⑤18,21,29,30。⑦15。⑧8,26。⑩16,17。⑪15,18。　**1930**②27。③7,24。⑦5,8。⑧8,30。⑩1,2。⑫31。　**1931**①22,24。③2,8。④29,30。⑤1。⑦25。⑨7,9。　**1932**⑧5。　**1933**⑧18。⑨7,16,18。　**1934**⑥14。⑩24。　**1935**②20。⑦10。⑪4。

　　韦伊兰　日记又作韦姑娘、韦女士，即孙兰（1913—1968），原名韦毓梅，江苏盐城人。1933 至 1934 年间在复旦大学读书，1935 年在清华大学读书。——**1933**③13。　**1934**⑩28,29。⑪22。　**1935**⑪11。

　　韦姑娘　见韦伊兰。

　　韦素园（1902—1932）　又作韦漱园，安徽霍丘人，未名社成员，翻译工作者。曾在鲁迅指导下主持未名社社务，编辑《莽原》半月刊。

1927 年因肺病在北京西山疗养院疗养。1929 年鲁迅北上省亲时曾专往探视。1932 年 8 月 2 日病殁。鲁迅为其题写《韦素园墓记》，并作《忆韦素园君》。——**1925**⑤17。⑦6，13，14，16，18，19，26，28。⑧1，3，10，11，17，22，30。⑨1，9，14，24。⑩1，10，18，20，26。⑪2，4，14，17，20，23，25，26，29，30。⑫1，8，22，28。 **1926**③21，23，31。④5，6，23。⑤2，6，13，17，24，25，27。⑥1，3，7，11，16，21，23，24。⑦3，4，14，15，16，17，21，28，29，30。⑧3，12，15，16，23。⑨13，14，17，20。⑩4，8，10，16，19，20，31。⑪4，6，7，8，10，12，14，21，22，28，29，30。⑫4，5，8，13，28，29。 **1927**①4，8，9，11，27。⑫26，29。 **1928**④24。⑤15。⑦11，19，22。⑧19。 **1929**②21。③23。④6，8。⑤7，30。⑧3。⑫9。**1930**⑧8。 **1931**②2，18。⑫24。 **1932**⑧5。 **1934**④3。⑦16。**1935**⑦10。

韦漱园　见韦素园。

云　五　未详。——**1924**⑫20。

云　台　见范文澜。

云　章　见吕云章。

木　工　见张木匠。

木　天　见穆木天。

木　村　见木村毅。

木の实　见增田木实。

木下猛（？—1947）　日本人。时任日本大阪《朝日新闻》上海分社社长。——**1933**⑨23。 **1935**⑩21。 **1936**⑤11。

木之实　见增田木实。

木村毅（1894—1979）　日本评论家、作家。1933 年 2 月萧伯纳到上海时，以改造社特派记者身份来华采访，并约鲁迅撰稿。——**1933**②17，18。③1。④25。

木村响泉（1896—？）　日本画家。——**1931**⑥27。

丏　尊　见夏丏尊。

太　田　见太田贡。

太田贡　日本水彩画家。——**1931**⑥27。

太虚和尚(1890—1947)　原姓吕,浙江崇德(今属桐乡)人。1926年10月,在美国讲佛学后取道南洋回国时曾游厦门。——**1926**⑩21。

太田宇之助(1891—?)　日本人。1930年前后为日本大阪《朝日新闻》上海分社社长。——**1930**⑥15。

友　生　见彭柏山。

友　松　见张友松。

友　桐　见张友柏。

友　堂　未详。——**1931**②3。

尤炳圻(1912—1984)　江苏无锡人。当时在日本东京帝国研究院研究英国文学和日本文学。1936年他将内山完造著《活中国的姿态》(鲁迅作序)译成中文,改名《一个日本人的中国观》出版。——**1936**③3,4。⑨19。

车耕南(1888—1967)　名志城,字耕男,浙江绍兴人,鲁迅二姨母之婿,鲁迅表弟,郦荔臣的妹夫,当时在铁道部任职。——**1913**⑦10,11。⑧23,29。⑩5,6。⑪5。⑫27。　**1914**①9,25。②15,20。⑥22。　**1915**①3。②10,21。③10,12,31。⑤12,14,15。　**1916**⑩4。　**1917**①22。③6。　**1919**⑫6。　**1920**①12,31。⑧2。　**1922**③6。　**1925**⑦9,13。⑧9,18。　**1926**①20。⑤5。⑥10。⑧1。

车耕南夫人　车耕男的继配冯意倩,浙江绍兴人。——**1925**⑧9,16。　**1926**⑤26。⑥8。

戈宝权(1913—2000)　江苏东台人,翻译家、学者。1936年间为天津《大公报》驻莫斯科记者。曾托人带信告诉鲁迅《死魂灵》翻译中的小错误,并赠鲁迅以《果戈理画传》等。——**1936**①8。

区声白　广东顺德人。曾留学法国,1927年在广州与黄尊生等组织世界语协会,并在中山大学教授世界语。——**1927**①30。

区克宣(约1900—1933)　日记又作区国暄,广东人。曾在暨南大学、上海艺术大学等校任教。——**1928**④23,30。⑥11。

区国暄　见区克宣。

少　其　见赖少其。

少　麒　见赖少其。

中　村　见中村亨。

中　季　见钱玄同。

中村亨(1913—2001)　后改名儿岛亨,日本冈山人。时为内山书店店员。——**1934**⑨23。⑩3,14。⑫30。

内　山　见内山完造。

内山晓　1933年生,日本人。内山嘉吉的长子。——**1933**③1。④21。⑥12。

内山鹑　1934年生,日本人。内山嘉吉的次子。——**1934**②13。⑤9。

内山夫人　见内山美喜。

内山完造(1885—1959)　日记又作邬山生、邬其山生,日本人。1913年来华,后在上海开设内山书店。鲁迅定居上海后因常往该店购书而结识,其后在上海的几次避难都曾得到他的帮助,并常借用该店作通信及会客地点。他所著《活中国的姿态》一书曾由鲁迅作序。——**1928**④2。⑪11,15。⑫21,30。　**1929**⑥19,20。⑨23。⑩11。　**1930**①4。④6,18。⑤3,19。⑥4,12,15,22,29。⑦4。⑧6。⑨19。⑩4。⑫23。　**1931**①30。②3,11。③1。④11,17,24。⑤14,15,25。⑥2。⑧21,22,24。⑨12,26。⑩19,20,31。⑪5,9,11。⑫22,23。　**1932**①12,19。③29。④12,13,28。⑤12,20,21。⑥28。⑦3。⑨15。⑩11,27。⑪7,14。⑫17,23,30。　**1933**①21,23,25,26,28。②6,14,17,18。④23。⑤16,25。⑥22。⑦1。⑧20。⑨2,23。⑩16,17,19,23,25。⑫31。　**1934**①25。②3,4,5,7。③8,10。④5。⑤30。⑥12,16。⑨2,11,19,23。⑩3,7,8,14,27,28。⑫30。　**1935**①2。②3,14。③4,6,12,15。⑤6,9,17,18,19。⑥19。⑦5,11,15,19。⑧8,31。⑩21。⑭4,22。　**1936**①9。②10,11,25。③2,8,15。④15。⑤22,24,26,28。⑦4,6,13,14,29。⑧1,2,20,23,31。⑨3,12,13,14,23,27。⑩1,11,16。

内山松藻(1906—1991)　原姓片山,日记又作内山嘉吉夫人,日本长崎人。京都同志社高等女子中学毕业后到内山书店工作。1931年8

月与内山嘉吉结婚。——**1930**⑥4。　**1931**③5。⑧13，22。⑨7。
1932①12。⑤21。⑥6。⑪7，30。　**1933**③1。⑧4。　**1934**⑫26。

内山美喜（1892—1945）　原姓井上，日本人。内山完造之妻。——**1930**⑤31。⑥4，13，27。⑧20。⑨27。⑫21。　**1931**①16，30。③1。④11。⑥2。⑪9。　**1932**⑥8，29。⑦3。⑧25。⑨20。⑩12。⑪8，10。⑫31。　**1933**①15，23。③1，3。④23。⑤31。⑥20。⑦24。⑨23。⑩19。⑫22，31。　**1934**①16，25。②4。③8。⑤10。⑦1，20。⑨19，23。⑩3，7，14，28。⑪14。⑫19，26，30。　**1935**①2。③10，15。④11。⑤20，29。⑥20。⑦4。⑨21。⑩22。⑫13，24。　**1936**①7。③15。④17。⑦10。⑧18。⑩8。

内山嘉吉（1900—1984）　日本人。内山完造之弟，儿童戏剧工作者，并擅长木刻。1931年时系日本东京成城学园小学部美术教师，到上海度暑假时，曾应鲁迅之邀为暑期木刻讲习班讲授木刻技法。回国后仍与鲁迅保持联系。——**1931**⑧13，17，20，22。⑨26。⑩29。
1932①12。⑤7，25。⑥6。　**1933**②13。③1，21。④18，21。⑥12。⑦24。　**1934**②13，26。⑤9。⑦20，23。⑧6。　**1935**③10。⑨12，23。
1936⑦10。⑩8。

内山夫人之父　名井上平四郎。——**1936**⑦10。

内山夫人姨甥——**1933**⑦24。

内山完造之母——**1935**⑦15，19。

内山嘉吉夫人　见内山松藻。

冈　氏　见冈察罗夫。

冈　本　见冈本繁。

冈　野　未详。——**1926**⑧17。

冈本繁（1899—？）　日本医学博士。1932年间在上海篠崎医院任外科主任，曾为海婴诊病。——**1932**⑫9。

冈口女士　见冈田德子。

冈田德子　日记误作冈口女士，日本人。内山美喜之友，1934年5月至7月曾在上海吴淞路出星商会内举办西服裁剪讲习会。——**1934**⑦20。

冈察罗夫（А. Д. Гончаров, 1903— ？） 日记又作冈氏、А. Gontchrov,苏联木刻家。他得知鲁迅搜求苏联版画,曾将自己的作品通过曹靖华寄给鲁迅,并与鲁迅通信。——**1932**⑥3。 **1934**⑩9,15,22,27。⑪2。 **1935**②10。

毛　坤　四川宜宾人。1929 年北京大学哲学系毕业。——**1925**⑥16,18。

毛子龙　名邦伟,字子龙,贵州遵义人。民国后为教育部佥事,任编审处审查员。1919 年至 1923 年间任北京女子高等师范学校校长。——**1913**⑪15。 **1915**①16。 **1920**⑧26。

毛子震(1890—1970)　名开洲,字子震,浙江江山人。1917 年北京医学专门学校毕业,曾留学德国,1925 年回国,在北京行医时认识鲁迅。1927 年时在广州中山大学医科部任教。——**1927**④11。

毛壮侯　名福全,字壮侯,安徽清江人。1925 年时为北京《民国日报》副刊主任兼编辑。——**1925**③1。

毛瑞章　名简,字瑞章,浙江江山人。1926 年间为厦门大学图书馆办事员。——**1926**⑫31。 **1927**①9。②17。

毛漱泉(1884—？)　名毓源,字漱泉,浙江余姚人。鲁迅在日本仙台求学时,他在仙台高等学校求学。——**1914**⑪14,28。⑫15,22。**1915**②2。③14,28。④10,17。⑤1,23。⑧12。

升　叔　见周凤升。

升　屋　见升屋治三郎。

升屋治三郎(1894—1974)　原名菅原英次郎,笔名胡儿,日记作升屋、菅原英,日本剧评家,日本中国剧研究会会员。经内山完造介绍结识鲁迅。——**1930**⑧24。 **1931**③5。

长　连　见阮善先。

长　志　见董长志。

长　虹　见高长虹。

长　班　指齐坤之父,原籍浙江绍兴,绍兴县馆工人。长班,即长期仆役。——**1912**⑤7。

长谷川　见长谷川三郎。

长尾景和(1907—1982)　日本人。1931 年在日本关西大学学习，为了解中国民俗到上海，曾与鲁迅同住花园庄旅馆。——**1931**②15。③1,5,27。④17。

长谷川三郎　日本人。内山书店杂志部负责人。——**1932**⑤21。⑫25。　**1933**⑤31。⑥1。⑫24,31。　**1934**⑫23。　**1935**②3。⑫24。**1936**②25。

长谷川本吉　应作长谷川元吉，日本人。曾任日本驻上海领事馆副领事。——**1929**⑥20。

长泽规矩也(1902—1980)　日本汉学家。1926 年为东京帝国大学大学院学生。——**1926**⑦13。

长谷川如是闲(1875—1969)　日本社会评论家。1928 年 10 月来华考察，经内山完造介绍与鲁迅相识，鲁迅馈赠作品多种，也曾翻译他的杂文《圣野猪》《岁首》。——**1928**⑪11,15。

仁　祥　见费慎祥。

片山松藻　见内山松藻。

仆　　见齐坤。

仆　人　见齐坤。

介　石　见郑奠。

介　福　见江丰。

今　村　日本人。1923 年为东京立教大学学生。——**1923**①20。

今关天彭(1891—1970)　名寿麿，号天彭，日本汉学家。1923 年起长期侨居中国，在北京建立今关研究室，从事中国文化和中日关系史的资料收集与研究。——**1923**②11。　**1929**⑥18,20。　**1930**①4。**1932**⑤6。　**1933**⑫31。　**1934**①25。　**1936**③16。

今村铁研(1859—1939)　原名铁夫，日本岛根人。增田涉的表舅。1935 年间在日本家乡行医。——**1935**③22。

今关天彭女孩——**1930**①4。

公　侠　见陈公侠。

公　衡　见陶公衡。

仓石武四郎(1897—1975)　日本汉学家。时为京都大学中国文学副教授。1928 年至 1930 年在中国进行语言调查,由金九经介绍,与冢本善隆等往观鲁迅收藏的六朝拓本。——**1929**⑤31。

 月 平 见许月平。

 风 沙(1909—1942) 原名章维荣,笔名风沙,浙江上虞人,当时任上海生活书店编辑。——**1935**⑨28。 **1936**⑨19。

 风 和 见赵风和。

 乌一蝶(1894—1965) 原名钟毓,字统运,号一蝶,浙江镇海人。在宁波长期主编《时事公报》。——**1926**⑨19。 **1929**③26,29。

 凤 举 见张凤举。

 文   见杨之华。

 文 尹 见杨之华。

 文 英 见冯雪峰。

 文公直(1898— ?) 名砥,字公直,号萍水文郎,江西萍乡人。早年参加同盟会。1934 年间为国民党政府立法院编译处股长。曾写信攻击鲁迅为"汉奸"、"买办",鲁迅因作《康伯度答文公直》予以驳斥。——**1934**⑧4。

 文尹夫妇 见瞿秋白、杨之华。

 文英夫人 见何爱玉。

 文英夫妇 见冯雪峰、何爱玉。

 文英孩子 见冯雪明。

 方 仁 见王方仁。

 方 君 未详。——**1934**⑤14。

 方 叔 见周凤岐。

 方 晨 未详。——**1934**③28。

 方 璧 见沈雁冰。

 方之中(1908—1987) 湖南华容人。黄埔军校肄业,"左联"成员。1935 年 4 月曾函请鲁迅为他的小说集《花家冲》作序,鲁迅因忙未作。1936 年他主编《夜莺》月刊时,曾发表鲁迅的《三月的租界》、《写于深夜里》二文。——**1935**④12,18。 **1936**⑦6。

 方保宗 见沈雁冰。

方善竟(1907—1983)　应作方善境,浙江镇海人。1929 年至 1930 年间在汉口世界语学会编辑《希望》。他把自刻芥川龙之介等人的石刻画像寄给鲁迅,附信署尕。石刻芥川龙之介画像后发表于鲁迅主编的《文艺研究》季刊,附信曾由鲁迅引录于《奔流》第二卷第四期《编校后记》。——**1929**⑦28。⑪6。　**1930**④12,13。⑧1,2。

亢　德　见陶亢德。

忆　农　见周镛凤。

计万全(1876—1950)　字蕴渔,湖北房县人。徐吉轩请鲁迅为之作应试县知事的保人。——**1914**①29。

心　田　见罗常培。

心　梅　见周秉钧。

尹　庚(1908—1997)　原名楼曦,改名楼宪,笔名尹庚,浙江义乌人,"左联"成员。1935 年时在上海天马书店编辑《天马文学丛书》。——**1935**④18。

尹　默　见沈尹默。

尹宗益(约 1890—?)　字嵩吉,浙江嵊县人。鲁迅在绍兴府中学堂任教时的学生,1916 年为北京大学理科学生。——**1916**①3。⑤28。⑦18。

尹德松　见尹翰周。

尹翰周(约 1888—?)　字德松,浙江嵊县人。鲁迅在杭州浙江两级师范学堂任教时的学生,1916 年为北京高等师范学校理化部学生。——**1916**⑥11,16,25。⑦4。

巴　金(1904—2005)　原名李尧棠,字芾甘,笔名巴金,四川成都人,作家。1934 年 8 月起与鲁迅交往。同年 10 月间往日本,文学社为他饯行时,鲁迅应邀参加。1935 年与吴朗西合办上海文化生活出版社,鲁迅的《故事新编》、《夜记》曾收入他编辑的《文学丛刊》;鲁迅等编辑的《译文丛书》和《死魂灵百图》等也由该社出版。——**1934**⑩6。**1935**⑨25。　**1936**②4,8。④26。

以　孙　见徐以孙。

以　俅　见梁以俅。

以 犀 见徐以孙。

邓飞黄(1895—1953) 字子航,湖南桂东人。1925 年北京大学经济系毕业后任《国民新报》总编辑。——1925⑫6,7,23,30。 1926① 9,12,21,30。②6,14,21,26。③9,10,14。④30。⑤5,6。

邓以蛰(1892—1973) 字叔存,安徽怀宁人,学者。时任北京大学哲学系教授。——1924⑤11。

邓医生(Th. Dunn,1886—1948) 英籍美国人。加利福尼亚大学医学部毕业,曾任美国海军军医。1920 年来上海行医。应史沫特莱之请为鲁迅诊病。——1936⑤31。

邓国贤 系应县知事考试请鲁迅作保者。——1914④14。

邓荣桑 广州中山大学政治系学生。——1927⑧2。

邓染原 广东五华人。——1927③15。

邓梦仙 北京世界语专门学校校医。——1924②25,28。

邓肇元 鲁迅在广州中山大学任教时的学生。——1929④8。

书 臣 见陶书臣。

书 堂 见汪书堂。

水 野 见水野胜邦。

水野胜邦(1904— ?) 日本人。东京专修大学中国文学与中国地理教授。由盐谷温介绍结识鲁迅。——1931⑪7,9,10,11,25。 1932 ⑨8。

水野清一(1905—1971) 日本人。中国和亚洲考古研究家。1928 年京都帝国大学毕业后,来华在北京大学从事考古研究。——1929⑤ 31。⑥2。

水野胜邦夫人——1932⑨8。

孔另境(1904—1972) 字若君,笔名东方曦等,浙江桐乡人,作家。茅盾之内弟。1932 年 8 月在天津河北女子师范学院任出版部主任时,因故以"共党嫌疑"被捕,经鲁迅等设法营救出狱,12 月间回沪。1935 年冬着手编辑《当代文人尺牍钞》(后改名《现代作家书简》),鲁迅曾为之作序。——1932⑫26。 1933⑤9。 1935⑪1,14,24,26。 1936 ①30。②5。③6。④23,24。⑤20。⑦4,22,24。⑧1。⑨2。⑩11。

孔若君　见孔另境。

孔罗荪(1912—1996)　山东济南人,文学评论家。1935年在汉口主编《大光报》文艺副刊《紫线》,写信向鲁迅约稿。——**1935**⑤22。

孔宪书　云南通海人,北京大学英文系学生。——**1925**④4,6。

孔容之　见孔祥熙。

孔祥熙(1880—1967)　字庸之,日记又作容之,山西太谷人。早年留学美国。曾任广东革命政府财政厅长,1927年时任武汉国民政府实业部长,后任南京国民党政府工商部长、财政部长等职。——**1927**③29。

孔德沚(1897—1970)　日记又作德芷、仲方夫人、沈余夫人、茅盾夫人。浙江桐乡人,沈雁冰夫人。——**1930**④5。　**1933**②3。　**1935**②2。　**1936**⑤9。

五　画

玉　生　见谢玉生。

玉　帆　姓纪,绥远人,北京大学学生。——**1925**⑤5。

玉　堂　见林语堂。

玉　鲁　见朱斐。

未　生　见龚未生。

正　路　见山本正路。

甘　君　见甘润牛。

甘　努　见聂绀弩。

甘　某　见甘鹏云。

甘乃光(1897—1957)　字自明,广西岑溪人。美国芝加哥大学毕业。1927年间为国民党广东省党部执行委员、广州政治分会委员、广州《民国日报》和《国民新闻》两报社长,广州中山大学政治训育部副主任。后任国民党中央执行委员、外交部政务次长、行政院秘书长等职。——**1927**①24。　**1929**⑥26。

甘元灏　见甘润生。

甘闰生　见甘润生。

甘润生　名元灏,字润生,日记又作甘君、甘闰生,浙江绍兴人,鲁迅在三味书屋读书时的同学。1915年间在北京中国银行任职。——**1915**⑩1。　**1916**④30。⑤7,28。⑥10。⑦7,16。⑫2。　**1917**①28。③6。

甘鹏云(1862—1941)　字翼父,湖北潜江人。时任教育部总务厅秘书。——**1924**②8。

世　英　见许世瑛。

世　场　见许世场。

世　瑛　见许世瑛。

世　瑮　见许世瑮。

世　琯　见许世琯。

艾芜(1904—1992)　原名汤道耕,笔名艾芜,日记又作汤,四川新都人,作家。1931年11月他和沙汀就短篇小说题材问题函请鲁迅指教。1932年1月,他将短篇小说稿《太原船上》寄请鲁迅审阅。1933年3月在上海被捕,鲁迅曾捐款营救,9月底出狱后致信鲁迅表示感谢。——**1931**⑪29。⑫8,28。　**1932**①5,10,14。　**1933**⑩13。**1936**①31。②1,10。

艾青(1910—1996)　原名蒋海澄,笔名艾青、莪伽等,日记作伽,浙江金华人,诗人。1932年在上海加入"美联",同年7月被捕后,在狱中与江丰写信向鲁迅借书。——**1932**⑫31。

艾明　江西人。1936年在南昌孺子亭小学任教,爱好文学创作。曾通过段干青将稿件转请鲁迅指教。——**1936**⑤7。

艾寒松(1905—1975)　原名逸尘,一名逖生,笔名艾寒松、易水等,江西高安人。1934年间为上海生活书店《新生》周刊编辑。——**1934**⑨24。⑪24,26。

艾锷风(G.Ecke)　德国人。1926年间在厦门大学担任文科哲学系教授。——**1926**⑫24。　**1927**①13,14。

古飞　见胡风。

古屋(1895—1955)　名助次郎,日本山梨人。上海福民医院会计、事务长。——**1933**⑩23。

古　斐　见胡风。

古安华　见曹靖华。

可　铭　见朱可铭。

石　井　见石井政吉。

石　民　湖南邵阳人。1928年北京大学英文系毕业,曾任上海北新书局编辑。1930年后肺病复发时鲁迅曾给予帮助。——**1928**⑦4,12。⑩4,21。⑪26。⑫29。　**1929**①8。②4,20,21,26。③3,12,17。④20,22。⑦17,18,19,20,22,23。⑧22。⑨2,3,6,9。⑩7,9,26。⑪16,19。　**1930**①9,15。②1,3,5,7。③10。④1,2,4,27。⑤11。⑪10,11,12,19,26。⑫8,17。**1931**⑪19。　**1934**⑤17。　**1935**①30,31。　**1936**①21。⑦19。

石　君　见郑奠。

石　珉（？—约1951）　四川成都人,黄鹏基之妻。1926年至1928年间在北京大学教育系学习。——**1926**⑧9。

石评梅（1902—1928）　名汝璧,笔名评梅,山西平定人。1923年北京女子高等师范学校毕业。曾任北京师范大学附中女子部主任兼国文、体育教员。——**1926**⑧26。

石川半山（1872—1925）　日本人。日本《万朝报》记者。在中国研究风俗民情等。——**1923**⑤8。

石井政吉　日本医师。1930年间在上海北四川路阿瑞里开设石井医院。因爱好文学,在内山书店与鲁迅相识。——**1932**③26,31。④4,6。

龙荫桐　名沐棠,字荫桐,江西万载人。1918年在教育部社会教育司任职。——**1918**①6。

平　江　见张平江。

平　甫　见柔石。

平　君　见林克多。

平　复　见柔石。

平井博士　在上海开业的日本医师,曾为海婴诊病。——**1930**⑦9,10,11,13,15,16,18,20,24。⑪12,19,26。⑫8,17。　**1931**①5。⑥

2,4,29。⑦1,2,4。　**1932**⑥23。

　　东　华　见傅东华。

　　东志瞿　未详。——**1936**⑦6。

　　卢　形　1914年时在参谋部第五局任职。——**1914**②9。

　　卢自然　字文斋,河南渭县人。北京师范大学国文系学生。——**1924**③29。

　　卢克斯　德国人。1928年间在上海同济大学任教。为出版德译本《阿Q正传》与译者廖馥君同访鲁迅,得到鲁迅的帮助。后将译稿带回德国,未见出版。——**1928**⑩17。

　　卢闰州　见卢润州。

　　卢润州(1879—1967)　名镇澜,字润州,日记又作卢闰州,江苏镇江人。周作人在南京水师学堂时的同学。曾留学日本,东京大学法律系毕业。1913年间在浙江高等审判厅任厅长,1916年任浙江鄞县地方审判厅厅长。——**1913**⑥17,18。　**1916**⑥16。⑪26。⑫1。

　　卢鸿基(1910—1985)　广东琼海(今属海南)人,美术工作者,一八艺社成员。1936年与鲁迅通信时是国立杭州艺术专科学校雕塑系学生,曾为翻译伏尔泰的《愚昧的哲学家》及有关文人画等问题向鲁迅请教。——**1936**⑤20。

　　目　寒　见张目寒。

　　目加田　见目加田诚。

　　目加田诚(1904—？)　日本人。中国古代文学研究家。曾任日本九州大学副教授。1933年至1936年在北京大学、中国大学进修中国古代文学,由郁达夫介绍与小川环树同访鲁迅。——**1935**③21。

　　申　君　未详。——**1927**②18。

　　叶　芷　见叶紫。

　　叶　君　见叶少泉。

　　叶　某　未详。——**1929**⑧16。

　　叶　渊(1889—1952)　字贻俊,福建安溪人。集美学校校长,曾函邀鲁迅往该校讲演。——**1926**⑪19。

　　叶　紫(1910—1939)　原名俞鹤林,笔名叶芷、阿芷等,日记又作阿紫,湖南益阳人,作家,"左联"成员。1933年间与陈企霞等合编《无名文艺》,曾在创作和生活上得到鲁迅的帮助。所著短篇小说集《丰收》由鲁迅作序并编入《奴隶丛书》,于1935年出版。——**1934**④28,30。⑤18。⑥8。⑧28,31。⑨1,14,27。⑩15,21,31。⑪13,20。⑫17,19,27。　**1935**①4,7,10,17,23。②24,27,28。③1,4,5,18,28,29。④4,8,13,19。⑤6,12,13,14,23。⑥7。⑦3,13,16,30,31。⑧11,28。⑨21,23,27。⑩2,3。⑪24,26。⑫22,26,29。　**1936**①6。②10。③10,14。⑤12,13,31。⑥4。⑧19,29。⑨8,15。

叶之林　见端木蕻良。

叶之琳　见端木蕻良。

叶少泉　日记又作叶君。——**1927**①25。②5,10,17,18,24。③3。④1,14。⑥18。

叶汉章　浙江绍兴人。曾在教育部任职。——**1927**⑪29。⑫3。**1928**④13,21。

叶永蓁(1908—1976)　名会西,字永蓁,笔名叶蓁,浙江乐清人。黄埔军校第五期学生,随军北伐,大革命失败后转居上海,作自传体小说《小小十年》,鲁迅曾为修改并作小引。1934年重新入伍,陆续升至少将师长,后卒于台北。——**1929**⑤3。⑥12,13,15,16,18,19,21,23,28,29。⑦31。⑨5,19。⑩3,19。⑫4,12。　**1930**③15,16。⑥23。**1931**①15。　**1933**⑨21。

叶圣陶(1894—1988)　名绍钧,字圣陶,江苏吴县人,作家,文学研究会发起人之一。曾从事教育工作,1923年起担任商务印书馆编辑,1930年起改任开明书店编辑。1926年秋鲁迅赴厦门途经上海时与之相晤,次年10月鲁迅定居上海寓景云里时与之为邻,往还较多。——**1926**⑧30。**1927**⑩14,18。⑫4,16,18,24,27。　**1928**⑨24。　**1929**⑧22。　**1930**④5。　**1931**⑪16。⑫3,17,19。　**1933**①11,15。⑪20。⑫4。

叶绍钧　见叶圣陶。

叶洛声　未详。——**1933**⑪3。

叶锄非　字雏飞,1911年生,安徽休宁人。复旦大学特别生。——1927⑫20。　　1928②15。　　1930①6,7。④25。

叶誉虎(1880—1968)　名恭绰,字裕甫,又字誉虎,广东番禺人。民国成立后历任交通部路政司长、次长、总长,交通大学校长,北京大学国学馆馆长等职。1930年时住在上海。——1930⑪20。

叶谱人　浙江余姚人。鲁迅在绍兴府中学堂任教时的同事。——1913⑥30。

叶籁士(1911—1994)　原名包叔元,日记又作罗甸华,江苏吴县人,语言学家,左翼世界语联盟成员。曾留学日本,1935年时在上海从事拉丁化新文字运动,曾函请鲁迅为上海新文字学会募捐,鲁迅复信并捐款。——1935⑤21。⑦18。⑨19。⑩11。

田　夫(?—1931)　原名曹典湖,化名田夫,湖南长沙人,作家。1931年3月被捕,同年9月病逝狱中。——1929⑩22。

田　汉(1898—1968)　字寿昌,日记又作田汗,湖南长沙人,戏剧家,"左联"、"剧联"成员。1927年间组织南国社,1934年8月后担任《戏》周刊编辑。——1927⑪23。　　1930⑩4。　　1935①29。

田　汗　见田汉。

田　坂　见田坂乾吉郎。

田　间(1916—1985)　原名童天鉴,笔名田间,安徽无为人,诗人,"左联"成员。1935年至1936年间参加《文学丛报》、《新诗歌》的编辑工作,曾将自作诗集《未明集》寄赠鲁迅。——1935⑫12。

田　君　未详。——1924⑧29。

田多稼　名稔,字多稼,浙江萧山人。1913年为众议院议员。——1913⑤18。

田问山　未详。——1926④14,22。

田际华　见唐诃。

田景福　1911年生,山西汾阳人。1935年间任太原青年会总干事,因请鲁迅为其短篇小说集《冬天的事》作序与鲁迅通信。——1935⑨9,29。

田边尚雄(1883—1984)　日本音乐理论家。1923年时为日本东京音乐会会长、东洋音乐学校讲师,来华从事东洋音乐史研究。——

1923⑤14。

　　田中庆太郎（1880—1951）　日本京都人，东京文求堂书店主人。——1932⑥2。

　　田坂乾吉郎（1905—？）　日本画家。从事蚀刻铜版画创作。当时与太田贡在上海举办画展。——1931⑥27。

　　史　君　见史沫特莱。

　　史　岩　见史济行。

　　史女士　见史沫特莱。

　　史佐才（1893—1957）　字瑞麟，浙江杭州人。时任北新书局会计。——1934③31。

　　史美德　见史沫特莱。

　　史绍昌　未详。——1927⑦9。

　　史济行　笔名史岩、齐涵之、天行等，浙江宁波人。曾编辑《人间世》（汉口出版，后改名《西北风》）等刊物。1936年3月以白莽同学的名义骗取鲁迅的《白莽作〈孩儿塔〉序》，鲁迅曾作《续记》予以揭露。——1928⑩19。　　1929②20，21。⑦20。⑩8。　　1934⑤15。1935③2。④21。　　1936③10，13。

　　史女士友　见Garnich。

　　史沫特列　见史沫特莱。

　　史沫特莱（A.Smedley，1890—1950）　日记又作史女士、史美德、史君、史沫特列，美国女作家、记者。1928年底以德国《法兰克福日报》特派记者身份来华。1930年3月曾为《萌芽月刊》撰稿，同年9月曾为"左联"庆祝鲁迅五十寿辰代借会场；1931年起协助鲁迅搜集、编印凯绥·珂勒惠支的版画；1932年春与鲁迅等同参加营救牛兰夫妇；1933年参加中国民权保障同盟；1936年鲁迅病重时曾为延医诊视。鲁迅作《黑暗中国的文艺界的现状》及《写于深夜里》均由她译成英文，在美国进步刊物上发表。——1929⑫25，27。　　1930①21，22，25。②10。③27，28。⑤6。⑨7，19。　　1931①18。③18。④7。　　1932③28。1933②17。⑤10，15。　　1934⑩29。⑪1。　　1935⑧5。　　1936③23。⑤31。

史沫特莱之翻译——**1931**①18。

白　川　见尾崎秀实。

白　夕　见钟望阳。

白　禾　未详。——**1929**⑦13。

白　苇　原名韩白涛,浙江人。工人作者,曾给《文艺新闻》投稿。——**1933**⑥7。

白　波　1925年6月从上海东亚同文书院给鲁迅写信,鲁迅作《田园思想》答复。——**1925**⑦25。⑧22。

白　莽(1909—1931)　原名徐柏庭,又名徐祖华、徐白、徐文雄,笔名殷夫、白莽,浙江象山人,诗人,太阳社成员、"左联"成员。1929年在上海从事革命活动,因译《彼得斐诗集》向《奔流》投稿与鲁迅通信并会面,多次得到鲁迅的帮助。1931年2月7日被国民党当局杀害于上海龙华。遇害二周年时鲁迅曾作文悼念,后又为他的诗集《孩儿塔》作序。——**1929**⑥16,25,26。⑦4,11,12。⑧4,16,17,18。⑨14,18,21。⑪10。**1930**②24,25。③14。**1931**①15。**1936**③11。

白　莲　见柳原烨子。

白　涛　见何白涛。

白　频　江苏南京人,时为上海中华书局职员。——**1932**⑫29。

白　薇(1894—1987)　原名黄彰,字素如,笔名白薇,湖南资兴人,作家,南国社、"左联"、"剧联"成员。当时是杨骚之妻。1929年经郁达夫介绍与鲁迅交往。所作剧本《打出幽灵塔》及小说《炸弹与征鸟》曾连载于鲁迅编辑的《奔流》月刊。——**1929**①29。②15,18,19,20,21。④28。⑦13。⑧6。**1930**③29,30。**1933**③27。**1936**②8。

白云飞　《北新》投稿者。——**1929**④4,6。

白龙淮　广州中山大学医科学生。——**1929**⑫12,13。

白尔玉　山西人。1915年到北京投考知事,由许季上介绍请鲁迅作保。——**1915**④3。

白振民　江苏南通人。清朝举人,教育部视学。——**1915**⑧7。⑨2。

丛　芜　见韦丛芜。

冬　芬　见董秋芳。

包蝶仙(1876—1943)　名公超,字蝶仙,浙江吴兴人。画家。长期在杭州一些学校任图画教师。——1913②15。

乐　扬　见冯雪峰。

乐　芬(V. Rover)　日记又作乐君,苏联人。塔斯社驻上海记者。——1930④3。⑤6,22。⑧19,26。⑨19。　1931③18。

乐　君　见乐芬。

市原分　未详。——1934⑦3。

邝富灼(1869—1938)　字耀西,广东新宁(今台山)人。早年留学美国,1926年为上海商务印书馆英文部主任,曾为梁社乾的英译《阿Q正传》出版事与鲁迅联系。——1926⑪28。⑫1。

立　波　见周立波。

立　莪　见廖立峨。

立　峨　见廖立峨。

立峨友　见何春才。

立田清辰　日本内务省派驻北京的官员。——1925⑨17。

立峨友人　见曾立珍、曾其华。

玄　同　见钱玄同。

玄　伯　见李玄伯。

玄　珠　见沈雁冰。

半　农　见刘半农。

半　林　见谷万川。

半　侬　见刘半农。

汉　华　未详。——1927⑨7。

汉堡嘉夫人(Mrs. Hemburg)　原名鲁特·维尔纳,德国人,德共党员。当时随丈夫罗尔夫·汉堡嘉(又译汉布尔格)居住上海,通过史沫特莱结识鲁迅。鲁迅曾支持她筹办"德国作家版画展"。——1931⑥11。⑪26。⑫15。　1932④28,29。⑥30。

宁　华　见瞿秋白。

它　　　见瞿秋白。

冯　至(1905—1993)　原名承植,字君培,笔名冯至,日记又作浅草社员,河北涿县人,诗人,浅草社、沉钟社成员。1927年北京大学德文系毕业,后在北平第二师范学院任教,1930年往德国留学,1935年回国。——1925④3。　1926⑤1。⑥6。　1927⑤23,31。　1929⑤24。1931⑦6。　1935⑨6。

冯　君　见冯雪峰。

冯　君　似指史沫特莱的秘书冯蕾。——1931⑥7,11。

冯　铿(1907—1931)　原名岭梅,笔名冯铿、绿萼等,日记又作密斯冯,广东潮州人,作家,"左联"成员。经柔石介绍认识鲁迅。1931年2月7日被国民党当局杀害于上海龙华。——1929⑫31。　1931①12。

冯乃超(1901—1983)　广东南海人,文学评论家,后期创造社和"左联"主要成员之一。1930年2月为征求对"左联"纲领和宣言初稿的意见往访鲁迅。——1930②24。

冯三昧(1899—1969)　浙江义乌人。上海大江书铺编辑。——1930②1。

冯太太　见何爱玉。

冯文炳(1901—1967)　字蕴仲,笔名废名,湖北黄梅人,小说家,语丝社成员。1925年至1929年间为北京大学英文系学生,毕业后留校任教。——1925②15。④2。⑨17。⑫22。　1926③21。⑤30。1929⑤19。

冯汉叔(1880—?)　名祖荀,字汉叔,浙江仁和人,数学家。1909年在杭州浙江两级师范学堂任教时与鲁迅同事。民国初年在北京大学任教。——1912⑧5,7,21。

冯克书　字德峻,浙江绍兴人。鲁迅在山会初级师范学堂任教时的学生,1918年时为北京高等师范学校英语部学生。——1918⑦14。

冯步青　字云生,浙江上虞人。1914年由魏福绵托保应县知事考试;1929年在上海任律师,为女佣王阿花事曾与鲁迅联系。——1914④5,8。　1929⑩31。

冯余声　又名冯余生,冯Y.S,广东人,"左联"成员。曾将《野草》

译成英文后函请鲁迅作序。译稿后毁于"一·二八"战火，未能出版。——1931⑪2,6。

冯君培　见冯至。

冯季铭　名学壹,字季铭,浙江绍兴人。绍兴师范学校教师。——1913⑥25。

冯姑母　广东番禺人。许广平的姑母。——1929⑨20。　1930⑤26。⑩15。　1933①25。

冯省三(1902—1924)　山东平原人。北京大学预科法文班学生,1921年因反对学校征收讲义费被开除。1923年与陈声树等创办世界语专门学校,曾请鲁迅到该校任教。——1923①20。②6。⑤10,12。⑥26。⑦20,30。⑧1,4,10,23,24。⑨19。　1924①21,28。④3,5。

冯剑丞　字建纯,日记又作剑成,广州人。冯姑母之子,律师。——1932⑥28。　1935③22。

冯润璋(1902—1994)　又名周茨石,陕西泾阳人,"左联"成员。为办刊物事曾写信向鲁迅请教,不久与友人编辑出版《洪荒》月刊。——1933⑤18,25。⑥1。

冯宾符(1915—1966)　原名贞用,字仲足,号宾符,浙江慈溪人,国际问题研究者。三十年代任商务印书馆、生活书店编辑。曾托周建人请鲁迅书赠墨迹,鲁迅为之写钱起《湘灵鼓瑟》一幅。——1935⑫5。

冯梅君　未详。——1931①17。

冯雪明　日记又作雪儿、碧山、碧珊、文英孩子、雪方孩子,1930年生,浙江义乌人。冯雪峰之女。——1931④20。　1933⑨22。⑫5,30,31。　1934①7。②22。　1936⑨16。⑩3,10。

冯雪峰(1903—1976)　笔名画室、洛扬、成文英等,日记又作冯君、息方、乐扬、雪方、文英,浙江义乌人。作家、诗人、文艺理论家。1925年曾在北京大学旁听鲁迅讲课。1926年8月起与鲁迅交往。1928年底开始与鲁迅关系密切。曾共同译印《科学的艺术论丛书》及《现代文艺丛书》,出版《萌芽月刊》、《世界文化》、《前哨》、《十字街头》等刊物;并共同参加"自由大同盟"和"左联"的发起、筹备及其后的领导工作。鲁迅通过他与瞿秋白建立了友谊。1933年底调往瑞金工作,其后参加了长征。1936年4月自陕北回上海工作,向鲁迅传达中共中央关于抗日民族统一战线等方针、政策。——**1926**⑧5。 **1928**⑦19,20。⑨26。⑫29。 **1929**①1,13,20,29。②1,16,24。③11,20,28。④12,17,20,23,27。⑤1,4,11。⑥6,14。⑦19,20。⑧7,10,15,21。⑨13。⑩13,14,15。⑪7,27。⑫22,26。 **1930**②1,10,16。③14,15,20,23,24,26,28,30。④6,8,9,11,12,15,18,24,26。⑤7,13,17,19,28,31。⑥2,7,17,22,24。⑦12,26。⑨27。⑩6。 **1931**④4,20。⑤8。⑥9。⑦30。⑩15,19。 **1932**③7。⑩6。⑫11。 **1933**①19,25。③12。⑨22。⑫23。

冯稷家(1884—1969) 名农,字稷家,浙江嵊县人。北洋政府法制局编译、北京私立华北大学创办人之一。——**1924**⑫8。

冯德峻 见冯克书。

冯至夫人 见姚可昆。

永 言 见蔡咏裳。

永 持 见永持德一。

永持德一(1875—？) 日本人。北京税务专门学校教员。——**1923**①5,7。

司 长 见夏曾佑。

司徒乔(1902—1958) 广东开平人,画家。鲁迅曾两次参观他的画展,购买他的作品,并作《看司徒乔君的画》。1928年赴法国留学,归国后仍与鲁迅保持联系。——**1926**⑥6。 **1927**②17。 **1928**②25,28。③13,15,21。④5。⑩14,25。⑪6,17。 **1931**⑨5,6。 **1935**⑩15,18。 **1936**②17。

加 藤 见加藤真野。

加藤真野 日本人。内山美喜之友,1931年时居住上海。美喜逝世后,1950年她与内山完造结婚。——**1931**⑥2。

圣 旦 姓刘,江苏常州人。——**1935**①17。

圣 陶 见叶圣陶。

台伯简 见台静农。

台静农(1902—1990) 字伯简,日记又作靖农、静、青曲、青辰,安徽霍丘人。未名社、北方"左联"成员。北京大学研究所国学门毕业,先后在辅仁大学、山东大学、厦门大学等校任教。鲁迅曾三次赠与手书字幅。——**1925**④27。⑤14,17,20,21。⑥23。⑦5,6,10,13,14,19。⑧15,24,30。⑨1,9,14。⑩1,7,13,18,26。⑪25。⑫1,12,18,20,26,30。　**1926**①2,12,13,21,27,31。②7,9,10,20。③2,6,10,15,21,23。④23,30。⑤1,5。⑦15,26。⑩23。⑪28,29。　**1927**②22。④9,10,29。⑤3,6,11,14,23。⑥1,3,7,13,23。⑦2,15,24,25。⑧17,18,21。⑨20,23,25。⑩4,5,26。　**1928**②10,23,25。⑥5。　**1929**⑤17,24,28,29,30。⑥3。　**1930**⑧8。　**1932**④24。⑥5,6,17,18,19。⑦10,11。⑧5,15,16。⑨21,29。⑪15,17,18,19,20,22,26,27,28。⑫1,2,9,12,14。　**1933**①5,26,31。②11,13。③1,11,13,25,30。⑤9,12。⑥28。⑧29。⑫27,28。　**1934**①12,25,26。②14,15,26。③16,23,27,31。④3,12,13。⑤10。⑥9,17,18,29。⑦1,2,3,5,14,15,16,17,31。　**1935**⑤6,15。⑥6,24。⑦2,3,22。⑧11,30,31。⑨2,17,20。⑩6。⑪15,29。⑫4,6,21,22。　**1936**①7。②25。③16。⑤7。⑩4,16。

矛　尘　见章廷谦。

矛尘夫人　见孙斐君。

母　亲　见鲁瑞。

幼　渔　见马幼渔。

幼　雄　见黄幼雄。

幼　舆　见马幼渔。

六　画

邢墨卿　见邢穆卿。

邢穆卿　日记又作邢墨卿,浙江嵊县人。曾任北京《晨报》校对,1926年时为上海北新书局校对。——**1926**⑧30。⑪10,12,21。

耳　耶　见聂绀弩。

吉　冈　见吉冈恒夫。

吉　田　见吉田笃二。

吉　轩　见徐吉轩。

吉冈恒夫　日本人。上海三井洋行职员,鲁迅住大陆新村时的邻居。——**1934**⑧18。⑨29。⑪3。　**1935**⑦27。

吉田笃二　日本人。上海福民医院外科医生。——**1933**⑩23。

亚　丹　见曹靖华。

亚　平　见王亚平。

亚历克舍夫(Н.В.Алексеев,1894—1934)　又作亚历舍夫,苏联版画家。他曾通过曹靖华向鲁迅赠送自己所刻费定的《城与年》、高尔基的《母亲》等书插图。鲁迅也回赠他一些中国古代木版画集。——**1934**①9。　**1936**⑦2。

芝　圃　未详。——**1926**④10。

协　和　见张协和。

西　村　见西村真琴。

西　谛　见郑振铎。

西村真琴(1883—1956)　日本生物学家。上海一·二八战事期间,他在闸北三义里废墟拾得一鸽,带回日本饲养,鸽死后为之修一石碑,名"三义冢",并描摹其体态,寄请鲁迅题诗。鲁迅即为作《题"三义塔"》一诗。——**1933**④29。⑥9,21。⑧1。

有　林　见荆有麟。

有　恒　见时有恒。

有　麟　见荆有麟。

百　年　见陈大齐。

存　统　见施复亮。

达　夫　见郁达夫。

达　和　见张达和。

达夫之兄　见郁华。

达夫之嫂　见陈碧岑。

达夫夫人　见王映霞。

成　君　见成慧贞。

成先生　见成慧贞。

成仿吾(1897—1984)　湖南新化人,文学评论家,创造社发起人之一。1927 年在黄埔军校任教官。同年 4 月初与鲁迅等联名发表《中国文学家对英国智识阶级及一切民众宣言》。——**1927**②20。

成春祥　浙江上虞人。王蕴如的外甥女。——**1933**⑪29。⑫3。

成慧贞(?—约 1960)　日记又作成君、成先生、成慧珍、郑慧贞,浙江上虞人。当时在家乡教书,通过王蕴如结识鲁迅。——**1930**②4,15。⑧9,18。⑪9。　**1933**⑪27。　**1935**⑦20。

成慧珍　见成慧贞。

成城学园之生徒　见林信太。

毕　磊(1902—1927)　字安石,湖南澧县人。时为广州中山大学文科本科学生。曾任中共广东区委学生运动委员会副书记、中山大学社会科学研究会干事。曾在他主编的革命刊物《做什么?》上发表《欢迎了鲁迅之后》一文。鲁迅在中大时,他受党的委派负责与鲁迅联系。在广州四一五事变中被捕牺牲。——**1927**①31。

毕斯凯莱夫(Н. Пискарев,1892—1959)　苏联版画家、图书插画家。1931 年间出版《铁流》中译本时,鲁迅曾托曹靖华搜求他为该书所作木刻插图。——**1931**⑫8。

扫街人　景云里的扫街工人。——**1930**①29。

师　曾　见陈衡恪。

光　人　见胡风。

光　仁　见胡风。

曲广均　应作曲广钧,山东牟平人。1925 年间为北京大学英文系学生。曾在《京报副刊》、《国民新闻副刊》发表文章。——**1925**⑫14,15,16,22。　**1926**①6,7,12,28。③7,9,25。

曲传政(1907—1960)　辽宁大连人。研究版本目录学。——**1932**①17。　**1933**⑩26。　**1934**⑨15。

曲均九　未详。——**1926**④30。⑤1。

吕　二　鲁迅雇用的人力车工人。——**1923**⑪16。⑫1。

吕　生　见吕琦。

吕　君　未详。——**1927**⑨12。

吕　姓　浙江余姚人,曾闯进鲁迅居室乞资。——**1913**①25。

吕　琦　字蕴儒,日记又作吕生,河南人。鲁迅在北京世界语专门学校任教时的学生。1925年与向培良、高歌等在河南开封编辑《豫报副刊》。——**1924**③30。⑫25。　**1925**①31。②12,24。③1,12。④22,23。⑤5,9。⑦2。

吕小姐　见吕云章。

吕云章(1891—1974)　字倬人,别名沄沁,日记又作吕小姐,山东蓬莱人。北京女子师范大学国文系学生,许广平的同学。在"女师大风潮"中与鲁迅联系较多。后任国民党浙江省党部委员、中央党部妇女部干事等职。——**1924**⑨24。　**1925**⑤21,28。⑥14。⑦10,12,14,19,24。⑧1,15。⑨29。⑩8,16,17,28。　**1926**⑥14。⑧12,13,15,16,21,25,26。⑪5,8。　**1927**③26。⑩5,7,13。⑫12。　**1928**⑩31。**1929**③13。⑥2。　**1932**⑪27。⑫2。　**1933**⑦3。⑨6。

吕剑秋(1879—1955)　名复,字健秋,日记作剑秋,河北涿鹿人。曾留学日本。1925年时为教育部次长。——**1925**⑨2。

吕渐斋　见吕蓬尊。

吕联元　字仲还,浙江绍兴人。鲁迅在杭州浙江两级师范学堂任教时的学生。——**1913**③31。

吕蓬尊(1899—1944)　原名劼堂,又名渐斋,广东新会人。小学教员。因对鲁迅的几篇译作词语有不同意见,写信与鲁迅商讨。——**1933**⑧1。　**1934**⑪16。

吕蕴儒　见吕琦。

朱　　　见朱斐。

朱　氏　未详。——**1918**⑤11,13。

朱　安(1878—1947)　日记作妇,浙江绍兴人。1906年鲁迅奉母命与她结婚。——**1914**⑪26。　**1923**⑧2。

朱　君　未详。——**1924**⑫8。

朱　君　未详。——**1929**⑨3。⑩26。

朱　迪(?—约1930)　湖南衡阳人。广州中山大学学生。——**1927**⑫2。

朱　淳　未详。——**1935**⑫13。

朱　斐　字玉鲁,安徽舒城人。厦门大学文科教育系学生,泱泱社发起人之一。——**1926**⑪28。⑫4。　**1927**①1,22。②16。④20,24。⑪18。

朱一熊　江苏苏州人。1912年生,当时在上海沪江大学商学院新闻专修科读书。——**1933**④25。

朱大枬(1900—1931)　四川巴县人,诗人。1926年为交通大学学生。——**1926**③17。

朱云卿　未详。——**1919**⑫2。

朱六琴(1890—1957)　名相孙,字鹿琴,浙江绍兴人。朱安的从叔父。——**1921**⑨12。

朱玉珂(1902—1969)　日记作江绍原夫人,江苏武进人。——**1927**⑩15,16,17,18。

朱玉鲁　见朱斐。

朱可民　见朱可铭。

朱可铭(1880—1931)　名鸿猷,字可民,浙江绍兴人。朱安之弟。——**1913**④4。⑦11。　**1919**⑫19,22,31。　**1920**②16。④24。⑤4。⑥30。⑨22,27。⑩16。　**1921**①27。⑤16。⑨12。　**1923**⑧25。⑪4。　**1924**③9。⑧14。⑨2,13。　**1927**⑧4。　**1931**⑤28。

朱石甫　江苏宜兴人。朱焕奎之弟。——**1913**⑧7。

朱自清(1898—1948)　字佩弦,江苏东海人,作家、学者,文学研究会成员。1925年为北京清华大学教授,次年秋在上海与鲁迅第一次晤面。1932年11月因邀鲁迅至清华讲演,曾两次往访。——**1926**⑧30。**1932**⑪24,27。

朱企霞(1904—1984)　江西南昌人。鲁迅在北京大学任教时的学生。1928年间在江苏南通教书,1929年9月去日本,曾函请鲁迅助其进帝国大学研究院,鲁迅转托日本作家武者小路实笃介绍其入学。后因故未能就读,次年10月回国。——**1928**⑪29。　**1929**⑨19。　**1930**②19,20。③14。④2。⑨26。

朱兆祥　浙江诸暨人。1915年到北京投考知事,托魏福绵请鲁迅作保。——**1915**④2。

朱寿恒　女,日记误作李寿恒,广东人。1926 年时为北京燕京大学学生。经韦丛芜介绍认识鲁迅。1927 年在广州岭南大学任教。——**1926**⑧3。　**1927**②11,15,16。

朱孝荃(?—1924)　名颐锐,字孝荃,湖南衡阳人。教育部社会教育司主事兼通俗图书馆主任。——**1915**⑥24。⑩7。⑪20。　**1916**①28。②8。⑥14。⑫2。　**1917**①30。②16。⑥15。⑨29。⑪17。⑫29。　**1918**①19。⑧31。⑨7。⑪12。　**1919**③19。⑤18。⑦23。⑧7。　**1920**⑧24。⑫29,31。　**1924**⑨23。

朱国祥　在北京师范大学读书时曾听过鲁迅讲课。1928 年 3 月陪同上海法政大学女学生马湘影往访鲁迅,以证实马在杭州遇见的是假"鲁迅"。——**1928**③17。

朱国儒　未详。——**1927**②17。

朱迪先　见朱遏先。

朱炎之(1883—?)　名炎,字炎之,上海人。教育部佥事,在专门教育司第三科工作。——**1915**③31。

朱姓者　未详。——**1914**⑫25。

朱顺才　未详。——**1936**③26。

朱莘溶　未详。——**1929**⑦30。⑧3。

朱造五(1883—1961)　名文熊,字造五,江苏昆山人。曾留学日本,系鲁迅在东京弘文学院读书时的同学。民国后曾任教育部图书审定处常任审定员、编审股编审员、通俗教育研究会小说股会员等职。——**1916**⑤10。　**1925**⑨17。

朱积功　1915 年生,浙江绍兴人。朱可铭次子。——**1931**⑨29。**1933**①18。

朱积成(1911—1995)　日记又作稷臣,朱可铭长子。——**1930**⑨6。　**1931**⑤28,29,30。⑥3,9,29。

朱逊先　见朱遏先。

朱家骅(1893—1963)　字骝先,日记又作留仙,浙江吴兴人。曾留学德国,回国后任北京大学教授,1926 年任中山大学委员会委员。

1927年四一五"清党"事变后,任国民党广州市清党委员会委员。后任国民党政府教育部长等职。——**1926**⑩16,23。⑫13。　**1927**①24,26。②1,8,10。④19,22,24,29。⑧5,8。

朱遏先(1879—1944)　名希祖,字遏先,日记又作迪先、逷先,浙江海盐人,历史学家。1908年在日本曾与鲁迅同听章太炎讲学。归国后在杭州浙江两级师范学堂任教,与鲁迅同事,并参与"木瓜之役"。辛亥革命后在浙江省教育厅任职。1913年2月至北京任北京大学预科国文教授兼清史馆编修,1921年往杭州任浙江省教育司第三科科长,1923年回京任北京大学史学教授,又在女师大兼课。——**1913**②22。③1,2,3,10,22。④13,19,25,26。⑤7。⑧9。⑨23,27。⑪16。**1914**①31。②8,22。⑧11,12,22,28。⑨27。⑫8,12,13,31。　**1915**②9,14。③4,8。⑥20,24。**1916**③12。**1917**⑧25。**1919**③29。⑪23,30。**1920**④18。⑫5。**1921**⑤9。⑩2。**1923**①10。②17。**1926**⑧13。

朱焕奎　字莘芍,江苏宜兴人。1913年间为教育部主事,任社会教育司第二科科员,后入财政部供职。——**1913**⑧7。　**1914**①1,21。

朱联沅　字芷青,浙江海盐人。朱遏先的族叔。北京高等师范学校管理员兼国文部教员。——**1913**③1。

朱辉煌　福建平和人。在厦门大学教育系二年级肄业后,转入广州中山大学就读。——**1927**①22。③7,31。④7。⑤5,6。⑥11,21,30。⑦18,26。⑧6,9。⑩5。　**1928**①7。

朱舜臣　见朱舜丞。

朱舜丞　日记又作舜臣,浙江绍兴人。朱安的远房兄弟。——**1914**②7。④15。⑤28,30。⑦28。⑧19,20。⑨17,30。

朱渭侠(?—1916)　名宗吕,字渭侠,浙江海宁人。金石学爱好者。1916年为浙江第五中学校长。——**1916**①29。⑦8。⑫16。

朱蓬仙(1881—1919)　名宗莱,字蓬仙,浙江海宁人。留学日本时与鲁迅同听章太炎讲学。归国后任北京大学预科讲师。——**1917**⑨30。

朱骝先　见朱家骅。

朱穆臣　见朱积成。

朱镜宙(1884—1985)　字铎民,浙江乐清人。厦门中国银行经理兼厦门大学法科政治系教授。——**1926**⑨21。

朱曜冬　1924 年时托李秉中请鲁迅为入学保证人。——**1924**⑨14。

朱莘溽妹——**1929**⑧3。

朱可铭夫人　即朱可铭的继配王氏(1887—？),江苏南京人。——**1935**①26。

廷　璠　见陈空三。

竹　田　见竹田复。

竹田复(1891—？)　日本人,汉语研究者。1921 年至 1924 年作为日本外务省海外研究员在中国工作。——**1923**④15。⑤4。

乔　君　未详。——**1933**⑫6。

乔　峰　见周建人。

乔大壮(1893—1948)　名曾劬,字大壮,四川华阳人。1913 年任京师第二初级审判厅书记官,后任教育部编审员。鲁迅曾请他书写《离骚》集句"望崦嵫而勿迫,恐鹈鴂之先鸣"。——**1915**⑦19。　**1921**⑫25。　**1924**②2。⑨8。　**1929**⑥1。

乔曾劬　见乔大壮。

传　梅　见周秉铣。

传叔祖母　鲁迅从叔祖子传之妻张氏(1852—？),人称廿五太太。浙江绍兴人。——**1919**⑫19。

伍　斌　未详。——**1926**⑦29,30。

伍仲文(1881—1954)　名崇学,习字之,又字仲文,江苏南京人。鲁迅在南京矿路学堂和日本弘文学院学习时的同学。1913 年为教育部视学,6 月间到浙江视察学务。1915 年 3 月任普通教育司司长。1917 年 9 月任江西教育厅厅长,旋即改任浙江教育厅厅长,1919 年底辞职。——**1913**⑥24,25,26。⑦1。⑨2,22。⑪15。⑫31。　**1915**①16。②12。④29。⑪20,22。　**1916**②2。③20。　**1917**①22。　**1918**⑤10,24。

伍叔傥（1897—1966）　名倜，字叔傥，浙江瑞安人。北京大学国文系毕业，1927年任中山大学预科教授，中山大学国民党特别党部区分部委员，朱家骅的连襟。——1927①24。

伍博纯（1880—1913）　名达，字博纯，江苏武进人。1912年，应蔡元培之聘任教育部社会教育司第三科科长，并与蔡元培、于右任等发起成立中华通俗教育研究会，任理事，主编《通俗教育研究录》（月刊）。——1912⑧6，29。

伏　园　见孙伏园。

延　进　见陈延进。

仲　文　见伍仲文。

仲　方　见沈雁冰。

仲　书　见陈仲书。

仲　平　见柯仲平。

仲　芸　见金仲芸。

仲　芳　见沈雁冰。

仲　甫　见陈独秀。

仲　足　见冯宾符。

仲　沄　见范文澜。

仲　侃　见李霞卿。

仲　服　见马珏。

仲　居　见木下猛。

仲　南　见许仲南。

仲　璜　见马珏。

仲　素　见张仲素。

仲　殊　见马仲殊。

仲方夫人　见孔德沚。

任　　　见任国桢。

任　钧（1909—2003）　原名卢嘉文，笔名任钧、卢森堡等，日记作森堡，广东梅县人。1933年间为"左联"组织干事，上海中国诗歌会会员。——1933⑤6。

任　陞　浙江萧山人。来雨生托保应县知事考试者。——1914②3。

任子卿　见任国桢。

任国桢(1898—1931)　字子清,亦作子卿,日记又作任,辽宁安东(今丹东)人。1924年北京大学俄文专修科毕业。鲁迅曾为他编译的《苏俄的文艺论战》作前记,并收入《未名丛刊》。1925年后历任中国共产党哈尔滨市委书记、奉天(今辽宁)省委书记等职。1931年10月任中共河北省委驻山西特派员,被国民党杀害于太原。——1925②18,20,21,23,24。③16,18,19。④9,10,27。⑤22。⑥7,8,9,11,13。⑦11,15。⑧22,24。⑨3,17,20,29。⑩7。　1926③20,28。　1929④4,26。　1930③9,11。④21。　1932⑥20。

任惟贤　浙江萧山人。来雨生托保应县知事考试者。——1914②3。

华　铿　未详。——1935④12。

仴　彳　1934、1935年时为《申报·自由谈》投稿者。——1936①8。

伊　　　见伊赛克。

伊　东　即伊东丰作,日记又作伊藤,日本牙科医师,当时在北京八宝胡同开设伊东牙科诊所。——1923⑥20,22,26,28,30。⑦25,28。⑧1,8,10,25。　1925①22。　1926⑦3,8,10。　1929⑤23,27。

伊　兰　见韦伊兰。

伊　吾　见骆宾基。

伊　君　见伊赛克。

伊　藤　见伊东。

伊　藤　未详。——1933④23。

伊立布　鲁迅购置宫门口西三条胡同房屋时,原房产主连海方面的中人。——1923⑫22。

伊罗生　见伊赛克。

伊法尔(А.А.Ивин,1885—1942)　应作伊文,俄国人。北京大学俄文教员。——1925⑦16。⑧11。

伊洛生　见伊赛克。

伊赛克(H.R. Isaacs,1910—1986)　中文名伊罗生,日记又作伊、伊君、罗生、伊洛生,美国人。1930 年到上海,任上海《大美晚报》记者,1932 年时为上海出版的《中国论坛》(《China Forum》)编辑。1933 年任中国民权保障同盟上海分会执行委员。1934 年约请鲁迅和茅盾编选中国现代短篇小说集《草鞋脚》,随即往北平翻译。1935 年 7 月回国。——**1932**⑦12。⑫29。　**1933**②11,17。⑤28。⑦5。　**1934**②28。③25。⑤28,30。⑦13,14,28。⑧20,22,25。⑨2。⑪27。　**1935**③26。⑥25。⑩7,16。

伊君夫妇　见伊赛克、姚白森。

伊藤武雄(1895—1984)　日本人,中国社会政治研究者。1925 年为满铁驻北京特派员。——**1925**⑨17。

伊藤胜义　日本人。基督教牧师,内山完造的老师。——**1935**⑦25。

向培良(1905—1959)　湖南黔阳人,狂飙社主要成员。1924 年在中国大学学习时开始与鲁迅交往。1925 年参加《莽原》周刊筹备工作,不久与吕琦、高歌往开封编辑《豫报副刊》,10 月回京与高长虹等刊印《狂飙》不定期刊。1926 年鲁迅为他选编小说集《飘渺的梦》,并介绍给北新书局出版。鲁迅赴厦门前在女师大的讲演系由他记录整理。鲁迅离京后不久他们的关系就逐渐疏远以至断绝。1929 年后在南京主编《青春月刊》,反对左翼文学,提倡"为人类的艺术"和"民族主义文学"。——**1924**①9,27。③14。⑥21,29。⑦2,3,7。⑧18,29。⑫15,21,23,26。　**1925**①9。②9,12,16,19,24。③1,5,12,15,22,23,24,26,29。④4,5,7,11,13,14,22,23,27,29。⑤5,9,13,22。⑥3,27,29。⑦4。⑧8,22,26。⑩12,27。⑪6,21,26,28。⑫1,3,5,6,12,17,21,22。　**1926**①7,10,19。②1,7,8,14,24。③6,14,20。④7,10,14,22。⑦4,6,15,18,25。⑧5,8,12,14,23,26。⑨14。⑪21,23。

向培良友——**1925**③23。

企　莘　见潘企莘。

旭　生　见徐旭生。

名 肃　疑指孙伏园。——**1926**④25。

邬山生　见内山完造。

邬其山生　见内山完造。

庄一栩　未详。——**1929**⑦2。

庄启东(1910—1998)　原名起东,浙江镇海人,"左联"成员。曾任《春光》月刊及《新语林》半月刊编辑。后与蔡若虹编《漫画与漫话》时曾向鲁迅约稿。——**1935**①13。④18。

庄泽宣(1896— ?)　浙江嘉兴人。早年留学美国。1927 年间为中山大学文科教授兼教育研究所主任。——**1927**③28。 **1928**②14。

庄奎章　福建惠安人。1925 年北京师范大学国文系毕业,1926 年时为厦门福建省立第十三中学教员。——**1926**⑨14,19。⑫16。

刘 三(1878—1938)　原名钟龡,字季平,号江南,上海人,南社诗人。民国后历任北京大学、北京高等师范学校、东南大学等校国文系教授。——**1928**⑧19。

刘 升　教育部的工友。——**1915**①7。 **1918**⑧28。 **1919**⑫29。 **1925**⑨1。 **1929**⑨25。

刘 仑　1913 年生,广东惠阳人,版画工作者。1935 年时为广东防城中学教员,自学石刻,同年 9 月参加广州现代创作版画研究会。——**1935**⑨17。

刘 军　见萧军。

刘 岘(1915—1990)　原名王之兑,字泽长,号慎思,笔名刘岘,河南兰考人,木刻家。他常将自己的作品寄请鲁迅指教,所刻的苏联特烈捷雅柯夫著《怒吼吧中国》一书的插图,曾由鲁迅代为修改说明;与黄新波合作的《无名木刻集》由鲁迅作序。鲁迅选编《木刻纪程》时,收录了他的作品四幅。——**1934**①8,11,16,25。②1,26。③5,10,12,14,25,28。④3,17,28。⑤18,23,28。⑥27,30。⑨16。⑩4,5,6,9,27。⑪5,9,12,21。⑫30。 **1935**①6。②8,17,19,24,28。③4,9,15。④11。⑤31。⑧9。⑫9。 **1936**③5。

刘 君　未详。——**1925**⑤2。

刘 君　未详。——**1928**②3。

刘　衲　又名刘一僧。余未详。——**1928**⑫21,28。　**1929**①15。
②15,21,25。③31。④3。⑤8,10。　**1930**③17,22。

刘　瑀　见刘肖愚。

刘　穆(1904—1985)　原名刘燧元,后改名刘思慕,笔名小默,广
东新会人,国际问题研究者,文学研究会成员。1929年时为上海远东
图书公司编辑。曾往访鲁迅,并赠以据英文本所译苏联小说集《蔚蓝的
城》一册。——**1929**⑥23,30。⑦8。

刘一僧　见刘衲。

刘大白(1880—1932)　原名金庆棪,后改姓刘,名靖裔,字大白,浙
江绍兴人,诗人。上海复旦大学国文系主任兼附属实验中学行政委员
会主任。——**1926**⑧30。

刘之惠(1907—？)　后改名刘惠之,云南易门人。北平女子文理
学院讲师。1932年鲁迅赴北平省亲时,经范文澜介绍相识。次年4月
寄予鲁迅在北平演讲的照片。——**1933**④7。

刘小芊　见刘肖愚。

刘小宇　见刘肖愚。

刘小愚　见刘肖愚。

刘子庚(1867—1928)　名毓盘,字子庚,浙江江山人。曾任杭州师
范学校教员。1920年9月起任北京大学国文系教授。曾将自作诗词
集《濯绛宧存稿》赠与鲁迅。——**1925**③20。

刘历青(1876—约1920)　名声元,字历青,日记又作立青、霁青,
四川万县人。周作人在南京水师学堂时的同学。1911年四川保路运
动时为保路同志会赴京请愿代表,民国初年曾任陆军部修浚宜渝滩险
处处长。——**1912**⑪10。⑫1。　**1913**②23。　**1914**③26。⑧4。⑪
22。　**1915**①2。⑦16,18,19。⑧5。　**1916**⑦16。⑫1。　**1917**⑪11。
1918①28。⑦16。　**1919**⑥8。

刘文贞(1910—1994)　日记又作霁野学生,天津人。李霁野夫人。
1935年时为河北女子师范学院英语系学生。她所译英国约翰·布朗的
《莱比和他的朋友》由李霁野转寄鲁迅,发表于《译文》第二卷第五
期。——**1934**⑫7。　**1935**⑧8。

刘文铨　上海篠崎医院翻译。——1932⑫30。

刘立青　见刘历青。

刘半农（1891—1934）　名复，号半农，又作半侬，江苏江阴人，作家、语言学家。1917年任北京大学预科教员。参加《新青年》编辑工作时与鲁迅相识。1920年留学欧洲，得法国国家文学博士学位。1925年归国后任北京大学国文系教授、《世界日报副刊》编辑、北平大学女子文理学院院长等职。1926年校勘、标点《何典》，鲁迅为之作《〈何典〉题记》。1934年病逝后，鲁迅为作《忆刘半农君》。——1918②10。④5。⑦15，16，21，31。⑧6，8，17，29，30。⑨4，19，21。⑩7，9，10。⑪28。⑫11，17，22，26，29。　1919①5，7，12，24。②4，23。③29。④10，13，16。⑤4，18。⑥11。⑦5，10。⑪10，23。　1920⑥22。　1921⑧9，30。1926①10。③7。⑤11，18，20，24，26，27。⑥16，18，22，23，24，28。⑦1，2，4，5，10，11，14，27。⑧2，11，22。　1928⑧4。　1933③1。

刘亚雄（1901—1988）　山西兴县人。北京女子师范大学学生，三一八惨案后由中共党组织派往苏联莫斯科中山大学学习，8月20日来向鲁迅辞行。——1926⑧20。

刘达尊　见刘肖愚。

刘同恺　字濬吾，湖南新化人。时任教育部文书科主事。——1921⑥6。

刘弄潮（1905—1988）　四川灌县人。1925年春在北京女师大社会主义青年团任交通员，曾受李大钊指示请鲁迅指导青年工作。1927年初为广州中央学术院讲师。——1925③27，28，29。④14，20。1927①25。

刘肖愚（1906—1994）　名瑀，又名肖愚，字达尊，日记又作刘小芋、刘小宇、刘小愚，湖南长沙人。1927年初为中山大学秘书处书记员，同年3月往武汉，任职于《中央日报》。1928年起在上海暨南大学任历史教员，常给《奔流》投稿。——1927②1。④13。⑤23。⑪2。⑫28。1928①2，19，24，31。②10，12，13。③4。⑤22，27。⑧26。⑨6。⑪18，21。⑫28。　1929⑦8。⑪25。⑫3，22。　1932⑪26。　1934③18。1936⑩14，15。

刘叔琴(1893—1939)　名祖徵,字叔琴,浙江镇海人。曾在宁波浙江省立第四中学、上虞私立春晖中学、上海立达学园教书。——**1926⑧30**。

刘叔雅(1890—1958)　名文典,字叔雅,安徽合肥人。1919年为北京大学国文系教授,1929年为清华大学国文系主任,后任安徽大学文学院院长。——**1919③29。1929⑤20**。

刘国一　湖南芷江人。1926年时为厦门大学法科政治系学生。——**1927③7。④24。⑤27**。

刘和珍(1904—1926)　江西南昌人。1923年考入北京女子高等师范学校英文系,不久被选为学生自治会主席。三一八惨案中牺牲。鲁迅曾参加其追悼会并作《记念刘和珍君》。——**1926③25**。

刘秉鉴　河北人。齐寿山托保应县知事考试者。——**1914②5**。

刘侃元　字济闿,笔名范沁仪,日记又作范沁一、沁一,湖南醴陵人。1927年在广州中山大学任教,1929年在上海从事翻译工作,1930年先后在北平大学、中国大学等校任教授。——**1927②27。③3,5,25,27。1929⑪7,24,28,30。1930①14**。

刘念祖　见刘履阶。

刘炜明(1908— ？)　广东大埔人。1934年间在新加坡经商,因希望得到鲁迅新作与鲁迅通信。——**1934⑩30,31。⑪28。⑫26,31。1935①23。②1,5,6。④27。⑦6**。

刘宗德　未详。——**1935⑪25。⑫16**。

刘绍苍　辽宁辽阳人。北京大学哲学系学生。——**1928⑫28**。

刘栋业(1897—1969)　福建福州人。中法大学孔德学院教授兼教务长。在张凤举等招待鲁迅的宴会上偶与鲁迅同席。——**1929⑤27**。

刘省长　见刘镇华。

刘勋宇　见刘薰宇。

刘重民　见李宇超。

刘前度　又名刘随,1927年2月鲁迅在香港讲演《老调子已经唱完》时,他曾作记录。——**1927③2,4**。

刘济舟　名乃弼,字济舟,安徽人。鲁迅在南京矿路学堂和东京弘文学院时的同学。——**1915**①7,10,16。

刘冠雄(1858—1927) 字子英,号资颖,福建闽侯人。曾留学英国,民国以后任海军总长。1913 年 1 月 28 日以海军总长兼任教育总长,因部员反对,于 3 月 19 日辞去兼职。——**1913**②5。

刘铧鄂(1913—1938) 名晖,字铧鄂,日记误作鞯鄂,河南信阳人。上海美术专科学校学生,因爱好木刻,写信向鲁迅请教。——**1936**③22。④13。

刘梦苇(1900—1926) 原名国钧,湖南安乡人,诗歌作者。——**1925**⑦8。⑩16。

刘雪亚 见刘镇华。

刘雪雅 见刘镇华。

刘雳青 见刘历青。

刘策奇(1895—1927) 笔名啸真,广西象县(今象州)人。民俗学研究者。早年在家乡教书,1924 年为北京大学歌谣研究会通讯会员。曾通过鲁迅在《莽原》周刊发表《一本通书看到老》一文。——**1925**④9。⑥20。⑩21。

刘楚青(1893— ?) 名树杞,字楚青,湖北新埔人。1926 年间为厦门大学教务长、秘书,兼理科主任。——**1927**①3,4。

刘楫先(约 1872— ?) 名川,字楫先,浙江上虞人,数学教师。鲁迅在绍兴府中学堂任教时的同事,民国后绍兴府中学堂改称浙江第五中学,刘仍在该校任教。——**1912**⑦7。 **1913**⑥28。 **1916**⑫8。

刘锡愈 山东郯城人,北京大学国文系学生。——**1926**⑤27。

刘暮霞 1916 年生,广东人。上海复旦大学学生。——**1935**⑫4,12。

刘鞯鄂 见刘铧鄂。

刘镇华(1883—1953) 字雪亚,日记又作刘雪雅,河南巩县人,陕西省督军兼省长。——**1924**⑧3,10。

刘履阶 名念祖,字履阶,四川汶川人。教育部秘书。——**1917**②5。

刘冀述 河南郑州机关枪营营长。——**1924**⑧11。

刘燧元　见刘穆。

刘薰宇（1896—1967）　名家镕，字薰宇，日记误作刘勋宇，贵州贵阳人。上海开明书店编辑。——**1926**⑧30。

刘三夫人　见陆繁霜。

齐　坤　日记误作徐坤，又作工、仆、仆人、佣，原籍浙江绍兴，绍兴县馆长班之长子。鲁迅寓县馆时由他照料生活，后来为八道湾周寓的门房兼管采买。——**1914**①31。⑤28。⑧11。　**1915**⑥16。⑨4。**1919**⑫29。

齐如山（1876—1962）　名宗康，字如山，河北高阳人。戏曲理论家。齐寿山之兄。1915 年 9 月被聘为通俗教育研究会戏曲股名誉会员。鲁迅在张勋复辟和三一八惨案后的两次避难中，曾得到他和齐寿山的帮助。——**1913**⑨5。　**1915**⑨29。　**1926**④28。

齐寿山（1881—1965）　名宗颐，字寿山，河北高阳人。曾留学德国。1912 年任教育部社会教育司第三科科员，后改任视学。1925 年鲁迅被章士钊非法免职时，他与许寿裳发表《反对教育总长章士钊宣言》。在张勋复辟、三一八惨案后曾帮助鲁迅避难，1926 年协助鲁迅翻译《小约翰》。1927 年秋蔡元培就任大学院院长，他往南京任该院秘书，直至蔡离任。1929 年时在甘肃西北军邓宝珊部工作。——**1912**⑥10，18，27。⑧20。⑪20。⑫12。　**1913**②5，27。③1。④1。⑤5，8，29。⑥14，16。⑨2，4，5，28。⑫23，25，26。　**1914**①10，30。②5。③17，18。④6，14，30。⑤9，14，30。⑦2。⑨1，4。⑩26。⑪3，5，6，7，16，19。⑫7，8，11，12，21，24，28，29，31。　**1915**①1，13，16，18，23，30。②4，5，8，11，12，22。③1，3，6，13，26，27。④6，17。⑤8。⑥22，26。⑦31。⑨10。⑩30。⑪15，22。　**1916**①21，26。⑦9，21。⑨6，21。⑪14，29。⑫2。　**1917**①8，15，17。⑤13，16。⑦3，7，12，24，31。⑩12，23，29，31。⑪1，3，7，16，17。⑫25，28，29。　**1918**①8，10，23，26，28。②1，9，28。③11，15。④19。⑤10。⑥18。⑦2，20。⑧31。⑩11。⑫6，10，28，30，31。　**1919**①16，17。②11，13。③26。④12，14。⑤2。⑥1。⑨18。⑪13。⑫31。　**1920**②9，16，17。③4。④21。⑤11，22。⑦9，10，13，27，29。⑧20，24。⑨25，28。⑩11，27。⑪16，27。⑫2，15，28，

31。 **1921**②3。③29。④5,12,26,27,28。⑤3,24。⑥4,6。⑨3。⑪3,9。 **1923**⑨22,24。⑩9。⑫1,7,13,15。 **1924**①14,19。④9,14,25,30。⑤20。⑥24。⑦5。⑧16。⑨10。 **1925**④1,28。⑥22。⑦22。⑧5,7,17,20,26。⑨4,12,13,17。⑩15,20,25,28,31。⑪11。 **1926**②3,5,23,25。③22,23,24。④9,10,15,16,18,20,22,26,27。⑥3,7,26,28。⑦3,6,10,28。⑧13,21,27。⑪24。 **1927**⑩26。 **1928**①16,25。②17,25。③1,2。④7。⑤4,18。⑥22。⑩30。⑪5。 **1929**①31。 **1932**⑪15。

齐宗颐 见齐寿山。

齐涵之 见史济行。

齐耀珊(1865—?) 字照岩,吉林伊通人。1921 年下半年为农商部总长兼教育部总长。——**1921**⑫29。

齐寿山第三子——**1926**④9。

亦 志 未详。——**1934**⑤22。

衣 萍 见章衣萍。

关 生 未详。——**1927**⑨26。

关先生 见关来卿。

关来卿 名维震,字来卿,日记又作关先生,浙江杭州人。京师图书馆分馆主任。——**1913**⑥6,12,17。⑧12。⑨13,15,18,23。⑩17,19,26。⑪15。⑫7。 **1914**①17,22,26。②18。③14。④5。⑤30。

关卓然 名鹏九,字卓然,浙江杭州人。在杭州浙江两级师范学堂与鲁迅同事。1914 年时在北京财政界任职。——**1914**⑤17。

米和伯 德国人。莱比锡"万国博览会"驻北京筹备所负责人。——**1913**⑪20,21。

冲 见周冲。

次 长 见董恂士。

次 长 见梁善济。

江 丰(1910—1982) 姓周,原名介福,后改名熙、江丰,上海人。画家,一八艺社成员,"美联"负责人之一。1931 年夏参加鲁迅主持的暑期木刻讲习班,其后曾组织春地美术研究所和铁马版画会。1932 年

7月与艾青等同时被捕,同年12月底在狱中与艾青写信向鲁迅借书。1933年夏获释,10月再次被捕,12月通过倪风之向鲁迅借阅原版《珂勒惠支版画集》。1935年出狱后曾函请鲁迅代谋工作。——**1932**⑫31。　**1935**⑩3。

江　石　未详。——**1927**⑪22。

江叔海(1858—1935)　名瀚,字叔海,福建长汀人。京师图书馆馆长,1913年初调任四川盐运使。——**1912**⑨30。　**1913**①13。②17。

江岳浪　曾将自著诗集《路工之歌》寄赠鲁迅。——**1935**⑫12。

江绍原(1898—1983)　又名绍平,安徽旌德人,宗教学和民俗学家。1924年为北京大学讲师,《语丝》撰稿人之一。1927年4月经鲁迅介绍至中山大学英语系任教,同年暑假离中山大学赴杭州,后任大学院特约著作员。——**1927**③2,31。④1,4,14,15,19,22,24,27,30。⑤4,6,9,11,13,18,20,23,25,28,29。⑥1,5,11,13,17,22,23,26,30。⑦3,13,15,20,27,28,30。⑧2,7,17。⑩4,15,16,17,18,21,26,28。⑪1,6,8,12,15,17,18,21,25,26。⑫2,5,10,15,19,24,26,30。　**1928**①6,11,16。②21。③4,6,27。④13。⑨19。⑪4。　**1929**①24。⑩22。

江绍原夫人　见朱玉珂。

池　田　日本医师。当时在北京石驸马大街开设池田医院。——**1912**⑫10。　**1913**③19。　**1914**⑤14。　**1916**⑩31。

池叔钧　陈子英家的仆人。——**1913**②26。④8。

池田幸子(1911—1973)　日记作鹿地夫人,日本人。当时是鹿地亘之妻。——**1936**⑧23。⑨17,23。

汝　珍　见曹靖华。

汝　兼　见沈汝兼。

汤　　见艾芜。

汤日新(1897—1951)　字又斋,江西广丰人。1929年为浙江绍兴县县长。——**1929**②6。

汤化龙(1874—1918)　字济武,日记又作汤总长,湖北蕲水(今浠水)人。1914年5月1日任教育总长,次年10月5日去职。——**1914**

⑤4。 **1915**③29。

汤尔和(1878—1940) 本姓沙,名橻,字尔和,浙江余杭人。与鲁迅同期留学日本,原习陆军,后改学医。归国后任杭州浙江两级师范学堂校医。民国以后长期任北京医学专门学校校长,1922年曾任教育部次长、总长等职。抗日战争时期曾任日伪临时政府议政委员会委员长、汪伪华北政务委员会常务委员、教育总署督办等职。——**1913**⑧18。**1914**①5。 **1916** ⑪ 27。 **1917** ⑥ 9。 **1918** ⑦ 30。 ⑧ 29,30。**1919**⑧21。 **1920**⑤29。⑧16。

汤兆恒(1907—1977) 日记误作姚君,浙江诸暨人,许寿裳长婿。上海英商万泰洋行工程师。——**1935**⑦7。

汤咏兰 日记作芷夫人、阿芷夫人。1910年生,湖南益阳人。叶紫夫人。1936年10月间曾将叶紫病重情况函告鲁迅。——**1936**⑤13。⑩6。

汤总长 见汤化龙。

汤振扬 见汤增敫。

汤哲存(1876—1946) 名孝佶,字吉人,号拙存,又作哲存,浙江绍兴人。汤寿潜之子。曾留学日本,当时在教育部任职。——**1912**⑧31。

汤爱理(1882—？) 名中,字野民,江苏武进人。北洋政府时历任教育部参事、主席参事、司长、次长。——**1929**⑪2,7,8,13。

汤聘之 来雨生托保应县知事考试者。——**1914**④6。

汤增敫(1908—？) 日记作汤振扬,浙江吴兴人。曾编辑《草野》半月刊(后改为周刊),宣传"民族主义文学"。——**1928**⑩18,29。**1930**④7,9。

汤鹤逸(1900—1968) 陕西汉阴人。北京大学毕业,曾留学日本,1925年回国,为北京《晨报》翻译日本小说。——**1925**⑪16。

宇 都 日本人。时在上海开设宇都齿科医院。——**1929**⑦19,20。

宇留川(1901—？) 即宇留河泰吕,日记又作パン·ウル,日本画家。1928年春与国木田虎雄、金子光晴等同到上海,经内山完造介绍认识鲁迅。——**1928**④2。⑪7,15。 **1929**④27。

　　守　常　见李大钊。

　　安　平　见储安平。

　　安　弥　见萧三。

　　安　藤　日本人。东京高等师范学校大塚童话会会员。应内山完造之请,与斋藤、福家到上海为日本儿童举办童话会,担任讲师。——**1930**④6。

　　冰　山　见彭柏山。

　　冰　莹　见谢冰莹。

　　祁伯冈　名锡蕃,字伯冈,日记又作柏冈,河北永年人。教育部社会教育司主事,通俗教育研究会讲演股会员。——**1913**⑩2。⑫21,28。**1914**①25。②12。③29。⑤30。⑥7。⑫31。　**1915**②13。④25。⑥13。⑭4,5。　**1916**①26。⑧6。⑪5。⑫1。　**1917**①14。

　　祁柏冈　见祁伯冈。

　　许　　　见许羡苏。

　　许　妈　日记又作许媪,海婴的保姆。——**1931**①20。　**1932**④23。⑤10。⑨24。　**1934**④15。

　　许　君　未详。——**1927**①30。

　　许　杰(1901—1993)　浙江天台人,作家,文学研究会会员,暨南大学教授。蒋径三坠马而死后,他曾函请鲁迅写纪念文章。——**1936**⑨18。

　　许　姓　王镜清的同学。——**1913**⑪23。

　　许　姓　当为许士熊,字吕简,江苏无锡人。与顾养吾同乡,1913年起任教育部秘书。——**1914**①16。

　　许　深　未详。——**1936**⑨2,4。

　　许　媪　见许妈。

　　许广平(1898—1968)　号景宋,日记又作害马、许小姐,广东番禺人。鲁迅夫人。1922年考入北京女子高等师范学校国文系。1925年为学生运动、教育改革等问题与鲁迅通信。1926年毕业后与鲁迅同离北京。鲁迅赴厦门,她返广州,任职于广东省立女子师范学校。1927年1月鲁迅就任中山大学文学系主任兼教务主任时,她被聘为鲁迅的助教。9月,与鲁迅同赴上海共同生活。——**1925**③11,12,16,19,21,

24,27。④1,6,7,9,11,12,15,17,21,23,24,27,28,29。⑤1,3,10,17,
19,20,27,28,31。⑥1,2,6,13,14,18,20,27,29。⑦1,2,4,6,10,13,
15,16,18,19,21,27,28,30。⑧14。⑨7。⑪8。 **1926**②3,28。③6。
④18。⑥21。⑧3,8,12,13,15,16,21,26,28,29,30,31。⑨5,13,14,
17,18,20,22,24,27,30。⑩1,4,5,11,12,15,16,18,20,21,23,24,27,
29,30。⑪1,2,4,5,8,9,10,11,16,18,19,20,21,22,26,27,29。⑫2,
3,6,7,12,13,14,16,21,23,24,25,30。 **1927**①2,3,5,6,7,11,12,
18,19,20,21,22,24,25,30,31。②1,2,8,9,18,19,20,21,22,23,26,
27。③1,2,5,6,7,11,13,16,18,20,21,26。④1,6,11,14,19,22,24。
⑤3,4,17。⑥9。⑦1,2,16,23,26。⑧2,11,13,15,19。⑨11,24,27。
⑩3,4,5,7,8,9,12,15,16,17,18,22,23,24,25,29。⑪5,8,14,19,30。
⑫1,6,14,17,19,20,22,24,25,31。 **1928**①4,6,9,13,16,19,20,22,
26。②4,18,26。③10,13,21,22,30。④2,5,25。⑤4。⑥2,12,24。
⑦2,6,9,12,15,17。⑧4。⑨2,27。⑩10。⑪3,5,24,25。⑫1,25,30。
1929①8,11,18,26。②8,11。③8,17,31。④5,9,25,27,28,30。⑤2,
8,12,16,18,20,21,22,23,24,25,27,28,29,30。⑥1,7,8,10,11,12,
13,15,16,26。⑦19,25。⑧8。⑨5,20,26,27,28。⑩1,3,5,10,17,
24。⑪26,30。 **1930**①4,9,31。②6,12,25,28。③3,21,22,23,24,
25,26,27,28,29,30,31。④1,6,7,8,9,10,11,12,13,14,15,16,17,
18,19,23,24,30。⑤1,2,8,12,13,29。⑥16。⑦4,5,6,8,9,10,11,
13,16,18,19,20,24,29。⑧18。⑨17,24,25,30。⑩2,4,6,8,12,28,
31。⑫11,12。 **1931**①5,20。②1,28。③4,8。④3,20,25,26,30。
⑤8,15,16,31。⑥2,3,4,12,23,27,28。⑦1,2,4,14,16,22,28,30。
⑧5,10,12,15,16,23,24,30。⑨7,13,17,20,26。⑩3,7,9,11,14,17,
18,20,26,30。⑪13,15,21,23。⑫4,6,8,11,31。 **1932**①4,10,12,
18,20,22,23,25,27,28。②15。③16,18,20,24,28。⑤6,7,9,10,30。
⑥1,3,5,7,9,14,15,18,26,30。⑦1,3,14,16,21,22,26,30。⑧7,9,
11,29,31。⑨1,6,8,15,17,18,19,21,23,25,27,29。⑩1,3,5,7,9,
11,12,13,15,17,19,21,23,25,27,28,31。⑪7,9,13,14,15,16,17,
18,20,21,22,23,25,26,27。⑫9,26,28,30。 **1933**①4,15,19,25,

31。②19,20。③13,19,23。④2,7,8,14,20,23,29。⑤2,9,10,15,20,30。⑦4,8,11。⑧2。⑨13,15,20,22。⑩11,14,15,19,20。⑪18。⑫3,18,23,25。　**1934**①7。②4,19,20,22。③7,11,22,29。④2,3,7,8,14,15,20,21,24,25,27,29。⑤1,4,5,18,22,25,31。⑥2,8,11,14,15,16,23,30。⑦4,13,16,30。⑧7,14,16,24。⑨9,15,16,17,21,22,27,28。⑩3,4,6,7,10,11,14,16,22,28。⑪6,8,14,20。⑫19,30,31。　**1935**①2,10,11,28,29,30。②1,16,25,28。③5,11,12,18,19,21,23,25,27,29,31。④2,4,8,9,11,20,21,30。⑤2,4,7,11,26,28。⑥16,17,26,29。⑦7,15,21。⑧5,6,9,14,17,19,25,28。⑨1,8,14,15,24,27。⑩1,3,10,20,21,23,25,27。⑪3,10,12,13,15,20,24,26,27。⑫6,11,23,29。　**1936**①2,4,12,13,15,19,29。②4,11,12,15,19,23,25,28。③28。④11,13,18,26。⑤7,10。⑦15,16。⑧1,5,7,11,14,21,29。⑨27。⑩1,4,6,10,11,15。

许小姐　见许广平。

许小姐　见许羡苏。

许天虹（1907—1958）　浙江海盐人。许粤华之兄。1928年至1929年间在上海劳动大学编辑馆任助理员,后从事翻译工作。曾将自己的创作和译作寄请鲁迅介绍发表。——**1928**⑪5,29。⑫20。　**1929**②2。

许仑音（1914—1935）　原名蔡思诚,浙江德清人。北平师范大学学生,平津木刻研究会成员,参加筹办第一次全国木刻联合展览会。——**1934**⑪20。

许月平（1916—2004）　广东番禺人。许广平之幼妹。曾协助鲁迅管理广州北新书屋业务。——**1927**②27。③6,21。④24。⑧2。

许以敬　安徽贵池人。1924年为北京女子高等师范学校国文系学生,与许广平同班。——**1924**⑫7。

许世场　1924年生,浙江绍兴人。许寿裳五女。1934年时在上海念书,因患甲状腺机能亢进,许寿裳函请鲁迅代为介绍医生诊视。——**1934**⑩23。⑪26,28,30。

许世瑛（1910—1972）　字诗英,日记又作世英,浙江绍兴人。许寿裳长子。鲁迅曾为他开蒙。1930 年考入清华大学国文系时又为他开列应读文学书目。1936 年毕业于清华大学研究院。——**1914**②5。**1915**⑩31。 **1916**②20。⑩10。 **1918**①1。⑤13。 **1924**⑥21。 **1926**⑧21。 **1930**⑦13。 **1932**⑪27,28。 **1935**⑦6。

　　许世瑛　1920 年生,浙江绍兴人。许寿裳四女。1935 年间在南京金陵女中求学。——**1935**⑦8。

　　许世瑢(1912—1966) 浙江绍兴人。许寿裳长女。——**1935**⑦7。

　　许世瑾　见许诗芹。

　　许东平(1900—?) 广东番禺人。许广平之妹。——**1927**⑧14。

　　许永康　名泽新,字永康,四川人。刘历青之友。曾任法制局金事、京师高等检察厅检察官等职。——**1914**⑪22。

　　许光希　未详。——**1936**③10,15,18,22。④14。

　　许先生　见许寿裳。

　　许仲南(1873—1939) 名寿棠,字仲南,浙江绍兴人。许寿裳的二兄。曾任山东博山、莱阳等县知事。——**1914**②10。⑩18,24。

　　许寿裳(1883—1948) 字季茀,又字季黻,号上遂,日记又作季市、许先生,浙江绍兴人,教育家。鲁迅在日本东京弘文学院的同学。1909年回国,任杭州浙江两级师范学堂教务长,曾邀鲁迅前往教书。民国成立后向蔡元培推荐鲁迅入教育部。教育部迁京后受任为金事、科长、参事。1917 年任江西省教育厅厅长,1920 年冬回教育部。1922 年至1924 年任北京女子高等师范学校校长。1925 年 8 月鲁迅被章士钊非法免职后愤而辞职。1927 年经鲁迅推荐任中山大学教授。四一五事变后一同辞职。后历任大学院参事、秘书长,中央研究院文书处主任,北平女子文理学院院长等职。——**1912**⑤12,13,17,18,19,26,31。⑥1,2,13,19,23。⑦3,6,10,14,17,19,20,22,27,28,30。⑧1,2,9,10,14,16,22,28,31。⑨1,3,4,6,7,8,11,13,19,21,25,27。⑩2,6,10,19,22,25,26。⑪6,9,21,24。⑫22,27,28,31。 **1913**①1,2,5,19,28,29。②3,5,8,10,27。③1,4,6,9,16,18,24,26,27。④8,25,28。⑤4,5,18。⑥16。⑧8,11,12,18,30。⑨21,26,27,28。⑩4,7,22,27,31。⑪3,8,9,14,17,19,21,22,27,29。⑫2,3,6,11,13,14,15,19,22,

24,27,28,30,31。　**1914**①1,12,16,17,20,21,28,31。②1,2,3,4,5,6,9,10,21,25,27。③11,13,28,30。④4,5,8,9,17,23。⑤1,5,8,13,15,16,20,26,29,30。⑥1,3,4,9,10,20,21,22。⑦3,21,26,27,28,31。⑧7,11,19,22,25,26,30。⑨6,17,23。⑩1,4,18,24,25。⑪20,25。⑫1,4,12,13,15,19,23,24,30,31。　**1915**①1,11,26,31。②1,4,5,11,14,15,23,25。③1,14,21,26。④29。⑤9,10,11,18,21,29,30。⑥4,6,9,17,19,20。⑦4,13,18,19,24,28。⑧7,26。⑨2,18,23,27,30。⑩13,28,31。⑪2,16,29。⑫6,19,31。　**1916**①23,26。②4,5,19,20,26。③13,15。④1,12,14,23,30。⑤11。⑥5。⑦2,9,19,20,31。⑨4,21,26。⑩8,10,18。⑪4,16,21,29。⑫2,9,20,30。　**1917**①8,12,21,22。②4,6。③7,20,25,31。④19,22。⑤12,14,16,19,21,24,26,28。⑥4,17,23。⑦1,13。⑨9,10,11,13,16,18,21,23,26,29,30。⑩5,6,7,12,16,18,20,26,31。⑫24。　**1918**①2,5,23。②27。③11。④1,11,19,20。⑤6,13,29。⑥17,19。⑦31。⑧5,21。⑨25。⑩30。⑫24。　**1919**④4,16。②4,10。③13。⑤12。⑧7。⑨18。⑪16。　**1920**②3。④8。⑫24,26。　**1921**①6。④1。⑦10,19。⑧6,26。⑨30。⑪5,28。⑫16。　**1922**①14,27。③6,17。⑦16,28,31。⑧10,29。⑨21。⑩5,30。⑪15,17,18,20,22,29。⑫6,7,19,21。　**1923**①5。③28。④19。⑤24。⑥6。⑦31。⑧14,16,24。⑨26。⑩8,9。⑫1,11,12,22,24,26。　**1924**②14。③3。④9,19。⑤6,19,26。⑥21。⑦1,4,5,24。⑧15,25。⑩3,25,28,30。⑪20。⑫8,21。　**1925**①16。③9,12,19,28。⑤11,30,31。⑥4,17,24。⑦11,22。⑧1,5,7,14,15,17,18,19,20,21,22,23,24,25,26,28,29,31。⑨1,4,8,9,11,15,17,18,22,25,27,28,29。⑩4,5,8,9,12,17,19,20,24,26,27,30,31。⑪7,11,13,16,21,28,29,30。⑫2,4,5,8,9,16,20,24,27,29。　**1926**①3,6,7,9,10,12,14,15,16,20,24,30。②2,4,5,7,9,14,24,26。③3,7,9,15,16,21,22,24,25,26,27。④1,2,3,5,7,8,10,11,12,15,26。⑤4,7,10,12,13,21,28。⑥4,7,13,18,19,21,25,30。⑦7,10,12。⑧1,7,11,13,16,19,21,24,26,28。⑨8,29。⑩4,19。⑪5。⑫28,30。　**1927**①11,12,28,30,31。②1,14,17,20,21,22,23,26,27。

③2,5,6,7,11,13,16,18,20,21,26。④1,19,22,24。⑤3,5。⑥5,9，23。⑦16,19。⑩5,8,12,17,18,21,22,24。⑪11,14。⑫16,22,29，30。 **1928**①6,15。②4,17,29。③11,14,20,23,25,27。④7,10。⑤4,10,18。⑥2,3,4,23。⑦7,9,23。⑧24。⑨10,29。⑩3,22。⑪2,5。⑫16,17,25。 **1929**①9,18。②7,19,25。③1,5,6,23,24,27。④9。⑤1,3,7。⑥13,21,23,30。⑦10,12,31。⑧26。⑨1,3。⑩5,14,20，23,28。⑫2。 **1930**①10,11,20。②11,12,16。③8,16。④9,17。⑤1,29。⑥1。⑦8,12,13,16,30。⑧8。⑨16,19。⑩14。⑫6,30。 **1931**①21。③4。⑤23,27。⑧24。⑩6。 **1932**①11。②22。③1,2，13,15,22。④11。⑤15,30。⑥8,13,18,26,29。⑦27。⑧1,2,4,11，13,17,18,20。⑨19,21,28。⑩25。⑪3,26。⑫2,3,31。 **1933**①9,20,25,26。②3。③1,3,9,31。④15,16,20。⑤3,9,10,17,27。⑥19，20。⑦2,30,31。⑧19,20,27。⑨19,27。⑩25,26。⑪7,14。⑫29。 **1934**②9。③29。④1,9,26。⑤3,9,21,22,23,29。⑥1,5,14,24，29。⑦5,31。⑧7。⑩23,27。⑪3,19,27。⑫9,27。 **1935**①9,13。②1。③23。④2。⑤20,26,27。⑦2,6,7,8,20。⑨2。⑫2,5。 **1936**④4,6,23,24。⑤10,29,31。⑦1,4,17,20,27。⑨26。⑩16,17。

　　许声闻　见许涤新。

　　许伯琴(1886—1958)　名文溥,字伯琴,浙江绍兴人。杭州浙江两级师范学堂毕业,1911年任山会初级师范学堂教员。——**1918**①7。

　　许希林(1900—？)　江苏吴县人,美国杜邦(Du Pont)上海分支机构职员。与孙君立、周建人同寓景云里,合请一厨师,鲁迅、许广平初迁入景云里时曾临时入伙共餐。——**1927**⑩23。⑪19。

　　许叔和(1896—1942)　广东番禺人。许广平之三兄。——**1929**⑪5,26。 **1930**⑥5。 **1932**⑩17。

　　许叔封　魏福绵托保应县知事考试者。——**1914**①31。

　　许季上(1891—1950)　名丹,字季上,浙江杭州人。佛教徒,精通梵文,历任教育部主事、视学、通俗教育研究会编审员。1914年鲁迅刻印《百喻经》系由他经手。1917年上半年在北京大学兼课,讲授印度哲学。后去开滦煤矿任职,曾被派往南洋考察。——**1912**⑪18,20。⑫2，

12,14。　**1913**①11。②2,3,27。③23。④4,6,7。⑤28。⑥11,12。
⑧8,12。⑨21。⑩10,12,18,23。⑪16,20,26。⑫18。　**1914**①2,3,
4,13,15,17,20,25,30。②5,6,8,22。③3,9,22,26,27。④15,24,30。
⑤3,9,14,23,29,30。⑥14,21。⑦2,4,8,19,27,29。⑧9,12,19。⑨
7,8,11,13,14,16,17,19,23,26。⑩4。⑪7,13,22。⑫7,8,12,20,22,
31。　**1915**①1,11,14,26。②5,7,21。③14,20。④3,13,17,25。⑤
1,3,10,16,17,18,22。⑥6,13,17,19,20,27。⑦4,8,9,11,15,19,23,
25,30,31。⑧5,7,8,15,16,23,28。⑨5,7,10,14,24,27。⑩2,9,15,
24,26。⑪4,5,15,26。⑫4,17,21。　**1916**①1,16。②5,8,9,11,14。
④22,27。⑤28。⑥9,15。⑦3,20,21,29。⑧4,13,17,20。⑨2,3,16,
21,24。⑩11,19。⑪9,14,21。⑫1,2,5,9,18,26,28,29。　**1917**①8,
17,22。③25。④7,23,29。⑤13,15。⑥10,23。⑦4,6,15,31。⑧5。
⑨9,20。⑩12,19,24,27,31。⑪1,5,7,8,11,17,22。⑫1,6,14,25,
29。　**1918**①8,19,26。②1。④14。⑤21。⑧31。⑨14,19。⑩10。⑪
17,29。　**1919**①31。②2。④27。⑤11。⑦8,11,17,26。⑧5,9。⑫
13,14。　**1920**④1。⑩24。⑪3。⑫23。　**1921**④29。⑤8。　**1922**①
27。　**1926**②23,26,27。　**1928**⑦2。

　　许季市　见许寿裳。

　　许季茀　见许寿裳。

　　许季黻　见许寿裳。

　　许诗芹(1903—1988)　名世瑾,字诗芹,日记又作许世堇、许诗堇、
诗堇,浙江绍兴人。许铭伯之幼子。1919年上半年在京师第一中学读
书,暑假后考入北京医学专门学校,1923年毕业。1926年时为北京医
科大学助教。1928年3月起任上海市卫生局科员。——**1919**④27。
⑦2。⑩2。⑪9,16。　**1926**⑥19。　**1928**③11。⑦9。

　　许诗苓(1886—1959)　名世琳,字诗苓,浙江绍兴人。许铭伯长
子。1912年至1919年间在汉口中国银行工作。——**1912**⑩10,22。
1913⑫14。　**1914**②10。　**1919**③30。

　　许诗荃(1895—1969)　名世璠,字诗荃,浙江绍兴人。许铭伯次
子。1917年北京大学化学系毕业,1923年间曾在北京女子高等师范学

校任职。1925 年底往兰州任甘肃省政府秘书、主任秘书等职。——
1912 ⑤12,26。⑥2。⑧25。⑩10。 **1913** ① 19。② 5。⑤ 17。⑥ 14。
⑩22。 **1914**③25。⑤7。⑥1,9。⑦10。⑧13,31。⑪8。⑫25。
1915⑥28。⑦1。⑩15,31。⑫26。 **1916**⑥17。⑩10。 **1917**①23。
④1,22。⑤8。⑥24。⑧26。⑨23。⑩14,18。⑫9。 **1918**①1。④9,
10,11。⑦14。⑧6。⑫29。 **1919**②16。③30。⑦7,22,23。⑧17,
31。 **1920**①25。②20。 **1923**⑩13,22。⑫11,21,24,26。 **1924**⑤
23,27。 **1925**③22。⑤31。⑧14,26。⑨5,20。⑪1。⑫20。 **1926**
①26。⑤31。⑧5。

许诗苟(1900—1930) 名世珣,字诗苟,浙江绍兴人。许铭伯第三
子。1922 年北京大学化学系毕业。后在北洋政府实业部任职。——
1918⑫29。 **1919**⑥6,12。⑧17。 **1920**③23。⑥6,18。 **1924**③
18。 **1925**③22。 **1927**⑫27。 **1928**③11。⑦9。

许诗荭 见许诗芹。

许诗董 见许诗芹。

许省微(1899—1967) 名绍舜,字心微,又作省微,日记又作星微,
浙江绍兴人。许钦文三弟,经商。——**1928**⑦15。 **1932**⑨3,5。
1934④21。

许拜言(1902—1994) 名赞禹,字拜言,浙江绍兴人。许钦文的幼
弟。当时在杭州任小学教员。1933 年间许钦文入狱后,曾函请鲁迅设
法营救。——**1933**⑩4,10,22。⑫20。 **1934**①18。

许钦文(1897—1984) 名绳尧,笔名钦文,浙江绍兴人,作家。
1920 年间在北京大学旁听鲁迅讲课。1923 年初由孙伏园介绍与鲁迅
结识。其后在创作方面曾得到鲁迅很多帮助,他的短篇小说集《故乡》
由鲁迅编选,收入《乌合丛书》。1932 年至 1934 年间因受陶思瑾、刘梦
莹案牵连,两次入狱,经鲁迅托蔡元培等设法营救获释。——**1923**①
15。⑧25,26。⑨16。⑩20,28。⑪27。⑫30。 **1924**①1,13,17。②
3,6,17,24。③9,23,27,28。④6,12,15,20。⑤6,18,25,29,30。⑥8,
20,22。⑦1。⑧17,23。⑨1,11,21,25。⑩12,22,29。⑪2,3,5,9,23。
⑫3,7,10,17,25,27。 **1925**①1,6,15,18,20,22,25,31。②4,11,15,

21,27。③4,15,16,18,19,22,24,27。④4,6,11,13,15,22,27。⑤2,
3,12,16,19,24,31。⑥5,7,9,18。⑦17。⑧2,4,6,8,14。⑨3,13,28,
29。⑩1,9,13,14,30。⑪7,11,19,24。⑫1,27。　**1926**①5,6,23,26。
②1,7,8,15,26,27。③3,26。④12,18,23,24。⑤12,30,31。⑥6,17。
⑦7,11,12,15,18,20,22,27。⑧2,10,11,16,20,21,24,26。⑩10,12,
22,25。⑪7,25,30。⑫24。　**1927**①28。②10,21。④13,15,21。⑤
3,13,18。⑥5。⑩4,5,6,15,18。⑪13,14。⑫16,17。　**1928**①13,
16,20。②18,22,25,29。③5,6,19,22,26,27,31。④1,3,5,9。⑤12,
13,17,18。⑥2。⑦6,7,9,10,12,14,15,17,18,20,23,30。⑧1,21,
25,29,30。⑨11,18。⑩1,9。⑪2,21,29。⑫4。　**1929**①20。②21,
27。③2,3,8,9,14,24,28。⑤21,24。⑥13,17,19,28,30。⑦2,10,
14,16,23。⑧10,14,16,26,30。⑨7,8,11,13。⑩3,18。⑪15。⑫1,
2。　**1930**②13,14,19,20,26。③3。⑤31。⑦14,19,31。⑧6,7。⑨
8,23,26。⑫14。　**1931**④15,16。⑥11,17,18。⑨17,19,20,23。⑩
20,27,30。⑪4,6,13,14,24。⑫2,7,8,14,19,21,22,28,31。　**1932**
①5,6,10,11,12,13,15,21,22,27。②8,18,24。③28。④6,9,12,16,
25。⑤28。⑥4。⑦8,12,13。⑧28,31。⑨3,12,30。⑩8。⑪7,30。
⑫13。　**1933**①29,30。③21。⑥10,13。⑦8,13。⑧16。⑩23。⑪
22。　**1934**①18。⑦11。⑧6,7,11,16。⑨25。⑩11,24。⑪24。⑫1,
28。　**1935**①28。②22。④22。⑤19。⑧10,28。　**1936**①21,22。②
29。⑦14,15。

许俊甫　见许骏夫。

许席珍　因对《铁流》中译本译文词语有不同看法与鲁迅通
信。——**1933**⑤24,29,30。⑥16。⑦28。

许涤新(1906—1988)　原名声闻,广东揭阳人,经济学家。1927
年时为广州中山大学文科学生,选修鲁迅讲授的课程,并经常往访求
教。2月间函询鲁迅应如何观察社会、了解人生等。鲁迅曾及时复
信。——**1927**②21,22。

许骏夫(1878—1965)　名炳堃,字缄甫,号潜夫,日记作许俊甫、许
骏甫、许骏夫,浙江德清人。清末留学日本,民国初年先后创办浙江甲

种工业学校、浙江工业专门学校。——1917⑪14。　1918①28。②7，8，9。③17。　1919⑥24。⑧9，25。　1920⑤4。⑫18。

　　许骏甫　见许骏夫。

　　许菊仙　浙江绍兴人。许寿裳之堂侄，在广州经商。——1927⑥9。

　　许铭伯(1866—1921)　名寿昌，字铭伯，浙江绍兴人。许寿裳的长兄。曾任财政部金事、盐务署会办等职。——1912⑤5。⑥1，2，13，19，23。⑦14。⑧19。⑨4，19，25。⑩2，10，19，22。⑪9，17。⑫22，30，31。1913①3。⑥7。⑩22。⑫3，6，8，11，12，13，14，15。　1914⑤5。1915⑥16，19，26。⑦4，13，15，21。⑨12，23。⑩31。⑪2。⑫12，25。1916①8，23。②5，20，26。③19，26。④16，30。⑤10，17，20，29。⑥8，21，22。⑦7，8，21。⑧18，24。⑨10，12，13，21。⑩10，24。⑪1，4，18。⑫1，2。　1917①9，11。③1，31。④8，9，15。⑤6，8。⑦1，4，5，13。⑧5。⑨9，23，24，30。⑩1，7，19，21。⑪11，12。⑫13，22。　1918①1。②9，10，12，23。③3，17。④8，20，28。⑤2，13，18，26，28，30。⑥1，8，12，16，23。⑦7，21，22，31。⑧4，8，18，21，25，28，31。⑨4，9，12，13，16，19，21。⑩1，20，27。⑪10，12，14，28。⑫2，15，17，23，29，31。1919①2，9，15，19，23，31。②2，23，28。③1，4，11，15，23，29。④4，6，18，24，25，27。⑤7，9，11，16，17，25。⑥1，2，12。⑦3，13，17。⑧17。⑨14。⑩8，20。⑪16，20。⑫30。　1920①3，9。②4，5，18，20。④15，16。⑧7。　1921⑦2。⑧14。

　　许粤华　笔名雨田，日记又作河清夫人。1912年生，浙江海盐人，翻译家。许天虹之妹。1935年夏去日本留学，一年后归国。——1935⑦11。　1936③22。④7，24。⑨2。

　　许美苏(1901—1986)　字淑卿，日记又作许璇苏、许小姐，浙江绍兴人。许钦文之四妹，周建人在绍兴女子师范学校任教时的学生。1924年北京女子高等师范学校数理学系毕业。1926年夏鲁迅南下后，她长住鲁迅京寓，帮助鲁迅母亲理家，至1930年春到大名河北第五女子师范任教时为止。1931年去浙江萧山、杭州教书。1932年初在上海小住，同年4月去成都。——1921⑩1，5，8。⑫7，8。　1923⑧3，23。

1924①8。⑥8。⑨27。　**1925**①1,25。③8,15。⑦6,21,28。　**1926**③29。④16,18,20,21,22。⑥20。⑧21,26,27,28,29。⑨1,4,5,8,12,18,23,24,27。⑩2,4,6,18,19,20,21,26,28。⑪5,10,14,21,22,25,28,29,30。⑫1,7,8,9,13,19,20,28。　**1927**①4,5,9,14,15,18,23,28,29。②9,16,17,26。③4,12,22,27。④13,15,28。⑤2,18,19,27,30。⑥3,10,20,23,29,30。⑦11,20,25,31。⑧10,12,21。⑨2,12,23。⑩5,12,14,20,21,31。⑪2,4,7,9,15,17,18,19,22。⑫2,3,13,16,19,29。　**1928**①2,3,9,10,17,29。②1,2,10,15,16,25。③8,9,17,31。④3,20,23。⑤7,18。⑥2,3,6,18,20。⑦3,12,23,30。⑧3,27,28。⑨20。⑩1,19,22,31。⑪22,29。⑫21,27,31。　**1929**①7,18,22。②16,21,26。③6,21,23,27。④4,29。⑤3,7,15。⑥3,5,11,13,16,24,25。⑦10,11,12,13,16,20,22,23,24,30,31。⑧15,17,26。⑨7,9,24,25,27。⑩6,9,23,24,26,28。⑪10,14,16,25,27。⑫2,12,13,25。　**1930**①7,15,17,20,30。②1,3,8,14,17。③1,2,18。④9。⑦19,23,24。⑧6,15。⑫7,26。　**1932**①21。③13。　**1933**⑨23。⑩22。

许美蒙(1907—1929)　浙江绍兴人。许钦文之五妹。1928年间在湖州乡间任小学教员。——**1928**⑤18。⑥23。⑧3。⑩19。⑫21。**1929**①18。②16。③23。

许楚生　见许德珩。

许锡玉　1918年生,广东番禺人。许广平二哥之子,广州广雅中学学生。——**1933**③28。

许锡娣(1923—1953)　广东番禺人。许叔和之子。——**1929**⑪26。

许璇苏　见许羡苏。

许德珩(1890—1990)　字楚生,江西九江人,社会学家。早年参加辛亥革命和五四运动。曾任黄埔军校政治教官。1928年间为上海大陆大学教授,曾请鲁迅往该校讲演。该校被当局封闭后筹资创办社会科学院,1930年3月曾写信向鲁迅募捐。——**1928**⑪5。　**1930**③20。

许妈之女——**1932**④23。

许季上子——1920⑪3。

许季上母——1915⑧5。

许寿裳夫人　见沈女士。

许寿裳夫人　见陶伯勤。

许叔和夫人　见钟娟如。

许叔和孩子　见许锡绵。

许季上夫人——1917⑫25。　1918④14。

许季上次女——1917⑧5。

阮久孙(1886—1935)　日记又作阮久荪、阮久巽、九孙,浙江绍兴人。鲁迅大姨母之幼子,阮和孙幼弟。原在山西作幕友,后因神经错乱,到北京经鲁迅延医治疗无效,派人送回原籍。——1915⑧31。**1916**⑥16,17。⑨15,16。⑩15,30,31。⑪6,10,14。⑫5,24。　**1919**⑫7。　**1921**⑨8。　**1923**⑤27。⑦18。　**1924**⑥20,24,26。⑨27。**1925**⑤2。　**1926**⑥21,28。⑦2,25,28。

阮久荪　见阮久孙。

阮久巽　见阮久孙。

阮长连　见阮善先。

阮立夫(1879—1931)　名文鼎,字质孙,号立夫,浙江绍兴人。阮久孙的从兄。南京江南水师学堂毕业。民国初年曾任绍兴府中学堂英文教员、江西九江镇守使副官等职。——1912⑩21。⑪9。　**1913**①4。④26。　**1917**①1。

阮和孙(1880—1959)　日记又作阮和荪、阮和森,浙江绍兴人。鲁迅大姨母三子,阮久孙之三兄。曾在山西省当幕友。——**1913**①27,29。②7。⑤8,12,17。　**1916**③20,21,24。⑩3,4,9,14,15,29,31。⑪4,8,10,13,15,17,26,29。　**1917**⑥10,20。⑪19,21,27。　**1918**①3,5。③8,22,26。⑥22,24。　**1920**①13。②10。　**1921**②25。**1923**⑨3,13,16,23,29。⑩11,19,31。⑪12,18。⑫25。　**1924**①15。④15,21。⑤29。⑥11。⑩2,15。⑪14。　**1925**⑩26。　**1927**①29。**1928**⑩8。⑫4。　**1929**①21。　**1930**⑥2。　**1932**⑪9,25。　**1933**⑤1。　**1935**⑫23。　**1936**③8,20。

阮和荪　见阮和孙。

阮和森　见阮和孙。

阮姓者　未详。——**1913**⑪29。

阮梦庚(1872—？)　名文星,字罗孙,号梦庚,浙江绍兴人。鲁迅大姨母之长子,阮久孙的长兄。1916年在家闲居。——**1916**⑪14,15。

阮善先　又名长连,日记又作和森之子、和森长男,1919年生,浙江绍兴人。鲁迅的姨表侄。——**1928**⑩8。　**1932**⑪9,13。　**1934**⑨5。　**1935**⑫23。　**1936**①17。②1,15。

阮翱伯　名贞豫,字奥伯,日记作翱伯,安徽合肥人。陕西临潼县知事。——**1919**⑤20。⑥7。

如　山　见齐如山。

妇　　　见朱安。

羽太父　见羽太石之助。

羽太母(1870—1946)　日本人。羽太信子之母。——**1920**①28。

羽太兄弟　见羽太重久、羽太芳子。

羽太芳子(1897—1965)　日记又作三弟妇、三太太、芳子太太等,羽太信子之妹。因照顾信子分娩,于1912年5月在其兄重久陪同下来华。1914年初与周建人结婚。——**1912**⑤23。⑥29。⑦5。⑪13,15。**1913**⑥10,14。⑦4。　**1914**③17,18,21。④3,10。⑫12,15,27,30。**1915**③1。④13,16。⑧17。⑨29。⑩4。　**1916**⑨10,20。⑩26,28。⑪6。⑫2,15,21。　**1917**③5,13,16,19,31。④4,5,6,20,28,30。⑤12,18,26,31。⑥5,7,25。⑪11。⑫12,31。　**1918**①11。③3。④8。⑤24。⑥17,24,26。⑩19,20。　**1919**①9。⑤20。　**1920**⑤20。**1923**⑧13,15,26,29。⑨16。　**1924**②2。③8。⑤20,26。⑧13。⑩3,5,18。⑪7,22。　**1925**②11。③13。④5,19。⑥1。⑦21,30。　**1927**⑫29。　**1936**⑧27。⑨25。

羽太重久(1893—1980)　日记又作H君、重君等,日本人,羽太信子之弟。曾多次来华探亲。——**1912**⑤23。**1914**④9,11,14,21。⑤16。⑦8,30。⑧4,11。⑫27。**1915**⑧5。⑨2,4,15,21。**1916**②7,22。③1。④15。　**1917**①25,31。⑥25,27。**1918**⑦13,15。**1919**

①10。⑧10。⑩12,19。⑫29。 **1920**⑤20,25。 **1921**②27。 **1924**
②8,17,25。③4,8,20,25。④15。⑤5,21。⑥5,11,19。⑧13,14,21,
29。⑨7,19,23,27。⑩11,23,27,28,30。⑪23,26。⑫2,12。 **1925**
②14。④30。⑥26。⑦1。⑧1,26。⑨12。⑩13。 **1926**①11。⑦31。
⑩31。 **1929**④4。⑦13。

羽太信子(1888—1962) 日记又作二弟妇、二弟夫人、弟妇、启孟
妻等,周作人之妻。——**1912**⑤11,23,28。⑥12,14,29。⑦5,11。⑧
28,31。⑨15,17,27,29。⑩6。⑪13,15,16,27。⑫1,21。 **1913**①
19,20。④5,11,16。⑤23。⑪13。 **1914**①10,13,14,15。②5,14。
③8,11,13,29,30。⑦10。 **1915**⑥16,17。⑩29。 **1916**⑤27,28。
⑥6,9,10。⑦5,19,28。⑫22。 **1917**④16,27。⑤2,11,13,14,15,17,
19,20,22,23,24,25,27,31。⑥3。⑩12。⑪25,26,27。⑫3,6,27,31。
1918①11。②19,22,23。③3。④10,20,24。⑥17,26。⑧17,20,21。
⑩7,19,20。⑪20。⑫25,26。 **1919**④21。⑤1。⑧10。⑩19。
1924⑥11。

羽太祖母(? —1913) 日本人。羽太信子的祖母。——**1913**④9,
10。

羽太福子(? —1928) 日本人。羽太信子之妹。——**1912**⑨18。
1913⑥13。 **1914**⑪25。⑫9。 **1915**③3,18。④7,15。⑥16。⑦1。
⑧3。⑩23,27。⑪8。 **1916**①15。③31。④17。⑨30。⑫14。
1917③3,5,31。④4,20。⑥25。⑨24。⑩3。 **1918**④6,9。⑧16。

羽太石之助(? —1941) 日本人。羽太信子之父。——**1921**⑨
22。

约 夫 未详。——**1936**②7。

孙 用(1902—1983) 原名卜成中,浙江杭州人,翻译家。当时是
杭州邮局职员。1929 年 1 月,他将所译莱蒙托夫诗四首寄给鲁迅,后
发表于《奔流》。同年 11 月又将所译裴多菲长诗《勇敢的约翰》寄与鲁
迅。为刊印此书鲁迅曾几经周折,最后商定由湖风书局承印。在出版
过程中鲁迅为之修改,校稿,作校阅后记,设计版式,选择插图,并垫付
稿费,前后历时两年。——**1929**①24。②4。⑥16。⑪6,9,14,20,25。

1930②11,14。④12。⑨1,3,6。⑪21,24,30。⑫3,6。　**1931**⑤5,16。
⑨16,17,22。⑩6,11。⑪13,18。　**1936**②9。

孙　成　教育部工友。——**1919**⑫29。

孙　君　见孙伏园。

孙　君　中国银行杭州分行职员。——**1919**⑫25。

孙夫人　见宋庆龄。

孙太太　见孙式甫夫人。

孙少卿　名祖绳,字少卿,日记又作孙幼卿,山西临汾人。1925 年
北京师范大学史地系毕业。——**1927**①15。③16。

孙北海　名初超,字北海,山东文登人。教育部社会教育司分部人
员、京师图书馆馆员。——**1923**③18。⑤4。

孙永显(1904—？)　字俊扬,山东泰安。北京大学理预科学生。
受中学同学燕志儁之托将诗稿转寄鲁迅。——**1925**④26。

孙幼卿　见孙少卿。

孙式甫　名金钰,字式甫,江苏无锡人。许广平的表姐夫。——
1934⑧7。　**1936**⑨3。

孙尧姑　字叔贻,贵州贵阳人。1925 年北京女子师范大学国文系
毕业。——**1925**⑨6。

孙师毅(1904—1966)　笔名施谊,江西南昌人,电影艺术家,南国
社及"剧联"成员。上海中外出版公司总编辑。——**1933**⑫23。

孙伏园(1894—1966)　名福源,后改伏园,字养泉,笔名柏生、松年
等(日记中的"名肃"疑亦指孙),浙江绍兴人。鲁迅任山会初级师范学
堂监督时的学生。1913 年转入浙江第五中学(其时周作人在该校任
教)。1918 年入北京大学国文系旁听,翌年改为正科生,1921 年毕业。
在校时曾参加该校新潮社,任干事部干事兼编辑部编辑。1919 年兼任
北京《国民公报》副刊编辑。1920 年兼任北京《晨报》编辑,1921 年主编
《晨报副刊》。1924 年夏以记者身份与鲁迅等同赴西安讲学。同年 10
月离开《晨报》,旋改任《京报副刊》编辑,并发起创办《语丝》周刊。1926
年下半年与鲁迅同在厦门大学,任国学院编辑部干事。同年底任广州
中山大学史学系主任,曾与鲁迅筹办广州北新书屋。1927 年 3 月到武

汉编辑《中央日报副刊》。1928年初赴法国短期留学。1929年回国后长期在河北定县从事教育工作。——**1913**⑦21。 **1917**⑤24。 **1919**④3。⑤3,4,10,21。⑥4,14,17,20。⑦1,5,9,14,19,22,25,27。⑧1,7,23。⑩8。⑪9,20。 **1920**①18。⑦13。⑨25。 **1921**①2。③31。④8,10,11,12,13,15,17,24。⑤1,3,5,13,25,27,29。⑥4,5,9,11,18,22,25。⑦3,7,9,11,14,17,25。⑧1。⑨2,7,10,13,18,22,26,27。⑩1,2,7,9,13,17,19,22,30。⑪6,11,20,23,25,27。⑫3,8,15。 **1922**①27。⑧27。⑪24。 **1923**①1,3,11,13,14,15,26,28。③21。④8,12,13,15,29。⑤6,10,13,20,24,25。⑥6,10,12,13,17,18,24,28,29。⑦3,7,8,14,20,27,28。⑧5,8,10,12,14,19,22,25。⑨11,17,21。⑩1,7,8,14,18,19,21,22,23,24,28。⑪9,10,13,14,19,30。⑫1,11,12,21,22,25,30。 **1924**①1,7,8,11,12,13,14,17,23,28。③7,8,9,14,19,23,24,28,31。④2,4,12,22,25,26。⑤4,6,8,10,11,13,15,18,20,22,23,29,31。⑥2,4,7,8,11,12,14,17,18,20,22,28,29,30。⑦1,3,4,6,14,15,16,17,18,29,30。⑧1,3,9,10,11,14,15,18,19,21,24,26,29。⑨1,4,8,12,16,21,26,27,28,29。⑩1,2,3,5,7,8,10,11,13,14,16,19,20,25,26,27。⑪3,8,13,15,16,17,18,22,23,24,25,27,30。⑫1,7,9,10,12,13,14,15,21,22,24,27,28,31。 **1925**①1,4,9,10,15,18,21,22,25,28,31。②1,5,8,10,11,12,15,16,17,18,23,24,27。③1,3,6,8,11,14,15,19,21,23,24,27,29。④1,26,28。⑤4,5,9,20。⑥14,29。⑧14,24,28。⑨2,9,20。⑩4,22。⑪27,30。⑫31。 **1926**①7,12。②4。③1,5,26。④7,11,14,17,25。⑤24。⑦30。⑨4,5,11,19,21。⑩2,14,27,29。⑪5,10,13,28,30。⑫4,10,11,12,14,18,28。 **1927**①3,8,12,19,20,21,22,23,24,29,31。②17,24。③7,17,20。④11,26。⑤6,14,20。⑥23。⑦4。⑧25。⑩3,4,5,7,9。 **1928**②29。③14。 **1929**③20。④13。

　　孙庆林(1888—1943) 名庆麟,字虞臣,浙江绍兴人。孙德卿之嗣子,绍兴成章女子学校校长,绍兴救济院院长。——**1919**②20。

　　孙伯恒(1879—1943) 名壮,字伯恒,北京人,金石学研究者。北京商务印书馆经理。1915年为教育部通俗教育研究会小说股调查干事,北京通俗教育研究会会员。——1915⑪13。

　　孙伯康(1894—1943)　字安生,浙江绍兴人。鲁迅任山会初级师范学堂监督时的学生。——1918⑤29。⑥29。⑦9。⑧6,27,31。⑨2,16。

　　孙君立(1902—？)　名豫寿,字君立,日记作孙君烈,江苏无锡人。商务印书馆编辑,与周建人、许希林同寓景云里,并合请一厨师。鲁迅、许广平初迁入景云里时曾临时入伙共餐。——1927⑩9,23。⑪19。

　　孙君烈　见孙君立。

　　孙宝瑚　浙江杭州人。当时的外交总长孙宝琦之弟。——1912⑥26。

　　孙春台　见孙福熙。

　　孙冠华　浙江余杭人。曾任教育部社会教育司主事。——1915⑪4。　1920③17。

　　孙席珍(1906—1984)　浙江绍兴人,作家,北方“左联”成员。1925年为《晨报副刊》校对,并编辑《京报·文学周刊》。1929年在上海从事创作,1932年为北京师范大学讲师。——1925①6,18,29。④1,5。1929④16,28。⑦13。⑧7。　1932⑪27。

　　孙祥偈(1903—1965)　女,字荪荃,湖北武昌人。1925年北京女子师范大学哲学系毕业,1929年为北平《新晨报》副刊编辑主任。——1929⑤28。

　　孙惠迪(1915—1992)　日记又作惠迭,浙江绍兴人。孙伏园之长子。北京孔德学校学生。——1923③21。④8,15。⑥17,18。⑫25,30。　1924①13。⑧15。⑨26。⑩10,26。　1925②1,12。③24,29。④8,19。⑤4。⑧14。⑨2,20。⑪27。⑫31。

　　孙斐君(1897—1990)　名桂丹,字斐君,日记又作川岛夫人、矛尘夫人,黑龙江安达人。1922年北京女子高等师范学校毕业。1924年与章廷谦结婚。1925年在河北省立高级中学任教,1928年至1931年在杭州高级中学、杭州女一中任教,1931年秋至1932年在北平大学女子文理学院任教。——1925④10,17。　1928⑥2。⑦12,13,14,15。⑩9。⑪29。　1930②11。　1931⑦6。⑪14。　1932⑪27,28。

孙奠肯　字瀚臣,浙江绍兴人。绍兴师范学校校长。——**1915**⑪
17。

孙楷第(1898—1986)　字子书,河北沧县人,目录学家。1924年
为北京师范大学国文系学生。曾为文哀悼贫病致死的同班同学杨鄂
生,请鲁迅介绍给《语丝》,后未发表。——**1924**⑫24。

孙福源　见孙伏园。

孙福熙(1898—1962)　字春苔,日记又作春台,浙江绍兴人,孙伏
园之弟,画家、作家。1921年至1924年在法国留学。1926年至1927
年间任上海北新书局编辑,以后曾编辑国民党改组派的《贡献》月刊。
曾为鲁迅设计《野草》及《小约翰》初版封面画。所著散文集《山野掇
拾》、《大西洋之滨》经鲁迅校正出版。——**1919**⑪9。　**1923**⑥17。⑦
3。⑧5,14。⑩21。⑪9。⑫22。　**1924**③7。⑤4,9。⑩17。　**1925**②
8。④26。⑤7。⑧14,24。⑨2,9,20,21。⑩4,5,22。⑪27,30。⑫31。
1926①7。④11。⑩13,20,21。⑪10,21。⑫19,30。　**1927**①3,20,
25,26。②8。③4,10,19,20,24,30。④2,4,5,10,19,26,28。⑤13,14。
⑥7,8,16,18。⑦4,9。⑧12。⑩3,4,5,15,23。⑫3。　**1928**③2。⑥
24。⑧14。　**1929**③20。

孙德卿(1868—1932)　名秉彝,字长生,号德卿,浙江绍兴人。清
末参加反清革命,为光复会、同盟会会员。绍兴光复后,支持创办绍兴
《越铎日报》。——**1913**①13。

孙瀚臣　见孙奠肯。

孙冠华妹——**1920**③17。

孙式甫夫人　日记又作孙太太,广东番禺人。许广平的表
姐。——**1934**⑧7。　**1935**⑨29。⑪6。　**1936**⑨3。

七　画

寿　山　见齐寿山。

寿　师　见寿镜吾。

寿　玚(1889—1950)　字石工,浙江绍兴人。教育部通俗教育研
究会编审员,工刻图章、书法。——**1923**⑫1。

寿　晋　见韩寿晋。

寿师母　寿镜吾的夫人徐氏(？—1915),浙江绍兴人。——1915⑫3,5。

寿拜耕(1882—？)　名昌田,字拜耕,浙江绍兴人。寿镜吾之本家,陈公侠(仪)表弟。曾与鲁迅同在日本弘文学院学习。——1917①4。

寿洙邻(1873—1961)　名鹏飞,字洙邻,浙江绍兴人。寿镜吾之次子。1914年至1928年在北京平政院任记录科主任兼文牍科办事书记。1925年时曾化名钝拙为鲁迅《中国小说史略》提过意见。——**1912**⑨21。⑩6,15。**1913**①27,29。②7。④25,26。⑨9,10。**1914**⑧9。**1915**④15。⑧22。⑫3,5。**1916**④30。⑥11,18。⑧6。⑫1。**1917**②18。⑧5,22。⑨30。⑫2。**1918**①1。②3,4。③23。⑥9,29。⑧7。⑨19。⑫25。**1919**④13。⑤25。⑥4。⑧9。⑩12。**1921**①4。**1923**⑫25。**1925**⑤9。⑧16。⑨26,28。⑪28。**1926**②5,24。⑧20。**1928**⑧20,22。**1929**③29。

寿镜吾(1849—1929)　名怀鑑,字镜吾,日记又作寿师,浙江绍兴人。清代秀才,鲁迅在三味书屋学习时的塾师。——1915⑩1。**1923**①29。②9。

寿坽之妇——1923⑫1。

玛　理　见周鞠子。

戒　仙　姓中村,日本人。京都大德寺山内聚光院住持。1934年时随铃木大拙来华参观佛迹。——**1934**⑤10。

赤　谷　见赤谷喜久子。

赤　坪　见赵赤坪。

赤谷喜久子　日本人。内山完造之友,北川公寓鲁迅寓所的原住户。——**1930**⑤19。

坂　本　日本人。上海狄思威路(今溧阳路)鲁迅藏书室的房东。——**1933**⑤2。

坂本太太　日本人,鲁迅藏书室房东之妻。——**1936**⑧5。

志　儿　未详。——**1931**⑫16。

志　之　见王志之。

志　仁　见季志仁。

志贺迤家淡海　见淡海。

声　树　见陈声树。

芷　生　见宋芷生。

芷　青　见朱联沅。

芷夫人　见汤咏兰。

芳　子　见羽太芳子。

芳　叔　见周凤岐。

芦　舲　见戴螺舲。

严　修(1861—1929)　字范孙,号梦扶,天津人,教育家。南开大学创办人之一。1914年2月袁世凯任命为教育总长,坚辞未就。——**1914**②21。

严既澄(1899—?)　名锲,字既澄,广东四会人。曾任北京大学讲师。1927年在杭州编《三五日报》副刊时曾函请鲁迅写稿。——**1927**⑦9。

克　士　见周建人。

克　氏　见 Kravchenko,A.。

苏　君　见苏秋宝。

苏　萍　见苏滨。

苏　梅(1899—1999)　字雪林,笔名绿漪,安徽太平人,作家。北京女子高等师范学校肄业,后留学法国。1928年回国后在沪江大学、东吴大学等校任教。——**1928**⑦7。

苏　滨　日记又作苏萍。余未详。——**1926**⑤24,25。

苏金水　未详。——**1929**⑦3。

苏秋宝　日记又作苏君,河北满城人。1922年北京大学理学院预科毕业。——**1927**②5,18。

苏流痕　未详。——**1930**④24。

苏遂如　名师颖,字遂如,福建莆田人。1920年北京高等师范学校国文部毕业,1926年为厦门集美学校师范部教务主任。——**1926**⑨17。

杜 力 未详。——1927⑪15。 1928①12。

杜 谈(1911—1986) 笔名窦隐夫,河南内乡人,诗人。1934年间参与编辑中国诗歌会刊物《新诗歌》,曾写信征求鲁迅对新诗的意见。——1934⑪1,5,14。

杜 衡(1906—1964) 原名戴克崇,笔名苏汶、杜衡,浙江杭县人。以"第三种人"自居,1933年间主编《现代》月刊时常向鲁迅约稿。——1933⑧8,11,13,14,19,20,28。⑨3,11,12。⑪12,13。

杜亚泉(1873—1933) 名炜孙,字秋帆,号亚泉,浙江绍兴人,教育家。1913年时为商务印书馆编译所理化部主任并主编《东方杂志》。——1913②16。

杜和銮(1919—1987) 后改名杜草甬,安徽太平人。杭州盐务中学学生,和同学陈佩骥等合办一小型刊物《鸿爪》,写信向鲁迅约稿。——1936④2。

杜俊培 浙江诸暨人。因投考县知事请鲁迅作保。——1915④3。

杜海生(1876—1955) 名子梂,字海生,浙江绍兴人。1910年任绍兴府中学堂监督,曾聘请鲁迅往该校任教。1912年参加教育部临时教育会议。1926年后任上海开明书店经理。——1912⑥7,10。⑦21,23。⑧4,11。 1914③22。④11。⑦31。⑧24。⑩28。 1915①31。1916⑧13。 1917⑧21,22。⑨30。⑩5,28。⑪11。⑫16。 1918②3。③22,27。⑦24,26,29。⑧23,30。⑨18,26。⑩18,19,24,26。1919③2。 1930①31。 1932⑧17。 1934⑤5。

村 井 见村井正雄。

村井正雄 日本人。内山书店店员。——1934⑨23。⑩3,14。⑫30。

杏 村 见阿英。

杉本勇乘(1906—2001) 日本僧侣。爱好文艺,1932年时住在上海东本愿寺。——1932⑫21,30。

巫少儒 未详。——1936①31。

杨 见沙汀。

杨 君 见杨骚。

杨　晦(1899—1983)　名兴栋,字慧修,笔名杨晦,辽宁辽阳人,作家,沉钟社成员。1929年时在北平大学第二师范学院任教,并编辑《华北日报》副刊。1934年到上海专事写作,后在北平各大学任教。——**1929**⑤24,27,29。⑨13。⑫24。**1934**⑩17。**1935**⑥2,3,16。⑨6。⑫17。

杨　铿　字金坚,日记又作杨律师,江苏武进人。曾受鲁迅委托向北新书局交涉归还积欠版税事。——**1929**⑧12,13,14,15,16,23,24,25。⑨11,16,21。⑩1,14。⑪4,5,22。⑫23。**1930**②18。③8,23。④20,26。⑤22。⑥6。⑦6,7,30。⑧7,25。⑨2,4,16,17。⑪4,6。⑫26,27。**1931**①21。②27。**1935**⑤24。

杨　骚(1901—1957)　名古锡,字维铨,日记又作杨君、杨维诠,福建漳州人,作家,"左联"成员。1928年间偕爱人白薇及林惠元同住上海施高塔路(今山阴路),常去鲁迅家谈论创作和翻译等事,并在经济上得到过鲁迅的资助。——**1928**①25。⑤10,28。⑦6,19,26。⑧7,12,15,18,22,25,28,29,30。⑨8,27。⑩4,10,13,17,26,27。⑪1,16,29。⑫4,6,12,23,30。**1929**①8,13,21。②1,27。③10,11,17,20,27。④14,24,27,28。⑤11。⑥29。⑦13,16,21,31。⑧1,6,16,17,19,28。⑨2,3,8,9。⑪2,7,13,21,22,23。⑫27,30。

杨　潮(1900—1946)　笔名羊枣,湖北沔阳(今仙桃)人,新闻记者,"左联"成员。曾数次将文稿寄请鲁迅指导。——**1934**⑨21。⑪22。⑫14。**1935**①17。⑨24。⑩11。

杨千里　名天骥,字千里,江苏吴江人,教育部视学。——**1916**①19。

杨之华(1900—1973)　日记又作文、文尹、维宁夫人,浙江萧山人,瞿秋白夫人。文尹是她的笔名,瞿秋白译文也曾借用做笔名。日记所记何家夫妇、文尹夫妇即指瞿秋白夫妇。鲁迅曾多次为她阅稿,1932年编译《一天的工作》时,曾收入她的译作两篇。1935年6月瞿秋白被害后,她于8月赴苏联。关于她和鲁迅交往的情况,参看瞿秋白条。——**1932**⑨1,14,18,25。⑪4。⑫9,11。**1933**②10。③6。⑦5,10。**1934**②3。⑧5,7。**1935**⑧19。⑫23,31。**1936**②7。⑦1,2,

17。

　　杨女士　日记又作杨先生。上海福民医院护士。——**1930**①6，13。

　　杨子毅　广东中山人，广州中山大学教授、组织委员会主席。鲁迅为该会委员。——**1927**⑤2。

　　杨少勤　见杨伟业。

　　杨月如（？—1916）　疑为教育部职员。——**1916**②24。

　　杨凤梧　浙江诸暨人，童亚镇托保应县知事考试者。——**1914**②4。

　　杨立斋　号天行，浙江绍兴人，广东汕头《岭东民国日报》副刊编辑。——**1927**①15。②20。

　　杨成志（1901—？）　日记又误作杨志成，广东海丰人。广州岭南大学历史系学生，为计划在广州设立"北新分局"之事，与钟敬文和鲁迅通信。——**1927**②13。⑥29。⑦3。

　　杨先生　见杨女士。

　　杨廷宾（1910—2001）　河南南阳人。王冶秋、王正朔的中学同学，1935年自北平大学艺术学院毕业后回河南，在南阳女子中学教书。曾应王冶秋之托为鲁迅收集汉画像石拓片。——**1935**⑫21，22。　**1936**①28。

　　杨伟业（1899—？）　字少勤，广东茂名人。1923年北京大学国文系毕业，1927年时为广州中山大学预科教师。——**1927**①30。

　　杨仲文　未详。——**1927**⑪8。

　　杨仲和　名彬，字仲和，河北宛平人。教育部社会教育司办事员。——**1913**①1，2。②9，27。　**1914**①1。　**1916**⑤22。　**1923**⑧28，31。⑩27，30。⑫2，7。

　　杨志成　见杨成志。

　　杨杏佛（1893—1933）　名铨，字杏佛，江西清江人。1932年为中央研究院总干事，与宋庆龄、蔡元培等组织中国民权保障同盟，任副会长兼总干事。1933年6月18日在上海遭国民党特务暗杀。鲁迅曾不顾国民党特务的恫吓，前往参加入殓式，并作《悼杨铨》诗。——**1933**②

17,24。③1。⑥12,20。

杨每戬　见董每戬。

杨幸之　湖南人。申报年鉴社编辑。——1933③24。

杨姓者　未详。——1930①9。

杨荫榆(1884—1938)　江苏无锡人。1924年2月底至次年5月任北京女子高等师范学校校长。——1924⑨14。

杨树达(1885—1956)　字遇夫,湖南长沙人,语言学家。曾留学日本,1925年间为教育部编译馆编译员,并先后任北京师范大学、清华大学教授。——1924③30。④20。⑪27。　1925⑦25。⑨5。

杨树华　字冠珊,1912年生,广东澄海人。广东汕头私立友联中学初三学生,曾给鲁迅写信并寄稿求教。——1927②17,22,27。③24。⑤20。⑥3,23。

杨律师　见杨铿。

杨莘士　见杨莘耜。

杨莘耜(1883—1973)　名乃康,字莘耜,又作莘士,浙江吴兴人。曾任杭州浙江两级师范学堂教员,与鲁迅同事。1912年后任教育部普通教育司科员、科长、视学等职。1913、1914年两次被派赴四川、陕西视察教育状况;1917年3月复往安徽、山东视察,同年9月后任吉林省教育厅厅长。——1912⑥8。⑦14,20,28。⑧2,11。⑨11。⑪4。1913⑤15。⑥10,21。⑧29,30。⑨5,27。　1915①26,28。②5,6。③5。④4。⑤10。⑥10。⑪27。　1917⑤16,18,21,31。⑥1。　1918⑥6,11。

杨晋豪(1910—1993)　江苏奉贤(今属上海市)人。1929年时为南京中央大学学生,因请审阅其小说稿开始与鲁迅通信。1936年任北新书局《小学生》半月刊编辑时,曾约请鲁迅撰稿,未获允。——1929①24。　1936③7,10,11,18。⑦5。

杨鄂生(?—1925)　日记作一少年,北京师范大学国文系学生。因精神失常,自称"杨树达"闯入鲁迅住宅,鲁迅误其为装疯讹诈,曾作《记"杨树达"君的袭来》一文。不久得知真实情况,又作《关于杨君袭来事件的辩正》。——1924⑪13。

杨维诠　见杨骚。

杨维铨　见杨骚。

杨遇夫　见杨树达。

杨遇安　见李遇安。

杨翔鹤　见陈翔鹤。

杨霁云（1901—1996）　江苏常州人。曾在上海复旦中学、正风文学院任教。1934年因搜集整理鲁迅集外佚文拟编印《集外集》，与鲁迅通信。——**1934**④13，24。⑤6，15，22，24，28，29，31。⑥3，7，10，12，19，21，25。⑦17。⑩10，13。⑫5，7，9，11，13，14，16，18，19，20，21，23，29，31。　**1935**①4，17，29。②4，7，9，14，24。⑤18，24，28。⑫5，13，19。　**1936**②29。③6。⑧26，28。

杨慧修　见杨晦。

杨镇华　浙江人，翻译工作者。——**1928**⑤31。

杨德群（1902—1926）　湖南湘阴人。北京女子师范大学理科学生。1926年三一八惨案中与刘和珍同时牺牲，鲁迅曾参加她和刘的追悼会。——**1926**③25。

杨赢生　日记又作杨赢牲，疑即《三闲集·通信》中的Y。——**1928**④9。⑤1。⑦19，20。

杨赢牲　见杨赢生。

杨藻章　贵州人。南京中央大学文科学生，《语丝》投稿者。——**1929**⑦28，29。

李　　未详。——**1919**⑨28。

李　厶　未详。——**1918**①10。

李　生　未详。——**1924**④9。

李　华　见李桦。

李　估　未详。——**1916**⑥24。

李　君　未详。——**1913**③13。

李　君　见李济之。

李　君　未详。——**1927**⑨16。

李　季　字默然，日记又作李季子，湖南平江人。1918年北京大学英文系毕业。——**1921**⑦2,18。

李　某　未详。——**1935**③18。

李　映　广西南宁中央军事政治学校第一分校炮兵队学员。——**1935**①29。③19。

李　洛　未详。——**1930**③18。

李　桦(1907—1994)　日记又作李华,广东番禺人,木刻家。广州市立美术学校教师,广州现代创作版画研究会的组织者。为取得鲁迅对现代版画会的指导,1934年起与鲁迅通信。——**1934**⑫18,25,29。**1935**①4,14,17。②5,16。③9,25。④4。⑤20,30。⑥16。⑦16,26。⑨9,17,23。⑩6。⑫17。　**1936**①4,14。④10。

李　基　未详。——**1936**②19。

李　梨　未详。——**1935**①27。

李一氓(1903—1990)　日记又作一萌,四川成都人,创造社成员,"社联"负责人之一。曾编辑《流沙》和《巴尔底山》,1931年5月应郭沫若之托赠鲁迅《甲骨文字研究》一部。——**1930**⑫23。　**1931**⑤14。

李人灿　日记又误作张人灿,北京大学学生,与当时的北大旭社有联系。——**1924**⑥6,9,21。⑧31。⑪28。⑫5,25。　**1925**③27。④15。

李力克　未详。——**1929**④4,6。

李又观　原名李丁奎,朝鲜爱国者,当时流亡在中国。——**1923**③18。

李又然(1906—1984)　日记又作李又燃,浙江慈溪人。曾留学法国,研究法国文学。1933年9月曾任来华访问的"世界反战大同盟"代表团副团长、法国作家保尔·瓦扬古久里的翻译。——**1933**④26。**1934**④12。⑨9。

李又燃　见李又然。

李大钊(1889—1927)　字守常,河北乐亭人,马克思主义在中国最早的传播者,中国共产党创始人之一。早年留学日本,1918年任北京大学教授兼图书馆主任,同年参加编辑《新青年》杂志,与鲁迅在《新青年》编辑会上认识并开始交往。1927年4月在北京被奉系军阀逮捕遇害。1933 年公葬时鲁迅曾捐款,同年 5 月为《守常全集》作《题记》。——**1919**④8,16。⑦8。　**1921**①20。②24。④19。⑤19,25。⑧28。　**1933**⑤6,11。

　　李小峰(1897—1971)　名荣第,字小峰,笔名林兰等,日记又作李晓峰,江苏江阴人,新潮社成员。1923 年北京大学哲学系毕业,通过孙伏园开始与鲁迅交往。1924 年 11 月与孙伏园等创办《语丝》周刊,次年 3 月在鲁迅等帮助下开设北新书局。当时鲁迅除将自己大部分著译交其出版外,又为之编选、校阅书稿,介绍作品,编辑丛书;写给《语丝》的稿件也多由李小峰转交编者。1927 年 4 月后李小峰与北新总店移沪,鲁迅到沪后曾为他编《语丝》和《奔流》。1929 年夏,鲁迅因北新长期拖欠其应得版税不予处理,曾拟通过法律解决,经李小峰请人调解达成协议作罢。以后鲁迅仍在该店出版《三闲集》、《两地书》、《伪自由书》等。——**1923**④8,15。⑤20。⑥29。⑦28。⑨11。⑩1,18。⑪10。⑫25,30。　**1924**①13。⑤6。⑥22。⑦4。⑧15。⑨1,8,12,26。⑩29。⑪15,22,30。⑫9,31。　**1925**①2,12,15,28。②1,4,5,8,9,12,24,28。③6,10,11,13,23,24,25,27,31。④5,8,10,12,15,19,21,26,30。⑤1,3,4,9,23,24,25,27。⑥4,7,12,13,17,20,22,28。⑦5,11,13,17,19,25。⑧1,2,4,6,14,17,23。⑨2,3,9,13,14,15,18,26。⑩1,2,7,9,11,13,16,22,30。⑪2,5,13,14,17,20,27,28,29,30。⑫3,7,21,22,24,25,30。　**1926**①2,9,11,18,24,25,26,31。②2,3,5,6,9,20,26,28。③1,2,4,5,7,10,17,18,19,23,27,28,30,31。④3,6,8,9,11,12,20,23,26。⑤2,6,10,13,17,22,24,27。⑥1,3,5,6,7,11,13,16,23,24,26,27,28,30。⑦2,3,6,10,16,21,24,26,27,28,31。⑧1,5,6,8,12,15,18,19,23,24,25,26。⑨8,16,17,18,20。⑩1,6,11,16,19,21,23,24,29。⑪4,8,14,16,17,21。⑫13,14,15,27,28。**1927**①3,7,9,21。②7,13,16。③14,15。④11,13,24,28。⑤18,19。⑥11,18,27。⑦3,9,19,20。⑧19。⑨5,16,17。⑩3,4,5,7,9,12,15,16,17,20,26,30。⑪1,2,4,8,9,10,11,12,15,17,21,22,23,24,26,29。⑫3,5,6,8,12,13,18,19,24,25,27,29,31。　**1928**①3,12,13,14,15,16,18,22,24,29,31。②2,3,4,13,14,15,16,18,23,26。③1,

4,5,8,12,19,26,28,31。④1,2,5,7,10,13,17,19,23,24,26。⑤8,10,11,15,17,21,23,26。⑥1,5,9,11,15,16,17,20,22,24,26。⑦1,4,5,6,7,9,11,12,18,22,25,27,30。⑧3,4,9,12,19,23,24,29,31。⑨8,12,13,18,19,21,26,27,29,30。⑩3,4,7,12,14,18,21,24,27,28。⑪1,4,6,9,12,15,17,19,20,26,27,29。⑫2,5,7,11,19,21,25,30。 **1929**①5,8,11,12,15,17,20,22,29。②4,6,16,17,19,20,21,24,25。③3,5,6,15,17,26,27。④4,6,8,13,16,19,24。⑤1,2,5,12,30。⑥1,8,10,19,21,26,27。⑦9,10,11,13,18,22,28,29。⑧5,12,15,16,25,26,28。⑨7,10。⑩19,20,26,28。⑪4,6,11,13,16,22,23,28。⑫4,10,15,17。 **1930**①22。②5,20。④9,11,16,17,19,21,22,24。⑥6。⑦4,6。⑨3,10,22。⑩2,13,15,30,31。⑪22。⑫6。 **1931**①23。②2,3,5,11,13,17,21,23。③18,20。④26。⑤3。⑥1,2,24。⑦6,14,15,18,19,30,31。⑧8,9,15,23。⑨11,15,16。⑩6,9,11,19。⑪6,8,17,18,27,30。⑫1,12,19,22,31。 **1932**①12,14,20。②8,10。④6,13,14,15,25,26,27。⑤8,13,14,18,27。⑥13,23。⑦26。⑧13,16,26。⑨14,24。⑩3,13,17,19,20,22。⑪15,25。⑫13,21,24,28。 **1933**①3,6,13,14,15,20,23。②12,21,27。③2,14,16,19,21,22,24,25,29,31。④3,5,7,12,13,18,19,20,21。⑤3,13,15,27,29。⑥13,21,24,26。⑦3,8,15,28。⑧2,4,16,30。⑨4,18,19,25,26。⑩5,16,17,26。⑪15,16,29。⑫2,3,10,22,26,30。 **1934**①22。②6,7,14,24,28。③9,20。④7,11。⑤12,17,19,20,31。⑥2。⑦31。⑧2,12。⑫10。 **1935**①24。②16,23。④13。⑤1,21,22。⑥17。⑧14,30。⑨5,14,28。⑪30。⑫21,23。 **1936**①12,17。②5,29。③28。

李小酩 《莽原》周刊投稿者。——1925④30。⑤9,20,21,24,26。⑥13,18。⑨1。⑩19。 **1928**①3。

李天元 号嵩岳,1914年生,云南昆明人。广西南宁国民党中央军事政治学校第一分校第五期步兵队学员。——1934⑨3,29。⑩17,20。⑫28。

李天织 未详。——1926④13。

李太太　见蔡漱六。

李瓦匠　见李德海。

李少仙　《语丝》投稿者。当时在日本留学。——**1928**⑥12,15,20。　**1929**⑨10。

李升培　字子栽,浙江吴兴人。京师警政厅佥事、科长。——**1912**⑥26。

李长之(1910—1978)　山东利津人,文艺批评家。1934 年时在清华大学哲学系肄业。1935 年间为天津《益世报》文学副刊编辑。为著《鲁迅批判》一书与鲁迅通信。——**1934**⑫30。　**1935**⑦28。⑧11,31。⑨12。⑫2。　**1936**④6。

李文若　见梁文若。

李世军(1901—？)　甘肃静宁人。北京师范大学国文系学生,国民党北京市城南区党部工作人员。三一八惨案后因遭北洋政府通缉,被调往甘肃工作,行前来向鲁迅辞别。——**1926**⑤25。

李白英(1903—1981)　江苏无锡人。《奔流》投稿者。1932 年 1月发起组织榴花诗社,出版《榴花》诗刊。——**1929**⑥24。　**1932**①12。

李立青　朱斐之妻。武昌文华大学学生。——**1927**⑪18。

李玄伯(1895—1974)　名宗侗,字玄伯,河北高阳人。1925 年间为北京大学法文系教授,北京师范大学讲师,《猛进》周刊发起人和编者之一。——**1925**⑨20。⑪20。⑫21,24。　**1926**③7。

李式相(1894—1965)　名燮治,湖南宝庆(今邵阳)人。1924 年北京高等师范学校国文系毕业,1927 年为上海劳动大学附属中学主事,同年 10 月受易寅村之托邀鲁迅往劳动大学演讲,后鲁迅曾任劳动大学教职,不久即辞职,李复持易寅村信前来挽留。——**1927**⑩23,25。⑪27。⑫11。

李朴园(1901—1956)　河北曲周人。美术史学家。时为杭州国立艺专教授,编辑出版《阿波罗》等艺术刊物。——**1928**④18,21。

李匡辅　名明澈,字匡辅,湖北黄梅人。教育部社会教育司分部人员。——**1917**⑫16。　**1918**⑨8。　**1920**①10。

李光藻　福建思明人。1926 年为厦门大学商业系二年级学生,

1927年转学广州中山大学。——**1927**④7。⑤5。⑦26,31。⑧2,6。⑩25。

李竹齐　见李庆裕。

李竹泉　见李庆裕。

李竹庵　见李庆裕。

李仲侃　见李霞卿。

李华延　广东梅县人。广州中山大学法科政治系学生。——**1927**⑧15。

李庆裕(1897—1981)　北京琉璃厂云松阁店主。该店门上横匾书有其祖父李竹庵之名,故日记又作李竹庵,误作李竹齐、李竹泉。——**1913**⑩5。　**1914**⑥6。　**1924**②2。⑨18。　**1925**④3。

李宇超(1906—1968)　化名刘重民,山东诸城人。1935、1936年间在上海从事中共地下工作,曾因组织遭破坏与党失去联系,函请鲁迅帮助,鲁迅设法为他接上了关系。——**1936**⑧22。

李守常　见李大钊。

李级仁　陕西长安人。西安东关私立竞化学校教员。鲁迅在西安讲学时的接待人员之一。——**1924**⑧18。⑨29。

李约之　名博,字约之,陕西蒲城人。西安易俗社创始者李桐轩之长子,鲁迅到西安讲学时任西安女子中学校长,并在易俗社兼职。曾接待鲁迅在易俗社观剧。——**1924**⑧18。

李寿恒　见朱寿恒。

李志云(1889—1954)　江苏江阴人。李小峰之兄,上海北新书局经理。——**1926**⑧29,30,31。　**1928**⑨13。　**1929**⑧5,25。　**1930**⑥25。

李秀然　广东人。广州中山大学学生,学生会临时主席。广州四一五事变后任国民党中山大学特别党部改组委员会委员,进行反共活动。——**1927**①24。

李希同(1901—　?　)　江苏江阴人。李小峰之妹,赵景深夫人。——**1930**④19。

李若云　名维庆,字若云,河北清苑人。李慎斋之子。——**1924**⑨

95

13,14。

　　李茂如　日记又作李姓者,房屋捐客。——**1923**⑧14,16,20。⑨
25,27,30。⑩1,2。

　　李英群　未详。——**1926**④5。

　　李叔珍　厦门《厦声日报》记者。鲁迅在厦门大学讲授中国小说史
时常往听讲,并于 1926 年 12 月 16 日《厦声日报》发表他写的《鲁迅访
问记》。——**1926**⑫15。

　　李明澈　见李匡辅。

　　李季子　见李季。

　　李季谷　见李宗武。

　　李季野　见李霁野。

　　李秉中(1905—1940)　字庸倩,四川彭山(今彭县)人。1924 年为
北京大学学生,曾得到鲁迅的资助。10 月入黄埔军校第三期,1926 年
被派往苏联,入莫斯科中山大学,次年赴日本学陆军,1932 年返国,在
南京国民党军事机关任职。——**1924**①29。②17,26,27。③11,30。
④10,19。⑤1,5,26,27,30。⑥12,17,24,28。⑦5,6,29。⑧16,20,
22,26,28,29。⑨1,3,4,8,12,14,24,25,27,29,30。⑩12,18,20,21,
22,23,26。⑪1,2,26。⑫14,17,24,26。　**1925**①6,10,19。②2,7,
10,18。④5,17。⑤16。　**1926**⑤30。⑥17。⑦21。　**1927**⑪7,8,9,
10,15,19,21,22。⑫5。　**1928**④7,9。⑤14。⑫28,29。　**1929**①15。
⑤18,20,27,29。⑦22。　**1930**④12,13,23,28。⑤3。⑥21,23。⑨2,
3。　**1931**②4,16,18。③3,6,21。④4,16。⑥23,24。⑧20,27。
1932②21,28,29。③18,21。④5,11。⑤3,4,13。⑥4,5,13,29。
1934⑤1,2,3。⑧7,11。⑩23。　**1936**⑤20,31。⑦5,16。⑨9,20,27。

　　李金发(1900—1976)　广东梅县人,诗人、雕塑家。文学研究会成
员。曾留学法国、德国。回国后历任上海美术专门学校、中央大学、杭
州艺专等校教授。1928 年时任广州市立美术学校校长,在编辑《美育》
月刊时,曾致函鲁迅约稿。——**1928**④24。⑤5。

　　李宗武(1895—1968)　名季谷,字宗武,浙江绍兴人。李霞卿之
弟。早年曾留学日本、英国。1924 年回国,先后在北京师范大学、北京

大学、北平大学女子文理学院等校任教。鲁迅曾校阅他与毛咏棠合译的日本武者小路实笃所著《人间的生活》。——**1920**②9。⑪24。**1921**③7,14。④26。⑦30。⑧30。⑨5,6,21,27。⑩9,10,12。⑫30,31。**1924**④6。⑤11。⑥21。**1925**③8。⑤15,30,31。⑨5。⑪21。**1926**①31。⑤8,13,28。⑥26。⑪15,25。**1928**④1。⑤1。**1929**③18,20。**1932**⑪23。

李宗奋　1916年生,江苏江阴人。李小峰之侄。1929年间在上海光华大学附中学习时,将自己的作文编成一集寄请鲁迅审阅并作序,鲁迅曾复信鼓励。——**1928**②18。⑦7。**1929**⑦11。

李姓者　见李茂如。

李春朴　见李春圃。

李春圃　名桃元,字春圃,日记又作李春朴,山西阳高人。1923年北京高等师范学校英语系毕业,曾任归绥(今呼和浩特)绥远省立第一女子师范学校校长。——**1930**③11,30。

李荐侬　广东五华人。北京大学哲学系学生。——**1928**⑪26。⑫28。

李虹霓　江西人。叶紫的友人。曾翻译苏联萧洛霍夫《开拓了的处女地》。——**1936**⑨8。⑩6,16。

李济之(1896—1979)　名济,字济之,日记又作李君,湖北钟祥人,考古学家。曾留学美国,得哈佛大学哲学博士学位。1924年任南开大学教授,与鲁迅同时应邀赴西安讲学。1933年时为中央研究院历史语言研究所考古组主任。——**1924**⑦16,17,18,20。⑧1,10,29。**1925**②23。③3。**1933**②24。

李桂生(1904—1948)　字洁华,安徽太平人。北京女子师范大学国文系学生,许广平的同班同学。女师大风潮中曾被刘百昭率领的流氓殴伤。——**1925**⑥7,24,30。⑦2。⑧26。

李硕果(1883—1979)　福建南安人。1908年在泰国加入中国同盟会,1916年回国,创办厦门《民钟日报》社,并任经理。——**1927**①8。

李晓峰　见李小峰。

李竞何　广东梅县人。北京大学德文系学生,1927年回广州随友

访鲁迅。四一五事变后曾任国民党广东政治分会干事。——**1927**③
15。

　　李梦周（？—1918）　曾任教育部主事、佥事、科长、司长等
职。——**1912**⑨7。　**1918**④1。

　　李庸倩　见李秉中。

　　李鸿梁（1894—1971）　浙江绍兴人。鲁迅在绍兴府中学堂任教时
的学生。曾任绍兴浙江省立第五中学艺术教员,常在《越铎日报》发表
美术作品。——**1913**②5,11。　**1921**③29。

　　李寄野　见李霁野。

　　李维庆　见李若云。

　　李辉英（1911—1991）　原名李连萃,吉林永吉人,作家。一度为
"左联"成员。1935 年时为《生生月刊》、《漫画漫话》编辑。——**1933**④
8。　**1935**①11。②23,28。③28,31。④4,19,28。⑦23。

　　李遇安　日记又作遇庵、一学生,误作杨遇安,河北人。1924 年至
1926 年间为北京师范大学学生,曾为《语丝》、《莽原》撰稿。1926 年秋
任中山大学委员会职员,同年底辞职与郁达夫赴上海,不久往江
西。——**1924**⑪24。⑫2,4,16,24。　**1925**①17,28。③2,8,9,19,24。
④6,7,12,14,23,27,28。⑤11。⑥5,8,9,30。⑦19,20。⑧3,21。⑨
28。⑫16,17。　**1926**①7,9。②4。③10。④23,25。⑤9,21。⑥21,
27,30。⑦24。⑧1,3,11,20,22。⑩2,13,23,24。⑪5,11。⑫14,21。
1927①9。②27。　**1928**③13。　**1930**⑩30。

　　李赋堂　未详。——**1914**⑥28。

　　李渭滨　未详。——**1925**⑤11。

　　李遐卿　见李霞卿。

　　李雾城　见陈烟桥。

　　李虞琴　浙江绍兴人。周建人在绍兴明道女校任教时的学
生。——**1921**⑨26。

　　李简君　广东梅县人。1927 年北京师范大学国文系毕业。后曾
任广州勷勤大学师范学院附中教员。——**1931**②11。

　　李慎斋（1868—1947）　名懿修,字慎斋,浙江绍兴人。1916 年时

为教育部会计,1922 年至 1925 年间为教育部社会教育司办事员。曾帮助鲁迅购置、翻修北京西三条寓所。——1916⑫2。 1923⑨13,24。⑩5,10,17,23,24,27,28,30。⑪13,16,18。⑫2,3,12,16,20,23,25,30。 1924①2,12,15,16,20,27,28,30。②1,2,3,17,18。③2,16,17,27,30,31。④7。⑤1,3,10,20。⑥3。⑧13,14。⑨13。 1925①23。⑧14。

李福海　河北宛平人。北京高等师范学校录事。——1925⑩28。

李静川　未详。——1926①21,29。②7。

李霁野(1904—1997)　日记又作季野、寄野,安徽霍丘人,翻译家、教育家。1924 年冬认识鲁迅。1925 年 8 月底在鲁迅发起和支持下,与韦素园、台静农等组织未名社。1927 年初与台静农主持社务,并编辑《莽原》半月刊。1930 年 8 月去天津河北女子师范学院任教。在创作、翻译以至生活等方面,曾得到鲁迅许多鼓励与帮助。——1924⑫26。 1925②10,15,16,18,20。③14,22,26。⑤6,17。⑥23。⑦6,13,19,28。⑧10,17,22,30。⑨1,9,14,18,19,24。⑩1,8,18,26,29。⑪4,6,14,16,19,25。⑫1,4,11,12,14,15,16,18,20,22,26,28。 1926①2,7,9,11,13,14,15,17,18,21,23,25,31。②3,5,6,7,9,10,19,20,23,24,25,26,28。③6,8,9,11,12,13,15,17,21,23,27,29。④3,4,6,8,9,13,15,17,19,20,25,26。⑤10,13,14,17,20,22。⑥26。⑨14,29。⑩4,27,30。⑪22,24。⑫13。 1927①8,12。②1,7,10,17,22。③9,17,27。④2,8,9,21。⑤5,11。⑥7,10,11,13,23,27。⑦2,15,24,25。⑧17,19,21。⑨23,25。⑩5,17,18,21,26。⑪3,4,11。⑫16,29。1928①19,29。②1,4,5,21,22,26,29。③2,9,13,14,17,31。⑥5。⑦6,17,18。⑧6。⑩8。 1929③18,23。④16,18。⑤16,17,20,28,29,30。⑥1,3,11,19,22,24。⑦2,3,9,10,13,21,31。⑧13,16,21。⑨23,28。⑩5,20,21,31。⑪18,27。⑫20。 1930①19,20。②3,15。③12,26。⑤5。⑥9,10。⑧8,14。 1932④11,24,26,27。⑤12,13。⑥5,10,20,30。⑦2,3,8。⑧5,6。⑨21。⑪17,18。⑫22,26。 1933①31。②14,18,24,27。③10。⑤12。⑧9,20,24。⑨7。 1934⑥28,29。⑧7,25,26,27。⑨18。⑩5。⑪6,7,19,20,22,29,30。⑫7,8。

1935①11,21。②22。⑥1,16,23。⑦3,17,18,22。⑧3,15,24。⑪27。
1936④21,22,24。⑤8,9,22。⑦21。⑩4。

　　李德海　日记又作李瓦匠。鲁迅翻修西三条胡同寓所时请的瓦匠。——**1924**①15,16,18,20,21,23。②21。③16,31。④17,30。⑤12。

　　李醒心　未详。——**1924**⑫21,22。

　　李霞青　见李霞卿。

　　李霞卿(1887—1931)　原名仲侃,改名霞卿,字宗裕,日记又作李霞青、李退卿,浙江绍兴人。鲁迅在绍兴府中学堂任教时的学生和同事;《越铎日报》的创办人和编辑,后与宋子佩等退出另办《民兴日报》。1915年考入北京大学国文系,1918年毕业。——**1913**④13,21。⑦17。
1914③16,17,19。　**1915**⑧27。⑨6,7,8,13,15,16,19。⑩5,30。⑫27,30,31。　**1916**①3,26。③10。④7,8。⑤7,21,28。⑥6,9,19,25。
⑦20。⑧1,22。⑨5,6。⑩27,29。⑪1,24,25。　**1917**①9。③5,24。
④2,22。⑤18,27,28。⑥22。⑧16,19。⑨12。⑩7,21,24,26,28。⑪28,29。⑫8,24。　**1918**①9,11,12,13。④6,14,25。⑤3,17,25。⑥6,19,24。⑦3,15,21,28。⑧1,5,17,21,28,31。⑨10,29。⑩3,8,10,20,28。⑪10,14。⑫6,8,27,30。　**1919**①17,23,24。③6,30,31。④22,23,26,27,28。⑤10,22,23,24,27。⑥9,14,15,30。⑦8,12,14,19,20,24,25,27。⑧4,5,7,24,25。⑨11,13,14,18。⑩8,15,17。⑪2,4,15,16,18,30。　**1920**①25,31。②10,11。⑥17。⑦5。⑧6,21,23,24,26。⑩15,18。⑪14,22,24。⑫1。　**1921**②4,19,20,27。③14。④3,16,17,26。⑤2,5,30,31。⑥6,9,13,14。⑦8,9,28,31。⑧12,19,31。⑨15,22。⑩3,4,5,7,9,12,13。⑪27。　**1922**②26。
1923③22。④13。⑤19。⑥27。⑦15。⑧26。　**1924**②5。④21,24。
⑥18,21,26,27。⑦5。⑫24。　**1925**⑥16。⑧14。⑨2。⑫11。
1926①3。②28。④10。⑦13。⑧7。

　　李缵文　湖北人。徐吉轩托保应县知事考试者。——**1914**②3。

　　李小峰任　见李宗奋。

　　李小峰妹　见李希同。

李太夫人　马幼渔的母亲。——**1934**⑧22。

李匡辅母——**1918**⑨8。

李仲侃子　见李霞卿长子。

李秉中友——**1924**②17,27。③30。

李庸倩友——**1927**⑪7。

李霞卿长子　名浩川,日记又作李遐卿"长郎"、李宗武"侄"等,1913年生,浙江绍兴人。时在北京读小学。——**1923**⑦15。　**1924**②5。④6。⑥27。

李秉中夫人　见陈瑾琼。

李秉中孩子——**1934**⑤1。

李霁野学生　见刘文贞。

两弟妇　见羽太信子及羽太芳子。

丽　尼(1909—1968)　原名郭安仁,笔名丽尼,湖北孝感人。翻译家,"左联"成员。1936年间为上海文化生活出版社编辑。——**1936**①28。②6。⑨15。

来雨生(1873—1962)　名裕恂,字雨生,日记又作雷雨生,浙江萧山人。与鲁迅同期留学日本,回国后任萧山劝学所所长。民国初年任萧山县教育科长、萧山县志馆分纂等职。——**1914**②2,3。③9。④6。

连　海　北京阜成门西三条鲁迅寓所的原房主。——**1923**⑪16,18。⑫2。

抑　卮　见蒋抑卮。

坚　瓠　未详。——**1925**③28。

肖　三　见萧三。

肖　山　见萧三。

肖　愚　见刘肖愚。

吴　吾　见吴虞。

吴　君　未详。——**1924**⑫8。

吴　君　未详。——**1925**⑤2。

吴　君　见吴景崧。

吴　姓　绍兴县馆鲁迅邻室的来客。——**1914**①31。

吴　渤(1911—1984)　笔名白危,广东兴宁人。1933 年时是青年作者。鲁迅曾为他校阅《木刻创作法》稿,并托他搜集木刻作品交绮达·谭丽德送往法国、苏联展览。——**1933**⑪9,12,16。⑫6,13,16,19。**1934**①19,25。⑥2,6。⑦17。⑨13。⑩16。　**1935**②7,14。③4。⑨18,20,21,27。⑪26。　**1936**⑧5。⑨28。⑩1。

吴　虞(1872—1949)　字又陵,笔名吴吾,四川成都人。北京大学、北京高等师范学校国文系教授。1921 年亚东图书馆曾出版他的《吴虞文集》。——**1921**⑪2。　**1924**⑨3。

吴一斋　见吴秉成。

吴人哲　见胡人哲。

吴又陵　见吴虞。

吴女士　未详。——**1925**⑤3。

吴月川　日记又误作崔月川。鲁迅购买西三条房屋时的中介人。——**1923**⑧16。⑨1。⑪29。⑫2。

吴文瑄　教育部社会教育司工作人员。——**1914**⑫31。

吴方侯(1891— ?)　名祖藩,字方侯,日记又误作胡祖藩,浙江绍兴人。鲁迅在杭州浙江两级师范学堂任教时的学生,1916 年北京高等师范学校理化部毕业,曾任绍兴稽山中学、绍兴浙江第五师范学校和杭州浙江第一师范学校教员。——**1916**⑥4,25。⑧11,16,26。⑨2,16,19。⑩3。⑪13,25。⑫23,25。　**1917**①16,24。②1,2,7,12,22。③17。⑧26。⑨17。⑪15。　**1928**⑦22。⑩19。

吴成均　见吴成钧。

吴成钧　日记又作吴成均,浙江桐庐人,美术工作者。曾在杭州国立艺术院研究院和上海立达学园学习。——**1931**⑫29。　**1933**③23。

吴季醒　未详。——**1925**⑧12,14。

吴秉成　字一斋,河南人。南京江南水师学堂毕业,与周作人同时留学日本,回国后在北京海军部任军法官。——**1912**⑤18。⑨5。**1913**⑤26。　**1917**②4,14。

吴姓者　裁缝。——**1912**⑪4。

吴复斋　名敮,字复斋,浙江海盐人。1909 年在杭州浙江两级师范学堂任斋务长兼国文教员时与鲁迅同事。——**1921**⑩22。

吴炼百　可能为教育部同人。——**1916**①20。

吴祖藩　见吴方侯。

吴奚如(1906—1985)　湖北京山人,作家,"左联"成员。——**1936**④23。

吴家镇　字重岳,湖南湘乡人。教育部普通教育司第一科主事。——**1924**⑤23。

吴朗西(1904—1992)　四川开县人,翻译家、出版家。1934 年任上海美术生活杂志社编辑,为《漫画生活》组稿事与鲁迅交往。1935 年5 月与巴金合办文化生活出版社,任经理,曾经手出版鲁迅的译著《俄罗斯的童话》、《死魂灵》、《故事新编》等,并协助印制鲁迅以"三闲书屋"名义刊行的木刻画集《死魂灵百图》、《凯绥·珂勒惠支版画选集》。——**1934**⑩30。　**1935**⑦6。⑧22,24,25。⑨11。⑩8,20,25,28,29,30,31。⑪2,11,12,16。⑫3,21,28。　**1936**②21,28。③11,24,28。④1,6,9,25。⑤1,2,5,8,9,15,28。⑥1。⑦2,4,11,12,14,21,23。⑧7,19。⑨14,15,26,29。⑩9,12,16。

吴冕藻　见吴曙天。

吴葆仁　经杨莘耜介绍为鲁迅从西安购买碑拓。——**1915**④4。

吴敬夫　日记又作敬夫、谨夫。余未详。——**1927**⑫29。　**1928**①14,31。②14,27。③4,5,14。④27。⑤27。⑨19,20。⑩2,13,15,24。⑪26。

吴景崧(1907—1967)　日记又作吴君,江苏丹阳人。鲁迅寓景云里时的邻居。1932 年7 月起任《申报月刊》编辑。1934 年开始担任《申报·自由谈》的部分编辑工作,为组稿事与鲁迅通信。——**1930**⑥22。**1934**⑧13,14,22。⑨7,8。

吴雷川(1868—1944)　名震春,字雷川,浙江钱塘(今属杭州)人。清末进士、翰林院编修,民国后任教育部佥事、科长。1925 年为参事。1926 年任燕京大学教授兼副校长。1928 年任教育部常任次长。——**1913**⑧18。　**1915**③6。⑧7。⑨2,18。　**1916**②26。⑤14。　**1917**⑤

10。　**1921**⑩22。　**1923**④9。　**1924**②8。　⑧23。　**1925**⑨27。
1926⑤22。　**1929**④26。

吴稚晖(1865—1953)　名敬恒,字稚晖,江苏武进人,曾留学日本,民初任教育部国语读音统一会议长。后任国民党中央监察委员、中央政治会议委员等职。——**1918**⑫26。

吴微哂　未详。——**1934**④27。

吴德元　见吴德光。

吴德光(1902—1971)　字幼潜,日记误作吴德元,浙江绍兴人,篆刻家。杭州西泠印社创始人之一吴隐次子。——**1931**⑥7。

吴曙天　名冕藻,章衣萍之妻。——**1924**⑨28。⑫7,21,25。
1925②8,15,24。③6,21,29。④8,11,18,22,26。⑤3。⑧26。⑨20。
⑩2。⑪14,29。　**1926**①31。　**1927**⑩12,23,30。⑫6,12,19,27,31。
1928①3。②2,18,23。③9,28。④12,29。⑥13。⑫10,16,23。
1929①15。②11,23。⑤2,12。⑦19,23。⑧22,28。⑩26。⑪9,10。
1930①31。

吴家镇母——**1924**⑤23。

吴雷川兄——**1915**③6。

吴雷川夫人——**1917**⑤10。

吴敬夫友人——**1928**⑪26。

时玟　原名张组文,山东文登人。《自由谈》投稿者。来信询问应否加入作家协会(后改名为文艺家协会)及探听有关《作家》月刊情况。——**1936**⑤2,25。⑧6,7。

时有恒(1905—1982)　江苏徐州人。曾参加北伐,1927年大革命失败后流落上海,8月在《北新》周刊发表杂感《这时节》,文中涉及鲁迅,鲁迅因作《答有恒先生》。鲁迅到上海后开始交往。1931年入狱,1934年获释后不久回徐州,任《国民日报》副刊编辑。——**1927**⑩15,26。⑪7,17,22。　**1928**⑥20。⑨1。⑫8。　**1929**④14。　**1934**⑪5,27,30。　**1935**②6,8。⑩2。

秀文　见陈秀文。

秀珍　鲁迅邻家的孩子。——**1934**③16。

邱　遇(1912—1975)　原姓袁,名世昌,笔名邱遇,山东淄博人。1935 年时为《青岛时报》编辑。——**1935**⑪23。

何　水　未详。——**1929**③26。⑪18。

何　归　未详。——**1935**⑤17,18。

何　君　未详。——**1923**⑫16。

何　君　未详。——**1929**⑨11。

何　君　见瞿秋白。

何　穆(1905—？)　字公竞,江苏松江(今属上海市)人,医师。当时是陈学昭的丈夫,与陈同在法国留学,1935 年回国。——**1931**①23。**1935**⑥26。

何　凝　见瞿秋白。

何几仲(？—1937)　名寄重,浙江绍兴人。山会初级师范学堂职员,辛亥革命后为"中华自由党"绍兴分部骨干。鲁迅在《哀范君三章》诗中曾予讥刺。——**1912**⑦19。

何女士　见何爱玉。

何太太　见何爱玉。

何公竞　见穆。

何白涛(1911—1939)　广东海丰人,木刻工作者。1933 年间为上海新华艺术专科学校学生,与同学陈烟桥等组织木刻团体"野穗社"。1934 年初离沪时鲁迅曾资助旅费。后在广东南海县西樵中学任教,业余致力木刻创作,作品常得到鲁迅的介绍推荐。——**1933**⑪14。⑫19。**1934**①8,12,18。③9。④24,25。⑤8,15,18,29。⑥2,24,26,27。⑦25,27。⑨24。⑩6,13。⑫15,25。　**1935**①4,9。④3,22。⑦17。⑧10,20,30。⑪11。

何作霖　广东东莞人。1921 年任《晨报》编辑。1922 年初孙伏园回绍兴探亲时曾代编《晨报副刊》。——**1921**⑧8。　**1922**②2。

何谷天　见周文。

何沧苇　见何鲳威。

何春才(1912—？)　日记又作立峨友,广东兴宁人。1927 年时是因病休学的中学生,由廖立峨介绍认识鲁迅。1929 年秋在广州国民大学国文系一年级学习。1930 年下半年赴北平,先后在法文专门学校、艺术学院读书,1932 年失学,鲁迅北上省亲时曾往访鲁迅。——**1927**⑥27。⑧15,19,20,25。⑨21。　**1929**⑩1。　**1932**⑪25。

　　何昭容　广东人。北京女子师范大学肄业,许广平的同班同学。——**1933**⑧2。　**1934**⑨11。

　　何思敬(1896—1968)　名浏生,字思敬,笔名何畏,浙江余杭人,法学家、翻译家。广州中山大学法科社会学教授。——**1927**②21。③5。

　　何俊明　见周文。

　　何晋荣　浙江新昌人。1915 年因投考县知事,托商契衡请鲁迅作保。——**1915**④3。

　　何迻威　名震彝,字迻威,日记又作何沧苇,江苏江阴人。教育部佥事。——**1915**⑪19。　**1916**②8。

　　何爱玉(1910—1977)　日记又作冯太太、何太太、何女士、密斯何、雪峰夫人、文英夫人,浙江金华人,冯雪峰夫人。1933 年底冯往苏区后,她与女儿雪明曾在鲁迅家暂住约三个月。——**1930**③20。④6。⑦12。⑩6。　**1931**④4,20。　**1933**⑥2。⑫23。　**1934**①7。②22。**1936**⑨16。⑩3,10。

　　何家槐(1911—1969)　浙江义乌人,作家,"左联"成员,作家协会(改名中国文艺家协会)发起人之一。1936 年 4 月函请鲁迅加入该会,被谢绝。——**1936**④21,24。⑤19。

　　何植三　浙江诸暨人。北京大学图书馆职员,经常旁听鲁迅讲课。参与发起组织学生文学团体春光社,在《晨报副刊》上发表过一些新诗。——**1923**④13。

　　何燮侯(1878—1961)　名燏时,字燮侯,浙江诸暨人。在日本留学时与鲁迅相识。1912 年初任工商部矿务司司长,同年年底至 1913 年任北京大学校长。——**1912**⑤12。⑧31。　**1913**③22,24。⑤17。⑧18。⑨27。　**1920**④14。

　　何家夫妇　见瞿秋白、杨之华。

　　佐　藤　日本牙科医生。当时在上海开设诊所。——**1927**⑫20,22,24。　**1928**①4,6,9,13。

佐藤春夫（1892—1964）　日本诗人、小说家。1934年至1935年间曾与增田涉合译《鲁迅选集》。——**1934**③27。④28。　**1935**⑦26。

作　者　见江岳浪。——**1935**⑫12。

作　者　见田间。——**1935**⑫12。

作　者　见俞鸿谟。——**1936**②14。

作　者　见曹禺。——**1936**④22。

伯　奇　见郑伯奇。

伯　撝　见周凤珂。

伯　简　见台静农。

佣　　　见齐坤。

伽　　　见艾青。

余　瑞　浙江人。凌煦托保应县知事考试者。——**1914**②4。

余日章（1882—1936）　湖北蒲圻人。1912年加入中华基督教青年会全国协会，次年任该会演讲部主任干事，旋出席第八次世界基督教学生联盟大会，历游欧美各国。回国后，于1915年12月6日应教育部之邀在该部作《各国教育之比较》的演说。——**1915**⑫6。

余志通　湖南长沙人。上海光华大学学生。——**1928**④1，2。⑥16。

余沛华（1899—1980）　日记误作俞沛华，四川内江人。1930年时为河北第五女子师范学校教员。许羡苏为说明其离京系准备与余结婚，故将余沛华给她的信转寄鲁迅。——**1930**⑧15。

余　余　见陈沂。

希　同　见李希同。

谷　天　见周文。

谷　风　见胡风。

谷　青　见蔡元康。

谷　英　未详。——**1927**③23。

谷　非　见胡风。

谷　卿　见蔡元康。

谷　清　见蔡元康。

谷万川(1905—1970)　笔名半林,河北望都人。北方"左联"成员,北京师范大学学生,《文学杂志》编辑。——**1933**④28。⑥10,12,20,26,30。　**1935**⑩18。

谷中龙　日记又作谷铁民,湖南耒阳人。1926 年在厦门大学读书,次年转入广州中山大学。鲁迅曾致函林语堂和孙伏园,介绍他和谢玉生去武汉工作。——**1927**③3,6。④25。⑤9,14。⑦19。

谷铁民　见谷中龙。

谷非夫人　见梅志。

狄　克　见张春桥。

狄桂山(?　—1937)　名槐馨,字桂山,山西崞县人。1913 年北京高等师范学校理化部毕业。1915 年为教育部普通教育司主事。——**1915**①1。

岛津女士　见津岛文。

邹　　未详。——**1913**⑤12。

邹明初　名德高,字明初,四川长寿人。教育部社会教育司二等额外部员,北京《民国日报》编辑。——**1925**⑤22。⑨4。⑫20。

邹梦禅(1905—1968)　名敬栻,字今适,号梦禅,浙江瑞安人。杭州西泠印社社员,工书法篆刻。时在中华书局参加《辞海》编纂。——**1932**⑫29。

邹鲁风(1909—1959)　原名素寒,化名陈蜕,辽宁辽阳人。北平东北大学学生,1936 年 1 月初他以北平"学联"代表身份到上海参加全国"学联"筹备工作,经曹靖华介绍认识鲁迅并得到鲁迅资助。同年 2 月中再次赴沪时,曾请鲁迅代转中共北方局给中共中央的报告。——**1936**①4,12。②13,20。④7。⑤18。⑦17,24。

邹韬奋(1895—1944)　原名恩润,江西余江人,政论家、出版家。中国民权保障同盟执行委员,《生活》周刊主编、生活书店创办人。1933 年间鲁迅得知他在编译《革命文豪高尔基》时,曾向他提供高尔基像图片作该书插图。——**1933**⑤9,10,17。⑥6。⑦7。

应修人(1900—1933)　笔名丁九,浙江慈溪人,诗人。1927 年时在广州黄埔军校政治部工作。大革命失败后赴苏联学习,1930 年回国在中共中央机关工作,并参加"左联"。——**1927**④8。

辛　丹　未详。——**1936**⑧28。

辛　岛　见辛岛骁。

辛岛骁(1903—1967)　日本汉学家。盐谷温的学生和女婿。1926年在东京帝国大学读书,暑假时到中国旅行,经盐谷温介绍认识鲁迅。1929年毕业,1933年任朝鲜京城大学教授。——**1926**⑧17,19。⑨12,19,20。⑩5,30。⑪3。⑫31。　**1927**④1,2。　**1928**②18,23。③1,9。**1929**⑨8,11,24。　**1933**①23,24。②14。

汪　君　未详。——**1925**⑦26。

汪　震　字伯烈,1901年生,江苏武进人。北京高等师范学校国文系学生。——**1924**③29。

汪大燮(1859—1929)　字伯棠,亦作伯唐,日记又作汪总长,浙江钱塘(今属杭州)人。清光绪举人,1902年时为留日学生监督。1913年9月任教育总长,次年2月辞职。旋任平政院院长。——**1913**⑨15,28。**1914**②21。

汪书堂　名森宝,字书堂,江苏吴县人。教育部视学兼秘书。——**1915**①4,15,18。②12,20,23,27。③2,5,6,8,23,26,29。⑤8。⑨9,30。⑩2,30。　**1916**①12,13。⑧24,30。　**1917**⑫18。

汪立元　字健斋,又作简斋,浙江余杭人。内务部礼俗司金事。——**1912**⑥26。

汪达人　未详。——**1928**⑩18。

汪旭初(1890—1963)　原名东宝,后改名东,字旭初,江苏吴县人。日本早稻田大学肄业,在鲁迅之后听过章太炎讲授小学。民国初年任内务部金事、大总统府法律谘议等职。——**1914**⑫31。

汪金门　1914年生,江苏六合人。中国银行六合县办事处职员。——**1936**②29。③1。

汪剑尘　未详。——**1926**⑪8。

汪剑余　湖南益阳人。当时为厦门大学国学研究院通信研究生,后任上海正风文学院中国文化史及中国社会问题教授。——**1926**⑪16。

汪总长　见汪大燮。

汪铭竹（1907—？）　原名鸿勋，江苏南京人。中央大学学生。1934 年时在南京与常任侠、孙望等组织土星笔会，编辑《诗帆》半月刊。——1934⑪8。

汪静之（1902—1996）　安徽绩溪人，诗人。1921 年时在杭州浙江第一师范学校读书，通过周作人关系与鲁迅通信。1925 年在保定任中学教师，1927 年在杭州赋闲，1928 年至 1929 年冬为上海暨南大学附中国文教员。——1921⑥13，30。⑦23。　1925⑧26。　1927⑪3。⑫3。1928④22。　1929⑥15。⑪25。

汪曙霞（1879—？）　名与准，字曙霞，浙江海宁人。与鲁迅同在日本弘文学院学习。1912 年为内务部金事。——1912⑨8。

汪馥泉（1899—1959）　浙江余杭人。1927 年时在印尼苏门答腊棉兰任《南洋日报》编辑。1928 年至 1930 年间为上海大江书铺经理。——1927⑥17。⑦18。　1928⑦22。　1929②2，16。③17。⑪13。　1930②1。

汪书堂母——1917⑫18。

汪曙霞兄——1912⑨8。

沛　　　见周丰二。

沙　汀（1904—1992）　原名杨朝熙，改名杨子青，日记作杨，笔名沙汀，四川安县人，作家。曾任"左联"常委会秘书。1931 年间为短篇小说题材问题与艾芜联名给鲁迅写信，1932 年 1 月又将小说稿《煤油》寄请鲁迅审阅。——1931⑪29。⑫8，28。　1932①5，10，14。　1936⑧16。

沃　渣　见程沃渣。

沈　　　见沈琳。

沈　观（1915—1943）　字劭颙，沈兼士之子。——1932⑫23。

沈　余　见沈雁冰。

沈　君　未详。——1919⑩2。

沈　琳　字映霞，江苏江阴人。1925 年时为北京女子师范大学国文系学生，因转学问题函询鲁迅意见。1928 年毕业于北京师范大学。——**1925**⑩4,5。　**1932**⑪28。

沈　霜　改名韦韬,日记作阿霜、茅盾孩子、保宗之长儿,1923 年生,浙江桐乡人,沈雁冰之子。——**1933**②3。③17。　**1934**④20。⑨9。

沈　霞(1921—1945)　日记作茅盾孩子,浙江桐乡人。沈雁冰之女。——**1933**②3。

沈士远(1881—1957)　浙江吴兴人。沈尹默、沈兼士之兄。民初任北京大学预科教授,后任北京大学庶务主任,又兼女子师范大学讲师。1926 年时为燕京大学国文系教授。——**1918**⑫22。　**1919**①3。③29。　**1920**④18。　**1921**⑧22。⑨1。⑩22。　**1923**①1,10。②17。⑤26。⑥3,26。⑦4。⑧23,30。⑩25。　**1925**⑧23。　**1926**⑧13。

沈子余　未详。——**1932**①17。·

沈子良　《萌芽》投稿者。——**1933**⑤30。

沈仁俊　见**沈应麟**。

沈尹默(1883—1971)　原名实,字君默,后改尹默,浙江吴兴人,书法家、诗人。沈士远之二弟。早年留学日本。1913 年后,先后任北京大学、燕京大学、中法大学等校国文系教授,并为孔德学校校长,又兼北京女子师范大学讲师。1918 年春参加编辑《新青年》杂志。1929 年任河北省教育厅厅长。——**1913**③1,2,22。④25,26。⑤7。⑨27。**1914**①31。⑥13。⑨27。⑫13,31。　**1915**②14。⑥20。　**1918**⑤12。⑥21,22。⑦25,26,28。⑧10,12。⑨10。⑫22。　**1919**③29。④28。⑤1,2,12。⑩5。⑪23。　**1920**④23。⑦9。　**1921**⑧22,29。⑨1。**1922**②17。　**1923**①1,10。②17。④16。⑥3,26。⑦4。⑧23。**1924**④16。　**1925**⑪27。　**1926**⑧8,13,19。　**1928**⑧4,19。　**1929**⑤20,27,29。

沈立之　未详。——**1926**⑤31。

沈西苓(1904—1940)　原名学诚,笔名西苓、叶沉,浙江德清人。电影、戏剧工作者。早年随大姐沈慈九留学日本,回国后参与组织时代美术社,加入“左联”,在上海从事电影工作,时为明星影片公司导演。曾为将《阿 Q 正传》改编成电影剧本,函询鲁迅意见。——**1936**⑦19,

25。

沈仲九（1887—1968）　名铭训，字仲九，日记又作仲久，浙江绍兴人。陈公侠妻之族弟。曾留学日本。1916 年至 1917 年间在浙江第一师范学校任教，1927 年 10 月时为上海劳动大学农工学院院长。——**1916**⑪17。　**1917**①28。　**1927**⑩24。

沈仲久　见沈仲九。

沈仲章（1905—？）　浙江吴兴人。当时为北京大学哲学系学生，持许季上介绍函往访鲁迅。——**1928**⑦2。

沈后青　名鉴史，字后青，浙江绍兴人。陈公侠内弟。北京日本正金银行职员。——**1913**⑪23。⑫27，28。　**1914**①25。②1，8。

沈旭春　女，笔名雨樱子，福建人。文艺爱好者，上海沪江大学学生。——**1936**⑧23，25。

沈汝兼（1895—1977）　名谦，字汝兼，浙江嘉兴人。沈钧儒长子。——**1917**①27。

沈寿彭（1880—1952）　名仁山，字寿彭，浙江绍兴人。许寿裳内兄。——**1913**⑧8。

沈应麟（1896—？）　字仁俊，浙江绍兴人。鲁迅在绍兴府中学堂任教时的学生，后学海军。——**1914**⑧20。

沈君默　见沈尹默。

沈孜研　未详。——**1926**⑥9。

沈松泉（1904—？）　名涛，字松泉，江苏吴县人。上海光华书局经理兼总编辑。1930 年 8 月赴日本前曾托冯雪峰向鲁迅求字。——**1932**③31。

沈叔芝　见夏衍。

沈玖士　见沈兼士。

沈钧儒（1875—1963）　字秉甫，号衡山，浙江嘉兴人。1909 年任杭州浙江两级师范学堂监督时，聘请鲁迅为生理学、化学教师。后任浙江谘议局副议长。1912 年至 1914 年间任浙江省教育司司长、浙江省教育会会长。1917 年初为司法部秘书，不久辞职。1918 年秋往广州参加国会非常会议。三十年代参加中国民权保障同盟等民主运动。鲁迅

逝世时书"民族魂"覆盖灵柩。——**1913**⑤14。　**1914**⑨22。　**1917**①
27。④27。　**1918**⑥25。

　　沈养之(1889—？)　字浩然,浙江绍兴人。鲁迅在杭州浙江两级
师范学堂任教时的学生。——**1914**②22。

　　沈兹九(1898—1990)　名慕兰,浙江德清人。胡愈之夫人。1925
年日本女子高等师范学校毕业后回国任中学教员,1934年主编《申报》
副刊《妇女园地》,翌年创办并主编《妇女生活》杂志。——**1936**②16。

　　沈祖牟(1909—1947)　福建福州人。上海光华大学学生,曾以该
校文学会名义邀请鲁迅演讲。——**1929**④9。

　　沈振黄(1912—1944)　名耀中,字振黄,浙江嘉兴人,美术工作者。
1933年入上海开明书店任美术编辑,因爱好木刻与鲁迅通信,表示希望与
鲁迅编印《木刻纪程》时虚拟的"铁木艺术社"取得联系。——**1934**⑩24。

　　沈兼士(1885—1947)　日记又作臤士、坚士,浙江吴兴人,文字学
家,沈士远之三弟。曾任北京大学研究所国学门主任。1926年与鲁迅
同赴厦门,任厦门大学国文系教授、国学院主任,同年10月返京,先后
任北京大学国文系教授、辅仁大学文学院院长等。——**1914**⑥13。⑨
27。⑫13,31。　**1915**⑥20。　**1921**④12,14,16,18,28,30。⑤8,12,
17,31。⑧22。⑨1。　**1923**①10。②17。③6。④16。　**1926**①4。⑥
18,19。⑦1,4,7,8,27,28。⑧3,4,8。⑨4,9,19,21。⑩9,18,23,27。
⑫14,19。　**1927**①2,14。　**1929**⑤20。⑥2。⑦28。　**1932**⑪18,19,
22,26。⑫23。　**1934**③26。

　　沈康伯　江苏南京人。鲁迅在南京矿路学堂时的同学。——**1915**
⑦8,24。⑨21,22。⑪20。

　　沈商耆(1877—1929)　名彭年,字商耆,江苏青浦(今属上海市)
人。教育部佥事,在社会教育司工作。——**1912**⑩30。⑪8,28。
1913②17,18。③6,7。⑥14,17。⑧9,29。⑨4,18。⑫13。　**1914**①
29。④6。⑦21。　**1916**①19。　**1917**①17。⑧28。

　　沈雁冰(1896—1981)　笔名茅盾、方璧、玄珠、沈余等,日记又作方
保宗、保宗、保中、仲方、仲芳、雁宾、明甫、谢芬,浙江桐乡人,文学家。
文学研究会发起人之一,曾编辑《小说月报》。1921年4月起,为稿件

等事常与鲁迅有书信往还。1926 年秋鲁迅赴厦门途经上海时与鲁迅首次见面。大革命失败后被国民党通缉,在上海与鲁迅同住景云里。1928 年 10 月赴日本,1930 年春回国后参加"左联",并担任过领导工作。日记中记有他与鲁迅共同投稿《自由谈》,创办《文学》月刊、《译文》月刊,选辑短篇小说集《草鞋脚》等事。——**1921**④11,13,18,21,29,30。⑤6,8,13,15,20,25,28。⑥4,9,16,23。⑦1,7,16,19,26。⑧2,9,13,14,17,20,24,27,30,31。⑨6,7,8,10,13,21,22。⑪28。⑫1,3,9,16,17,20,22,29。**1925**③28。**1926**⑧30。**1930**④5。**1931**⑩15。**1933**①14,19。②3,14。③5,17,24。④14。⑤6,10,13,15,17。⑥19。⑩3。**1934**①26。②13,19。④20。⑤11,24,27。⑥6,9,23。⑦14,21,30。⑧5,15,22。⑨2,4。⑩1,2,6,8,29,30。⑫19。**1935**①12,16,21,23。②1,3,4,14,17。④25,30。⑤25。⑥8,11,15,16,25,29。⑦2,3,16,22,27。⑧7,19,21。⑨4,11,17,18,20,22,24。⑩25,27。⑪5,18,20。⑫19,21,24。**1936**①4,6,8,17,21,22,29。②1,3,5,11,14,15,18,21,29。③7,9,12,18,20,23,25,27,30。④1,11,13,16,18,25。⑤5,7,9,16,20,21,23,25,31。⑧1,2,13,16,31。⑨2,4,15,18,24,26,27,29。⑩2,5,8,14。

沈鉴史　见沈后青。

沈稚香(1881—1954)　名钧,字稚香,浙江绍兴人。当时在家经营沈通美酱园,并任绍兴酱业公会董事。——**1914**①23。

沈鹏飞(1892—1983)　字云程,广东番禺人。中山大学事务管理处、林学系主任兼农科主任。鲁迅辞去中山大学职务后,曾受校方委托前去挽留,鲁迅未同意。——**1927**⑤9。

沈端先　见夏衍。

沈衡山　见沈钧儒。

沈余夫人　见孔德沚。

沈君默弟　见沈兼士。

沈衡山母　即潘德琬(1851—1917),字佩珩,江苏吴县人。——**1917**④27。

沈士远祖母——**1923**⑩25。

沈兼士之子　见沈观。

沈雁冰夫人　见孔德沚。

沁　一　见刘侃元。

宋　迈　见宋汲仁。

宋　琳　见宋子佩。

宋　舒　1917 年生,又名大展,浙江绍兴人。宋子佩之子。——
1923⑦27。　**1924**①1。⑥27。　**1925**①4。　**1926**②15。⑧7。
1931⑪14。⑫1,5,16,31。　**1932**⑪16。　**1933**⑥26。

宋　湜　见宋香舟

宋大展　见宋舒。

宋子方　见宋知方。

宋子佩(1887—1952)　名琳,原字子培,改作子佩、紫佩,浙江绍兴
人。鲁迅在杭州浙江两级师范学堂任教时的学生,后又曾在绍兴府中
学堂同事。绍兴光复后参加鲁迅支持的《越铎日报》工作,后办《民兴日
报》、《天觉报》。1913 年到北京,由鲁迅介绍入京师图书馆分馆。1919
年间兼任北京第一监狱教诲师。鲁迅离京后托其照顾京寓。1930 年
春后,鲁迅与京寓往来书信大多由他代写代转。——**1912**⑤20,23。⑨
30。⑩1,30。　**1913**③8,30。⑤1,2,5,9,17,19,30。⑥5,7,19,30。
⑦8。⑧8,11,14,19,27。⑨2,19,26,28。⑩8,17,19,24,26,31。⑪9,
23。⑫3,16,20,21,23,24。　**1914**①15,16,22。②3,16,17,19,25,
28。③11,16,17,23。④10,14,19,29。⑤15。⑥10,26。⑦5,20。⑧
12,16,29。⑨4,12,23。⑩5,14,15,30。⑪10,13,23。⑫7,13。
1915①2,7,15。②6,15。③2,5,6,11,13,26。④11,24,28。⑤26。⑥
3,19。⑦20。⑧7。⑨13,19。⑩8,30。⑫3。　**1916**①6,26。②17。
③8,26。④5,6,13,14,20,25,26。⑤17,26。⑥7。⑦28。⑧4,11,17,
22,25。⑨2,10。⑩5,12。⑪1,24,25。⑫20,24,26,30。　**1917**①10,
30。④1。⑤31。⑦11。⑧16,28。⑨1,8,12,19。⑩1,8,14,18,22,
25。⑪4,10,16,27。⑫5,14。　**1918**①3,11,24,30。②2,4,21,22,
25。③9,10,16,25。④6,18。⑤7,8,14,22,24,26,28。⑥8,15,19,
23,27。⑦20,26。⑧7,15,23,29,30。⑨5,10,24,26。⑩10,11,12,

25。⑪2,14。⑫6,16,28。　**1919**①9,19。②6,20。③12,17,19,26,31。⑤13,20,27,31。⑥1,6,12,17,28。⑦11,31。⑧2,3,4,7,10。⑨5,16。⑩2,30。⑪13,20,30。　**1920**②22,24,25。③5,6,7。④2,24。⑥1,3。⑦17。⑧21。⑨10,11。⑩3,19。⑪12,24。⑫16。　**1921**①4,16,22。②15,26。③9,10,16。④29。⑤28,30。⑥1,6。⑧1,10,12,17,18,22。⑨1,13,21。⑩7,9。⑪4,21。⑫24,25。　**1923**①28,30。③11。④21,22。⑤1,18,20。⑥30。⑦27。⑧8。⑨4,11。⑩7。⑪13,20,26,30。⑫9,16,23,30。　**1924**①1,13,20,21,23。②17。③9,29。⑤13,24,28。⑥1,24,26,27,28。⑦5。⑧19,22。⑨17。⑩28,30。⑪16,26,29。⑫3,6,8,23,24,25,26,29。　**1925**①4,11,26。③4,14。④2,21。⑥7。⑦5,13。⑧12,13,14,16,18,20,26,28。⑨6,13,20,28。⑩13,15,16,19,25。⑪13,17,26。⑫6,15,21。　**1926**①2,11,17,19,30。②3,15。③4,12,17,21,23,24,28,29,31。④2,3,5,6,9,10,18,25,28。⑤2,4,12。⑥13。⑦19,29,30。⑧5,7,17,21,24,26。⑨24。⑩12,13,14。　**1927**③2,12。④14,30。⑤2。⑥19,20。**1928**②29。③8。④3,8,20。⑤18。⑥8,23,26。⑦5,20。⑧3。⑩12,19。⑫21。　**1929**①18。⑤15,19,26,29,31。⑥3。⑩26。　**1930**③6,7,8。④1,5,14,23,29。⑤1,19,26。⑥23,25。⑦8,10,12。⑧1。⑨3,19。⑩7,8,9。⑪4,7,13,14。⑫18,30。　**1931**①8,9,23。②2,23,24。③10,20。④28。⑤23。⑥3,5,17,22,30。⑦7,8,16,23,29。⑪14。⑫1,5,24,31。　**1932**②21,22,28,29。③9,13,22,28,30。④19。⑤7,9。⑥25。⑦16。⑨10,12。⑪10,14,20,22,27,28。⑫4,13,26,29。　**1933**③3,13,14。④24。⑤11,19,25,31。⑥4,26。⑦5,8。⑧22。⑨13,19,21,23。⑩31。⑪24。⑫2,21,23。　**1934**④3,13,27,28。⑤3,18。⑥1,2,12。⑧22。⑨1,5。⑩19,24。⑪9。⑫10。**1935**①11,13,16,25,27,29。②7,18。③1,9,20,22,26,31。④5,13。⑤13。⑥7,27,28。　**1936**①15。②1,4,9。③6。⑨22。⑩3,12。

　　宋云彬(1897—1979)　浙江海宁人,作家。上海开明书店编辑。——1928②26。

　　宋文翰　浙江人。北京师范大学国文系毕业,厦门集美学校国文教员。——**1926**⑨19。⑫13,28。

宋孔显　字达卿,浙江绍兴人。1917年绍兴浙江第五中学毕业,周作人的学生。后考入北京大学哲学系,1925年毕业。——**1917**⑤24。**1918**⑥27。**1925**⑨5。

宋成华　未详。——**1916**⑫27,28。

宋庆龄(1893—1981)　日记作孙夫人,广东文昌(今属海南)人,政治家、社会活动家。孙中山夫人。1932年与蔡元培、杨杏佛等筹组并领导中国民权保障同盟。次年2月萧伯纳来华时鲁迅应邀在她寓所与萧会晤。同年5月为抗议德国纳粹党人的暴行,她与鲁迅、杨杏佛等同往上海德国领事馆递交《为德国法西斯压迫民权摧残文化的抗议书》。1936年鲁迅病重期间曾力劝他入院就医。——**1933**①20。②17。**1936**③23。

宋守荣　见宋汲仁。

宋芷生(1881—1962)　名沅,字芷生,浙江绍兴人。宋子佩的堂侄。——**1914**②3,4,13。④14。**1915**③30。**1916**①6。⑧27。**1918**②6,7。③4,7,15。**1932**③9。

宋汲仁　名守荣,字汲仁,后改名宋迈,字洁纯,浙江吴兴人。教育部职员。——**1912**⑨28。**1913**④19。⑥16。⑫18,24。**1914**①1。②15,26。⑦31。**1917**⑩4,5。⑫12。

宋知方(1883—1942)　名崇义,字知方,日记又作宋子方,浙江上虞人。鲁迅在杭州浙江两级师范学堂任教时的学生。后在临海中学、台州中学等校任教。——**1913**⑦16。⑨21,25。**1914**②27,28。④8。⑩18,22。**1915**③13。⑨18,26。**1916**③12,14。⑨18,19。⑩16。⑪2。⑫28,30。**1917**②4,8,26。③5,21。⑦13,20。⑨13,28。⑫12。**1918**①3。③29。⑧30。⑨6。**1919**③13。⑤31。⑨29。**1920**②10。④27。⑤4。⑨8。**1922**②16。**1928**⑩11。**1931**①3。

宋香舟(1898—1949)　名湜,字香舟,四川人。四川政法学校毕业,广州中山大学校长室秘书。——**1927**②5。③28。

宋洁纯　见宋汲仁。

宋崇义　见宋知方。

宋紫佩　见宋子佩。

宋德沅(1899—1933)　日记又作德元,宋子佩之侄。——1925⑧12。　1932⑪20。

宋子佩女　即宋友英(1910— ?),宋紫佩的侄女,浙江绍兴人。——1932⑪16。

宋子佩之子　见宋舒。

弟　妇　见羽太信子。

冶　公　见陶望潮。

冶　秋　见王冶秋。

启　孟　见周作人。

启孟妻　见羽太信子。

评　梅　见石评梅。

识　之　见王志之。

译　者　见林淡秋。——1934②3。

译　者　未详。——1934⑨19。

译　者　见佐藤春夫、增田涉。——1935⑦26。

君　敏　未详。——1933⑤24。

君　智　未详。——1930⑦4。⑨6,22。

君　默　见沈尹默。

尾　崎　见尾崎秀实。

尾崎秀实(1901—1944)　笔名白川次郎,日记作尾崎、白川,又误作大崎,日本人。第三国际工作人员,1932年至1934年间在日本《朝日新闻》上海分社任职。曾为山上正义的《阿 Q 正传》日译本作题为《论中国左翼文艺战线的现状》的序言。——1931⑥8。⑩19。　1932①8。　1934⑧24。

张　　　未详。——1912⑨11。

张　　　未详。——1913⑤12。

张　三　人力车工人。——1924⑤6。

张　介　《语丝》投稿者。——1928⑤23。

张　因　见胡风。

张　君　未详。——**1926**⑥11。

张　绂（？—1923）　字耘叔,浙江永嘉人。教育部专门教育司主事。——**1923**①19。

张　驿　浙江嵊县人。因投考县知事托鲁迅作保。——**1915**③27。

张　莹　见萧军。

张　黄　见张凤举。

张　望（1916—1992）　名致平,笔名张望、张抨,广东大埔人,美术家。当时为上海美术专科学校学生,并主持 MK 木刻研究会。——**1934**⑨20。

张　谔（1910— ？）　江苏吴江人,漫画工作者。《中华日报》美术编辑,与蔡若虹、黄士英等合编《漫画和生活》,曾函请鲁迅指导。——**1935**⑫6。

张　瑛　未详。——**1930**⑩15。

张　慧（1909—1990）　号小青,广东兴宁人,木刻工作者。1934年至1936年间在广东梅县、蕉岭等地教书。曾将自著诗集《颓唐集》、诗稿《国风新译》及木刻寄请鲁迅指导。鲁迅曾为他的《张慧木刻画》题签。1934年夏他与罗清桢拟留学日本,经上海时访问鲁迅,后因病出国未果。——**1934**③9。④5。⑤4。⑦1。⑨14。⑩9。⑪8,19,20,24。⑫8,28。　**1935**①4。②19。③8,22。④26。⑤20。⑦17。⑨15。⑪11。　**1936**①23。⑨20。

张　影（1910—1961）　广东开平人。广州市立美术学校西画系学生,现代创作版画研究会成员。——**1934**⑫25。　**1935**①18。

张一之　见张天翼。

张一麐（1867—1943）　字仲仁,日记作总长、张总长,江苏吴县人。1915年10月任教育总长,不久辞职。——**1915**⑩29。⑪19。

张人灿　见李人灿。

张之迈　广州中山大学文科英文系学生。——**1927**①28。

张子长　未详。——**1931**⑦28。

张天翼（1906—1985）　又名一之,湖南湘乡人,作家,“左联”成员。

1929 年初开始与鲁迅通信,处女作小说《三天半的梦》即发表于《奔流》月刊。1933 年以后,鲁迅曾向外国友人介绍他的作品。——**1929**①24。②4。③9。⑤10。⑨9,13。　**1933**①21。②1,3。　**1936**④10。

张木匠　日记又作木工。为鲁迅翻修八道湾寓的木匠。——**1919**⑨18。⑩17,27。⑪8,14,26,29。

张友松(1903—1995)　湖南醴陵人,翻译家。1927 年北京大学英文系肄业,同年赴沪任北新书局编辑,不久辞职。1928 年在鲁迅支持下与夏康农等合办春潮书局,出版《春潮》杂志。1929 年曾参与鲁迅同北新书局的版税争议事件。——**1928**⑧4。⑫17,18,24,25。　**1929**②1,7,8,18,19。③27,28,29。④19,25,26,27,30。⑤4,10,12。⑥12,13,14,16,18,19,20,21,23。⑦1,3,8,9,12,18,19,22,28。⑧2,7,8,9,10,11,12,13,14,15,16,17,18,21,23,24,27。⑨2,3,5,7,12,16,20,21,27,28,29。⑩2,3,5,9,21,22,25,26,27,28,31。⑪1,2,4,5,7,10,11,12,13,14,18,19,21,24,27。⑫5。　**1930**①6,8,9,10,14,18,24,26,27,28,29,30。②4,5,6,8。③2,15。④18,24。

张友柏(1906—1950)　日记误作友桐,湖南醴陵人。张友松之弟,因失业暂住春潮书局。——**1929**②19。

张少岩　见金人。

张仁辅　字守文,河北南皮人。教育部普通教育司分部人员,后为专门教育司主事。——**1917**⑫18。

张月楼(1880—1950)　名之梁,字月楼,浙江绍兴人。绍兴县立第一高等小学校长。——**1913**⑥25。

张凤举(1895—？)　名黄,字凤举,又字定璜,江西南昌人。日本东京帝国大学文学士,1921 年回国后历任北京大学及中法大学教授、北京女子师范大学讲师。《语丝》和《猛进》的投稿者。1925 年 12 月至次年 4 月与鲁迅轮流编辑《国民新报副刊》乙刊。三一八惨案后被北洋政府通缉。1929 年底往法国。——**1921**⑧22,23,29。⑨1。　**1923**①1,10。②17,23。④15,16。⑤23,26。⑥3,26。⑦4。⑧23。⑫4。**1924**②13。⑥11。　**1925**②7,8。④1。⑪3,5,8,20,22,23。　**1926**①4,5,11,12,13,15,19,21,29。②5,6,7,8,15,17,20,23。③4,6,7,19,

25。④6,8,16,24,26。⑤7,8。⑥3,4,11。⑦27,30。⑧1,3,4,8。
1927⑤11。⑧18,20。⑩4。 **1929**⑤20,22,25,27,29。⑪15。 **1930**
②2。

张平江(1903—？) 四川广安人。1925年时为北京女子师范大
学国文系学生,许广平的同班同学。——**1925**⑤22,31。 **1927**⑩13。

张目寒(1903—1983) 安徽霍丘人。鲁迅在世界语专门学校任教
时的学生,《莽原》周刊投稿者。——**1924**⑤3。⑧30。⑨16,20,27。⑩
2,10。⑪9。⑫21。 **1925**③22。④21,27。⑤3,5,9,15,17,18,24。
⑥2,19,22。⑦2,10,11,19,26。⑧4,12。 **1926**①18。 **1929**⑤24,
29,30。⑥3。⑦3。

张永成 未详。——**1928**⑩19。

张永善(1900—？) 山东肥城人。北京大学哲学系学生,选习鲁
迅讲授的中国小说史,因发现新旧讲义有差异函询鲁迅。据张永善回
忆,鲁迅复信说,所缺部分已删去,不再补发。——**1924**⑤3。

张邦华 见张协和。

张邦珍(1904—？) 云南镇雄人。曾是北京女子师范大学的学
生。——**1927**②11,13,15。

张协和(1873—约1957) 名邦华,字燮和,也作协和,浙江海宁
人。鲁迅在南京矿路学堂和日本弘文学院时的同学,1909年回国,在
杭州浙江两级师范学堂任教。1912年后为教育部佥事,任科长等
职。——**1912**⑤11,12,13,18。⑥2,16。⑦2,7,14,27。⑧9,15,27,
29,31。⑨26,29。⑩7,17,19,26,27。⑪16。⑫1,27,28。 **1913**①2,
5,28。②16。③1,14。④7,13。⑧8,12。⑨2,18,28。⑩7,19。⑪9,
29。⑫11,13,14,15,26,27,28,31。 **1914**①1,4。②10。③28。④
14。⑥28。⑩24。⑫31。 **1915**①2,16。⑦31。⑧8,9。⑨20。⑩8,
10。⑪2,20,21。⑫31。 **1916**①26。④1。⑦27。⑨12。⑩22。
⑫1。 **1917**④24。⑦4。⑨9,30。⑩22。 **1918**①25。②9。⑨25。
⑫8,9,10。 **1919**①23。③8,14,19。④28。⑤26。 **1920**②8。
1923③27。 **1924**⑩2。 **1925**⑧14。 **1929**①13。⑨13,23。 **1931**
⑩3。 **1933**⑦1,2,8,9,16,28,30。⑧13,27。⑨7,10,19。⑩1,23。

⑫4。　**1934**②9。　**1935**①8。　**1936**⑤16。

张达和　张协和之弟。——**1915**⑨20。⑩8。　**1924**⑩2。

张死光(1904—1965)　台湾南投人。当时是中山大学法科政治系学生。——**1927**②24。③28。

张师石　见张景良。

张光人　见胡风。

张仲苏　见张仲素。

张仲素(1879—？)　名谨,字仲苏,也作仲素,日记又作某君,河北清苑人。曾留学德国,1912 年为教育部专门教育司金事,1917 年任京师教育局局长,1921 年至 1928 年任直隶教育厅厅长。——**1912**⑥27。**1913**⑪15。　**1914**⑪3,7。⑫12。　**1915**②5。⑨10。　**1916**⑨21。**1917**⑦12,24。　**1918**⑧31。　**1921**②10。④28。⑤8。　**1925**⑧27。**1927**⑫3,10。　**1928**④7。

张冰醒(1906—1950)　原名冰心,改名冰醒,湖南辰溪人。辰溪高小教员。——**1932**⑫26。

张秀中(1904—1944)　河北定兴人。1926 年,在北京大学做旁听生,并从事文学创作。是年 1 月自费出版短诗集《晓风》,寄请鲁迅指教。后为北方"左联"领导人之一。——**1926**②8。

张秀哲　原名月澄,化名秀哲,台湾省人。1926 年入广州岭南大学文科学习,曾与杨成志合著《毋忘台湾》。鲁迅曾为他所译日本浅利顺次郎的《国际劳动问题》作《小引》。——**1927**②24,26。③3,7,19,28。

张我军(1902—1955)　原名清荣,台湾台北人,作家。时为北京师范大学国文系学生。曾与台籍同学创办《少年台湾》杂志。——**1926**⑧11。　**1929**⑥1。

张伯焘(1886—1941)　名光耀,字伯焘,浙江绍兴人。绍兴中学和师范学校的音乐教师,曾与周作人同事。——**1916**⑫18,21,22。**1919**⑫17。　**1920**①5。③16。　**1921**①2,25。

张希涛　未详。——**1925**⑥13。

张辛南(？—1949)　名毓桂,字辛南,日记误作星南,河北平乡人。1921 年北京大学英文系毕业,1924 年为陕西省省长公署秘书兼西北大学讲师。鲁迅赴西安讲学时曾负责接待,后在北京师范大学任讲师。——1924⑦9,19。　1925③19。⑤14。

张冶春　见张桃龄。

张卓卿　未详。——1913③9。

张国淦(1876—1959)　字乾若,又字伸嘉,湖北蒲圻人。1924年1月第二次任教育部总长,同年9月辞职。——1924②8。

张依吾　见骆宾基。

张孟闻(1903—1993)　笔名西屏,浙江鄞县人,生物学家。1928年时为宁波浙江省立第四中学教师,曾将筹办刊物《山雨》的失败经过函告鲁迅,并附《奴才与偶像》稿一篇,鲁迅将它们连同自己的复信刊于《语丝》第四卷第十七期(1928年4月23日)。——1928④1。

张春桥(1917—2005)　笔名狄克,山东巨野人。1936年3月在上海《大晚报·星期文坛》发表《我们要执行自我批判》,对萧军著《八月的乡村》及鲁迅为它所作的序进行批评,鲁迅当即作《三月的租界》一文予以批驳。——1936④28。

张春霆　名继煦,湖北枝江人。1915年为教育部视学,1917年为教育部普通教育司司长。——1915⑨9。　1917①11。

张星南　见张辛南。

张俊杰　字汉三,河北玉田人。1922年北京高等师范学校国文部毕业,后任北平志成中学副训育主任。——1923②24。③3。

张勉之　名之纲,字勉之,陕西韩城人。1923年北京大学英文系毕业。——1924⑦15。

张亮丞(1888—1951)　名星烺,字亮尘,日记作亮丞,江苏泗阳人,历史学家。早年留学美国、德国。曾代理厦门大学国学院主任。——1926⑫19。

张总长　见张一麐。

张真如(1888—?)　名颐,字真如,四川叙永人,哲学家。曾任北京大学教授。1927年时为厦门大学文科哲学系教授。——1927①4。

张桃龄　字冶春。余不详。——1925⑤14。

张晓天　云南人,翻译工作者。——1936①8。

张晓谷　1935 年生,湖北蕲春人。胡风之子。——**1935** ⑩ 11。**1936** ③13。

张阆声(1882—1965)　名宗祥,字阆声,别署冷僧,浙江海宁人。曾留学日本,归国后与鲁迅同在杭州浙江两级师范学堂任教。1914 年春至教育部任视学、科长,1919 年兼京师图书馆主任。1922 年出任浙江省教育厅厅长。——**1914**①22。④28。　**1915**②12。④10,16。⑨30。　**1916**①29。⑤18,29。　**1920**⑫13,20。　**1921**②28。

张梓生(1892—1967)　字君朔,浙江绍兴人。山会初级师范学堂毕业,后在绍兴僧立小学和明道女校任教,与周建人同事,并与周作人相识。1919 年鲁迅移家北京时曾将部分书籍存放其家。1922 年后任上海商务印书馆《东方杂志》编辑。1932 年夏改入申报馆编辑《申报年鉴》。1934 年 5 月继黎烈文编辑《申报·自由谈》。——**1913**④8。**1919**①16。②25。③13,18。④14。⑤12。⑥16。⑦9。⑧20。⑨18。**1921**⑧31。⑨4。　**1923**⑤14。　**1924**③14,15,17。　**1926**⑧31。**1927**⑩5。　**1928**③12,14。④15。⑥2。⑪11。　**1929**③16。⑤4,6。⑥22。⑨22。⑩26。⑫2。　**1930**⑪21。　**1933**④29。　**1934**⑤12。⑥3,7,8,21。⑦7,9,19。⑧4,9,11,13。⑨6,8,17,29。⑩7。⑪3。

张维汉　见张襄武。

张景良　字师石,山西介休人。上海文明书局总纂。——**1914**①16。③6,12。

张释然　未详。——**1933**⑤29。

张锡荣　1914 年生,浙江绍兴人。上海生活书店邮购科主任。——**1934**⑫10。　**1935**⑧16。⑩29。　**1936**④8。

张锡类(1898—1960)　又名一渠,浙江余姚人。周作人在绍兴浙江第五中学任教时的学生,1930 年为上海儿童书局主持人。——**1930**⑦5,13。

张靖宸　名定勋,字靖宸,河南长葛人。教育部社会教育司分部人员。——**1925**⑧17。

张静庐(1898—1969)　浙江慈溪人,出版家。1925 年至 1934 年,先后创办光华书局、现代书局、上海联合书店、上海杂志公司等。任上海杂志公司经理时,《译文》复刊即由该公司出版。——**1936**④10。⑤
7。

张稼庭(? —约1923) 名孝曾,字稼庭,浙江安吉人。在杭州浙
江两级师范学堂任斋务长时与鲁迅同事,民国以后在北京中国银行任
文书工作。——**1913**①28。⑤7。⑧18。⑨27。

张燮和 见张协和。

张襄武 名维汉,字襄武,广东广州人。许广平的妹夫,广州某中
学英文教员。——**1927**⑧14。 **1929**⑩17。 **1931**⑩3。⑪29。
1936⑩7,10。

张露薇(1910— ?) 原名文华,改名贺志远,吉林宁安(今属黑龙
江)人。曾参加北方"左联",主编北平《文学导报》。1935年5月29日
在天津《益世报·文学副刊》发表《略论中国文坛》,攻击鲁迅介绍外国文
学是"奴隶性"。鲁迅作《"题未定草"(五)》予以反驳后,他写信给鲁迅
为自己辩解,并要求鲁迅为他编辑的《文学导报》写稿。——**1932**⑪30。
1935⑪25。

张仁辅父——**1917**⑫18。

张协和弟 见张达和。

张仲苏母——**1921**④28。

张莹夫人 见萧红。

张梓生子——**1929**⑤4。

张协和夫人——**1933**⑩1。

张协和长子——**1933**⑦1,30。

张协和次子——**1931**⑩3。 **1933**⑦1,2,8,28。⑨7。⑩1,23。
1934②9。 **1935**①8。 **1936**⑤16。

陆士钰 曾与胡也频等办《民众文艺》。——**1925**③28。

陆小姐 见陆晶清。

陆秀贞 见陆晶清。

陆秀珍 见陆晶清。

陆炳常 字凤翔,当时绍兴的西医。——**1913**⑦3,4,6,8,12,16,
26。

陆润青　江苏南京人。鲁迅在南京矿路学堂时的同学。——**1915**
⑨6。

陆晶清(1907—1993)　原名秀珍,后改晶清,日记又作晶卿、陆锦
琴、陆秀贞、陆小姐,云南昆明人,作家。1922 年考入北京女子高等师
范学校,与许广平同学。1925 年兼任《京报》副刊《妇女周刊》编辑。因
女师大风潮常与鲁迅来往。1926 年秋毕业,年底离京,先后在南昌国
民党江西省党部妇女部和武汉国民党中央党部妇女部任职。1927 年 7
月宁汉合流后赴沪。1928 年至 1930 年在北平第二师范学院(前女师
大)国文系补修大学本科课程两年。——**1924**⑨24。　　**1925**⑪8。
1926②4。⑥4。⑦10。⑧8,12,13,15,16,21,26。　　**1927**⑩7。　　**1929**
⑥2。

陆锦琴　见陆晶清。

陆繁霜(1883—1957)　　江苏青浦(今属上海)人。刘三之继
配。——**1928**⑧19。

阿　斗　许广平家里的老工人。——**1927**⑦4。⑨16。

阿　玉　见周晔。

阿　芷　见叶紫。

阿　英(1900—1977)　　原名钱德富,改名杏邨,笔名阿英等,安徽
芜湖人,作家、文艺理论家,太阳社成员、"左联"发起人之一。1935 年
鲁迅编辑《中国新文学大系·小说二集》时,曾向他借阅参考资料。——
1935②12,17。　　**1936**④8,10,30。

阿　菩　见周瑾。

阿　紫　见叶紫。

阿　霜　见沈霜。

陈　　　未详。——**1912**⑩19。

陈　　　未详。——**1913**⑤31。

陈　厶　见陈炜谟。

陈　因　未详。——**1933**⑪17。

陈　约　未详。——**1936**①15。

陈　沂(1913—2003)　原名佘立平,又名佘余,贵州遵义人。1932

年时在北平大学法学院学习,担任北方文化总同盟党团书记,同年鲁迅赴北平探亲时曾向鲁迅汇报工作。翌年初改任河北省反帝大同盟党团书记。——**1933**③30,31。

陈　君　未详。——**1929**⑨3。

陈　君　见陈延炘。

陈　君　未详。——**1934**⑦8。

陈　英　未详。——**1929**⑥26。

陈　姓　未详。——**1912**⑩19。

陈　垣(1880—1971)　字援庵,广东新会人,历史学家。1921年年底至1922年5月任教育部次长,其间又任京师图书馆馆长、北京大学研究所国学门导师。1923年为北京燕京大学教授。——**1923**⑪8。

陈　瑛　未详。——**1929**⑤3。

陈　畸　未详。——**1935**④22。

陈　蜕　见邹鲁风。

陈　解　未详。——**1928**①21。

陈　霞　未详。——**1933**⑩3,14。⑪13。　**1934**①31。②22。③3,17,30。④6,10。

陈于盦　未详。——**1913**③24。

陈大齐(1887—1983)　字百年,浙江海盐人,心理学家。曾留学日本,回国后任北京大学教授,哲学系、心理学系主任等职。——**1918**⑫26,29。　**1919**③29。⑪23。　**1920**⑩10。　**1923**⑧8。　**1925**⑤18。**1926**③7。

陈万里(1891—1969)　名鹏,字万里,江苏吴县人。北京医学专门学校毕业,曾任北京大学校医。1926年间为厦门大学国学院考古学导师兼造型部干事、文科国文系名誉讲师。——**1926**⑫29。　**1927**①8,13。

陈子良(1894—1968)　名庆麒,字子良,浙江象山人。1918年北京大学文学院毕业,任教育部社会教育司一等额外部员,后任金事,兼北京女子高等师范学校教授。——**1925**①21。

陈子英(1882—1950)　名濬,字子英,浙江绍兴人。早年在日本与鲁迅、许寿裳等从孔特夫人学俄文。1910 年任绍兴府中学堂监督,与鲁迅同事。辛亥革命后参与发起创办《越铎日报》,后出任丝绸银行行长、县议会议员。1913 年 2 月因参加读音统一会赴京。1933 年后担任绍兴东浦镇(乡)长等。——**1912**⑦4,20。⑪7,9。　**1913**①31。②12,16,22,25,26。③1,2,3,4,6,9,12,18,20,30。④3,8,13,25,29。⑤1,2,29。⑥6,12,25。⑦2。⑧12,13。⑨13,21。⑩7,12。⑪15,23,28。⑫21,31。　**1914**②14。③19。⑤3,30,31。⑨30。⑩17。⑪22,26,28。⑫15,30。　**1915**③24。④21。　**1916**⑫22,28。　**1917**⑩22。**1919**⑫13,17。　**1928**②24。⑪21。⑫24,28,31。　**1929**①11。**1931**②23。⑦2。⑧13。⑩25,28,29。⑪6,22,24,25。　**1932**②21。③15,17,18。⑦10。

陈子鹄　即陈子谷,1916 年生,广东汕头人,诗人,"左联"成员。1935 年间在日本《杂文》社工作。——**1935**⑧6,7。

陈元达(1911—1931)　浙江诸暨人。柔石的同学与好友。当时在同济大学学习,并以"阿灵"的笔名发表译作。1931 年被国民党当局杀害于上海龙华。——**1929**⑫21,29。

陈友生　见彭柏山。

陈少求　未详。——**1929**⑦24,28。

陈中麓　见陈治格。

陈公侠(1883—1950)　名毅,后改名仪,字公侠,浙江绍兴人。陈公猛之弟。日本陆军士官学校毕业,留学日本时与鲁迅相识。辛亥革命后为浙江都督府总参议、军政司长。1914 年曾在袁世凯统帅办事处任职。1919 年一度从事实业,主持东台裕华垦殖公司。1925 年应孙传芳招聘任浙江陆军第一师师长,不久任徐州驻军总司令,1926 年任浙江省省长兼第一师师长。1927 年北伐军占领浙江后任浙江政治会议委员,又任第十九军军长、江北宣抚使。1929 年任国民党政府军政部常任次长。——**1912**⑪17。　**1914**③22,24。⑤4。⑨8,10,12。**1920**④15,21。⑤2。　**1926**⑦26。⑧18。⑩5。　**1927**⑫4。　**1928**①7。②18。⑫10。　**1930**⑦13。

陈公孟　见陈公猛。

陈公猛(1880—1950)　名威,字公猛,日记又作公孟,浙江绍兴人。陈公侠之兄。光复会会员。留学日本时与鲁迅相识。民国初年在北京财政部任司长、参事。1915 年间任中国银行副总裁。——1912⑦22。⑨11。　1913④26。⑪29。　1915③14,23。⑥6。⑧22。⑨4,8。1916⑦30。⑧20。

陈文华　字斐然,河北安次人。1925 年北京师范大学国文研究科毕业。——1925⑤18,19。⑥19。⑦13。⑧9。

陈文虎　名延龄,字文虎,湖南郴县人。教育部总务厅文书科佥事。——1924⑪18。

陈东皋(1888—1946)　名宗一,字东皋,浙江绍兴人。曾任绍兴县图书馆主任、律师。——1914①23,25。

陈仙泉　广东人。《语丝》投稿者。1929 年底陪同马思聪往访鲁迅。——1929⑫29。

陈乐书(1872—1933)　名槐,字乐书,浙江义乌人。同盟会会员。鲁迅留学日本时的朋友。辛亥革命后,以陆军少将督理上海制造局。——1914①8。

陈永昌　未详。——1929②20,21。

陈百年　见陈大齐。

陈此生(1894—1981)　广西贵县人。1933 年 7 月开始与鲁迅通信。1935 年在广西省立师范专科学校任职时,曾函邀鲁迅赴广西讲学,鲁迅婉辞。——1933⑦8。　1935⑥17。

陈师曾　见陈衡恪。

陈光尧(1906—1972)　陕西城固人,语言文字研究者。曾将他编写的汉字简化表及其他文稿寄请鲁迅指教。——1933⑩17。　1936②19,26。③20。⑧8。

陈光宗(1915—1991)　浙江瑞安人,木刻爱好者。1933 年在温州与胡今虚等合编《动荡文艺》。胡今虚曾将他作的鲁迅木刻像拓片寄与鲁迅。——1933⑧1。

陈同生(1906—1968)　本名张瀚君,日记作陈农非、陈侬非,四川营山人。先后在沪参加"社联"、互济会和文化界总同盟的党团工作。

1933年在民权保障同盟与鲁迅相识,1934 年因互济会事和鲁迅通信。——**1934**⑦18。⑧31。⑩16。

陈延光(约 1906—？)　广东番禺人,陈延炘之弟。广州中山大学学生,四一五事变后任国民党广州中山大学特别党部改组委员。——**1927**④28。⑤13。

陈延进　福建同安人。广州中山大学文科哲学系学生,与鲁迅较接近。后留学法国。——**1927**④7。⑤5。⑦31。⑧2,8,11,14,15,17。⑨10,13,17,23。

陈延炘(1898—1971)　广东番禺人。许广平的亲戚。当时在广州某中学任教,随教师旅行团往沪、杭一带游览。——**1930**⑥10,27,29。⑧2。

陈延耿　广东番禺人,陈延炘的堂弟。——**1930**⑧25。

陈仲山(1900—1942)　原名陈其昌,河南洛阳人。1928 年北京大学哲学系毕业。后加入陈独秀、彭述之等人的托派组织"无产者社"。1936 年 6 月 3 日他致函鲁迅,攻击中国共产党及其所提出的抗日民族统一战线政策,鲁迅作《答托洛斯基派的信》予以驳斥。7 月 7 日,他再次写信给鲁迅,为其政治主张申辩。后为日军所杀。——**1936**⑦7。

陈仲书(1875—1949)　名汉弟,字仲恕,日记作仲书,浙江余杭人。早年留学日本。民国以后历任总统府秘书、国务院秘书长、参政院参事等职。——**1912**⑪7。⑫22。　**1917**⑩5。

陈仲甫　见陈独秀。

陈仲章　广东兴宁人。1925 年任香港《大光报》编辑。1927 年随友人访鲁迅。——**1927**③15。

陈仲谦　见陈仲骞。

陈仲虁　见陈治格。

陈仲骞(1873—？)　名任中,字仲骞,日记又作仲谦,江西赣州人。1912 年任教育部佥事,后调任秘书、参事,1925 年时为教育部代理次长。——**1914**⑤30。⑨1。　**1916**①23。⑩5。　**1919**⑨22。　**1926**③15。

陈企霞(1913—1988)　浙江鄞县人。1933 年时在上海与叶紫等编辑《无名文艺》。为编连环图画曾与何家骏(魏猛克)写信向鲁迅请教。——**1933**⑧1。

陈庆雄　《北新》投稿者。——**1928**⑦19。

陈兴模　浙江人。周作人在浙江第五中学任教时的学生。——**1921**①6。

陈次二　未详。——**1927**⑦10,23。

陈次方(1869—？)　名问咸,字次方,湖北安陆人。教育部金事,在总务厅会计科办事。——**1924**②8。

陈安仁(1890—？)　广东东莞人。国民革命军总政治部编审委员。——**1927**③25,31。

陈农非　见陈同生。

陈孝庄　名宝泉,字筱庄,又作孝庄,天津人。北京高等师范学校校长。——**1915**⑨29。

陈声树　原为北京法政大学学生。1923年与陈空三、冯省三等合办世界语专门学校,为该校董事。——**1923**⑦20,24,25。⑧24。⑨2。**1924**①11,15。④14。⑥18。⑨15。⑩10。⑫1。

陈医生　见陈顺龙。

陈秀文　浙江人。王蕴如的亲戚,在周建人家照管孩子。——**1929**①18。④27。

陈伯寅(1882—1915)　名清震,字伯寅,河北南宫人。教育部普通教育司司长。——**1915**③21。

陈宏实　未详。——**1936**①12。

陈启修(1886—1960)　字惺侬,日记作星农,四川中江人。曾任北京大学、北京女师大教授,1926年任中山大学教授、广州《民国日报》社长。——**1926**⑩24。

陈君冶(1914—1935)　江苏扬州人,"左联"成员。上海震旦大学学生,与庄启东合编《春光》月刊。——**1934**⑪24。⑫7。　**1935**②18。

陈君涵　江苏扬州人。陈君冶之兄。1929年为南京中央大学学生,《奔流》投稿者。同年6月他将所译契诃夫小说《粗野的人》(即《蠢货》)寄请鲁迅发表,因该书已有曹靖华译本,故被退回。1935年在镇江师范学校任教。——**1929**⑥21,24,26。⑪6,10。　**1935**⑤27。

陈妤雯　原为上海暨南大学学生,秋野社社员。1928 年时在日本留学。——**1928**⑥5。

陈抱一(1893—1945)　广东新会人,画家。曾留学日本,1925 年参与创办中华艺术大学。后任上海新华艺术专科学校和上海艺术专科学校教授。——**1928**②20,21。

陈昌标(1901—1941)　名范予,字昌标,浙江诸暨人。厦门鼓浪屿《民钟日报》副刊编辑。——**1927**①6,8。

陈佩骦　浙江人。杭州盐务中学学生,因与同学杜和銮等合办《鸿爪》杂志,写信向鲁迅约稿。——**1936**④2,28。

陈侬非　见陈同生。

陈炜谟(1903—1955)　日记又作陈厶,四川泸县人,作家,浅草社和沉钟社成员。1923 年至 1927 年是北京大学英文系学生,曾听鲁迅讲授中国小说史。大学毕业后在天津、哈尔滨等地中等学校任教。1929 年因病由冯至护送返川。——**1924**⑦3。　**1925**⑤31。　**1926**⑤1,5。⑥6,7。⑦12,23,30。　**1927**②15。③3。⑪11。　**1929**⑤24,27。

陈学昭(1906—1991)　女,浙江海宁人,作家。1925 年经孙伏园介绍认识鲁迅,曾在北京大学旁听鲁迅讲授中国小说史。1927 年 4 月赴法留学,1928 年秋冬回国小住,次年 1 月再度去法。她曾多次在巴黎为鲁迅代购有木刻插图的书籍。——**1925**⑨9,20。　**1927**④18,28。⑥11。　**1928**①3。②21。③10。　**1929**①18。④15,23。　**1930**⑤2,31。⑦22。　**1931**①23。　**1932**⑤15。　**1933**⑥17。　**1935**④24,25。⑤14,20。⑥15,24,25,26。⑦17。⑧2,28。　**1936**⑤5。⑨17。

陈浅生　苏州青年业余文艺社成员,《嫩芽》撰稿者。——**1935**⑪17。

陈泽川　未详。——**1929**①5。②20。

陈治格(1888—1945)　名启格,字仲篪,日记又作陈中篪,浙江绍兴人。鲁迅小舅父之婿。民国初年先后在司法部、高等审判厅任职。——**1913**⑧29。⑪29。　**1914**②20。⑫25。　**1915**①10。②10。

⑦18。

陈定谟(1889—1961) 江苏昆山人。1924年为天津南开大学哲学教授,与鲁迅同时应邀赴西安讲学,1926年间在厦门大学任教。——**1924**⑧3。 **1926**⑨8,9。⑫5,17。 **1927**①5,9。

陈空三 名廷璠,字空三,陕西户县人。1922年北京大学哲学系毕业,1923年与陈声树、冯省三等合办世界语专门学校,任该校董事。——**1923**⑦15。⑫2,4。 **1924**①6,10,11。②18,20,28。③16。④7,19。⑥29。⑧17。⑩4。⑫4,7。 **1925**④21,29。 **1928**⑤27。⑦2,3,5。 **1929**①22。

陈姓者 未详。——**1914**①25。

陈姓客 浙江杭州人。曾在杭州中学与杨莘耜同事。——**1913**⑥21。

陈绍宋 未详。他所寄信片的内容,可参看《集外集拾遗补编·致〈近代美术史潮论〉的读者诸君》。——**1928**②2。

陈顺龙 牙科医生。——**1917**⑫29,30。 **1919**④1,7,10,14,15。⑪22。 **1923**①19。

陈剑锵 福建同安人。厦门大学文科国学系学生。——**1927**①22。②26。

陈独秀(1879—1942) 字仲甫,安徽怀宁人。早年留学日本,1915年起编辑《青年杂志》(第二卷起改名《新青年》),1917年起任北京大学文科学长。1921年7月当选中共中央局书记。因编辑《新青年》与鲁迅相识。——**1920**⑧7。⑪9。 **1921**⑤18。⑦2,19。⑧30。⑨10,25,26。

陈总长 见陈振先。

陈振先(1877—?) 字铎士,日记作陈总长,广东新会人。1912年任农林部次长、总长,1913年3月兼署教育总长,被参事反对,5月间辞去兼职。——**1913**④17,20。⑤2。

陈铁耕(1906—1970) 原名耀唐,广东兴宁人,木刻家,一八艺社组织者之一,野穗社发起人。1931年夏参加鲁迅主办的暑期木刻讲习班。曾多次将所作木刻寄请鲁迅指导。——**1932**⑦24。⑧6,20。⑫

19。　**1933**⑩9,13,16,18,19,21。⑪1,2,14,17,29。⑫4。　**1934**⑥
2,6,29,30。⑦3,12,29。⑩4,16。⑪3,19。　**1935**①4。

陈烟桥(1912—1970)　又名李雾城,广东宝安人,木刻家,"美联"
成员。1930 年起在上海与陈铁耕等从事木刻运动,并发起组织野穗
社。曾多次将所作木刻寄请鲁迅指导。——**1933**④12,13。⑧5,8。⑪
14,17,29。⑫4,6,14。　**1934**①4。②10,11。③23,29。④5,6,7,12,
18,19,23。⑤19,23,24,29。⑥1,11,21,27。⑨27。⑩16,17,30。⑪
14,22。⑫11。　**1935**③12,13,16,26。⑤19,24。⑥18。⑦4。⑫14。
1936④20。⑤11。

陈继昌　浙江新昌人。因投考县知事托鲁迅作保。——**1915**③
30。

陈基志　福建南安人。厦门大学理科物理系三年级学生。——
1927④27。

陈梦庚　未详。——**1929**⑨10。

陈梦韶(1903—1984)　名敦仁,字梦韶,福建同安人。厦门大学文
科教育系四年级学生。他曾将新诗稿《破釜沉舟集》寄给鲁迅。鲁迅曾
为他所作剧本《绛洞花主》作《小引》。——**1927**①14。②1,9。⑥24。

陈辅国(约 1908—1927)　广东番禺人。广州中山大学法预科学
生,在四一五事变中被捕牺牲。——**1927**①31。

陈象明(1873—1931)　名文哲,字象明,湖北广济(今武穴)人。曾
留学日本东京高等师范学校。1912 年为教育部金事,后调任编审处编
审员。——**1913**②22。

陈望道(1890—1977)　浙江义乌人,教育家、语言学家。1919 年
夏从日本留学回国,不久任杭州浙江第一师范学校教员,所译《共产党
宣言》于 1920 年春出版后曾寄赠鲁迅。同年任《新青年》杂志编辑,写
信向鲁迅约稿。鲁迅由北京赴厦门途经上海时与鲁迅首次见面。鲁迅
定居上海后,两次应邀到他任教的复旦大学及其附属实验中学演讲。
1928 年至 1930 年间任大江书铺编辑,鲁迅曾为他主编的《大江月刊》
译稿,并将所译卢那察尔斯基的《艺术论》等书交大江书铺出版,后又为
该书铺编辑过《文艺研究》季刊。1934 年陈望道创办《太白》半月刊时,

鲁迅曾给予支持。——**1926**⑧30。　**1927**⑩31。⑪27。　**1928**
①19。⑤3,7,15,31。⑦22。⑨15,16,26,28。⑩25。⑪9。⑫9。**1929**
①30。②2,6,16。③9。⑤3,11。⑦12。⑪28。　**1930**①2,31。②1,
8。③15。④2,4,24,26。⑤3。　**1934**⑧28,29,31。⑨4,20,23,26。
⑩3,24。⑪6,26,27。　**1935**①26,30。②8,13,15,24。③1,8,21。④
3,7,8,11,13,23,29。⑤9,30。⑥7,20。⑦2,24。⑧3,11,12,19,21,
24,28。

　　陈焕章(1881—1933)　字重远,广东高要人。因著《孔门理财学》在
美国得博士学位。1912 年在上海发起组织孔教会。——**1912**⑫4。

　　陈寅恪（1890—1969）　江西修水人,历史学家。陈衡恪之
弟。——**1915**④6。

　　陈援庵　见陈垣。

　　陈斐然　见陈文华。

　　陈翔冰(1906—1980)　福建惠安人。1927 年由厦门大学转入上
海暨南大学学习,为该校秋野社成员,编辑《秋野》月刊。——**1927**⑥
16。⑫29。　**1928**⑨6。⑩7,17,19,31。⑪12。⑫20,27。　**1929**①
18。⑥24,26。⑨10。⑪6。

　　陈翔鹤(1901—1969)　日记又误作杨翔鹤,四川巴县人,作家,浅
草社和沉钟社成员。1923 年至 1927 年在北京大学选学美国文学和中
国文学,曾听鲁迅授课。1927 年至 1936 年先后在山东、吉林、河北等
省的大中学校任教。——**1924**⑥11,16,21。⑦3。　**1925**⑤31。
1926⑦23。　**1927**⑦24。　**1935**⑥2,3。

　　陈蓉镜　应作陈荣镜,湖北荆门人。教育部视学。——**1923**⑫7。

　　陈慎之　名式金,字慎之,山东历城人。北京大学总务处办事
员。——**1926**⑥15,18,29。

　　陈碧岑(1893—1981)　名荫,字碧岑,日记作达夫之嫂,安徽泗县
人,郁华夫人。——**1932**⑩5。

　　陈静生　四川人,漫画作者。——**1934**⑫13。

　　陈毓泰　上海暨南大学附中学生,暨南大学文艺刊物《景风》的投
稿者。——**1929**②16。

陈瑾琼　日记又作秉中夫人。原为北平女子大学音乐系学生,李秉中妻。——1929⑤27。　1934⑤1。

陈墨涛(1883—1946)　名简,字墨涛,浙江绍兴人。陈伯平(与徐锡麟共同刺杀恩铭时牺牲)之兄。曾任教育部统计科主事。——1913⑫22。　1914①1。

陈衡恪(1876—1923)　字师曾,号槐堂,江西修水人,书画家。陈寅恪之兄。鲁迅在南京矿路学堂、日本弘文学院学习时的同学,民国以后与鲁迅在教育部同事,任编审处编审员。工诗,尤善书画篆刻,曾为鲁迅《域外小说集》等书面题签,并为鲁迅篆刻印章多枚。——1914①13。⑥2,9。⑦3。⑨4。⑫10,31。　1915①19。②2,17。③8,18。④8,9,19,22。⑤24。⑥14,21。⑧7,11,14,15。⑨3,7,8,29。⑩2,8,27,29。⑪16,19,25,26。⑫3,7,18。　1916①13,22,25,29。③20。④26。⑤8,15,31。⑥7,22,29。⑦17。⑨19,29。⑪30。　1917①26。②13。③29。④10,16。⑦31。　1918①23。③11,16,18,27。④11。⑤11,13,29。⑧9。⑪20。　1919①4。　1921①10。　1923⑨10。⑫12。

陈耀唐　见陈铁耕。

陈百年母——1923⑧8。

陈师曾母　即俞明诗(1864—1923),字麟洲,浙江绍兴人。陈衡恪的继母。——1923⑨10。

陈师曾室　即汪春绮(？—1914),江苏吴县人。汪旭初之姐。——1914①13。

陈仲骞母——1916⑩5。

陈象明母——1913②22。

陈蓉镜夫人——1923⑫7。

邵　　未详。——1916⑧17。⑨2。

邵士荫　未详。——1928⑫28。

邵川麟　见邵荃麟。

邵元冲(1890—1936)　字翼如,浙江绍兴人。国民党中央委员,曾随孙中山到北京办理总理行馆机要。——1925②17。③1。

邵仲威(？—1918) 浙江杭州人。邵伯迥之弟。——**1918**⑩17。

邵次公(1888—1938) 名瑞彭,字次公,浙江淳安人。北京大学国文系教授。——**1921**③16。 **1924**⑫8。

邵伯迥(1874—1953) 名章,字伯絅,亦作伯炯、伯迥,浙江杭州人。民国后历任中央教育会议议员、北京法政专门学校校长,并长期任平政院评事兼第一庭庭长、代院长等职。1925年曾经手鲁迅控告章士钊对其非法免职一案。——**1913**⑤11。 **1924**⑧23。⑨16。

邵伯絅 见邵伯迥。

邵明之 见邵铭之。

邵荃麟(1906—1971) 名骏运,笔名荃麟等,日记作邵川麟,浙江慈溪人,文艺理论家,"左联"成员。1934年初为反帝反战大同盟宣传部长。——**1934**①18。

邵铭之(1877—1942) 名文熔,字铭之,日记又作明之,浙江绍兴人。与鲁迅同时留学日本,归国后曾在杭州任土木工程师,又在江苏如皋创办华丰盐垦公司。——**1915**⑩31。⑪2。 **1916**⑫14。 **1927**⑫19。 **1928**①14。②24。⑥13。⑪6,7,21。 **1929**⑧29。 **1930**③25。④11。⑦13。⑨2。 **1931**⑦2。 **1932**⑦12。⑫18。 **1933**②2。⑤18,24,25。⑥21。 **1934**②27。⑪20。 **1935**①26,29。③10。⑤22,26,27。⑧19。 **1936**②1,24。④19。

邵逸民 未详。——**1934**⑩13。

邵景渊 1913年生,浙江绍兴人。邵铭之的长女,1933年时在上海沪江大学肄业,1934年夏转入清华大学外语系学习。——**1933**②2。⑥5。 **1934**⑫23,24。 **1935**①9。

邵飘萍(1886—1926) 名振青,字飘萍,浙江东阳人,新闻工作者、新闻学者。1918年创办《京报》并任社长。鲁迅于1925年4月至11月曾为该报编辑《莽原》周刊,并于5月27日在该报刊登由其拟稿的《对于北京女子师范大学风潮宣言》。——**1925**⑤25。

八　　画

珏　　见马珏。

武者小路实笃（1885—1976）　日本作家。1919 年鲁迅曾翻译他的剧本《一个青年的梦》，1936 年赴欧美旅行途经上海时，曾通过内山完造与鲁迅会晤。——**1936**⑤5。⑧31。

青　曲　见台静农。

青　辰　见台静农。

青木正儿（1887—1964）　日本汉学家。当时任教于日本同志社大学。——**1920**⑪27。⑫15。

坪井先生　见坪井芳治。

坪井芳治（1898—1960）　日记又作坪井学士、坪井先生，日本东京人。上海篠崎医院儿科医生，曾为海婴诊病。——**1932**⑤20，21，22，23，24，25，27，29，30。⑥19，20，21，23。⑦1，3。⑨28。⑩15。⑪6，7。⑫1，28，31。　**1933**①22。④4，6，23，30。⑤1，30。⑥7，8，21。　**1934**②26。④24。⑥16。⑦13。

坪井学士　见坪井芳治。

坪井芳治夫人　即石川三轮子，日本人。1925 年与坪井结婚后一起来中国上海。——**1933**④23。

坪井芳治二孩　即坪井芳治的长女坪井不二子、次女坪井明子。日本人。——**1933**④23。

若　狂　见林惠元。

若　君　见孔另境。

茂　荣　见徐懋庸。

茂　真　未详。——**1930**⑩17。

苟克嘉（1906—？）　贵州赤水人。段雪生之甥，当时为上海东亚同文书院学生。——**1930**⑤11。

范　君　见范爱农。

范云台　见范文澜。

范文澜（1893—1969）　初字云台，改字仲沄，日记又作范芸台、范姓者，浙江绍兴人，历史学家。民国初年在北京大学文科学习时，因其姑夫许铭伯与鲁迅同住绍兴县馆而相识。1917 年毕业后曾任天津南开大学、北京师范大学国文系讲师、北平大学女子文理学院院长等

职。——**1913**⑥14。⑫14。　**1914**⑧13。　**1915**⑩31。⑫26。　**1917**
①23。④1,22。⑨9。　**1918**①1。⑦14。　**1925**⑩17。　**1929**⑤28。
⑥1。⑨10。　**1932**⑪18,19,24。

　　范乐山　名宗镐,字乐山,浙江绍兴人。范文澜的族叔。——**1918**
②10。

　　范吉六　见范吉陆。

　　范吉陆(1875—?)　名鸿泰,字吉陆,日记又作吉六,湖北鄂城人。
历任教育部总务厅庶务科技正、专门教育司司长等职。——**1916**⑤28。
1918⑪10。　**1923**⑫31。

　　范仲沄　见范文澜。

　　范亦陈　名实,字亦陈,日记又作逸丞,江苏南京人。鲁迅在南京
矿路学堂时的同学。——**1912**⑩26。　**1915**⑪20,21。

　　范寿铭(1871—1922)　字鼎卿,浙江绍兴人。范文澜的叔父,清末
举人。民国后曾任河南都督府总秘书、彰德府知府、河南豫东道尹、河
北道尹等职。爱好金石学,搜集碑帖约一万种。——**1919**⑧31。

　　范芸台　见范文澜。

　　范伯昂　名文济,字伯昂,浙江绍兴人。范文澜的长兄。——**1915**
⑩31。

　　范沁一　见刘侃元。

　　范宗镐　见范乐山。

　　范姓者　见范文澜。

　　范总长　见范源濂。

　　范爱农(1883—1912)　名肇基,字斯年,号爱农,浙江绍兴人。徐
锡麟的学生,光复会会员。与鲁迅在留学日本时相识。辛亥革命后鲁
迅任山会初级师范学堂监督,他任该校监学。鲁迅到教育部任职后,他
遭旧势力的欺压排挤而失业,穷困潦倒,不久落水致死。鲁迅曾作《哀
范君三章》和《范爱农》。——**1912**⑤15,19,23。⑥4。⑦19,22。⑧2,
28。

　　范朗西　广东人。广州培正中学教员,并主持广州市教育局所办
的平民学校。——**1927**③4。

范逸丞　见范亦陈。

范稚和　江苏南京人。范亦陈之弟。——**1915**⑪20。

范源廉　见范源濂。

范源濂(1877—1928)　字静生,日记又作总长、范总长,湖南湘阴人。时任教育部总长。——**1912**⑦17,26,31。⑧28。⑨6。　**1913**②5。

范吉陆女——**1918**⑪10。

范吉陆母——**1916**⑤16。

范吉陆夫人——**1923**⑫31。

茅　盾　见沈雁冰。

茅盾夫人　见孔德沚。

茅盾孩子　见沈霞、沈霜。

林　兰　见蔡漱六。

林　来　未详。——**1934**⑩28。

林　君　未详。——**1926**⑨5。

林　林　见林霖。

林　蒂　见林望中。

林　霖　日记又作林林,广东梅县人。1927 年任广州中山大学助理秘书,四一五事变后任国民党中山大学特别党部执监委员。曾记录鲁迅在该校学生会欢迎会等会上的讲演。——**1927**②5。③5。　**1929**⑦31。⑫13。　**1930**④11。

林无双　1926 年生,福建龙溪人。林语堂次女。——**1933**⑤15。

林木土　字筱甫,台湾台北人。在厦门创办丰南信托公司,经营金融汇兑业务。——**1926**⑫18。

林仁通　1919 年生,江西雩都人。时为同济大学医学院学生。他看到鲁迅在《表》"译者的话"中提到一个德文单词可能译得不确切,即向德籍老师请教后函告鲁迅。——**1936**⑧2。

林月波　北京前桃园的房主,鲁迅因购屋与之联系。——**1923**⑨20,21,24。

林风眠(1900—1991)　广东梅县人,画家。1926 年为北京美术专

门学校校长,1928 年为杭州国立艺术院院长。——**1926**③15。 **1928**
②29。

林文庆(1869—1957) 字梦琴,福建海澄人。英国爱丁堡大学医
学硕士,后入英国籍。当时任厦门大学校长。——**1926**⑪25。 **1927**
①4,9,13,15。

林玉堂 见林语堂。

林玉霖(1887—1964) 又名和凤,福建龙溪人。林语堂的二哥。
早年留学美国。厦门大学文科外语系教授兼学生指导长。——**1926**⑪
17。

林仙亭(1897—1936) 福建龙岩人。曾与邓子恢等创办《岩声
报》,先后在龙溪、厦门、南安等地任教,并参加革命活动。写有不少散
文和诗歌。曾将所作诗集《血泪之花》赠与鲁迅。——**1926**⑩5,11。

林式言 名玉麒,字式言,浙江温州人。曾任杭州浙江两级师范学
堂庶务主任。1913 年时在北京任国会议员。——**1913**③14。

林竹宾 未详。——**1932**⑪1,30。

林伟达 未详。——**1936**⑨5。

林次木 未详。——**1927**②17,20。

林守仁 见山上正义。

林如斯 1923 年生,福建龙溪人。林语堂的长女。——**1928**⑥
24。⑦7。⑩26。 **1933**⑤15。

林克多(1902—1949) 原名李镜东,别名李平,笔名林克多,日记
又作平君,浙江黄岩人。曾在家乡从事革命活动,大革命失败后赴苏联
莫斯科中山大学学习,1931 年回国后著《苏联闻见录》,鲁迅曾为之校
阅并作序。——**1932**④7。 **1933**②22。

林若狂 见林惠元。

林松坚 字鲁生,福建闽侯人。教育部主事。——**1914**⑫31。
1919②27。③1,11。

林卓凤(1906—?) 字悟真,广东澄海人。1925 年时为北京女子
师范大学国文系学生,后转入北京师范大学。1928 年毕业后曾任中学
教员。——**1925**④12。⑥5。 **1929**⑥3。

林和清(1892—1943)　亦作林河清,别号憾庐,福建龙溪人。林语堂的三哥。原在厦门行医,1927年到上海。林语堂去美国后由他接编《宇宙风》半月刊。——**1926**⑪16,26。　**1927**⑫17,18,20,31。　**1928**①6,17,24,25,26。②2,26,29。⑦1。⑨27。⑩7,24,27,31。⑪9,12,16,20,22。⑫29。　**1929**①27。③5。④10,23。

林庚白(1891—1941)　福建闽侯人,诗人,南社社员。曾任中国大学及俄文专修馆法学教授,众议院及非常国会秘书长,国民党立法院立法委员。1929年年底往访鲁迅时因鲁迅未接见,遂写信责骂。——**1929**⑫24,26。　**1933**⑪13。

林河清　见林和清。

林绍仑(约1911—约1944)　广东琼山(今属海南)人。广州市立美术学校毕业,广州中德中学美术教员,从事木刻创作。——**1934**⑩2,13。⑪13。⑫4,11。　**1935**⑫29。

林信太　日记又作成城学园之生徒,日本人。内山嘉吉的学生,1933年春在成城学园小学部五年级桔组(班)学习。——**1933**③21。④18。

林洪亮　未详。——**1926**⑫23。

林语堂(1895—1976)　原名和乐,改名玉堂,又改作语堂,福建龙溪人,作家。曾留学欧美,1923年回国后在北京清华学校、北京大学等校任教。1925年任北京女子师范大学教务长兼英文系教授时开始与鲁迅交往。在此前后常在《语丝》、《莽原》、《国民新报副刊》撰文。1926年5月因被北洋政府通缉返闽,任厦门大学文科主任兼国学院秘书。不久邀鲁迅到厦大任教。1927年春去武汉任国民政府外交部秘书。宁汉合流后到上海,同年10月鲁迅移沪定居后一度与鲁迅往来较多。——**1925**⑫5,6,8,15,17,27,29。　**1926**①31。②20,22,23,27。③7,9。⑤10,13,15,19,24。⑦1,4,5。⑧15,18。⑨4,5,19,21。⑪20,27,30。⑫12,14,30,31。　**1927**①1,7,8,29。②6,14。③1,22,26。④7。⑤14。⑩3,4,7。⑪7。⑫12,31。　**1928**①26。②16。③4。④5。⑤1。⑥4,8,19,20,23,24。⑦1,5,7,28。⑧4,14,17。⑨27,10。⑩16,17,19,26。⑪1,11,24,26。⑫1。　**1929**①24,26。②16。③6,

17。④30。⑦7。⑧28。　　**1933**①11。②16,17,19,21,24,27。③5,28。④20,30。⑤10,15,19。⑥6,8,20,21。⑧1,2,16,24,27。⑫28。**1934**①6,7,18。③18。④9,14,15。⑤4,5,9,10。⑦6。⑧28,29。

林哲夫(1897—？)　日本人。基督教徒,上海东亚同文书院教授。——**1934**⑧29。

林梦琴　见林文庆。

林望中　原名陈萍珊,化名林蒂,1914年生,福建同安人,"左联"成员。1935年赴日本,任"左联"东京支部诗歌小组负责人之一和《新诗歌》编辑,曾函告鲁迅有关东京"左联"的情况。——**1935**⑩17。

林淡秋(1911—1981)　浙江宁海人,作家,"社联"成员。曾函请鲁迅审阅他的译稿《布罗斯基》。译有苏联小说《巧克力》等。——**1932**⑪2。　**1933**⑫28。　**1934**②3。

林惠元(1906—1933)　笔名若狂,福建龙溪人,诗人。林景良的长子。在福建漳州寻源中学毕业后即往上海,与杨骚、白薇同寓施高塔路,常向《语丝》、《北新》投稿。1933年在龙溪被国民党当局杀害。——**1928**⑥24。⑦6,7。⑨27。⑩1,7。　**1929**②15。③10,17。④11,13。　**1930**③29,30。

林景良(1884—1942)　又名和安,字孟温,福建龙溪人。林语堂的长兄。厦门大学国学院编辑。——**1926**⑪16。

林鲁生　见林松坚。

林微音(1899—1982)　化名陈代等,江苏苏州人,作家。因郁达夫关系认识鲁迅。1933年为邵洵美所编《作家自传丛书》代向鲁迅约稿,未获允。——**1932**⑩5。　**1933**②28。③13,17。

林筱甫　见林木土。

林毓德　福建福州人。厦门大学学生。——**1927**②15。

林疑今　笔名麦耶夫,1913年生,福建龙溪人,翻译工作者。林玉霖之子。当时是上海东吴第二中学学生。曾将与林惠元合译的《水门汀》原稿寄请鲁迅审阅。——**1929**②16。

林骥材　贵州人。曾在北京大学学习。——**1930**⑤11。

林芙美子(1903—1951)　日本女作家。经内山完造介绍与鲁迅相识。——**1930**⑨19。 **1932**⑥12。

林和清子——**1929**③5。

林和清侄 见林惠元。

林语堂女 见林如斯、林无双。

林语堂侄 见林惠元。

林语堂夫人 见廖翠凤。

松 元 见松元三郎。

松 本 见松本重治。

松 年 见孙伏园。

松 浦 见松浦珪三。

松 藻 见内山松藻。

松元三郎 日本人。上海东亚同文书院毕业,时任上海日本高等女校教师。后任日本住友保险公司上海支店主任。——**1931**③5,6。

松本重治(1899— ?) 日本人。日本同盟通讯社上海分社社长。——**1933**⑨2。

松浦珪三 日本人。东京第一外国语学校教师,曾翻译《阿 Q 正传》,1931 年 9 月由日本白杨社出版,为《中国无产阶级小说集》第一编。——**1931**⑪19。

画 室 见冯雪峰。

瓯 士 见沈兼士。

雨谷清 未详。——**1929**⑧8。

郁 华(1884—1939) 字曼陀,日记又作达夫之兄,浙江富阳人。郁达夫长兄。时任江苏省高等法院上海刑庭庭长。——**1932**⑩5。

郁达夫(1896—1945) 原名文,浙江富阳人,作家,创造社前期主要成员之一。1923 年秋至 1925 年初在北京大学任教时与鲁迅同事。1925 年、1926 年在武昌师范大学、广东中山大学任教,其间返京度假时都往访鲁迅。1926 年底在上海负责创造社出版部工作。1928 年至 1929 年与鲁迅合编《奔流》月刊,1930 年 2 月与鲁迅等共同发起成立中国自由运动大同盟。同年 3 月加入"左联"。1933 年 4 月移居杭州时鲁迅曾予劝阻,同年冬又书赠七律《阻郁达夫移家杭州》。——**1923**②

17,26,27,28。③15。⑪15,22。⑫26。　**1924**③18。④30。⑥15。⑦3。⑪2,20。⑫15,25。　**1925**⑩24。　**1926**⑦31。⑩29。⑫21。**1927**⑩5,6,11,16。⑪2,12。⑫8,31。　**1928**②6,12,16。③6,24,25,31。④1,2,5,15,27。⑤6,7,9,19,25,27。⑥3,19,20,24,26,30。⑦1,7,18,22,28。⑧1,2,4,8,21,24,26,31。⑨12,21。⑩1,14,20,21,26,31。⑪2,7,11,22,29。⑫6,11,12,13,14,21,28。　**1929**①6,16,24,25,26,30,31。②6,8,20。③1,9,10,17,22,26,29。④1,10,11,17,28。⑤11。⑥8,11,19。⑦6,7,11。⑧8,17,18,20,21,23,25,27,28。⑨9,10,11,19,25。⑩2,3,10,15,21,29。⑪13,15,17,26。**1930**①4,5,9,15,26。②4,20。③3。④17,21。⑥13,15。⑦15,22。⑧8,26,30。⑨18,30。⑩9。⑪28。　**1931**⑥2。⑧31。⑨15。　**1932**②25,29。③3,7,15。⑤17。⑦12,16,18。⑩2,5,12。⑫30,31。**1933**①7,10,19,25。②3,8,9,15。③1,22,24。④3,22,23。⑤17,18。⑥27,28。⑧21。⑨8,29。⑫29。　**1934**①5,6。⑤19。⑦14。⑨10,12。　**1935**①10。③21。④30。⑧2。⑫7。

欧　君　未详。——**1926**⑫31。

欧阳山(1908—2000)　原名杨凤岐,又名杨仪,笔名罗西、龙贡公等,湖北荆州人,作家,"左联"成员,新文字运动委员会成员。1927年在广州中山大学听课时认识鲁迅。广州起义失败后去沪,向《奔流》投稿,1929年后返广州从事文学活动,被通缉,1933年8月重返上海,曾请鲁迅阅稿。他被禁的小说《杰老叔》经鲁迅介绍在《申报月刊》发表。1935年4、5月间,为聘请律师营救被捕的草明,鲁迅曾借与款项。1936年为召开小说家座谈会曾给鲁迅写信。——**1929**⑦13。⑨10。⑩13,14,24,30。　**1933**⑫13,18。　**1934**①18,19。⑦25。　**1935**④29。⑤1,10,28。　**1936**①11,15,30。③18。⑤13。⑧20,25。

欧阳治　福建厦门人。厦门大学政治系试读生。——**1926**⑩1。**1927**①6。

抱　朴　原名秦涤清,无政府主义者,他的《赤俄游记》在《京报副刊》发表后,拟请鲁迅作序印单行本,未遂。——**1925**⑦6。　**1930**②18。

招勉之　广东台山人。1925 年在北京时为《莽原》周刊的投稿者。1927 年先与钟敬文、黎锦明在广东海丰中学任教,后在中山大学附属中学师范科任教,当时与鲁迅有来往。鲁迅去沪后仍保持联系。——**1927**①31。②14。⑫16,19。　**1928**⑤28。⑥8。⑦18。⑫7。

叔　之　见夏衍。

叔　平　见马叔平。

叔　钧　见池叔钧。

卓　凤　见林卓凤。

卓　冶　见魏兆淇。

贤　桢　见王蕴如。

尚　钺(1902—1982)　原名宗武,改作钟吾,字健庵,河南罗山人,历史学家,狂飚社成员。当时为北京大学英文系学生。在预科学习期间开始旁听鲁迅讲课,1925 年后与鲁迅往来,得到过鲁迅的帮助。——**1925**④28。⑤3,9,14,25,29。⑥6,8,13,14,20,27。⑦2,8,10,13,21。⑧5,9,18。⑨16。⑩1,15,27,28。⑪5。　**1926**①15。②13。⑫13。　**1927**④7。

尚佩吾　1919 年生,河南罗山人。曹靖华夫人尚佩秋之五妹。当时在河南开封求学,曹靖华请鲁迅将其稿费寄给她作学费。——**1930**⑨23。　**1933**②14,27。③7。

尚佩芸(1916—1938)　日记又误作尚芸佩,河南罗山人。尚佩秋之四妹。——**1933**②1,16。③6。

尚钟吾　见尚钺。

尚振声　河南罗山人。尚佩秋的本家。——**1933**②1,15,16。

尚献生　日记又误作常君。李秉中的友人。——**1924**⑦6。⑧20。

国　亲　见蔡元康。

国　亮　见马国亮。

国　卿　见蔡元康。

国木田　见国木田虎雄。

国木田夫人　即国木田道子,日本人。国木田虎雄之妻。——**1928**④2。

国木田虎雄(1902—1970)　日本作家国木田独步之长子,研究中国文学。1928年春与宇留川、金子光晴等来上海时认识鲁迅。——**1928**④2。

昌　群　见贺昌群。

明　之　见邵铭之。

明　甫　见沈雁冰。

易　之　未详。——**1933**⑦18。

易鹿山　见易寅村。

易寅村(1880—1937)　名培基,字寅村,湖南长沙人。1924年和1925年两度担任教育总长,1926年1月任北京女子师范大学校长,三一八惨案后被段祺瑞政府通缉离京。1927年任上海劳动大学校长,曾邀鲁迅往该校讲演和授课。——**1926**①13。　**1927**⑩23。⑪1,4,27。⑫2,10,11。　**1928**①3,10。③20,26,27。

易斐君　见蔡斐君。

岩波茂雄(1881—1946)　日本人。东京岩波书店店主。——**1935**⑤6。

罗　　　见罗氏。

罗　氏　北京八道湾十一号鲁迅寓所的原屋主。——**1919**⑦23。⑧19。⑨28。⑪4。

罗　生　见伊赛克。

罗　西　见欧阳山。

罗　姓　见罗氏。

罗　苏　见孔罗苏。

罗　庸(1900—1950)　字膺中,江苏江都人。北京大学研究所国学门毕业,1923年至1928年初为北京大学预科教员、国文系讲师,其间曾在北京女子师范大学兼课。1928年秋任广州中山大学国文系教授。——**1923**⑧23。⑪8。　**1924**⑤21。　**1928**③26。　**1929**⑥30。

罗　膺(1910—　？)　女,云南盐丰人。曾是北京中国大学学生。——**1927**②11,13。

罗心田　见罗常培。

罗玄鹰　曾将江苏海门《微光》半月刊寄赠鲁迅,疑其或为微光半月刊社成员。——**1933**③13。

罗扬伯　见罗飏伯。

罗志希　见罗家伦。

罗句华　见叶籁士。

罗飏伯　名赓良,字飏伯,日记又作扬伯,浙江绍兴人。曾留学日本,1911 年在山会初级师范学堂与鲁迅同事,任教育、修身、算学教员。——**1915**③28。⑤13。　**1916**⑪9,19。

罗学濂　未详。——**1926**⑥7,8。

罗济时　未详。——**1927**⑤8。

罗晀岚(1906—1983)　日记作暠岚,湖南湘潭人。北京清华大学留美预备部学生。曾将所作短篇小说《中山装》寄《语丝》周刊未被采用,鲁迅函告未被采用的原因。——**1928**⑪5。

罗家伦(1897—1969)　字志希,浙江绍兴人。北京大学英文系学生,新潮社主要成员,《新潮》杂志编辑。1920 年在北京大学毕业后赴欧美留学,后历任清华大学、中央大学等校校长、国民党中央党史编纂委员会主任委员等职。——**1919**⑦1,8,9,10,27。⑧23。⑪25,26。**1920**⑦13。

罗常培(1899—1958)　字莘田,日记又作心田,北京人,语言学家。1926 年间在厦门大学任教授。——**1926**⑩3。⑫5,11,17,31。　**1927**①3,10。

罗清桢(1905—1942)　广东兴宁人,木刻家。1933 年时在广东梅县松口中学任教,常将作品寄请鲁迅指导。1934 年夏他与张慧拟赴日留学,经沪时曾往访鲁迅,后因张慧生病未能出国,返校后创办《松中木刻》,曾请鲁迅题签。1935 年暑假去日本,因被日本警察注意,两月后即归国,仍在松口中学任教。——**1933**⑦5,7,11,18,19。⑨25,29。⑩5,23,26。⑪19。⑫5,7,24,26。　**1934**②26。③22。④13,18。⑤27。⑥18,19。⑦1,11,17,27。⑧11。⑨30。⑩1,6,20,21。⑪8,19。**1935**③15,22,29。④13,30。⑤3。⑤5。⑦12。⑪4。　**1936**②23。④17。⑤7,25。

罗蘲阶　可能为教育部职员。——**1924**③2。⑨14。

罗膺中　见罗庸。

岭　梅　见冯铿。

牧　之　见袁牧之。

和　孙　见阮和孙。

和　苏　见阮和孙。

和　清　见林和清。

和　森　见阮和孙。

和田齐(1904—？)　日本人。大阪《朝日新闻》上海分社职员。——**1933**⑨23。

和森之子　见阮善先。

和森长男　见阮善先。

季　上　见许季上。

季　市　见许寿裳。

季　谷　见李宗武。

季　茀　见许寿裳。

季　野　见李霁野。

季　黻　见许寿裳。

季小波(1900—2000)　江苏常熟人。漫画作者,上海晨光研究会负责人之一,自设小波书店,出版期刊《学校生活》与《青年科学》。——**1929**⑥11。

季天复(1887—1944)　字自求,江苏南通人。1902 年在南京水师学堂与周作人同学,通过周作人认识鲁迅。辛亥革命后在孙中山的参谋本部第三局从事军事谍报,后在袁世凯总统府任侍从副官、参谋部参谋。1915 年至 1917 年随参谋次长陈宧入四川任军务处一等参谋,回京后任陆军秘书。——**1912**⑩4,6,17。⑪10。⑫1,22。　**1913**①12。②16,23。⑧19,31。　**1914**①25。②15,22。③22,26。④12。⑤3。⑥21,28。⑧2,4,16。⑩18,19。⑪15,22,29。　**1915**①2,10,17。②14,16,21。③1,10。⑤9。⑥26。⑦25,31。　**1916**⑪26,27。⑫1。**1917**⑤9,30。⑧31。⑨1。⑪11。　**1918**⑪23。　**1920**①13。

季市子　见许世瑛。

季市侄　见许诗芹、许诗荀。

季市眷　见沈女士。

季自求　见季天复。

季志仁（1902—？）　江苏常熟人。陈学昭之男友。当时在法国学习音乐，曾为鲁迅购买书籍和版画，并向《奔流》投稿。——**1929**⑥5,17,21,24。⑧20,21,27。⑨2,3。⑩14,25。⑪16,26,28。⑫2。**1930**①21。②4,5,7,20。③8,10,11。④11,14。⑤2,6,7,13。**1931**①6,8。⑧29。⑨16。**1932**⑤15。⑨11,22。**1933**③11。**1934**③23。⑥13。

季春舫　未详。——**1936**①31。

季市夫人　即许寿裳继配沈慈晖（1882—1918），日记又作“季市眷”，浙江绍兴人。许寿裳元配沈淑晖的同父异母之妹。1909年10月与许寿裳结婚，生有两子三女。1918年9月病逝于南昌。——**1918**⑤13。⑨25。

季市夫人　见陶伯勤。

季自求夫人　——**1920**①13。

秉　中　见李秉中。

秉中夫人　见陈瑾琼。

侍　桁　见韩侍桁。

侃　元　见刘侃元。

依　吾　见骆宾基。

征　农　见夏征农。

径　三　见蒋径三。

金　丁（1909—1998）　原名汪林锡，字竹铭，北京人，作家，“左联”成员。1933年时在上海从事文艺工作。为商讨冯定的译稿出版问题与鲁迅通信。——**1933**④7。

金　人（1910—1971）　原名张少岩，后改君悌，笔名金人，河北南宫人，翻译家。1934年至1935年在哈尔滨法院任俄文翻译。因向《译文》投稿与鲁迅通信。——**1934**①20,24。**1935**③18,19。⑥3,22。

⑧17。

　　金　子　见金子光晴。

　　金　帆(1914—？)　贵州贵阳人。1933年在上海中国无线电工程学校毕业前,曾函请鲁迅介绍工作。——**1933**⑩23。

　　金　君　第三国际工作人员,为营救牛兰夫妇事与史沫特莱同访鲁迅。——**1932**③28。

　　金　枝　见魏金枝。

　　金　钟　未详。——**1925**⑧14。

　　金九经(1906—1950)　朝鲜人。因不满日本统治流亡到北京,借住未名社。后曾在北平大学教授朝鲜文和日文。——**1929**⑤31。⑥2,3。

　　金天友　未详。——**1925**⑤3,6,10。

　　金友华　见金有华。

　　金有华　日记又作金友华,浙江绍兴人。周建人的同学。——**1926**⑨1。　**1929**⑩7。　**1930**①31。

　　金仲芸　荆有麟之妻。——**1925**⑦5,10,11,14,20,26,28。⑧2,5,11,13,14,16。⑨1,10。⑩14。　**1926**⑦22,29。⑧2,8,9,10,26。⑪30。⑫1。　**1928**②14。③17。⑥18。

　　金性尧　笔名文载道,日记误作金惟尧、金维尧,1916年生,浙江定海人。因欲与鲁迅会晤及修改文稿等事与鲁迅通信。——**1934**⑪19,21,24,28。⑫11。

　　金剑英　未详。——**1913**⑥17,18。

　　金惟尧　见金性尧。

　　金维尧　见金性尧。

　　金淑姿(1908—1931)　日记作淑姿女士,浙江金华人。费慎祥同事程鼎兴之妻,因被遗弃悒郁而死。后来程编印她的遗信,托费慎祥请鲁迅为之作序。鲁迅在序中对程作了含蓄的谴责。——**1932**⑦20。

　　金微尘　未详。——**1935**⑦5。

　　金溟若(1906—1970)　名志超,字溟若,浙江瑞安人。《奔流》撰稿者,因所译日本有岛武郎的作品无法出版,曾得到鲁迅的帮助。后与董每载在上海合办时代书局。——**1928**⑤2,8,11,16,19,23,29。⑥4,6,9,14,21,25。⑦17,18,30。⑧30。⑨25。⑩12。⑫13,20,26。　**1929**⑩8,10。　**1930**②5。　**1933**⑫11,18。

金肇野(1912—1996)　辽宁辽中人,木刻工作者,"左联"成员。1934年时为北平中国大学学生,平津木刻研究会组织者之一。1935年与唐诃、许仑音等举办第一次全国木刻联合展览会,筹备期间鲁迅曾给予支持。——**1934**⑪20。⑫17,19,24,30。　**1935**①9,11,13,24。②13,14。③9。⑩3。　**1936**⑤10。

金子夫人　见森三千代。

金子光晴(1895—1975)　日记又作金子,日本爱知人,诗人、画家。1928年春与国木田虎雄、宇留川等来华时经内山完造介绍认识鲁迅。次年3月鲁迅曾观看他创作的浮世绘展览。——**1928**④2。　**1929**①26。③31。

金溪若友——**1928**⑥25。

念　敏　见钱念劬。

念　卿　见陶念卿。

朋　其　见黄鹏基。

朋　基　见黄鹏基。

胁　水　即胁水铁五郎,日本人。——**1923**⑤4。

周　文(1907—1952)　原名何开荣,又名何谷天,字稻玉,笔名周文,日记又作谷天、俊明、何俊明,四川荥经人,作家。1933年10月编辑《文艺》月刊,1934年担任"左联"组织部长,1935年出版《父子之间》等小说,1936年4月冯雪峰自陕北抵沪后,经鲁迅推荐为冯的助手。——**1933**⑩13。⑪21,30。⑫1,15,22,30。　**1934**①3,6,13,18,19。④10,11。⑤22。⑫12。　**1935**③22,29。④19,25。⑤15。⑧17。⑫2,26。　**1936**①21,29。⑨11。

周　权　曾将北平《北辰报》副刊《荒草》寄赠鲁迅,疑为该刊编辑。——**1934**⑦1。

周　扬(1908—1989)　字起应,湖南益阳人,文艺理论家。1932年10月起接编"左联"机关刊物《文学月报》,1933年后任"左联"党团书记和"文委"书记。——**1932**⑩16。 **1933**②3。⑥11。 **1935**⑪26。

周　冲　周建人、羽太芳子的长子,一岁余夭折。——**1915**③1。
④15。⑧17。 **1916**⑦22。

周　君　周健,又名符其实、符号,湖南益阳人。黄埔军校六期学
生,谢冰莹之友。谢将他的随军杂记《风沙拾掇》寄给鲁迅。——**1930**
⑤13。

周　晔(1926—1984)　日记又作晔儿、烨儿、煜儿,乳名阿玉,浙江
绍兴人。周建人、王蕴如之长女。——**1927**⑪18,19,30。 **1928**①20。
④11。 **1929**④27。⑩17。 **1930**③30。⑥12,22。⑦10,19。⑧9,
18。⑨4,27。⑫23。 **1931**⑫7,16,31。 **1932**①18,25。⑪5。⑫12。
1933⑤27。⑦30。⑩10。⑫23。 **1934**①18。②2,5。③4,31。④1,
3,15。⑤6,26。⑥16。⑦12。⑧11。⑩7,27。⑪24。⑫15。 **1935**①
5,26。②16。③9,30。④13。⑤4,18。⑥8,22,29。⑦20。⑧3,17,
31。⑨14。⑩12。⑪2,23。⑫14,27。 **1936**①11,25。②22。③14。
④4,25。⑤16。⑦4。⑧8。⑨16,19。⑩10。

周　涛　原名罗滨荪,1911 年生,湖南安仁人。北京大学学
生。——**1935**①15,31。②12,14。

周　琳　湖北人。徐吉轩托保应县知事考试者。——**1914**②3。

周　颖(1907—1991)　河北南宫人,聂绀弩夫人。当时是"剧联"
领导的上海中国艺术供应社经理。——**1934**⑫17,19。 **1935**⑤8。

周　蕖　乳名蕖官,1932 年生,浙江绍兴人。周建人、王蕴如之三
女。——**1933**③26。④30。⑤14。⑦12,30。⑧16,20,27。⑨3。⑩8,
22。⑫24。 **1934**①21,28。⑤6,21。⑥25。⑧11,14。⑩20。⑪10。
⑫8,29。 **1935**③23。④6,27。⑤6。⑦6,27。⑧24。⑨21。⑩26。
⑫7。 **1936**①4。②8。③7,28。④18。⑦11。⑧5。⑨5。⑩3。

周　瑾(1927—2001)　日记又作瑾男、瑾儿,乳名阿菩,浙江绍兴
人。周建人、王蕴如之次女。——**1928**⑨22。 **1929**④27。 **1930**①
13。⑥22。⑨4。⑫23。 **1931**②19。③20。⑧15,16。⑫16,31。
1932⑫12。 **1933**⑤27。⑦30。⑩10。⑫23。 **1934**①18。②5。③
4,31。④1,3,15。⑤6,26。⑥16。⑦12。⑧11。⑨29。⑩13。⑪3。

⑫21,22。　**1935**①13。②2,23。③16。④20。⑤11。⑥1,15,29。⑦13,20。⑧10,17。⑨7,28。⑩19。⑪9,30。⑫21。　**1936**①18,25。②29。③21。④11,25。⑤23。⑦4,25。⑧15。⑨26。

周大封　浙江绍兴人。曾任山东莱阳县知事。——**1913**①3。

周子和　名煌诚,字子和,浙江诸暨人。绍兴浙江第五中学舍监。——**1913**⑥30。

周丰一(1912—1997)　原名丰,又称丰丸,后改丰一,浙江绍兴人。周作人之子。1919年至1923年间为北京孔德学校学生。——**1912**⑤23。⑨27。⑫21。　**1913**⑤23。⑦3,4,13,26,27。⑧7。⑩5。　**1914**⑥7。⑦4。　**1916**②28。⑩25。　**1918**①3。⑤31。⑥24。　**1919**⑧10。⑩12,19。　**1920**④25。⑥6。　**1921**②27。⑥2。⑦10。　**1923**④8。⑤13。

周丰二(1919—1992)　原名沛,改名丰二,诨名小土步,日记又作孩子,浙江绍兴人。周建人的次子。——**1919**⑤20。　**1920**①10,12,16。⑤16,19,20,24,25,26。⑥6,19,22,26。⑦5,9,13,15,16。**1921**⑦21,29。⑧11。　**1924**⑥21。⑦7。

周友之　见周友芝。

周友芝　日记又作周友之、周友芷,浙江绍兴人。当时在财政部公债司任职。——**1915**②15。③31。⑨21。⑫26。　**1916**④21。⑤7。⑦7。

周友芷　见周友芝。

周凤升(1882—1918)　名文治,字伯升,又字凤升,日记作升叔,浙江绍兴人。鲁迅的叔父,江南水师学堂毕业,曾任联鲸兵轮轮机正。——**1912**⑥7,22。　**1918**①27。

周凤岐(1876—1919)　字鸣山,小名芳,日记作芳叔、方叔,浙江绍兴人。鲁迅的族叔,肄业于南京江南水师学堂。当时在绍兴南街施医局任职。——**1913**⑦1。　**1919**⑦17。⑫17。

周凤珂(1872—1932)　字伯捣,小名谦,日记又作谦叔,浙江绍兴人。鲁迅的族叔,曾在南京司法界任职。——**1914**②12,18,25。③11,19,22,25。⑤10,28。⑧13,21。　**1915**①29。③5,8。　**1917**⑩26。

⑪15。

周予同(1898—1981)　名毓懋,字予同,浙江瑞安人,历史学家。上海商务印书馆《教育杂志》编辑。——**1926**⑧30。

周正扶　湖南人。上海暨南大学历史社会系学生,"坚冰社"成员。——**1929**⑫4。

周立波(1908—1979)　名绍仪,字凤翔,笔名立波,湖南益阳人,作家,"左联"成员。1935年时为《时事新报·每周文学》编辑。——**1935**⑫13。

周弁明　见周辨明。

周向明　未详。——**1928**⑧29。

周江丰　见江丰。

周志初　未详。——**1927**⑩11。

周志拯　浙江玉环人。绍兴浙江第五中学校长。——**1927**⑫10。

周作人(1885—1967)　原名櫆寿,改名作人,字启孟、启明,号知堂,笔名岂明、药堂、仲密等,浙江绍兴人,文学家。鲁迅的二弟。早年就读于南京江南水师学堂,1906年赴日本留学。1911年回国,次年6、7月间在杭州任浙江省教育司视学。1913年4月至1917年3月在绍兴浙江省立第五中学任教员,其间被选为绍兴教育会会长,编辑绍兴县《教育会月刊》。1917年4月至北京,先任北京大学附属国史编纂处编纂员,后在北京大学、北京师范大学、北京女子师范大学、燕京大学等校任教。曾编辑《语丝》周刊。1923年7月兄弟失和。抗日战争时期任日伪华北政务委员会教育总署督办等职。——**1912**⑤6,8,11,12,14,19,23,27,28,31。⑥1,5,6,9,10,12,13,15,16,22,23,26,29。⑦1,4,5,6,7,11,12,14,19,20,21,25,26,27。⑧2,7,8,11,12,13,14,16,18,23,24,26,28,31。⑨1,4,9,10,13,15,17,18,20,21,24,26,27,28,29。⑩1,4,6,11,12,15,17,20,22,24,26,31。⑪1,4,6,9,10,13,14,15,16,17,22,23,24,26,27,30。⑫1,3,6,8,11,13,15,18,21,23,25,28,30。　**1913**①1,2,4,7,8,10,12,15,17,19,20,22,24,25,26,29。②2,3,5,7,9,12,15,16,17,19,20,21,22,23,26,27。③1,2,4,5,8,9,12,13,16,18,19,23,28,30,31。④2,5,6,9,10,11,13,15,16,19,20,25,

27,28,30。⑤1,5,10,13,15,18,20,21,23,24,25,28,31。⑥2,5,7,
10,14,16,18。⑦1,5,13,28,29,30。⑧2,7,8,9,11,12,15,20,21,23,
24,27,28,31。⑨2,5,8,9,10,11,12,13,15,16,17,18,21,22,23,26,
27。⑩1,3,5,7,9,12,14,16,19,21,23,24,25,26,27,28,31。⑪1,3,
4,6,8,11,13,16,17,18,21,23,26,28。⑫1,3,4,5,7,8,11,12,13,15,
18,20,23,24,25,27,29。　1914①1,2,3,4,6,7,8,10,12,13,14,15,
16,17,18,19,20,23,25,27,28,29,30。②1,2,5,6,10,14,15,16,19,
20,22,25,27。③1,2,6,8,9,11,13,16,17,21,22,25,26,27,29,30,
31。④3,5,8,10,12,15,17,20,21,25,26,28,29,30。⑤3,4,8,9,13,
14,18,19,23,24,26,27,28,31。⑥1,3,6,7,9,10,12,15,16,20,21,
23,26,28,30。⑦1,2,4,5,6,10,11,15,16,20,21,25,26,29,30,31。
⑧4,5,9,10,11,14,15,19,20,22,23,27,28,30,31。⑨2,5,7,10,12,
15,16,19,20,21,25,26,30。⑩1,5,6,8,11,12,15,16,18,21,22,25,
26,27,29,31。⑪2,4,5,6,8,10,11,12,15,17,18,21,23,26,27,28,
30。⑫1,2,6,10,12,15,17,20,21,25,26,27,30。　1915①1,3,4,6,
7,9,10,11,13,14,16,19,22,24,27,29,31。②2,5,7,8,10,12,15,16,
19,23,24,26。③1,3,7,8,11,12,13,14,16,17,19,21,23,24,26,28,
29,31。④1,2,4,6,8,9,10,13,16,18,20,21,23,26,27,28,30。⑤1,
3,4,6,9,10,11,13,15,17,19,20,21,23,26,30。⑥1,5,6,9,10,11,
15,17,19,20,21,22,24,26,28,29,30。⑦2,3,4,6,7,8,9,10,11,13,
15,16,19,20,22,23,26,27,28,29,31。⑧1,4,5,7,8,10,11,12,13,
14,16,17,20,21,23,24,25,26,27,30,31。⑨3,4,5,6,8,9,10,11,12,
13,14,15,16,17,18,19,21,22,25,26,29,30。⑩2,4,7,8,11,12,14,
15,16,19,20,21,22,23,25,26,29,30。⑪2,4,8,9,10,12,13,15,16,
19,20,21,22,24,26,29,30。⑫3,4,8,9,12,13,17,18,20,21,25,26,
27,28,30,31。　1916①3,4,8,12,13,16,17,19,21,24,25,26,29,30。
②1,4,5,8,9,10,11,12,14,15,18,19,22,23,27,28。③2,3,6,7,10,
11,12,13,15,16,17,20,22,26,27,30,31。④2,3,6,7,11,12,17,18,
19,21,23,25,28,29。⑤2,3,6,7,9,12,13,14,17,18,19,21,23,26,
28,29。⑥2,3,5,6,7,9,10,12,13,15,16,18,19,20,21,22,23,26,27,

29,30。⑦3,4,5,7,8,11,13,15,16,18,19,22,24,25,26,28,30,31。
⑧2,3,4,6,8,9,10,11,12,14,15,16,18,20,21,25,29,30,31。⑨1,4,
5,7,8,10,11,12,13,14,16,17,19,20,21,22,25,26,27,29,30。⑩3,
4,5,7,8,9,12,13,14,16,17,19,22,23,25,26,28,29,31。⑪2,3,6,7,
8,9,10,12,15,16,18,19,22,23,26,27,29。⑫2,8,20。 **1917**①4,5,
8,10,11,12,15,16,19,20,23,24,25,29,30。②3,4,8,11,12,13,15,
16,20,21,23,24,25,28。③4,5,6,7,8,10,11,13,14,16,17,19,20,
24,26,28,30。④1,2,7,8,9,15,22,23,28。⑤6,12,13,16,21,24。⑥
10,14。⑦7,12,13,14,16,22,29。⑧5,19。⑨1,9。⑩7,20,21,22。
⑪10,11,18,25,27,29。⑫14,23,28,30。 **1918**①4,13,23。②1,3,
11,13,17。③15,23。④1,7,19,30。⑤10,31。⑥1,3,5,17,20,24,
25,26,27,29。⑦1,2,4,8,9,12,13,14,15,17,18,19,20,21,23,25,
26,27,29,31。⑧1,2,3,5,6,8,10,11,12,14,15,16,17,18,19,20,21,
23,24,25,28,29,30。⑨1,3,6,9,10,11,17。⑩6,11,14,20,27。⑪6,
13,19。⑫6,22,26,28。 **1919**①2,16,21。②2,6,12,16。③10,18,
29,30,31。④3,5,9,12,13,17,18,19,21,26,29。⑤3,5,10,13,14,
17,18。⑥1,6,19。⑦2,8,9,12,14,17,18,21,22,26,31。⑧2,4,6,7,
10。⑨6。⑩19。⑪21。⑫9,11,12,16,21,22,29。 **1920**①13。④
23,25。⑤11,22。⑥25,26。 **1921**①6。③29。④2,5,11,12,22,27,
30。⑤1,7,10,14,18,25,26,27,28,31。⑥2,5,12,14,18,19,22,27,
29,30。⑦1,2,4,6,7,8,10,13,17,19,22,23,24,26,28,30,31。⑧1,
3,4,6,7,8,9,11,12,14,17,18,19,21,25,26,28,29,30,31。⑨2,3,4,
5,6,7,9,10,12,13,17,19,21,26。⑩9,19。 **1922**⑩15。⑫7。
1923①20。②7,14,17。④8,15。⑤10,13,26。⑥26,29。⑦3,19。
1924⑥11。

周伯超　来信挑拨鲁迅与创造社的关系。——**1928**②9。

周若子(1915—1929)　原名蒙,浙江绍兴人。周作人次女。——
1915⑩29。 **1919**⑧10。⑩19。

周秉钧(1864—1939)　字心梅,浙江绍兴人。鲁迅族叔。绍兴元
泰纸店职员。——**1916**⑫8。 **1919**⑫9,21。 **1920**⑧13。 **1921**⑩

2。⑫25。　**1929**⑪25,26。　**1931**③9。　**1933**⑪13。⑫23。

周秉铣(1865—1922)　字梅生,号传梅,浙江绍兴人。鲁迅族叔。——**1919**⑫5。

周建人(1888—1984)　原名松寿,改名建人,字乔峰,笔名克士等,浙江绍兴人,生物学家。鲁迅的三弟。原在绍兴僧立小学和明道女校任教,并研究生物学。1919年到北京。1921年九月赴沪任商务印书馆编辑。1932年一·二八战事后曾暂离该馆往安徽大学任教,同年8月回商务复职。1933年曾参加中国民权保障同盟。——**1912**⑤11,23,31。⑥1,10,14,15,16,23,28,29。⑦4,5,6,11,12,14,21,25,27。⑧12,13,28,31。⑨4,15,17,18。⑩1,6,15,17,31。⑪1,13,15,27。⑫1,18。　**1913**①12,15,26,29。②15,17。③5,8,13,23,28。⑥26,28。⑦5,10,14。　**1914**②27。③1,17,18。⑤23,24。⑥7,22,24,28。**1915**③1,3。④23,28,30。⑥28。⑧17。⑨3,4。⑪12。⑫3。　**1916**①3,8。⑦19。⑧4,6。⑨3,5,8,10,11,12,16,17,19,24,30。⑩1,5,10,11,12,16,17,20,23,26,28。⑪2,3,12,18,19,20,22,23。　**1917**①4,5,13。②8,11,14,16,24,28。③10,11,25,28。④7,8,13,16,17,25,26。⑤5,13,14,15,17,19,23,24,27,28。⑥3,27。⑦17。⑧4,5,13。⑪11,24。⑫12。　**1918**①27。②4,22。③4,7,30。④8。⑥26。⑦13,15。⑧30。⑨2,11。⑩12,21,24。⑪9。⑫2,20,24,29。　**1919**①15,26,28。②10,25。③21,28。④2,3,7,9,14,15,17,22,23,27,28,30。⑤3,5,8,10,12,13,17,19,20,22,27,31。⑥9。⑦4,9,12,14,15,17,19,20,22,23,24,29,30。⑧2,4,6,7,8,11,18,20,22,28。⑨3,5,15,18,19。⑫19,22,24。　**1920**①20。⑤20。　**1921**②21,27,28。④16。⑤13,15,28。⑥2。⑦19。⑧10,29。⑨2,9,13,17,25,26,30。⑩4,15,16,17,18,23,27,28,29。⑪15,16,18,24,29。⑫30,31。**1922**②1。③6。⑤25。　**1923**①5,6,14,18,27。②25。③3,27。④30。⑤1,10,13,14,19,21,22,26,27,28。⑥1,10,17,26,29。⑦3,12,14,16,17,23,28,30。⑧1,5,6,13,14,16,22,24,26,27。⑨19。⑩1,6,13,15,22,23,27,29。⑪2,4,6,10,12,13,30。⑫2,6,7,14,21。**1924**①8,17,25,26。②1,4,14,15,23,25。③1,6,11,17,20,22,24,

29。④12,15,24,26,29。⑤5,6,13,14,20,21,29。⑥2,7,8,10。⑦3,5,6,7。⑧12,14,16,17,18,23,24,26,28。⑨2,4,11,14,18。⑩1,3,16,20,31。⑪5,19,30。⑫3,6,10,18,28。 **1925**①6,17,27,28。②14。③2,9,10,14,24,28。④10,11,13,20,21。⑤2,6,9,13,20,25,27。⑥4,12,16,22,23,25。⑦2,24,31。⑧2,12,17,18,24,31。⑨12,13,21,29。⑩6,7,16,17。⑪1,7,24,25,28。⑫26。 **1926**①6,21。②7。③1,2,3,22,28,30。④2,21,24。⑤4,24。⑥3,18,21。⑦4,5,21,28。⑧6,7,16,29,30,31。⑨1,4,5,11,13,14,15,16,17,19,23,26,29。⑩4,5,6,18,19,25,27,29,30。⑪15,29,30。⑫1,5,15,17,19,20,24,27。 **1927**①5,8,9,12,23,26。②10,15,26。③3,5,15,18,20。④8,19,26,28。⑤13,14,23,30。⑥1,2,8,14,18,22,23。⑦4,16,17。⑧1,7,9,10,21。⑨14。⑩3,4,5,6,7,8,9,11,15,16,17,18,22,23,24,25。⑪5,8,10,12,13,14,19,26,30。⑫1,3,17,25,29,31。 **1928**①8,15,19,20,22,26。②9,12,26,29。③11。④5,8,22,23。⑤7。⑥2,10,12,24。⑦3,6,9,12,30。⑧4,6,8,9。⑨2,13,27。⑩8。⑪20,24,25。⑫1,12,27,30,31。 **1929**①18。②11。③8,17,31。④5,27。⑤13,15,16,20,21,23,24,27。⑥7,8,10,23,26。⑦10,13,16,24。⑧1,6。⑩2,7,8,10,17,21。⑪25。⑫16,29。 **1930**①28。②17。③21,22,23,24,25,26,28,29,30。④3,7,9,11,12,14,16,17,27,30。⑤14,17,19,26,28,29,31。⑥2,5,6,10,12,15,20,22,27,29。⑦6,9,10,14,19,21,22,23,26,28。⑧2,4,7,9,15,17,18,20,22,23,26,29,31。⑨6,7,10,12,14,22,26,27。⑩1,4,7,20,28。⑪5,9,13,15,21,26。⑫5,7,13,25,27,30,31。 **1931**①3,6,8,11,15,18。②1,8,20。③20。④4,19,20,23,28,30。⑤15,16,22,25,31。⑥1,3,7,9,18,23,24,26,27。⑦2,7,16,22,29。⑧5,10,12,15,16,22,23,24,28,30。⑨6,8,9,13,16,20,25,26,29。⑩3,5,9,11,15,17,18,22,30。⑪6,8,10,13,16,21,29。⑫7,13,15。 **1932**①1,2,4,5,10,19,23,26。②8,10,14,15,16,21,25。③4,13,14,16,18,22,28,30。④5,7,12,18,26,27,30。⑤3,8,10,11,12,15,16,27,29。⑥3,5,13,17,18,25,26,27,28。⑦2,7,13,15,17,19,22,23,25,27,28,30。⑧1,4,

6,9,11,12,14,15,17,21,25,28。⑨1,3,4,8,11,16,18,24,29。⑩1,
3,8,12,15,23,26,27,30。⑪2,5,9,10,13,21,22,30。⑫3,10,11,13,
18,20,24,26,29,30。 **1933**①1,3,4,6,8,11,15,19,22,25,28。②3,
12,13,19,23,26,27。③5,6,11,13,20,25,26,28,31。④2,3,6,7,8,
14,16,20,28,30。⑤1,3,7,12,13,14,21,24,25,27。⑥3,7,11,17,
21,25,29。⑦2,7,12,13,16,22,23,24,30。⑧3,5,8,10,11,13,16,
20,27,30。⑨3,5,10,12,17,24。⑩1,3,8,10,15,22,23,29,31。⑪5,
9,12,16,19,26,29。⑫2,3,8,10,17,20,24,31。 **1934**①2,6,7,9,
12,14,16,18,21,27,28,30。②2,3,5,6,7,10,12,15,19,25,26。③4,
5,6,11,13,14,18,19,21,26,31。④2,7,10,14,16,17,21,23,26,27,
29。⑤1,3,4,5,6,7,12,14,19,21,24,26,31。⑥2,9,11,13,16,23,
25,28,30。⑦2,4,7,10,12,14,16,18,21,25,28,30。⑧4,11,14,16,
20,24,25。⑨1,2,5,8,15,17,21,22,29。⑩1,7,13,14,19,20,22,27,
31。⑪3,10,13,14,17,24,29。⑫1,8,15,18,22,25,29,31。 **1935**①
5,7,10,13,15,17,19,26。②2,5,9,11,16,18,19,23,26。③2,8,9,
11,16,23,25,27,30。④3,4,6,8,11,13,15,20,22,27,30。⑤4,6,11,
16,18,25。⑥1,6,8,12,15,22,25,28,29。⑦6,13,20,23,27。⑧3,5,
10,15,17,24,30,31。⑨5,7,10,11,14,17,18,21,28,29。⑩4,12,14,
19,20,25,26。⑪2,9,11,13,16,23,30。⑫1,4,7,14,21,24,27。
1936①4,9,10,11,18,25。②1,4,5,8,12,15,18,22,26,29。③6,7,9,
11,14,17,19,21,28。④1,4,9,11,16,18,25,28,30。⑤2,3,7,8,9,
16,19,21,23,30。⑥2。⑦1,4,7,8,11,18,21,25,29。⑧1,5,8,12,
15,18,19,22,26,29,31。⑨2,3,5,6,8,12,16,23,26,30。⑩1,3,7,
10,14,17。

周柳生　未详。——1933①11。

周昭俭　又名周俭,约1919年生,江苏常州人。文学爱好者,常向
鲁迅请教文学创作问题,1936年曾参加《文学青年》编校工作。——
1935⑩12。⑪19,25,30。⑫8,20。 **1936**④19,28。⑤1。

周剑英　曾因《伪自由书》被禁无处购买事函告鲁迅,鲁迅赠以《伪
自由书》与《准风月谈》各一册。——1935⑫14,30。

周冠五(1887—1970)　名凤纪,字冠五,笔名观鱼,日记作朝叔、潮叔,浙江绍兴人。鲁迅族叔。——**1916**③30。④3。⑥25。⑦19。⑧17。

周颂棣(1906—？)　浙江诸暨人。中华书局编辑。通过冯雪峰请求鲁迅书写条幅。——**1932**③31。

周阆风　未详。——**1929**⑥11。

周海婴　日记又作孩子,1929年生,浙江绍兴人。鲁迅之子。——**1929**⑨27。⑩1,10,11,12,16,18,22,23,28。⑪1,6,10,14,18,22,26,30。⑫4。　**1930**①4,6,13,31。②6,11,12,28。③2,4,9,10,24,27,31。④10,11,16,23,28,30。⑤1,2,8,12,13,19,29。⑥13,16。⑦4,5,6,8,9,10,11,12,13,16,18,19,20,24,29。⑧30。⑨1,6,17,25,26,27,30。⑩2,4,6,31。⑪3。⑫21。　**1931**①5,8,16,20。②1,28。③4,8,21。④20,24,26。⑤31。⑥2,4,5,23,29。⑦1,2,4,13,28,30。⑧10,11,15,30。⑨13,17,20,25,26。⑩26,31。⑪21。⑫4,6,8,11,15,22,31。　**1932**①23,25,27。③13,19,20,21,24,26,28。⑤3,6,7,10,12,13,20,21,22,23,24,25,27,29,30。⑥1,3,5,7,9,13,14,15,18,19,20,21,25,26,29,30。⑦1,3,5,14,16,20,21,22,30。⑧7,9,11,29,30。⑨1,6,11,13,15,17,18,19,21,23,24,25,27,28,29,30。⑩1,3,5,7,9,11,13,15,17,19,21,23,25,28。⑪6,7,8,9,25。⑫9,23,25,28,30。　**1933**①4,9,12,13,15,19,21,23,25,31。②8,10,12,16,20,28。③17,19,23。④2,4,6,8,14,20,23,29,30。⑤1,2,5,9,15,30。⑥7,8。⑦1,2,4,8,11,12,15,27,28。⑧2。⑨1,13,18,20,24,26。⑩14,15,17,19,20,21,23。⑪18。⑫3,5,6,8,12,22,23,24,30,31。　**1934**②4,22。③7,8,9,11,13,14,15,16,17,18,29。④1,3,8,15,20,24,25,26,27,29。⑤1,3,9,11,18,22,27。⑥8,18,19,20,23,30。⑦4,13,21,30。⑧2,3,7,11,14,16,17,19,21,24。⑨5,9,15,16,17,18,21,22,27,30。⑩6,7,8,18,25,28。⑪8,11,17,26。⑫16,19,26,27,30。　**1935**①1,9,10,11,13,14,16,25,29,30。②2,8,16,28。③5,18,19,21,23,25,27,29,31。④2,6,20,21,22,24,30。⑤2,3,4,7,9,11,17,26,28,30。⑥6,16,17,18,20,21,24,26,29。⑦7,15,

21。⑧5,6,9,10,12,14,17,19,20,25。⑨1,14,15,24,26,27。⑩1,
10,27。⑪2,3,10,24,26,27。⑫2,3,11,18,21,23,24。 **1936**①2,3,
4,12,13,18,19,22,29,30。②4,15,23。③18,28。④11,18,26。⑤7,
10。⑦10,12。⑧1,5,7,11,31。⑨1,2,13。⑩4,6,10,11。

周陶轩(1903—1967)　名德镕,字陶轩,浙江杭州人。黄萍荪的表
弟,当时在家乡赋闲,曾通过黄萍荪转托郁达夫请鲁迅书写条幅。——
1933⑥28。

周棱伽　见周楞伽。

周楞伽(1911—1992)　日记又作周棱伽,江苏宜兴人。1935年为
出版长篇小说《炼狱》经周昭俭介绍与鲁迅通信。1936年4、5月间曾
编辑《文学青年》杂志。——**1935**⑫8,20。 **1936**①20。②3。④11。

周福清(1838—1904)　原名致福,号介孚,浙江绍兴人。鲁迅的祖
父。清同治六年(1867)丁卯科举人,十年(1871)辛未科进士,翰林院庶
吉士。——**1912**⑨21。

周静子(1914—1984)　原名谧,浙江绍兴人。周作人长女。——
1914⑦10。 **1915**⑧26。 **1919**⑧10。⑩19。

周嘉谟　未详。——**1923**④15,17。⑤21。

周铦凤(1854—？)　字忆农,日记又作意农,浙江绍兴人。鲁迅族
伯,在保定任职。——**1913**⑩25。⑪3。 **1917**⑤8,22。⑨22,28。
1919⑥5,21。

周醒南　广东人。厦门市工务局局长。——**1926**⑨21。

周辨明(1891—1984)　字忭民,日记作弁民,福建惠安人。曾任厦
门大学文科外语系教授、学生指导长。1926年秋后为总务处主
任。——**1926**⑫31。

周鞠子(1917—1976)　又名晨、马理、马理子,浙江绍兴人。周建
人、羽太芳子之女。——**1917**⑪11。 **1922**⑤22。 **1924**③8。 **1925**
③12。 **1936**⑧18,20,21,27。⑩4,6,10。

庖　人　京师图书馆分馆厨师。——**1918**⑤16。

育　和　见王育和。

郑　君　见郑效洵。

郑　君　见郑伯奇。

郑　奠(1896—1968)　字介石,号石君,浙江诸暨人,语言学家。1923 年至 1926 年在北京女子师范大学任教,1928 年在杭州浙江大学任教,1932 年在北京大学任教。——**1924**⑤21。⑥21。　**1925**⑨13。⑩1,21。　**1926**②15。⑦3,18。⑩16,18。　**1928**③26。⑦13,14,15。⑧5。⑫15。　**1929**⑧28。　**1932**⑪23,27。

郑小箴(1927—2002)　福建长乐人。郑振铎之女,当时是上海协进小学二年级生。——**1935**⑧6。

郑天挺(1899—1981)　字毅生,福建长乐人,历史学家。曾在北京大学预科任教,并在北京女子师范大学兼课。1928 年赴杭州途经上海时曾往访鲁迅。——**1928**③26。

郑介石　见郑奠。

郑石君　见郑奠。

郑仲谋　未详。——**1927**③7。④4。

郑汝珍　见曹靖华。

郑阳和(1889—？)　江苏南京人。曾在教育部会计科及北京大学会计课任职。——**1914**①2。　**1919**⑤17,21。

郑孝观(1898—？)　又名宾于,四川酉阳人。曾为北京大学研究所国学门研究生。1927 年在福州协和大学任教。——**1927**①10。②24。

郑伯奇(1895—1979)　名隆谨,字伯奇,笔名郑君平等,日记又作郑君,陕西长安人,作家,创造社成员、"左联"成员。1927 年 11 月为《创造周报》复刊事往访鲁迅;1932 年至 1935 年秋在上海良友图书印刷公司任职,曾为该公司编辑《新小说》月刊,鲁迅常向其推荐青年作家文稿。——**1927**⑪9,19。　**1930**⑥15。　**1932**⑪7。　**1933**⑨28。　**1934**②7。⑪17,28。　**1935**①10。②21,26。③25,26。⑥2,12,14。⑦2。⑧22。⑨1。　**1936**⑦9。

郑君平　见郑伯奇。

郑佩宜(1888—1962)　江苏吴江人。柳亚子夫人。——**1928**⑧19。　**1932**⑩5。

郑泗水(1908—？)　福建永春人。1927 年间为厦门大学法科政治系学生,后转学至上海暨南大学。——**1927**④8,13。⑥1,2。⑩4。
1928②7。⑪18,19。

郑振铎(1898—1958)　笔名西谛,福建长乐人,文学家,文学研究
会发起人之一。1921年4月在上海编《时事新报·学灯》,沈雁冰接编
《小说月报》后,他们曾函请鲁迅为《小说月报》写稿。同年5月入商务
印书馆编辑《文学研究会丛书》,1923年后长期主编《小说月报》,因此
常和鲁迅通信。1927年5月赴欧洲,1928年10月回国。1931年秋到
北京燕京大学任教。1933年初开始与鲁迅合编《北平笺谱》,以后又重
印《十竹斋笺谱》。1934年1月与靳以创办《文学季刊》,曾约请鲁迅撰
稿。1935年初到上海任暨南大学文学院院长,并为生活书店编辑《世
界文库》,鲁迅曾为之译果戈理的《死魂灵》。其后协助鲁迅翻印《凯绥·
珂勒惠支版画选集》和出版《海上述林》。——**1921**④11。⑤16,19。⑨
10。　**1923**④30。⑤1,23。　**1924**②2,3,4。⑤15,16。⑥11。⑦7。
⑫2,5。　**1925**③28。④7,9,19。⑥4。⑩9。　**1926**⑤27。⑥3。⑧
16,30。⑪3,4。⑫13,14,24,28,31。　**1927**⑥16。⑩11。　**1930**⑩4。
1931①20。⑥9,27。⑦23,24。　**1933**②3,6。④6。⑨7,17,18,28,
30。⑩1,3,4,11,19,21,27,28,31。⑪3,11,20,25。⑫2,4,5,13,20。
1934①11,16,22,26,29。②9,15,24,27。③3,9,10,14,24,26。④25。
⑤3,16,24,31。⑥2,7,20,21,27,30。⑦5,7,30。⑧5,10,15,17。⑨
2,27,28。⑩7,8,21,27。⑪7,8,9,10,16,25。⑫3,5,10,27。　**1935**
①8,9,17,21,25。②1,6,12,17。③9,20,28,30。④5,8,9,10,12,17,
19,22,30。⑤12,20,23,25。⑥16,27。⑦1,27。⑧1,5,6,10,11,13·
17。⑨11,17,23。⑩18,19。⑪5,7,9。　**1936**①11。③12,22。④10。
⑨29。

郑效洵(1907—1999)　日记又作郑君,福建闽侯人,狂飙社成
员。——**1925**⑫22。　**1926**②12,13。

郑家弘　未详。——**1935**③6。

郑宾于　见郑孝观。

郑野夫(1909—1973)　原名郑诚芝,浙江乐清人,木刻家。1932
年8月与原一八艺社成员陈卓坤等组织野风画会,鲁迅曾应邀往演讲。

1934、1935 年间,曾两次将所作木刻连环画《水灾》和《卖盐》寄赠鲁迅,1936 年又组织铁马版画会。——**1933**⑫20。　**1934**①12,14,26。**1935**⑤30。⑫14。　**1936**②17。④9。⑤8,30。⑦20。

　　郑惠贞　见成慧贞。

　　郑振铎女　见郑小箴。

　　单忠信　未详。——**1934**⑩20。

　　单新斋　安徽人。鲁迅在南京矿路学堂学习时的同学。——**1913**⑨2。

　　炜　春　见楼炜春。

　　浅　野(1908—？)　笔名原胜,日本作家。当时住上海施高塔路大陆新村八号三楼。——**1936**①9。④7。⑩12。

　　河　内　未详。——**1933**⑪27。

　　河　清　见黄源。

　　河野樱　日本人。池田幸子之友。——**1936**⑧23。⑨23。

　　河清夫人　见许粤华。

　　河野女士　见河野樱。

　　学　昭　见陈学昭。

　　学　琛　见洪学琛。

　　沸　声　见段沸声。

　　波　良　见王宝良。

　　波多江种一(1897—1961)　日本人。日本《每日新闻》上海分社职员。——**1930**②24。

　　泽　村　见泽村专太郎。

　　泽村幸夫(1883—1942)　日本人。1929 年前后为日本《每日新闻》东亚部顾问。——**1929**⑨28。⑩9。⑪3。　**1931**②5。

　　泽村专太郎(1884—1930)　日本人。东京帝国大学美术史教授。当时在北京做研究工作。——**1923**④16。⑤23,25,26。⑧23。⑫4。

　　宗　伟　见徐宗伟。

　　宗　武　见李宗武。

　　定　谟　见陈定谟。

宜　宾　见瞿秋白。

空　三　见陈空三。

宓汝卓(1903—？)　字君伏,浙江慈溪人。1925 年北京大学文预科毕业,1926 年在日本早稻田大学学习时曾自称鲁迅代表,向盐谷温教授索取《三国志平话》,以该书尚在装订中而未果。事后托郑振铎函请鲁迅认可其为代表。——**1926**⑪3。

诗　英　见许世瑛。

诗　苓　见许诗苓。

诗　荃　见许诗荃。

诗　荃　见徐诗荃。

诗　荀　见许诗荀。

诗　董　见许诗芹。

房师俊　1911 年生,山东益都人。复旦大学外国文学系学生。——**1936**④11。

房曼弦　未详。——**1928**①19。

诚　一　见镰田诚一。

建　功　见魏建功。

建　行　未详。——**1930**③15。

建　纲　未详。——**1931**⑥28。

妹　尾　日本人。上海须藤医院医师。——**1936**⑧7。

孟　克　见魏猛克。

孟　余　见顾孟余。

孟　真　见傅斯年。

孟　渔　见顾孟余。

孟十还(1908—？)　原名孟斯根,辽宁人,翻译家。1934 年 11 月起常给《译文》月刊投稿。鲁迅曾约他同译果戈理选集。1936 年 4 月起编辑《作家》月刊,得到鲁迅的支持。——**1934**⑩21,24,29,30,31。⑪22。⑫4,5,6,8,27。　**1935**①17,23,27,30。②1,4,6,8,9,16,18,22,24,25,27。③3,8,9,17,20。④21。⑤6,11,22,23。⑥3,18,19。⑦4,27。⑨2,3,8,13。⑩4,12,19,20。⑪6,8,9,24。⑫4,6,20,22。

1936①22。②12,18,22,27。③6,20,23,28,31。④9,11,14,23。⑤6,13,15,25。⑥5。⑧11,14,15,21,22。⑨5,16,26,29。

孟云桥(1904—?) 名繁倬,字云桥,山东章邱人。北京大学文预科学生。函请鲁迅指导学习方法,鲁迅曾予复信。——**1925**⑨20。

孟斯根 见孟十还。

绀 奴 见聂绀弩。

绀 弩 见聂绀弩。

练熟精 未详。——**1936**⑨10。

细 井 日本人。余未详。——**1923**④8。

织 芳 见荆有麟。

绍 明 见董秋斯。

绍 原 见江绍原。

经子渊(1877—1938) 名亨颐,字子渊,浙江上虞人。和鲁迅同时期留学日本,回国后在杭州浙江两级师范学堂任教职。1914年时为杭州浙江省立第一师范学校校长,兼浙江省教育会会长。——**1914**③21。

经泰来(1880—?) 浙江绍兴人。鲁迅在绍兴府中学堂任教时的同事。1913年时仍在该校(已改名浙江省立第五中学)任教。——**1913**⑥30。

九　画

春 才 见何春才。

春 台 见孙福熙。

珂勒惠支(Käthe Kollwitz,1867—1945) 德国版画家。鲁迅曾通过史沫特莱购买她的作品。1931年柔石等五位青年作家被国民党当局杀害时,她曾与世界著名文艺家联名抗议。德国纳粹上台后,她和另一些德国文艺家同遭迫害。鲁迅曾两次向她购买版画原拓,1936年7月以"三闲书屋"名义编印出版《凯绥·珂勒惠支版画选集》,作为对她七十寿辰的祝贺。——**1931**④7。⑤24。⑦24。⑧20。　**1936**⑧31。

封德三 名燮臣,浙江绍兴人。江南水师学堂毕业。——**1917**⑧19,29。⑨1,2,9,21,30。　**1918**③30。　**1920**⑦9。⑨22。⑩13,14,

25。⑪3,9,11。

项　拙　又名亦愚,胡也频在海军学校学习时的同学。1924年12月至次年5月12日与胡也频、荆有麟等合编《京报·民众文艺周刊》期间,与鲁迅有过交往。——**1924**⑫28。　**1925**②27。④16,19。

项亦愚　见项拙。

政　一　见镰田诚一。

赵　清　未详。——**1936**④28。

赵　越　1912年生,山东安丘人。木刻爱好者,当时在北平私立华北大学艺术科学习西画,曾参加全国木刻联合展览会的筹备工作。——**1935**⑦28。　**1936**⑧5。

赵　德　即赵德清,时在日本东京办《日文研究》月刊,该刊辟有“日文华译”栏目,将鲁迅列为该栏目执笔者之一,也登载过鲁迅的两篇译文。——**1935**⑨19。

赵广湘(1908—1934)　笔名贺非,日记又作侯朴、贺菲,河北武清人,翻译工作者,韩侍桁之友。1930年他据德译本重译《静静的顿河》第一卷,鲁迅曾为之校订、翻译作者小传并作后记。——**1930**③13,15。⑤16,17,31。⑦27。⑧30。⑨12,16。⑩2,3。

赵之远(1894—1964)　浙江绍兴人。法学家。当时是北京大学法律系学生。——**1920**①25。

赵子厚　未详。——**1923**⑤12。

赵少侯(1899—1978)　名祖欣,字少侯,浙江杭州人,翻译家。1921年北京大学法文系毕业。1926年至1929年间任北京大学讲师、中法大学教授等职。《莽原》半月刊投稿者。——**1926**⑧3。　**1929**②13。

赵风和　未详。——**1926**⑫14,19。　**1927**④27。⑤16。

赵丹若(1892—1966)　名廷炳,字丹若,浙江嘉善人。北京大学化学系毕业,1924年起任北京女子师范大学化学教授、理科主任。——**1926**⑧14。

赵汉卿(1889—1950)　名建藩,字叔屏,号汉卿,浙江萧山人。《越铎日报》发起人之一。《越铎日报》分裂后,他与王铎中续办该报。——

1914③9。

赵竹天　未详。——1933⑦18。

赵自成　广西灵川人。曾在北京大学俄文系肄业。——1925④9。

赵赤坪(1902—1948)　又名善甫、桐仁,安徽霍丘人。北京俄文专修馆学生。——1925⑤6。⑥5。⑦6。⑧30。⑨1,9。⑩1。　1926①31。

赵其文(1903—1980)　四川江北人。北京大学附属音乐传习所及北京美术专科学校学生,当时在创造社北京分部任职,曾旁听鲁迅讲课。《野草》的散篇在《语丝》陆续发表后,曾多次写信向鲁迅请教作品的含义。——1925③10,12,13。④3,5,8,9,11。⑤24,26。

赵松祥　浙江诸暨人。因投考县知事请鲁迅作保。——1915④2。

赵昕初　未详。——1928⑦10。

赵秉忠　浙江诸暨人。因投考县知事请鲁迅作保。——1915④3。

赵绍仙　见赵鹤年。

赵荫棠(1893—1970)　字憩之,笔名老铁,河南巩县人。音韵学家、小说家。1924至1926年间在北京大学研究所国学门读书。曾为创办《微波》刊物拜访鲁迅。——1925⑤6,29。⑦14。　1926①18,21。⑥9。

赵南柔(1907—?)　江苏崇明(今属上海)人。当时在日本法政大学留学,后曾任南京日本平民社编辑。——1927⑥29。

赵树笙　未详。——1936⑦8。

赵泉澄　浙江余杭人。北京大学史学类研究生。——1926③1。

赵家璧(1908—1997)　江苏松江(今属上海)人,出版家,上海良友图书印刷公司文艺书籍编辑。1932年9月为出版《良友文学丛书》通过郑伯奇向鲁迅约稿,鲁迅即为之编译《新俄小说家二十人集》;1933年8月鲁迅又为之编选比利时麦绥莱勒的木刻连环图画故事《一个人的受难》,并作序。1934年主编《中国新文学大系》时,邀请鲁迅编选其中的《小说二集》;1936年鲁迅又为之编选《苏联版画集》。在这期间,鲁迅也通过他在良友公司出版一些青年作家的著译。——1933③10,28。⑥19,20,27。⑧4,5,7,9。⑩7,8。⑪30。⑫7,21。　1934①22。⑤25。⑨1,3。⑪28。⑫12,16,18,25,26。　1935①4,7,8,10,15,16,

19,21,28。②9,17,26,28。③3,7,8,9,16。④19,25。⑤5,8,9,10,
11,24,25。⑥28。⑦13。⑨2,7。⑪9,15,18。⑫13,21,25。　**1936**②
21。④2,8,13,17。⑤23,28。⑦6,14,22。⑧6,7,19,20。⑨5,7,9,
10。⑩12,15。

　　赵清海　字晏亭,河南巩县人。镇嵩军第四路步兵第二营营
长。——**1924**⑦14。

　　赵景深(1902—1985)　四川宜宾人,作家、学者。1927年8月起
任上海开明书店编辑,编辑《文学周报》等。1928年10月,为弄清日本
小泉八云《几个中国鬼》一书中的故事出典,向鲁迅借阅《百孝图说》。
1930年6月起任北新书局总编辑,并主编《青年界》月刊,1935年后多
次向鲁迅约稿。——**1927**⑩5,12,18。　**1928**⑦2。⑩31。⑫22,25。
1930④19。　**1931**⑤8。　**1935**⑩5,28。⑫21,23,27。　**1936**④19,
30。⑤5,11,23。

　　赵善甫　见赵赤坪。

　　赵鹤年　字绍仙,河北易县人。教育部社会教育司分部人员,京师
图书馆分馆职员。——**1918**⑨21,25。　**1924**⑨15。

　　赵鹤年夫人——**1924**⑨15。

　　郝力群　原名丽春,1912年生,山西灵石人,木刻家。1933年在杭
州艺术专科学校学习时,因组织木铃木刻研究会与同学曹白、叶洛同时
被捕,1936年初出狱。1936年时在上海杂志公司及美商柯达公司画广
告。通过曹白常将所作木刻寄请鲁迅指教。——**1936**②15,20。⑦9。
⑧4,9。

　　郝秉衡　见郝昺蘅。

　　郝昺蘅(1895—1978)　名立权,字秉衡,又作昺蘅,江苏盐城人。
1924年北京大学毕业,1926年间为厦门大学文科国文系教授。——
1926⑫17。　**1927**①6,9。⑥18。

　　郝荫潭(1904—1952)　河北平山人,沉钟社成员。北京女子师范
大学国文系学生。杨晦夫人。——**1929**⑤24。

　　某　君　见张仲素。

　　荆有麟(1903—1951)　日记又作有林、织芳,山西猗氏(今临猗)

人。1924 年在北京世界语专门学校读书时,因向鲁迅请教写作、翻译问题开始来往。1925 年春世界语专门学校停办后,经鲁迅介绍任京报馆校对,并参加《莽原》周刊的出版工作。在此前后,编过《民众文艺周刊》和《每日评论》。1927 年 5 月在南京办《市民日报》,后任国民党中央党部工人部干事。1928 年任国民党军第二十二独立师秘书长。1930 年至 1931 年先后在河北怀远及江苏萧县任教员。1936 年时为国民党中央考选委员会科员。后加入国民党中统、军统特务组织。——**1924**⑪16,19,20,24,25,30。⑫1,4,5,6,8,11,12,15,19,21,22,25,26,27,28,31。 **1925**①2,4,6,8,9,11,12,13,15,17,19,21,23,26,29,30,31。②3,5,7,8,11,13,18,19,21,23,25,26,27。③1,3,4,5,6,7,9,10,15,18,19,20,21,22,26,27,28,29,31。④3,4,7,11,15,18,19,20,21,23,24,26,28,29,30。⑤1,2,3,5,6,7,8,9,10,11,14,16,17,18,20,21,22,23,24,26,29,31。⑥1,2,3,4,5,7,8,10,12,13,14,16,19,20,25,26,29。⑦3,4,5,6,7,8,9,10,11,14,20,25,28,29,31。⑧2,4,5,7,9,10,11,13,14,16,20,22,24,25。⑨1,10,11,13,15,18,20,21,22,24,25。⑩2,16,23,28。⑪1,6,13,20,22,27,30。⑫1,12,13,19,23,24,26,31。 **1926**①6,7,24。②28。③13,18,27,29。④4,5,6,7,10,18,19,20,22,24。⑤24,28。⑥1,11,24,27。⑦16,31。⑧2,8,9,21,26。⑪30。⑫1,19,22。 **1927**①14,28。②7。③3,5。④13,18,24。⑤30,31。⑥16,19,23。⑦24,25。⑧6,7。⑩20,21,26。⑪1,2,5,9,17。⑫1,2,5,6,7,9,11,12,13,20,23,24,26,30。 **1928**①4,13,19,29。②5,6,10,14,15,17。③6,8,9,17,20,25,26,27。④6,9,17,19,21。⑤8,10,11,15,16,25,30。⑥2,12,18,20。⑦9。⑧9,17。⑩16。⑪24,25。⑫19。 **1929**②25。④10。⑤2,3,10。⑥28,29。⑦17。⑨17。⑪15。 **1930**①18。②20。⑤10,11。⑥30。⑦6。⑨15。⑫8,9。 **1931**②5,18。⑦16。 **1936**④18。

　　草　明(1913—2002)　原名吴绚文,广东顺德人,作家,"左联"成员。1933 年在广州因参加学生运动、编辑进步刊物被通缉离粤。1935 年在上海被捕后曾得到鲁迅的资助,次年 2 月出狱后函鲁迅致谢,并于 7 月间归还鲁迅部分借款。——**1936**②12。③18。⑤15。⑦8。

草　宣　姓藤井,日本人。中国现代佛教研究者,日华佛教会常务理事。——1934⑤10。

胡　风(1902—1985)　原名张光人,笔名胡风、谷非等,日记又作谷风、古飞、古斐、光仁、张因等,湖北蕲春人,文艺理论家。1925年秋至1926年夏在北京大学预科,曾旁听鲁迅讲授中国小说史。1929年赴日本留学,1933年夏回国后一度任中山文化教育馆翻译,同时先后担任"左联"宣传部长、行政书记。——1926①17。　1934①18。②13,22。⑤11。⑦22。⑧28。⑨16,23。⑩3,24,30。⑪14,21,22,29。⑫14,17,19,23,25。　1935①19,30。②1,9,16,18,22。③2,8,12,15,21。④10,11,25,28,29。⑤5,8,11,13,17,18,24,28。⑥1,6,18,25,29。⑦7,24。⑧11,13,18,24,31。⑨1,4,12,13,24,28,30。⑩11,30。⑪7,14,17,26,28。⑫19,28。　1936①6,7,11,22,29。②1,2,9,12,13,16,21,25,27。③3,7,13,18,19,23,25,27。④5,13,19,22。⑤8,10,18,28,31。⑦5,8,25。⑨11,30。⑩17。

胡　弦(1906—？)　姓黄,名建安,笔名胡弦,福建南安人。1930年间为上海复旦大学文科学生。——1929⑥11。　1930④26。⑤3。

胡　适(1891—1962)　原名洪骍,后改名适,字适之,安徽绩溪人,文学家、学者。1917年留美后回国,任北京大学教授。曾参与编辑《新青年》。1924年前从事白话诗、小说史研究,鲁迅与之往来较多。1928年后倡导西方民主,主张"全盘西化"。曾任国民党政府驻美大使等职。——1918⑧12,14。　1919⑤23。⑥19。　1920⑪27。　1921①3,25,26。②7。　1922②1,2。③6。　1923①6。②5,27。③14,18。④17。⑨1。⑫22,28,29。　1924①1,5,21。②9,11,16,26。④12。⑤3,27。⑥2,5,7,26。⑧12,13。⑨2。　1926⑧4。

胡　敩(1901—1943)　字成才,浙江龙游人。1924年北京大学俄文系毕业。其所译勃洛克长诗《十二个》收入《未名丛刊》,鲁迅曾为之校订并作记。——1925⑥20。⑦11,15,16,19,21。⑧9。⑩3,7。

胡人哲　又名萍霞,日记又作胡平霞、吴萍霞,湖北孝感人。1920年北京女子高等师范学校保姆讲习科毕业,1924年间为该校舍监。——1924⑨14,18,22,25。⑩2,13,16,19,26,28,31。⑪4,6,8,

29。⑫18,20。　**1925**②23。⑪7,17。

胡子方　见胡梓方。

胡也频(1903—1931)　原名崇轩,福建福州人,作家,"左联"成员。1924年12月至1925年5月在北京与荆有麟、项拙等合编《京报·民众文艺》周刊期间,与鲁迅往来较多。鲁迅曾为该刊审阅部分稿件并作杂文多篇。1931年2月7日被国民党秘密杀害于龙华。——**1924**⑫28。**1925**①8。③28。④16,19。⑤21。

胡今虚(1915—2003)　浙江温州人。1933年时在温州任报馆编辑,曾因与胡民大等拟将《毁灭》、《十月》等改写为通俗读物,致函鲁迅征求意见。——**1933**⑧1,2。⑨29。⑩6,9,16,23,27,28。⑪3,9,30。**1934**⑫9。

胡玉搢(1859—1940)　字绥之,江苏吴县人。1913年间为历史博物馆筹备处处长。后任北京大学等校教授。——**1912**⑥14。　**1913**③26。　**1914**③2。⑤22。　**1915**③28。④14,15。⑥21。⑦20,25,26。⑧22。　**1917**⑤23。

胡平霞　见胡人哲。

胡兰成(1906—1982)　字蕊生,浙江嵊县人。当时在广西南宁第一中学任教。后曾任汪伪政府宣传部政务次长兼《中华日报》总主笔。——**1933**④1。

胡民大(1915—1935)　浙江温州人,文学青年。因拟与胡今虚等将《毁灭》、《十月》等改写为通俗读物,致函鲁迅征求意见。——**1933**⑩23。

胡成才　见胡敩。

胡仲持(1900—1967)　字学志,笔名宜闲,浙江上虞人,翻译工作者,胡愈之弟。上海商务印书馆编辑,《东方杂志》撰稿人。——**1929**⑤5。

胡仰曾　名以鲁,字仰曾,日记误作吴仰曾,浙江定海人。曾任司法部参事。——**1914**⑫31。

胡芬舟　未详。——**1918**⑩17。

胡其藻　广东台山人。广州现代创作版画研究会会员。——**1935**⑧13。⑫3。

胡孟乐(1879—？)　又作猛碌,名豫,浙江绍兴人。与鲁迅同时期留学日本,后在山会初级师范学堂同事,1912 年间为教育部普通教育司主事。——**1912**⑦21。⑨11。⑩19。　**1913**⑨11。⑪29。⑫26。**1914**②7。

胡适之　见胡适。

胡祖姚　浙江永康人,北京师范大学英文系学生。——**1925**⑥16。

胡绥之　见胡玉搢。

胡萍霞　见胡人哲。

胡梓方(1877—？)　名朝梁,字梓方,日记又作胡梓芳、胡子方,江西铅山人。鲁迅在江南水师学堂学习时的同学胡韵仙之兄。1912 年至 1914 年间任教育部社会教育司主事。——**1912**⑤11。　**1913**③5。⑥2,11。　**1914**①2。

胡梓芳　见胡梓方。

胡崇轩　见胡也频。

胡博厚　字载安,浙江绍兴人。北京大学文预科一年级学生。——**1918**⑨10。

胡愈之(1896—1986)　字学愚,浙江上虞人,政论家、出版家。鲁迅在绍兴府中学堂任教时的学生。1921 年至 1927 年间为商务印书馆《东方杂志》助理编辑。因介绍爱罗先珂往北京大学任教与鲁迅通信。此后鲁迅曾先后将译成的爱罗先珂童话多种,通过他在商务出版的一些杂志上发表。1928 年 1 月去欧洲游学。1931 年 2 月回国后复任《东方杂志》编辑,著有《莫斯科印象记》。1933 年至 1937 年间为哈瓦斯通讯社上海分社翻译。曾参加中国民权保障同盟并从事革命文化活动。——**1921**⑪4,5,30。⑫3,13,26,27。　**1923**④28,29。　**1926**⑧30。　**1927**⑩18。　**1931**⑧28,31。　**1933**①11。③24。　**1935**⑧27。**1936**①29。

胡醒灵　又名胡心灵,1912 年生,江苏宜兴人。当时是中学生。——**1927**⑩11。

胡风夫人　见梅志。

胡风孩子　见张晓谷。

胡绥之女儿——**1917**⑤23。

荫　棠　见赵荫棠。

荔　丞　见郦荔臣。

荔　臣　见郦荔臣。

南江店友　见柔石。

柯世五(1877—　？)　名兴昌,汉军镶蓝旗人。1901 年留学日本,民国后为教育部金事任庶务科科长。——**1918**①19。　**1924**②8。

柯仲平(1902—1964)　云南广南人,诗人,狂飙社成员。北京法政大学肄业。——**1925**⑥5。⑦12。⑧5。⑩9。⑫20。　**1926**①17。②11,23。

柯世五弟——**1918**①19。

查　姓　未详。——**1913**⑫14。

查士骥　翻译工作者。《北新》半月刊投稿人。——**1929**③26。⑥26。

柏　生　见孙伏园。

柳　垂　未详。——**1929**⑨10。

柳　原　见柳原烨子。

柳　倩(1911—2004)　原名刘智明,又名刘倩,四川荣县人,诗人。《新诗歌》月刊编辑。——**1934**⑪17。

柳无忌(1907—2002)　江苏吴江人。柳亚子之子。当时在美国耶鲁大学留学,因想得到有关明代小说《玉娇梨》作者及著作年代的资料致函鲁迅。鲁迅在其来信上加按语后发表于《语丝》周刊第五卷第四十五期。——**1930**②19。

柳无非　1911 年生,江苏吴江人。柳亚子长女。时为上海大同大学文预科学生。——**1928**⑧19。

柳无垢(1914—1963)　字小宜,江苏吴江人。柳亚子次女。时为上海大同大学附中学生。——**1928**⑧19。

柳亚子(1887—1958)　名慰高,后改名弃疾,字安如,号亚子,江苏吴江人。诗人,南社创始人之一。1928 年时为国民党中央监察委员,上海通志馆馆长。1932 年曾与鲁迅、宋庆龄等发起营救牛兰夫妇,

1933年参加中国民权保障同盟。——**1928**⑧19。　**1932**⑩5,12。**1933**①19。

柳柳桥　未详。——**1928**⑩29。

柳树人(1905—？)　原名柳基石,朝鲜爱国者。1926年汉城《东光杂志》曾刊出他译的鲁迅小说《狂人日记》。1928年时在上海从事文学活动,在翻译鲁迅作品时因遇到绍兴方言等问题,由时有恒陪同往访鲁迅。——**1928**⑨1。

柳爱竹　女,1916年生,湖南湘潭人。上海美术专科学校学生,MK木刻研究会会员。1935年为营救被租界当局逮捕的周金海等,向鲁迅索取MK木刻研究会历届展览会的请柬、目录等资料,以证明该会活动的合法性。同年下半年失踪。——**1935**⑥30。

柳亚子女　见柳无非、柳无垢。

柳原烨子(1885—1967)　笔名白莲,日本作家。1931年春夏间偕其夫宫崎龙介来华旅行,由内山完造介绍与鲁迅晤面。——**1931**⑤31。⑥2,14。

柳亚子夫人　见郑佩宜。

郦荔臣(1881—1942)　名永康,字荔臣,日记又作荔丞,浙江绍兴人,画家。鲁迅鲁莲二姨母之次子。——**1923**⑫6。　**1930**⑥12。**1931**⑦10,24。

郦藕人(1891—1971)　名永庚,字藕人,号辛农,浙江绍兴人。鲁迅二姨母之三子。——**1918**⑤29。　**1919**⑫6,13,19。

省　三　见冯省三。

省　吾　见姚省吾。

映　霞　见王映霞。

星　农　见陈启修。

星　微　见许省微。

思　远　见王志之。

品　青　见王品青。

钝　拙　见寿洙邻。

钟　吾　见尚钺。

钟子岩(1907—1989)　名显谟,字子岩,浙江上虞人。曾在上海劳动大学编译馆任职,为向《奔流》投稿事与鲁迅联系。——**1929**①23。④4。

钟贡勋　湖南人。鲁迅在广州中山大学任教时的学生。——**1928**⑤28。　**1929**③6。

钟步清(1910—?)　广东兴宁人。上海美术专科学校学生。1931年曾参加鲁迅主办的暑期木刻讲习班。1933 年参加 MK 木刻研究会。——**1934**①6。⑤19,28。⑥6。　**1936**⑤25。

钟青航　四川人。1925 年时为北京中国大学旁听生。——**1925**①9。⑧11。　**1926**②7。　**1928**⑨28。

钟宪民(约 1910—?)　又名唯明,浙江崇德(今桐乡)人,世界语者。1927 年时为上海南洋中学学生,课余学习世界语。同年寒假曾从家乡给鲁迅信。1929 年时在南京国民党中央党部宣传部国际科任职,为以世界语译《阿 Q 正传》事与鲁迅通信,该译本于 1932 年 2 月由上海出版合作社出版。——**1927**①15,24。　**1929**④16,18。

钟娟如(1898—1963)　浙江宁波人。许叔和夫人。——**1929**⑪26。

钟望阳(1910—1984)　笔名白兮,上海人,作家。当时是小学教员,曾参加《无名文艺》编辑工作。为约稿给鲁迅写信,后又多次寄稿请鲁迅审阅。——**1933**⑥5,10,27。⑫9。　**1934**⑦23。⑧13。　**1935**⑦9。　**1936**③30。⑧7。

钟敬文(1903—2002)　广东海丰人,作家、民俗学家。当时是广州岭南大学中国文学系职员,从顾颉刚信中得知鲁迅到广州任教后,曾偕梁式等往访。后为拟在广州设立"北新分局"事,与杨成志同写信给鲁迅。——**1927**①22。②27。③11。⑥29。⑦3。

钦　文　见许钦文。

钧　初　见王钧初。

拜　言　见许拜言。

适　之　见胡适。

适　夷　见楼适夷。

秋　方　见董秋芳。

秋　田　见秋田义一。

秋　田　见秋田康世。

秋　芳　见董秋芳。

秋田义一　日本画家。旅居上海,常赠画给鲁迅,鲁迅曾在经济上给他资助。——**1929**①26。⑦1,3。⑨7,28。⑩1,11,12。⑪19。⑫25。

秋田康世(1877—1956)　日本熊本人。上海篠崎医院院长兼内科医师。——**1933**④23。

秋朱之介　日本人。书籍装帧者。——**1934**⑨3。

重　久　见羽太重久。

重　君　见羽太重久。

重光葵(1887—1957)　日本人。1925年时为日本驻中国公使馆一等秘书。——**1925**⑨17。　**1926**②14。

段　君　见段可情。

段　炼(？—1963)　后更名为冯骥、冯纪,北京房山人。北平海淀小学教员,曾为其所作长篇叙事诗《丰年》函请鲁迅作序并介绍出版。——**1935**⑨12。

段干青(1902—1956)　原名兴邦,山西芮城人,木刻家。平津木刻研究会会员,曾参加第一次全国木刻联合展览会的筹备工作。通过许仑音介绍与鲁迅通信,寄赠《干青木刻初集》等,经鲁迅帮助曾在《文学》月刊发表作品。——**1935**①16,18。⑥24。⑩3。⑫7。　**1936**①4。④24。⑤1,7,16。

段可情(1899—？)　日记又作段君,四川达县人。1927年参加创造社,同年11月与郑伯奇、蒋光慈为《创造周报》复刊事,两度往访鲁迅。——**1927**⑪9,19。

段沸声　山西晋南人,狂飙社成员。——**1926**⑤8。⑦25。⑧14,26。

段绍岩(1890—1964)　又名民达,陕西岐山人。1924年时为西安西北大学秘书兼讲师,鲁迅赴西安讲学时曾参与接待。——**1924**⑧23。

⑩15。

段雪生(1891—1945) 字翰苏,日记又作段雪笙,贵州赤水人。曾参加创造社,任北方"左联"执行委员。——**1930**③16。④5。⑤11。**1933**⑫6。 **1936**④25。

段雪笙 见段雪生。

修　人 见应修人。

修　甫 见党家斌。

保　中 见沈雁冰。

保　宗 见沈雁冰。

保宗之长儿 见沈霜。

信　子 见羽太信子。

侯　朴 见赵广湘。

侯希民(1882—？) 名毓汶,字希民,江苏无锡人。北京医院医师。——**1914**⑤14。

俊　明 见周文。

须　藤 见须藤五百三。

须藤夫人 即须藤花代(1874—1949),日本人。须藤五百三之妻。——**1934**⑦21。

须藤医士 见须藤五百三。

须藤五百三(1876—1959) 日记又作须藤、须藤先生、须藤医士,日本冈山人。早年曾任军医,1911 年后在朝鲜任道立医院院长,1917年退役后在上海开设须藤医院,并任内山书店医药顾问。1933 年 7 月开始继坪井学士为海婴诊病,1934 年 11 月后迄鲁迅逝世,常为鲁迅诊病。回国后在家乡行医。——**1932**⑩20。 **1933**④23。⑥2。⑦1,2,27,28。⑧2,6。⑨24,26。⑩17,19,21,23。⑪18。⑫3,5,6,8,12,30,31。 **1934**③8,9,11,13,14,15,16,17,18。⑥10,18,19,20。⑦7,16,21,26,29。⑧14,16,17,19,21。⑨15,17,18,21,22。⑩6,8,18。⑪7,8,11,13,15,16,17,18,19,21,26,28,30。⑫3。 **1935**①11,13,14,16,19,28,30。②28。③18,19,21,23,25,27,29,31。④19,21,22,24,30。⑤3,7,26,28,30。⑥17,18,20,21,24。⑦13。⑧9,10,12,25。⑨

14,15。　**1936**①4。②28。③1,2,3,4,6,8,15。④17。⑤20,22,23,24,25,26,27,28,29,30,31。⑥1,2,3,4。⑦1,2,3,4,5,6,7,8,9,10,11,12,14,16,17,18,19。⑧1,5,7,11,12,13,14,15,16,17,18,19,20,21,22,25,28,30,31。⑨1,2,3,4,5,6,7,8,9,10,11,12,13,14,15,16,17,18,19,20,21,22,23,24,25,26,28,30。⑩1,3,5,7,11,13,15,17。

须藤武一郎(1898—？)　日记又作须藤先生少君,日本人。须藤五百三之义子。——**1935**①16。　**1936**⑦26。

须藤先生少君　见须藤武一郎。

须藤医院看护——**1936**⑦19,20,21,22,23。

俞　公　见俞芬。

俞　师　见俞明震。

俞　芬(1899—1960)　字馨如,日记又作俞公、俞小姐,浙江绍兴人。俞英崖长女,鲁迅住在北京砖塔胡同六十一号时的邻居。1923年时在北京女高师附中读书,1924年毕业后任家庭教师,间或去北京大学旁听鲁迅讲课。——**1923**⑧3,23,29。⑨12。⑫12。　**1924**②11,13,20。⑤13。⑥8,23,26。⑨27。⑩6。⑪18。　**1925**①1,25。③8,15。④5,11。⑦21。　**1926**②28。

俞　芳　日记又作俞小姐、俞宅二孩子,1911年生,浙江绍兴人。俞英崖次女,1924年转入培根小学读书时,鲁迅曾为其作保。1935年7月毕业于北平师范大学数学系。在北师大肄业期间,曾为鲁迅母亲代笔给鲁迅写信。——**1923**⑨8。　**1924**⑥8。⑨10。　**1925**①1,25。⑦21。　**1930**③12。　**1933**⑥7。

俞　某　见俞印民。

俞　藻　日记又作俞小姐、俞宅二孩子,1913年生,浙江绍兴人。俞英崖三女,1924年入培根小学读书时,鲁迅曾为其作保。1933年春在北平女子大学附中读书。——**1923**⑨8。　**1924**⑥8。⑨10。　**1925**①1,25。⑦21。　**1933**③18。

俞　揾　浙江诸暨人。因投考县知事请鲁迅作保。——**1915**④2。

俞小姐　见俞芬。

俞小姐　见俞芳。

俞小姐　见俞藻。

俞月湖　见俞毓吴。

俞平伯(1900—1990)　浙江德清人,文学家、学者。清末学者俞曲园之曾孙。曾为新潮社、文学研究会、语丝社成员。时为上海大学国文系讲师。——**1923**⑪10。

俞印民(1895—1949)　笔名泗水渔隐等,日记又作俞某,浙江上虞人。鲁迅在山会初级师范学堂任教时的学生。1935 年曾函请鲁迅为他的长篇小说《同舟》作序,但未寄原稿,鲁迅未复。——**1932**⑧27。⑨3,5,20。　**1935**②23。③16。

俞伯英　浙江绍兴人。曾任绍兴中西学堂英文教员。——**1912**⑨11。　**1914**①9。

俞沛华　见余沛华。

俞英崖(1876—1955)　浙江绍兴人。俞芬姐妹之父,1912 年时为吉林延吉知事,因事到北京时认识鲁迅。——**1912**⑥13。⑦22,23,26。

俞雨苍　未详。——**1914**⑤3。

俞明震(1860—1918)　字恪士,日记又作俞师,浙江绍兴人。清光绪进士。1901 年以江苏候补道委任南京江南陆师矿路学堂总办。1915 年时为平政院肃政厅肃政史。——**1915**②17。④10,11。　**1919**①20。

俞物恒(1893— ？)　原名知本,字觉先,浙江新昌人。鲁迅在绍兴府中学堂任教时的学生。1918 年间为北京大学理预科学生,1920 年鲁迅曾为其留学美国作保。——**1920**⑥15。　**1921**④1。

俞念远(1904— ？)　笔名俞荻,浙江金华人。1926 年间为厦门大学文科国文学生。在鲁迅支持和指导下,与谢玉生、崔真吾、王方仁等组织泱泱社,编辑出版《波艇》月刊和《鼓浪》周刊。——**1926**⑨8。**1934**⑪8。

俞宗杰(1896—1981)　字枕寰,浙江新昌人。曾为绍兴浙江省立第五师范学校学生,与许钦文、龚宝贤同班,后同在北京大学旁听鲁迅讲课。1927 年时为广州中山大学预科教授。——**1927**②3。③1,25。

俞恪士　见俞明震。

俞颂华(1893—1947)　名垚,字颂华,江苏太仓人。1933 年时与黄幼雄等在上海编辑《申报月刊》。——**1933**⑫8。

俞乾三(1885—？)　字景贤,浙江萧山人。鲁迅在杭州浙江两级师范学堂任教时的学生。1911 年与鲁迅在绍兴府中学堂同事,任史地教员。——**1912**⑩29。

俞鸿模(1908—1968)　福建福清人。曾留学日本。1936 年 2 月将自著小说《鍊》寄赠鲁迅。——**1936**②14。

俞毓吴　名镍,字毓吴,又字月湖,浙江绍兴人。工商部商务司佥事。——**1912**⑩19。⑫31。　**1913**⑫14。

俞宅二孩子　见俞芳、俞藻。

剑　成　见冯剑丞。

昝健行(1895—？)　字元勋,甘肃靖远人。江苏省苏州师范学校毕业。鲁迅在西安讲学时为西北大学国文专修科学生,鲁迅讲演记录人之一。——**1924**⑧23,29。⑨9。

饶伯康　名炎,字伯康,四川人。广州中山大学法律系教授兼法科主任。——**1927**③19。

饶超华　广东梅县人。广州中山大学预科学生,《莽原》投稿者。——**1926**⑪12。　**1927**①22。④4。⑤3,31。⑥3,4。⑦20。**1928**⑩1。

盈　昂　姓杨。曾为上海复旦实验中学学生,《语丝》投稿者。——**1929**⑫15。

施　乐　见斯诺。

施　君　未详。——**1928**②3。

施　君　见斯诺。

施宜云　未详。——**1928**⑪5。

施复亮(1890—1970)　原名存统,后改名复亮,浙江金华人,经济学家。大江书铺编辑。——**1928**⑨15。　**1930**②1。

施蛰存(1905—2003)　原名德普,改名蛰存,浙江杭州人。作家。1929 年时为松江联合中学教员、水沫书店编辑。1932 年至 1934 年间在现代书局主编《现代》杂志,曾向鲁迅约稿。——**1929**⑨12。　**1932**

⑨10。　**1933**③29。④1,28。⑤1。⑥1。⑦18,19。⑧3。

施乐夫人　见斯诺夫人。

恂　士　见董恂士。

养　浩　见傅养浩。

姜　仇　原名许锡流,日记又作姜君,原为广州岭南大学学生,曾在黄埔军校任教。1927年协助梁式编辑广州《国民新闻》副刊《国花》和《新时代》。——**1927**⑨16,17。

姜　华　四川人。北京中国大学学生、《莽原》半月刊投稿者。——**1926**①26。②6,7。

姜　君　见姜仇。

娄如煐(1914—1980)　名怀庭,又作如暎,日记误作娄如焕,浙江绍兴人。时为上海正风文学院学生。——**1934**⑤1。　**1935**⑥18。

娄如焕　见娄如煐。

娄春舫　日记误作楼春舫,浙江绍兴人。曾在北京法政学堂学习。——**1913**④21。　**1914**③22。

前田河　见前田河广一郎。

前田寅治　日本人。上海日本基督教青年会总干事。——**1933**①28。

前田河广一郎(1888—1957)　日本小说家。当时在上海逗留。——**1928**⑫21。　**1929**①26。②11。

总　长　见范源濂。

总　长　见张一麐。

洪学琛　福建同安人。1927年时为厦门大学教育系四年级学生。泱泱社成员。——**1927**①15。　**1928**⑪8。

洙　邻　见寿洙邻。

洛　扬　见冯雪峰。

津　曲　日本人。曾协助鲁迅从日文翻译爱罗先珂童话剧《桃色的云》。——**1923**⑧4。

津岛文　日记作岛津女士、津岛女士,日本人。在上海开业的助产士。——**1932**⑦26,30。　**1936**⑧5。

津岛女士　见津岛文。

室伏高信（1892—1970）　日本人。《读卖新闻》记者，来华采访时经内山完造介绍认识鲁迅。——**1930**⑥15。

宫　崎　见宫崎龙介。

宫竹心（1899—1966）　名万选，字竹心，笔名白羽，山东东阿人，作家。1921年在北京邮政局工作时曾给周作人写信，因周作人病，由鲁迅代复并赠书，自此开始交往。鲁迅曾为他翻译的契诃夫小说作校订并介绍出版。——**1921**⑦30。⑧7，17，18，24，25，31。⑨2，3，6，10，17，20，25，26，28。⑩14，15，16，27。⑪3，4，21，25。**1922**②16。**1926**⑤27。

宫崎龙介（1892—1971）　日本律师，协助孙中山反清的日本政治家宫崎寅藏（1871—1922）之长子。1931年偕其妻柳原烨子来华旅行，由内山完造介绍认识鲁迅。——**1931**⑥2，14。

宫野入博爱　未详。——**1923**⑪12。

客兰恩夫人　似为美国人。姚克之友，中国文艺爱好者。——**1933**③24。

语　堂　见林语堂。

语堂夫人　见廖翠凤。

祖　父　见周福清。

祝庆安　见祝宏猷。

祝秀侠（1906—1986）　广东番禺人。1930年曾加入"左联"。1933年2月化名首甲在他编辑的《现代文化》第一卷第二期上作文攻击鲁迅。同年4月19日《申报·自由谈》发表《透底》（瞿秋白作，署名何家干）后，他又写信给鲁迅继续纠缠。——**1933**④22。

祝宏猷（1889—1958）　字庆安，浙江绍兴人。鲁迅在杭州浙江两级师范学堂任教时的学生。北京高等师范学校理化部学生。——**1916**⑥11。⑫22。

祝荫庭　名椿年，字荫庭，北京人。河北省教育厅厅长。——**1916**①24。

贲　君　见费慎祥。

费仁祥　见费慎祥。

费同泽　字萸九,湖北沔阳人。北京师范大学国文研究科学生。——1925⑤8。

费明君(1912—1975)　浙江宁波人,曾为一八艺社成员。1936年在日本早稻田大学日文科学习,后从事翻译工作。——1936⑩9。

费鸿年(1900—约1951)　浙江海宁人。广州中山大学理科动物学教授。——1927②21。

费慎祥(1913—约1951)　日记又作费君、费仁祥、仁祥,江苏无锡人。1932年时为上海北新书局职员,1933年在鲁迅帮助下成立野草书屋,次年又创办联华书局,出版过鲁迅的一些译著。——1932⑩19。⑪10。　1933①14。②9,22。⑥3。⑦12。⑩25。⑪1,4,14,29。⑫22。1934①24,30。②1。④20。⑤11,17。⑥12。⑧4。　1935①26。③12,16,20。④30。⑦16。⑧4,11。⑨29。⑩28。　1936①20。②3,9。④3,4,18。⑤29。⑦4,22,23。⑨11,22,28,29。⑩7,11,17。

眉　山　姓高畠,日本人。镰仓圆觉寺佛日庵住持。与铃木大拙等同来中国参观佛迹。——1934⑤10。

姨　母(1838—1921)　鲁迅母亲的大姐,阮和孙兄弟之母。——1921①26。②5。

姚　克(1905—1991)　原名志伊,字莘农,日记又作惺农、星农,浙江余杭人,翻译家、剧作家。1932年冬与斯诺计划合作翻译鲁迅作品开始与鲁迅交往。1933年9月应斯诺之邀往北平,因翻译中的问题及在法国展出中国木刻等事多次和鲁迅通信。1935年秋返沪后常往访鲁迅,并为鲁迅、黄源主持的《译文丛书》翻译萧伯纳的剧本《魔鬼的门徒》。——1932⑪30。⑫3。　1933③5,7,15,22,24。④1,13,20,22,27,29。⑤9,11,20,25,26,28。⑥18。⑧30,31。⑨8,24,28。⑩2,9,22。⑪4,5,14,16。⑫4,6,16,19,29。　1934①5,12,16,24,26。②3,9,11,12,13,19,21。③6,15,24。④3,6,9,12,13,17,23,24。⑤24,27。⑥19,23。⑦9。⑧28,31。⑩24。　1935⑦17。⑧3,12,13,25。⑨1,6,26。⑩20。⑪16,20,22。　1936①4。②2,3,6,7,9,12,23。③20,31。④3,20,26。⑦2。⑨22。

姚　君　见姚克。

姚　君　见姚省吾。

姚　君　见汤兆恒。

姚可昆(1904—2003)　日记作第二师范学院学生、冯至夫人,河北秦皇岛人。1929年为北平第二师范学院学生会主席。鲁迅回平探亲时,她曾邀鲁迅赴该校讲演。1930年往德国留学。1935年秋回国后曾偕冯至往访鲁迅。——**1929**⑥1。　**1935**⑨6。

姚白森(V.Robinson,1910— ?)　美国人,伊罗生夫人。——**1934**③25。

姚省吾(1908— ?)　名志曾,日记又作姚君,浙江余杭人。姚克之弟,上海中国实业银行职员。姚克在北平期间与鲁迅的书信往还,部分通过他转交。——**1934**①10。⑤23。⑥23。⑧31。⑨3。⑩3,11,24,26。　**1935**⑧12。⑪20。

姚星农　见姚克。

姚祝卿　浙江绍兴人,封德三的友人。——**1917**⑨1。

姚莘农　见姚克。

姚梦生　见姚蓬子。

姚惺农　见姚克。

姚蓬子(1905—1969)　原名梦生,字裸人,浙江诸暨人,作家。1930年参加"左联"。1933年底被捕,次年5月发表《姚蓬子脱离共党宣言》。——**1924**⑥11,16。⑨5。⑫27。　**1925**①11。　**1928**⑫29。　**1929**⑤4。⑪8,12,23。　**1930**②23。③2。④9,24。　**1932**③31。

姚裸人　见姚蓬子。

贺　　见贺嗣章。

贺　君　未详。——**1919**⑥26。

贺　菲　见赵广湘。

贺云鹏　未详。——**1926**①6。

贺昌群(1903—1973)　四川马边人,文学研究会成员,历史学家。上海商务印书馆编辑,曾与周建人同住上海景云里。——**1929**④5,27。⑫15。

贺嗣章　号赐湖,日记误作贺慈章,日本人永持德一的翻译。——
1923 ①7。②11。

贺慈章　见贺嗣章。

贺川丰彦(1888—1960)　日本人。基督教牧师。——**1934** ③10。

贺昌群夫人　姓夏,名志和。——**1929** ⑫15。

贺昌群孩子——**1929** ⑫15。

勇　乘　见杉本勇乘。

柔　石(1902—1931)　原名赵平福,后改平复,笔名柔石等,浙江
宁海人,作家。1925年春入北京大学国文系旁听。翌年春南归。1928
年底与鲁迅、王方仁、崔真吾等组织朝花社,次年初由鲁迅推荐编辑《语
丝》周刊。中国自由运动大同盟和"左联"发起人之一。1931年2月7
日被国民党秘密杀害于龙华。他牺牲后,鲁迅曾多次作文纪念。所著
《二月》、《旧时代之死》分别由鲁迅作序和校订。——**1928** ⑨27。⑪3,
24,27。⑫1,9。　**1929** ①14,18,24。②11。③8,17,31。④5,9,27。
⑤13,18,20。⑥26。⑦19,25。⑧2,20,27,29。⑨13。⑩5,9,20。⑪
7,27,29。⑫5,8,23,29。　**1930** ①25。②10,11,13,16,17,20,25。
③14,15,20,23,24,25,26,28,29,30,31。④1,6,8,9,11,12,16,18,
24。⑤15,17,27,28,30,31。⑥2,3,5,7,10,17,18,22,24。⑦4,8。⑧
3。⑨26,27。⑩6,26。⑪6。⑫29。　**1931** ①12。②16。⑧15。
1932 ⑥10。　**1933** ②7。

孩　子　见周丰二。

孩　子　见周海婴。

骆宾基(1917—1994)　本名张璞君,日记作伊吾、张依吾,吉林珲
春人,作家。1936年从哈尔滨流亡上海从事文学创作。曾将所作长篇
小说《边陲线上》的最初几章寄给鲁迅,询问有无出版价值。——**1936**
⑦10。⑧5。⑨6,14,17,18,21。

十　画

耕　男　见车耕南。

耕　南　见车耕南。

耕南夫人　见车耕南夫人。

秦　汾(1882—1973)　字景阳,江苏嘉定(今属上海市)人。曾留学美、英、德国,时为教育部参事。——**1923** ⑤10。

秦　君　未详。——**1923**①4。

秦君烈　未详。——**1926**④5。

秦姓者　房屋掮客。——**1923**⑧22。⑨23。

秦涤清　见抱朴。

秦锡铭　字友荃,山东广饶人,教育部佥事、统计科科长。——**1924**②29。

秦锡铭之父——**1924**②29。

素　园　见韦素园。

聂绀弩(1903—1986)　笔名耳耶、萧今度等,日记又作甘努、绀奴,湖北京山人,作家,"左联"成员。1934 年 4 月起鲁迅给他编辑的《中华日报·动向》写稿。同年 5 月 3 日所还的小说稿即他的短篇小说《金元爹》。1936 年 1 月在鲁迅支持下与胡风等编辑《海燕》月刊。——**1934** ⑤3,15,18。⑥22。⑦4,20。⑧9,10,12,16,28。⑨8,21,25。⑩1,4,7,15,16,19,21。⑪13,21。⑫17,19。　**1935**①27。⑤8。⑧6。⑨13。⑩12,23,28。⑪20。　**1936**④13。

聂绀弩夫人　见周颖。

起　应　见周扬。

起　孟　见周作人。

盐　谷　见盐谷温。

盐谷温(1878—1962)　字节山,日本汉学家,文学博士。辛岛骁之岳父。1926 年开始与鲁迅通信,1928 年曾在上海晤面。——**1926**⑧9,17,26。　**1928**②18,23。　**1929**②21。③6。　**1930**④7。　**1931**⑨17。⑪7。

盐谷节山　见盐谷温。

盐谷俊次　日本人。上海朝鲜银行职员,常往内山书店购书。——**1936**③22。

盐泽博士　日本医师,在北京同仁医院应诊。——**1932**⑪14,16,

18,21,23。

　　袁　公　见袁匋盒。

　　袁小姐　见袁志先。

　　袁文薮(1873—1950)　名太虚,又名毓麟,字文漱,又作文薮,浙江杭州人。与鲁迅同留学日本时曾拟合作出版《新生》杂志。——1912⑨24。　1913②27。　1914⑤30。

　　袁世凯(1859—1916)　字慰亭,河南项城人。1912年3月任中华民国临时大总统,次年10月又雇用"公民团"包围议会,强迫选他为正式总统,1915年12月宣布恢复君主专制政体,自称皇帝。在全国反对下,被迫于1916年3月22日取消帝制,6月6日死去。——1912⑪2。⑫26。　1913⑩10。　1914⑨16。　1916⑥28。

　　袁延龄　未详。——1935⑫25。

　　袁志先(约1899—　?)　日记作袁小姐,江苏人。袁匋盒之女,1924年时为北京女子师范大学附中学生,与俞芬同学。——1924⑥23。1925③8。

　　袁牧之(1909—1978)　浙江宁波人,剧作家。1934年时为《中华日报·戏》周刊主编,中通影片公司演员。曾改编《阿Q正传》为电影剧本。他在给鲁迅的信中叙述了自己参加"左联"的经过,并提出退出"左联"的要求。——1934⑫9。

　　袁匋盒　日记又作袁公,江苏人,画家。擅长山水花鸟。鲁迅曾通过俞芬托他作画。——1924⑤13。　1925④5。

　　袁项城　见袁世凯。

　　袁总统　见袁世凯。

　　莘　士　见杨莘耜。

　　莘　农　见姚克。

　　真　吾　见崔真吾。

　　桂太郎　日本人。当时在北平留学,专攻汉文学。——1936①6。

　　桂百铸(1878—1968)　名诗成,字百铸,贵州贵阳人,画家。曾先后在教育部普通教育司、专门教育司任主事。——1914⑪6。

　　桔　朴(1881—1945)　日本人。中国问题研究者。当时任北京

《顺天时报》记者。——**1923**①7。

　　桢　吾　见崔真吾。

　　索　非(约1900—？)　原姓周,安徽绩溪人。1925年时为北京《国风日报》副刊《学汇》编辑。——**1925**⑤14。

　　栗原猷彦　日本人。上海三井洋行职员,业余画家。——**1932**⑦3。

　　贾　华　曾是广州中山大学学生。——**1927**③27。

　　夏　衍(1900—1995)　原名沈端先,笔名夏衍、H.S.等,浙江杭州人,作家,"左联"和"文总"负责人之一。1928年曾向鲁迅请教翻译问题。后常与鲁迅保持关系。——**1928**③4。**1930**②1。**1931**⑩12。**1932**④19。⑧11。

　　夏元瑮(1884—1944)　字浮筠,日记又作夏浮云,浙江余杭人,物理学家。夏曾佑之子。北京大学教授,兼任北京女子师范大学讲师,曾与鲁迅同时赴西安讲学。——**1924**③1。⑥21。⑦18。⑧3,19。⑩14。

　　夏丏尊(1886—1946)　名铸,字勉旃,浙江上虞人,作家、出版家。曾留学日本,回国后在杭州浙江两级师范学堂任教,与鲁迅同事。1926年创办开明书店,任总编辑、编辑所长。1927年时为上海暨南大学国文系主任。1934年鲁迅为印《十竹斋笺谱》,曾托他通过开明书店寻觅合适的纸张。——**1926**⑧30。**1927**⑩5,12,30。⑪6。**1928**⑤15。**1933**⑨16。**1934**⑨16,28。⑩8。

　　夏司长　见夏曾佑。

　　夏先生　见夏曾佑。

　　夏传经　南京盛记布庄职员,来信询问鲁迅著译的有关情况及研究文学的方法。——**1936**②19,24,29。③2,11,12。④1。⑦8。

　　夏征农　又名子美,1904年生,江西丰城人,"左联"成员。1933年12月翻译美国黑人作家休士的《不是没有笑的》,要求鲁迅介绍给良友图书印刷公司。1934年任《读书生活》半月刊编辑。1935年协助陈望道编辑《太白》半月刊,同年秋随陈望道赴广西桂林师范专科学校任教。——**1933**⑫7。**1934**⑩5,11。⑪5,15。⑫3,30。**1935**①16。⑥7。**1936**③27。⑧15。

夏洛蒂　见夏莱蒂。

夏莱蒂(1902—1973)　日记又作夏洛蒂,江苏松江(今属上海)人,翻译工作者。1928年至1930年间协助郁达夫编辑《大众文艺》月刊。——**1928**⑩1,2,31。⑪24,28。　**1929**①11。⑧27。　**1933**⑥27。

夏浮云　见夏元瑮。

夏浮筠　见夏元瑮。

夏康农(1902—？)　原名检,湖北鄂城人。曾留学法国,1928年间在鲁迅支持下和张友松创办春潮书局,并任《春潮》月刊编辑。翻译过法国等文学作品。——**1928**⑫24,25。　**1929**②19。④27,30。⑤4。⑦3。⑧10。⑨7,21,29。⑩10,26。⑪4。⑫9。　**1930**①29,30。③15。

夏蔡如　安徽怀宁人。北京大学文预科学生。——**1923**⑩10。

夏揖颜　名斌,字揖颜,江苏南京人。鲁迅在日本弘文学院学习时的同学。——**1912**⑪11。　**1913**①23。②4,18。

夏曾佑(1865—1924)　字穗卿,日记又作夏司长、夏先生,浙江杭县人,历史学家。清光绪十六年(1890)进士。1912年任教育部社会教育司司长。1916年调任京师图书馆馆长。——**1912**⑧20,31。⑨5。⑪16,25。⑫12,19。　**1913**②18。③6,19,26,31。④1,4,15。⑤11,16,23。⑥2,5,17。⑨28。⑪1。　**1914**①23。③8,9。⑤9。⑫9。**1915**①11。　**1916**②29。　**1924**⑤1,8。

夏穗卿　见夏曾佑。

夏康农兄——**1929**⑫9。

原田让二(1885—1964)　日本《朝日新闻》主笔。鲁迅曾应其所请为1934年1月1日出版的《朝日新闻》以日文写《上海所感》一篇。——**1933**⑨23。

烈　文　见黎烈文。

顾　君　见顾孟余。

顾　琅(1880—？)　原姓芮,名体乾,后改姓顾,名琅,号硕臣,又作石臣,江苏南京人。鲁迅在南京矿路学堂和日本弘文学院学习时的同学,曾与鲁迅合著《中国矿产志》。1912年后任奉天本溪湖煤矿公司技师等职。——**1912**⑤21,22。　**1915**⑪20,21。

顾一樵(1902—2002)　名毓琇,江苏无锡人,科学家、文学家,文学研究会成员。当时在美国麻省理工学院电机工程科留学。——**1924**②3。

顾子言(1887—?)　名行,字子言,江苏常州人。教育部会计科主事。——**1912**⑪13。

顾世明(1893—1924)　字仲雍,浙江绍兴人。鲁迅在山会初级师范学堂任教时的学生。当时为北京师范大学国文系学生。——**1924**③29。

顾石臣　见顾琅。

顾石君　名兆麐,字石君,河北宛平(今属北京)人。京师学务局小学教育科科长。——**1918**⑧31。

顾竹侯　见顾震福。

顾寿伯　见陶寿伯。

顾孟余(1888—1972)　名兆熊,字孟余,日记又作孟渔、梦渔、顾君,河北宛平(今属北京)人。早年留学德国。1925年时为北京大学经济系教授,北京教育会会长。1926年下半年任广州中山大学委员会副主任委员。后任国民党中央执行委员、宣传部长,国民党政府铁道部长等职。——**1925**⑪26,28,29。　**1928**③1。　**1929**①10。④28。**1934**⑨27。

顾养吾(1880—?)　名澄,字养吾,江苏无锡人。1912年间为教育部佥事兼总务厅统计科科长,后在财政部等处任职。1914年1月,鲁迅通过他将周作人所译小说《炭画》交文明书局出版。——**1913**⑫8。**1914**①16。

顾颉刚(1893—1980)　字铭坚,江苏吴县人,历史学家。1920年北京大学哲学部毕业,1924年时在该校任教。1926年、1927年先后为厦门大学、广州中山大学教授。——**1924**⑩12。⑫5,15。　**1925**⑧14,20。　**1926**⑤15。⑥15。⑧5。⑨8。　**1927**①8。⑦31。⑧1,5,8。

顾鼎梅(1875—1949)　名燮光,字鼎梅,浙江绍兴人,金石学家、书画家。1917年间在河南一带搜集金石拓本。——**1917**③20,21。⑤

16。　**1918**⑥3。

顾敦鋂　日记又作顾雍如，江苏吴县人。北京大学研究所国学门毕业，曾在杭州之江大学任教。——**1926**⑫6,9。

顾雍如　见顾敦鋂。

顾震福(？—1935)　字竹侯，江苏淮安人，声韵训诂学家。北京女子高等师范学校国文系教授。——**1924**④16。

顾孟余夫人　即韦增瑛(1885—1975)，广东广州人。曾赴德国学习绘画。——**1929**①10。

顿宫宽(1884—1974)　日记作福民医院院长，日本香川人。上海福民医院院长兼外科医师。——**1933**⑩23。

振(日振?)　未详。——**1925**③9。

振　铎　见郑振铎。

党修甫　见党家斌。

党家斌(1903—1972)　字修甫，陕西郃阳人。张友松的中学同学，1929 年时住张友松家，曾为鲁迅聘杨铿律师与北新书局交涉偿还版税等事。——**1929**⑦1,18,22。⑧7,8,10,11,12,13,14,16,17,18,21,25,27。⑨2,5,7,10,11,16,20,21,27,29。⑩2,17,27。⑪4,5,7,13,19,21,27。⑫3,5,12,22,25,28。　**1930**①2,6,9,10,26,30。②6。③2,15。

晓　　见内山晓。

晔　儿　见周晔。

峰　簇　见峰簇良充。

峰簇良充(1881—？)　日本人。日本东京高等师范学校教员，由许寿裳介绍认识鲁迅。——**1925**⑨8,9,16,17。⑩5。

圆谷弘(1888—1949)　日本人。大学教授，研究社会学。当时在上海考察中国社会。——**1935**⑩27。

钱　君　须藤五百三医师的助手。——**1936**⑧8,9,10。

钱中季　见钱玄同。

钱公侠(1907—1977)　后改工侠，浙江嘉兴人。《北新》半月刊投稿者。上海光华大学学生，曾以该校文学会名义邀请鲁迅演讲。——

1929④9。

钱允斌 名聘珍,字允斌,浙江吴兴人。鲁迅在杭州浙江两级师范学堂任教时的学生。——1913④19,22,25。⑤6。

钱玄同(1887—1939) 名夏,改名玄同,字德潜,号中季,浙江吴兴人,语言文字学家。在日本留学时曾与鲁迅同听章太炎讲学。民国后历任北京大学、北京师范大学国文系教授、系主任等职。积极从事国语运动和语文改革。1917 年后参与《新青年》杂志编辑工作,鲁迅因他的邀请开始为《新青年》撰稿。——1913③16。⑨27,29,30。 1914①31。⑥13。⑨27。⑫13,31。 1915②14。③8,12。④10。⑥20,24。1917⑤13。⑧9,17,27。⑨24,28,29,30。⑩8,13。⑪12。⑫23。1918②9,15,19,23,28。③2,18,28。④5,21,26。⑤2,12,22,27。⑥8,20,22,24,27,30。⑦5,11,12,14,15,20,29。⑧5,6,15,16,25,27。⑨4,5,11,17,29。⑩6。⑪1,6,7,13,17,18,28。⑫4,11,17,22,26,29。 1919①7,12,21,28,30,31。②4,10,16,18,20。③1,7,18,29。④4,16,17,22,23,28,30。⑤3,9,15,25,29。⑥2,11,25,29。⑦4,5,8,10,20,23,31。⑧3,7,12,13,15。⑨13。 1920①4。⑦17。⑩10。⑫25。 1921①19,26。②14,21。④11,12,18。⑤19。⑧22。⑨1。1923⑧24。⑫22。 1924③29,31。④13。⑥27,30。⑪26。 1925①11,12。⑤18。⑦6,7,13,18,20,21。

钱亦尘 日记作钱奕丞,浙江绍兴人。鲁迅在绍兴府中学堂任教时,他是山会初级师范学堂附小主任。1930 年时在上海开明书店任职。——1930①31。

钱均夫(1882—1969) 名家治,字均甫,又作均夫,浙江杭州人。曾留学日本,在弘文学院与鲁迅同学,又与鲁迅同听章太炎讲学。1909年回国,在杭州浙江两级师范学堂任教时和鲁迅同事。民国后任教育部视学、科长等职。——1914①22。 1915③3,13。 1916④21。1917⑦2。 1918①23。③11。

钱均甫 见钱均夫。

钱杏邨 见阿英。

钱君匋(1907—1998) 浙江海宁人,美术家,陶元庆的同学。上海开明书店编辑,曾经手印制鲁迅的《朝花夕拾》封面。——**1928**⑦17,18,19。 **1931**③4。 **1934**⑩1。

钱季青 未详。——**1935**⑨18。

钱念劬(1853—1927) 名恂,字念劬,日记误作念敏,浙江吴兴人,光复会会员,钱玄同之兄,钱稻孙之父。历任清政府驻日、法、意等使馆参赞和公使等职。1909 年任湖北省留日学生监督。1913 年任总统府顾问。——**1913**⑧9。⑨28。

钱念敏 见钱念劬。

钱奕丞 见钱亦尘。

钱秣陵 名振椿,字秣陵,浙江余杭人。北京大学文预科讲师。——**1918**⑫22。

钱聘珍 见钱允斌。

钱锦江(1874—1931) 名通鹏,字锦江,浙江嵊县人。曾留学日本,民国元年为绍兴北伐军同志会参谋员。1913 年时为浙江第五中学校长。——**1913**⑥30。

钱稻孙(1887—1966) 字介眉,浙江吴兴人。钱玄同之侄,钱念劬长子。曾留学日本和意大利。1912 年任教育部主事,1915 年 1 月兼任京师图书馆分馆主任,后改任视学,并在北京大学东方文学系兼课。北平沦陷后,任日伪控制的北京大学校长等职。——**1912**⑦19,20,25,28。⑧1,2,4,8,11,15,22,23,24,25,27,28,29,31。⑨1,4,5,6,7,8,13,19,21,24,25,27,28,29。⑩1,2,4,6,27。⑪2,6,12,17。 **1913**①28。③1,20,21,26。④25,28。⑤4,7。⑧9,18,21。⑨4,27,29,30。⑩28。⑪4,6,7,11,15,21。⑫8,26,30。 **1914**①2,13,16,29。③17,18,25,26。④27,30。⑤9,14,24,25,26。⑥4,13,29。⑦3,10,29。⑧17。⑩24,27。⑪3,7,9。⑫19,25。 **1915**①2,4,12,15,18,21,29,30。②12,19,20,23,27。③3,5,6,8,10,19。⑤3,21,24。⑥4,15,26。⑦17。⑧7。⑨2。⑩30。 **1916**⑨28。⑩31。⑪4,11,14,16,20,24。 **1918**⑥19。⑦30。 **1919**⑪23。 **1920**④10,23,27。⑥13。 **1923**②5。⑨19。⑩13,15,22,26,27。 **1924**④2,15。 **1925**③24。⑧17。 **1929**⑥1。

钱稻孙女——**1924**④2。

铁　民　见章铁民。

铁　耕　见陈铁耕。

铃木大拙(1870—1966)　本名铃木贞太郎,日本人,佛学家,文学博士。镰仓圆觉寺释宗禅师。1934 年时为东京大谷大学教授,来华参观佛迹。同年 10 月 28 日曾将据这次考察写成的《中国佛教印象记》一册赠给鲁迅。——**1934**⑤10。⑩28。

积　功　见朱积功。

倪风之　见倪家襄。

倪文宙(1898—？)　浙江绍兴人。鲁迅在山会初级师范学堂任教时的学生。南京高等师范学校毕业后曾任上海商务印书馆编辑。——**1926**⑫14。　**1929**⑤5。⑩26。

倪汉章　浙江绍兴人。1913 年时为北洋政府内阁总理赵秉钧的门客,在北京闲居。后曾任参议院庶务科三等科员、宪法会议庶务科秘书。——**1913**⑨15,21。

倪家襄(1909—1959)　又名倪风之,化名倪焕之,浙江镇海人,美术工作者,春地美术研究所和野风画会成员。1931 年夏参加鲁迅主办的暑期木刻讲习班。1933 年 12 月曾为在狱中的江丰代向鲁迅借阅德国原版《珂勒惠支画集》。——**1933**⑫20,26。

息　方　见冯雪峰。

郓县读者　未详。——**1936**⑨21。

徐　元(1892—？)　字嘉德,浙江上虞人。鲁迅在绍兴府中学堂任教时的学生。1914 年考入北京工业专门学校,鲁迅为之作保。后转入北京大学电气机械科。在京学习期间常在鲁迅处借支和汇划学费。——**1914**⑨9。　**1915**⑥6。⑩17。⑫28。　**1916**①27。②27。④5。⑤10,22,29,30。⑨17。　**1917**①14。④8。⑤24,25。⑥21,28。⑧2,20。⑨17。　**1918**②4。

徐　氏　见徐懋庸。

徐　白　见白莽。

徐　讦(1908—1980)　原名伯讦,笔名徐于、东方既白,浙江慈溪人,作家。小品文半月刊《人间世》编辑,常向鲁迅约稿。——**1934**④17,18,20,23。⑤25。⑥6。⑫14,16,17。 **1935**①23。③21,22,28。⑪29。⑫3,5,7,8。 **1936**①4。④11。

徐 华 未详。——**1934**⑫23。

徐 行(1903—1978) 原名褐夫,江西修水人,翻译工作者。——**1934**⑩4。

徐 芬 未详。——**1936**⑤20。

徐 坤 见齐坤。

徐 某 未详。——**1919**⑨20。

徐 翘 字小梦。鲁迅1913年乘“塘沽”轮自沪返京时的同舱旅客。——**1913**⑧2。

徐 翼 字思贻,江苏常熟人。曾在教育部社会教育司任职。——**1919**⑦20。 **1921**⑩25。 **1924**⑧16。 **1925**⑧17。 **1928**⑩22。⑫11。

徐小梦 见徐翘。

徐少眉 浙江绍兴人。广州商务印书馆经理。——**1927**③16。

徐文雅 见徐彬如。

徐以孙(1866—1919) 名维则,字以孙,又作以舜、以愻,日记又作贻孙,浙江绍兴人,越中金石拓本搜藏家、金石目录学家。北京大学国史编纂处编纂。——**1918**⑤18。⑥1,2,3,5,12,23,26。⑦5。⑧14,20,22。 **1919**⑫20。

徐以愻 见徐以孙。

徐式庄(1898—1942) 福建屏南人。时在河北开滦煤矿任职,曾写信给鲁迅商榷《一天的工作》中几个名词的译法。——**1934**④10。

徐吉轩(1870—？) 名协贞,字吉轩,湖北钟祥人。金石、甲骨文字的研究者。1912年起任教育部佥事、科长,兼任历史博物馆馆长。曾帮助鲁迅购买和修建房屋。——**1914**①10,29,31。②3。③2。④30。⑤14,30。⑧18。⑫22,31。 **1915**①23,30。⑥19。⑨10。 **1916**⑦21。 **1918**⑪10。 **1919**⑤4,29。⑥3。⑦10,14,30。⑨18,22。⑩5。⑪4。⑫22,29,30。 **1920**②16,19。⑧2,14。⑩18。 **1921**①25。②5,7,

③7,8,10,14。　**1923**②6。③17。④24。⑫15,22,26。　**1924**②8。
⑥21。⑧16,19。⑨4。　**1925**⑧14。⑫16。　**1929**⑤21。

徐仲荪(1876—1943)　名伟,字仲荪,浙江绍兴人。徐锡麟二弟。
与鲁迅同时留日。1915年时在上海开西药店。——**1915**⑨26。

徐企商(1872—1929)　名彭龄,字企商,江苏青浦(今属上海)人。
曾留学日本,时为司法部佥事。——**1913**⑫13。

徐旭生(1888—1976)　名炳昶,字旭生,又作虚生,河南唐河人。
1925年至1926年间为北京大学哲学系教授兼北京女子师范大学讲
师、《猛进》周刊编辑;1927年5月至1928年底任西北科学考察团团
长,返京后著有《徐旭生西游日记》;1929年时为北平大学第二师范学
院院长;1931年时为北平师范大学校长。——**1925**③12,30。⑦13。
⑨15。⑪9。⑫14。　**1926**①21,22。②8,10。⑤7。⑧13。　**1929**②
6。③16。⑤20,27。⑥1。　**1931**③4。

徐名鸿(1897—1934)　字只鸢,广东丰顺人。北京高等师范学校
国文系助教。——**1924**③7。

徐声涛　未详。——**1930**③13。

徐伯诉　见徐伯昕。

徐伯昕(1905—1984)　名亮,字伯昕,日记又作徐伯诉,江苏武进
人,出版家。上海生活书店经理。——**1936**⑦11,15。

徐沁君　名瀛,字沁君,1911年生,江苏靖江人,上海某私立学院
学生。——**1929**⑥21。

徐季孙(1880—1953)　名锡骥,字季荪,日记作季孙,浙江绍兴人。
徐锡麟的四弟,毕业于日本千叶医专,回国后在上海等地行医。——
1914①1。

徐宝谦(1892—1944)　字六吉,浙江上虞人。原浙江第五中学学
生,当时任北京基督教青年会干事。——**1918**⑩16。

徐宗伟(1895—?)　字贻孙,浙江上虞人。鲁迅在绍兴府中学堂
任教时的学生。1914年考入北京工业专门学校,鲁迅曾为他作保。后
转入北京大学电机科。在京学习期间经常在鲁迅处借支和汇划学
费。——**1914**⑨5,9。　**1915**①2。②27。⑥6,30。⑨11。⑫11,13,

14,28。　**1916**①19,26,27。④14。⑤30。⑥20。⑨17。　**1917**③9,30。⑤5,19。⑥21,28。　**1918**①4。②6。③11。⑤5。

徐诗荃(1909—2000)　原名琥,谱名诗荃,又名焚澄,字季海,笔名冯珧、梵可等,日记又作徐思荃,湖南长沙人。作家、翻译家。1928年上半年在上海复旦大学求学,因记录鲁迅在江湾复旦实验中学演讲和在《语丝》投稿,与鲁迅通信并晤面。1929年留学德国,鲁迅曾托其购买书籍、报刊、木刻作品,1932年8月回国。鲁迅曾校读他译的《尼采自传》,并多次托人抄写他的稿件推荐给书店、报刊出版和发表。——**1928**⑤16,30。⑥5,13,20,22,26。⑦17。⑧10,29,30,31。⑨3,6。⑩16,21。⑫19。　**1929**②4,6,7。③31。⑦28。⑧9,20。⑨13。⑩25。⑪16,30。⑫14,29。　**1930**①6,7,9,12,13,15,21,24。②12,15,17,21,26,27,28。③7,8,11,14,17,26。④2,12,16,17,21,29,30。⑤3,8,10,13,16,19,21,24,25,28,31。⑥4,10,11,18,20,22,23,30。⑦10,11,15,19,21,26,27,30。⑧1,4,5,6,8,18,20。⑨1,3,5,12,14,23。⑩5,7,9,11,13,14,15,19,27,30,31。⑪1,5,8,10,11,13,14,15,21,25。⑫5,9。　**1931**①6,9,14,19,26,28,30。②13,19,21。③11,26,28。④2,20。⑤2,4,7,19,26。⑥9,12,23,24,27。⑦6,22,27,30,31。⑧22。⑨2,22。⑪4,10,12,17。⑫2,17,21,28,29,30。　**1932**①12。②21。③10,22。④23,24。⑤12,15。⑥6,21。⑦5,6。⑧30。⑨6,8。⑩4,6,8,14。⑫5,6。　**1933**①5,7,9,18,20,27。②9。③28。⑥10,14,30。⑦7,14,20,25,28。⑧11。⑪9,17,30。⑫10,11,12,16,17,21,24。　**1934**①1,7,8,14,17,18,19,23,25,28。②1,7,10,12,15,16,17,21。③4,5,8,11,13,20,23,26。④1,2,4,14,16,17,18,20,22,23,24,27,30。⑤4,6,8,9,11,12,16,20,22,26。⑥3,6,10,12,13,14,15,16,20,21,23,24,25。⑦4,8,16,19,20,22,23,29。⑧5,9,15,19,24,25,26,29,30。⑨1,2,5,8,10,14,15,19,22。⑩3,17,19,22,27。⑪4,8,9,12,19,21。⑫1,3,7,12。　**1935**①3,20,30。②1,28。③12,22。④15。⑤25。⑥1,18。⑦13。⑧7,17,20。⑨11,13。⑪1,14。⑫3,6。　**1936**①29。④8。⑦2。

徐思旦　浙江上虞人。因投考县知事托鲁迅作保。——**1914**②6。

徐思庄　因投考县知事托鲁迅作保。——**1914**④8。

徐思荃　见徐诗荃。

徐思贻　见徐翼。

徐思道　广州中山大学预科甲部学生。——**1927**⑦24。

徐贻孙　见徐以孙。

徐祖正（1895—1978）　字耀辰，日记又作曜辰，江苏昆山人，作家、翻译家。1922年自日本回国，在北京高等师范学校任教。1923年经周作人介绍到北京大学任教授。1926年间兼北京女子师范大学讲师。——**1923**①1。②17。④15，16。⑤26。⑥3，26。⑧23。　**1924**⑥11。　**1926**⑤13。⑧16。　**1929**⑤20，27，29。

徐班侯（1845—1917）　字定超，浙江永嘉人。辛亥革命后任温州军政分府都督。1916年时在教育部任职。——**1916**⑩23。

徐挽澜　未详。——**1928**⑩19。

徐益三（1875—1936）　名撝庭，字益三，浙江上虞人。因投考县知事托鲁迅作保。——**1914**④14。

徐彬如（1901—1990）　原名文雅，江苏萧县（今属安徽）人。广州中山大学法科学生，中国共产党中山大学总支部书记，曾受中共广东区区委指示与毕磊、陈辅国等与鲁迅联系。——**1927**①24，31。②9。

徐涵生　未详。——**1916**④7。

徐森玉（1881—1971）　名鸿宝，字森玉，浙江吴兴人。版本学家、文物鉴别家。教育部佥事兼京师图书馆主任。——**1919**⑨22。

徐悲鸿（1895—1953）　江苏宜兴人，画家。1918年时为北京大学画法研究会导师。——**1918**⑫22。

徐景文　牙科医师，曾留学美国。在北京王府井门诊。——**1913**⑤3，5，10，11。⑫20，21。　**1915**⑦24，26，31。⑧6，13。⑫19，24，26，31。　**1916**①2，7，14。③18。

徐蔚南（1900—1952）　原名毓麟，笔名泽人，江苏吴江人，翻译家。上海世界书局编辑兼复旦实验中学教员。——**1928**⑫31。

徐橘仙（1881—1934）　浙江绍兴人。与陈子英同里，当时在绍兴任小学教员。——**1915**③24。

徐懋庸(1910—1977)　原名茂荣,又名余杨灵、余致力,浙江上虞人,作家,"左联"成员。1933 年因译《托尔斯泰传》与鲁迅通信。1934年编辑《新语林》半月刊,1935 年与曹聚仁合编《芒种》半月刊,常与鲁迅联系,鲁迅曾为他的《打杂集》写序。后任"左联"行政书记。——**1933**⑪15,18,19。⑫20。　**1934**⑤22,26,28,31。⑥8,9,11,12,21,24,28。⑦9,13,14,15,17,23,27。⑧3,8。⑨19,20,25。⑩16,17,18,22,31。⑪1,4,7,12,16,17。　**1935**①17,29。②8。③12,13,21,26,29,31。④1,7,19,20。⑦13,16,19,29。⑧31。⑨3,6,7,8,11。⑩13,17,19,22,29。⑪4,18,22。⑫3,7,13,15。　**1936**①4,7,10,23。②7,16,18,21。③17。⑤2,5。⑥3。⑧2,5。⑫2。

徐霞村(1907—1986)　名元度,字霞村,湖北阳新人,法国文学研究者。当时是《熔炉》杂志编辑,由赵景深陪同往鲁迅寓约稿。——**1928**⑦2,4。

徐耀辰　见徐祖正。

徐吉轩父——**1918**⑪10。　**1919**⑤4。

徐翼夫人——**1919**⑦20。

殷　林　未详。——**1934**⑩18。⑫4。

爱　罗　见爱罗先珂。

爱罗先珂(Василий Яковлевич Ерошенко,1889—1952)　日记又作爱罗、E 君,俄国盲诗人、童话作家。1921 年来华,1922 年 2 月到北京后寓于鲁迅家,任北京大学世界语讲习班讲师。同年 7 月往芬兰参加第十四次万国世界语大会,11 月返京。1923 年 4 月回国。鲁迅曾翻译他的一些作品。——**1921**⑫1,3,26。　**1922**⑦3。⑪4,24。　**1923**①19,20,26,27。④15,16,21。⑦12,17。⑧8。

奚　如　见吴奚如。

颂　棣　见周颂棣。

留　仙　见朱家骅。

高　山　见高山章三。

高　明(1908—　?)　江苏武进人,翻译工作者,《语丝》周刊投稿者。——**1928**②18。⑦22。⑨13。　**1929**④24。⑥28,30。

高　桥　见高桥澈志。

高　桥　见高桥淳三。

高　植(1910—1960)　字介植,安徽芜湖人,翻译家。时在南京中央大学就读。——**1933**⑫9。

高　鲁(1877—1947)　字曙青,福建长乐人。曾任教育部编纂员。1924 年时为中央观象台台长,北京大学讲师。——**1924**⑫14。

高　歌(1904—?)　山西盂县人,狂飙社成员。高长虹二弟,鲁迅在北京世界语专门学校任教时的学生。1925 年与吕琦、向培良在开封合编《豫报》副刊,1926 年参加《弦上》周刊编辑工作。——**1924**⑫20。**1925**①22。②24。③12,22,23,28。④5,22,23。⑧18。　**1926**⑤8,16。⑥2,5,23,30。⑦4,6,15,18,25。⑧8,14,26。

高一涵(1885—1968)　安徽六安人。曾留学日本,时任北京大学政治系教授,《新青年》杂志编者之一。——**1919**③10。

高久肇(1892—?)　日本人。曾任满铁调查所北京分所所长,当时在上海分所任职,因常到内山书店认识鲁迅。——**1930**⑥15。

高女士　见高秀英。

高长虹(1898—约 1956)　山西盂县人,狂飙社主要成员。在创作上曾得到鲁迅许多帮助,他的第一本杂感和诗的合集《心的探险》,由鲁迅选编、校正并编入《乌合丛书》。鲁迅离京到厦门后,他在上海借故对鲁迅进行攻击、诽谤。鲁迅曾著文予以批判。——**1924**⑫10,20,24。**1925**②8,11,16,24。③1,4,9,16,20,22,24,29。④5,11,13,17,21,26,28。⑤2,3,5,8,9,14,19,21,25,29。⑥3,8,13,16,18,22,29。⑦5,13,14,19,20,27。⑧2,4,5,9,10,14,18,20,23,24,28。⑨5,9,14,18,22,26,27。⑩1,12,18,27。⑪6。⑫22。　**1926**①10,29。②12,13,22。③1,14,23。④2,8,11,13。⑥14。⑦14。⑧31。⑨14。

高医士　见高福林。

高步瀛(1873—1940)　字阆仙,日记又作朗仙,河北霸县人。1915 年 8 月任教育部社会教育司司长,后为北京师范大学国文系教授兼女子师范大学教授。——**1915**⑨29。　**1920**④10,25。⑤2。　**1921**⑨13。⑩7。　**1923**①30。⑤15。　**1924**⑤6,31。⑪10。　**1925**⑦7。⑧

14。⑨25。 **1929**⑤21。

高秀英 字超群,日记又作高女士,河南开封人。1924年北京女子高等师范学校数理系毕业,与许羡苏同学。——**1924**⑫1,7。

高良富(1896—?) 日记作高良富子、高良女士、高良夫人,日本人。日本女子大学教授,基督教徒。因去印度访问甘地途经上海,由内山完造介绍认识鲁迅。鲁迅曾书赠七绝一首,由内山完造径寄日本,高良富回国后即回赠鲁迅《唐宋元明名画大观》一部。——**1932**①12,23。⑤17。⑥3。

高君风 未详。——**1925**⑨6,13。

高桥穰(1885—1968) 日本心理学家、文学博士。《岩波哲学丛书》主编之一。1935年与岩波书店主人岩波茂雄同到上海。——**1935**⑤6。

高峻峰 字秀山,天津人。国民党军中校,经齐寿山介绍认识鲁迅。——**1929**①31。③6,12。 **1930**②18。③16。④3。⑤6,9。

高阆仙 见高步瀛。

高朗仙 见高步瀛。

高福林 日记又作高医士,美国传教士,绍兴福康医院院长。1921年时曾到北京参加医学会议。——**1912**⑪30。 **1921**⑧10。

高山章三(1896—1982) 日记作高山,日本郡马人。上海福民医院妇产科医师。——**1933**⑩23。

高良女士 见高良富。

高良夫人 见高良富。

高良富子 见高良富。

高桥医生 见高桥澈志。

高桥悟朗 日本人。当时在上海研究帮会组织"青帮"、"红帮"。——**1931**⑧24。

高桥淳三 日记作高桥,日本人。上海福民医院放射科技师。——**1933**⑩23。

高桥澈志 日记又作高桥、高桥医生,日本人。上海齿科医院医师。——**1930**③24。⑥21,24。⑦12,13,15。 **1931**①3。 **1932**⑤7。

1933⑩23。　1934⑫17。

高阆仙母——1920④10。⑤2。

高桥澈志夫人——1930⑦12。

郭　某　见郭焕章。

郭　珊(1885—1954)　浙江绍兴人。蔡元康之妻。——1918③3。

郭令之　未详。——1915⑩12。

郭尔泰　李庸倩之友,因入江亢虎在上海创办的南方大学,请鲁迅作保。——1924⑨14。

郭庆天　未详。——1936⑨29。

郭孟特　《申报·自由谈》投稿者。——1934⑪14。　1935⑧17。

郭昭熙(1899—？)　广东潮安人。上海大江书铺会计。——1930②1。

郭焕章　浙江绍兴人,蔡元康的内兄,绍兴成章女校校长。——1913⑦1。

郭德金　未详。——1927②24。

郭德修　山西人,律师。——1914⑩15。

郭耀宗　字光先,河北蠡县人。北京高等师范学校学生。——1923⑥8。

斋　藤　日本人。东京高等师范学校大冢童话会会员。应内山完造聘请,与福家、安藤到沪为日本儿童举办童话会,担任讲师。——1930④6。

斋　藤　见斋藤女士。

斋　藤　见斋藤贞一。

斋田乔(1895—1976)　日本画家、儿童剧作家。东京成城学园美术教师,内山嘉吉之师。——1932⑥7。

斋藤女士　即斋藤菊子,日记又作斋藤,日本人。内山书店职员。——1931⑥2,12。

斋藤贞一　日记又作斋藤,日本佛教徒,随铃木大拙来华,任秘书。——1934⑤10。⑥20。

斋藤秀一(1908—1940)　日本语言学家,世界语学者,并从事日文拉丁化运动。1936 年曾翻译鲁迅、叶籁士有关汉字拉丁化的著作,出版《中文拉丁化理论》、《方言论考》等。——**1936**⑧8。

斋藤惣一(1886—1960) 应名为斋藤惣一,日本人。日本基督教青年会同盟总干事。当时逗留上海,在内山书店认识鲁迅。——**1931**⑤19。

效 洵 见郑效洵。

唐 诃(1913—1984) 原名田际华,笔名唐诃,山西汾阳人。太原榴花社成员,木刻爱好者。北平医学院学生,第一次全国木刻联合展览会主持人之一。后长期从事医务和医学编辑工作。——**1934**⑫18。**1935**①15,18,30,31。②3,4,6,7。③3。④21。⑤15,30。⑥5。⑦7。⑨25。⑩2,3。 **1936**⑨20,21。

唐 君 未详。——**1925**⑤3。

唐 弢(1913—1992) 笔名晦庵、风子等,浙江镇海人,作家。1932 年在上海邮局工作时常向《申报·自由谈》投稿。1934 年 1 月 6 日在黎烈文宴请《自由谈》撰稿人时认识鲁迅。同年 7 月 26 日函询鲁迅如何自学社会科学和外文。——**1934**⑦26,27。⑧7,8,9。 **1935**④17,19。⑤28。⑧26。 **1936**③15,17,28,31。④14,15。⑤10,22。⑥2。⑧7,19,20。

唐英伟(1915—2000) 广东潮安人。广州市立美术学校国画系毕业。1934 年与李桦、赖少其等发起组织广州现代版画会。——**1935**④22。⑤24。⑥24,29。 **1936**③23。④23,25。⑤26。⑦22。⑧18。⑨20。

唐依尼 未详。——**1929**⑤10。

唐静恒 未详。——**1925**④8,10。

悄 吟 见萧红。

阆 声 见张阆声。

凌 煦 字叔舆,浙江绍兴人。教育部专门教育司办事员。——**1914**②4。

凌璧如 湖南平江人。杨骚的同学。偕杨往访鲁迅。——**1929**⑪13。

兼　士　见沈兼士。

烟　桥　见陈烟桥。

烨　儿　见周晔。

涉　君　见增田涉。

海　生　见杜海生。

海　婴　见周海婴。

海端生　美国人。芝加哥大学社会学教授,当时来华考察社会教育状况等。——1913②13。

流　水　福建惠安人。厦门大学的工友。——1931⑤3。

害　马　见许广平。

家　斌　见党家斌。

家　璧　见赵家璧。

朗　西　见吴朗西。

冢本善隆(1898—1980)　日本汉学家。日本东方文化研究所研究员。当时在中国考察中国历史和宗教问题。——1929⑤31。⑥20。

谈君讷(1874—1950)　名锡恩,字君讷,日记误作谭君陆,湖北兴山人。曾留学日本,时任教育部佥事。——1915①16。

陶　　未详。——1912⑨11。

陶　轩　见周陶轩。

陶　君　未详。——1926⑧7。

陶女士　指陶振能,浙江嘉兴人。许寿裳的内侄女。——1935①13。

陶元庆(1893—1929)　字璇卿,日记又作璿卿,浙江绍兴人,美术家。1924年到北京,经许钦文介绍认识鲁迅。曾为鲁迅的《坟》、《彷徨》、《朝花夕拾》、《苦闷的象征》、《出了象牙之塔》等著译作封面。并先后在台州浙江第六中学、上海立达学园、杭州国立艺术院任教。——1924⑫3。　1925①20,25。③18,19,22。⑧2,6,14。⑨3,28。⑩9,30。　1926①5,26。②15,27。④18。⑤3,12,31。⑥6。⑦12,26,27。⑧26。⑨27。⑩29。⑪21,23,24,25。　1927⑩6。⑪4,21,22,23,27。⑫10,14,15,17,22,30。　1928①3,11。②1,8,18。③1,31。④5,13。

⑤7,8。⑥1,21。⑦2,9。⑧13。⑩9,21。⑪23。　**1929**①4。②21。
⑦16。⑧10,14。⑨8。　**1930**⑦19。

陶公衡(1893—1948)　日记作公衡,浙江嘉兴人。陶伯勤之弟,因
患胃疾请鲁迅介绍须藤医生医治。——**1936**⑤29。

陶亢德(1908—1983)　浙江绍兴人。1933 年时为《论语》半月刊
编辑,后又编辑《宇宙风》、《人间世》等,常写信向鲁迅约稿。——**1933**
⑩18,23,27。⑪2,13。⑫5,13,29。　**1934**①6。③28,30,31。④2,4,
5,7,8,16,21。⑤5,6,8,17,18,20,25,27。⑥6,8,23。⑦31。⑩19。
⑪21。　**1936**⑦7。

陶书臣(1881—1953)　名礽,字书臣,日记又作书诚,浙江绍兴人。
1914 年后任京师地方检查厅京师第一监狱看守长,1932 年时为杭州浙
江省监狱典狱长。因许钦文涉嫌命案,鲁迅曾写信请他营救。——
1913⑫12,13,23。　**1914**⑧20。⑨19。⑩26。⑪4。　**1915**①3。⑧8。
1916①1。　**1919**⑦5,9。⑧31。⑨5,14,20,21。　**1920**①3。　**1922**
⑨16。　**1924**⑪15。　**1926**⑦18,25,26。⑧18。⑨26。⑩9。　**1932**
②18。

陶书诚　见陶书臣。

陶光惜　未详。——**1929**①4。

陶寿伯(1902—1997)　名知奋,字寿伯,日记误作顾寿伯,江苏无
锡人,篆刻家。当时在上海西泠印社刻印。——**1931**⑥7。

陶伯勤(1899—1994)　又名善敦,日记作季市夫人,浙江嘉兴人。
许寿裳的再续夫人。1919 年 11 月与许寿裳结婚,生有三女。——
1925⑧17。　**1934**⑩23。⑪26,28,30。

陶冶一　见陶望潮。

陶冶公　见陶望潮。

陶念钦　见陶念卿。

陶念卿(1865—1925)　名传尧,字念钦,日记又作念卿,浙江绍兴
人。当时是京师图书馆分馆主任。——**1914**⑪11,26。　**1915**⑤18,
29。⑥19,27。⑨12。⑩9,30。⑫19。　**1916**②11,13。③10,11,13,
14。⑦3。⑧26。⑩2。⑪12,29。　**1917**③25。⑥25。⑦5。⑨4。

1918①27。③23。

陶孟和(1888—1960)　名履恭,字孟和,天津人,社会学家。早年留学美国。1919 年时为北京大学教授,《新青年》杂志撰稿人之一。——**1919**②12。

陶望潮(1886—1962)　名铸,字冶公,又作冶一,号望潮,浙江绍兴人。光复会会员,陶成章的族叔。与鲁迅同期留学日本,毕业于日本兵事讲习所步科。曾与鲁迅同从孔特夫人学俄文。民国后入陆军部参事处为办事员。1926 年 10 月任汉口市政府委员兼卫生局局长。后又任国民革命军第四集团军前敌指挥部政治部主任,国民政府军事委员会政治训练部代理主任等职。——**1913**⑩17。⑪16。⑫22。　**1914**①1,5。⑨7,12,20。⑩12,25。　**1915**③9。⑫23。　**1916**⑦8。⑫2。**1921**④24。　**1926**⑦27,31。⑧1,8,15,17。　**1929**⑤17,21,28。

陶晶孙(1897—1952)　江苏无锡人,作家。创造社、“左联”成员。1929 年 11 月在上海接郁达夫主编《大众文艺》月刊。——**1929**④1。⑦13。⑪15。　**1930**①23。②7,8。

陶璇卿　见陶元庆。

陶璿卿　见陶元庆。

陶书臣父——**1924**⑪15。

绢笠佐一郎　未详。——**1929**⑥20。

绥理绥夫　又译谢利谢夫,俄国人。北京世界语专门学校教授,经该校陈空三、荆有麟介绍与鲁迅晤面。——**1924**⑫28。

十　一　画

培　良　见向培良。

堀尾纯一　日本肖像漫画家,东京漫画会会员。1935 年 10 月自青岛来沪暂住。——**1936**①13。

堀越英之助　日本画家。1934 年 10 月 6、7 两日在上海文路(今塘沽路)日本人俱乐部举办个人画展,展出他游历印度、南洋和中国江南时作画多种。——**1934**⑩7。

黄　厶　未详。——**1918**①4。

黄　龙　未详。——**1929**⑪18。

黄　源(1906—2003)　字河清,浙江海盐人,翻译家。1927 年鲁迅在上海劳动大学作《关于智识阶级》演讲时由他作记录。1931 年任新生命书局编辑,因出版《士敏土》与鲁迅联系。1933 年起任《文学》月刊助编。1934 年 8 月参与鲁迅倡议出版的《译文》月刊的筹备工作,同年 11 月继鲁迅接编该刊,后又编辑《译文丛书》。——**1931**⑪19。**1934**⑧30。⑨2,14。⑩15,20,21,22,25,31。⑪6,7,11,14,16,17,22,27。⑫4,5,14,16,18,25,26。　**1935**①1,2,6,23,24,25,31。②3,4,13。③1,5,15,17,18,23,26,27,28,31。④3,8,11,15,25,26。⑤6,14,20,23,26,28,29,30。⑥2,3,5,10,14,15,29。⑦1,7,11,16,20,30。⑧7,10,12,15,16,25,27。⑨2,6,8,10,12,15,16,18,19,21,25,28,30。⑩8,10,21,24,28。⑪2,8,23,25,28,29,30。⑫3,10,20。**1936**①3,8,14,16,18,29。②2,8,9,11,12,20,22,23,24,29。③6,7,8,12,16,20,31。④7,11,22,26。⑤2,5,9,14,19,30。⑦8,11,21。⑧1,9,14,24,25。⑨2,18,29。⑩1,7,9,11,14。

黄于协　字元生,福建闽侯人。教育部社会教育司办事员。——**1913**⑤18。⑥5,19。⑧9。⑨8,13,14。⑪9。⑫28。　**1914**①25。⑥28。⑫31。

黄士英　江苏松江(今属上海)人,漫画家。1934 年与吴朗西等合编《漫画生活》,1936 年该刊改名《生活漫画》后由他独编。——**1935**⑦6。⑧21。　**1936**②5。

黄山定(1910—？)　原名黄聊化,日记作山定,广东兴宁人,上海一八艺社成员。1931 年夏参加鲁迅举办的暑期木刻讲习班。1935 年时在家乡赋闲,曾将自己的木刻作品寄给鲁迅征求意见。——**1935**①22。

黄子涧　见黄芷涧。

黄元生　见黄于协。

黄中垕　见黄芷涧。

黄正刚　广州《民国日报》编辑。——**1927**④18。

黄幼雄(1894—1968)　浙江上虞人。胡愈之的表兄,鲁迅寓景云里时的邻居,上海商务印书馆东方杂志社编辑。1933 年间与俞颂华等合编《申报月刊》。——**1930**②23。　**1933**④3。⑫8。　**1934**①17,18。

黄延凯　广东梅县人。广州岭南大学毕业后曾在北京大学旁听。当时为广州中山大学预科教员。——**1927**③15,25。

黄后绘　疑即黄素(1895—1971),名芝岗,又名衍仁,笔名黄素,湖南长沙人,南国社社员。曾参加中国自由运动大同盟和左翼戏剧家联盟。1930年秋被捕,其亲友曾筹款营救。"黄后绘"可能是鲁迅借《论语·八佾》中"绘事后素"一语而作的代称。——**1931**②7。

黄行武　疑为黄启衡,广东人。原是广州中山大学学生,1927年四一五事变后被开除,1929年时为上海立达学园学生。——**1929**①4。

黄守华　未详。——**1928**⑫21。

黄运新　未详。——**1926**⑤24。

黄芷澗　名中垲,又作中恺,字芷澗,日记又作子澗,湖北江陵人。早年留学日本,民国后任教育部社会教育司佥事。——**1914**⑪5,17。⑫31。　**1915**②16。⑦6。　**1916**①28。　**1917**⑨21。　**1923**⑥27。

黄苹荪　见黄萍荪。

黄昌谷(1889—1959)　字贻孙,湖北蒲圻人。早年留学美国,时任北京《民国日报》编辑。——**1925**②17。

黄季刚(1886—1935)　名侃,字季刚,湖北蕲春人,音韵训诂学家、文学家。留学日本时在鲁迅之后听章太炎讲学。1913年间为北京大学教授。——**1913**⑨30。　**1914**⑨27。

黄炎培(1878—1965)　字任之,江苏川沙(今属上海)人,教育家。民国初年任江苏省教育司司长。1915年春以实业视察团名义往美国调查教育情况,回国后应邀于12月15日至17日到教育部讲演。——**1915**⑫16。

黄河清　见黄源。

黄春园(1906—？)　湖南长沙人。原为广州中山大学学生,1927年四一五"清党"事变后被开除,由香港转道上海,为明了当时形势及以后的出路等问题向鲁迅请教。——**1927**⑪2。

黄药眠(1903—1987)　原名访苏,广东梅县人,作家、美术家。曾任创造社出版部助编,当时在上海做党的地下工作。——**1933**⑪30。

黄彦远　　未详。——**1927**④14。

黄莫京　　即黄强,当时在香港工作,因事到厦门。——**1926**⑨21。

黄振球(1911—1980)　　笔名欧查,广西容县人。曾留学日本,后参加"左联"。时任《现代妇女》杂志编辑,通过郁达夫向鲁迅索字幅。——**1933**④23。⑤7。⑫17,30。

黄萍荪(1908—1993)　　日记又作黄苹荪,浙江杭州人。1933年通过郁达夫向鲁迅索字幅,鲁迅为书五绝一首。1936年编辑《越风》半月刊时多次写信向鲁迅约稿,为鲁迅拒绝。同年10月他曾将鲁迅所书五绝字幅刊印于该刊第二十一期封面。——**1933**⑥28。　**1936**①30。②2,10,13,28。③9,21。④2,8,21。

黄涵秋(1895—1964)　　名鸿诏,字涵秋,江苏崇明(今属上海)人。新华艺术大学西画系主任。——**1927**⑪27。

黄尊生　　广东番禺人。广州世界语讲习所所长,中山大学法国文学史教授。曾邀请鲁迅参加欢迎法国世界语学者赛耳大会。——**1927**①21,22,25,27,30。

黄鹏基(1901—1952)　　笔名朋其,四川仁寿人,小说家。北京大学法文系学生,《莽原》撰稿人。——**1925**⑨29。⑩16,29。⑪14,21,26。⑫1,15。　**1926**①4,6,18,23。②27。④14,15,22。⑤16。⑥24,26,27。⑦17,22。⑧9,11。

黄新波(1915—1980)　　原名黄裕祥,笔名一工,日记又作新波,广东台山人,木刻家。上海美术专科学校学生,参加过"左联"和"美联",MK木刻研究会和铁马版画会成员。鲁迅曾为他和刘岘的《无名木刻集》作序。——**1934**⑫31。　**1935**①4。

黄静元　　未详。——**1932**⑧14,16。

黄瘦鹤　　未详。——**1929**⑥30。

黄芷涧兄——**1917**⑨21。

黄中垲女——**1923**⑥27。

萍　荪　　见黄萍荪。

菅　　　　见菅又吉。

菅又吉(1894—1939)　　日本东京人。上海篠崎医院妇产科医师。——1933④23。

　　菅原英　　见升屋治三郎。

　　萧　　　　见萧军。

　　萧　　　　见萧红。

　　萧　　三(1896—1983)　原名子暲,又名爱梅,日记又作肖三、小山、安弥、萧参,湖南湘乡人,诗人。"左联"驻国际革命作家联盟代表。1932年和1935年曾先后受托邀鲁迅赴苏参加全苏第一次作家代表大会、国际革命作家代表大会和进行疗养,并常将苏联新出版的书刊寄赠鲁迅。——1932⑥21。⑧29。⑨12。　1933⑩19,31。⑪24。　1934①11,17,29。②8,19。③5,6。④9,13,23,30。⑤15。⑥6。⑦23,28。⑧20。⑩8,11,30。⑫14,18。　1935①20。⑤17。⑥7,24,28。1936①19。②7。④23,24。

　　萧　　军(1907—1988)　原名刘鸿霖,笔名田军、萧军等,日记又作刘军、张莹、萧,辽宁义县人,作家。"九一八"后与萧红从东北流亡青岛,1934年10月到上海。所著长篇小说《八月的乡村》由鲁迅作序并编入《奴隶丛书》。——1934⑩9,22,28。⑪3,5,9,12,14,17,20,27,28,30。⑫2,4,6,10,14,17,19,20,23,26。　1935①4,9,21,23,26,29。②3,9,11,12,26。③1,5,8,14,19,20,25,26。④2,4,9,13,18,23,25,27,29。⑤1,2,8,9,12,22,23,27,29。⑥3,6,7,14,15,18,22,23,24,27。⑦2,6,15,16,20,27,29。⑧12,17,22,24。⑨1,2,6,11,13,16,19,21。⑩2,3,7,20,27,29。⑪5,6,11,15,16,28。⑫9,15,30。1936①14,19,22,25,26。②7,10,12,15,16,21,23,26。③2,3,4,8,9,11,14,20,23,25,28,30。④3,11,13。⑦7,25。⑧10。⑩14。

　　萧　　红(1911—1942)　女,原名张迺莹,笔名萧红等,日记又作悄吟、萧、张莹夫人,黑龙江呼兰人,作家。"九一八"后她与萧军从东北流亡青岛,开始与鲁迅通信。1934年10月到上海后曾得到鲁迅的关怀,作品也大都经鲁迅介绍发表。所著中篇小说《生死场》由鲁迅校订、作序,编入《奴隶丛书》。——1934⑪9,12,14,30。⑫17,19。　1935②3,8。③5,17。⑤2,6。⑥3,23。⑦2。⑧22。⑩20,27。⑪6,16,28。⑫15,30。　1936①22,25,31。②7,16,23,26。③2,4,9,11,14,20,23、

25,28。④3,11,13。⑦15。

萧　英　见萧殷。

萧　参　见萧三。

萧　参　见瞿秋白。

萧　殷(1915—1983)　原名郑文生,笔名萧英、萧殷等,广东龙川人,文艺理论家。当时在广州参加广东文学艺术救亡协会,从事文学创作。曾函告鲁迅有关广东文艺界抗日救亡运动的情况,以及对报纸被迫"开天窗"之不满,同时向鲁迅请教如何写作杂文。所附文稿是他作的散文《温热的手》。——1936⑩9。

萧友梅(1884—1940)　字雪朋,广东中山人,音乐家。北京大学国文系讲师,并主持该校音乐研究会。——1921⑨1。

萧伯纳(George Bernard Shaw,1856—1950)　英国剧作家、批评家。出生于爱尔兰都柏林。1933 年他乘船周游世界,2 月 17 日经香港抵上海,在宋庆龄寓所与鲁迅等会面。他在港沪的言论曾受到一些报纸和文人的指责,为此鲁迅先后作文多篇予以驳斥。——1933②17。

萧纯锦(1893—1968)　字权綗,江西永新人。曾留学美国,时任北京女子师范大学教务长。——1925⑫1。

萧剑青　东南亚的华侨,原籍广东。爱好漫画、文学,在上海世界书局任职时认识鲁迅。——1936①4。

萧恩承(1898—？)　字铁笛,江西永新人。早年留学美国,回国后曾任北京大学教育系教授,当时为厦门大学文科教育系教授。——1926⑫24。

萧盛巘　湖南宁远人。1926 年北京大学国文系毕业生。——1926⑦20,21。

梦　庚　见阮梦庚。

梦　渔　见顾孟余。

梦　禅　见邹梦禅。

梵　可　见徐诗荃。

梵斯女士　未详。——1935⑪22。

梅　志(1914—2004)　原名屠玘华,日记作谷非夫人、张因夫人、胡风夫人,江苏常州人。——**1934**⑩25。⑫17,19。　**1935**⑩11。
1936③13。⑨30。

梅　君　未详。——**1927**②6。

梅光羲(1877—？)　字撷云,江西南昌人。中国佛教会及中国佛
学会会员,教育部秘书。——**1912**⑤24。⑥14。⑩19。

梅叔卫　未详。——**1936**⑨16,27。

梅恕曾　四川人。北京大学肄业。——**1927**③20,21。

梅撷云　见梅光羲。

梓　生　见张梓生。

梓　年　见潘梓年。

梓　模(1911—1931)　原名陈凯,字仲模,笔名梓模,云南昆明人。
1927年四一二事变后在上海从事地下革命工作。——**1925**④21,23。

曹　白　原名刘萍若,1914年生,江苏江阴人。1933年10月在杭
州国立艺术专门学校因组织木铃木刻社,被国民党当局逮捕。1935年
底出狱后任小学教师。其时全国木刻联合展览会将在上海展出,他将
自作的两幅木刻送往展览,其中的《鲁迅像》被国民党检查官禁止展出,
他将此画寄鲁迅后开始与鲁迅交往。——**1936**③22,26,27,30,31。④
1,6,7,8。⑤4,7,8,12。⑦9,28。⑧2,4,7,9。⑨29,30。⑩2,6,15,
16。

曹　坪　见端木蕻良。

曹　禺(1910—1996)　原名万家宝,湖北潜江人,剧作家。1936
年在南京剧专任教时,曾将所著《雷雨》日译本寄赠鲁迅。——**1936**④
22。

曹式如　未详。——**1919**②22。

曹轶欧(1903—1989)　河北大兴(今属北京)人。上海大学学生。
她曾以"一萼"笔名作《阶级与鲁迅》一文,写信征询鲁迅的意见,鲁迅曾
介绍到《语丝》发表。——**1926**⑪3。

曹培元(1869—1958)　字植甫,河南卢氏人。曹靖华之父,在家乡
从事教育工作。鲁迅曾应曹靖华之请,为之作"教泽碑文"。——**1934**
⑪29。

曹靖华(1897—1987) 原名联亚,日记又作亚丹、汝珍,河南卢氏人,翻译家,未名社成员。早年曾和韦素园等同去俄国留学,在莫斯科东方大学学习。1922 年回国后在北京大学旁听过鲁迅讲授中国小说史。1925 年在开封国民革命军第二军工作,因王希礼俄译《阿 Q 正传》事开始与鲁迅通信。同年冬加入未名社。1926 年至 1927 年参加北伐。大革命失败后赴苏联,先后在莫斯科中山大学、列宁格勒东方学院及列宁格勒国立大学任教并研究俄国文学,同时向国内读者介绍苏联文学,协助鲁迅搜集书刊及木刻作品,并向鲁迅介绍一些木刻家。1933年秋回国,先后在北平大学女子文理学院、东北大学、中国大学任教。鲁迅曾介绍出版他的译作多种。——**1925**⑤8,9,20,27。⑥8,14。⑦10,13,26。⑩19。 **1926**③21。④2。 **1929**⑦3。⑪6,18。 **1930**④14。⑤16。⑥4,9,11,13,22,28。⑦16,17,30。⑧5,19。⑨10,15,20,30。⑩2,18,22,26,28,29。⑫6,7。 **1931**①7,30。②2,24。③4,13,28。④8。⑥13,14,17,19。⑧11,14,15,17,21,24,28。⑨2,4,5,18,21。⑩12,27,29,31。⑪9,10,15。⑫8,9,14,17,19,21,25。 **1932**①6,8,11,25。③3,21。④23,28,30。⑤1。⑥2,3,7,8,11,17,25。⑦6,19,20,21,24。⑧2,4,28。⑨9,12,15,29。⑩3,12。⑫14,15。 **1933**①10,19,29。②1,9,10,14。③2,7,30。④6,21,24。⑤11。⑦10,18。⑧7,9,18,20,22,30。⑨4,7,10。⑩21,31。⑪1,8,14,24,26。⑫6,20,22。 **1934**①28。②7,12,13,14,15,23。③3,6,16,17,27,28,31。④6,10,11,20,28。⑤15,22,23,31。⑥6,11,19,29。⑦7,11,17,28,31。⑧14,25。⑨11,24。⑩5,6,8,14,15,22,26,30。⑪2,15,16,25,29,30。⑫2,6,18,24,28,31。 **1935**①6,15,16,18,26。②7,10,17,18,25。③23。④5,7,9,16,23,29。⑤9,12,15,21,22,30。⑥7,9,11,18,24。⑦2,3,12,17,22,26,30。⑧3,11,19。⑨19,25。⑩22,28。⑪18,25。⑫7,18,19。 **1936**①4,5,6,18,22,31。②1,10,13,21,29。③10,14,16,24。④1,11,13,23,24。⑤1,3,14,15,23。⑥2。⑦6,17,20。⑧2,7,11,24,25,28。⑨5,8,10,12,15。⑩16,17。

曹聚仁(1900—1972) 字挺岫,号听涛,浙江浦江人,作家、学者。1933 年时为上海暨南大学教授,并主编《涛声》周刊,同年 5 月 7 日函请鲁迅为《守常全集》作题记。《涛声》停刊后于 1935 年 3 月与徐懋庸创办《芒种》小品文半月刊。因约稿和编辑等事多次与鲁迅通信。——**1933**⑤7,30,31。⑥3,4,14,19。⑦11。⑧7,11。⑨1,8,11,22。⑩6,9。⑪10,13,14,20,23。　**1934**①4。④30。⑤28。⑥2,9。⑦28,29。⑧3,13,17。⑨11,13。⑪12,16。⑫11,13。　**1935**①9,17,27,29。②14,19,20,24。③5,29。④1,5,10。⑤1。⑥3。⑦29。⑧17,22。⑩7,9,17,29。⑪8。　**1936**①14。②20,21,24。③6,7,9。⑧17。

龚　珏　见龚宝贤。

龚未生(1886—1922)　名宝铨,字未生,浙江嘉兴人。章太炎的长婿,清末从事革命活动,为光复会创立人之一。留学日本期间曾与鲁迅等同听章太炎讲学。1905 年 9 月与徐锡麟、陶成章创办绍兴大通学堂。民国后曾任浙江图书馆馆长。——**1915**④13,15。⑤30。⑥17。⑨19,26。⑩25,26。⑪21。　**1916**③9,13。⑫18。　**1920**④18。**1921**⑫16。

龚宝贤(1898—？)　名珏,浙江新昌人。原为绍兴浙江省立第五师范学校学生,与许钦文、俞宗杰同班,后同在北京大学旁听鲁迅讲课。1927 年去法国留学途经广州时往访鲁迅。——**1927**③1。④21,23。

龚未生夫人　见章㛹。

雪　儿　见冯雪明。

雪　方　见冯雪峰。

雪　生　见段雪生。

雪　辰　未详。——**1933**①11。

雪　村　见章锡琛。

雪　明　见冯雪明。

雪　峰　见冯雪峰。

雪　箴　见章锡琛。

常　君　见常毅箴。

常　君　见尚献生。

常　君　见常毓麟。

常　君　见常瑞麟。

常　惠(1894—1985)　字维钧,日记又作惟钧,河北宛平(今属北京)人。在北京大学法文系学习时选修过鲁迅的中国小说史,1923年参加《歌谣》周刊编辑工作,曾请鲁迅为该刊设计封面。1924年毕业后在北平研究院任职。鲁迅在广州时曾托他代购古籍。——**1923**⑧8。⑨11。⑩29。⑪30。⑫12,28。**1924**②29。③15。④4。⑤15。⑦5。⑧28。⑩3,12,28。⑫4。**1925**①10。②21,27。⑧18。⑨4。**1926**③7。⑧3,12,13,19。**1929**⑤17。⑥3。**1932**⑪18。

常玉书　见常瑞麟。

常应麟(1909—？)　河北抚宁人。常瑞麟的小妹,天津女子师范学校学生。——**1930**②25。

常惟钧　见常惠。

常维钧　见常惠。

常瑞麟(1900—1984)　字玉书,日记又作常君,河北抚宁人。谢敦南之妻,许广平在河北省立第一女子师范学校时的同学。1932年至1935年间住在东北。——**1932**⑤13。**1935**⑧15,28。

常毓麟(1906—1979)　日记作常君,谢君夫人,河北抚宁人,常瑞麟之妹,谢莹之妻。当时因病在上海疗养,曾请鲁迅代办银行提款等事。——**1934**⑧9,18,29。

常毅箴　名国宪,字毅箴,日记又作常君,湖南衡阳人。当时是教育部社会教育司主事,并曾兼任京师图书馆分馆主任。——**1912**⑪13。⑫15。**1913**①2。②15,19。**1914**④30。⑤14,29,30。⑧28。⑩23。⑪5,6,17。⑫5,31。**1915**①15。③11。⑩7,9。**1917**①20,27。②24。⑩4。**1918**④4,10。⑥16。

常燕生(1898—1947)　名乃德,字燕生,山西榆次人,狂飙社成员。燕京大学历史系教员。后为国家主义派文人。——**1925**④17,21。⑤7,12,13。⑥17。⑦20。⑩24。

常毅箴子——**1918**④10。

晨　　见周鞠子。

野夫　　见郑野夫。

野口米次郎(1875—1947)　日本诗人。日本庆应大学教授。1929

年鲁迅译过他的《爱尔兰文学之回顾》。1935 年 10 月去印度加尔各答大学讲学途经上海与鲁迅晤面时，提出国家托管的问题，为日本军国主义侵华辩解，鲁迅曾予驳斥。——**1935**⑩21。

遏　先　见朱遏先。

崔　　　见崔真吾。

崔万秋(1908—？)　山东观城人。曾留学日本，1933 年 3 月回国，任上海《大晚报》副刊《火炬》主编。——**1928**⑦10。　**1933**③19，21，22。④6，27。⑥19。⑦31。⑧1。⑫13。

崔月川　见吴月川。

崔真吾(1902—1937)　名功河，字禹成，笔名真吾、采石等，日记又作崔，浙江鄞县人。1926 年间为厦门大学文科外语系学生，泱泱社成员。1928 年到上海复旦大学附属实验中学任教，和鲁迅同住景云里。同年年底与鲁迅、柔石、王方仁组织朝花社。1930 年 2 月离沪往广州中山大学附中、广东合浦、广西南宁等地工作。1935 年间为广西平乐省立中学教员。所著诗集《忘川之水》曾由鲁迅代为编选、校订。——**1926**⑪28。⑫4，26。　**1927**①1，10，15，29，30。③20。⑨19。⑪23，28。⑫8。　**1928**②22，25，28。③4，10，22，29。④8，15，21，28。⑤1，4，5，24。⑥1，2，5，11，14，27。⑦17，18。⑨9，10，12，23，24，29。⑩6，8，10，13，24，27。⑪3，10，17，24，30。⑫1，8，15，21，29。　**1929**①4，10，15，19，20，21。②20。③7，8，31。④5，9，16。⑤8，12，13。⑥1，7，8，11。⑦19，25，29。⑪7。⑫26，29，30。　**1930**②14。⑪19，20。**1931**⑩12，13。　**1932**①3，24。⑦17，18。⑩12，15。⑪30。⑫2。**1933**①5。　**1934**⑫26，31。　**1935**⑤8。　**1936**⑩17。

崔真吾友——**1928**⑤1。

崇　轩　见胡也频。

铭　之　见邵铭之。

铭　伯　见许铭伯。

符九铭　名鼎升，字九铭，江西宜黄人。在教育部编审处任职。——**1926**⑦1。

第二师范学院学生　见姚可昆。

猛　克　见魏猛克。

康　农　见夏康农。

康小行　函请鲁迅设法代购《凯绥·珂勒惠支版画选集》。——**1936**⑧26。

康心孚(？—1919)　名宝忠,字心孚,日记作康性夫,陕西城固人。早年留学日本,加入同盟会,曾任临时总统府秘书,时任北京大学哲学系教授。——**1914**⑨27。

康性夫　见康心孚。

康嗣群(1910—1969)　陕西城固人。1928年时为上海复旦大学学生。7月间函请鲁迅代为修改所投《语丝》周刊稿的错字和询问购买外文书的书店。1932年函请鲁迅寄赠木刻《士敏土之图》。——**1928**⑦26。⑧20。　**1932**⑤20,21。

鹿　地　见鹿地亘。

鹿地亘(1903—1982)　日本作家。1936年1月因受政治迫害到上海避难,在翻译《鲁迅杂感选集》为日文时曾得到鲁迅的帮助。——**1936**⑧18,23。⑨3,6,15。⑩4,17。

鹿地夫人　见池田幸子。

鹿地君之母夫人——**1936**⑧18。

章　师　见章炳麟。

章　武　1928年生,浙江上虞人。章廷谦之子。——**1931**⑦6。

章　叕(1894—1915)　字蕴来,日记作龚未生夫人、章师长女,浙江余杭人。章太炎长女,龚未生妻。1915年章太炎被袁世凯囚于北京,她偕龚至京省视,因悲愤其父被囚的处境,于9月7日自缢。——**1915**⑨19,26。

章　炜　甘润生托保应文官考试者。——**1917**③6。

章　嵚(1880—1931)　字厥生,又作菊绅,浙江余杭人,历史学家。曾与鲁迅同在杭州浙江两级师范学堂任教。时为北京大学历史系教授。——**1923**①10,12,14。⑩10,15。

章士钊(1881—1973)　字行严,号秋桐,笔名孤桐等,湖南善化(今属长沙)人。辛亥革命前曾参加反清革命运动。五四运动后成为复古主义者。1924 年至 1926 年间曾任段祺瑞执政府司法总长兼教育总长等职。1925 年鲁迅因支持女师大的学生运动,被他非法革去教育部佥事职。鲁迅曾为此向平政院提出控告。后思想倾向进步,成为爱国民主人士。——**1925**⑧31。

章士英(1900—1939)　字骶斋,浙江上虞人。周秉钧之婿。教员。——**1921**⑨13。⑩2,11。⑪15,21。　**1922**①27。

章小燕　改名淹,日记作小燕,1925 年生,浙江上虞人。章廷谦之女。——**1928**⑦13,15。　**1929**⑦17。　**1931**⑦6。

章子青(1874—1921)　名运昌,字子青,浙江上虞人。时在北京悦昌文记绸缎店当私塾教师。——**1920**②11。⑧13。

章太炎　见章炳麟。

章介眉(1855—1925)　名恩寿,字介眉,浙江绍兴人。鲁迅姑祖父章介倩的族人,曾为浙江巡抚张曾敭的幕友。辛亥革命后他因秋瑾被害案为绍兴军政分府逮捕,以"毁家纾难"名义捐献田产获释。后任袁世凯政府财政咨议、财政部秘书等职。袁死后在京闲住。——**1916**⑩6,10。

章矛尘　见章廷谦。

章先生　见章炳麟。

章廷谦(1901—1981)　字矛尘,笔名川岛等,浙江上虞人,作家。1922 年北京大学哲学系毕业后留校任职。1924 年参与《语丝》出版发行事务,受到鲁迅的鼓励和帮助。鲁迅曾为他标点的《游仙窟》作序。鲁迅到厦门大学后他也去该校任职。1927 年至 1930 年夏在杭州浙江大学、杭州高级中学任教。1928 年与许钦文共邀鲁迅、许广平游杭州。1931 年后回北京,长期从事教育工作。——**1923**④8。⑧12。⑨11。⑫22,24,30。　**1924**①13。②3。⑤6。⑥8,20,22。⑦4。⑧15。⑨1,16。⑩19,21。⑪13,16,22。⑫15,17。　**1925**④8,10。⑤4。⑥15,22,23。⑧15。⑨5。⑩28。⑪8,26。⑫14。　**1926**①3,9,28。②19,23,24。③8。④8,11。⑤2,12。⑦9,11,13,14,16,25,27,30。⑧9,24。⑨16。⑩4,10,11,23,24,27。⑪16,17,21,22,30。⑫1,8,22,24,25,30,31。　**1927**①1,8,10,11,15,22,27,31。②15,20,24,26。③2,

14,25。④4,13,25。⑤9,11,13,15,30。⑥11,12,23,27,29,30。⑦2,
8,16,17,28,29,31。⑧8,17。⑨20。⑪7,8。⑫5,10,26,29。 **1928**
③4,5,6,12,15,25,26,31。④30。⑤5,8,16,30。⑥2,3,6,26。⑦6,
7,9,10,12,13,14,15,16,18,22。⑧3,15,17,19,20。⑨11,16,19,25。
⑩9,12,13,17,19。⑪7,14,26,29。⑫6,28。 **1929**①1,3,7。③9,
12,13,16。⑥13,25。⑦2,17,22。⑧10,17,23,24,26,27,28,29,30。
⑨5,12。⑩24,28。⑪1,8,19。 **1930**②22。③7,15,22,27,28。④
17,29。⑤24。⑩20。⑪22。 **1931**⑦6。⑪14。 **1932**⑪27,28。⑫
23。 **1933**①13。⑤9,23。

　　章廷骥(1907—1982)　浙江上虞人。章廷谦之弟,《语丝》投稿
者。——**1929**⑧20。⑪16。

　　章衣萍(1900—1946)　名鸿熙,字衣萍,日记又作洪熙,安徽绩溪
人,作家。1924 年秋由孙伏园介绍开始与鲁迅交往,不久参加筹办《语
丝》并常为该刊撰稿。1927 年夏到上海,在暨南大学文学院任
教。——**1924**⑨28。⑩2,13。⑪3,8,13,17,18,23,24。⑫4,7,13,21,
22,25。 **1925**①4,8,9,13,14,17,21,27,28,31。②1,5,8,11,12,15,
19,24,27。③5,6,7,11,15,18,19,20,21,27,29,31。④2,5,7,8,10,
11,12,16,18,19,22,26,30。⑤3,5,9,14,16,18,21,23,27,30。⑥6,
7,17,20,28。⑦17,30,31。⑧12,14,26。⑨20。⑩2,12,13,22。⑪
14,25,26,29。⑫3,4,16,25。 **1926**①9,31。②1,2。③1,27。④10,
25。⑥21。 **1927**⑩9,12,23,26,30。⑪4,10,26。⑫6,13,16,19,21,
27,31。 **1928**①3,16。②2,16,18,23。③9,28。④12,29。⑤7。⑫
23。 **1929**②23。③18。④14。⑤12。⑦19。⑧22,28。⑩26。⑪23。
1930①6,31。

　　章炳麟(1869—1936)　字枚叔,后改名绛,号太炎,日记作章师、章
先生,浙江余杭人,清末革命家和学者,后期光复会会长。1908 年在日
本时,鲁迅等曾听他讲学。民国以后,先后任孙中山、袁世凯的枢密顾
问、高等顾问。因反袁被囚时,鲁迅等常往探视,袁死后始获释。——
1912⑫22。 **1914**⑧22。 **1915**①31。②14。⑤29。⑥17。⑨19。
1916⑩12。

章洪熙　见章衣萍。

章铁民　浙江淳安人。北京大学毕业。1927 年间为上海暨南大学事务处出版科主任兼中学部教员,秋野社成员。——1927⑪26。1929①22。

章仳斋　见章士英。

章菊绅　见章嵚。

章雪山　见章锡珊。

章雪村　见章锡琛。

章雪箴　见章锡琛。

章厥生　见章嵚。

章景鄂(1877—？)　字鲁瞻,浙江诸暨人。绍兴浙江第五中学学监兼物理教员。——1913⑥30。　1916⑫8。

章鲁瞻　见章景鄂。

章靳以(1909—1959)　原名方叙,天津人,作家。曾先后任《文学季刊》、《文季月刊》等杂志编辑。1935 年经黄源介绍认识鲁迅。——1936⑤22,24。

章锡珊(1891—1975)　日记作章雪山,浙江绍兴人,章锡琛之弟,上海开明书店副经理。——1928①26。

章锡琛(1889—1969)　字雪村,日记又作雪箴,浙江绍兴人。早年在当地中小学任教,1921 年至 1925 年间在上海商务印书馆编辑《妇女杂志》,1925 年和周建人与陈大齐就新性道德问题进行论战时,鲁迅曾给他和周建人以支持。1926 年初辞去《妇女杂志》编辑职务,自行出版《新女性》杂志,并与章锡珊创办开明书店,后又设美成印刷公司。1933 年至 1935 年间因开明书店支付未名社归还鲁迅欠款事多次与鲁迅通信。1936 年曾协助鲁迅出版瞿秋白的译文集《海上述林》。——1921⑦23。　1924⑨14。　1925③28。⑤26。⑨25,29。⑩9。　1926①10。⑧17,29,30,31。⑨20,23。⑪21。　1927⑩5,12,17,18。　1928①26。②12。③10。⑥2。　1931②9。　1933⑨16,18,24,27。⑪8,10。　1934④2。　1935⑪15,27。⑫7,14。　1936②7,20。④9,14,24。⑤1,3,5,14。⑧11。⑨30。⑩2。

章锡箴　见章锡琛。

章演群(1877—1951)　名鸿钊,字演群,浙江吴兴人,地质学家。曾留学日本,回国后任京师大学堂(北京大学前身)地质学讲师。民国初年任实业部矿政司地质科科长。——**1912**⑧2。

章警秋(1889—1945)　名桐,字警秋,江苏南京人。江苏省南京中学校长。——**1931**⑧24。

章师长女　见章烬。

商契衡(1890—？)　字颐艻,浙江嵊县人。鲁迅在绍兴府中学堂任教时的学生。1912年入北京大学理科学习,1916年毕业,后任北大图书馆事务员。在学习期间鲁迅曾借予学费。——**1912**⑥9,30。⑧25。⑪23。**1913**⑤12,31。⑥6。⑨27。⑩9。⑪8,22。⑫4,23。**1914**①4。②23。③3,28。⑥14。⑨15,19。⑫6,7,12。**1915**①11。③13。④3。⑤8。⑥24,25。⑨14,19。⑪7,27。**1916**①16。②26,28。④6。⑤14,25。⑥5,7,9。⑧5。⑨13,22。⑩25。⑪29。**1917**①9,21。②4,15。③3,17,24。④2。⑤9,19。⑥2,24。⑧10,31。⑨9,22,26,27,29。⑩11,17,18。⑪17。⑫8。**1918**②16。③1,5。⑥15。

望　道　见陈望道。

望　潮　见陶望潮。

望月玉成　日本美术家。当时来中国作画。——**1933**①26。

惟　宁　见瞿秋白。

阎　栙　未详。——**1935**⑤13,15。

阎甘园(1865—1942)　陕西蓝田人。清末肄业于西安关中书院,后游学日本,回国后创办甘园学堂。长于绘画,收藏名画古物甚多。——**1924**⑦19。

阎宗临(1904—1978)　字琮琳,笔名已燃,日记又作已然,山西五台人。1925年因高长虹关系认识鲁迅,同年冬往法国勤工俭学。——**1925**②8。③9。⑥16。⑨5。**1926**⑦21。⑧17。

清　水　见清水三郎。

清水清　见清水三郎。

清水三郎　日记又作清水、清水清,日本地质学家。1931年时为上海自然科学研究所研究员。经增田涉介绍认识鲁迅。——1931⑤6，10，17，21，27，30。⑥3，8，10，11，12，19，24，25，26，28。⑧4。⑨23。⑩20，21，24。⑪28。　1935⑪6。

清水安三(1891—1988)　日本人，天主教神父。1921年在北京创立崇贞学园。与藤原镰兄编辑的《北京周报》关系密切，曾为该报向爱罗先珂和鲁迅等约稿。——1923①20。⑧1。　1924⑤7。

清水登之(1887—1945)　日本画家。当时从法国回国途经上海，在其兄清水董三(东亚同文书院教授)处逗留。——1932⑦3。

淑　卿　见许羡苏。

淑姿女士　见金淑姿。

淡　海(1883—1956)　原名田边耕治，改名志贺酒家淡海，日本喜剧演员，"志贺酒家"歌舞伎团团长。来华演出时经由内山完造介绍会晤鲁迅，鲁迅曾两次往观演出。——1934②4，5，7。⑦28。⑩25，28。

梁　式(1894—1972)　又名君度、匡平，笔名尸一等，日记又作梁君，广东台山人。1927年时任黄埔军校教官、广州《国民新闻》副刊《新时代》编辑。因向鲁迅采访和组稿开始交往。抗日战争期间为汪伪报刊《中华副刊》撰稿人。——1927①22，23，28。②11，13，16，20，22。③10，11。⑨12。⑩6。⑪11，17。　1928④13。⑤5，25。　1929④24。

梁　君　见梁文楼。

梁　君　见梁式。

梁　君　见梁以俅。

梁子美　见梁生为。

梁文若(1916—1968)　日记又误作李文若，广东中山人，作家，"左联"及反帝大同盟成员。她当时在上海、杭州从事创作和翻译。——1935⑦3，31。⑧2。

梁文楼　日记又作梁问楼、梁君，陈师曾之友。喜收藏碑石拓本，曾通过陈师曾向鲁迅出售藏品。——1915⑫7。　1916⑤31。　1918⑤29。⑪20。

梁以俅(1906—?)　日记又作梁君，广东南海人，美术工作者。1933年至1934年先后在北平星云堂和南京《民声报》任编辑，经姚克介绍认识鲁迅,曾根据鲁迅给斯诺的照片为鲁迅画像。——**1933**⑨24。**1934**①1,10。

梁生为(1904—1997) 一名绳祎,字容若,又字子美,河北行唐人。1924年间为北京师范大学国文系学生,因和傅筑夫拟据古代神话改写儿童故事,联名致函鲁迅请教有关神话的资料问题。——**1924**⑫14。**1925**③12,15。

梁匡平 见梁式。

梁问楼 见梁文楼。

梁次长 见梁善济。

梁次屏 河南卢氏人。曹靖华的小学同学,当时在卢氏县高级小学任教。——**1931**⑫21。

梁社乾(1889—?) 广东新会人,生于美国,精通英语。为译《阿Q正传》为英文事与鲁迅通信。——**1925**⑤2。⑥14,20。⑦2,13,20,24,30。 **1926**①11。⑫6,9,11。

梁君度 见梁式。

梁品青(1902—1938) 名玉堂,字品青,山西襄恒人。时在山西太原任中学教员。——**1936**⑨26,27。⑩6,8。

梁得所(1905—1938) 广东连县人。1928年至1929年间为上海良友图书印刷公司《良友》画报总编辑,1934年时为大众出版社总编辑。——**1928**②25。③16,21。④22。 **1929**①8。 **1934**⑦4,14。

梁惜芳(1912—1937) 原名梁启佑,笔名温流,广东梅县人,诗人。当时为梅县松口中学学生。——**1929**⑥30。

梁绳祎 见梁生为。

梁善济(1861—1941) 字伯强,日记又作梁次长、次长,山西崞县人。曾留学日本,辛亥革命后任国会众议院议员。1914年至1915年为教育部次长。——**1914**⑤12。⑧18。 **1915**③29。

梁耀南(1909—1941) 浙江台州人。上海中华艺术大学美术系学生。1930年参加"美联"。1935年曾编《鲁迅论文选集》、《鲁迅书信选集》,由上海龙虎书店出版。——**1929**⑧13,29。⑪3。⑫15。 **1935**⑥3。

寄 野 见李霁野。

宿　荷　姓鲁,浙江上虞人。曾为上海棉业银行职员,当时在黄埔军校任职。——1927④8。

密斯冯　见冯铿。

密斯冯　未详。——1930⑪22。

密斯何　见何爱玉。

隔　卿　见马隔卿。

维　宁　见瞿秋白。

维　忱　见王维忱。

维　钧　见常惠。

维　铨　见杨骚。

维宁夫人　见杨之华。

<h1 style="text-align:center">十 二 画</h1>

联　亚　见曹靖华。

斯　诺(Edgar Snow,1905—1972)　即埃德加·斯诺,日记又作施乐、施君,美国记者和作家。1933年春在上海经鲁迅同意开始翻译鲁迅的部分小说,同年秋在北平燕京大学任教并继续翻译工作。以后曾将鲁迅及其他中国现代作家的作品编译成集,题作《Living China》(《活的中国》)。1936年4月赴陕北前曾往访鲁迅。——1933②21。1934③8,23。⑥19。⑩8。　1935①17。　1936④26。

斯诺夫人　即海伦·福斯特·斯诺(Helen Foster Snow,1907—1997),笔名尼姆·威尔斯(Nym Wales),日记作施乐夫人,美国人。——1934③8,23。⑥19。⑩8。

越　之　见胡愈之。

彭允彝(1878—1943)　字静仁,湖南湘潭人。曾任参议院议员、广东政务会议参议,1922年11月任教育总长。因遭北京大学学生反对,于1923年9月4日辞职。——1923⑨10。

彭礼陶　未详。——1929②20,21。

彭柏山(1910—1968)　原名丙生,又名冰山,日记作冰山、陈友生、友生,湖南茶陵人,作家,"左联"成员。1934年开始与鲁迅通信,1935

年后在狱中化名陈友生,通过鲁迅转信给胡风。——**1934**⑦6,7。⑩3,4。⑫13,14,21。 **1935**⑤24。⑧31。 **1936**⑩7。

彭允彝父——**1923**⑨10。

葛 飞 未详。——**1933**⑫24。

葛 琴(1907—1995) 江苏宜兴人,作家,"左联"成员。鲁迅曾为她的小说《总退却》作序,并在经济上给予资助。——**1933**⑫18,19,28。**1934**①4,18。⑧25,27。⑪26。 **1935**⑥10。 **1936**⑧9。

葛世荣 后改名斯永。1928年时是上海复旦大学学生。同年5月15日鲁迅应邀到复旦实验中学讲演,题为《老而不死论》,他曾将所作记录寄给鲁迅,鲁迅稍作修改寄还时曾嘱不要发表,但他仍擅自投寄报纸发表。——**1928**⑥13。

葛贤宁 文学青年,《申报·自由谈》投稿者。——**1934**②22。③13。

董 君 见董恂士。

董 君 见董秋斯。

董 姓 未详。——**1914**①16。

董长志 未详。——**1927**⑦21。⑨17,26。

董世乾(1892—?) 字惕夫,浙江嵊县人。鲁迅在绍兴府中学堂任教时的学生。——**1919**⑤7。

董尔陶 浙江新昌人。因投考县知事请鲁迅作保。——**1915**④3。

董永舒 广西钟山人。1933年时在桂林第三高级中学任教,曾函请鲁迅指导其创作并代购书籍。——**1933**⑧9,13。⑨28。⑫9。**1934**⑤11。⑥2。⑩2,11。⑪10。 **1935**①19,20。 **1936**⑩7。

董先振 董秋芳之弟,当时为中学生。——**1927**⑫27。

董仿都 名敦江,字仿都,浙江人。北京公立第一女子高等小学校长。——**1914**⑤5,15。

董次长 见董恂士。

董时雍 见董秋斯。

董每戡(1907—1980) 原名华,化名杨大元、杨每戡,浙江永嘉人。戏曲史家。1928年春因从事农民运动被通缉去沪,因同乡金溟若所译日本有岛武郎的作品无法出版,曾偕往求助于鲁迅。——1928⑤2。

　　董雨苍　未详。——1925⑩20。

　　董绍明　见董秋斯。

　　董秋士　见董秋斯。

　　董秋芳(1897—1977)　笔名冬芬等,浙江绍兴人,翻译家。1920年考入北京大学英语系,曾旁听鲁迅讲课。所译高尔基、托尔斯泰等的小说、散文,编集时题作《争自由的波浪》,由鲁迅校订并作小引编入《未名丛刊》。1927年春北伐军攻占浙江后去杭州。"四一二"后因被通缉去上海。1928年春起常为《语丝》写稿。1929年春回北大复学,同年夏毕业。1931年时在山东济南高级中学任国文教员。——1924⑫8。1926①2。②15。③3,9,18,28。④18,25。⑤10,24。⑥14,24。⑦11,30。⑧7,26。⑩6,9,27。⑪17。　1927④7,13。⑩13。⑪16。⑫22,27,31。　1928②3。③2,12,26。⑤4。⑪1。⑫22。　1929③14,30。⑤10,19,30。　1931④28。

　　董秋斯(1899—1969)　原名绍明,字秋士,日记又作董时雍、董君,河北静海(今属天津)人,翻译家,"左联"成员。1929年间在上海编辑《世界月刊》、《国际》月刊。与史沫特莱熟识。他和蔡咏裳合译的苏联小说《士敏土》于1931年再版时,鲁迅曾为之校阅并译序。——1929⑫27。　1930①25。②10,12,14。⑤6。⑩6。⑪6。　1931⑧30。⑨23。

　　董恂士(1877—1916)　名鸿祎,字恂士,日记又作次长、董次长,浙江杭州人。钱念劬之婿。1902年在日本留学时从事反清活动,是光复会的主要成员。1912年任教育部秘书长、次长,1913年4月至9月代理总长。——1912⑤11,18,19。⑥1,23。⑦19,29,30,31。⑧15,31。⑨27。　1913①4。②13。④22。⑤3,4。⑩26。　1914⑥27。⑦12。1915⑥22。　1916③6,21,26,27。

　　董敩江　见董仿都。

　　董秋芳弟　见董先振。

　　敬　夫　见吴敬夫。

　　敬隐渔　四川遂宁人。北京大学法文系肄业,1926年在法国将《阿Q正传》译成法文,经罗曼·罗兰阅后发表于《欧罗巴》杂志同年5

月、6 月号。后又将《孔乙己》和《故乡》译为法文,1929 年与《阿 Q 正传》同收入他编译的《中国当代短篇小说家作品选》。在翻译过程中曾多次与鲁迅通信。——**1926**②20,27。④23,25。⑦1,16,27。⑫8。**1927**②11。③22。⑩15。 **1930**②24。

蒋　君　见蒋廷黻。

蒋子奇　浙江绍兴人。鲁迅表叔蒋玉田之子。——**1921**⑩22,23,30。

蒋玉田　名珍,字叔田,浙江绍兴人。鲁迅祖父继室蒋氏的内侄。——**1919**⑫24。

蒋百器(1882—1931)　名尊簋,字伯器,浙江诸暨人。与鲁迅同期留日,日本陆军士官学校毕业。同盟会成员。1912 年时为浙江省都督。——**1912**⑪16。

蒋光慈(1901—1931)　又名光赤,安徽六安人,作家,太阳社成员,"左联"成员。1927 年 11 月为《创造周报》复刊事与郑伯奇等往访鲁迅。——**1927**⑪9。

蒋廷辅　见蒋廷黻。

蒋廷黻(1895—1965)　字绥章,日记又作蒋廷辅、蒋君,湖南邵阳人,历史学家。曾留学美国。1924 年时为天津南开大学历史系教授,与鲁迅同时被邀赴西安讲学。后曾任国民党政府驻苏联大使、行政院善后救济总署署长等职。——**1924**⑦16,17。 **1925**②23。③23,24。

蒋竹庄(1873—1958)　名维乔,字竹庄,号因是子,江苏武进人,哲学家。民国后历任教育部秘书长、参事、编审处编审员等职。——**1916**①18。

蒋抑之　见蒋抑卮。

蒋抑卮(1875—1940)　名鸿林,字一枝、抑卮,日记又作抑之,浙江杭州人,银行家。鲁迅留学日本时与之相识,曾资助鲁迅出版《域外小说集》。1906 年以后长期任浙江兴业银行董事。——**1912**⑨24,29,30。 **1914**③30。④1。 **1915**①21,24。⑥5,16。⑦15,16。⑨12。**1916**⑥5。⑦11,12。 **1917**①5。②21。③1。④22,23。⑧12,14。⑨23。⑩22,24。⑫12。 **1918**④23。⑤6。⑪19。 **1919**⑤5。⑦6。⑪

16,20。　**1920**①18,20。③16,21。　**1921**⑦3。　**1926**⑤26。　**1927**
⑩11。　**1928**①27。②18。

蒋希曾　字孝丰,湖南湘乡人。1921年北京大学毕业。当时为厦
门集美学校秘书兼图书馆主任。——**1926**⑪26,27。

蒋径三(1899—1936)　浙江临海人。1927年时为广州中山大学
图书馆馆员,兼文科历史语言研究所助理员。曾邀鲁迅往知用中学等
处讲演,并为鲁迅代借有关编纂《唐宋传奇集》所需书籍。1930年任上
海商务印书馆编辑。一·二八战争后往安徽大学任教。1933年夏转至
广东省立勤勤大学任教。——**1927**③15。④22。⑤8。⑥10,23。⑦3,
7,10,21,23。⑧12,18,19,25。⑨8,11,17,24,25。　**1928**②17。⑧
26。⑪9。　**1930**⑦28。⑧7,25,27。⑩4,15,18,24。⑪6,16。⑫7。
1931①17,23。②6,16。③9。④24。⑤12。⑥6,8,9,27。⑨8,19。⑪
7。⑫9。　**1932**③18,20。⑤3,10,11。⑥25。　**1933**②2。④1。⑥
25。　**1934**④3。⑧28。　**1935**①7。　**1936**⑧22,29。

蒋孟平(1877—1954)　名汝藻,字孟平,日记又作孟频、孟苹,浙江
吴兴人,藏书家。蒋抑卮之友。清光绪举人,曾任学部总务司郎中。辛
亥革命后任浙江军政府盐政局长、浙江省铁路公司董事长等职,时在北
京经营轮船等实业的来远公司,业余购藏书籍古玩。——**1914**④1。
1915⑦15,16。　**1917**①5。

蒋孟苹　见蒋孟平。

蒋孟频　见蒋孟平。

蒋庸生(1885—1966)　名谦,字庸生,亦作蓉生,浙江绍兴人。鲁
迅在杭州浙江两级师范学堂任教时的博物科学生,当时任绍兴浙江第
五中学植物学教员。——**1913**⑥30。⑦5。　**1916**⑫28。

蒋鸿年　未详。——**1925**④30。

韩　起(1910—1933)　笔名寒琪等,江西南昌人。"左联"成员,青
年文艺研究会负责人之一,当时为上海大中中学国文教师。——**1933**
⑩17。

韩士泓(1884—1921)　名清泉,字叔陶,又字士泓,日记又作士鸿,
浙江慈溪人。留学日本时与鲁迅同在弘文学院学习,后习医。回国后

参与创办浙江病院,先后任浙江医学专门学校校长、浙江医院院长等职。——1916⑧6,12,26,30。

韩士鸿　见韩士泓。

韩云浦　见韩侍桁。

韩白罗　原名宝善,1912年生,天津人。当时在太原晋绥兵工筑路总指挥部工作。木刻爱好者,曾用晒图方法翻印《士敏土之图》和《母亲》的木刻插图。——1934⑦7,25,27。⑩10。

韩寿晋(1893—?)　字原荪,浙江绍兴人。鲁迅在绍兴府中学堂任教时的学生,韩寿谦之弟。1913年5月考入北京大学预科,请鲁迅作保。1920年北京大学政治系毕业。在京学习期间曾向鲁迅借支和汇划学费。——1913⑤17,29。⑩19。　1914③30。④2。⑥24。⑨11。⑪21。　1915②27。④11。⑤6。⑨21。⑩24。　1916④19,26。⑥10。⑩15。⑪7。　1917①10。⑤12。⑪18。⑫17。　1918⑤5。

韩寿谦(1890—?)　字毅光,浙江绍兴人。鲁迅在绍兴府中学堂任教时的学生,韩寿晋之兄。——1913⑩11,16,19。　1914⑥27。⑨11。1915①15。⑨21。⑪30。　1916②24。③13,16。⑤29。　1917③29。⑤29。　1918①23。

韩侍桁(1908—1987)　又名云浦,天津人。1928年、1929年间在日本留学,常将译稿投寄《语丝》和《奔流》。回国后曾参加"左联",不久后他的文学主张与杨邨人提出的"小资产阶级革命文学"合流,鲁迅遂与之疏远。——1928④27。⑤24,31。⑥5,12,15,16,18,28,30。⑦21。⑧24,28。⑨11,20。⑩6,8,12,16,31。⑪5,7,20,30。⑫5,11,17,24,27。　1929①5,6,7,9,10,18,20,21,23。②7,13,14,15,17。③11,25,26,27,29。④2,3,12,15,18,19,20,26,29。⑤7,8,25,28。⑥2,9,13,27。⑦22,28,29。⑧8,9,18,20,28,29。⑨13,16,19,24,25。⑩9,16,17,24,27。⑪6,25。⑫9,10,25,26。　1930①14,24,29,30。②1,3,5,7,10,13,17。③4,13,14,15,21,23,25,26,28,30。④1,6,8,9,11,15,16,24。⑤2,15,17。⑥10,20,22,26,29。⑧19。⑩20。⑪15。

韩恒章　上海永源南货店店员。函询鲁迅《野草》中的疑难问题。——1935⑧17。

韩振业(1891—1935)　名厥修,又名守余,浙江余姚人。上海天马书店经理。《鲁迅自选集》等书即由该店出版。——1934⑫10,13。1935②26,28。③1。

朝　叔　见周冠五。

森　本　见森本清八。

森　堡　见任钧。

森女士　见森三千代。

森三千代(1905—1977)　日记又作森女士、金子夫人,日本爱媛人,小说家、诗人。金子光晴之妻。1929年曾与鲁迅晤面,其后曾请郁达夫转赠《森三千代诗集》。1934年又将所著《东方之诗》寄赠鲁迅。——1929①26,31。　1934③12,17。

森本清八　日本人。日本住友生命保险公司上海分公司主任。——1931③23。　1933⑦21。⑧23。⑨2。⑩19。

森本清八夫人——1933⑨2。

惠　迪　见孙惠迪。

惠　迪　见孙惠迪。

惠川重　日本人。余不详。——1934②5。③2。

雁　冰　见沈雁冰。

雁　宾　见沈雁冰。

斐　君　见孙斐君。

紫　佩　见宋子佩。

晶　卿　见陆晶清。

晶　清　见陆晶清。

遇　安　见李遇安。

遇　庵　见李遇安。

景　宋　见许广平。

景　明　未详。——1933⑫12。

景　渊　见邵景渊。

景万禄　山西人。因投考县知事请鲁迅作保。——1915④3。

程　姓　见程锁成。

程伯高(1878—？)　名莹度,字百高,日记作伯高,四川云阳人。同盟会会员,刘历青之友。1911年四川保路运动中曾任保路同志会讲演部长,1914年时为参议院议员。——**1914**⑪22。⑫15。

程沃渣(1905—1974)　原名振兴,浙江衢县人,木刻家。1931年在上海新华美术专科学校学习,为一八艺社、野风画会、涛空画会成员。1935年曾创作《旱年》、《水灾》等版画向鲁迅请教,也在《中国呼声》(英文刊物)上发表木刻插图。——**1935**②6,14。

程叔文　名士晋,字叔文,湖南宁乡人。教育部社会教育司一等额外部员。——**1921**⑨16。

程琪英　四川人。时在德国留学。1932年底曾函询鲁迅有关她作品的出版情况,鲁迅复信并寄赠《彷徨》等六册。——**1933**②12,13,16。④21。⑪2。　**1934**⑦29。

程锁成　字信斋,河北冀县人。北京宏道堂书铺经理。——**1913**⑫9。

程鼎兴(约1904—约1933)　浙江金华人。上海北新书局校对。曾托同事费慎祥请鲁迅为其妻金淑姿遗简作序。——**1932**⑧26。**1933**③6。⑦13,27。

程靖宇　鲁迅作品读者。——**1933**⑦18,19。　**1936**④29。⑤1。

傅　岩　字介石,浙江绍兴人。北京师范大学国文系学生。——**1924**③29。

傅　铜(1886—1970)　字佩青,河南兰封人。西安西北大学校长。函请鲁迅往西安讲学。——**1924**⑥30。

傅书迈　未详。——**1926**⑧1。

傅东华(1893—1971)　笔名伍实等,浙江金华人,文学家。1930年间为上海复旦大学、暨南大学国文系教授。1933年起任《文学》月刊编辑。在该刊第一卷第二期发表的《休士在中国》中指责鲁迅,鲁迅因作《给文学社信》并宣布退出文学社。一年后《文学》受当局压迫,鲁迅复为该刊写稿表示支持。——**1930**②1。　**1935**①24。④13。⑤9,11,30。⑥3。⑧27。⑨10。⑩4。

傅作楫　见傅筑夫。

傅佩青　见傅铜。

傅孟真　见傅斯年。

傅彦长（1892—1961）　名硕家，字彦长，湖南宁乡人。曾留学日本、美国，回国后任同济大学等校教授。1926 年时为上海《音乐界》杂志编辑。抗日战争期间曾在汪伪政府任职。——**1926⑤15**。

傅养浩　1919 年生，浙江金华人。傅东华之子。上海吴淞中学学生。因患伤寒症，由鲁迅介绍入上海福民医院诊治。——**1935⑨10，13**。

傅斯年（1896—1950）　字孟真，山东聊城人。北京大学国文系学生，新潮社主要成员，《新潮》杂志编辑。1919 年在北京大学毕业后留学英国、德国。1926 年归国，任广州中山大学哲学系主任兼文科主任。——**1919④16，17。　1927②8，9，10。③5，13。④1，19**。

傅筑夫（1902—1985）　字作楫，河北永年人。北京师范大学国文系一年级学生。曾与梁生为同函鲁迅请教有关神话资料的问题。——**1924⑫14**。

傅增湘（1872—1949）　字沅叔，四川江安人，藏书家。1917 年 12 月至 1919 年 5 月间任教育总长，后曾任大总统顾问。——**1921⑩3**。

傅东华子　见傅养浩。

傅增湘之父　即傅世榕（1842—1925），字申甫，四川江安人。曾任河北怀安、藁城等县知事。——**1921⑩3**。

僎　闻　见王林。

储元熹　《北新》半月刊投稿者。——**1931①3**。

储安平（1909—1966）　江苏宜兴人。上海光华大学学生，《奔流》、《北新》投稿者。——**1929⑥21**。

舒　见宋舒。

舒伯勤　鲁迅在南京矿路学堂时的同学。——**1916③20**。

舒新城（1892—1960）　湖南溆浦人，出版家。1928 年任《辞海》主编，曾函询鲁迅《故乡》中的"猹"是怎样的动物。后为中华书局编辑所所长。——**1929**⑤5。

鲁　彦(1902—1944)　姓王,名衡,字忘我,笔名鲁彦,浙江镇海人,作家。1925年在北京从事创作和翻译。1926年春一度往长沙第一女子师范学校任教,不久重返北京。1927年5月底应聘为武汉《民国日报》副刊编辑。1928年在南京国民政府国际宣传部任世界语翻译。——**1925**⑤14,17,20,23,28。⑥3,8。⑦5,16,20,27。⑧1,24。⑨4,27。⑩13,23。**1926**③9,18。⑪2,25。**1927**①12,14。④19。⑦13。⑩12,15。**1928**③9。⑤31。⑦4,8。⑧8。⑨21。⑪30。

鲁　瑞(1858—1943)　浙江绍兴人。鲁迅的母亲。——**1913**⑦4。**1916**⑪30。⑫13。**1919**⑫19,24。**1920**④25。⑥6。⑦6,18,19。⑫7。**1921**⑤5。⑦4,10。**1923**⑧5,13,19,21,26,29,31。⑨8,12,16,18,27。⑩10,20。⑪3,4,6,9。⑫1,10,17。**1924**②13,14,17,19,28。③10,22。④29。⑤6,20,28。⑥8,11,23。⑦14,24。⑧2。**1925**①22,25。②15。④11。**1926**⑥27。⑦3。**1928**⑧13。⑫4。**1929**⑩26。**1930**①17。③12,14,25,28。④11,12,28。⑤2,3,18。⑥25。⑦12。⑧4,5,18,19,23。⑨20。⑩2,17,18。⑫7,9,18。**1931**①5,7,17,30。②5,11。③7。④3,4。⑤23,30。⑥6,16。⑧8,11,17,26。⑨7,11。⑩13,30。⑫30。**1932**①8,12,25。②7,15,23,28。③1,17,21。④3,6,11,19。⑤3,4,12,13。⑥5,16,17,24,30。⑦3,8。⑧1,5,12,15,16,26。⑨24,29。⑩1,6,14,15,18,20,21。⑪6,8,9,10,13,14,16,18,21,23,25。⑫1,6,11,16,20,22,30。**1933**①2,5,11,13,14,20。②4,5,6,8,18。③1,10,13,19,20,22。④1,3,6,7,11,13,19,21,23。⑤1,3,7,15,18,25。⑥9,13,25,26。⑦5,11,12。⑧13,22,29。⑨3,8,17,24,29,30。⑩5,23,24。⑪9,13,19,23,24。⑫8,19。**1934**①20,23。②1,5,6,13,15,22。③15,24,29。④11,13,20,25,28。⑤3,5,16,20,29,31。⑥10,13。⑦12,18,30。⑧2,8,11,12,20,21,23,26,31。⑨8,16,25,28,30。⑩17,20,29,30。⑪16,17,19,29。⑫6,16,23。**1935**①5,9,11,15,16,25。②23。③1,8,23,26,27,31。④1,4,5,28,30。⑤9。⑥6。⑦9,13,17。⑧15,31。⑨10。⑩14,18。⑪2,15,19,26,29。⑫4,5,20,21,23。**1936**①6,8,9,

10,15,17,22,30。②1,7,15。③20。④1,7。⑤6,7,21。⑦6,15。⑧2,20,25。⑨2,4,12,22。⑩1。

鲁寄湘(1862—1917)　浙江绍兴人。鲁迅的小舅父,清代县学生员。民国初年曾两次到京谋职未成。——**1913**⑦1,5,10,12,14,21。⑧29。**1914**⑫15,20,30。**1915**①1,10。②13,21。③20。⑤2,20,24,25。⑥12,13。⑪28。⑫24,25。**1916**①3,8,13,16,29。③4,18。⑧30。**1917**⑤25。

鲁彦夫人　见谭昭。

鲁彦孩子　即王涟涟,后改名谭涟佑,1925年生。——**1925**⑨27。

敦　　南　见谢敦南。

童　　　　未详。——**1912**⑨11。

童亚镇(1891—?)　字夏城,浙江嵊县人。鲁迅在绍兴府中学堂任教时的学生。1913年考入北京大学预科,请鲁迅作保。1914年至1916年在医科一部肄业。在京学习期间一度向鲁迅借支和汇划学费。——**1913**⑤17,29。**1914**②3,4。③25,30。④2,28。⑤1,20。⑥24。⑨5,8,9。⑪9,26,30。⑫7,26,27。**1915**②12,14,18。③1,21。⑨11。**1916**①2。

童杭时(1877—1949)　原名荫乔,字枕谿,号萱甫,浙江嵊县人。日本东京法政大学毕业,清末曾随徐锡麟进行反清革命。民国初年任参议院议员,反对袁世凯称帝。后又任大理院庭长,浙江实业厅厅长等职。——**1914**①3,21。**1916**⑨12。

童经立　江西萍乡人。北京大学国文系学生。曾将其所作《乡学期中的回想五篇和一条不相干的长尾巴》寄《语丝》,希望能得到1927年12月在沪复刊的几期《语丝》为报酬。鲁迅满足了他的愿望。——**1928**④3。

童萱甫　见童杭时。

童鹏超　字润梅,浙江绍兴人。鲁迅在杭州浙江两级师范学堂任教时的学生。曾患精神病。——**1912**⑤20。**1914**①28,31。②1,8,9。

悝　农　见姚克。

善　子　见山室善子。

善　先　见阮善先。

善　甫　见赵赤坪。

翔　鹤　见陈翔鹤。

羡　苏　见许羡苏。

羡　蒙　见许羡蒙。

曾　　　未详。——1914⑨27。

曾　　　见曾侣人。

曾　根　见曾根录三郎。

曾女士　见曾立珍。

曾立珍　日记作立峨友人、曾女士,广东兴宁人。廖立峨之妻。1928 年初随廖自粤至沪寄寓鲁迅家,同年 8 月复随廖返粤。——1928①8。⑥12。

曾吕仁　见曾侣人。

曾纪勋　四川人。曾为北京孔德学校学生,当时在广州一三杂志社任编辑。——1936⑨20。

曾丽润　见曾侣人。

曾其华　日记又作立峨友人,广东兴宁人。曾立珍之兄。1928 年初随廖立峨夫妇去沪后曾同寓鲁迅家。——1928①8。③10。

曾侣人(1879—1945)　字丽润,日记又作曾、曾吕仁、曾丽润,浙江绍兴人。寿洙邻的内弟。早年加入同盟会,曾在陕西作幕友。民国初年为北京绍兴县馆董事。——1913①27。②7。　1918②3。⑨26。

曾吕仁母　即谭采芹(1859—1939),浙江绍兴人,谭廷襄之侄女。1918 年谭氏六十寿诞,鲁迅与蔡元培、许铭伯等联署“寿文”致贺,在京同乡集资制作寿屏。——1918⑨26。

曾根录三郎　日本人。羽太信子的二妹夫。——1916⑨16。⑩7。

湘　生　未详。——1926③9。

温　涛(1907—1949)　广东梅县人,木刻家。曾参加反帝大同盟。1935 年间在香港组织深刻木刻会,常将作品寄给鲁迅。——1935⑤10。⑦13,17。⑨6。⑪18。　1936③18。⑦6。

温梓川(1911—1986)　原名玉舒,笔名舒弟,广东惠阳人,生于马来西亚,作家。时为上海暨南大学学生。——1929②16。

渡　边　见渡边义知。

渡边义知(1889—1963)　日记作渡边,日本雕刻家。日本美术团体二科会雕刻部主席,内山嘉吉之师。——1932⑥7。

游　见增田游。

游允白　名洪范,字允白,湖南汉寿人。教育部社会教育司主事。——1912⑫14,16,17。　1913①17。③2。

游观庆　未详。——1912⑥2。⑩15。

寒　筠　未详。——1935⑤9。

谢　旦　未详。——1926⑩22,25,30。

谢　芬　见沈雁冰。

谢　君　见谢莹。

谢　晋　浙江萧山人。因投考县知事请鲁迅作保。——1914④15。

谢　莹(1905—1989)　字宽南,日记作谢君,福建安溪人。谢敦南之弟,常毓麟之夫。1932年毕业于清华大学化学系,在厦门集美中学等校任教。1934年夏在沪养病,8月拟返回北平时偕妻女往鲁迅处道别。——1934⑧9。

谢仁冰(1883—1952)　名冰,字仁冰,江苏武进人。教育部金事,在普通教育司任职。——1920④2。　1924⑤1,11。

谢六逸(1898—1945)　名光燊,字六逸,贵州贵阳人,作家。上海复旦大学教授。1935年时任《立报》副刊《言林》主编,曾函鲁迅约稿。——1935⑫23,25,27。　1936①4。

谢玉生　湖南耒阳人。厦门大学国文系学生,泱泱社发起人之一,兼任厦门中山中学教员,曾邀鲁迅至该校讲演。鲁迅到广州后,他与厦大同学七人转学中山大学。——1927①8,22。②16,20。③5,6,7,8,23,26,31。④7,15,23,25,28,29。⑤1,3,6,9,13,14,17,20,24,30。⑥4,9,11,18,25,29。⑦5,8,12,13,17,19,20。⑧11。⑨12。⑩4,17,18。⑫15,19,28,29。　1928①3,7,29。②1。

谢西园　字良翰,浙江绍兴人。江南陆师学堂毕业,曾留学日本。民国以后在北京陆军部任职。——**1912**⑥30。⑦17,26。⑧9,19。⑪17。**1913**③24。④16。⑤14。⑥11。**1917**③15,22。⑥2。

谢冰莹(1906—2000)　湖南新化人,作家。大革命时期参加北伐军,1930年加入北方"左联",不久脱离。——**1930**④16,18。⑤13。⑧2。**1932**⑪30。

谢炳文　未详。——**1936**⑨27,28。

谢敦南(1900—1959)　名毅,字敦南,福建安溪人。常瑞麟之夫。1929年至1935年间在东北工作。——**1929**⑨27。⑩11,17,23。⑫29。**1932**⑦26。⑫15。**1934**⑪8。**1935**②5。

谢仁冰母——**1924**⑤1,11。

谢仁冰妹　即谢绀瑜(1898—1977),江苏武进人。曾是北京女子师范大学学生。——**1920**④2。

谢君夫人　见常毓麟。

谢君孩子　谢莹之女。——**1934**⑧9。

谦　叔　见周凤珂。

谧　　　见周静子。

遐　卿　见李霞卿。

十　三　画

靳　以　见章靳以。

蓝　德　鲁迅临时请来护送阮久荪回乡的工人。——**1916**⑪5,6,14。

蓝耀文　福建古田人。鲁迅在厦门大学任教时的学生。——**1927**⑩25。

蒯若木　名寿枢,字若木,安徽合肥人。与鲁迅同期留日,喜谈佛法。民国初年在北京任职,1914年去甘肃任省禁烟督察处会办等职。——**1912**⑤16。⑧4。⑫18。**1914**①17。**1920**③7,14,16。**1921**②2。

蒯若木夫人——**1921**②2。

蓬　子　见姚蓬子。

蒲　风(1911—1942)　原名黄日华,又名飘霞,笔名蒲风,广东梅县人,诗人,"左联"成员。1932 年与杨骚、穆木天等发起组织中国诗歌会,1934 年下半年该会遭破坏后去日本。1935 年 11 月曾托雷石榆将其诗稿并信通过内山书店转给鲁迅。——**1935**⑪6,9。　**1936**①8,22。

蒙　　见周若子。

楚　囚　见王志之。

楷　尔　未详。——**1933**⑪8。

楼　客　未详。——**1913**⑫7。

楼亦文　字以文,浙江余杭人。北京女子师范大学国文系学生,与许广平同班。——**1925**⑨23,26。

楼启元　浙江萧山人。因投考县知事请鲁迅作保。——**1915**④2。

楼炜春(1910—1994)　浙江余姚人。楼适夷的堂弟。1932 年与同乡韩振业创办天马书店。1933 年楼适夷被捕后,曾为楼适夷与鲁迅之间进行联系。——**1934**②1。⑥23,25。⑧20,22。⑨16,21,23。⑪5。　**1935**⑥27。⑧12,23。　**1936**③4,19。④3,13。⑦23。

楼春舫　见娄春舫。

楼适夷(1905—2001)　原名锡椿,又名建南,笔名适夷等,浙江余姚人,作家,"左联"成员。1933 年时以天马书店义务编辑为掩护,从事党的地下工作。同年 9 月被捕,在狱中通过楼炜春将《在人间》等译稿寄给鲁迅。1934 年间鲁迅、茅盾等在编辑英译中国短篇小说集《草鞋脚》时,收录了他的小说《盐场》。——**1933**①14,23,24。③3,7。④13。⑥11,12。　**1934**⑥23,25。⑨16。⑪5。　**1935**⑥27。⑧12,23。**1936**④3。⑦23。

赖少其(1915—2000)　原名少麒,广东普宁人,美术家。广州市立美术学校学生,现代创作版画研究会会员。1934 年间从事漫画、木刻和新诗创作,曾将自作的《诗与版画》寄赠鲁迅请教。经鲁迅推荐,《文学》月刊曾发表他的部分版画。——**1934**⑫25。　**1935**①18。②6。⑤6,10,24。⑥3,11,29。⑦2,4,13,16,20,24,29。⑧12,17,18,22。⑪9。　**1936**⑤26。⑨26。

赖少麒　见赖少其。

赖贵富　未详。——**1928**②2,14,16。

甄永安(1905—？)　字升平,笔名柳风,河北大名人。当时的文学青年,在北京大学旁听过鲁迅的课。——**1926**②6,8,14,15。③16。

雷　川　见吴雷川。

雷　宁　见薛汕。

雷　渝　见雷志潜。

雷石榆(1911—1996)　笔名舌夷、纱雨等,广东台山人。留学日本时曾参加日本左翼诗人组织,1935年冬受日本当局迫害回沪,离日前曾受蒲风之托,将其诗稿并信转鲁迅。——**1936**②9。

雷志潜　名渝,字志潜,湖南桂阳人。京师图书馆馆员。——**1913**⑫4,10,20,26,31。　**1914**①2。

雷助翔　未详。——**1926**②6。

雷雨生　见来雨生。

雷金茅　见薛汕。

雷镜波　当为雷静波(1908—1999),笔名溅波,云南思茅人。时在上海劳动大学工作,后参加"左联"。——**1928**⑩19。

雾　城　见陈烟桥。

裘　君　见裘善元。

裘子元　见裘善元。

裘子亨(1892—1933)　浙江绍兴人。裘子元之弟。当时在迪化(今乌鲁木齐)新疆督办公署任职。——**1918**②6。　**1920**③13。

裘柱常(1906—？)　浙江余姚人。1928年间在南京电报局任报务员,因向《奔流》投稿与鲁迅通信。鲁迅曾将他的诗介绍给《朝花》周刊发表。——**1928**⑦8,19。⑫16。　**1929**①5。

裘善元(1890—1944)　字子元,浙江绍兴人。教育部办事员,通俗教育研究会小说股会员。——**1914**④20,22,26,30。⑤5,15,17,24,28,29。⑥1,3,5。⑦12,14,19。　**1915**⑫5。　**1916**①30。④13,14,20,23。⑤7,17。⑧12。⑪9。　**1917**①21。　**1918**②6。　**1920**③13。**1921**⑦28。⑨30。　**1923**②6,20。③17。④18,24。⑤14。⑦31。⑨

15。　**1924**②2,4。⑥24。⑫4。　**1925**⑧14,29。⑨11,13,24。⑩25,28。⑪1。⑫13。　**1926**③21,26,30。⑥2。⑧8。

裘子元弟　见裘子亨。

裘子元祖母——**1921**⑨30。

虞含章(1864—1921)　名辉祖,字含章,浙江镇海人。1901年与钟观光、虞和钦等在上海创办科学仪器馆,继又创办《科学世界》杂志。——**1917**③21。

虞叔昭　当时是教育部职员。——**1915**⑩1。　**1916**②29。⑥14,16。　**1917**⑧26。　**1919**⑤29。

锡　丰　未详。——**1934**⑤11。

锡　君　未详。——**1933**①5。

锡　琛　见章锡琛。

舅　父　见鲁寄湘。

愈　之　见胡愈之。

詹　虹　女,诗人。当时与文学月刊《夜莺》的主编方之中有联系。——**1936**⑦6,7,24。

鲍文蔚(1902— ?)　江苏宜兴人。1927年时在江苏南通中学任英文教员,是年冬抵沪,与潘汉年同访鲁迅。——**1927**⑫13。

鲍成美　未详。——**1925**⑦25。

鹑　　见内山鹑。

靖　华　见曹靖华。

靖　农　见台静农。

靖华之父　见曹培元。

新　波　见黄新波。

新居格(1888—1951)　日本作家、文艺批评家。1934年来华旅行,5月抵沪,经内山完造介绍认识鲁迅。——**1934**⑤30。

新居多美子　日本人。新居格长女。鲁迅知道她在学画后,赠以《引玉集》一册。——**1934**⑥26。

意农伯　见周镕凤。

慎　祥　见费慎祥。

煜　儿　见周晔。

滨之上　见滨之上信隆。

滨之上信隆(1899—1967)　日记作滨之上,日本鹿儿岛人。上海篠崎医院耳鼻喉科医师。——**1932**⑫28,31。　**1933**④23。

窦隐夫　见杜谈。

谨　夫　见吴敬夫。

福　子　见羽太福子。

福　冈　见福冈诚一。

福　家　日本人。东京高等师范学校大冢童话会会员。应内山完造之请,与斋藤、安藤到上海为日本儿童举办童话会,担任讲师。——**1930**④6。

福冈诚一(1897—1975)　日记又作福冈、SF君,日本人。1923年时为东京帝国大学学生。曾与爱罗先珂同住鲁迅家三周。1929年以后在日本联合通讯社任职,驻上海。——**1923**⑥12。⑧4,19。　**1924**⑩19。　**1926**⑫19,20。　**1929**⑧8。　**1933**⑧31。⑨2。　**1934**①4。

福民医院院长　见顿宫宽。

骝　先　见朱家骅。

十　四　画

静　　未详。——**1926**⑦15。

静　农　见台静农。

静　恒　见唐静恒。

碧　山　见冯雪明。

碧　珊　见冯雪明。

嘉　吉　见内山嘉吉。

綦岱峰(1910—？)　山东利津人。1936年时为发行《青年文化》月刊函请鲁迅指导。——**1936**⑨18。

聚　仁　见曹聚仁。

蔡　仪(1906—1992)　又名蔡南冠,湖南攸县人,文学评论家。1936年7月自日本返籍途经上海时,因欲探望病中的鲁迅,故写信联系。——1936⑦14。

　　蔡　君　见蔡咏裳。

　　蔡　察　未详。——1924②17。

　　蔡女士　见蔡咏裳。

　　蔡女士　见蔡漱六。

　　蔡子民　见蔡元培。

　　蔡元培(1868—1940)　字鹤卿,号子民,日记又作鹤顾、蔡先生、蔡总长,浙江绍兴人,教育家。清末翰林,曾参加反清革命,为光复会会长,后加入同盟会。1907年留学德国。1912年回国,任南京临时政府教育总长,曾聘鲁迅到教育部任职。教育部迁北京后不久辞职,7月赴欧洲考察。1916年底回国后任北京大学校长,1920年聘鲁迅为该校讲师。1927年6月任大学院院长,同年底聘鲁迅为该院特约撰述员。1932年与宋庆龄等发起组织中国民权保障同盟。——1912⑥22。⑦2,10,15,19,22。⑩6。　1917①10,18,25。②15,18。③8。④5。⑤13,21,22。⑥19。⑦31。⑧5,7,15。⑪7。⑫2。　1918④28。⑥1。⑧10,28,29。　1919④28。　1920⑧16,17,20,21。　1923①9。④3。1927⑫7。　1928④14。　1931②14。　1932⑧11。　1933①4,17,20。②17,22,23,24。　1934②26。⑤21。⑦5。

　　蔡元康(1879—1921)　字谷清,日记又作国顾、国青、国亲、国卿、谷青、谷卿、垕卿,浙江绍兴人。蔡元培之从弟,光复会会员。与鲁迅同期留日,回国后授法科举人。1912年5月与鲁迅等自绍兴至北京。1913年冬至1916年夏先后任浙江高等审判厅厅长、江苏高等审判厅厅长。1917年冬至次年夏为临时参议院议员。后在浙江兴业银行及中国银行任职。——1912⑤8,10,16,18,28,31。⑥8,13,16。⑦7,21,22,27。⑧21,22。⑩29。⑪21。　1913①12。②8,14。③1,14,24。④8。⑦1。⑧21。⑨15,21。⑩19。⑪9,29。⑫12。　1914①16,19。②25。③3,20,24,28。④1。⑥21。　1915④5,8。　1916③13。④29。⑤12,16。⑧30。⑨18,20。　1917①4。⑫1,2,4。　1918②11。③3。⑧26,27。　1919⑤6。⑫3,7,14,16,21,23,25,31。　1921④9,17。⑤11。

蔡丏因(1890—1955)　名冠洛,字丏因,浙江诸暨人。鲁迅在杭州浙江两级师范学堂任教时的学生。曾留学日本,回国后在杭州、绍兴、上虞等地中学任教。1924 年任上海世界书局编辑。——1925⑥13,18。

蔡永言　见蔡咏裳。

蔡先生　见蔡元培。

蔡江澄　陕西渭南人。西北大学法科主任。——1924⑧23。

蔡谷青　见蔡元康。

蔡谷卿　见蔡元康。

蔡谷清　见蔡元康。

蔡松冈　未详。——1921⑪5。

蔡国青　见蔡元康。

蔡国亲　见蔡元康。

蔡国卿　见蔡元康。

蔡咏裳(1901—1940)　日记又作蔡君、蔡女士、蔡咏霓、蔡永言、永言,广东南海人,翻译工作者。当时为董秋斯之妻。1930 年曾与董合译苏联小说《士敏土》。该书再版时,鲁迅曾为之校阅并译序。——1929⑫27。　1930①25。⑧26。⑨19。⑩6。⑪6。　1931⑤30。⑦13。⑧14,17。　1932①11,27。⑩6,7。　1933⑤10。⑦22。⑧4。

蔡咏霓　见蔡咏裳。

蔡南冠　见蔡仪。

蔡柏林　见蔡柏龄。

蔡柏龄(1906—1993)　原名柏林,浙江绍兴人,物理学家。蔡元培三子。曾与季志仁、陈学昭等同在法国留学。——1934③23。

蔡省三　见蔡察。

蔡垕卿　见蔡元康。

蔡总长　见蔡元培。

蔡斐君(1914—1995)　名蔡健,笔名易斐君,湖南攸县人。蔡仪之弟。1933 年留学日本时与友人合办刊物《诗歌》。1935 年 7 月回国,返籍前在沪曾写信向鲁迅请教"诗和口号"的关系问题,后又多次与鲁迅通信。1936 年 8 月将所译的《阿波洛莫夫》(今译《奥勃洛摩夫》)部分稿寄请鲁迅审阅,鲁迅因病未阅。——**1935**⑦13。⑨20。⑪10,12,28。⑫13。　**1936**③27。④4,28。⑧11,18。

蔡漱六(1900—？)　原名漱艺,改名漱六,笔名林兰,日记又作小峰夫人、蔡女士、林兰、李太太,江苏无锡人。1924 年初与李小峰结婚后到北京,次年 3 月后协助李经营北新书局,1927 年 4 月随李至沪。费慎祥离北新书局后,大多由她代表北新与鲁迅联系。——**1925**②24。⑤9。　**1927**⑩3,4,5,12,16,17,20。⑪4。⑫27,31。　**1928**②23。④5。⑤3。⑥24。⑦7。⑧4,19。　**1929**③17。⑩26。　**1931**⑦6。⑧26。　**1932**⑫28。　**1933**⑥21。　**1935**②23。⑩19。　**1936**②5,29。③28。④30。

蔡毓聪(1905—？)　字良五,浙江慈溪人。上海复旦大学社会科学科学生。——**1927**⑪2。

蔡儒楷　字志赓,江西南昌人。1914 年 2 月至 5 月以教育部次长代署教育总长。——**1914**②21。

蔡国青夫人　见郭珊。

蕖　官　见周蕖。

蓼　南　见韦丛芜。

樋口良平　日本医生。坪井芳治之友。任职于上海纺织股份公司附属医院。——**1933**⑥21。

臧亦蘧(1903—1946)　名瑗望,字亦蘧,山东诸城人。臧克家之叔父。时为北京中国大学预科学生。——**1924**⑫2,3。　**1925**④15,21。

臧克家(1905—2004)　山东诸城人,诗人。1934 年时为青岛大学国文系学生。1936 年时在山东省立临清中学任教,将他的诗集《自己的写照》寄赠鲁迅。——**1934**⑫1。　**1936**⑧22。

霁　野　见李霁野。

霁野学生　见刘文贞。

暡　岚　见罗暟岚。

疑　父　见瞿秋白。

疑　今　见林疑今。

疑　冰　见瞿秋白。

廖立峨(1903—1962)　广东兴宁人。鲁迅在厦门大学任教时的学生。1927 年 1 月随同鲁迅到广州,转入中山大学外语系学习。1928 年与其女友等到沪,寄寓鲁迅家,并请托鲁迅介绍工作。在"革命文学论争"中,因恐受鲁迅连累,又因物质要求未得满足而离去。——**1927**①30。②4。③7。④30。⑤11,15,23,28。⑥6,16,18,27,30。⑦2,7,8,15,18,20,24,25,28。⑧3,11,14,15,16,17,19,20,25,29,31。⑨3,7,8,11,12,13,16,21,25,26,27。⑩7,14,17,20,21。⑪1,11,15,22,27。⑫2,9,17,19。　**1928**①5,8。⑥2,12,24。⑧24。　**1930**③13。

廖翠凤(1896—？)　日记作语堂夫人、林语堂夫人,福建龙溪人。曾任北京大学预科英文教员。——**1927**⑫31。　**1928**①26。④5。⑤1。⑥24。⑦7。⑧4。　**1929**①26。⑧28。　**1933**⑤15。

廖馥君(1895—1971)　四川资中人。曾留学德国,1927 年在上海同济大学教授德语时译《阿 Q 正传》为德文,译稿曾请该校德籍教师卢克斯修改。次年 10 月为该译本事与卢克斯同访鲁迅,鲁迅同意他翻译,并赠以书籍。译稿后经卢克斯带往德国,拟在德国出版,其后卢克斯与译稿俱无下落。——**1928**⑩7,8,9,15,17。

端　仁　未详。——**1933**③5。

端　先　见夏衍。

端木善孚(1880—1948)　名彰,字善夫,浙江丽水人。早年入南京江南陆师学堂,后留学日本习军事,回国后任陆军部编练处督练官等职。——**1917**⑧26。

端木蕻良(1912—1996)　原名曹京平,笔名叶之林、曹坪等,辽宁昌图人,作家。1933 年时为北平清华大学历史系学生,同年参加北方"左联",并编辑其机关刊《科学新闻》。曾化名叶之琳与鲁迅通信。1935 年一二·九运动后到上海,常将自己的稿件寄给鲁迅。——**1933**⑧25。⑨3,25。　**1936**②20。⑦11,12,19,30。⑨11,22。⑩4,14。

漱　六　见蔡漱六。

漱　园　见韦素园。

谭　昭(1903—1994)　日记作鲁彦夫人,湖南湘乡人。1924 年与鲁彦结婚,1929 年离异。——**1925**⑦20。⑧1。⑨4,27。

谭女士　即谭丽德(I.Treat),美国人。国际反战调查团派来中国的代表,法国《Vu》(《观察》)杂志女记者,瓦扬·古久里夫人。鲁迅曾应她之请收集中国青年版画家的作品,寄往法国和苏联展出。——**1934**①17。

谭正璧(1901—1991)　江苏嘉定(今属上海)人,学者。1925 年夏在上海近郊南翔教家馆,在读《中国小说史略》后将施耐庵的原名和表字函告鲁迅。1934 年 10 月编成《中国文学家大辞典》后,曾函请鲁迅题写书名。——**1925**⑦8,13。⑩9,14。　**1934**⑩13。

谭在宽　未详。——**1926**⑤10,12。

谭君陆　见谈君讷。

谭金洪　泰国华侨。广州培正学校肄业。从泰国将自己的七篇作品寄请鲁迅介绍给北新书局出版。——**1930**⑪5。

熊文钧　又名庚甫,1914 年生,湖北武昌人。时在武昌荆南中学读高中,将习作小说《大年三十晚上》寄请鲁迅指导。——**1932**⑧28。⑨22。⑩1。

熊梦飞(1895—1962)　字仁安,湖南宁乡人。上海劳动大学秘书长。曾约请鲁迅往该校演讲。——**1927**⑩19。

翟　见翟凤鸾。

翟凤鸾　字澹心,日记又作翟,湖南长沙人。北京女子师范大学国文系学生。——**1925**⑩4,5。

翟用章　山西人。因投考县知事请鲁迅作保。——**1914**②5。

翟永坤(1900—1959)　字资生,河南信阳人。1925 年间为北京法政大学学生,因向《国民新报副刊》投稿而与鲁迅交往。次年转入北京大学国文系,1932 年毕业。鲁迅曾在其创作方面给以指导和帮助。——**1926**③10,11。⑤22,27。⑧1。　**1927**①11,12。⑨19,20。⑩17,20。⑪1,12,19。　**1928**①6。③12。⑤8。⑦11。⑧19。⑫7,30。　**1929**②20。⑤20。　**1930**②27。

翟觉群(1893— ?)　名俊千,字觉群,广东东莞人。上海暨南大学副校长兼政治系主任。——**1928**⑥8。

缪子才　名篆,字子才,江苏泰兴人。厦门大学哲学系副教授。——1926⑪17。

缪金源　字渊如,江苏东台人。1922年北京大学哲学系毕业后曾在辅仁大学任教。——1923⑥14,17。　1926⑤1。　1935⑥4。

缪崇群(1907—1945)　笔名终一,江苏泰县人。《语丝》、《奔流》投稿者。——1929③9。④3。

十 五 画

瑾　儿　见周瑾。

瑾　男　见周瑾。

璇　卿　见陶元庆。

增　川　见增井经夫。

增　井　见增井经夫。

增　田　见增田涉。

增田涉(1903—1977)　日本汉学家。1931年3月至7月,鲁迅曾为他讲解《中国小说史略》和自己的其他作品。回国后又将该书译成日文,并请鲁迅作序。后又与佐藤春夫合译《鲁迅选集》等书。——1931④11,17,19,23。⑤6,8,10,16,19,27,30。⑥2,9,12,19,25,27,28,29。⑦17,20,30。⑧23。⑨15,26。⑩21。⑪9,11。⑫2,6,11,23,27。1932①6,8,16,21。④12。⑤7,8,9,12,13,16,20,21,28。⑥1,8,16,17,28。⑦16,18。⑧9,11。⑨22。⑩2,8,28。⑪9。⑫19,21。1933①10,27。②24。③2,18,24。④3,25,29。⑤13,20。⑥12,26。⑦11,12。⑧7。⑨23,24。⑩3,7,13,26,31。⑪13,14,21。⑫2,27。1934①4,8,16,27。②7,12,23,26,27。③12,18,19,21,28。④11,17。⑤3,11,19,31。⑥1,6,8,27。⑧7。⑨11,12。⑩5。⑪14,22。⑫2,14,29。1935①9,25,26。②6,7,20,26。③19,22,23。④4,9,19,26,30。⑤1,21。⑥9,10,22,25。⑦1,3,17,19,20,26,29。⑧2,13。⑨6,11。⑩6,21,26。⑪11,27。⑫4,17。1936②3。③9,28。④25。⑤29。⑦6,9,24,25。⑧7。⑨15,17。⑩5,11,14。

增田游　日记作游,1933年生,日本人。增田涉之长子。——

1934 ①8。

增井经夫(1907—1992)　日记又误作增川,日本人。田中庆太郎之女婿。东京东洋高等女子学校讲师,专研东洋史。当时来华考察旅行,由内山完造介绍与鲁迅会面。——**1935**⑫14。　**1936**①5。③15。

增田木实　日记作木之实、木の实,1930年生,日本人。增田涉之长女。——**1931**⑨26。　**1932**⑤28。　**1934**②7。

增田忠达(1871—1941)　日本人。增田涉之父。当时在日本岛根县家乡一带行医。——**1932**①8。　**1935**③19。

增田涉之女　见增田木实。

增田涉之子　见增田游。

蕴　如　见王蕴如。

蕴　儒　见吕琦。

蕴如之甥女　见成春祥。

横山宪三　日本人。为研究中国社会情况,在上海居住。——**1929**⑥20。

樊　镛　见樊朝荣。

樊仲云(1901—1990)　字德一,浙江嵊县人。曾任上海商务印书馆编辑及新生命书局总编辑。抗日战争期间曾任汪伪政府教育部政务次长、教育委员会主任委员等职。——**1927**⑩18。

樊朝荣　未详。——**1915**⑥22。

墨　卿　见邢穆卿。

镰　田　见镰田寿、镰田诚一。

镰田寿(1899—1975)　日记又作镰田,日本福冈人。镰田诚一之兄,内山书店会计。常代鲁迅办理水电房租等支付事务。——**1930**⑨27。　**1932**③10,19。⑤21。⑦3。⑩27。　**1933**①25。②14。④23。⑤25。⑫31。　**1934**②3。⑫30。　**1935**②3。④11。⑤17。⑧6,31。**1936**②25。⑦4,12。

镰田夫人　原名不破爱子,日本人。镰田寿之妻。——**1933**④23。**1934**⑤27。⑫27,30。　**1935**⑫21。

镰田诚一(1905—1934)　日记又作镰田政一、镰田、政一、诚一,日本福冈人。内山书店店员,绘画爱好者。鲁迅曾以他的名义在溧阳路赁屋藏书。1934 年病故后,翌年鲁迅曾为之作墓记。——1930⑩28。1931④17。⑤16。 1932③11,19。⑤7。⑦3。⑨13。 1933④23。⑦13。 1934⑤17。 1935④11,22。⑤17。

镰田政一 见镰田诚一。

镰田寿之二孩子——1933④23。

稻 孙 见钱稻孙。

黎 君 日本东京帝国大学泽村专太郎教授的助教。——1923④16。

黎 君 未详。——1927④26。

黎 君 未详。——1927④26。

黎 明 见黎锦明。

黎光明 又名静修,四川灌县人。广州中山大学史学系学生。——1927①29,30,31。②5。⑤17。

黎仲丹(1886—1951) 名凤墀,字仲丹,广西玉林人。当时在进驻广东的军阀林虎手下任职。——1927⑤5,12,25。⑥2,3,17。⑦4,13,14。⑧14,28。⑨8。

黎劭西 见黎锦熙。

黎国昌(1894—?) 字慎图,日记误作黎慎斋,广东东莞人。1927年时为广州中山大学教授、动植物系主任兼教务处副主任。1928年时为上海暨南大学教授。——1927⑤3。 1928⑤21。⑥8。

黎烈文(1904—1972) 湖南湘潭人,翻译家。曾留学日本及法国,1932年回国,同年 12 月起编辑《申报·自由谈》,曾约鲁迅为该刊撰稿,1934 年 5 月去职。同年 9 月与鲁迅、茅盾创办《译文》月刊。1936 年在鲁迅支持下编辑《中流》半月刊。——1933②24,25。③1,3,17,18,22,24,31。④6,7,10。⑤4,15,19,20,26,28,30,31。⑥6,8,16,17。⑦7,8,13,14,17,22,25,28,29。⑧1,3,7,11,14,16,24,30。⑨5,6,7,8,11,15,21,29。⑩1,7,12,13,20,23,25,28,30。⑪3,7,16,20,25。⑫11,12,24。 1934①6,9,16,18,25,27,28,30。②7,17,19,23。③2,5,8,12。④2,4,5,14,16,23,26,27,30。⑤10,18。⑥6,9。⑦20,25。

⑧2,8,13。⑨14,18,25。⑩1,5,13,15,20,22,25。⑪5,9,11,14,15。
⑫1,11,14,21,26,31。**1935**①2,11,12,27。②4,8,19,22,23。③1,
4,7,17。④1。⑤3,20。⑥5,16。⑦2,8,26。⑨6,14,18,24,30。⑩6,
8,9,15,30。⑪5,17。⑫13。**1936**①11,26,30,31。②1,2,3,6,13,
18,22。③7,12,24。④3,6,12,22,30。⑤10,31。⑦3,15,27。⑧2,4,
7,12,24,27,28。⑨5,10,20,22,23,28。⑩8,9,11。

　　黎锦明(1905—1999)　字君亮,日记又误作黎明,湖南湘潭人,作
家。黎锦熙之五弟。1927年间在广东海丰中学任教,1月间利用寒假
往广州访鲁迅。同年秋鲁迅到上海时他也在沪,曾请鲁迅为其所著中
篇小说《尘影》作序。年底去河南任洛阳中学国文教员。1928年8月
至1929年底,先后在郑州、开封任编辑和中学教师。1930年在北平中
国大学任教,1931年为保定河北大学国文系教授。——**1927**①31。②
9,11,14。③2。⑩14,17,18,23。⑫5。**1928**①20。⑦18,20,21。⑧
24,29。**1929**⑨10。⑪6。**1930**④3,8。**1931**②8,9。

　　黎锦熙(1889—1978)　字劭西,湖南湘潭人,语言学家。黎锦明之
兄。1915年到北京,先后任教育部教科书特约编纂员、国语统一筹备
会委员等职。1920年后兼任北京高等师范学校、北京女子高等师范学
校、北京大学等校国文系讲师、教授。1925年时兼北京女子师范大学
国文系代主任。——**1925**③21,23。⑫25。

　　黎慎斋　　见黎国昌。

　　黎煜夏　　未详。——**1936**②27。

　　黎静修　　见黎光明。

　　黎翼墀　　广东增城人。广州中山大学教务处职员。——**1927**④
22。⑤2,3。

　　稼　庭　　见张稼庭。

　　德　三　　见封德三。

　　德　元　　见宋德沇。

　　德　芷　　见孔德沚。

　　德　沇　　见宋德沇。

　　颜杰人　　未详。——**1935**⑨12。

颜衡卿　未详。——**1928**①6。

颜黎民(1913—1947)　原名邦定,四川梁平人。1934 年为北平宏达中学学生,1936 年 4 月收到鲁迅的第二封回信后不久,因"共党嫌疑"被捕,半年后出狱。——**1936**④2,3,14,16,25。

澎　岛　原名许延年,河北保定人,北方"左联"成员。1929 年在北平第一师范学院读书时,曾与同学次丰代表国文学会邀请鲁迅到校讲演。1934 年时在北平编《北国》月刊。——**1929**⑥1。　**1934**①18。

潮　叔　见周冠五。

潘　妈　北京人。鲁迅母亲雇用的保姆。——**1923**⑧26。　**1932**⑪18,23。

潘汉年(1906—1977)　江苏宜兴人,作家,创造社、"左联"成员。潘梓年之堂弟。1927 年底与叶灵凤筹编《现代小说》月刊。——**1927**⑫13。

潘考鉴　广东顺德人。广州中山大学预科学生,曾加入中国共产党。四一五事变后叛变。——**1927**①24。

潘企莘(1892—1974)　名渊,字企莘,浙江上虞人,心理学家。1914 年至 1916 年夏为绍兴浙江第五中学教员,与周作人同事。1916 年 5 月到京应文官考试,录取后在教育部社会教育司任职,并为通俗教育研究会编译员。1923 年间在北京女子高等师范学校兼课。——**1916**⑤17,24,25,31。⑥22。⑦10,19,21。⑨18。⑫1,2。　**1917**①10,20。②28。③10。④4,10,22。⑤14,17,31。⑥29。⑦5,13,20,29。⑧21。⑨8,30。⑩15。⑪11,25。⑫9。　**1918**①1。③30。⑤3。⑧9。⑩7。⑪8。⑫8。　**1919**①1。③23。⑧4。⑨13。⑪14。⑫15,20。　**1920**①1。　**1921**⑥22。　**1922**⑦16。　**1923**⑧4。⑨2,8,20。⑫15。　**1924**②15。⑤21。⑥21,27。⑨14。⑫8。　**1925**⑧14,27。⑩15。

潘垂统(1896—1993)　浙江慈溪人。文学研究会成员。周作人在绍兴浙江第五中学任教时的学生。——**1921**⑨5,10。　**1929**④28。

潘家洵(1896—1989)　字介泉,江苏吴县人,翻译家,新潮社、文学研究会成员。1919 年北京大学英文系毕业后留校任教。——**1926**⑤

15。

潘梓年(1893—1972)　江苏宜兴人,哲学家。潘汉年之堂兄。上海北新书局编辑,编辑《北新》半月刊。——1927⑩5。　1928①24。④11。

禢参化(1901—1928)　原名赞枢,广东三水人。原在厦门集美中学任教,与鲁迅同时回广州,任中山大学附中及知用中学国文教员。曾邀鲁迅到知用中学讲演。——1927③26。⑥25。⑦6,8,10。⑧2,9。

鹤　顷　见蔡元培。

十　六　画

燕　生　见常燕生。

燕志儁　见燕遇明。

燕遇明(1907—1982)　原名志儁,改名遇明,山东泰安人,诗人。山东济南第一中学学生,因病在家休养时,将所作新诗托其同学孙永显转寄鲁迅。——1925④26。

薛　汕　原名黄谷农,笔名雷金茅、雷宁等,1916年生,广东潮安人。1936年间在全国学生抗日救国联合会工作,同年4月将自作小说《赤秋》稿寄给鲁迅,鲁迅曾复信鼓励和指导。6月因返潮汕从事学生运动写信向鲁迅辞别,8月间又以雷宁署名与鲁迅通信。——1936④11。⑤1,6。⑥5。⑧29。

薛效宽　名声震,字效宽。鲁迅在西安讲学时,他是西北大学国文专修科学生,鲁迅讲演记录人之一。——1924⑧23,29。⑨9。

冀贡泉(1892—1970)　字育堂,号醴亭,山西汾阳人,法学家。日本明治大学法律学士。1912年8月任教育部社会教育司主事,同年冬任山西省立法政专门学校教务长,次年2月升任校长。1914年夏至1921年间为山西大学法科学长。——1913④27。　1914②5。⑩15。1915⑧6,8。1916⑦21。1921⑩2。

冀育堂　见冀贡泉。

冀醴亭　见冀贡泉。

镜　吾　见寿镜吾。

穆　克　木刻工作者,其作品曾在第二回全国木刻流动展览会上展出。——1936⑧14。

穆　诗　未详。——1932⑫22。

穆　祺　原名葛一虹(1913—2005),江苏嘉定(今属上海)人,戏剧家,"剧联"成员。时为《文学新辑》编者。——1935④1。

穆木天(1900—1971)　吉林伊通人,诗人、翻译家。创造社和"左联"成员。1932年与蒲风等组织中国诗歌会,1934年间在上海翻译外国文学作品,同年7月被捕。——1934④27。⑦30。

衡　山　见沈钧儒。

十 七 画

戴　君　未详。——1919③30。

戴芦苓　见戴螺舲。

戴芦林　见戴螺舲。

戴芦舲　见戴螺舲。

戴芦龄　见戴螺舲。

戴昌霆　未详。——1923⑦17。

戴望舒(1905—1950)　浙江余杭人,诗人,"左联"成员。——1928⑦22,26。

戴敦智　河北光山人。北京大学英文系学生,《莽原》投稿者。——1926①6。

戴锡璋　见戴锡樟。

戴锡樟(1898—1982)　日记作锡璋,福建闽侯(今福州)人。1924年北京师范大学国文系毕业,当时为厦门集美学校国文教师。——1926⑨19。

戴螺苓　见戴螺舲。

戴螺舲(1874—　？　)　名克让,字螺舲,日记又作芦林、芦苓、芦舲、芦龄、螺苓,浙江余杭人。历任教育部社会教育司主事、金事。——1912⑩7,25。⑪20。⑫12。　1913②15,26。③1,2,5,15,19,31。④1,4,15,26。⑤5,7,8,10,11,23,29。⑥2,14,16,17,22。⑦3,5,16,

19,24。⑧9,12,21。⑩28。⑪21。　**1914**①4,10,30。③9,17,18。④6,30。⑤9,14,30。⑩11,23。⑫8,12,31。　**1915**①11。②9。⑥19,21。⑦19。⑨1,10。　**1916**⑨21。　**1917**④28。⑥15。⑦4。⑪16。⑫25。**1918**①28。③11,28。④29。⑧31。⑨20。⑩11。　**1919**②2,6,22,26。④14。⑤26。⑦30。⑫30。　**1920**③30。④10。⑥11,15。⑧2。⑨24。　**1921**④28。⑩25。　**1923**④27。⑥15。⑦30。⑧23。⑫12。　**1924**⑥21。⑧18。　**1925**⑧20。　**1926**⑦7。⑧13。　**1928**④29。

懋　庸　见徐懋庸。

霞　卿　见李霞卿。

曙　天　见吴曙天。

螺　舲　见戴螺舲。

螺舲之公子——**1928**④29。

魏　　　见魏福绵。

魏　　　见魏兆淇。

魏　生　见魏福绵。

魏　兰（1866—1928）　字石生,浙江云和人。光复会会员,1905年前后与陶成章在浙东等地进行革命活动。民国后曾任浙江永康、武康等县知事、县长。1915年以免试知事入京,经龚未生介绍往访鲁迅。——**1915**⑪21。

魏女士　指魏璐诗（Ruth Weiss　1908—？）,奥地利维也纳人。1933年9月来中国从事文化工作,经史沫特莱、姚克介绍认识鲁迅。——**1936**①26。

魏石生　见魏兰。

魏兆淇（1907—1978）　笔名卓治,福建福州人。原为上海南洋大学工科学生,1926年因鲁迅到厦门大学任教,转入厦大电讯工程系,为泱泱社成员。鲁迅离厦大后,他往日本、欧洲留学。——**1926**⑪28。⑫4。　**1927**①1。②10,17。③5,9,10,29。④28。⑨17。⑩13。⑫10。**1928**③29。　**1932**⑦16,17。⑫6。　**1933**⑤5,7,9。

魏卓治　见魏兆淇。

魏金枝(1900—1972)　浙江嵊县人,作家,"左联"成员。1930 年曾助编"左联"机关刊《萌芽月刊》,1931 年柔石等被捕后离沪。1935 年时为上海麦伦中学教员。——**1929**⑩20。　**1930**③20。⑤4。⑦4。**1931**①15。　**1935**⑩24。

魏建功(1901—1980)　字天行,江苏海安人,语言学家。1921 年考入北京大学国文系,二年级时选修鲁迅的中国小说史,1925 年毕业。1923 年 1 月因作文对爱罗先珂进行人身攻击,曾遭鲁迅批评。五卅运动后与友人合组黎明中学,鲁迅曾应邀至该校兼课四个月。北京大学毕业后长期留校任教,1928 年间曾往朝鲜京城大学讲学。——**1923**①14。　**1925**⑧28。⑨7。⑩3。　**1926**⑦10,11,19。　**1928**②17。③5,8。　**1929**⑤29,30。⑥3。　**1932**⑪15,17,19。

魏猛克(1911—1984)　原名干松,笔名何家骏等,日记又作孟克,湖南长沙人,作家,"左联"成员。1934 年 3 月,曾应鲁迅之请为斯诺翻译的《阿 Q 正传》作插图,同年 9 月去日本,在东京与陈辛人等创办《杂文》月刊。——**1933**⑤13。⑥4,6。　**1934**①9,12,13,16,17。②2。③23,31。④3,8,10,21。⑤10,14,15,20,22,31。⑥9,26。⑧2,19,20。⑨5。⑩3。⑪26。　**1935**②19。⑤17。⑥28。⑦26,27。⑧9,26,31。⑨24,25。⑩12,14,22,28。⑪11,21。⑫17。　**1936**③30。⑧14。

魏福绵(1889—1942)　浙江上虞人。鲁迅在绍兴府中学堂任教时的学生。1913 年考入北京大学预科,请鲁迅担保。1919 年北京大学工科采矿冶金学门毕业。在京学习期间曾向鲁迅借支和汇划学费。1930 年在上海上虞同乡会任职,鲁迅援助女工王阿花事件中曾参与调停。——**1913**⑤17,31。⑩5,8。⑪25,28。　**1914**①31。②24。③20,25。④1,5,8。⑤3,10。⑥7,22。⑪22,28。　**1915**①8。④2。⑤1,17,26,29。⑥26。⑧5。⑩2。⑪14。　**1916**②16。③26。④13,30。⑤8,20,30。⑫2。　**1917**①17。④5。⑥3,22。⑫27。　**1918**④29。**1930**①8,9。

燮　和　见张协和。

燮　侯　见何燮侯。

蹇先艾(1906—1994)　贵州遵义人,作家。当时为北京大学法学院学生。——**1926**③17。

十　八　画

藤　冢　见藤冢邻。

藤冢邻(1879—1948)　日本汉学家。1923 年间为日本名古屋第八高等学校教授,后任朝鲜京城大学教授。——**1923**①7。④15。⑪14。**1926**②8。

藤井元一　日本人。中国问题研究者。——**1930**⑥15。

藤原镰兄(1878—1953)　日本长野人。1922 年至 1927 年底为日文《北京周报》主编兼发行人。——**1923**⑤8。

瞿　氏　见瞿秋白。

瞿　君　见瞿秋白。

瞿秋白(1899—1935)　又名瞿霜,笔名史铁儿、宋阳等,日记又作何凝、何君、维宁、惟宁、它、疑尐、疑冰、宜宾、萧参、宁华、瞿氏、瞿君,江苏常州人,文艺理论家、翻译家、中国共产党的早期领导人之一。1931年初离开中央工作后,在上海从事革命文化工作。1932 年至 1933 年间曾三次在鲁迅家暂住,在此期间编就《鲁迅杂感选集》并作序言。1934 年初去中央根据地,任苏维埃政府教育人民委员。1935 年 2 月在闽西被俘,同年 6 月被害于长汀。鲁迅为纪念他的牺牲,亲自汇编他的译作为《海上述林》上、下两册,以“诸夏怀霜社”名义出版。——**1932**⑨1,14。⑩24。⑫9,11,25,28。**1933**①2,15,24。②4,10。③6,7。④21。⑦5,10。⑧28。⑨3,12。⑩9,24。⑪10。**1934**①4,9,28。**1935**⑧12。⑩22。

曜　辰　见徐祖正。

馥　泉　见汪馥泉。

彝　初　见马叙伦。

二　十　画

耀　辰　见徐祖正。

耀　唐　见陈铁耕。

其 他

ㄖ 见方善境。

外 文

A.K. 见 Kravchenko, A.

Ashbrook, Harriette 哈里特·阿什布鲁克, 未详。——1934⑩11。

Bartlett(R.M.Bartlett) 日记误作 Battlet。巴特勒特, 美国人。1926 年在北京大学、燕京大学任教, 由韦丛芜介绍往访鲁迅, 拟写《与鲁迅先生的谈话》未成。1927 年 10 月, 在美国《当代历史》月刊上发表《中国革命的知识分子领袖》, 介绍了鲁迅和康有为、陈独秀、李大钊、梁启超、胡适、周作人等。——1926⑥11。

Battlet 见 Bartlett.

Cherepnin, G.(1899—1977) 英译名应作 Alexander Tcherepnin, 车列蒲宁, 俄国作曲家, 后加入美国籍。1934 年曾来华, 1936 年再次来华时拟创作以《红楼梦》为题材的歌剧, 写信商请鲁迅撰写剧本。——1936⑤28。

Dinamov, S. 狄纳莫夫, 苏联人。曾任《国际文学》编辑。——1935⑧8。

Diper, Dr. 狄博尔医师, 德国人。北京德国医院院长。——1917⑤16。

E君 见爱罗先珂。

Ettinger, P. 巴惠尔·艾丁格尔, 寓居莫斯科的德国美术家。1934 年向鲁迅函索《引玉集》, 鲁迅即赠以此书及《木刻纪程》一册, 1935 年又赠以木刻《士敏土之图》及《猎俄皇记》各一册, 1936 年他向鲁迅回赠版画及《波兰美术》。——1934⑩22, 23, 27。 1935①21。⑦3。⑧11。⑪18。⑫6, 19。 1936③2, 7。④3。⑤4。⑦10。⑨1, 2, 15。

G.F. 未详。——1928③9。⑦25。⑧19。

Granich(1896— ?) 即 M.Granich, 日记又作史女士友, 即格兰尼奇, 美国作家, 国际共产主义运动远东支部书记。曾在上海创办英文

《中国呼声》半月刊（Voice of China）。——**1936**③23。⑩2。

Gibings　应作 Gibbings（R.Gibbings，1889—1958），即吉宾斯，或译杰平，英国木刻家。其作品《闲坐》及为包伊斯·马瑟斯（E.Powys Mathers）的《红的智慧》所作插图，均由鲁迅编入朝花社出版的《近代木刻选集（二）》中。——**1929**⑩20。

Goncharov,A.　见冈察罗夫。

Grimm Dr.　格林医师，德国人。北京德国医院医生。——**1917**⑤13。

H　见羽太重久。

H.S.　见夏衍。

Kollwitz,Käthe　见珂勒惠支。

Körber,Lili（1901—？）　莉莉·珂贝，奥地利女作家。她去日本搜集创作素材过沪时曾就地采访。鲁迅译过她的《赠〈新语林〉诗及致〈新语林〉读者辞》。——**1934**⑦23。

Кравцова,Татьяна　日记又作 Татьяна Кравцовой,塔吉耶娜·克拉芙卓娃,捷克女作家。——**1930**⑨5。⑫23。

Кравцовой,Татьяна　见 Кравцова,Татьяна。

Kravchenko,A.（А.И.Кравченко,1889—1940）　阿列克赛·克拉甫兼珂,苏联版画家。经曹靖华介绍与鲁迅通信并寄赠木刻作品。——**1934**⑨19。⑩6,27。

Lidin,V.（В.Г.Лидин,1894—？）　符拉基米尔·理定,苏联作家。1928 年鲁迅曾译他的短篇小说《竖琴》,1929 年又译《Vi.G. 理定自传》。——**1936**④25。

Malianosusky,N.P.　马利亚诺苏斯基,余未详。——**1928**⑨7。

Meyenburg,Erwin　欧文·迈恩堡,德国人。德国柏林大学德语教师,1931 年在日本讲学,因希望与鲁迅会晤,曾函托徐诗荃致函鲁迅作介绍,后因故未能来华。——**1931**④20,27。

Orlandini,Dr.　奥兰迪尼,可能为意大利艺术家。姚克之友。——**1933**③15。

Petrov,Nicola　见 Petrov,Nikolai。

Petrov,Nikolai(Н.Петров) Nikolai 日记又作 Nicola,尼古拉·彼得洛夫,苏联人。——**1935**④7。⑥28。

Průšek,y.(1906—1980) 应作 Jaroslav Průšek,即雅罗斯拉夫·普实克,捷克东方语专家和汉学家。为研究中国史搜集资料,1932 年秋来中国,后通过文学杂志社与鲁迅通信。鲁迅为他即将着手翻译的《呐喊》捷克译本写了序文。——**1936**⑦13,24。⑨2,28。

S.F. 见福冈诚一。

Sekir,S. 斯吉尔,或译塞柯尔,画家。——**1928**③22。

Smedley,A. 见史沫特莱。

Vaillant-Couturier,Paul(1892—1937) 瓦扬－古久里,法国共产党员,社会活动家,作家、记者。1933 年 9 月参加在上海召开的世界反对帝国主义战争委员会远东会议,曾在伊罗生寓与鲁迅晤面。——**1933**⑨5。

W W 未详。——**1936**⑦2。

Wei,T. 未详。——**1935**⑦30。

パン·ウル 见宇留川。

书 刊 注 释

首 字 检 索 表

中　文

一　画

五　画

六　画

七　画

进(342)　远(343)　坏(343)　贡(343)　孝(343)　坟(343)　志(343)
花(343)　芥(343)　严(343)　克(344)　苏(344)　杜(345)　杨(345)
李(345)　两(346)　丽(346)　还(346)　来(347)　医(347)　折(347)
投(347)　护(347)　求(347)　吴(347)　时(348)　男(348)　困(348)
呐(348)　听(348)　吹(348)　别(348)　我(348)　每(349)　何(349)
但(349)　作(349)　佚(349)　伴(349)　佛(349)　近(350)　彷(350)
余(350)　希(350)　谷(350)　豸(350)　龟(350)　奂(350)　狂(351)
饮(351)　系(351)　言(351)　亨(351)　庐(351)　忘(351)　快(351)
闲(351)　汪(351)　泛(351)　沉(351)　沈(351)　宋(352)　宏(353)
穷(353)　良(353)　社(353)　补(354)　初(354)　词(354)　译(354)
张(355)　陆(355)　阿(355)　陈(356)　附(356)　陀(356)　妙(356)
妒(356)　劲(357)　鸡(357)　纺(357)　驴(357)

八　画

武(357)　青(357)　现(357)　表(359)　其(359)　取(359)　坦(359)
坡(359)　苦(359)　若(359)　英(360)　茑(360)　范(360)　直(360)
茅(360)　林(360)　板(360)　松(360)　述(361)　枕(361)　或(361)
画(361)　事(361)　卖(361)　雨(361)　矿(361)　奔(361)　奇(362)
轰(362)　拓(362)　抱(362)　瓯(362)　欧(362)　贤(362)　尚(362)
果(362)　国(363)　明(364)　易(364)　典(365)　忠(365)　邯(365)
咄(365)　岩(365)　罗(365)　岭(365)　凯(365)　图(366)　知(366)
物(366)　版(366)　佩(366)　质(366)　往(366)　金(366)　斧(368)
受(368)　周(369)　匋(369)　备(369)　京(369)　夜(370)　庚(370)
放(370)　於(370)　性(370)　怡(370)　炉(370)　郑(370)　卷(370)
净(370)　浅(371)　法(371)　河(371)　学(371)　波(372)　泾(372)
宝(372)　宜(372)　实(372)　诗(372)　话(373)　建(373)　隶(373)
居(373)　屈(373)　弥(373)　弦(373)　陕(373)　迦(374)　参(374)
承(374)　贯(374)　孟(374)　绀(374)　孤(374)　绍(374)　经(375)

函(375)

九　画

契(375)　春(375)　珂(376)　城(376)　赵(376)　荆(376)　革(377)
茜(377)　草(377)　茶(377)　荀(377)　茗(377)　荒(377)　茫(377)
故(377)　胡(378)　南(378)　药(379)　柏(379)　树(380)　威(380)
面(380)　括(380)　拾(380)　挥(380)　战(380)　点(380)　竖(380)
显(380)　星(380)　昨(380)　昭(381)　毘(381)　贵(381)　思(381)
炭(381)　幽(381)　钦(381)　拜(382)　看(382)　选(382)　香(382)
种(382)　秋(382)　科(382)　重(383)　复(383)　顺(383)　俄(383)
俗(383)　信(383)　皇(383)　鬼(383)　剑(383)　胜(383)　脉(383)
狱(384)　急(384)　疯(384)　音(384)　恒(384)　闽(384)　闻(384)
炼(384)　养(384)　美(384)　类(385)　迷(385)　前(385)　洪(385)
洛(385)　济(385)　觉(385)　语(385)　神(386)　祝(386)　说(386)
郡(388)　咫(388)　费(388)　眉(388)　除(388)　娇(388)　姚(388)
勇(388)　癸(388)　结(389)　给(389)　骆(389)　绝(389)　孩(389)
统(389)

十　画

耕(389)　秦(389)　泰(390)　班(390)　赶(390)　起(390)　都(390)
恐(390)　莽(390)　莫(390)　荷(391)　晋(391)　恶(391)　真(391)
桂(391)　桃(391)　格(392)　校(392)　栟(392)　索(392)　贾(392)
夏(392)　破(392)　顾(392)　热(393)　监(393)　晓(393)　峭(393)
圆(393)　铁(393)　积(394)　笔(394)　徐(394)　殷(394)　般(395)
爱(395)　翁(395)　馀(395)　高(396)　郭(396)　狗(396)　离(396)
唐(396)　旅(398)　部(398)　阅(398)　烦(398)　烟(398)　剜(398)
凌(398)　益(398)　准(399)　资(399)　涛(399)　涑(399)　浙(399)
涅(399)　海·(399)　浮(400)　流(400)　浣(400)　浪(400)　宾(401)
容(401)　诸(401)　读(401)　被(401)　谈(402)　展(402)　陶(402)
陷(403)　通(403)　绥(403)

慈(428)　窦(428)　窗(429)　群(429)　嫉(429)　叠(429)

十　四　画

静(429)　碧(429)　嘉(429)　摹(429)　蔡(429)　模(429)　歌(430)
臧(430)　裴(430)　管(430)　舆(430)　鼻(430)　遴(430)　疑(430)
精(430)　漫(430)　肇(430)　嫩(431)　缪(431)

十　五　画

增(431)　蕙(431)　蕉(431)　横(431)　樱(431)　樊(431)　飘(431)
醉(431)　影(431)　蝎(432)　墨(432)　稷(432)　德(432)　颜(432)
潜(432)　鹤(432)　豫(433)　畿(433)

十　六　画

燕(433)　蕗(433)　薛(433)　醒(433)　臂(433)　默(433)　穆(433)
儒(433)　磨(433)　廛(433)　辨(433)　燎(433)　寰(434)　壁(434)

十　七　画

戴(434)　藏(434)　镡(434)　魏(434)　链(434)　濯(434)　蹇(434)

十　八　画

藕(435)　藤(435)　蟬(435)　篁(435)　鹰(435)

十　九　画

警(435)　攀(435)　籀(435)　瀛(435)

二 十 画 以 上

巍(436)　魔(436)　蠢(436)　籑(436)　麟(436)

日　文

假　名

あア(436)　いイ(437)　うウ(437)　えエ(438)　おオ(439)　かカ(439)
きキ(439)　くク(440)　けケ(440)　こコ(441)　しシ(441)　すス(442)
せセ(443)　そソ(443)　たタ(444)　ちチ(445)　つツ(446)　てテ(446)
とト(446)　なナ(447)　にニ(447)　のノ(448)　はハ(448)　ひヒ(449)
ふフ(449)　へヘ(451)　ほホ(451)　まマ(452)　みミ(454)　めメ(454)
もモ(454)　やヤ(455)　ゆユ(455)　らラ(455)　るル(455)　れレ(456)
ろロ(456)　わワ(457)　ゑヱ(457)

汉　字

一　画

一(457)

二　画

二(458)　十(458)　人(458)　九(459)

三　画

三(459)　工(459)　土(460)　下(460)　大(460)　万(461)　上(461)
山(461)　口(461)　千(461)　川(461)　凡(461)　丸(461)　女(461)
小(462)

四　画

王(463)　天(463)　五(463)　支(463)　不(467)　犬(467)　友(467)
比(467)　切(467)　少(467)　日(467)　中(469)　内(469)　手(469)
仏(469)　反(470)　文(470)　六(473)　巴(474)　水(474)

五　画

正(474)　世(474)　古(477)　石(477)　右(477)　北(478)　史(478)
四(479)　生(479)　白(480)　外(480)　広(480)　写(480)　永(480)
民(480)　弁(480)

六　画

刑(481)　老(481)　考(481)　共(481)　西(481)　有(482)　死(482)
托(482)　虫(482)　每(482)　印(482)　伝(482)　自(483)　伊(483)
向(483)　全(483)　名(483)　巡(483)

七　画

言(484)　邦(484)　赤(484)　芸(484)　芥(487)　医(487)　抒(487)
男(487)　図(487)　吼(487)　乱(487)　私(487)　佐(487)　作(487)
近(487)　希(489)　条(489)　応(489)　沙(490)　汲(490)　劳(490)
社(490)　改(491)

八　画

玩(491)　武(492)　青(492)　表(492)　長(492)　其(493)　苦(493)
若(493)　英(493)　板(494)　枢(494)　東(494)　或(495)　画(495)
拝(495)　欧(495)　昆(496)　国(496)　明(496)　岩(497)　季(497)
牧(497)　物(497)　版(497)　金(498)　命(498)　周(498)　夜(498)
性(498)　法(498)　学(498)　実(498)　空(498)　房(498)　阿(498)

九　画

春(499)　革(499)　草(499)　南(500)　柳(500)　研(500)　郁(500)
面(500)　拷(500)　显(500)　映(500)　星(500)　虹(500)　思(501)
科(501)　信(501)　俚(501)　食(501)　風(501)　独(502)　哀(502)
美(502)　叛(503)　浅(503)　洒(503)　海(503)　神(504)　建(504)
勇(504)

十　画

泰(504)　素(504)　真(504)　原(504)　殉(504)　造(505)　師(505)
島(505)　殷(505)　飢(505)　恋(505)　高(505)　疾(506)　唐(506)
浮(506)　袖(506)　書(506)　通(507)　紙(507)　陣(507)

十 一 画

現(507)　理(509)　都(509)　転(510)　虚(510)　黒(510)　異(510)
唯(510)　移(511)　動(511)　第(511)　袋(511)　偶(511)　進(512)
鳥(512)　猟(512)　猫(512)　祭(512)　鹿(512)　断(512)　粕(512)
閉(512)　婚(513)　婦(513)　郷(513)　細(513)　経(513)

十 二 画

項(513)　越(513)　超(513)　喜(513)　斯(513)　朝(513)　葛(514)
植(514)　森(514)　厨(514)　裂(514)　雄(514)　雲(514)　最(514)
無(515)　筆(516)　悲(516)　集(516)　創(516)　象(516)　童(516)
装(516)　満(516)　営(517)　運(517)　開(517)　階(517)　結(518)
絵(518)

十 三 画

詩(518)　詭(518)　感(519)　雷(519)　業(519)　園(519)　農(519)
罪(519)　辞(519)　鉄(519)　鈴(519)　愛(519)　猿(520)　痴(520)
新(520)　意(522)　煙(522)　楽(522)　資(523)　滞(523)　漢(523)
戦(523)　続(523)

十 四 画

読(523)　静(524)　模(524)　様(524)　歌(524)　歴(524)　銃(524)
銀(524)　精(524)　漱(525)　漫(525)　漁(525)

注　释　条　目

中　文

一　　画

一年　　小说。张天翼著。1933 年上海良友图书印刷公司出版。——1933⑤5。

一坛酒　　小说集。许钦文著。1930 年上海北新书局出版。——1930⑦31。

一千一夜(俄译)　　见《Книга тысячи и одной ночи》。

一月九日　　特写。高尔基(М.Горький)著，曹靖华译。1931 年苏联莫斯科中央出版局出版。——1933④21。

一天的工作　　见《苏联作家二十人集》。

一切经音义　　佛教书籍。二十五卷，四册。唐代玄应撰。——1914⑨26。　1915④19。

一乘决疑论　　见《华严一乘决疑论》。

一个人的受难　　木刻画集。比利时麦绥莱勒(F.Masereel)作，鲁迅编选并作序。1933 年上海良友图书印刷公司影印，《木刻连环图画故事》之一。——1933⑩7。

一个青年之[的]梦　　日记又作《青年之梦》、《或る青年の夢》。四幕剧。日本武者小路实笃著，鲁迅译。先在《国民公报》和《新青年》上连载，1922 年商务印书馆出版。——1919⑧2。⑪26。　1920①18。1921⑫20。　1922⑧29。

一个平凡的故事　　木刻连环画。胡其藻作。1935 年广州现代创作版画研究会手印本。——1935⑫3。

一个日本人之[的]中国观　　即《生ける支那の姿》中译本。杂文集。日本内山完造著，鲁迅作序，尤炳圻译。1936 年上海开明书店出版。——1936⑧20。⑨19。

一九二八年欧洲短篇小说集　见《Short Stories of 1928》。

二　　画

二月　　小说。柔石著,鲁迅作序。1929 年上海春潮书局出版。——**1929**⑧20。⑩5。　**1930**①25,27。

二心集　　杂文集。鲁迅著。1932 年上海合众书店出版。——**1932**④26。⑧23。　**1933**①10。③14。　**1936**⑨17。

二十五史　　二十五史刊行委员会编。五册,附人名索引一册。字典纸精装本。1935 年上海开明书店影印。《二十五史》,即《二十四史》加《新元史》(清末柯劭忞撰)。——**1935**⑫21。

二十四史(百衲本)　　指 1930 年至 1937 年间上海商务印书馆集合各史较早刻本影印的《二十四史》。计有:《史记》(一三〇卷,汉司马迁撰),《汉书》(一〇〇卷,东汉班固撰),《后汉书》(一二〇卷,南朝宋范晔撰),《三国志》(六五卷,晋陈寿撰),《晋书》(一三〇卷,唐房玄龄等撰),《宋书》(一〇〇卷,梁沈约撰),《南齐书》(五九卷,梁萧子显撰),《梁书》(五六卷,唐姚思廉撰),《陈书》(三六卷,唐姚思廉撰),《魏书》(一一四卷,北齐魏收撰),《北齐书》(五〇卷,唐李百药撰),《周书》(五〇卷,唐令狐德棻等撰),《隋书》(八五卷,唐魏徵等撰),《南史》(八〇卷,唐李延寿撰),《北史》(一〇〇卷,唐李延寿撰),《旧唐书》(二〇〇卷,后晋刘昫等撰),《唐书》(二二五卷,宋欧阳修等撰),《旧五代史》(一五〇卷,宋薛居正等撰),《五代史记》(七四卷,宋欧阳修等撰),《宋史》(四九六卷,元脱脱等撰),《辽史》(一一六卷,元脱脱等撰),《金史》(一三五卷,元脱脱等撰),《元史》(二一〇卷,明宋濂等撰),《明史》(三三二卷,清张廷玉等撰)。——**1929**⑫26。　**1930**⑧26,31。　**1931**⑧31。　**1934**①9。⑫31。　**1935**⑫30。

二百卌孝图　　清代胡文炳绘制,光绪间兰石斋刻本。四册。——**1927**⑥11。

二李倡和集　　见《二李唱和集》。

二李唱和集　　日记又作《二李倡和集》。合集。宋代李昉、李至撰。——**1914**②1。　**1915**④16。

二十五史补编　二十五史刊行委员会编。四册。字典纸精装本。收宋元以来对《二十五史》进行增补、考释之作二百四十五种。1936 至 1937 年上海开明书店影印。——**1935**⑥6。

二十四孝图二种　见《前后男女二十四孝悌图说》。

二十世纪之[的]欧洲文学　苏联弗理契（В.М.Фриче）著，楼建南译。1933 年上海新生命书局出版。——**1933**③7。

十月　小说。苏联雅各武莱夫（А.С.Яковлев）著，鲁迅译。1933 年上海神州国光社出版，《现代文艺丛书》之一。——**1930**⑧30。⑨13。**1933**⑤3。

十月　见《Октябрь》。

十二个　长诗。苏联勃洛克（А.А.Блок）作，胡敩译，鲁迅作后记。1926 年北京北新书局出版，《未名丛刊》之一。——**1926**⑨17。

十七史　明代毛晋辑。计有：《史记》、《汉书》、《后汉书》、《三国志》、《晋书》、《宋书》、《南齐书》、《梁书》、《陈书》、《后魏书》、《北齐书》、《周书》、《隋书》、《南史》、《北史》、《新唐书》、《新五代史》。——**1913**③26。

十竹斋笺　见《十竹斋笺谱》。

十竹笺谱　见《十竹斋笺谱》。

十竹斋笺谱　日记又作《十竹笺谱》。木刻画集。一卷。明代胡正言选辑，鲁迅、西谛重编。1934 年北平版画丛刊会影印明崇祯年间刻彩色套印本，《版画丛刊》之一。——**1934**③26。⑥21,27。⑦23。⑧7。⑪7。　**1935**④9。⑤12。⑥10。⑧6。

十万卷楼丛书　清代陆心源辑。清光绪年间归安陆氏家刻本，分初、二、三编，共五十种一一二册。——**1914**②8。

十住毗婆沙论　佛教书籍。十七卷，三册。龙树菩萨造，后秦鸠摩罗什译。——**1914**⑤15。

十六国春秋辑补　史书。一百卷，十二册。清代汤球辑。光绪二十一年(1895)广雅书局刻。——**1927**⑥9。

十六国春秋纂录　史书。十卷附校勘记，二册。清代汤球辑。光绪二十年(1894)广雅书局刻。——**1927**⑥9。

十二门论宗致义记 佛教书籍。二卷或四卷,二册。龙树菩萨造,后秦鸠摩罗什译,唐代法藏记。——**1914**⑦28。

十三经及群书札记 三十八卷,十册。清代朱亦栋撰。光绪四年(1878)武林竹简斋重刻本。——**1927**④24。

十二因缘等四经同本 佛教书籍。《十二因缘经》,元魏菩提流支译,明崇祯十六年松江弘法会刻本。与《成唯识宝生论》三种合订一册。——**1914**⑨6。

十八空百广百论合刻 佛教书籍。一册。即《十八空论》(一卷,龙树菩萨造,南朝陈真谛译)、《百论》(二卷,提婆菩萨造,后秦鸠摩罗什译)和《广百论本》(一卷,圣天菩萨造,唐代玄奘译)的合刻本。宣统三年(1911)常州天宁寺刻。——**1914**⑨17。

丁玲选集 丁玲著。1933 年上海天马书店出版。——**1933**⑫28。

七年忌 小说集。欧阳山著。1935 年上海生活书店出版。——**1935**⑤28。

七家后汉书补逸 史书。二十六卷,六册。清代姚之骃辑。——**1913**⑤18。

卜辞通纂 甲骨文考释。正文一卷,考释三卷,索引一卷。四册。郭沫若著。1933 年日本东京文求堂影印。——**1933**⑤12。

八宗纲要 佛教书籍。二卷,一册。明代凝然述。——**1914**⑤31。

八月之[的]乡村 小说。田军著,鲁迅作序。1935 年上海容光书局出版,《奴隶丛书》之一。——**1935**③28。

八史经籍志 史书。十种,十六册。清代张寿荣辑。光绪九年(1883)镇海张氏刻。——**1926**⑩25。

八龙山人画谱 木刻画谱。一册。清代沈麟元绘。杭州抱经堂书局刻。——**1928**⑦16。

八琼室金石补正 金石文字考述集。正文一三〇卷,目录三卷,附八琼室金石札记四卷,金石法伪一卷,金石偶存一卷。六十四册。清代陆增祥撰。1925 年吴兴刘氏希古楼刻本。——**1934**⑥2。

人物志 杂说。三卷,一册。三国魏刘劭著,北魏刘昞注。《四部丛刊》初编影印明代正德影宋刻本。——**1927**⑩11。

人间世　小品文半月刊。林语堂主编,陶亢德、徐讦编辑。上海良友图书印刷公司发行。1934 年 4 月创刊。1935 年 12 月出至第四十二期停刊。——**1934**④7。⑥3。

人间的生活　小说。日本武者小路实笃著,毛咏棠、李宗武合译,鲁迅校。1922 年上海中华书局出版。——**1921**⑤31。⑦8。

入阿毗〔达〕磨论　佛教书籍。二卷,二册。唐代玄奘译。明刻本。——**1914**⑨6。

入楞伽心玄义　佛教书籍。一卷。唐代法藏撰。——**1921**⑥18。

儿童的版画　见《Гравюра Детей》。

儿童艺术展览会纪要　见《全国儿童艺术展览会纪要》。

儿童艺术展览会报告　见《全国儿童艺术展览会纪要》。

九州释名　附录"释予"。地理专志。一册。鲍鼎撰。——**1932**③4。

九品中正与六朝门阀　史论。杨筠如著。1930 年上海商务印书馆出版。——**1932**⑨24。

又满楼丛书　十六种,八册。赵诒琛辑。1925 年昆山赵氏又满楼刻本。——**1926**⑩5。

三　　画

三人　小说。苏联高尔基著。石韦(钟潜九)译。1933 年在狱中据英译本译出。1934 年出狱后托欧阳山转请鲁迅校阅。1935 年上海商务印书馆出版。——**1934**⑦12。　**1935**②26。

三世相(景宋椠)　命相书。不著撰人名氏,日本书诲学会编。昭和八年(1933)影印宋刊本。——**1933**③1。

三闲集　杂文集。鲁迅著。1932 年上海北新书局出版。——**1932**④24,26。⑨14,19,21,22。⑩2,15。　**1933**①6,10。

三姊妹　剧本。俄国契诃夫(А.П.Чехов)著,曹靖华译。1925 年上海商务印书馆出版,《文学研究会丛书》之一。——**1925**⑩19。

三国志　见《二十四史》(百衲本)。

三民主义(英译本)　见《San‐Min‐Chu‐I》。

三论玄义　佛教书籍。二卷,一册。隋代吉藏撰。——**1914**⑫6。

三余札记　杂纂。二卷,二册。刘文典撰。1928 年上海商务印书馆出版。——**1929**①24。

三余偶笔　十六卷,八册。清代左暄著。日本刻本。——**1923**②7。

三国画象　《三国志》的人物画本。二册。清代潘锦(昼堂)摹写。光绪辛巳(1881)桐荫馆刻本。——**1931**⑩11。

三垣笔记　杂史。正文三卷,补遗三卷,附识三卷,补遗一卷,四册。清代李清撰。1927 年吴兴刘氏刻嘉业堂丛书本。——**1934**⑪3。

三唐人集　合集。六册。清代冯焌光辑。内收《李文公集》(唐代李翱撰)、《皇甫持正文集》(唐代皇甫湜撰)、《孙可之文集》(唐代孙樵撰)。光绪元年至二年(1875—1876)南海冯氏读有用书斋刻本。——**1934**③22。

三辅黄图　地理书。汉代佚名撰。日记所记版本有二:一为清乾隆四十九年(1784)灵岩山馆刻本,正文六卷,补遗一卷,二册;一为《四部丛刊》三编影印元本,正文六卷,校勘记一卷,一册。——**1913**④8。**1935**⑫30。

三不朽图赞　见《明於越三不朽名贤图赞》。

三国志平话　见《至治新刊全相平话三国志》。

三国志补注　史书。六卷。清代杭世骏撰。——**1914**⑨12。

三国志演义(残本)　小说。元代罗贯中编撰。——**1923**⑦7,20。

三宝感通录　见《集神州塔寺三宝感通录》。

三教平心论　二卷,一册。元代刘谧撰。——**1914**④18。

三十三剑客图　画册。二册。清代任熊绘。咸丰六年(1856)蔡容庄刻本。——**1933**⑫8。

三国志裴注述　史书。二卷,一册。清代林国赞撰。光绪十六年(1890)学海堂刻本。——**1927**⑥9。

三教搜神大全　见《三教源流搜神大全》。

三台学韵诗林正宗　日记作《诗林正宗》。类书。十八卷,六册。明代余象斗辑。明万历二十八年(1600)双峰堂余氏刻本。——**1933**⑩24。

三教源流搜神大全　日记又作《三教搜神大全》。小说。七卷,二册。宋代佚名辑,叶德辉重辑。宣统元年(1909)长沙叶氏影明刻本。——**1914**⑩10。⑪4。

三山郑菊山先生清隽集　日记作《清隽集》。别集。一卷,一册。宋代郑起撰。附《所南先生文集》(宋代郑思肖撰)。《四部丛刊》续编影印林佶手抄本。——**1934**⑪24。

干青木刻二集　段干青作。1936年手拓本。——**1936**④23。

工人绥惠略夫　小说。俄国阿尔志跋绥夫(М.П.Арцыбашев)著,鲁迅译。1922年上海商务印书馆出版。——**1920**⑩22。　**1921**④18。⑤4。

士敏土　小说。苏联革拉特珂夫(Ф.В.Гладков)著,蔡咏裳、董绍明译。1930年上海启智书局初版,1931年上海新生命书局再版时由鲁迅译序并校订。——**1930**②12。⑫27。　**1931**⑧14。⑩21,29。⑪18。⑫2。　**1932**⑨3。

士敏土图　见《梅斐尔德木刻士敏土之图》。

士礼居丛书　即《士礼居黄氏丛书》。十七种,附二种,三十册。清代黄丕烈辑。光绪十三年(1887)上海蜚英馆影印清士礼居黄氏刻本。——**1923**①13,20。

士敏土之图　见《梅斐尔德木刻士敏土之图》。

士敏土之图(翻印本)　德国梅斐尔德(C.Meffert)作,鲁迅序。1934年韩白罗用晒图纸翻印。——**1934**⑦25。

土饼　小说。沙汀著。1936年上海文化生活出版社出版,《文学丛刊》之一。——**1936**⑧16。

土俗品图录　指英国伦敦不列颠博物馆所藏中世纪手工艺品和艺术品的英文藏品目录,鲁迅通过日本丸善书店购得一册。——**1917**④24。

大公报　1902年6月英敛之创办于天津。1926年9月由财阀吴鼎昌和政学系张季鸾等接办。——**1934**③16。　**1935**⑧31。⑩15。

大荒集　诗文集。二册。林语堂著。1934年上海生活书店铅印本。——**1934**⑦6。

　　大乘论　　见《大乘起信论》。

　　大戴礼　　见《大戴礼记》。

　　大历诗略　　合集。六卷，四册。清代乔亿选评。乾隆三十七年(1772)宝应乔氏刻本，居安乐玩之堂藏板。——1935⑪20。

　　大众文艺　　文学月刊。郁达夫编，夏莱蒂助编。自第二卷第一期起由陶晶孙接编。上海现代书局发行。1928年9月创刊，1930年6月出至第二卷第六期停刊。——1928⑧26。

　　大名县志　　四十卷，卷首一卷，十二册。清代张维祺等纂修，乾隆五十四年(1789)刻本。——1923③14。

　　大学日刊　　见《北京大学日刊》。

　　大戴礼记　　儒家经典。十三卷。汉代戴德撰，北周卢辩注。——1912⑪12。　1927⑦26。

　　大西洋之滨　　散文集。孙福熙著，鲁迅校阅。1925年北京北新书局出版，《文艺小丛书》之一。——1924③7，8。　1925⑪30。

　　大乘起信论　　日记又作《大乘论》、《起信论》。佛教书籍。马鸣菩萨造。有两种译本：梁译，即南梁真谛译，一卷；唐译，即唐代实叉难陀译，二卷。——1914⑥3。⑦5，29。　1921⑥27。

　　大唐西域记　　地理书。十二卷，四册。唐代玄奘述，辩机编。日记所记版本有二：一为宣统元年常州天守寺刻本；一为《四部丛刊》初编影印宋刊宋梵夹本。——1913⑪26。　1914⑦29。　1924⑤14。

　　大清一统志　　日记作《嘉庆重修一统志》。地理总志。五六〇卷，二百册，附索引十册。清代穆彰阿等纂。《四部丛刊》续编影印进呈抄本。——1934③31。⑦7。

　　大广益会玉篇　　又作《玉篇》。字书。三十卷，三册。梁代顾野王撰，唐代孙强增字，宋代陈彭年等重修。《四部丛刊》初编影印元本。——1923⑤1。

　　大方广泥洹经　　见《佛说大方广泥洹经》。

　　大方等泥洹经　　见《佛说大方广泥洹经》。

　　大安般守意经　　佛教书籍。二卷，一册。后汉安世高译。——1914⑨26。

大乘中观释论　见《中观释论》。

大唐开元占经　又作《开元占经》。术数书。一二〇卷,二十四册。唐代瞿昙悉达等撰。——1912⑨15。　1913①17。

大涤子山水册　画册。一册。清代原济(石涛)绘。1912年上海有正书局影印。——1912⑪16。

大乘起信论义记　佛教书籍。七卷,附别记一卷,二册。唐代法藏撰。——1914⑥3。

大乘法苑义林章记　佛教书籍。二十一卷,七册。唐代窥基撰,智周记。——1918⑨7。

大乘起信论海东疏　即《大乘起信论疏记会本》。佛教书籍。六卷,二册。唐代新罗元晓疏记。——1921⑦7。

大唐三藏取经诗话　日记作《唐三藏取经诗话》。话本。三卷,一册。佚名撰。1916年上虞罗氏影印中瓦子张家蓝印本。——1918①4。

大清重刻龙藏汇记　日记作《清重刻龙藏汇记》。佛教书籍。一册。清代工布查等编。——1914⑥3。

大乘法界无差别论疏　日记又作《法界无差别论疏》。佛教书籍。二卷,一册。坚慧菩萨造,唐代提云般若译,法藏撰疏。——1914⑤15。

大萨遮尼乾子受记经　即《大萨遮尼犍子受记经》。佛教书籍。十卷,二册。后魏菩提留支译。——1914⑩25。

大慈恩寺三藏法师传　日记作《玄奘三藏传》、《慈恩寺三藏法师传》。佛教书籍。十卷,三册。唐代慧立撰。——1914⑥3。⑦29。

大方广佛华严著述集要　见《大方广佛华严经著述集要》。

大方广佛新华严经合论　日记作《华严经合论》。佛教书籍。一二〇卷,三十册。唐代实叉难陀译,李通玄造论,志宁厘经合论。——1914④19。

大方广佛华严经著述集要　日记又作《大方广佛华严著述集要》。佛教书籍。二十三种,十二册。——1914⑦28。

万仞约　小说集。张天翼著。1936年上海商务印书馆出版,《文学研究会创作丛书》之一。——1936④10。

万宝山　小说。李辉英著。1933年上海湖风书局出版。——**1933**④8。

万邑西南山石刻记　金石地志。三卷，一册。况周颐撰。光绪二十九年(1903)白岩讲舍刻本。——**1915**⑨12。⑩7。

万古愁曲、归玄恭年谱合刻　见《校正万古愁》。

才调集　合集。十卷，三册。五代后蜀韦縠辑。《四部丛刊》初编影印清常熟钱氏述古堂影抄宋书棚本。——**1926**⑨29。

矢彝考释质疑　金石题跋。一卷，一册。鲍鼎撰。1929年石印本。——**1932**③4。

上海指南　地理书。上海商务印书馆编印。——**1916**⑪3。

山灵　小说集。胡风编译。1936年上海文化生活出版社出版，《译文丛书》之一。——**1936**⑤18。

山海经　杂记。十八卷，二册。晋代郭璞传，日记中所记版本，一为清代歙县项氏群书玉渊堂依宋本校刻本；一为《四部丛刊》初编影印明成化六年刊本。——**1916**⑫8。　**1926**⑩14。

山民牧唱　小说集。西班牙巴罗哈(P.Baroja)著。鲁迅据日译本自1928年至1934年陆续译出，生前未出版。——**1933**⑨13。

山胡桃集　散文集。傅东华著。1935年上海生活书店出版，《创作文库》之一。——**1935**④13。

山野掇拾　散文集。孙福熙著，鲁迅校阅。1925年北京新潮社初版，《新潮社文艺丛书》之一。——**1923**⑧12,13,14。　**1924**①8。**1925**③11,12,15。④14。⑨9。

山右金石记　金石题跋。十卷，十册。清代张煦撰。为《山西通志》第八十九卷至九十八卷之单行本。光绪十五年(1889)刻本。——**1916**⑧27。

山右金石录　金石地志。三卷，一册。清代夏宝晋编。石宗建校订。光绪八年(1882)归安石氏刻本。——**1923**⑧24。

山樵书外纪　金石文字。一卷，一册。清代张开福撰。1921年西泠印社排印，刊入吴隐辑《遯盦金石丛书》。——**1935**③21。

山右石刻丛编　金石地志。四十卷，二十四册。清代胡聘之辑。

光绪二十五年至二十七年(1899—1901)胡氏刻本。——**1915**⑪6。

山谷外集诗注　别集。十四卷,八册。宋代黄庭坚撰,史容注。《四部丛刊》续编影印元至元二十二年(1285)重刻宋本。——**1934**②12。

巾箱小品　丛书。十三种,四册。清代金农著。日本文久三年(1863)刻本。——**1923**②7。

千甓亭专图　见《千甓亭古专图释》。

千甓亭古专图释　日记又作《千甓亭专图》。金石图象。二十卷,四册。清代陆心源辑。光绪十七年(1891)吴兴陆氏影印。——**1915**⑦2,29。

亿年堂金石记　金石文字。一册。陈邦福著。石印本。——**1932**③30。

及时行乐　画册。一册。佚名绘。上海艺苑真赏社影印清内府旧藏本。——**1933**①15。

广均　见《广韵》。

广韵　日记又作《广均》。韵书。五卷,五册。宋代陈彭年等撰。1919年《四部丛刊》初编影印宋刊巾箱本。——**1923**⑤1。

广陵潮　小说。十集。李涵秋著。上海震亚书局出版。——**1917**⑫31。

广东通信　广东进步青年编印的刊物。——**1936**①30。

广仓专录　即《艺术丛编·专门名家》第三集。金石图象。一卷,二册。姬佛陀编。上海仓圣明智大学刊行。——**1921**⑪15。

广东新语　杂记。二十八卷,十二册。清代屈大均撰。清末刻本。——**1927**⑥9。

广弘明集　佛教书籍。四十卷,十册。唐代道宣撰。1912年常州天宁寺刻本。——**1914**⑨17。　**1915**⑥5。　**1925**⑦14。

广阳杂记　杂记。五卷。清代刘献庭撰。光绪年间吴县潘氏《功顺堂丛书》本。——**1913**①18。

广陵诗事　别集。十卷二册。清代阮元撰。光绪十六年(1890)重刻本。京师扬州老馆藏版。——**1925**④16。

广雅丛刊　即《广雅书局丛书》。一六一种。清代广州广雅书局辑印,1920 年番禺徐绍棨汇编重印。——**1927**⑨16。

广雅疏证　训诂书。十卷,八册。清代王念孙撰,王引之述。——**1915**①2。

广经室文钞　别集。一卷,一册。清代刘恭冕撰。光绪十五年(1889)广雅书局刻本。——**1927**⑨16。

之江日报　在浙江杭州出版的一种报纸。——**1914**⑪6。

女性美(《妇女的三个时代》中之一部)　法国夏布流夫人著,季志仁译。1926 年北京北新书局出版。——**1926**⑤27。

女人的心　小说集。孙席珍著。1929 年上海真美善书店出版。——**1929**⑧7。

女史箴图　画册。宋代陈居中绘。民国初年有正书局刊本。——**1913**⑪16。

女史箴图　见《顾恺之画女史箴》。

女子师范风潮闻见记　当时北京女子师范学校学生因反对校长吴鼎昌而闹学潮,此即关于此事的记载。——**1912**⑫14。

小鬼　小说。俄国梭罗古勃(Ф.К.Сологуб)著,徐懋庸译。1936 年上海生活书店出版。——**1936**⑩2。

小说　梁得所主编,包可华、丽尼编辑。上海大众出版社发行。1934 年 5 月创刊时为月刊,同年 7 月第三期起改为半月刊,1935 年出至第十九期停刊。——**1934**⑦4。

小字录　名号录。一卷,一册。宋代陈思撰。《四部丛刊》三编影印明代活字本。——**1935**⑫30。

小约翰　童话。荷兰望·蔼覃(F. Van Eeden)著,鲁迅译。1928 年北京未名社出版,1934 年上海生活书店重印。——**1926**⑧13。　**1927**⑤2,26,29,31。⑥14。⑦15。　**1928**②2。③2,13。⑦18。　**1929**⑥22。　**1934**⑥6。⑫4,10,14。　**1935**③25。⑦20。

小彼得　童话。德国至尔·妙伦(Zur Mühlen)著,鲁迅译。1929 年上海春潮书局出版。——**1929**⑨8。　**1930**①25,27。

小说史　见《中国小说史略》。

小说集　见《短篇小说三篇》。

小小十年　小说。叶永蓁著,鲁迅校并作小引。1929 年上海春潮书局出版,二册;1933 年上海生活书店重印,一册。——**1929**⑦7。⑨5,21。　**1933**⑨21,27。

小百梅集　画集。清代改琦绘。1929 年上海商务印书馆影印。——**1929**⑧6。

小学大全　见《尹氏小学大全》。

小学答问　语言文字学。一卷,一册。章炳麟撰。清宣统元年(1909)作者手写刻本。——**1913**③30。④4,6。　**1914**⑪26。⑫15。**1915**③1。　**1919**⑤21。

小说二集　见《中国新文学大系·小说二集》。

小说二编　见《中国新文学大系·小说二集》。

小说月报　日记又作《说报》。1910 年创刊,商务印书馆出版。曾为"鸳鸯蝴蝶派"的刊物。1921 年 1 月第十二卷起由沈雁冰主编后,改革内容,成为文学研究会的主要阵地。1923 年 1 月第十四卷起,由郑振铎接编,1932 年上海一·二八事变后停刊。共出二十二卷。——**1917**⑥10。　**1921**④28。⑨5,6。　**1923**④10。　**1924**①21。⑨9。⑪19。⑫5。　**1925**①22。②23。③17。④14。⑤16。⑥16。　**1927**⑥30。

小说史略　见《中国小说史略》。

小说史略(日译本)　见《支那小说史》。

小说杂志　见《Роман-газета》。

小说拘沉　见《古小说钩沉》。

小说卷二　见《中国新文学大系·小说二集》。

小哥儿俩　小说集。凌叔华著。1935 年上海良友图书印刷公司出版,《良友文学丛书》之一。——**1935**⑪9。

小说旧闻钞　小说史料。鲁迅辑。1926 年北京北新书局出版,1935 年上海联华书局重印。——**1926**⑥12。⑧12,13。　**1928**③4,6。**1935**①23。⑤26。⑦16,17。

小万卷楼丛书　十七种,十六册。清代钱培名辑。光绪四年

(1878)金山钱氏重刻本。——**1914**③29。

小品文与漫画 《太白》半月刊一卷纪念特刊。1935 年上海生活书店出版。——**1935**③27。

小蓬莱阁金石文字 一册。清代黄易辑。1915 年鲁迅由京师图书馆分馆借得,补抄家藏本所缺的一页。——**1915**④28。

飞燕外传 见《仇文合璧飞燕外传》。

马叔平所藏甲骨文拓本 金石文字。一册。——**1919**⑤23。

马江香〔女士〕花卉草虫册 画册。一册。马江香绘。上海文明书局影印。——**1912**⑪17。

马扶曦花鸟草虫册 画册。一册。清代马元驭绘。上海文明书局影印。——**1912**⑪17。

子夜 小说。茅盾著。1933 年上海开明书店出版。——**1933**②3。⑥19。

乡言解颐 训诂书。五卷,四册。清代瓮斋老人撰。道光三十年(1850)刻本。——**1932**④4。

乡土教科书 见《江苏江宁乡土教科书》。

四 画

王无功集 别集。三卷,补遗二卷,校勘记一卷,一册。唐代王勣撰。光绪三十二年(1906)上虞罗氏唐风楼刻本。——**1912**⑫14。

王右丞集 见《王右丞集笺注》。

王子安集注 别集。二十卷,卷首一卷,卷末一卷,六册。唐代王勃撰,清代蒋清翊注。光绪九年(1883)吴县蒋氏双唐碑馆刻本。——**1932**②20。

王荆公年谱 传记。三卷,卷后一卷,遗事一卷,二册。清代顾栋高辑,吴兴刘承干校。1917 年吴兴刘氏求恕斋刻本。——**1934**⑪3。

王觉斯诗册 见《王觉斯诗册真迹》。

王小梅人物册 画册。一册。清代王小梅绘。1912 年上海有正书局影印。——**1912**⑪17。

王子安集佚文 别集。一卷,校记一卷,一册。唐代王勃撰,罗振玉校录。1918 年上虞罗氏仿宋铅印本。——**1932**③17。

王右丞集笺注　别集。二十八卷,卷首一卷,卷末一卷,八册。唐代王维撰,清代赵殿成笺注。乾隆二年(1737)锦斋刻本。——**1923**⑤15,25。⑥6,7,8,9,10。

王忠慤公遗集　见《海宁王忠慤公遗书》。

王觉斯自书诗　见《王觉斯诗册真迹》。

王良常论书滕语　见《王良常楷书论书滕语》。

王觉斯诗册真迹　书法。一册。清代王觉斯作并书。上海文明书局石印。——**1914**⑫30。

王梦楼自书诗稿　见《王梦楼自书快雨堂诗稿》。

王石谷晚〔老〕年拟古册　日记又作《石谷晚年拟古册》。画册。一册。清代王翚绘。上海有正书局影印。——**1912**⑪16。

王良常楷书论书滕语　书法。一册。清代王澍撰并书。上海文明书局石印。——**1914**⑫30。

王梦楼自书快雨堂诗稿　日记又作《王梦楼自书诗稿》。书法。一册。清代王文治作并书。上海文明书局石印。——**1914**⑫30。

开元占经　见《大唐开元占经》。

开元天宝遗事　笔记。二卷,一册。后周王仁裕撰。1921 年西泠印社排印本。——**1935**③21。

开有益斋读书志　杂纂。六卷,续志一卷,金石文字记一卷,六册。清代朱绪曾撰。——**1928**⑥10。

开拓了的处女地　小说。苏联萧洛霍夫(M.A.Шолохов)著,李虹霓译。1936 年日本东京目黑社出版。——**1936**⑨8。

天下篇　半月刊。天津天下篇半月刊社编。1934 年 2 月创刊。——**1934**②24。③5,12,16,28。④4。

天觉报　日记又作《天觉日报》。1912 年 11 月 1 日创刊于浙江绍兴。宋琳等编。1913 年 3 月停刊。——**1912**⑩30。⑪7,9,12,13,16,17,19,21,22,24,25,26,27,28,29,30。⑫1,3,4,5,7,8。 **1913**②2。

天觉日报　见《天觉报》。

天游阁集　日记又作《天游阁诗集》。别集。一册。清代顾春撰。——1912⑧14。⑩15。

天人感通录　即《道宣律师天人感通录》。

天发神谶碑　原称《吴天玺纪功碑》。三国吴碑刻。一册。上海有正书局石印。——1914⑫20。

天游阁诗集　见《天游阁集》。

天马山房丛著　丛书。马叙伦撰。六种,七卷,一册。铅印。——1925⑩30。

天籁阁旧藏宋人画册　一册。闽县李氏观槿斋藏。上海商务印书馆影印。——1923①26。　1931④28。

元史(洪武本)　见《二十四史》(百衲本)。

元曲选　杂剧。一百卷,六家论曲一卷,四十八册。明代臧懋循辑。——1922⑩15。　1928⑦30。

元画考　见《元书画考》。

元书画考　清代高士奇撰。清嘉庆己未(1799)松门戴光曾鸽峰堂手抄本。四册。鲁迅曾托人从浙江图书馆藏本抄出,订为二册。今不见于鲁迅藏书。——1913⑨9,21。

元庆的画　陶元庆绘。——1928⑥1。

元次山集　见《唐元次山文集》。

元和姓纂　类书。十卷,四册。唐代林宝撰,清代孙星衍、洪莹校。——1914①24。

元遗山集　见《元遗山先生全集》。

元九宫词谱　元代曲谱。撰者不明,版本不详。——1913⑥22。⑧9。

元次山文集　见《唐元次山文集》。

元祐党人传　传记。十卷,四册。清代陆心源辑。光绪十五年(1889)刻本。——1926⑩5。

元遗山诗注　全名《元遗山诗集笺注》。十四卷。金元好问撰,清代施国祁笺注。有道光二年(1822)南浔蒋氏瑞松堂刻本和道光十七年(1837)苕溪吴氏醉六堂刻本,均为六册装。鲁迅代宋芷生所购版本不详。——1918②6,7。

元明古德手迹　书法。一册。元明间梵崎、道衍等书。上海有正书局影印。——**1913**⑫14。

元明散曲小史　梁乙真著。1934年上海商务印书馆出版。——**1935**④13。

元人选元诗五种　合集。收《河汾诸老诗集》(元房祺辑)、《国朝风雅》(元蒋易辑)、《木雅集》(元赖良辑)、《敦交集》(元魏士达辑)、《伟观集》(元佚名辑)等五种。罗振玉编。1915年连平范氏双鱼室刻本。——**1935**⑪20。

元城先生尽言集　政书。十三卷,四册。宋代刘安世撰,马永卿编。《四部丛刊》续编影印明隆庆翻宋本。——**1934**⑦14。

元西域人华化考　史学专著。二册。陈垣著。1923年石印本。——**1923**⑪8。

元遗山先生全集　别集。四十卷,卷首一卷,十六册。金代元好问撰。光绪七年(1881)读书山房刻本。——**1934**①1。

元阎仲彬惠山复隐图　画册。一册。元代阎骧绘。宣统三年(1911)上海文明书局影印。——**1912**⑪17。

元至治本全相平话三国志　日记作《全相三国志平话》。小说。三卷,三册。不著撰人。1929年上海商务印书馆影印。——**1929**⑥23。

无冤录　法医学。二卷,一册。元代王与撰。1929年永嘉黄氏刻,《敬乡楼丛书》本。——**1932**④4,6。

无机化学　见《无机质学》(译稿)。

无机质学(译稿)　日记又作《化学》、《无机化学》、《化学讲义》。三册。1911年鲁迅应张协和之请而译。原作者不详。——**1913**②5。**1914**⑤7。⑪8。　**1915**⑩15。

无名文艺　月刊。陈企霞、叶紫合编。1933年2月创刊,初为旬刊。上海无名文艺旬刊编辑部发行。同年6月与海燕文艺社合并,改出月刊,仅出两期。——**1933**⑥5。

无名木刻集　又作《木刻集》。日记作"木刻"。1934年4月无名木刻社手印。收刘岘、黄新波木刻七幅,鲁迅曾为作序。——**1934**④17。

无邪堂答问　杂学。五卷,五册。清代朱一新撰。光绪二十一年(1895)广雅书局刻本。——**1927⑨**16。

无量义经观普贤行法经合刻　佛教书籍。二卷,一册。《无量义经》,一卷,南齐昙摩伽陀耶宿译;《佛说观普贤菩萨行法经》,一卷,刘宋昙摩蜜多译。金陵刻经处刻。——**1916①**29。

韦斋集　别集。十二卷,三册。宋代朱松撰。《四部丛刊》续编影印元本。——**1934④**9。

韦江州集　别集。十卷,附录一卷,二册。唐代韦应物撰,明代华云校。《四部丛刊》初编影印明本。——**1922⑩**15。

云议友议　见《云溪友议》。

云仙杂记　笔记。十卷,一册。旧题唐代冯贽撰。《四部丛刊》续编影印明隆庆年间叶氏菉竹堂刊本。——**1934③**5。

云谷杂记　笔记。一卷。南宋张淏(清源)撰。——**1913⑥**1。**1914③**16,22。

云南周刊　云南昆明进步人士办的综合性刊物,梓模曾将该刊寄与鲁迅。——**1925④**21。

云窗丛刻　丛书。十二种,十二册。罗振玉辑。1914年上虞罗氏日本影印袖珍本。——**1915⑩**17。**⑪**2。

云溪友议　日记又误作《云议友议》。笔记。唐代范摅撰。日记所记版本有三:一、吴兴刘氏《嘉业堂丛书》朱印本,三卷,一册;二、《四部丛刊》续编影印明本,三卷,附校勘记三卷,一册;三、吴兴刘氏《嘉业堂丛书》本,三卷,附校勘记三卷,二册。——**1923⑧**24。　**1934③**5。**⑪**3。

云溪杂记　未详。——**1914⑥**30。

专门名家(二集)　金石图象。一册。姬佛陀(觉弥)辑。1920年仓圣明智大学刊行,《艺术丛编》之一。——**1921⑩**28。

艺术　见《Искусство》。

艺术论　文艺理论。苏联卢那察尔斯基(А.В.Луначарский)著,鲁迅据日译本重译。1929年上海大江书铺出版,为《艺术理论丛书》之一。——**1929④**22。**⑥**30。

艺术论　文艺理论。俄国普列汉诺夫（Г.В.Плеханов）著。鲁迅据日译本重译。1930 年上海光华书局出版，《科学的艺术论丛书》之一。——**1929**⑩12，13。　**1930**⑤8。

艺术论　见《マルクス芸術論》。

艺谈录　诗文评论。二卷，二册。清代张维屏撰。粤东富文斋刻本。——**1927**⑥9。

艺术丛编　金石丛书。姬佛陀（觉弥）编。1916 到 1920 年上海仓圣明智大学刊行，共三十九册（内有《专门名家》一至三集）。——**1916**⑫5。　**1917**④1。　**1918**③9。　**1919**④22。　**1921**③10。⑩28。⑪15。

艺术讲座　见《文艺讲座》。

艺文类聚　类书。一百卷，十册。唐代欧阳询等辑。明代嘉靖七年（1528）苏州刻本。——**1912**⑩1。　**1913**⑫17，18。　**1916**④22。

艺坛导报　旬刊。南京艺坛导报社编辑发行。1936 年 1 月 10 日出版试刊号，20 日正式出版。——**1936**①15。

艺苑朝花〔华〕　美术丛刊。鲁迅编选。朝花社印行。预定出版十二辑，后仅出五辑：《近代木刻选集(1)》、《蕗谷虹儿画选》、《近代木刻选集(2)》、《比亚兹莱画选》（以上四辑 1929 年上海朝花社选印），《新俄画选》（1930 年上海光华书局出版）。——**1929**②19，21。④9。⑤12。⑦16，20。　**1930**②26。⑤31。⑥1，17。　**1935**①9。

艺术与批评　见《文艺与批评》。

艺风堂读书记〔志〕　丛书。七卷，二册。缪荃孙著。江阴缪氏刻本。——**1916**⑦21。⑨26。

艺风堂考藏金石〔文字〕目　金石目录。十八卷，八册。缪荃孙编。——**1915**⑧5。

木刻　见《无名木刻集》。

木刻　见《李桦版画集》。

木刻　见《现代版画》。

木版画　木刻集。野穗社编印。1933 年 5 月出版。——**1933**⑥18。

木刻集(罗清桢)　见《罗清桢木刻集》。

木刻集(王慎思)　疑为 1933 年冬无名木刻社手印的《○○木刻集》。——**1934**③25。

木刻集　ＭＫ木刻研究社编印。——**1934**⑤20。

木刻集(张影)　见《张影版画集》。

木刻集(赖少其)　见《赖少麒版画集》。

木刻集(张慧)　见《张慧木刻画》。

木棉集　诗文戏曲集。卢前著。1928 年排印本。——**1928**⑪9。

木刻纪程(一)　木刻集。鲁迅编选并作小引。1934 年以"铁木艺术社"名义印行。——**1934**⑦18。⑧14。⑩3,4,6,8,17,27。⑪7,22。⑫7,24。　**1935**①31。

木刻图说　见《Woodcuts and Some Words》。

木铃木刻　木刻集。1933 年春杭州艺术专科学校木铃木刻社第一次作品展览会展品结集。——**1933**④25。

木版雕刻集　见《Гравюра на дереве》。

木刻创作法　白危(吴渤)编译,鲁迅作序。1937 年上海读书生活出版社出版。——**1933**⑪9。

木刻集之二　即《近代木刻选集(2)》,见《艺苑朝华》。

木刻三人展览会纪念册　木刻集。陈仲纲、赖少其、潘业作。手拓本。——**1935**⑫17。

五杂组　杂著。十六卷。明代谢肇淛撰。日本宽文元年(1661)刻本。——**1923**①26,31。

五代史记　见《二十四史》(百衲本)。

五代史平话　小说。残八卷,二册。宋代佚名撰。毘陵董氏(董康)诵芬室影宋本。——**1916**③12。

五唐人诗集　合集。二十六卷,五册。收孟浩然、孟郊、李绅、韩偓、温庭筠作品。明代毛晋辑。1926 年上海商务印书馆影印明汲古阁刻本。——**1927**①10。

五年计划〔的〕故事　科普读物。苏联伊林(Ильин)著,吴朗西译。1932 年上海新生命书局出版。——**1932**⑧4。

五百石洞天挥麈　杂纂。十二卷,六册。清代邱炜蒌撰。光绪二十五年(1898)闽漳邱氏广州刻本。——**1927**④19。

五馀读书廛随笔　杂著。二卷,一册。顾家相撰,顾燮光等编。1920 年仿宋铅印。——**1921**④22。

五代贯休画罗汉象　日记又作《贯休画罗汉象》、《贯休罗汉象》、《贯休画罗汉》。画册。一册。五代前蜀贯休绘。1926 年杭州西泠印社影印清代乾隆拓本。——**1928**⑦13。　**1930**⑪13。　**1935**③21,23。

五十年来之中国文学　日记作《中国文学》。文学史论。胡适著。《申报》五十周年纪念刊抽印本。1924 年出版。——**1924**⑥2。

五十年来之世界哲学　哲学史论。胡适著。《申报》五十周年纪念刊抽印本。1924 年出版。——**1924**⑥2。

五苦章句经等十经同本　佛教书籍。一册。内有:《五苦章句经》(东晋竺昙无兰等译)、《佛说坚意经》、《佛说净饭王般涅槃经》、《佛说兴起行经》、《长爪梵志请问经》、《佛说譬喻经》、《佛说比丘听施经》、《佛说略教诫经》、《疗痔病经》、《佛说叶报差别经》等十种。——**1914**⑩9。

支那二月　文学月刊。应修人等编。湖畔诗社出版。1925 年 2 月创刊,同年 5 月出至第一卷第四期停刊。——**1925**④1。

支那土偶考　见《Chinese Pottery of the Han Dynasty》。

支那本藏经情字二册　佛教书籍。共四种经:《顺中论》二卷、《摄大乘论本》三卷、《中边分别论》二卷、《大乘起信论》三卷。——**1914**⑫7。

支那本大小乘论残本七册　见“支那本大小乘论静至逸字共七册”。

支那本大小乘论静至逸字共七册　日记又作“支那本大小乘论残本七册”。指“静”字二册八种经,“情”字二册四种经,“逸”字三册十二种经。——**1914**⑫5。

不幸的一群　日记作《不幸者的一群》。小说。俄国陀思妥耶夫斯基(Ф.М.Достоевский)著,李霁野译。1929 年北平未名社出版部出版。——**1929**⑤20。

不安定的灵魂　小说集。陈翔鹤著。1927 年北京北新书局出版。——**1927**⑦24。

不幸者的一群　见《不幸的一群》。

不走正路的安得伦　日记又作《安得伦》。小说。苏联聂维洛夫（А.Неверов）著,曹靖华译。1931年先在苏联印制,后经鲁迅编校并作小引,1933年由上海野草书屋出版,《文艺连丛》之一。——**1931**⑫25。**1933**⑤11,13,21。⑥3,13,19。⑩6。⑪1。

太白　小品文半月刊。陈望道编。上海生活书店发行。1934年9月20日创刊,1935年9月5日出至第二卷第十二期停刊。——**1934**⑨23。⑩24。⑪22。　**1935**②22。③15,21,25,27。④5,25。⑤7,23。⑦23。⑧7。⑨8。

太戈尔传　传记。郑振铎编著。1925年上海商务印书馆出版,《文学研究会丛书》之一。——**1925**⑥4。

太平广记　类书。五百卷,目录十卷。宋代李昉等辑。——**1923**②9。④2。⑤22。　**1926**⑥17。　**1935**②20。

太平乐府　见《朝野新声太平乐府》。

太平御览　类书。一千卷,目录十五卷。宋代李昉等辑。日记所记版本有二:清代光绪十八年(1892)学海堂南海李氏重刻本,八十册;《四部丛刊》三编影印宋本及日本聚珍本。——**1927**⑦4。　**1935**⑫30。

太平天国野史　杂史。凌善清编。1923年上海文明书局出版。——**1933**⑤20。

太史公疑年考　传记。一卷,一册。张惟骧撰。1927年武进张氏小双寂庵刻本。——**1935**①5。

历书　即《中华民国历书》。教育部中央观象台编印。日记所记有民国四年、五年、六年三册。——**1914**⑩17。　**1915**⑫21。　**1916**⑨26。

历代诗话　丛书。二十八种,五十七卷,十六册。清代何文焕辑。——**1926**⑩30。

历代名将图　画册。二卷,二册。清代任阜长绘。光绪十三年(1887)上海点石斋石印本。——**1931**⑪29。

历代讳字谱　日记作《讳字谱》。政书类。二卷,一册。张惟骧撰。

1932年武进张氏小双寂庵刻本。——**1935**①29。

历代画象传　画册。四卷,四册。清代丁善长绘。——**1917**①28。

历代名人年谱　传记。十册。清代吴荣光撰,谭锡庆等辑校。咸丰二年(1852)信都万忍堂刻本。——**1926**⑩14。

历代名人画谱　画册。四册。明代顾炳摹。1927年上海受古书店影印。——**1928**⑨27。　**1933**⑫3。　**1934**①9。

历代诗话续编　丛书。二十八种,七十六卷,二十四册。丁福保辑。1916年无锡丁氏聚珍版印本。——**1926**⑩30。

历代符牌后录　见《历代符牌图录后编》。

历代符牌图录　日记又作《符牌图录》。金石图象。二卷,一册。罗振玉辑。1914年上虞罗氏影印本。——**1915**⑨21。　**1916**⑧6。

历代钞币图录　未详。——**1915**⑫3。

历代帝王疑年录　传记类。一卷,一册。张惟骧撰。1926年武进张氏小双寂庵刻本。——**1935**①5。

历代符牌图录后编　金石图象。一卷,一册。罗振玉辑。1916年上虞罗氏影印本。——**1917**⑫30。

历代钟鼎彝器款识法帖　日记作《薛氏钟鼎款识》。金石文字。二十卷,四册。宋代薛尚功辑。清光绪三十三年(1907)贵池刘氏玉海堂武昌刻本。——**1917**⑤27。

友中月刊　文学月刊。汕头私立友联中学出版。——**1927**⑤20。

比亚兹来传　见《Aubrey Beardsley》。

比亚兹莱画选　见《艺苑朝华》。

戈理基像　见《Портреты Максима Горького》。

戈理基文录　高尔基著,柔石等译,鲁迅编。1930年上海光华书局出版。——**1930**⑧30。

戈理基全集(原文)　未详。——**1933**⑨4。

戈理基小说集　未详。——**1933**⑤11。

戈理基短篇小说　见《一月九日》。

互助论　政治。俄国克鲁泡特金(П.А.Кропоткин)著。鲁迅所寄当为英文本《Mutual Aid, a Factor of Evolution》,1902年伦敦出

版。——**1918**③7。

切韵　韵书。五卷，一册。隋代陆法言撰。——**1922**③17。

切均［韵］指掌图　韵书。一卷，一册。宋代司马光撰。《四部丛刊》续编影印影宋抄本。——**1934**⑥30。

瓦釜集　诗集。刘半农作。1926 年北京北新书局出版。——**1926**⑤11。

少年先锋　旬刊。中国共产主义青年团广东区委机关刊物。广州国光书店发行。1926 年 9 月 1 日创刊，1927 年"四一五"后停刊。共出十九期。主要撰稿人有恽代英、李求实等。——**1927**①31。

少年兵团　未详。——**1917**⑩26。

少室山房集　杂著。六十四卷，十册。明代胡应麟撰。1920 年番禺徐绍棨汇编重刻光绪二十二年(1896)广雅书局本。——**1926**⑪5。

日文要诀　未详。——**1921**⑨15。

日本文研究　即《日文研究》。在日本出版发行的中日文月刊。东京日文研究社班级出版，代表人赵德清。1935 年 7 月 18 日创刊。鲁迅曾在该刊发表译自《出了象牙之塔》的厨川白村随笔《自己表现》和《随笔》两篇译文。——**1935**⑨19。

日本东京及大连图书馆所见中国小说书目提要　日记作《东京及大连所见中国小说书目提要》。目录。孙楷第编。1932 年北平图书馆中国大辞典编纂处印。——**1932**⑪18。

中论　佛教书籍。四卷，二册。龙树菩萨造，亲目菩萨释，后秦鸠摩罗什译。——**1914**⑦28。

中论　儒家书籍。汉代徐干撰。二卷，一册。《四部丛刊》初编影印明文始堂刻本。——**1924**⑤14。

中流　文学半月刊。黎烈文编。上海杂志公司发行。1936 年 9 月创刊，1937 年 8 月出至第二卷第十期停刊。——**1936**⑧23，24。⑨5，10，22，28。⑩8。

中学生　月刊。夏丏尊、叶圣陶等编。上海开明书店发行。1930 年 1 月创刊，1949 年出至第二一五期后改名《进步青年》。——**1931**①20。⑪27。

中观释论　　佛教书籍。九卷，二册。安慧菩萨造，宋代惟净等译。——1914⑤15。

中阿含经　　佛教书籍。六十卷，十二册。东晋僧伽提婆译。——1914⑨26。

中国文学　　见《五十年来之中国文学》。

中国史话　　史书。韦休著。1931 年上海商务印书馆出版。——1932①19。

中国名画　　日记又作《中国名画集》。画册。美术研究会辑。上海有正书局影印。——1912④29。⑤25。⑨1。⑩26。⑪24。　1914⑤23。　1916⑨2。⑩12。　1917②4。　1918⑨28。　1919④15。

中国论坛　　见《China Forum》。

中国画论　　见《The Chinese on the Art of Painting》。

中国学报　　月刊。中国学报社编。北京商务印书馆印行。1912年 11 月创刊，1913 年 7 月停刊。1916 年 1 月复刊，期数另起。——1912⑪13，14。⑫28，30。　1913②19，21。　1917②24。　1918⑥16。

中原音韵　　曲韵。一卷，二册。元代周德清撰。1922 年古里瞿氏铁琴铜剑楼影印元刻本。——1923①5。

中古文学史　　一册。刘师培编著。1923 年北京大学出版部铅印本，北京大学文科一年级教材。——1924⑤23。

中州金石记　　金石目录。五卷，二册。清代毕沅撰。——1915⑤9，18。　1916⑫8。

中兴间气集　　合集。二卷，一册。唐代高仲武辑。武进费氏影印宋本。——1920③6。

中国小说史　　见《中国小说史略》。

中国文学史（插图本）　　郑振铎著。1932 年至 1933 年北平朴社出版部出版。共四册。——1932⑩31。　1933①15。②3。⑨17。

中国名画集　　见《中国名画》。

中国的一日　　散文集。茅盾编。1936 年上海生活书店出版。——1936⑨27。

中国的运命（俄译）　　见《Китайские судьбы》。

中国诗论史　见《支那詩論史》。

中国哲学史　冯友兰著。1934 年上海商务印书馆出版。——
1935⑥6。

中央日报副刊　日记作《副刊》。孙伏园编。《中央日报》当时在汉
口出版。——**1927**⑥10。

中国大文学史　谢无量著。1926 年上海中华书局第十版。——
1927④6。

中国小说史料　孔另境编。1936 年上海中华书局出版。——
1936⑩11。

中国小说史略　日记又作《小说史》、《小说史略》、《中国小说史》、
《说史》。鲁迅著。1923 年 12 月至 1924 年 6 月由北京新潮社分上、下
卷出版。1925 年 9 月,经部分修订后由北京北新书局合印一册,1930
年重印时又作修订。——**1922**②2。　**1923**③28。④19。⑥6。⑩8,
23。⑪19。⑫1,11,12,15,20,22,26,30。　**1924**②2,4。③1,4,8。④
1,2,11,12,19。⑥20,21,23,24,26,27。⑦3,5,6,20。⑧18,23。
1925②23。⑩7,8,9,10,12,16,25,30。⑪28。　**1926**②8。④10。⑫
6,13。　**1927**⑥3。　**1930**⑪20,25。　**1931**③16。⑦17。⑨15,17,
19。⑩6,28。⑪9。　**1932**⑧16。　**1934**⑤31。　**1935**⑨17。

中国小说史略(日译)　见《支那小说史》。

中国文学史略　见《中国文学史要略》。

中国文学论集　郑振铎著。1934 年上海开明书店出版。——
1934④25。

中国书店书目　日记中尚记有:"中国书店目录"、中国书店"旧书
目"应皆相关。——**1926**⑫25。　**1928**⑥1。　**1931**⑥13。⑪21,24。
1934⑦2。⑪1。　**1935**⑫31。　**1936**①3。

中国学报汇编　见《中国学报》。

中国故事研究　见《民间故事研究》。

中国文学史大纲　谭正璧编著。1925 年上海泰东图书局出版,
《拈花微笑室丛书》之一。——**1925**⑩14。

中国文学史纲要　贺凯编著。1933 年北平新兴文学研究会出

版。——**1933**⑨23。

中国文学史要略　日记又作《中国文学史略》。朱希祖编著。北京大学出版部铅印本。——**1926**②3。

中国新文学大系　日记又作《新文学大系》、《新中国文学大系》。赵家璧主编。1935 年至 1936 年上海良友图书印刷公司出版。共十集。第一集为建设理论集，胡适编选；第二集为文学论争集，郑振铎编选；第三集为小说一集，茅盾编选；第四集为小说二集，鲁迅编选；第五集为小说三集，郑伯奇编选；第六集为散文一集，周作人编选；第七集为散文二集，郁达夫编选；第八集为诗集，朱自清编选；第九集为戏剧集，洪深编选；第十集为史料索引附目录，阿英编选。——**1935**①8，24。②20，26，27，28。③7，28。⑤8，19，24。⑥28，29。⑦2，3，4，13。⑧9，28。⑨6，17，19。⑩17，21。⑪21，28。　**1936**④8。

中国文学珍本丛书　又作《国学珍本丛书》。张静庐编。1935 年至 1936 年上海杂志公司出版。第一辑四十一种。——**1936**④4。

中国新文学运动史　王哲甫编著。1933 年著者自刊本。——**1935**⑫4。

中心经等十四经同本　佛教书籍。《中心经》，又作《忠心经》。一卷，一册。晋代竺昙无兰译。与《（佛说）见正经》等十三经合刻。——**1914**⑩9。

中国美术在英展览图录　见《参加伦敦中国艺术国际展览会出品图说》。

中国文字之原始及其构造　文字学。二册。蒋善国著。1930 年上海商务印书馆石印本。——**1930**⑩28。

中国艺术在伦敦展览会出品图说　见《参加伦敦中国艺术国际展览会出品图说》。

见笑集　别集。四卷，四册。清代朱克家撰。光绪十年（1884）刻本。——**1935**①31。

气象　月刊。教育部中央观象台编印。——**1914**⑧24。

毛诗稽古编　儒家书籍。三十卷，附考一卷，八册。清代陈启源撰。嘉庆十八年（1613）刻，嘉庆二十年重校正本。——**1915**②21。

毛诗草木鸟兽虫鱼疏　儒家书籍。二卷,一册。三国吴陆玑撰,罗振玉校。仿宋聚珍本。——**1921**④5。

长安志　地理书。二十卷,附长安志图三卷,五册。宋代宋敏求撰。——**1923**②14。

长短经　杂著。九卷。唐代赵蕤撰。——**1912**⑧15。

长阿含经　佛教书籍。二十二卷,六册。后秦佛陀耶舍、竺佛念译。——**1914**⑨16。

长安获古编　金石图象。二卷,补一卷,二册。清代刘喜海辑。光绪三十一年(1905)刘鹗补刻本。——**1915**③6。⑩7。

长恨歌画意　画册。李毅士绘。1932年上海中华书局影印。——**1933**①4。

化学　见《无机质学》(译稿)。

化学讲义　见《无机质学》(译稿)。

仇文合作[璧]飞燕外传　日记又作《飞燕外传》。书画册。明代仇英(十洲)绘,文徵明书。上海文明书局影印。——**1914**⑪29。　**1932**⑧2。

仇文合作西厢会真记图　见《仇文合璧西厢会真记全册》。

仇文合璧西厢会真记全册　日记作《仇文合作西厢会真记图》。书画册。明代仇英(十洲)绘,文徵明书。1924年上海文明书局影印。——**1932**⑧2。

父子之间　小说集。周文著。1935年上海良友图书印刷公司出版,《良友文库》之一。——**1935**⑪2。

从军日记　小说。谢文翰著。1925年北京北新书局出版。——**1925**⑤1。

今世说　杂记。八卷,四册。清代王晫撰。康熙二十二年(1683)刻本。——**1933**①16。

今日欧美小说之动向　文艺评论。英国半月刊评论社编,赵家璧译。1935年上海良友图书印刷公司出版。——**1935**②28。

公孙龙子　名家书籍。三卷,一册。周代公孙龙子撰。上海中国书店据清代严可均校道藏本铅印。——**1926**①12。

公孙龙子注　名家书籍。一册。清代陈澧注。1925 年刻本。——**1926** ⑤17。

公是先生七经小传　儒家书籍。三卷,一册。宋代刘敞(公是)撰。《四部丛刊》续编影印宋刻本。——**1934**⑤14。

月夜　散文集。章川岛作。1924 年北京大学新潮社出版。——**1924**⑨1,16。　**1926**⑫25。

月河所闻集　笔记。一卷,一册。宋代莫君陈撰。吴兴刘氏嘉业堂刻本。——**1923**①5。

月河精舍丛钞　丛书。五种,四十四卷,二十三册。清代丁宝书辑。光绪六年(1880)苕溪丁氏刻本。——**1926**⑩5。

风狂心理　见《疯狂心理》。

乌青镇志　方志。十二卷,二册。清代董世宁等修纂。1918 年据乾隆二十五年(1760)刻本铅印。——**1925**④16。

六十种曲　戏曲总集。十二集,八十册。明代毛晋辑。——**1913**⑦13。　**1921**④7。

六艺纲目　儒家书籍。二卷,二册。元代舒天民撰,舒恭注,明代赵宜中附注。光绪七年(1881)汪氏籍书邨景刻东武刘氏本。——**1913**③1。

六书解例　文字学。一册。马叙伦撰。1931 年上海商务印书馆石印本。——**1932**⑨24。

六朝文絜　合集。四卷,二册。清代许槤选。光绪三年(1877)读有用书斋刻本。——**1935**①31。

六臣注文选　日记又作《文选》。合集。六十卷。南朝梁萧统编选,唐代李善、吕延济、刘良、张诜、吕向、李周翰注。《四部丛刊》初编影印宋刊本。——**1924**⑥13。　**1931**⑪13,16。

六醴斋医书　医书。十种,二十册。清代程永培辑校,光绪十七年(1891)广州藏修堂刻本。——**1927**⑧2,12,17。

六朝廿一家集(汪刻)　即《汉魏二十一名家集》。合集。明代万历十一年(1583)汪士贤校刻。——**1916**③12。

六朝人手书左传　应作《六朝人书左氏传》。书法。一册。清代杨守敬辑。宣统年间上海有正书局石印本。——**1914**①18。

　　文艺　月刊。现代文艺研究社编。上海华通书局发行。1933年10月创刊,同年12月出至第一卷第三期停刊。——**1933**⑫9,15。

　　文史　学术性双月刊。吴承仕编。北平中国学院国学系印行。1934年4月创刊,同年12月终刊。——**1934**⑤11。

　　文报　见《Литературная газета》。

　　文库　见《良友文库》。

　　文学　半月刊。"左联"机关刊物。以上海出版合作社名义编辑出版。1932年4月创刊,仅出一期。——**1932**⑦6。

　　文学　月刊。1933年7月创刊。先后由傅东华、郑振铎、王统照编辑,黄源助编。上海生活书店发行。1937年11月停刊。——**1933**⑤3。⑥4,17,30。⑦7,29,30。⑧2。**1934**①18。③12。⑦7,30。⑨6。⑩1,30。⑪22。⑫11,24。**1935**②13。③4,18。④3,15,28,29。⑤3,6,7。⑥2,6,10,25。⑦4,16,31。⑧9,14,15,31。⑩2,3。

　　文录　见《吴虞文录》。

　　文录　未详。——**1925**⑤30。

　　文始　文字学。九卷,一册。章炳麟撰。1913年章氏原稿影印本。——**1913**⑨4,23。**1915**④18。⑥28。**1932**⑧11,18。⑩24。

　　文选　合集。六十卷。南朝梁萧统编选,唐代李善注。——**1914**⑨6。**1923**⑦31。**1931**⑤26。

　　文选　见《六臣注文选》。

　　文献　见《文献特刊》。

　　文士传　传记。一卷。晋代张隐撰。久已失传。鲁迅1911年前后从《说郛》中录出所引文士记事十七则;又从《北堂书钞》、《初学记》、《事类赋》等十余种古书中辑出历代文士记五十九则。现存辑稿六十余页。——**1913**⑪4。

　　文学报　见《Литературная газета》。

　　文艺日记　载有名人语录及作家特撰短文的日记本。黄源编。1935年上海生活书店印行。鲁迅的《拿破仑与隋那》曾刊入。——**1935**①24,27。

文艺月报　　北方"左联"机关刊。陈北鸥、金谷等编。北平文艺月报社发行。1933 年 6 月创刊。——**1933**⑥11。

文艺丛书　　见《良友文学丛书》。

文艺会刊　　见《北京女子高等师范文艺会刊》。

文艺旬刊　　见《文学旬刊》。

文艺讲座　　日记又误作《艺术讲座》。冯乃超等编(不署编者名)。上海神州国光社发行。1930 年 4 月出版。仅出一册。——**1930**②3。③7。⑥23。

文艺季刊　　未详。——**1923**⑦14。

文艺周报　　未详。——**1936**⑩10。

文艺春秋　　月刊。章衣萍等编。上海文艺春秋社发行。1933 年 7 月创刊,1934 年 6 月出至第一卷第十期停刊。——**1933**⑦24。

文艺研究　　季刊。署文艺研究社编辑,实由鲁迅主编。上海大江书铺发行。版权页作"1930 年 2 月 15 日"出版,实际出版于同年 5 月之后。仅出一期即被禁。——**1930**②8。④25。⑤3。

文艺新闻　　周刊。"左联"领导的刊物之一。上海文艺新闻社编辑并发行,代表人袁殊。1931 年 3 月 16 日创刊,1932 年 6 月 20 日出至第六十期停刊。鲁迅的《上海文艺之一瞥》等文曾在该刊发表。——**1932**①6。

文化月报　　上海左翼文化总同盟的机关刊。陈乐夫编。上海文化月报社发行。1932 年 11 月创刊,1933 年 1 月出至第二期改名《世界文化》,后即停刊。鲁迅的《论"第三种人"》等文曾在该刊发表。——**1932**⑫15。

文心雕龙　　诗文评。十卷,一册。南朝梁刘勰撰。《四部丛刊》初编影印明嘉靖刻本。——**1924**⑤14。

文史通义　　史论。八卷,六册。清代章学诚撰。——**1914**⑪26,29。

文字蒙求　　原名《字学蒙求》。文字学。四卷,一册。清代王筠撰,鲍廷爵辑。——**1915**④11。

文苑英华　　总集。一千卷,卷首目录一卷。宋代李昉等辑。——

1920⑪12。

文学大纲　文学史。郑振铎编著。1927 年上海商务印书馆出版。四册。——1926⑫31。　1927⑥16。⑩11。

文学月报　"左联"机关刊物之一。创刊时姚蓬子编。第三期起改由周起应(周扬)编。上海文学月报社发行。1932 年 6 月创刊,同年 12 月被禁。——1932⑩16。⑫15。　1933①10。

文学世界　见《Die Literarishe Welt》。

文学丛刊　1935 年起由上海文化生活出版社出版的一套创作丛书。巴金主编。鲁迅的《故事新编》和《夜记》即列入该丛刊。——1935⑫3。　1936①29。②7。

文学丛报　月刊。王元亨、马子华编。上海文学丛报社发行。1936 年 4 月创刊,同年 9 月第六期改名《人民文学》,仅一期即停刊。——1936④5。⑤6。⑦5,6。

文学百题　文学社为纪念《文学》二周年而编印的特辑。傅东华主编,黄源助编。1935 年 7 月上海生活书店出版。原列入关于文学理论、文学批评、文学史等方面的问题一百则,六十余人撰写答案。但刊出答题仅七十四题,余被删。——1935⑤3。⑦31。⑧9。

文学杂志　月刊。北方"左联"机关刊之一。北平文学杂志社编(王志之等负责)。北平西北书局发行。1933 年 4 月创刊,同年 7 月出至第三、四期合刊后停刊。——1933①9。④28。

文学旬刊　日记误作《文艺旬刊》。即《文学周报》的前身,详见《文学周报》条。——1921⑧12。

文学青年　月刊。周楞伽编。上海当代出版社发行。1936 年 4 月创刊,同年 5 月出至第二期停刊。——1936④11。

文学季刊　郑振铎、章靳以编。北平立达书局发行,第四期起改由文学季刊社发行,后改由上海生活书店发行。1934 年 1 月创刊,1935 年 12 月出至第二卷第四期停刊。——1933⑪25。　1934①14,16,17。④21。⑤31。　1935①9。③23。

文学周刊　《京报》附刊之一。绿波社、星星文学社合编(孙席珍负责)。1924 年 12 月 13 日创刊。——1925①3,6。

文学周报　文学研究会主办。原为《文学旬刊》,1921 年 5 月 10 日创刊于上海。初附于《时事新报》发行,由郑振铎、谢六逸、徐调孚等编辑。1923 年 7 月 30 日第八十一期后,改名为《文学》。1925 年 5 月改名《文学周报》,独立发行。自 1926 年 11 月第二五一期(即第四卷第一期)起,改由赵景深编辑,开明书店出版,1929 年 6 月出至第九卷第二十二期后停刊。——1927④28。⑦23。　1928⑨21。⑩31。

文学家象　见《Русские писатели》。

文学概论　文艺理论。潘梓年著。1925 年北京北新书局出版,《北新丛书》之一。——1925⑫7。

文学辞典　见《Литературная энциклопедия》。

文学新闻　未详。——1931⑪19。

文学新辑　月刊。上海文学新辑社编。上海杂志公司发行。1935 年 2 月创刊,仅出一期。——1935④10。

文选补遗　合集。四十卷,十二册。元代陈仁子辑。——1912⑥16。

文津阁书　见《四库全书》。

文章轨范　合集。七卷,二册。宋代谢枋得辑。——1931⑪29。

文献〔特刊〕　1935 年北平故宫博物院文献编辑会编印。——1935②20。

文溯阁书　见《四库全书》。

文艺与批评　文艺理论。苏联卢那察尔斯基著,鲁迅编译。1929 年上海水沫书店出版,《科学的艺术论丛书》之一。——1929⑩31。1930①25。

文字学音篇　日记作《音篇》。文字学。一册。钱玄同撰。1924 年北京大学出版部第四版。——1924⑤23。

文学与革命(英译本)　见《Literature and Revolution》。

文学的遗产　见《Литературное наследство》。

文选六臣注　见《六臣注文选》。

文心雕龙讲疏　诗文评。南朝梁刘勰撰,范文澜疏,1925 年天津新懋印书局出版。——1925⑩17。

文心雕龙补注　诗文评。十卷,四册。南朝梁刘勰撰。清代李详补注。1926 年中原书局铅印本。——**1927③**18。

文字学形义篇　文字学。一册。朱宗莱撰。1923 年北京大学出版部第四版。——**1924⑤**23。

文学百科辞典　见《Литературная энциклопедия》。

文馆词林汇刊　合集。二十八卷,五册。唐代许敬宗辑。——**1915⑨**28。

文征明潇湘八景册　画册。一册。明代文徵明绘。上海文明书局影印。——**1912⑪**17。

文衡山手书离骚　见《文衡山书离骚真迹》。

文衡山自书诗稿　书法。一册。明代文徵明作。上海文明书局石印。——**1914⑫**30。

文衡山书离骚真迹　书法。一册。明代文徵明书。上海文明书局石印。——**1914⑫**30。

文殊所说善恶宿曜经　见《文殊师利菩萨及诸仙所说吉凶时日善恶宿曜经》。

文衡山先生高士传真迹　画册。一册。明代文徵明绘。1925 年上海商务印书馆影印。——**1931④**28。

文殊师利菩萨及诸仙所说吉凶时日善恶宿曜经　日记作《文殊所说善恶宿曜经》、《宿曜经》。佛教书籍。二卷,一册。唐代不空译,杨景风注。——**1914⑩**9,26。

方言(景宋本)　训诂。十三卷,一册。汉代扬雄撰。福山王氏天壤阁影宋刻本。——**1934①**1。

方泉诗　见《方泉先生诗集》。

方言疏证　语言学。十三卷,四册。清代戴震疏。——**1934①**1。

方泉先生诗集(竹垞抄)　书法。三卷,一册。宋代周文璞(方泉)作,清代朱彝尊(竹垞)书。——**1914①**13。

为什么?　见《做什么?》。

斗南存稿　别集。一册。日本勿堂中岛著。1932 年铅印本。——**1932⑩**11。

订讹类编　杂纂。六卷，续补二卷，四册。清代杭世骏撰。1918年吴兴刘氏《嘉业堂丛书》本。——**1934**⑪3。

心的探险　散文及诗集。长虹著，鲁迅编校并作封面。1926年北京北新书局出版，《乌合丛书》之一。——**1926**⑥13。

心经金刚经注　见《心经金刚经宗泐注》。

心胜宗十句义论　未详。——**1921**⑦7。

心经直说金刚决疑　佛教书籍。即《般若波罗蜜多心经直说》与《金刚经决疑》的合册。后秦鸠摩罗什译，明代德清注。——**1914**⑥6。

心经金刚经宗泐注　佛教书籍。即《般若波罗蜜多心经注解》一卷和《金刚般若波罗蜜经注解》一卷的合册。后秦鸠摩罗什译，明代宗泐、如𣏌注。——**1914**⑥6。

心经释要金刚破空论　佛教书籍。即《金刚般若波罗蜜观心释》一卷，《般若波罗蜜多心经释要》一卷与《金刚般若波罗蜜经破空论》一卷的合册。后秦鸠摩罗什译，明代智旭论述。——**1914**⑥6。

心经二种译^{实相}般若经　佛教书籍。即《实相般若波罗蜜经》一卷与《文殊师利所说摩诃般若波罗蜜经》二卷的合册。前者唐代菩提留支译，后者南朝梁曼陀罗仙译。——**1914**⑥6。

尹文子　名家书籍。周代尹文撰。日记所记版本有二：上海中国书店据清代严可均校道藏本铅印，二卷，一册；《四部丛刊》初编影印明翻宋刊本，一卷，一册。——**1926**①12。　**1927**⑦26。

尹氏小学大全　日记作《小学大全》。儒家书籍。十卷，五册。清代尹嘉铨纂。内收《小学》（南宋朱熹辑）六卷，《考证》、《释文》一卷，《或问》一卷，《后编》二卷。1917年苏州张锡恭据贻教堂本重校刻。**1934**⑥15。

引玉集　木刻画集。鲁迅编选。1934年以"三闲书屋"名义印行。——**1934**①24。②7，15。③1。⑤23，24，26，27，28。⑥1，6。⑦14。⑨3。⑩23，27。　**1935**③15，16。⑥22，29。⑦1，2，26。⑧2。**1936**①31。②18。

巴黎之烦恼　散文诗集。法国波德莱尔（C. Baudelaire）著，石民译。经鲁迅介绍于1935年由上海生活书店出版。——**1934**⑤17。

1935④26。⑦20。

巴金短篇小说集　日记作《短篇小说集》。巴金著。1936 年上海开明书店出版。——**1936**④26。

邓析子　法家书籍。二卷,一册。周代邓析撰。《四部丛刊》初编影印明刻本。——**1924**⑤14。　**1927**⑦26。

劝发菩提心文　佛教书籍。一卷,一册。唐代裴休述。——**1913**④7。⑨16。

双梅景闇丛书　九种四册。叶德辉辑。光绪三十三年(1907)长沙叶氏郎园刊行。——**1914**⑩10。　**1915**⑩7。

以俅画集　画册。梁以俅绘。1933 年北平星云堂书店影印。——**1934**①10。

书林清话　书话。十卷,四册。叶德辉撰。1920 年长沙叶氏观古堂刻本。——**1922**②2。

书信选集　见《鲁迅书信选集》。

书籍插画家传　见《Les Artistes du Livre》。

书籍插画家集　见《Les Artistes du Livre》。

水灾　画册。郑野夫作。木刻手印本。——**1934**①12。

水经注　地理书。十五卷,八册。旧题汉桑钦撰,后魏郦道元注。1935 年上海商务印书馆《续古逸丛书》,影印明永乐大典本。——**1936**⑦1。

水浒传(百廿回本)　小说。元代施耐庵撰。——**1924**②16。

水浒图赞　画册。一册。明代杜堇绘。清光绪八年(1882)广州广百宋斋石印本。——**1916**⑦23。⑧6。

水经注汇校　地理书。十六册。汉代桑钦撰,后魏郦道元注,清代杨希闵汇校。光绪年间刻本。——**1913**①12。

水前拓本瘗鹤铭　碑帖。一册。南朝梁华阳真逸撰,上皇山樵书。上海有正书局影印。——**1914**⑫27。

孔乙己　画册。刘岘作。木刻手印本。——**1934**⑤18。

孔丛子　见《重刊宋本孔丛子》。

孔教论　哲学。陈焕章著。1912 年上海尚贤堂出版。——**1912**

⑫4。

孔教大纲 哲学。林文庆著。1914年上海中华书局出版。——1926⑧5。

孔北海年谱 传记。一卷,附录三卷,一册。缪荃孙纂。南陵徐氏刻本。——1927②10。

孔氏祖庭广记 传记。十二卷,三册。金代孔元措撰。《四部丛刊》续编影印蒙古刻本。——1934⑪13。

孔德学校旬刊 见《北京孔德学校旬刊》。

孔德学校国文教材 见《北京孔德学校初中国文选读》。

幻灭 小说。茅盾著。1928年上海商务印书馆出版,《文学研究会丛书》之一。——1928⑨24。

五　　画

玉历 劝善书。日记所记《玉历钞》、《玉历钞传》、《玉历钞传警世》都是此书的异版。鲁迅先后收到的有北京龙光斋本、鉴光斋本,天津思过斋本、石印局本,南京李光明庄本,杭州玛瑙经房本,绍兴许广记本等。——1927⑥11,29。⑦2,3。

玉篇 见《大广益会玉篇》。

玉历钞传 见《玉历》。

玉台新咏 又作《玉台新咏集》。合集。十卷。南朝陈徐陵辑。日记所记版本有二:《四部丛刊》初编影印明五云溪馆活字本,三册;1922年南陵徐乃昌影刻明吴郡寒山赵均小宛堂本,内附札记一卷,二册。——1926⑨29。　1935①20。

玉谿生诗 见《李义山诗文集笺注》。

玉台新咏集 见《玉台新咏》。

玉历钞传警世 见《玉历》。

玉溪生年谱会笺 传记。四卷,卷首一卷,四册。张采田纂。1917年南林刘氏求恕斋刻本。——1927②10。

未名 文学半月刊,日记又误作“月刊”。由《莽原》改名。李霁野等编(不署编者名)。北京未名社出版部发行。1928年1月10日创刊,第二卷起用《未名半月刊》名。1930 年 4 月 30 日出至第二卷第九——第十二期合刊后停刊。——1928③2。⑨6。　1929①8。②12。1930⑤12。

未明　文学月刊。未明社编(金溟若负责)。上海时代书店发行。1928 年 9 月创刊,仅出一期。——1928⑨25。

未明集　诗集。田间作。1935 年上海每月文库社出版。——1935⑫12。

未名木刻集[选]　1934 年 10 月未名木刻社手印。收刘岘、黄新波、李雾城等所作木刻十三幅。——1934⑫30。

示朴斋骈[体]文　别集。六卷,一册。清代钱振伦撰。同治六年(1867)袁浦崇实书院刻本。——1918⑥19。

巧克力　小说。苏联罗蒂洛夫(А.И.Родинов)著,林淡秋译。1934 年上海熔炉书店出版。——1934②3。

功顺堂丛书　十八种,二十四册。清代潘祖荫辑。光绪年间吴县潘氏刻本。——1913①18。　1914⑪5。

世说逸　小说。一卷,一册。南朝宋刘义庆撰,日本冈井孝先、大冢孝绰校辑。日本宽延二年(1749)京都崇文堂刻本。——1923②11。

世界日报　1925 年 2 月成舍我创办于北京。1926 年 7 月起增出《副刊》,刘半农编。——1926⑥28。⑦1,2,14。⑧4。

世界月刊　综合性月刊。上海世界月刊社编,上海世界学会发行。1929 年 7 月创刊,1930 年 8 月出至第二卷第二期停刊。——1930②10。

世界文化　综合性月刊。"左联"机关刊物之一。上海世界文化社编。上海泰东图书局发行。1930 年 9 月出版,仅出一期即被禁。鲁迅曾参与该刊的筹办与编务。——1930③17。

世界文库　月刊。郑振铎编。1935 年至 1936 年上海生活书店出版。共出十二册。刊载中外文学名著。——1935⑤20,23,24。⑥25。⑦1,27。⑧1,30。⑨2,4。⑩19。⑪9,12。　1936①31。

世界文学(英文)　未详。——1927⑪12。

世界画报　周刊。原为北京《世界日报》附刊。1925 年 10 月 1 日独立出版,世界画报社编。1937 年 7 月 11 日出至第六〇六期停刊。——**1934**④28。

世说新语　古小说集。原本八卷,今本三卷。南朝宋刘义庆撰,梁刘孝标注。——**1912**⑦3。　**1922**②2。　**1926**⑨29。

世界小说集　见《近代世界短篇小说集》。

世界文学谈　见《The Story of the World's Literature》。

世界语周刊　北京互助学社世界语部编,国风日报社世界语周刊部发行。1924 年 11 月 20 日创刊。——**1924**⑫10。

世界文学大纲　见《文学大纲》。

古今注　杂考。三卷,一册。西晋崔豹撰。——**1920**③6。

古文苑　合集。九卷,三册。唐代佚名辑。清光绪五年(1879)飞青阁重刻宋淳熙本。——**1936**①3。

古史辨(第一册)　历史。顾颉刚编著。1926 年北京朴社出版。——**1926**⑥15。

古镜存　见《遯盦古镜存》。

古今泉[钱]略　金石图象。三十二卷,卷首一卷,卷末一卷,十六册。清代倪模撰。光绪三年(1877)望江倪氏两强勉斋刻本。——**1913**⑧18。

古今杂剧　总集。三十种,五册。元代佚名辑。1924 年影印日本京都帝国大学影元刻本。——**1924**⑩17。

古列女传　见《列女传》。

古志石华　金石题跋。三十卷,八册。清代黄本骥辑。道光二十七年(1847)三长物斋刻本。——**1916**①4。

古学汇刊　丛刊。邓实编,1912 年至 1915 年上海国粹学报社铅印。——**1912**⑧23。⑪24。⑫8。　**1913**③11。④9。⑤12,21。⑧9。⑩26,27。　**1914**①11。④4。⑦4。⑪7,10。　**1915**④3。⑥13。⑦9,11,28。

古泉丛话　金石图象。四卷,一册。清代戴熙辑。——**1916**⑦21。⑨26。

古竟[镜]图录　金石图象。一册。罗振玉辑。1916 年上虞罗氏影印。——1917④1。

古籀余论　文字学。三卷,二册。清代孙诒让撰,张扬校订。光绪二十九年(1903)籀经楼校刻本。——1932③8。

古小说拘[钩]沈　古小说集。鲁迅辑校。三十六卷。鲁迅生前未能出版。——1912⑩12。⑪23。

古明器图录　金石图象。四卷,一册。罗振玉辑。1916年上虞罗氏影印本。——1917⑫30。1918④10。

古金待访[问]录　金石图象。清代朱枫撰。——1913⑧18。

古普林说选　小说集。古普林(库普林,А.И.Куприн,1870—1938),俄国作家。据周作人日记,为《クープリン小説集》,柯台利扬斯基译。——1917⑩16。

古骸底埋葬　小说。盈昂著。1929年上海文化书局出版。——1929⑫15。

古代铭刻汇考　金石题跋。四卷,三册。郭沫若著。昭和八年(1933)东京文求堂影印。——1933⑫20。

古泉精选拓本　金石图象。二册。清代江标辑。上海神州国光社影印。——1918⑥22。

古本三国志[通俗]演义　小说。元代罗贯中撰。日本大正十五年(1926)田中庆太郎影印明万历间周曰校刊本,十二页。——1926⑩21。⑪3。

古兵符考略残稿　金石题跋。一卷,一册。清代翁大年撰。1916年罗振玉影印。——1918⑨10。

古代铭刻汇考续编　金石题跋集。郭沫若著。昭和九年(1934)东京文求堂影印本。——1934⑤28。

本草衍义　医书。二十卷,二册。宋代寇宗奭辑撰。清宣统二年(1910)武昌医馆影元刻本。——1923②2。

札朴　杂说。十卷,八册。清代桂馥撰。光绪九年(1883)长洲蒋氏心矩斋校刻本。——1923⑥26。

左向　见《Die Linkskurve》。

左曲　见《Die Linkskurve》。

　　石屏集　又作《石屏诗集》。别集。十卷。宋代戴复古作。日记所记版本有二:《台州丛书》本;《四部丛刊》续编影印明弘治本。——**1913**⑧27。⑨5,16,24。⑩1,9,11,20,28,31。⑪1,7,15,16。　**1934**③5。

　　石林遗书　丛书。十二种。宋代叶梦得撰。清宣统三年(1911)长沙叶氏观古堂校刻本。——**1923**②3。⑤15。

　　石屏诗集　见《石屏集》。

　　石涛山水册　画册。一册。清代原济(石涛)绘。1930年上海文明书局影印。——**1932**⑧2。

　　石鼓文释存　见《金石契附石鼓文释存》。

　　石涛山水精品　画册。一册。清代原济(石涛)绘。1929年上海商务印书馆影印。——**1931**⑤15。

　　石涛纪游图咏　画册,一册。清代原济(石涛)绘。1929年上海商务印书馆影印。——**1931**④28。

　　石谷晚年拟古册　见《王石谷老年拟古册》。

　　石印景宋本陶渊明集　见《陶渊明诗》。

　　石涛画东坡时序诗册　日记作《释石涛东坡时序诗意》。画册。一册。清代原济(石涛)绘。1925年上海文明书局影印。——**1932**⑧2。

　　石涛和尚八大山人山水合册　画册。一册。清代原济(石涛)、朱耷(八大山人)绘。1930年上海文明书局影印。——**1932**⑧2。

　　右文说在训诂学上之沿革及其推阐　文字学。沈兼士著。1933年中央研究院历史语言研究所集刊外编。——**1934**③26。

　　龙龛手鉴　辞书。四卷,三册。辽代行均撰。《四部丛刊》续编影印宋刻本。——**1934**⑫8。

　　龙舒净土文　佛教书籍。十卷,一册。宋代王日休撰。——**1914**⑨16。⑩26。

　　平报　北京的一种日报,1912年创刊。——**1912**⑪3,4。

　　平斋文集　别集。三十二卷,十册。宋代洪咨夔撰。《四部丛刊》续编影印宋钞本及宋刊本。——**1934**②3。

　　平津馆丛书　十集,四十三种,四十八册。清代孙星衍辑,朱记荣校勘。光绪十一年(1885)吴县朱氏槐庐家塾刻本。——**1914**②1。

平静的顿河　见《Тихий Дон》。

打杂集　杂文集。徐懋庸著,鲁迅作序。1935 年上海生活书店出版。——**1935**③26,31。④1。⑦19。

东方杂志　综合性刊物。创刊于 1904 年 3 月(光绪三十年正月),商务印书馆出版。初为月刊,1920 年第十七卷起改为半月刊。1948 年底停刊。——**1921**⑧13。⑫27。　**1923**④28。　**1924**③17。④4。⑪26。⑭4。　**1925**①23,31。②20。③17。④1,14,21。⑥22。　**1927**⑦31。　**1929**②6。　**1930**②17。⑪26。　**1933**⑤21。⑩22。

东亚日报　朝鲜报纸,1920 年 4 月创刊于汉城。——**1933**⑤16,17,18,19。

东轩笔录　杂史。十五卷,二册。宋代魏泰撰。1923 年沔阳卢氏慎始基斋影印明嘉靖间刻本,《湖北先正遗书》之一。——**1925**⑪21。

东庙堂碑　见《初拓虞世南东庙堂碑》。

东皋子集　别集。三卷,附校勘记一卷,一册。唐代王绩撰。《四部丛刊》续编影印明钞本。——**1934**③13。

东游日记　汤尔和著。汤时任北京艺术学校校长,奉命往日本、朝鲜考察。归国后即将考察日记(1917 年 4 月 12 日至 5 月 12 日)整理发表。——**1917**⑥9。

东塾遗书　杂著。九卷,二册。清代陈澧撰。《广雅书局丛书》本。——**1927**⑨16。

东亚墨画集　见《Die ostasiatische Tuschmalerei》。

东海庙残碑　碑帖。一册。上海有正书局影印抱残守缺斋藏本。——**1914**⑫20。

东塾读书记　杂著。十六卷,五册。清代陈澧撰。广州广雅堂刻本。——**1927**⑦3。

东莱先生诗集　别集。二十卷,四册。宋代吕本中作。《四部丛刊》续编影印宋刻本。——**1934**②3。

东洲草堂金石跋　金石题跋。五卷,四册。清代何绍基撰。1916 年西泠印社木活字印本。——**1916**⑧31。

东京及大连所见中国小说书目提要　见《日本东京及大连图书馆

所见中国小说书目提要》。

北斗　文学月刊。"左联"机关刊物之一。丁玲编。上海湖风书局发行。1931 年 9 月创刊,1932 年 7 月出至第二卷第四期被禁。——**1932**①16。⑤9,30。⑥1。

北史(大德本)　见《二十四史》(百衲本)。

北史　史书。一百卷。唐代李延寿撰。——**1915**⑥19,27。

北新　综合性刊物。先后由孙福熙、潘梓年、石民等编。上海北新书局发行。1926 年 8 月创刊时为周刊,1927 年 11 月第二卷起改半月刊(日记曾误作"月刊"),1930 年 12 月出至第四卷第二十四期停刊。——**1926**⑪21。⑫30。　**1927**④28。⑧9。⑨5,18。⑪29。⑫18。**1928**①3。③4。⑥1,22。⑦22。⑧9,23。⑨18,26。⑩27。⑫7。**1929**①5,29。②20。③26。⑫10。

北齐书　见《二十四史》(百衲本)。

北辰报　北平的一种日报,曾铁忱主持。——**1934**⑦1。

北山小集　别集。四十卷,十册。宋代程俱撰。《四部丛刊》续编影印影宋钞本。——**1934**⑥16。

北平笺谱　画册。六册。鲁迅、西谛编。1933 年北平荣宝斋印。——**1933**⑩1,3,4,19,28,31。⑪3。⑫2,4,13。　**1934**①16,22。②9,15,23,26。③1,5,8,14,26,27。④1。⑤16。⑦1,3。⑧17,19。⑩8,26。⑫7。　**1935**⑨1。

北曲拾遗　曲合集。一册。明代景世珍等撰,卢前、任讷编校。1935 年上海商务印书馆铅印。——**1935**⑨5。

北梦琐言　杂史。二十卷,二册。宋代孙光宪著。——**1912**⑩20。

北堂书钞　类书。一六〇卷。唐代虞世南辑。——**1912**⑩16。⑪24。

北新月刊　见《北新》。

北京之终日　见《Die Letzten Tage von Peking》。

北游〔及其他〕　诗集。冯至作。1929 年北平沉钟社出版。——**1930**②10。

北京大学日刊　日记作《大学日刊》。1917 年 11 月 16 日创刊,

1932 年 9 月 17 日后改为周刊,1937 年 7 月 3 日停刊。——**1918**⑧5。

北京孔德学校旬刊　日记作《孔德学校旬刊》。北京孔德学校旬刊社编印。1925 年 4 月 1 日创刊,同年 12 月 31 日停刊,共出二十一期。——**1925**⑩9。

北京女子高等师范文艺会刊　原为季刊,后改为不定期刊。北京女子高等师范文艺研究会编辑。该校学生自治会出版股发行。——**1923**⑫26。

北京孔德学校初中国文选读　日记作《孔德学校国文教材》。教科书。北京孔德学校编。1926 年 8 月该校出版部铅印。共十一册。其中第七册收鲁迅小说、杂文六篇,第九册收鲁迅译作六篇。——**1926**⑧19。

北京高等师范学校校友会杂志　日记作《校友会杂志》。北京高等师范学校校友会编印。第二辑 1916 年 12 月出版。——**1917**②18。

北平图书馆舆图版画展览会目录　见《国立北平图书馆舆图版画展览会目录》。

卢那画传　见《Auguste Renoir》。

旧唐书　史书。二百卷,三十二册。晋代刘昫等撰。——**1913**④5。

旧五代史　史书。一五〇卷,十六册。宋代薛居正等撰。——**1913**④5。

旧都文物略　文物考古资料。1935 年北平市政府秘书处编印。——**1936**③6。

目连救母戏文　杂剧。明代郑之珍撰。此书版本甚多,鲁迅藏书中有《新刻出相音注劝善目莲救母行孝戏文》,三卷,六册。——**1928**④13。

目前中国革命问题　政治评论。施存统著。1928 年上海复旦书店出版。——**1928**⑨15。

申报　日报。1872 年 4 月 30 日英国商人创办于上海,1909 年为席裕福接办,1912 年转让给史量才。1927 年后支持国民党统治。九一八事变后,在全国民众救亡运动影响下一度反映民众的抗日要求。

1934 年史量才被暗杀后重趋保守。1949 年 5 月 26 日上海解放时停刊。该报曾有《自由谈》、《申报图画周刊》等多种副刊。《自由谈》原为鸳鸯蝴蝶派文人把持,1932 年底改由黎烈文编辑,刷新内容,偏重杂文、短评。1934 年 5 月由张梓生接编。——**1931**⑤7。 **1933**①25。②3,8,10,15,25。③3,7,8,11,18,22,24,31。④3,7,10,15,18,23。⑤4,5,6,7,12,18,20,21。⑥8,11,15,17,27。⑦4,5,6,8,14,17,22,25,29。⑧4,7,11,14,18,24,29。⑨6,7,8,11,15,21,27,29。⑩1,7,12,13,18,19,20,23,25,28。⑪3,5,6,7,20。⑫11,12。 **1934**①9,18,25,28,30。②1,4,7,12,15,16,19,24。③5,8,12,13,20,22,23,26。④2,4,5,7,14,16,17,18,20,22,23,26,27,30。⑤9,10,12,15,16,18,20,22,23,24,26。⑥3,7,10,12,13,14,16,20,21,23,24。⑦5,7,9,16,18,19,20,22。⑧4,6,9,13,15,20,22,24,25,30。⑨2,5,6,8,14,15。⑩7。 **1936**③5。

申鉴 儒家书籍。五卷,一册。汉代荀悦撰,明代黄省曾注。《四部丛刊》初编影印明文始堂刻本。——**1924**⑤14。

申报月刊 综合性月刊。俞颂华等编。上海申报馆发行。1932 年 7 月创刊,1935 年 12 月出至第四卷第十二期休刊。——**1933**④6。⑤21。⑦13,17。⑧13,20。⑨17,28。⑩15,22。⑪16。⑫18,23。**1934**①17。

申报年鉴 申报年鉴社编。上海申报馆特种发行部发行。1933 年起印行。——**1933**④29。 **1934**⑤12。

申报图画附刊 见《申报》。

甲申朝事小纪 杂史。四十卷,四十册。原题清抱阳生辑。——**1923**⑨4。

甲骨文字研究 金石文字。二册。郭沫若著。昭和五年东京文求堂影印。——**1931**⑤14。

甲骨契文拓本 金石图象。四册。不著辑者名氏。手拓本。——**1919**①21。

电 小说。巴金著。1935 年上海良友图书印刷公司出版。——**1935**④8。

　　田氏丛书　十九种，一〇七卷，二十八册。佚名辑。乾隆年间刻本。——**1912**⑪2。

　　田园交响乐　小说。法国纪德（A. Gide）著，丽尼译。1935年上海文化生活出版社出版，《文化生活丛刊》之一。——**1935**⑦6。

　　史记　史书。一三〇卷，十六册。汉代司马迁撰，南朝宋裴骃集解，唐代司马贞索隐。1914年贵池刘氏玉海堂影刻黄冈陶氏百衲本。——**1935**⑪25。

　　史略　史书。六卷，二册。宋代高似孙撰。湖北黄冈陶氏影宋刻本。——**1912**⑤30。⑩12,13。

　　史目表　一卷，一册。钱恂撰。1912年归安钱氏杭州刻本。——**1913**⑧9。

　　史记探原　史籍考证。八卷，二册。崔适撰。1924年北京大学出版部铅印本。——**1926**⑤17。

　　史通通释　史评。二十卷。清代浦起龙撰。日记所记版本有二：光绪二十五年（1899）上海宝文书局石印本，八册；翰墨园刻汪氏重校本，六册。——**1926**②20。　**1927**⑦1。

　　四十一　见《第四十一》。

　　四十年（原文）　《四十年》，即《克里姆·萨姆金的一生》的副题。小说。高尔基著。——**1933**⑪6。　**1934**⑤2。

　　四六丛话　诗文评。三十三卷，选诗丛话一卷，十二册。清代孙梅辑。光绪七年（1881）苏州重刻本。——**1935**②20。

　　四库丛编　见《四部丛刊》。

　　四库全书　日记又作"文津阁书"、"文溯阁书"。丛书。三五〇三种，七九三三七卷。分经、史、子、集四部，故称四库。清乾隆三十七年（1772）开馆，命馆臣选择缮录，经十年辑成。共写七部，分藏文津、文溯、文渊等七阁。——**1914**①6。　**1915**⑨1。　**1925**⑦27,29,31。⑧1。

　　四明六志　见《宋元四明六志》。

　　四洪年谱　传记。四卷，四册。清代钱大昕、洪汝奎编宋代洪浩父子四人年谱。宣统三年（1911）阳湖汪氏晦木斋刻本。——**1932**③8。

四部丛刊　日记又误作《四部汇刊》、《四库丛编》。丛书。张元济辑。共三编,初编收三五〇种,续编收八十一种,三编收七十三种。先后于 1919 年、1934 年、1935 年由上海商务印书馆影印出版。1936 年又出版初编缩印本。——1926⑩2。　1927⑦26。　1928⑦30。1931⑤30。　1934②3,6,12,19,26。③5,13,19,26,31。④9,14,23,29。⑤7,14,21,26。⑥2,11,16,23,30。⑦7,14,21,30。⑧4,11,20,25。⑨1,8,15,22。⑩1,7,13,20,27。⑪13,17,24。⑫1,8,15,22,29。1935⑩14。⑫30。　1936④4。⑤2。⑨8。

四部汇刊　见《四部丛刊》。

四谛等七经　佛教书籍。内有《四谛经》(一卷,后汉安世高译),《恒水经》(一卷,西晋法炬译),《瞻婆比丘经》(一卷,西晋法炬译),《缘本致经》(一卷,佚名译),《文陀竭王经》(一卷,北凉昙无谶译),《本相倚致经》(一卷,后汉安世高译),《顶生王故事经》(一卷,西晋法炬译)。——1914⑦11。

四印斋校[所]刻词　丛书。二十二种,六十一卷。清代王鹏运辑。光绪七年(1881)都门刻本。——1912⑥9。

四阿含暮抄解　佛教书籍。二卷。阿罗汉婆素跋陀造,后秦鸠摩罗佛提等译。——1921④27。

四朝宝钞图录　应作《四朝钞币图录》。金石图象。二卷,一册。罗振玉辑。1914 年上虞罗氏影印。《永慕园丛书》本。——1915⑨12。

四十二章经等三种　佛教书籍。一册。内有:《四十二章经》(后汉迦叶摩腾、竺法兰同译),《佛遗教经》(后秦鸠摩罗什译)和《八大人觉经》(汉代安世高译)。——1914⑦4。

生计(英译)　未详。——1914①27。

生存线　周刊。陈楚云编。生存线社发行。1935 年冬创刊于上海,1936 年 1 月被禁。——1935⑫17。

生死场　小说。萧红著,鲁迅校订并作序。1935 年上海容光书局出版,《奴隶丛书》之一。——1935⑪15。

生物学　见《亨达氏生物学》。

生活知识　综合性半月刊。沙千里、徐步编。1935 年 10 月 10 日创刊，1936 年 10 月出至第二卷第十一期停刊。——**1935**⑪27。

　　生命底微痕　诗集。柳倩作。1934 年上海生活书店发行。——**1934**⑪17。

　　失业　木刻连环画集。赖少其作。手印本。——**1935**⑦24。

　　付法藏因缘经　佛教书籍。六卷，六册。鲁迅藏本存五卷，五册。后魏吉迦夜、昙曜合译。明刻本。——**1914**⑨7。

　　仪礼疏　儒家书籍。五十卷（原阙卷三十二至三十七），八册。汉代郑玄注，唐代贾公彦等疏。《四部丛刊》续编影印宋刻本。——**1934**⑪17。

　　白氏讽谏　别集。一卷，一册。唐代白居易作。光绪十九年（1893）苏州徐氏影宋刻本。——**1920**③6。

　　白纸黑字　科普读物。苏联伊林著，顾均正译。1933 年上海良友图书印刷公司出版。——**1933**⑥19。

　　白岳凝烟　画册。一册，清代汪次侯绘。日本文求堂据清康熙刻本影印。——**1934**⑤23。

　　白门新柳〔词〕记　词合集。二册。清代许豫辑。光绪九年（1883）广州爱目山房重刻本。内附杂词谱。——**1927**④24。

　　白龙山人墨妙　画册。一册。王震（字一亭）绘。1927 年上海西泠印社石印。——**1930**⑨14，23。

　　白田草堂存稿　别集。八卷，二册。清代王懋竑撰。光绪二十年（1894）广州广雅书局刻本。二册。——**1927**⑨16。

　　白华绛跗阁诗集　别集。十卷，二册。清代李慈铭作。光绪十六年（1890）刻，《越缦堂集》单行本。——**1913**③8。⑤21。

　　白阳山人花鸟画册　日记又作《陈白阳花鸟真迹》。画册。一册。明代陈淳绘。——**1913**②24。④28。

　　他的子民们　小说。马子华著。1935 年上海春光书店出版。——**1935**⑫11。

　　丛书举要　目录。六十卷，校误一卷，首末各一卷，四十四册。清代杨守敬原纂。李之鼎增订。1914 年南城李氏宜秋馆铅印本。——**1915**⑤6。

印典　金石图象。八卷,二册。宋代朱象贤辑。清雍正十一年(1733)江苏朱声刻本。——**1913**②8。

印人传　见《读画录印人传合刻》。

印象画派述　见《Die Maler des Impressionismus》。

句溪杂著　杂著。六卷,一册。清代陈文撰。光绪十四年(1888)广州广雅书局刻本。——**1927**⑨16。

句余土音补注　别集。六卷,五册。清代全祖望撰,陈铭海补注。1922年吴兴刘氏《嘉业堂丛书》本。——**1935**①31。

外套　小说。俄国果戈理(H. B. Гоголь)著,韦漱园(素园)译。1926年9月北京未名社出版部出版,1929年再版。——**1929**⑧3。

外国人名地名表　一册。王云五主编。1924年上海商务印书馆出版。——**1926**⑫10。

鸟的故事　民间故事。林兰编著。1925年北京北新书局出版。——**1925**⑪18。

乐府诗集　总集。一百卷。宋代郭茂倩辑。鲁迅1926年所购为《四部丛刊》初编影印汲古阁刻本。十六册。——**1926**⑩2。

尔雅疏　训诂。十卷。南朝宋邢昺疏。——**1934**⑤21。

尔雅翼　训诂。三十二卷,六册。宋代罗愿撰。明天启六年(1626)刻本。——**1913**②2。③13。

尔雅正义　训诂。二十卷,十册。晋代郭璞注,清代邵晋涵正义。——**1914**⑫20。

尔雅补郭　训诂。二卷。清代翟灏著。鲁迅补写的墨迹不存。——**1916**①4。

尔雅音图　训诂。三卷,三册。后晋毌昭裔注音,清代姚之麟绘图。——**1916**⑦13。

立世阿毗昙论　佛教书籍。十卷。南朝陈真谛译。清宣统二年(1910)常州天宁寺刻本。三册。——**1921**⑥22。

立达学园美术院西画系第二届绘画展览会——陶元庆的出品　日记作《陶元庆的出品》。画册。陶元庆绘。1928年上海北新书局影印出版。书中收有鲁迅作《当陶元庆君的绘画展览时》。——**1928**⑤7。

玄奘三藏传　见《大慈恩寺三藏法师传》。

闪光　诗集。长虹作。1925 年北京狂飙社出版,《狂飙小丛书》之一。——**1925**⑨26。

兰言述略　日记又误作《兰言略述》。农书。四卷,一册。清代袁世俊辑。——**1915**⑩15。⑫3。

兰言略述　见《兰言述略》。

汇刻书目　目录。二十卷,二十册。清代顾修原纂,朱学勤增补。——**1915**②6。③29。

汉书　见《二十四史》(百衲本)。

汉画(第一辑)　画册。二卷,二册。上海有正书局编辑并影印。——**1927**⑪30。

汉律考　政书。七卷,四册。程树德撰。1919 年北京刻本。——**1923**④13。**1926**③16。

汉上易传　儒家书籍。十一卷,卦图三卷,丛说一卷,八册。宋代朱震撰。《四部丛刊》续编影印宋刻本。——**1934**⑩27。

汉刘熊碑　日记又作《刘熊碑》。碑帖。一册。上海有正书局影印。——**1914**⑫27。

汉宋奇书　小说。即元代施耐庵撰《忠义水浒传》一百十五回本与罗贯中撰《三国志演义》一百二十回本的合刻本。清代金人瑞批。清坊刻本。二十册。——**1921**②14。

汉隶字原　文字学。六卷,六册。宋代娄机辑。——**1916**⑦13。

汉碑征经　金石通考。一卷,一册。清代朱百度撰。光绪十五年(1889)《广雅书局丛书》本。——**1927**⑨16。

汉碑篆额　金石图象。三册。山阴何澂辑。——**1915**⑤30。⑥5,20。⑦8,29。

汉魏丛书　三十八种,四十册。明代何镗辑,程荣重辑。1925 年上海商务印书馆影印明程氏本。——**1926**⑥20。

汉文渊书目——**1934**⑥13。

汉石经残字　碑帖。一册。上海有正书局石印本。——**1914**⑫20。

汉代圹砖集录　金石图象。一册。王振铎辑。1935年北平考古学社影印。——**1935**⑧31。

汉南阳画象集　见《南阳汉画象集》。

汉晋石刻墨景〔影〕　金石图象。一册。罗振玉辑。1915年影印。——**1916**⑦21。⑧6。

汉魏六朝专文　金石图象。二册。王树枏辑。1935年上海商务印书馆影印。——**1935**⑤23。

汉书艺文志举例　目录学。一卷,一册。孙德谦著。1918年四益宦刻本。——**1921**④5。

汉书西域传补注　地理书。二卷,一册。清代徐松撰。——**1916**⑫8。

汉武梁祠画象考　日记作《武梁祠画象考》。金石题跋。六卷,图一卷,前石室画象考一卷,二册。清代瞿中溶撰,刘承干校。吴兴刘氏希古楼刻本。——**1934**⑪3。

汉魏六朝名家集　总集。初集四十种,三十册。丁福保辑。宣统三年(1911)上海文明书局铅印本。——**1926**⑩5。

汉丞相诸葛〔忠〕武侯传　日记又作《诸葛武侯传》。传记。一卷,一册。宋代张栻撰。《四部丛刊》续编影印宋本。——**1934**⑦7。

写礼庼遗著　别集。四种,二册。清代王颂蔚撰。1915年鲟溪王氏刻本。——**1918**②17,18。

礼记正义(残本)　儒家书籍。残存九卷,三册。唐代孔颖达等撰。《四部丛刊》三编影印日本古钞本及宋本。——**1935**⑫30。

礼记要义　儒家书籍。三十三卷,十册。宋代魏了翁撰。《四部丛刊》续编影印宋刻本。——**1934**⑫15。

礼部韵略　见《附释文互注礼部韵略》。

记丁玲　传记。沈从文著。1934年上海良友图书印刷公司出版。——**1934**⑨1。

永乐大典　类书。明代解缙、姚广孝等奉永乐谕旨纂辑。二二八七七卷,目录、凡例六十卷。已佚散。残存者有影印本。——**1936**⑦1。

永嘉郡记(辑本)　地理书。一卷,一册。南朝宋郑缉之撰,清代孙诒让辑。光绪四年（1878）瑞安孙氏刻本。——**1921**④5。

　　永慕园丛书　六种,含《流沙坠简》、《秦金石刻辞》、《秦汉瓦当文字》、《权衡度量实施考》、《蒿里遗珍》、《四朝钞币图录》,共二十一卷,九册。罗振玉辑。1914年上虞罗氏影印。——**1915**⑨12,23,30。

　　司马迁年谱　传记。郑鹤声著。1931年上海商务印书馆出版。——**1932**①19。

　　司马温公年谱　传记。八卷,卷后一卷,遗事一卷,四册。清代顾栋高纂。1917年南林刘氏求恕斋刻本。——**1934**②10。

　　司法例规续编　法律。1915年司法部参事厅编印。——**1916**⑦19。

　　尼采自传　传记。德国尼采（F.Nietzsche）著,梵澄（徐诗荃）译,鲁迅选定、校字。1935年上海良友图书印刷公司出版,《良友文库》之一。——**1933**⑦14。　**1934**⑫12。　**1935**③3,13,14,16。⑤10。⑥1。

　　民报　冯玉祥国民军系统与国民党在北京合办的日报。1925年7月创刊。鲁迅曾转托徐旭生介绍韦素园任该报副刊编辑,同年8月5日创刊,仅半月即因报馆被张作霖查封而停刊。——**1925**⑦13。

　　民报（台湾）　见《台湾民报》。

　　民报　见《民兴日报》。

　　民兴报　见《民兴日报》。

　　民兴日报　日记又作《民兴报》、《民报》。《越铎日报》内部分裂后,宋琳、马可兴、李霞卿等于1912年4月20日在绍兴创办,同年11月停刊。——**1912**⑥3,7,8,9,10,12,13,14,15,17,19,20,21,22,23,26,27,28,29,30。⑦1,2,4,6,7,9,11,12,14,15,16,18,19,20,21,23,24,26,27,28,30,31。⑧2,4,5,6,7,28,29,31。⑨1,3,5,6,8,9,10,11,12,13,15,16,17,18,19,20,22,23,24,25,26,27,29,30。⑩24,25,26,28,29,31。⑪2,3,7,9。

　　民间故事研究　日记误作《中国故事研究》。文艺理论。赵景深著。1928年上海复旦书店出版。——**1928**⑫25。

　　弗兰孚德报　见《Frankfurter Zeitung und Handelsblatt》。

　　弗兰孚德日报　见《Frankfurter Zeitung und Handelsblatt》。

弘明集　又作《宏明集》。佛教书籍。十四卷。南朝齐梁释僧祐撰。鲁迅所购为光绪二十二年（1896）金陵刻经处刻本。四册。——**1914**⑧7。⑨6。　**1925**⑦14。

出师颂　书法。一册。晋代索靖书。1925年上海商务印书馆影印。——**1931**⑤15。

出曜经　佛教书籍。二十卷，六册。后秦大达磨多罗撰，竺佛念译。——**1921**④12。

出三藏记集　佛教书籍，十五卷。南朝齐梁时僧祐编纂。鲁迅于1914年9月从友人处借得残本，抄录其第二至第五卷。同年10月又得周作人从绍兴寄来的明奥残本，1915年7月又据日本翻高丽本抄录第一卷，共一百五十六页，现存。——**1914**⑨13，27。⑩6。　**1915**⑦25。

出了象牙之塔　文艺理论。日本厨川白村著，鲁迅译。1925年北京未名社出版，《未名丛刊》之一。——**1924**⑩27。　**1925**①24，25，26，28。②11，17，18。⑫3。　**1926**①4，5，26。②15。　**1927**③17。⑥3。**1930**⑨24。

皮子文薮　别集。十卷。唐代皮日休撰。日记1927年所记为《四部丛刊》初编本。二册。——**1927**①15。　**1936**①21。

边雪鸿泥记　小说稿本，刘锡纯（1873—1953）撰，共六十四回，十二册。李秉中携来请鲁迅介绍发表，鲁迅先后通过胡适、孙伏园做过介绍，均未果。——**1924**①21。⑨4。

发掘　小说集。圣旦著。1934年上海天马书店出版。——**1935**①17。

发须爪　民俗学。江绍原著。1928年上海开明书店出版。——**1928**③27。

发菩提心论　佛教书籍。二卷，一册。天亲菩萨造，后秦鸠摩罗什译。——**1914**⑥3。

圣迹图　画册。一册。元代王振鹏绘。1908年上海神州国光社影印。——**1912**⑤8。⑪24。

圣谕象解　政书。二十卷，十册。清代梁延年纂。光绪二十九年

（1903）北洋官报局石印本。——**1923**④27。

台尼画集　见《Политические рисунки》。

台州丛书　七种。二十册。清代宋世荦辑。道光十四年（1834）临海宋氏重刻本。鲁迅藏本二至四册系由鲁迅自行抄配。——**1913**⑤25。⑥2，4，5。⑧27。

台湾文艺　月刊。张星建编。台中台湾文艺联盟发行。1934年创刊。中日文合刊。——**1935**④19。

台湾民报　综合性刊物。东京台湾杂志社发行。1923年4月15日创刊，初为半月刊，后改为旬刊、周刊。1930年3月并入《台湾新民报》（日报）。该刊曾发表鲁迅的《写在〈劳动问题〉之前》，并转载《阿Q正传》等作品。——**1926**⑧11。

母亲　小说。丁玲著。1933年上海良友图书印刷公司出版，《良友文学丛书》之一。鲁迅藏本为著者签名本第五六号。——**1933**⑥27。

母与子　小说。日本武者小路实笃著，崔万秋译。1928年上海真美善书店出版。——**1928**⑦10。

《母亲》插画　见《〈母亲〉木刻十四幅》。

《母亲》木刻十四幅　画册。苏联亚历克舍夫（Н.В.Алексеев）作，鲁迅作序。1934年韩白罗以蓝图纸翻印。——**1934**⑦27。⑩10。

辽史　见《二十四史》（百衲本）。

幼学堂文稿　别集。一卷，一册。清代沈钦韩撰。《广雅书局丛书》本。——**1927**⑨16。

六　画

式训堂丛书　三集，三十九种。清代章寿康辑。光绪四年（1878）会稽章氏重刻本。鲁迅购两集：第一集十四种，十七册；第二集十二种，十五册。——**1912**⑨8。　**1913**⑫7。

动向　《中华日报》副刊之一。聂绀弩编。1934年4月11日创刊，同年12月18日停刊。该刊曾发表鲁迅的《古人并不纯厚》等文。——**1934**④23。⑤1，7，10，15，18，30。⑥6，26。⑦23。⑧15，21，23。⑨21，26。⑩1，2，22。⑪2，19，25。

动物学（英文）　见《Zoology》。

动物学（教科书）　周建人编。1934年上海开明书店出版。二册。——1934⑦12。

耳食录　杂记。初编十二卷，二编八卷，共八册。清代乐钧撰。同治七年（1868）重刻本。——1923⑪20。

吉诃德　见《解放了的董吉诃德》。

吉金所见录　金石图象。十六卷，首末各一卷，四册。清代初尚龄辑撰。嘉庆二十四年（1819）古香书屋刻本。——1915②6。

考古学论丛（一）　日本东亚考古学会、东方考古学协会编印。昭和三年（1928）出版。——1932⑪26。

老子（严复评点）　见《道德经》。

老子注（憨山）　见《老子道德经解》。

老子翼　道家书籍。二卷，考异一卷，附录一卷，四册。明代焦竑撰。——1914⑧23。⑨12。

老残游记（二集）　小说。六回。清代刘铁云（刘鹗）著，林语堂序，刘大钧、刘铁孙跋。1935年上海良友图书印刷公司出版，《良友文库》之一。——1935④8。

老子道德经　道家书籍。二卷，一册。署周代李耳撰，汉代河上公注。《四部丛刊》初编影印宋刊本。——1927③16。

老学庵笔记　杂记。十卷，二册。宋代陆游撰。——1912⑦20。

老子道德经解　日记作憨山《老子注》、憨山《道德经注》。道家书籍。二卷，二册。明代德清撰。——1914⑨12。⑪12。

芒种　文学半月刊。徐懋庸、曹聚仁编。上海群众杂志公司发行。第一卷第九期起由北新书局发行。1935年3月创刊，同年10月出至第二卷第一期停刊。——1935③5,23。④1。⑧17。⑪8。

亚历舍夫木刻集　未详。——1936⑦2。

芝兰与茉莉　小说。顾一樵著。1923年上海商务印书馆出版，《文学研究会丛书》之一。——1924②3。

朴学斋笔记　杂纂。八卷，二册。清代盛大士撰。1920年吴兴刘氏《嘉业堂丛书》本。——1934⑪3。

权斋笔记（附文存）　见《权斋老人笔记》。

权斋老人笔记　日记作《权斋笔记》（附文存）。杂纂。四卷,附《权斋文稿》一卷,二册。清代沈炳巽撰。1916 年吴兴刘氏《吴兴丛书》本。——**1934**⑪3。

权衡度量实验考　金石题跋。一册。清代吴大澂撰。1915 年上虞罗氏刻本。——**1915**⑨12,30。

再续寰宇访碑录　金石目录。二卷,二册。罗振玉撰。——**1915**⑦27。

西江上　未详。——**1933**④1。

西洋记　小说。一百回,二十卷,十册。明代二南里人（罗懋登）编次。上海申报馆仿聚珍版铅印本。——**1926**⑧19。

西游记（传奇）　见《杂剧西游记》。

西游记（杂剧）　见《杂剧西游记》。

西游补　小说。十六回,二册。明末董说撰。——**1924**①5。

西青散记　杂记。八卷。清代史震林撰。——**1914**①15。

西厢〔记〕十则　暖红室主人辑。宣统二年（1910）梦凤楼、暖红室校刊本。内收《西厢记》并附录:《元人围棋闯局》、《即空主人五本解证》、《闵遇五五剧笺疑》、《会真记诗歌赋说跋》、《赵德麐商调蝶恋花词》、《李日华南西厢记》、《陆天池南西厢记》、《园林午梦》等。——**1913**⑦5。

西清笔记　杂史。二卷。清代沈初撰。收入《功顺堂丛书》。——**1913**①18。

西湖二集　小说。三十四卷,附《西湖秋色一百韵》,六册。明代周楫撰。明版。——**1925**④9。

西游日记　见《徐旭生西游日记》。

西游记考证　小说考证。胡适著。1923 年印。——**1923**④17。

西泠印社书目　——**1915**⑦4。⑧11。　**1916**⑥17。　**1917**⑤28。**1921**⑪12。　**1926**⑨19。　**1935**③15,20。

西夏国书略说　一卷,一册。罗福苌撰。1914 年东山学社石印本。——**1917**④1。

西洋教育思想史　教育史。蒋径三编著。1934 年上海商务印书馆出版。二册。——**1935**①7。

西夏译莲华经考释　佛教书籍。一册。罗福成撰。1914 年东山学社石印本。——**1917**④1。

百专考　金石文字。一卷,一册。清代吕佺孙撰。鲁迅手抄光绪四年(1878)滂喜斋刊本二十四页。——**1915**⑦19。⑧10。

百孝图　劝善书。四卷,二册。清代俞葆真撰,郑绩绘。——**1914**①18。②1。④28。

百孝图　见《男女百孝图全传》。

百梅集　画册。二册。陈叔通辑。1927 年上海商务印书馆影印。——**1928**④23。

百喻经　又作《百喻法句经》。佛教书籍。竺僧伽斯那辑,南齐求那毘地译。鲁迅为祝母亲六十生寿,于 1914 年 7 月托金陵刻经处刻印一百本。二卷一册。1915 年曾以高丽本校金陵刻本,1929 年又购入日本正保二年本《百喻经》。——**1914**⑦29。⑩7。　**1915**①11,12,13,15,17,19,21。③23,29。⑦20。　**1916**⑤10。　**1925**⑧2。　**1929**④5。

百三家集　即《汉魏六朝百三名家集》。总集。明代张溥辑。——**1932**④3。

百汉研碑　金石图象。一册。清代万廉山辑,王应绶摹。——**1915**⑥7,10。

百美新咏　画册。四册。清代颜希源等作。嘉庆十年(1805)刻本。——**1928**⑦16。

百华诗笺谱　画册。二册。清代张龢庵绘。宣统三年(1911)天津文美斋彩色套印本。——**1912**④29。　**1931**⑦23。

百家唐诗选　见《唐百家诗选》。

百喻法句经　见《百喻经》。

百回本水浒〔传〕　小说。元代施耐庵撰。1925 年李玄伯据明嘉靖本重印。五册。——**1925**⑫21。

有不为斋随笔　杂说。十卷,二册。清代光聪谐撰。光绪十四年(1888)苏州藩署刻本。——**1926**⑫17。

有形美术要义　见《Elementargesetze der bildenden Kunst》。

有万熹斋石刻跋　金石题跋。一卷，一册。清代傅以礼撰，吴隐辑。1921 年西泠印社木活字排印本，《遯盦金石丛书》之一。——**1932**⑫30。

而已集　杂文集。鲁迅著。1928 年上海北新书局出版。——**1928**⑪26，29。⑫25。　**1929**①10。　**1931**②15。

存复斋文集　别集。十卷，附录一卷，二册。元代朱德润撰。《四部丛刊》续编影印明刊本。——**1934**③19。

灰色马　小说。俄国路卜洵（C. Ропщин）著，郑振铎译。1924 年商务印书馆出版，《文学研究会丛书》之一。——**1924**②3。

达夫代表作　小说集。郁达夫著。1930 年上海现代书局改版。——**1930**①26。

达夫自选集　日记作《自选集》。郁达夫著。1933 年上海天马书店出版。——**1933**④3。

列女传　又作《古列女传》、《顾虎头画列女传》、《刘向古列女传》。传记。汉代刘向撰，晋代顾恺之绘图。日记所记版本有：明代黄嘉育刻本，八卷，八册；清代扬州阮刻本，八卷，四册等。——**1912**⑥16。**1923**⑦20。　**1928**④13。　**1933**⑫3。　**1934**①9。⑥15。

列仙酒牌　画册。清代任熊绘。鲁迅 1933 年所购为咸丰六年（1856）蔡容庄刻本，二册；另一种版本不详。——**1915**③11。④28。**1933**⑫8。

列宁格勒风景画集　见《Ленинград. Новые пейзажи, 1917—1932》。

死魂灵　小说。俄国果戈理著，鲁迅译。1936 年上海文化生活出版社出版，《译文丛书》之一。第二部于 1936 年初开译，鲁迅生前未能出版。——**1934**⑥24。　**1935**②15。③12。④5。⑤8，23。⑥11，24。⑦4，27。⑧5，28。⑨16，28，29。⑩6，17，20，24，31。⑪16。　**1936**②25。③25。⑤8。⑨26。

死魂灵图　见《Сто четыре рисунка к поэме Н. В. Гоголя〈Мёртвые Души〉》。

死魂百图　见《死魂灵百图》。

死魂灵百图　应作《死魂灵一百图》，日记又作《死魂百图》。俄国阿庚（А. Агин）等作，鲁迅作小引。1936 年以"三闲书屋"名义印行。——1935④5。⑪8。⑫10,24。　1936①18。②4。⑤1,7,8。

夷坚志　笔记。宋代洪迈撰。日记所记版本有二：宣统三年（1911）上海蔡光社石印本，五十卷，十六册；1927 年上海商务印书馆据宋、明抄本及明刻本铅印，二〇六卷，二十册。——1923③23。　1927⑩11。

托尔斯泰传　传记。法国罗曼·罗兰（Romain Rolland）著，徐懋庸译。1933 年上海华通书局出版。——1933⑪15。

托尔斯泰小说　见《Рассказы о животных》。

托尔斯泰寓言　指《儿童的智慧》。小说集。俄国列夫·托尔斯泰（Л. Н. Толстой）著，常惠译。1926 年北京北新书局出版。——1926⑧19。

托尔斯泰致中国人书（德译本）　书信。列夫·托尔斯泰著，徐诗荃译成德文，手抄本。——1933⑫24。

扬鞭集　诗集。二卷，二册。刘复作。1926 年北京北新书局铅印。——1926⑦21,27。

扬子法言　日记又作《法言》。儒家书籍。十三卷，附音义一卷，一册。汉代扬雄撰，晋代李轨注。《四部丛刊》初编影印影宋本。——1923⑤1。

至治新刊全相平话三国志　日记作《全相平话三国志》、《三国志平话》。小说。三卷。元代佚名撰。1926 年日本盐谷温影印元至治建安虞氏刻本。——1926⑧17。　1928②23。

过岭记　小说。保加利亚伐佐夫（I. Vazov）著，孙用译。1931 年上海中华书局出版。——1931⑩11。

过去现在因果经　佛教书籍。四卷，一册。南朝宋求那跋陀罗译。——1914⑦11。⑨12。

贞观政要　杂史。十卷，四册。唐代吴兢撰。《四部丛刊》续编影印明成化刻本。——1934⑧25。

师曾遗墨　见《陈师曾先生遗墨》。

当代文学　月刊。天津当代文学社编,大公报馆印刷,天津书局发行。1934 年 7 月创刊,同年 11 月出至第一卷第五号停刊。——1934⑧10。

当来变经　见《迦丁比丘说当来变经》。

当代文人尺牍钞　见《现代作家书简》。

虫蚀　小说集。靳以著。1934 年上海良友图书印刷公司出版,《良友文学丛书》之一。——1934⑫16。

曲成图谱　杂技。其形制类似民间"七巧板"而更复杂,由十三块多边形组成。一册。钱塘夏鸾翔创制,鲁迅据其印本影写一册。——1918①15。

曲阜碑碣考　金石题跋。一册。孔祥霖编。1915 年上海广智书局铅印本。——1915⑧23。

吕超墓志　见《吕超墓志拓片专集》。

吕洞宾故事　民间故事。林兰编。1925 年北京北新书局出版,《北新小丛书》之一。——1925⑦11。

吕氏春秋点勘　杂家书籍。二十六卷,三册。署秦代吕不韦撰,清代吴汝纶点勘。莲池书社 1921 年出版,桐城吴先生群书点勘子部之八。——1921⑨13。

吕氏家塾读诗记　儒家书籍。三十二卷,十二册。宋代吕祖谦撰。《四部丛刊》续编影印宋刻本。——1934⑤26。

吕超墓志拓片专集　日记作《吕超墓志》。金石题跋。顾鼎梅编。1919 年刊行。鲁迅《南齐〈吕超墓志〉跋》收入该书。——1919⑥11。1919⑧31。

同仁医学　医学月刊(中日文对照)。日本小野得一郎编。东京同仁会发行。1906 年创刊。——1932⑤7。⑫15。

吊伐录　杂史。二卷,二册。金代佚名撰。《四部丛刊》三编影印清钱曾抄本。——1935⑫30。

因明论疏　见《因明入正理论疏》。

因明入正理论疏　日记作《因明论疏》。佛教书籍。八卷,二册。

唐代窥基撰。——**1915**①10。

朱庆余诗集 别集。一卷,附校勘记一卷,一册。唐代朱庆余作,张元济撰校勘记。《四部丛刊》续编影印宋刊书棚本。——**1934**④14。

先天集 别集。十卷,附录二卷,二册。宋代许月卿撰。《四部丛刊》续编影印明嘉靖刊本。——**1934**⑨22。

竹林〔的〕故事 小说。冯文炳著。1925年北京北新书局出版,《新潮社文艺丛书》之一。——**1925**⑪20。⑫6。

竹谱详录 画谱。元代李衎撰。二卷,二册。日本刻本。——**1921**⑤17。

传奇集 见《唐宋传奇集》。

传经堂书目 ——**1935**①26。

华严经 即《大方广佛华严经》。佛教书籍。通行的有晋译六十卷本和唐译八十卷本。——**1914**⑩4。

华盖续 见《华盖集续编》。

华盖集 杂文集。鲁迅著。1926年北京北新书局出版。——**1926**⑥3,30。

华阳国志 杂史。十二卷,附录一卷,四册。晋代常璩撰。清嘉庆十九年(1814)邻水廖氏刻本。——**1913**④12。

华严三种 见《华严眷属三种》。

华光天王传 见《全象五显灵官大帝华光天王传》。

华严决疑论 日记又作《决疑论》。佛教书籍。四卷,二册。唐代李通玄撰。——**1914**④19。

华严经合论 见《大方广佛新华严经合论》。

华盖集续编 日记又作《华盖续》。杂文集。鲁迅著。1927年北京北新书局出版。——**1926**⑩15,19。 **1927**③4。⑤13,23。⑥25。

华北日报附〔副〕刊 杨晦编。北平华北日报社出版。每月出合订本一册。第一册于1929年1月出版。——**1929**⑫24。

华严眷属三种 佛教书籍。《华严经》十类之第九类称《眷属经》。鲁迅所购三种未详。——**1914**⑤23。

华严一乘决疑论 日记作《一乘决疑论》。佛教书籍。一卷,一册。

清代彭际清述。——**1914**⑥3。

　　华盖集续编之［的］续编　　收鲁迅在厦门四个月所作的六篇杂文。附在《华盖集续编》之后。——**1927**③4。

　　仰视鹤斋丛书　　见《仰视千七百二十九鹤斋丛书》。

　　仰视千七百二十九鹤斋丛书　　日记又作《仰视鹤斋丛书》。六集，四十种，八十三卷，三十六册。清代赵之谦辑。光绪六年（1880）刻本。——**1934**⑤14。⑩6。

　　伪自由书　　杂文集。鲁迅著。1933年上海北新书局以"青光书局"名义出版。——**1933**⑦20，28，30。⑧17。⑨24，26。⑩16，19，26。⑪3。⑫26。　**1935**②14。

　　自由谈　　见《申报》。

　　自选集　　见《达夫自选集》。

　　自选集　　见《鲁迅自选集》。

　　自祭曲　　木刻诗画集。赖少其作。收诗十首，木刻十幅。1935年木刻手印本。为《现代版画丛刊》之十一。——**1935**⑤6。

　　自然史　　未详。——**1918**③30。

　　自然界　　月刊。周建人编。商务印书馆出版。1926年创刊，1932年1月出至第七卷第一期停刊。——**1926**③2。⑨15。　**1927**⑤23。⑧1。　**1930**⑩7。⑪21。　**1931**①25。

　　自己的园地　　散文集。周作人著。1923年9月出版。——**1927**⑥6。

　　伊孛生　　指《新青年》第四卷第六号。

　　伊勃生号　　指《新青年》第四卷第六号。

　　伊索寓言（画本）　　见《Aesop's Fables》。

　　伊特拉［勒］共和图　　小说。苏联拉甫列涅夫（Б.А.Лавренёв）著，徐懋庸译。1935年上海生活书店出版。——**1935**⑨3。

　　血痕　　日记又作《阿尔志跋绥夫小说集》。小说集。俄国阿尔志跋绥夫著，鲁迅、郑振铎等译。1927年上海开明书店出版，《文学周报社丛书》之一。——**1927**⑥30。⑦2。

　　血泪之花　　诗集。林仙亭著。1925年上海启智印务公司出版。——**1926**⑩5。

后甲集　一名《跃雷馆日记》，别集。二卷，二册。清代章大来撰。——**1913**⑥29。　**1915**①4。

后汉书　见《二十四史》(百衲本)。

后知不足斋丛书　全书五十六种，初编二十五种，三十五册。清代鲍廷爵辑。光绪年间常熟鲍氏知不足斋刻本。——**1913**④12。

全唐诗　总集。九百卷，总目一卷，一二〇册。清代彭定求等辑。——**1912**⑨22。

全三国文　总集。七十五卷，为《全上古三代秦汉三国晋南北朝文》第二十六册至三十七册。清代严可均校辑。清光绪二十年(1894)黄冈王氏刻本。——**1913**⑩15。

全唐诗话　诗文评。六卷，六册。宋代尤袤撰。——**1913**①4。

全国总书目　日记又作《图书目录》、《图书总目录》。平心编。1935年上海生活书店出版。——**1935**⑫3，6。

全唐诗话续编　诗文评。二卷，二册。清代孙涛辑。——**1913**①4。

全相三国志平话　见《元至治本全相平话三国志》。

全相平话三国志　见《至治新刊全相平话三国志》。

全汉三国晋南北朝诗　总集。十一集，五十四卷，二十册。丁福保辑。1916年无锡丁氏铅印本。——**1926**⑩30。

全国木刻〔联合〕展览会专辑　木刻画册。唐河等为第一回全国木刻联合展览会编。未出版。仅存鲁迅所作序文。——**1935**⑥5。

全国中学所在地名表　即《全国中等学校校名地址一览表》。1924年教育部普通教育司编印。——**1924**⑤5。

全国儿童艺术展览会纪要　日记作《儿童艺术展览会纪要》、《儿童艺术展览会报告》。第一届全国儿童艺术展览会的纪念专刊。1915年教育部社会教育司编印，1915年3月出版。其中刊有鲁迅所译《儿童观念界之研究》一文。——**1915**④16。⑥25。

全象五显灵官大帝华光天王传　又名《南游华光传》，日记作《华光天王传》。小说。四卷，一册。明代余象斗撰。清经元堂刘氏刻本。——**1931**⑪29。

　　会稽记　地理书。一卷。南朝宋孔晔撰。原书佚。此系周作人从《嘉泰会稽志》中辑出供鲁迅辑校《会稽郡故书杂集》用。——**1914**⑥30。

　　会稽书集　见《会稽郡故书杂集》。

　　会稽旧记　原名《会稽记》。地理书。一卷。晋代贺循撰。原书佚。此系周作人从《嘉泰会稽志》中辑出供鲁迅辑校《会稽郡故书杂集》用。——**1914**⑦10。

　　会稽典录　日记作《典录》。传记。一卷。晋代虞预撰。原书佚。此系鲁迅从各种典籍中辑出,后收入《会稽郡故书杂集》。——**1914**⑩10。

　　会稽故书　见《会稽郡故书杂集》。

　　会稽先贤传　传记。三国吴谢承撰。原书已佚。鲁迅从有关典籍中辑录一卷,收入《会稽郡故书杂集》。——**1914**⑦15。

　　会稽掇英集　见《会稽掇英总集》。

　　会海对类大全　见《南阳会海对类》。

　　会稽故书杂集　见《会稽郡故书杂集》。

　　会稽掇英总集　日记又作《会稽掇英集》。合集。二十卷,四册。宋代孔延之辑。清道光元年(1821)山阴杜氏浣花宗塾刻本。——**1914**①13。　**1915**④8。⑥27。　**1920**⑪20。

　　会稽王孝子遗诗　见《听桐庐残草》。

　　会稽王氏银管录　传记。一册。清代王继香辑。——**1913**④20。⑩23。

　　会稽郡故书杂集　日记又作《会稽故书》、《会稽故书杂集》、《会稽书集》、《杂集》。丛书。八种,一册。鲁迅辑。1915 年以周作人名义刊行。——**1914**⑪10,12。　**1915**②12,15。④8,9,10。⑥19,20,21,24,26。⑦31。⑨19。⑩21,22。⑪20。⑫26。　**1916**①29。　**1917**①24。③4。　**1923**①7。

　　企鹅岛　小说。法国法朗士(A. France)著,黎烈文译。1935 年上海商务印书馆出版,《世界文学名著》之一。——**1936**①31。

众家文章记录　日记作《诸家文章记录》。杂集。鲁迅辑录于1911 年前后。共收《荀勖文章叙录》、《挚虞文章志》、《傅亮续文章志》、《顾恺之晋文章记》、《宋明帝晋江左文章志》、《丘渊之文章叙》、《丘渊之文章录》、《丘渊之新集录》、《失名文章传》等九种古籍。从《魏志》、《北堂书钞》、《世说新语》等书中辑出会稽人物传四十余则，手稿四十余页，现存。——1913⑪4。

创造　文学季刊。创造社早期刊物。郁达夫、郭沫若、成仿吾等编。上海泰东图书局出版。1922 年创刊，1924 年 2 月出至第二卷第二期停刊。——1923③16。　1924③18。

创造月刊　文学刊物。创造社文学部编。上海创造社出版部发行。1926 年 2 月创刊，1929 年 1 月出至第二卷第六期停刊。——1927⑨24。

创造周报　文学刊物。创造社编。上海泰东图书局出版。1923 年 5 月 13 日创刊，1924 年 5 月终刊。出至第二十六期时曾合订汇刊发行。——1923⑫26。

创作的经验　文艺理论。鲁迅等著。1933 年上海天马书店出版。——1933⑥18，19。

杂文　文学月刊。东京"左联"刊物。先后由杜宣、勃生(邢桐华)等编。日本东京杂文杂志社发行。1935 年 5 月创刊，同年 10 月第四期改名《质文》，由东京质文杂志社发行，第二卷改由上海质文社编印，1936 年 11 月出至第二卷第二期停刊。——1935⑤17。

杂集　见《会稽郡故书杂集》。

杂感集　见《鲁迅杂感选集》。

杂感选集　见《鲁迅杂感选集》。

杂纂四种　一册。章川岛辑。在编辑过程中曾得到鲁迅的帮助。1926 年北京北新书局铅印。——1926⑫25。

杂譬喻经　即《旧杂譬喻经》。佛教书籍。二卷，一册。三国吴康僧会译。1919 年常州天宁寺刻本。——1925⑦14。

杂剧西游记　日记又作《西游记》(杂剧)、《西游记》(传奇)。六卷，一册。原题元代吴昌龄撰，实为明代杨景贤撰。昭和三年(1928)东京斯文会据明万历刻本重印。——**1928**②23。③6,9。

名原　文字学。二卷,一册。清代孙诒让撰。——**1918**③9。

名义考　杂学。十二卷,三册。明代周祈撰。1923年沔阳卢氏慎始基斋影印明万历间刻本,《湖北先正遗书》本。——**1925**⑫26。

名人生日表　传记类。一卷,一册。孙雄纂,张惟骧补。《小双寂庵丛书》本。——**1935**②20。

多产集　小说集。周文著。1936年上海文化生活出版社出版,《文学丛刊》之一。——**1936**⑨11。

争自由的波浪　小说、散文集。高尔基等著,董秋芳译,鲁迅编订并作小引。1926年北京北新书局出版,《未名丛刊》之一。——**1926**⑩6。⑪17。

庄子集解　道家书籍。八卷,三册。清代王先谦集解。宣统元年(1909)思贤书局刻本。——**1923**⑨8。

庄氏史案　杂史。一卷,一册。清代佚名撰。宣统三年(1911)上海商务印书馆排印《痛史》本。——**1912**⑨8。

庄子内篇注　道家书籍。四卷,二册。明代德清注。——**1914**⑨12。⑪12。

庆祝蔡元培先生六十五岁论文集(上册)　日记作《祝蔡先生六十五岁论文集》(上)。陈寅恪等著。1933年中央研究院历史语言研究所印。——**1934**⑤21。

齐物论释　道家书籍。一册。章炳麟撰。1912年频伽精舍铅印本。——**1912**④28。⑩15。　**1915**⑥17。

齐鲁封泥集存　金石图象。一卷,一册。罗振玉辑。1913年上虞罗氏影印本。——**1917**⑫30。

刘熊碑　见《汉刘熊碑》。

刘氏遗书　丛书。八种,八卷,二册。清代刘台拱撰。光绪十五年(1889)《广雅书局丛书》本。——**1927**⑨16。

羊　小说集。萧军著。1936年上海文化生活出版社出版,《文学丛刊》之一。——**1936**①31。

关中金石记　金石题跋。八卷,附札记一卷,四册。清代毕沅撰。——**1915**⑤9,18。

关中李二曲先生全集　日记作《李二曲集》。别集。四十六卷,十六册。清代李颙撰。光绪三年(1877)信述堂重刻本。——**1924**⑧3。

冲虚至德真经　道家书籍。八卷,一册。周代列御寇撰,晋代张湛注。《四部丛刊》初编影印北宋刊本。——**1927**③16。

汗简　文字学。三卷,一册。宋代郭忠恕撰。《四部丛刊》续编影印冯舒手抄本。——**1934**②6。

汗简笺正　文字学。八卷,四册。宋代郭忠恕撰,清代郑珍笺正。——**1912**⑩20。

江上　小说集。萧军著。1936年上海文化生活出版社出版,《文学丛刊》之一。——**1936**⑩14。

江苏清议　当时江苏的一种小报。——**1923**⑥14。

江宁金石记　金石题跋。八卷,待访目二卷,二册。清代严观辑。宣统二年(1910)江楚编译书局刻本。——**1918**②17。

江南官书局书目——**1930**⑦30。

江苏江宁乡土教科书　刘师培编著。光绪三十二年(1906)上海国学保存会出版。——**1914**①18,19。

池上草堂笔记　杂记。八卷,八册。清代梁恭辰撰。同治十二年(1873)金陵刻本。——**1923**⑪20。

汤注陶诗　见《陶靖节诗集汤注》。

宇宙之歌　诗集。陈子鹄著。1935年日本东京东流文艺社、文艺刊行社出版。——**1935**⑧6。

决[结]算　小说集。征农著。1934年生活书店出版。——**1935**⑥7。

决疑论　见《华严决疑论》。

安得伦　见《不走正路的安得伦》。

安龙逸史　杂史。二卷,一册。清代屈大均撰。1916年吴兴刘氏《嘉业堂丛书》本。——**1934**⑪3。

安徽丛书　安徽丛书编审会辑。第三期收《字诂》等六种,附录三种,十八册。1934年安徽丛书编印处影印。——**1934**⑩4。

安阳发掘报告　考古。1929年至1931年中央研究院历史语言研究所编印。——**1932**②26。⑩19。　**1934**⑪20。

安璧摩夫漫画集　见《Карикатура на службе обороны C.C.C.Р.》。

冰岛渔夫　小说。法国洛蒂（P.Loti）著，黎烈文译。1936年上海生活书店出版，《世界文库》本。——**1936**④30。

字图　见《益智图》。

字说　文字学。一卷，一册。清代吴大澂撰。光绪十九年（1893）思贤讲舍重刻本。——**1918**③9。

字义类例　文字学。陈独秀著。1925年上海亚东图书馆石印本。一册。——**1926**②3。

讳字谱　见《历代讳字谱》。

许白云〔先生〕文集　别集。四卷，一册。元代许谦撰。《四部丛刊》续编影印明刊本。——**1934**③19。

许钦文小说　见《短篇小说三篇》。

论语　小品文半月刊。先后由林语堂、郁达夫、陶亢德、邵洵美编辑。上海时代图书公司发行。1932年9月创刊，1937年8月出至第一一七期停刊。——**1933**②21。③5。④8。⑥6，9，22。⑧24。⑩24。⑪22。　**1934**①13，18。

论衡举正　杂家书籍。二册。孙人和撰。1924年铅印本。——**1924**⑤6。

论语〔注疏〕解经　儒家书籍。十卷，札记一卷，二册。三国魏何晏集解，宋代邢昺疏。——**1935**⑫30。

农书　二十二卷，十册。元代王祯撰。清乾隆三十九年（1774）内聚珍本。——**1913**⑦13。

导报　见《文学导报》。

阮步兵集　别集。一卷，一册。三国魏阮籍撰，明代张溥评。光绪十八年（1892）刻，《汉魏六朝百三名家集》本。——**1932**④3。

阮嗣宗集　别集。二卷。三国魏阮籍撰。日记所记版本有三：复刻汪士贤本，一册；明万历中新安程氏《汉魏丛书》本，二册；明嘉靖二十二年(1543)汪士贤校本,二册。——**1932**②16。③1,4。

　　阮盦笔记〔五种〕　杂记。八卷,二册。况周颐撰。光绪三十三年(1907)南京刻本。——**1915**⑧5。⑩7。

　　阴符等四经发隐　见《阴符、道德、冲虚、南华四经发隐》。

　　阴符、道德、冲虚、南华四经发隐　道家书籍。各一卷,合一册。清代杨文会注。——**1914**⑧23。

　　妇人论(倍倍尔)　即《妇女与社会》。德国倍倍尔(A. Bebel)著,沈端先译。1927年上海开明书店出版。——**1928**③10。

　　妇女必携　附中华民国十四年日历。一册。北京霁云楼编。编者自刊。——**1924**⑫14。

　　妇女杂志　月刊。商务印书馆出版。1915年1月创刊,1931年停刊。1921年第七卷起开始革新内容,由章锡琛主编。——**1924**②8。⑫5,23。　**1925**②16,25。③17。④4。⑥16。

　　妇女周刊　《京报》副刊之一。——**1925**⑪26。

　　妇女问题十讲　日本本间久雄著,章锡琛译。1924年上海商务印书馆出版。——**1924**⑨14。

　　她的觉醒　日记误作《觉醒的她》。木刻连环画册。温涛作。手印本。——**1936**③18。

　　好逑传　见《第二才子好逑传》。

　　戏　周刊。《中华日报》副刊之一。袁牧之等编。1934年8月19日创刊。——**1934**⑪15,19。⑫13,16。

　　戏　月刊。袁牧之编。上海中外书店发行。1933年9月创刊,同年10月停刊。——**1933**⑨28。

　　观光纪游　游记。十卷,三册。日本冈千仞撰,濯万里校订。日本明治十九年(1885)著者自刊铅印本。——**1929**⑦22。

　　观堂遗书　见《海宁王忠悫公遗书》。

　　观堂遗集　见《海宁王忠悫公遗书》。

　　观古堂丛书　见《观古堂汇刻书并所著书》。

　　观无量寿佛经〔图赞〕　佛教书籍。一卷,校勘记一卷,一册。南朝宋畺良邪舍译。——**1912**⑤25。

观自得斋丛书　二十四种,别集六种,二十四册。清代徐士恺辑。光绪年间石埭徐氏观自得斋刻本。——**1915**①17。

观古堂书目丛刊　日记作《观古堂汇刻书目》。丛书。十五种,十六册。叶德辉辑。光绪二十九年(1903)叶氏观古堂刊。——**1926**⑥17。

观古堂汇刻书目　见《观古堂书目丛刊》。

观沧阁［所］藏魏齐造象记　金石图象。一册。王潜刚辑。1935年上海商务印书馆影印。——**1935**④20。

观古堂汇刻书并所著书　丛书。其中"汇刻书"二集,十五种,十六册,叶德辉辑;"所著书"二集。二十种,十六册,叶德辉撰。清光绪年间湘潭叶氏观古堂刻本。——**1913**④19。⑫5。

叒社　文艺年刊。第二期起改名《叒社丛刊》。绍兴叒社编辑并出版。1913年12月创刊。——**1914**①2。⑧31。　**1915**①13。　**1916**⑥19。

红楼梦(王刻)　小说。一百二十回,二十四册。清代曹雪芹撰。王希廉评。道光十二年(1832)刻本。——**1928**⑦16。

红萝卜须　小说。法国赖纳(列那尔,J.Renard)著,黎烈文译。1934年上海生活书店出版。——**1934**⑫1。

红楼梦图咏　诗画册。四册。清代改琦绘,王希廉等题诗。光绪五年(1879)上海淮浦居士刻本。——**1934**⑪20。

红雪山房画品　画评。一册。清代潘曾莹撰。——**1913**⑥7。

红楼梦本事考［辨］证　小说研究。寿鹏飞著。1927年上海商务印书馆出版,《文艺丛刻》乙集之一。——**1928**⑧22。

纪元编　年表。三卷,韵补一卷,一册。清代李兆洛纂,六承如订。同治十年(1871)合肥李氏重刻本。——**1914**①3。

纫斋画媵　画册。四册。清代陈元叔绘。光绪二年(1876)甬上陈氏得古欢室刻本。——**1915**②21。　**1934**⑪20。

七　画

进化和退化　生物学。周建人编译,鲁迅校订并作小引。1930年上海光华书局出版。——**1930**⑫5,6,7。

远方(原书) 见《Дальние страны》。

坏孩子 见《坏孩子和别的奇闻》。

坏孩子和别的奇闻 日记又作《坏孩子》。小说集。俄国契诃夫著,鲁迅选译。1936 年上海联华书局出版。——**1935**⑨15。 **1936**⑩17。

贡献 综合性旬刊。国民党改组派刊物。贡献社编(孙福熙等负责)。上海嘤嘤书屋发行。1927 年 12 月创刊,1929 年 1 月第五卷起改为月刊,同年 3 月出至第五卷第三期停刊。——**1927**⑫3。

孝图 见《男女百孝图全传》。

孝行录 即《前后孝行录》。劝善书。二卷,二册。清代吕晋昭辑,道光二十四年(1844)京江柳氏书谏堂重刻本。——**1927**⑧12。

坟 杂文集。鲁迅著。1927 年北京未名社出版。——**1926**⑪4。**1927**③17。④2,11,27。 **1928**⑦11。 **1929**④15。⑫29。 **1930**⑨24。 **1933**③14。⑤15。

志林 又作《志林新书》。杂录。一卷。晋代虞喜撰。鲁迅曾辑录此书。——**1914**⑧18。

花间集 词合集。十二卷,补二卷,三册。五代后蜀赵崇祚辑,温博补。《四部丛刊》初编影印明玄览斋刊巾箱本。——**1927**①11。

花果册 见《吴昌硕花果册》。

花甲闲谈 传记。十六卷,四册。清代张维屏撰。清末广州广雅书局重印本。——**1927**⑥9。

花边文学 杂文集。鲁迅著。1936 年上海联华书局出版。——**1936**①6。④14。⑦10,28。

花庵词选 合集。二十卷。前十卷为《唐宋诸贤绝妙词选》,后十卷为《中兴以来绝妙词选》。宋代黄升(花庵)辑。鲁迅所购三册为前十卷,1922 年上虞罗氏影印宋抄本。——**1933**①16。

芥子园画传 又称《芥子园画谱》。画谱。四集。清代王概等编绘。——**1934**②3。③31。④20。⑥1。

严陵集 合集。九卷,二册。宋代董棻辑。——**1915**⑩17。

严州图经　地理书。三卷二册。宋代陈公亮等撰。——1915⑩
17。

克诃第传　即《堂·吉诃德》。长篇小说。西班牙塞万提斯（M.
Cervantes Saavedra）著。此处所记版本、语种未详。——1927⑪28。

苏斋题跋　金石题跋。三册。清代翁方纲撰。1921年西泠印社
木活字排印，《遯盦金石丛书》本。——1932⑫30。

苏俄之表里　见《The Mind and Face of Bolshevism》。

苏俄印象记　见《莫斯科印象记》。

苏联版画集　画册。鲁迅选定并作序。1936年上海良友图书印
刷公司影印。——1936④7。⑤28。⑦4,6。

苏联闻见录　报告文学。林克多著，鲁迅校阅并作序。1932年上
海光华书局出版。——1932④7,16,20,22。

苏联童话集　适夷译。1933年上海良友图书印刷公司出版。——
1933①14。

苏联演剧史　未详。——1933⑩19。

苏俄文艺论战　见《苏俄的文艺论战》。

苏俄美术大观　见《ソウエートロシヤ美術大観》。

苏俄文艺丛书　见《ソヰエエト·ロシヤ文芸叢書》。

苏俄之文艺论战　见《苏俄的文艺论战》。

苏俄的文艺论战　日记又作《俄文艺论战》、《苏俄文艺论战》、《苏
俄之文艺论战》。文艺理论。俄国阿卫巴赫（Л. Л. Авербах）等著，任国
桢编译，鲁迅作《前记》。1925年北京北新书局出版，《未名丛刊》之
一。——1925④16。⑨18,29。⑩7,9,16,25。

苏曼殊年谱及其他　日记作《曼殊年谱》。传记。柳亚子、柳无忌
编。1927年上海北新书局出版。——1928①31。

苏联作家二十人集　日记又作《新俄小说集》、《新俄小说二十人
集》。选集。为《竖琴》和《一天的工作》的合刊本。两书各收苏联作家
十人的短篇小说十篇，鲁迅、柔石、曹靖华、文尹译。原拟总题《新俄小
说家二十人集》，分两册：上册《竖琴》（曾拟题《星花》）、下册《一天的工
作》，于1933年1月和3月先后由上海良友图书印刷公司出版，收入

《良友文学丛书》。1936年7月合订一册,改题《苏联作家二十人集》。——**1932**⑧2。⑨13,19。⑩3。⑪4,7。 **1933**①6,7,9,16,17,18,19,24。②3,13。③9,28,30。④1。⑤5。⑥20,27。⑦10。 **1934**①15。③22,28。⑫10。 **1935**③28。④9。⑧16。⑪18。 **1936**⑤12,14,29。⑧6。

苏联版画展览会目录 ——**1936**②1。

杜樊川集 即《樊川文集》。别集。二十卷,外集一卷,别集一卷,四册。唐代杜牧撰。——**1935**⑫30。

杨守进自订年谱 疑即《邻苏老人年谱》。传记。一册。杨守敬自述。——**1915**⑩7。

李二曲集 见《关中李二曲先生全集》。

李太白集 别集。三十卷,四册。唐代李白撰。鲁迅藏书现存光绪元年(1875)湖北崇文书局刻本一部。——**1912**⑤25。 **1933**②2。

李长吉集 别集。四卷,外集一卷,二册。唐代李贺撰。清代黄淳耀评,黎简批点。光绪十八年(1892)广州叶氏刻本。——**1936**①21。

李商隐诗 别集。二册。唐代李商隐作。——**1914**①13。

李涪[氏]刊误 杂考。二卷,一册。唐代李涪撰,明代胡文焕校。明刻本。——**1928**⑥10。

李翰林集 别集。三十卷,六册。唐代李白撰。清光绪三十二年(1906)吴隐影宋刻本。——**1913**⑥22。

李长吉歌诗 别集。三册。唐代李贺作。——**1921**⑤17。

李桦版画集 日记又作"木刻"。画册。李桦作。广州现代创作版画研究会印,《现代版画丛刊》之一。——**1935**⑨9。

李龙眠九歌图 见《宋李龙眠白描九歌图》。

李龙眠九歌图册 见《李龙眠九歌人物册》。

李卫公会昌一品集 别集。二十卷,六册。唐代李德裕撰。光绪五年(1879)定州王氏谦德堂刊,《畿辅丛书》本。——**1912**⑥9。

李龙眠九歌人物册 日记作《李龙眠九歌图册》。画册。一册。宋代李公麟绘。1928年上海文明书局影印。——**1932**⑧2。

李怀琳书绝交书 见《唐李怀琳草书绝交书油素钩本》。

　　李义山诗文集笺注　　日记作《玉谿生诗》及《樊南文集笺注》、《冯浩注玉谿生诗文集》。别集。十一卷，卷首一卷，十二册。唐代李商隐撰，清代冯浩注。乾隆四十五年(1780)刻本。——**1932**④4。

　　李龙眠白描九歌图　　见《宋李龙眠白描九歌图》。

　　两地书　　书信集。鲁迅、许广平著。1933年上海北新书局以"青光书局"名义出版。——**1932**⑩31。　　**1933**①13,14。③16,31。④3,5,6,7,18,19,20。⑤3,9,11,15,27。⑥24,25,27。⑦5,12。⑧2,31。⑨4。⑩26。⑪1。⑫2。　　**1934**⑥6,15。

　　两条腿　　童话。丹麦爱华尔特(C. Ewald)著，李小峰译，鲁迅校阅。1925年北京北新书局出版，《新潮社文艺丛书》之一。——**1925**②4,5。⑥4。

　　两山墨谈　　杂著。十八卷，四册。明代陈霆撰。1919年吴兴刘氏嘉业堂刻《吴兴丛书》本。——**1923**①5。

　　两条裙子　　小说集。许钦文著。1934年上海北新书局出版。——**1934**⑩11。

　　两汉书辨疑　　史籍考证。四十二卷，七册。清代钱大昭撰。——**1914**⑨12。

　　两汉金石记　　金石文字。二十二卷，六册。清代翁方纲撰。乾隆五十四年(1789)南昌使院刻本。——**1915**⑤6。

　　两浙金石志　　金石地志。十八卷，十二册。清代阮元纂。光绪十六年(1890)浙江书局重刻本。——**1914**④4。

　　两周金文辞大系　　金石文字。郭沫若著。昭和七年(1932)东京文求堂书店影印。——**1932**①22。

　　两周金文辞大系考释　　金石题跋。郭沫若著。昭和十年(1935)东京文求堂影印。——**1935**⑧28。

　　两周金文辞大系图录　　金石图象。郭沫若编。昭和十年东京文求堂影印。——**1935**③23。

　　丽楼丛书　　九种，七册。叶德辉辑。光绪三十三年(1907)长沙叶氏观古堂刻本。——**1914**⑩10。⑪4。

　　还魂记　　戏曲。二卷，四册。明代汤显祖撰。石印明刻本。——

1928⑦16。

来青阁书目——1929⑧3。　1932①2。　1934⑤30。　1935⑤8。⑪18。

来鹭草堂随笔　杂著。一卷，一册。清代吴滔撰。1921年西泠印社木活字排印本。——1935③21。

医学周刊集　北京《世界日报》附刊《医学周刊》前五十期(1926年8月至1927年7月)的合集。北京丙寅医学社编。——1928⑦27。

医学的胜利　剧本。法国洛曼(J.Romains)著,黎烈文译。1933年上海商务印书馆出版。——1933⑫24。

折疑论　佛教书籍。二册。元代子成撰。——1913⑪22。　1914⑥3。

投辖录　杂记。一卷,一册。宋代王明清撰。1920年上海商务印书馆据璜川吴氏钞本铅印,《宋元人说部丛书》本。——1921④16。

投笔集笺注　别集。二卷,一册。清代钱谦益撰,钱曾笺注。——1913⑫28。

护法论　佛教书籍。一卷,一册。宋代张商英述。——1914⑥3。

求古精舍金石图　金石图象。初集四卷,四册。清代陈经辑。嘉庆二十二年(1817)说剑楼刻本。——1915⑥7,28。

吴氏遗著　杂纂。五卷,附录一卷,二册。清代吴凌云撰。光绪十七年(1891)《广雅书局丛书》本。——1927⑨16。

吴越备史　杂史。四卷,二册。旧题宋代范炯、林禹撰。《四部丛刊》续编影印吴翌凤抄本。——1934⑨8。

吴骚合编　曲合集。四卷,四册。明代张楚叔辑,张旭初删订。《四部丛刊》续编影印明崇祯刻本。——1934⑩7。

吴虞文录　论文集。吴虞著。1921年上海亚东图书馆出版。——1921⑪2。

吴越三子集　合集。清代潘祖荫编。——1915④11。⑩30。

吴仓石[昌硕]书画册　一册。吴昌硕作。1929年上海西泠印社影印。——1930⑨14。

吴昌硕花果册　日记作《花果册》。画册。一册。吴昌硕绘。西泠印社影印。——**1930**⑨14。

吴谷人手书诗稿　见《吴谷人手书有正味斋续集之九》。

吴稚晖学术论著　论文集。吴稚晖著，梁冰弦编。1925年上海出版合作社出版。——**1926**②9。

吴谷人手书有正味斋续集之九　日记作《吴谷人手书诗稿》。书法。一册。清代吴锡麟作。上海有正书局影印。——**1914**①18。

时事新报　前身为1907年创刊于上海的《时事报》，后与《舆论报》合并，名为《舆论时事报》，1911年5月改名《时事新报》。1949年5月停刊。——**1920**⑨19，29。

男女百孝图全传　日记作《孝图》、《百孝图》。劝善书。五册。清代俞葆真撰，何云梯绘。1920年上海碧梧山庄石印本。——**1927**⑥11。

困学纪闻　杂考。二十卷，六册。宋代王应麟撰。《四部丛刊》三编影印元刊本。——**1935**⑩14。

呐喊　小说集。鲁迅著。1923年北京新潮社出版，《新潮社文艺丛书》之一。1924年5月第三次印刷，改由北新书局出版，为《乌合丛书》之一。1930年第十三次印刷时，抽去《不周山》一篇。——**1923**⑤20。⑧22，23，24。⑨1，11。⑩13，15，22。⑫7，12，22。**1924**①8。⑧22，23，25。**1925**②23。⑦8，11，13，16，19，20。⑩7。**1926**⑦10。**1929**⑫15，17。**1930**⑦7。**1933**③2。**1934**③12。

听桐庐残草　一名《会稽王孝子遗诗》。别集。一卷，一册。清代王继毂撰。光绪六年（1880）刻本。——**1914**①3，12。

吹网录、鸥陂渔话　杂考。各六卷，共四册。清代叶廷琯撰。同治九年（1870）陈氏刻本。——**1932**④3。

别下斋丛书　二十六种，附录二种，二十册。清代蒋光煦辑。1923年上海商务印书馆影印海宁蒋氏重刻本。——**1925**③1。⑤28。

我的忏悔　画册。比利时麦绥莱勒作，郁达夫选。1933年上海良友图书印刷公司影印，《木刻连环图画故事》之一。——**1933**⑩7。

我的家庭　小说。俄国阿克萨柯夫（C.T.Аксаков）著，李霁野译。1936年上海商务印书馆出版，《世界文学名著》之一。——**1936**⑩4。

每周评论 日记作《周评》、《周平》。周刊。陈独秀、李大钊编。1918年12月22日创刊,出至1919年8月30日第三十七号被禁。——**1919**②25。④14,28。⑦9,15,22,29。⑧4,20。

何典 小说。清代过路人编,缠夹二先生评,刘复校点,鲁迅作题记。1926年北京北新书局排印本。——**1926**⑥7。

但丁神曲画集 见《ダンテ神曲画集》。

作品 文学月刊。上海作品社编辑委员会编,上海思潮出版社发行。1934年6月创刊,仅出一期。——**1934**⑦6。

作家 文学月刊。孟十还编。上海作家社出版发行。1936年4月创刊,同年11月出至第二卷第二期停刊。——**1936**③31。④7,14。⑤21。⑦24。⑧21。⑨17。

作邑自箴 政书。十卷,一册。宋代李元弼撰。《四部丛刊》续编影印宋淳熙刻本。——**1934**②19。

佚存丛书 十七种,三十册。日本天瀑山人(林衡)辑。1924年上海商务印书馆据日本宽政至文化间刻本影印。——**1925**③1。⑤28。

伴侣 文艺月刊。香港伴侣杂志社编辑出版。——**1928**⑩14。

佛本行经 佛教书籍。七卷,二册。南朝宋宝云译。——**1921**④2。

佛学丛报 月刊。佛学丛报编辑部编。上海有正书局发行。1912年10月创刊,1914年6月终刊。——**1912**⑩19。

佛般泥洹经 日记作《般涅槃经》、《佛说般泥洹经》。佛教书籍。二卷,二册。晋代白法祖译。——**1914**⑨6。

佛教会报告 指《中国佛教会第一次报告书》、《中国佛教会第二次报告书》。——**1912**⑤24。

佛说般泥洹经 见《佛般泥洹经》。

佛教初学课本 一卷,注一卷,一册。清代杨文会述。光绪三十二年(1906)金陵刻经处刻本。——**1914**⑥6,9。

佛道论衡实录 见《集古今佛道论衡实录》。

佛说大方广泥洹经 日记又作《大方广泥洹经》、《大方等泥洹经》。佛教书籍。二卷,二册。晋代法护译。——**1914**⑨6,8。

近世地理　未详。——1912⑦4。

近世画人传　见《Moderne Illustratoren》。

近世造形美术　见《Die bildende Kunst der Gegenwart》。

近代八大思想家　未详。——1923⑤19。

近代美术史潮论　日记又作《美术史潮论》。日本板垣鹰穗著,鲁迅译。1929年上海北新书局出版。——1928②11。　1930②8。④16。　1932③22。

近代文艺批评断片　文艺理论。李霁野辑译。1929年北平未名社出版部出版。——1929⑧16。

近代世界短篇小说集　日记作《世界小说集》。鲁迅等编译,共出《奇剑及其他》和《在沙漠上》两集。先后于1929年4月、9月由朝花社出版。——1929⑥13。

彷徨　小说集。鲁迅著。1926年北京北新书局出版,《乌合丛书》之一。——1926⑨17。⑫6。　1927③27。　1928⑪15。　1929⑫15,17。　1931③1。　1933②16。③2。

余话　见《剪灯余话》。

余哀录　未详。——1922③6。

希望　世界语月刊。汉口世界语学会会刊。傅平、焦风等编。汉口世界语学会发行。1930年1月创刊,1932年8月出至第三卷第八期停刊。——1930④12。

希腊文学研究　见《Greek Studies》。

谷风　文学半月刊。北京大学谷风社编辑并发行。1928年7月1日创刊,同年8月出至第四期停刊。——1928⑦25。

豸华堂书目——1936⑨6。

龟山语录　儒家书籍。四卷,后录二卷,二册。宋代陈渊等纂辑。《四部丛刊》续编影印宋本。龟山,即北宋理学家杨时。——1934③13。

龟甲兽骨文字　文字学。二卷,二册。日本林泰辅辑。大正六年(1917)商周遗文会影印。——1932④4。

奂卿传　传记。王以刚著。版本未详。奂卿,即陶成章。——1927⑨16。

狂飙　周刊。北京平民艺术团编辑（高长虹负责）。附于北京《国风日报》发行。1924年11月9日创刊，出至第十七期停刊。撰稿人有高长虹、黄鹏基、尚钺、向培良等二十人。——**1924**⑫10。

狂飙（不定期刊）　狂飙社编（高长虹负责）。1925年12月出版，仅一期。——**1925**⑫21。

饮膳正要　烹调书。三卷，三册。元代和斯辉撰。《四部丛刊》续编影印明景泰年间刻本。——**1934**②3。　**1935**①10,11。

饮流斋说瓷　工艺书。二卷，二册。许之衡撰。北京中华书局铅印本。——**1916**①19。　**1917**⑩26。

系统矿物学　日记又作《矿物学》、《统系矿物学》。未详。——**1917**②13,14,19,21。

言语学论丛　见《语言学论丛》。

亨达氏生物学　英国亨达生著，周建人从英文译出，分订三册。鲁迅阅后拟介绍出版，后未果。——**1915**⑥28。

庐山复教案　未详。——**1922**①27。

忘川之水　诗集。采石作，鲁迅编校，日本宇留川作封面。1929年上海北新书局出版。——**1928**⑪15。　**1929**⑥27。

快心编　小说。三集，十册。清代天花才子辑。《申报馆丛书》正集之一。——**1924**②10。

闲渔闲闲录　杂著。九卷，一册。清代蔡显撰。1915年吴兴刘氏《嘉业堂丛书》本。——**1918**⑨10。　**1934**⑪3。

汪龙庄遗书　丛书。八种，十卷，六册。清代汪辉祖撰。——**1914**⑧27。

泛梗集　诗集。八卷，二册。清代吴之章撰，章太炎等序。1913年排印本。——**1914**⑨1。

沉钟　文艺周刊。沉钟社编。1925年10月创刊，第十期后休刊。1926年8月复刊，改为半月刊。——**1926**⑤5。⑧12。　**1927**⑨24。**1933**⑩23。

沈集　见《沈下贤文集》。

沈下贤集　见《沈下贤文集》。

沈下贤文集　日记又作《沈集》、《沈下贤集》。别集。十二卷。唐代沈亚之撰。1912 年 3 月鲁迅在南京以八千卷楼抄本校录，1914 年 4 月至 5 月抄正。1912 年所购为光绪二十一年(1895)善化童氏刻本，一部二册。——**1912**⑥9。　**1913**③30。　**1914**④6，7，9，11，12，16，17，19，23，27。⑤17，24。

沈石田移竹图　画册。一册。明代沈周绘。清宣统三年(1911)上海文明书局影印。——**1914**⑫30。

沈忠敏〔公〕龟溪集　日记作《沈忠敏龟溪集》。别集。十二卷，四册。宋代沈与求撰，张元济撰校勘记。《四部丛刊》续编影印明本。——**1934**⑪13。

沈石田灵隐山图　画册。一册。明代沈周绘。上海文明书局影印。——**1912**⑪17。

沈石田灵隐山图卷　画册。一册。明代沈周绘。1928 年上海文明书局影印。——**1932**⑧2。

宋书　见《二十四史》(百衲本)。

宋之问集　别集。二卷，附张元济校勘记一卷，一册。唐代宋之问撰。《四部丛刊》续编影印明崦西精舍刻本。——**1934**②3。

宋高僧传　传记。三十卷，八册。宋代赞宁撰。现存清光绪十三年(1887)江北刻经处刻本。——**1914**⑧8。

宋人小说五种　见《宋元人说部丛书》。

宋人轶事汇编　传记。丁传靖编。1935 年上海商务印书馆出版。二册。——**1935**⑨5。

宋元四明六志　日记作《四明六志》。地志。六种附二种，四十册。清代徐时栋辑。——**1914**⑥17，18。⑫13。

宋元名人墨宝　包括《宋人书简》和《元名贤真迹》两部分，上海有正书局据谢氏契兰堂藏本影印。——**1914**③15。

宋人小说十五种　见《宋元人说部丛书》。

宋人说部书四种　见《宋元人说部丛书》。

宋元旧〔本〕书经眼录　目录。三卷，一册。清代莫友芝撰，莫绳孙辑。同治十二年(1873)刻本。——**1926**⑧31。

宋元人说部丛书　又作《宋人小说》、《宋人小说二十八种》。日记作"宋人小说五种"、"宋人小说十五种"、"宋人说部书四种"。二十八种,四十一册。上海商务印书馆辑印。其中《涑水记闻》、《投辖录》、《青箱杂记》、《渑水燕谈录》四种五册零本购买。——1921②5,6,14。③10。④16。⑩28。

宋李龙眠白描九歌图　日记作《李龙眠白描九歌图》。画册。宋代李公麟绘,霍丘裴氏藏。上海文明书局影印。——1912⑤30。　1913⑤2。

宋明通俗小说流传表　小说史研究。日本盐谷温编。1928 年出版。——1929⑥3。

宋拓魏黄初修孔子庙碑　日记作《黄初修孔子庙碑》。碑帖。一册。三国魏稚圭撰,梁鹄书。上海有正书局影印。——1914⑫27。

宋张樗寮手书华严经墨迹　日记作《张樗寮手书华严经墨迹》。书法。一册。宋代张樗寮书。1914 年上海有正书局影印。——1914⑫30。

宏明集　见《弘明集》。

穷人　小说。俄国陀思妥耶夫斯基著,韦丛芜译,鲁迅校订并作小引。1926 年北京未名社出版,《未名丛刊》之一。——1926⑥3,21。

良友　图画月刊。先后由伍联德、梁得所、马国亮等编。上海良友图书印刷公司发行。1926 年 2 月创刊,至第九十期改为半月刊,1945 年 10 月出至第一七二期停刊。——1928③16。

良友文库　日记作《文库》。上海良友图书印刷公司出版的一套小丛书。——1936⑧30。

良夜与恶梦　诗集。石民作。1929 年上海北新书局出版。——1929②26。

良友文学丛书　日记作《文艺丛书》。1933 年起由上海良友图书印刷公司出版的一套文学丛书。鲁迅等所译《苏联作家二十人集》即收入该丛书。其第十二种为《革命的前一幕》,第十四种为《欧行日记》。——1934⑪3。

社会科学季刊　北京大学社会科学季刊编委会编,该校出版部印行。1922 年 11 月创刊。——**1924**⑩28。　**1925**③18。⑥13。

社会意识学大纲(二版)　苏联波格达诺夫(А.А.Богданов)著,陈望道、施存统合译。1929 年上海大江书铺再版。——**1930**①31。

补遗　见《流沙坠简》。

补艺文志　见"补诸史艺文志"。

补图承华事略　见《钦定元承华事略补图》。

补诸史艺文志　据现存鲁迅藏书有:《补三史艺文志》、《补后汉书艺文志》、《补续汉书艺文志》、《补三国艺文志》、《补晋书艺文志》、《补五代史艺文志》、《宋史艺文志补》、《补辽金元艺文志》、《补元史艺文志》等。此条及 1926 年 11 月 5 日的"补艺文志等种九本"可能是这些书。——**1926**⑪5。　**1927**⑥9。

补寰宇访碑录　金石目录。五卷四册。清代赵之谦辑。——**1915**④20。

初学记　类书。三十卷。唐代徐坚等辑。1913 年所购为清光绪十四年(1888)蕴石斋刻本。十六册。——**1913**③1。　**1914**①13。

初期白话诗稿　合集。刘复辑。收鲁迅等人白话诗手稿。1933 年北平星云堂书店彩色影印。——**1933**③1,5,9。⑥4。

初拓虞世南东庙堂碑　碑帖。一册。唐代虞世南书。上海有正书局影印。——**1913**⑫14。

词余讲义　曲类。一册。吴梅撰。1923 年北京大学出版部再版。——**1924**⑤23。

词学丛书　六种,十册。清代秦恩复辑。嘉庆十五年(1810)江都秦氏享帚精舍刻本。——**1912**⑦3。　**1926**①12。

词学季刊　龙沐勋。第一卷为上海民智书局发行,第二卷起改由上海开明书店发行。1933 年 4 月创刊,1936 年 9 月出至第三卷第三期停刊。——**1934**①14。

译文　文学月刊。鲁迅、茅盾、黎烈文发起,前三期鲁迅主编,后由黄源接编。上海生活书店发行。1934 年 9 月 16 日创刊,1935 年 9 月 16 日出至第十三期停刊。1936 年 3 月 16 日复刊,改由上海杂志公司发行,至 1937 年 6 月出至新三卷第四期停刊。——**1934**⑧9。⑨14,

17,18。⑩15,19,21。⑪16,22。⑫14,18,31。 **1935**①15。②21。③18,23。④17。⑤21。⑥3。⑧8,22。⑨6,8。⑩8,21。⑫22。 **1936**③8,16,24,31。⑤3,19。⑨18。

译丛 见《壁下译丛》。

张子语录 儒家书籍。三卷,后录二卷,一册。宋代佚名辑。《四部丛刊》续编影印宋刻本。张子,指北宋理学家张载。——1934③13。

张慧诗集 指张慧所著旧体诗词《颓唐集》和散文集《东海归来》。自刊本。——1934③9。

张光弼诗集 别集。七卷,二册。明代张昱作。《四部丛刊》续编影印明抄本。——1934②6。

张蜕庵诗集 日记又作《蜕庵诗集》。别集。四卷,一册。元代张翥作。《四部丛刊》续编影印明洪武年间刻本。——1934⑦21。

张慧木刻画 日记作《木刻集》。画册。张慧作,鲁迅曾为之题签。共七集,其中第二集为机印本,第三集为手印本。——1935⑨15。

张影版画集 日记作《木刻集》。画册。张影作。广州现代创作版画研究会印,《现代版画丛刊》之一。——1934⑫25。

张樗寮手书华严经墨迹 见《宋张樗寮手书华严经墨迹》。

陆士龙集 别集。十卷,四册。晋代陆云撰。明天启六年(1626)汪士贤校刻本。——1915⑨5。

陆放翁全集 别集。包括文集、诗集《剑南诗稿》及《南唐书》。一五七卷,三十六册。宋代陆游撰。明代毛氏汲古阁刻本。——1914①3。 1915①3,6。

阿 Q 正传(日译) 见《阿 Q 正传》。

阿 Q 正传(英译) 见《The True Story of Ah Q》。

阿育王经 佛教书籍。十卷。南朝梁僧伽婆罗译。明刻本。鲁迅藏本存八卷。——1914⑨7。

阿 Q 正传图 木刻连环画。刘岘作。——1935⑧9。

阿毗达磨杂集论 佛教书籍。十六卷,三册。安慧造,唐代玄奘译。宣统三年(1911)常州天宁寺刻本。——1914⑨26。

阿含部经典十一种 见《过去现在因果经》、《楼炭经》、"四谛等七经"、"阿难问事佛等二经"。

阿难问事佛等二经　佛教书籍。即《阿难问事佛吉凶经》(二卷,后汉安世高译)、《十二缘生祥瑞经》(二卷,宋代施护译)。——**1914**⑦11。

阿尔志跋绥夫短篇小说集　见《血痕》。

陈书　见《二十四史》(百衲本)。

陈氏香谱　见《香谱》。

陈司业遗书　杂著。三卷,二册。清代陈祖范撰。光绪十七年(1891)《广雅书局丛书》本。——**1927**⑨16。

陈老莲画册　一册。清代陈洪绶绘。1926年上海商务印书馆影印。——**1931**④28。

陈烟桥木刻集　陈烟桥作。1935年10月广州现代创作版画研究会印,《现代版画丛刊》之一。——**1935**⑫14。

陈章侯人物册　画册。一册。清代陈洪绶绘。宣统元年(1909)上海神州国光社影印。——**1912**④29。⑪24。

陈白阳花鸟真迹　见《白阳山人花鸟画册》。

陈师曾先生遗墨　日记作《师曾遗墨》。画册。十二集,附姚华菉漪室京俗词二集,十四册。陈师曾绘。1924年至1928年北京京华印书局影印。——**1924**⑤3。⑧16。　**1925**②10。⑦15。　**1926**⑤28。

陈章侯会真记图　日记作《陈章侯绘西厢记图》。画册。一册。清代陈洪绶绘。1925年影印诵芬室藏本。——**1928**④8。

陈章侯绘西厢记图　见《陈章侯会真记图》。

附释文互注礼部韵略　日记作《礼部韵略》。韵书。五卷。为《唐韵》五卷附录。宋代丁度等纂。《四部丛刊》续编本。——**1934**⑪17。

陀螺　诗歌散文集。周作人辑译。1925年北京大学新潮社出版,《新潮社文艺丛书》之一。——**1925**⑩7,8,9,10。

妙法莲华经　佛教书籍。七卷,三册。后秦鸠摩罗什译。——**1916**①28。

妒误　日记误作《嫉妒》。剧本。法国贝尔纳(J.J.Bernard)著,黎烈文译。1933年上海商务印书馆出版,《世界文学名著》之一。——**1934**①16。

劲草　小说。俄国阿·托尔斯泰（A. K. Толстой）著,周作人译,鲁迅序。未发表。——1913⑨10。　1914①12,25,27。⑤21。

鸡窗丛话　杂记。一卷,一册。清代蔡澄撰。——1913⑥22。

纺轮〔的〕故事　童话。法国孟代（C. Mendés）著,C.F. 女士译。1924 年北京大学新潮社出版,《新潮社文艺丛书》之一。——1924①8。⑤13,19,25。　1926⑤27。

驴背集　杂史。四卷,二册。胡思敬撰。——1914⑧27。⑪4。

八　　画

武梁祠画象考　见《汉武梁祠画象考》。

青年界　综合性月刊。先后由石民、赵景深、袁嘉华、李小峰编。上海北新书局发行。1931 年 1 月创刊,1937 年 6 月出至第十二卷第一期停刊。——1935⑫23。　1936②5。

青空集　画册。唐英伟作。1935 年广州现代创作版画研究会印,《现代版画丛刊》之一。手印本。——1935⑥24。

青年之梦　见《一个青年的梦》。

青年杂志　见《新青年》。

青年男女　小说。欧阳山著。1936 年上海文学出版社出版,《小型文库》之一。——1936⑤13。

青阳〔先生〕文集　别集。九卷,一册。元代余阙撰。《四部丛刊》续编影印明正统十年刊本。——1934⑤7。

青琐高议　杂录。宋代刘斧撰,明代张梦锡校刊。鲁迅据明抄本录出。又曾以张梦锡刊本及旧抄本校士礼居本。——1921②28。③14。⑩5。　1923④9,17。⑦30。　1926⑦22。

青箱杂记　杂记。十卷,一册。宋代吴处厚撰。1920 年上海商务印书馆据《四库全书》本铅印,《宋元人说部丛书》本。——1921④16。

青在堂梅谱　日记又作《梅谱》。《芥子园画传》之一册。——1931⑪4。　1934①9。

现代　文学月刊。施蛰存等编。上海现代书局发行。每半年为一卷。第六卷第二期起改为综合性刊物,由汪馥泉接编。1932 年 5 月创刊,1935 年 5 月出至第六卷第四期停刊。——**1932**⑫15。　**1933**②3。
⑥1。⑧3,28。⑨11,12。⑪12。

现代木刻　见《现代版画》。

现代中国　见《China Today》。

现代史料(第一集)　1933 年上海海天出版社编辑并出版。——
1933②9。

现代妇女　月刊。欧查编。上海光华书局发行。1933 年 4 月创
刊。——**1933**④23。

现代评论　综合性周刊。胡适、陈源、王世杰、徐志摩等主办,1924
年 12 月创刊于北京,1927 年 7 月移至上海出版,1928 年 12 月停
刊。——**1925**②15。

现代板画　见《现代版画》。

现代版画　日记又作《现代木刻》、《现代板画》、"木刻"。丛刊。广
州现代创作版画研究会会刊。1934 年 11 月创刊时为机印,第二集起
改为手印。1936 年 5 月出至第十八集停刊。——**1934**⑫29。　**1935**
②16。③9。④9。⑤3,31。⑦12。⑨9。⑩12。⑪11。⑫17。　**1936**
①14。③10。④8。⑤21。

现代文艺丛书　鲁迅应上海神州国光社之请编辑的一套翻译新俄
作品的丛书。拟编十种:《浮士德与城》(卢那察尔斯基著,柔石译);《被
解放的堂·吉诃德》(卢那察尔斯基著,鲁迅译,后由瞿秋白译);《十月》
(雅各武莱夫著,鲁迅译);《精光的年头》(毕力涅克著,蓬子译);《铁甲
列车》(伊凡诺夫著,侍桁译);《叛乱》(富曼诺夫著,成文英译);《火马》
(革拉特珂夫著,侍桁译);《铁流》(绥拉菲摩维支著,曹靖华译);《毁灭》
(法捷耶夫著,鲁迅译);《静静的顿河》(萧洛霍夫著,贺非译)。后因神
州国光社毁约,仅出《浮士德与城》、《十月》、《铁甲列车》、《静静的顿河》
(第一册)等四种。——**1930**④11。

现代作家书简　日记作《当代文人尺牍钞》。孔另境编,鲁迅序。
1936 年上海生活书店出版。——**1935**⑪26。

现代理想主义　哲学。日本金子筑水著,蒋径三译。1926 年上海
商务印书馆出版,《哲学丛书》之一。——**1927**③15。

现今欧洲作家传　见《Contemporary European Writers》。

现代八大思想家　未详。——1921⑫30。

现代日本小说译丛　黄源编译。1936 年上海商务印书馆出版，《世界文学名著》之一。——1936④7。

现代散文家批评　见《现代散文家批评集》。

现代散文家批评集　日记又作《现代散文家批评》。未详。——1932⑩24。

表　日记又作《金表》。小说。苏联班台莱耶夫（Л.Пантелеев）著，鲁迅译。1935 年上海生活书店出版，《译文丛书》之一。——1935①1，12。④10。⑤28，29。⑧15，30。⑨17。⑩17。

其藻版画集　日记又作《版画集》。画册。胡其藻作。1935 年广州现代创作版画研究会印，《现代版画丛刊》之一。——1935⑥10。⑧13。

其三人　见《三人》。

取火者的逮捕　小说。郭源新（郑振铎）著。1934 年上海生活书店出版，《创作文库》之一。——1934⑪9。

坦白集　评论集。韬奋著。1936 年上海生活星期刊社出版。——1936⑨15。

坡门酬唱集　总集。二十三卷，六册。宋代邵浩辑。——1915①6。

苦征　见《苦闷的象征》。

苦竹杂记　散文集。周作人著。1936 年上海良友图书印刷公司出版，《良友文学丛书》之一。——1936④2。

苦闷的象征　文艺理论。日本厨川白村著，鲁迅译。1924 年北京新潮社出版。1931 年上海北新书局重印。——1924⑨22。⑩2，8，10，16，25。⑫4，9，10，12，13，15，30，31。　1925①6，7，12，14，15，28。③7，8，9，10，12，22，23，24，28。④5，10。⑤28。　1926①26。③19。④3。　1928④25。　1931⑦13。

若草　散文集。梁得所著。1927 年上海良友图书印刷公司出版。——1928②25。

英国随笔集　未详。——**1927**⑫31。

英勇的约翰(世界语本)　见《Johano la Brava》。

英国文学——拜伦时代　日记作《拜轮时代之英文学》。英国葛斯(E. Gosse)等著,韦丛芜译。1930年北平未名社出版部出版。——**1930**⑤12。

苪萝集　小说集。郁达夫著。1923年上海泰东图书局出版。——**1923**⑪22。

范声山杂著　丛书。八种,九卷,四册。清代范错辑。1931年北平富晋书社据清范氏本影印。——**1934**④20。

范香溪[先生]文集　别集。二十二卷,五册。宋代范浚撰。《四部丛刊》续编影印明万历刊本。——**1934**⑪17。

直斋书录解题　目录。二十二卷,六册。宋代陈振孙撰。清光绪九年(1883)江苏书局刻本。——**1928**⑥10。

茅亭客话　杂纂。十卷,一册。宋代黄休复撰。1923年沔阳卢氏慎始基斋影印《对雨楼丛书》本,《湖北先正遗书》之一。——**1925**⑪21。

茅盾自选集　茅盾著。1933年上海天马书店出版。——**1933**⑤6。

茅盾短篇小说集　日记作《短篇小说集》。茅盾著。1934年上海开明书店出版。——**1934**⑩2。

林间录　佛教书籍。二卷,附后集一卷,二册。宋代惠洪撰。光绪二十七年(1901)扬州藏经院刻本。——**1914**⑨6,12。

林和靖诗集　日记又作《林和靖集》。别集。四卷,附录二卷,二册。宋代林逋作,日本近藤元粹评订。明治三十年(1897)青木嵩山堂铅印本。——**1913**⑤18。

林和靖手书诗稿　见《林和靖书诗稿墨迹》。

林和靖书诗稿墨迹　日记作《林和靖手书诗稿》。书法。一册。宋代林逋作并书。上海有正书局影印。——**1914**①18。

板桥道情墨迹　书法。清代郑燮作。——**1931**④19。

松隐[文]集　日记作《松隐集》。别集。四十卷,四册。宋代曹勋撰。1920年吴兴刘氏《嘉业堂丛书》本。——**1935**②1。

松心文钞　别集。十卷,二册。清代张维屏撰。咸丰七年(1857)广东刻本。——1927⑦3。

松中木刻　画册。广东省梅县松口镇松口中学师生所作,鲁迅为之题签。——1935⑪11。

述林　见《海上述林》。

述学　杂说。六卷,二册。清代汪中撰。同治八年(1869)扬州书局重刻本。——1912⑨24。⑩26。

枕经堂金石跋　三卷,四册。清代方朔撰,吴隐辑。1921年西泠印社木活字排印,《遯盦金石丛书》本。——1922②2。

或外小说　见《域外小说集》。

或外小说集　见《域外小说集》。

画征录　又作《国朝画征录》。画史。三卷,续录二卷,二册。清代张庚撰。——1913②12。

画梅歌　别集。三册。清代童钰(字二如)作。清刻本。——1913⑦1。

画图醉芙蓉　日记作《图画醉芙蓉》。画册。清代陈洪绶绘。日本文化六年(1809)江户青藜阁刻本。——1929④5。

事类赋　类书。三十卷,四册。宋代吴淑撰注。明嘉靖十一年(1532)苏州华氏刻本。——1913①4。

卖盐　木刻连环画集。郑野夫作。1935年手印本。——1935⑫14。

雨　小说。巴金著。1933年上海良友图书印刷公司出版,《良友文学丛书》之一。——1933⑤5。

雨天之书　见《雨天的书》。

雨天的书　日记又作《雨天之书》。散文集。周作人著。1925年北京大学新潮社出版。——1926①18。②15。

雨窗欹枕集　小说集。十二篇,二册。明代洪楩辑。1934年鄞县马氏影印明清平山堂刻本。——1934⑪10。

矿物学　见《系统矿物学》。

奔波　小说。徐蔚南著。1928年上海北新书局出版。——1928

⑫31。

奔流　文学月刊。鲁迅、郁达夫编。上海北新书局发行。1928 年
6 月创刊,1929 年 12 月出至第二卷第五期停刊。——1928⑥22。⑦
19,23。⑧23,24。⑨26。⑩17,19。⑪5。⑫19,25。　1929①17,18,
22。②21。③5,15,26,27。⑤10。⑥26。⑦30。⑧12。⑨10。⑩25,
26。⑪6,11,22,30。

奇缘记　小说。六卷二十回。佚名撰。——1927⑩20。

奇觚室吉金文述　金石文字。二十卷,十册。清代刘心源撰。光
绪二十八年(1902)石印。——1928⑧19。

轰天雷　小说。十四回,一册。原题籐谷古香撰。光绪年间铅
印。——1925①22。

拓荒　文艺月刊。山西太原拓荒月刊社编印发行。1936 年 2 月
创刊。——1936②20。

抱扑子校补　道家书籍。一册。孙人和撰。1925 年铅印本。——
1925⑦7。

抱经堂书目——1929⑥6。　1930⑦30。　1931⑩29。　1932①5。

瓯钵罗室书画过目考　日记又作《欧钵罗室书画过目考》。书画
录。四卷,首一卷,附一卷,四册。清代李玉棻纂。——1913②20。

欧罗巴　见《La Europe》。

欧行日记　郑振铎著。1934 年上海良友图书印刷公司出版,《良
友文学丛书》之一。——1934⑪3。

欧洲文学史　周作人编著。1919 年上海商务印书馆出版,《北京
大学丛书》之一。——1919⑦9。　1921⑦7,8,30。

欧钵罗室书画过目考　见《瓯钵罗室书画过目考》。

贤愚因缘经　佛教书籍。三卷,四册。北魏慧觉等译。——1914
⑦4,29。

贤首国师别传　见《唐大荐福寺故寺主翻经大德法藏和尚传》。

尚书正义　儒家书籍。二十卷,八册。唐代孔颖达等撰。《四部丛
刊》三编影印日本翻宋刻本。——1935⑩14。

果戈理全集　见《Gogols Sämtliche Werke in fünf Bänden》。

果戈理画传　见《Н.В.Гоголь в портретах и иллюстрациях》。

国乐谱　徐世昌编。1915 年政事堂礼制馆刊行。——**1920**①5。

国乐谱　指《卿云歌》乐谱。1919 年 11 月,北洋政府设立国歌研究会,聘鲁迅、萧友梅等文学家、音乐家多人,共同创作国歌。该会于1920 年制定《卿云歌》为国歌,经演唱、审听并由国会批准。此曲由萧友梅谱曲。鲁迅寄赠故乡音乐教师以供教习。——**1921**①25。

国秀集　合集。三卷,一册。唐代芮挺章辑。《四部丛刊》初编影印明初刻本。——**1928**⑦30。

国文选本　北京师范大学编印。——**1926**⑧1。

国文读本　北京师范大学编印。——**1926**⑥30。

国民新报　北京国民党左派主持的日报。邓飞黄主编。1925 年底创刊。鲁迅曾应该报之请与张凤举逐月轮流值编该报《副刊》乙刊。——**1925**⑫2。　**1926**①5,10,15,29。②7,8。③9,10,17。⑤5。

国际文学　见《Internationale Literatur》。

国学丛刊　罗振玉辑。上海国学丛刊社铅印本。——**1915**⑩24。**1917**①5。

国学汇刊　见《古学汇刊》。

国学季刊　北京大学国学季刊编辑委员会编。1923 年 1 月创刊。——**1923**①25。④24。　**1924**④19。⑫5。　**1925**②18。　**1926**⑤19。

国语文法　黎锦熙编著。1924 年商务印书馆出版。——**1925**③23。

国民新报副刊　见《国民新报》。

国学珍本丛书　见《中国文学珍本丛书》。

国亮抒情画集　马国亮绘。1932 年上海良友图书印刷公司影印。——**1933**③18。

国朝诗人征略　日记作《诗人征略》、《清诗人征略》。传记。六十卷,十四册。清代张维屏撰。道光十年（1830）广东刻《张南山全集》本。——**1926**⑥23。　**1927**⑦3。

国立剧场一百年　即俄罗斯莫斯科大剧院建成一百周年纪念册,

俄文本。萧三寄赠。——**1934**①29。

国际的门塞维克主义之面貌　见《Лицо международного меньшевизма》。

国立北平图书馆舆图版画展览会目录　日记作《北平图书馆舆图版画展览会目录》。1933 年北平图书馆编印。一册。——**1933**⑩19。

明世说　见《皇明世说新语》。

明史钞略　别史。残七卷，三册。清代庄廷鑨撰。《四部丛刊》三编影印石门吕氏抄本。——**1935**⑩14。

明高僧传　佛教书籍。八卷，二册。明代如惺撰。——**1914**⑧8。

明僮敁录　戏曲史料。二卷，一册。清代余不钓徒撰，殿春生续。同治六年(1867)撷芝馆刻本。——**1923**②21。

明拓汉隶四种　碑帖。民国初年上海有正书局影印。——**1914**⑫27。

明清巍科姓氏录　日记又作《巍科姓氏录》。名录。二卷，一册。张惟骧辑。1930 年张氏刻《小双寂庵丛书》本。——**1935**②9。

明清名人尺牍〔墨宝〕　书法。三集，十八册。佚名辑。1925 年上海文明书局影印。——**1932**⑧11。

明越中三不朽图赞　见《明於越三不朽名贤图赞》。

明於越三不朽名贤图赞　日记作《三不朽图赞》、《明越中三不朽图赞》、《於越三不朽图》、《於越三不朽图赞》、《越中三不朽图赞》。传记。明代张岱撰。鲁迅藏书有清光绪十四年(1888)陈锦重刻本三部。——**1912**⑥6。　**1913**⑦10。　**1914**②1,2。　**1935**⑪21。

明弘治本三国志通俗演义　日记作《通俗三国志演义》。小说。二十四卷，二十四册。元代罗贯中编次。1929 年上海商务印书馆铅印及影印。——**1929**⑥23。

易林　日记又作《焦氏易林》。术数书。十六卷。汉代焦延寿(赣)撰。鲁迅据清初毛氏汲古阁影元抄本《易林注》抄录，注者不详。——**1913**⑥6,7,8,9,10,11,12,13,14,15。　⑧14,25。　⑩1。　**1923**③20。

易林注　见《易林》。

易林释文　术数书。二卷，一册。清代丁晏撰。光绪十六年

(1890)《广雅书局丛书》本。——**1927**⑨16。

典录 见《会稽典录》。

忠义水浒传 小说。前十回共五册。元代施耐庵撰。日本享保十三年(1728)江户京师书林刻本。——**1921**②26。

邵亭行述 见《莫邵亭(友芝)先生行述》。

邵亭诗钞 别集。六卷,一册。清代莫友芝作。有清咸丰二年(1852)遵义湘川讲舍刊本,同治五年(1866)莫绳孙修补,为《影山草堂六种》之一。——**1912**⑪2。

邵亭遗诗 日记作《遗诗》。别集。八卷,一册。清代莫友芝作。有清光绪元年(1875)莫绳孙刊本,《影山草堂六种》之一。——**1912**⑪2。

邵亭知见传本书目 十六卷,十册。清代莫友芝辑,莫绳孙编。——**1913**③26。

咄咄吟 别集。二卷,一册。清代贝青乔撰。1914年吴兴刘氏《嘉业堂丛书》本。——**1934**⑪3。

岩石学 未详。——**1916**⑪20。

罗曼杂志 见《Роман-Газета》。

罗丹之艺术 见《The Art of Rodin》。

罗昭谏文集 别集。八卷,四册。唐代罗隐撰。清道光四年(1824)平江吴墉补刻康熙九年渤海张瓒刻本。——**1936**①3。

罗鄂州小集 日记又作《鄂州小集》。别集。六卷,二册。宋代罗愿撰。——**1915**⑤6。⑥10。

罗两峰鬼趣图 画册。二册。清代罗聘绘。上海文明书局影印。——**1912**⑤30。 **1913**④28。

罗清桢木刻第二集 见《清桢木刻画》。

岭表录异 杂录。三卷,一册。唐代刘恂撰。鲁迅据清刻本校录,并撰校勘记。——**1913**⑪4。

凯绥·珂勒惠支版画选集 日记又作《珂勒惠支版画》、《珂勒惠支版画集》、《珂勒惠支版画选集》、《珂勒微支版画选集》、"版画"。德国凯绥·珂勒惠支(Käthe Kollwitz)作,美国艾格妮丝·史沫特莱序(茅盾译),

鲁迅编选、作序并书写封面。1936 年 5 月以"三闲书屋"名义印行。——**1936**①11。⑤3,28。⑥1。⑦2,3,7,23。⑧1,2,31。

　　图书目录　　见《全国总书目》。

　　图书总目录　　见《全国总书目》。

　　图画见闻志　　画史。六卷,一册。宋代郭若虚撰。《四部丛刊》续编影印宋刊及元抄本。——**1934**⑨1。

　　图画醉芙蓉　　见《画图醉芙蓉》。

　　知不足斋丛书　　三十集,一九七种,二四〇册。清代鲍廷博辑。1921 年上海古书流通处石印。——**1926**③2。

　　物种变化论　　生物学。英国兑孚理斯著。原书为英文。鲁迅为周建人购置。——**1918**②20,22。

　　版画　　见《凯绥·珂勒惠支版画选集》。

　　版画集　　见《其藻版画集》。

　　版画自修书　　见《Гравёр-самоучка》。

　　佩文斋书画谱　　一百卷,三十二册。清代孙岳颁等辑。康熙四十七年(1708)内府刻本。——**1913**②9。

　　质园集　　诗别集。三十二卷,八册。清代商盘作。——**1913**⑥30。

　　往星中　　剧本。俄国安德烈夫(Л.Н.Андреев)著,李霁野译,鲁迅校阅。1926 年北京未名社出版,《未名丛刊》之一。——**1924**⑨20,21。**1925**⑪19。　**1926**⑤27,30,31。

　　金史　　见《二十四史》(百衲本)。

　　金表　　见《表》。

　　金文编　　金石文字。十四卷,五册。容庚辑。1925 年贻安堂石印。——**1925**⑪21。

　　金石目(缪氏)　　见《金石书目》。

　　金石记　　见《关中金石记》、《中州金石记》。

　　金石存　　金石文字。十五卷,四册。清代吴玉搢撰。影印嘉庆二十四年(1819)山阳李氏闻妙香室刻本。——**1923**②12。

　　金石苑　　金石图象。六册。清代刘喜海辑纂。影印道光二十六年(1846)刻本。——**1916**⑩19。　**1917**①9。

金石录　金石目录。三十卷,附校勘记一卷,五册。宋代赵明诚撰。《四部丛刊》续编影印清抄本。——1934⑫8。

金石契　见《金石契附石鼓文释存》。

金石荕　金石图象。一册。清代冯承辉摹。——1919⑥28。

金七十论　佛教书籍。三卷,一册。自在黑作,南朝陈真谛译。——1921⑦7。

金文丛考　金石题跋。四册。郭沫若撰。昭和七年(1932)东京文求堂影印。——1932⑧8。

金文续编　金石文字。十四卷,附录铭文检字,二册。容庚辑。1935年上海商务印书馆石印。——1935⑥25。

金石书目　日记作《金石目》。二卷,一册。缪荃孙辑。——1916③11。

金石萃编　日记又作《萃编》。金石文字。一六〇卷,五十册。清代王昶辑。嘉庆十年(1805)刻本。——1915④19。⑤8。⑥8。1916③11。

金石续编　金石文字。二十一卷,卷首一卷,十二册。清代陆耀遹辑,陆增祥校订。同治十三年(1874)毘陵双白燕堂刻本。——1915④21。

金刚经论　见《金刚般若波罗蜜经论》。

金粉世家　小说。张恨水著。——1934⑤16。

金石分域编　未详。——1916③11。

金刚经六译　佛教书籍。一册。六译为:《金刚般若波罗蜜经》,后秦鸠摩罗什译;《金刚般若波罗蜜经》,南朝陈真谛译;《能断金刚般若波罗蜜多经》,唐代玄奘译;《金刚般若波罗蜜经》,北魏菩提留支译;《金刚能断般若波罗蜜经》,隋代笈多译;《能断金刚般若波罗蜜多经》,唐代义净译。——1914⑤31。

金刚经宗通　佛教书籍。七卷,二册。明代曾凤仪撰。——1914⑥6。

金瓶梅词话　小说。一百回,附绘图,二十一册。明代兰陵笑笑生撰。1933年北平古佚小说刊行会影印明万历四十五年(1617)刻本。——1933⑤31。

金文馀释之馀　金石考释。郭沫若撰。昭和七年(1932)东京文求堂影印。——1932⑫3。

金石萃编补略　金石文字。二卷,四册。清代王言撰。光绪八年(1882)刻本。——1934⑥2。

金冬心花果册　画册。一册。清代金农绘。宣统元年(1909)上海神州国光社影印,《神州国光集外增刊》之一。——1912⑪17,24。

金石萃编校字记　金石文字。一卷,一册。罗振玉撰。——1915⑨12。

金冬心自书诗稿　见《金冬心先生诗稿墨迹》。

金刚经、心经略疏　佛教书籍。即《金刚经略疏》(二卷)与《般若波罗蜜多心经略疏》(一卷)的合订本,共一册。前者唐代智俨述,后者唐代法藏述。——1914⑤31。

金刚经嘉祥义疏　佛教书籍。六卷,二册。后秦鸠摩罗什译,隋代吉藏疏。李正刚排印本。——1915⑨7。

金石契附石鼓文释存　金石题跋。五册。清代张燕昌撰。1915③6。④8。

金冬心先生诗稿墨迹　日记又作《金冬心自书诗稿》。书法。一册。清代金农作并书。光绪三十一年(1905)上海有正书局影印。——1913⑪8。

金刚般若波罗蜜经论　日记又作《金刚经论》。佛教书籍。三卷,一册。第一卷天亲菩萨造,北魏菩提留支译;第二、三卷无著菩萨造,隋代达摩笈多译。——1914⑨17。

金刚经智者疏、心经靖迈疏　佛教书籍。即《金刚般若经疏》(一卷)与《般若心经疏》(一卷)合订本,共一册。前者隋代智颛疏;后者唐代靖迈疏。——1914⑤31。

斧声集　杂文集。孔另境著。1936年上海泰山出版社出版。——1936⑨2。

受子谱　棋谱。三卷,卷首一卷,二册。清代李汝珍纂。嘉庆二十二年(1817)刻本。——1935①28。

受古堂书目——**1928**⑧30。

周书　　见《二十四史》(百衲本)。

周平　　见《每周评论》。

周易要义　儒家书籍。十卷,三册。宋代魏了翁撰。《四部丛刊》续编影印宋刻本。——**1934**⑫15。

周金文存　金石文字。十二册。邹安辑。1916 年上海仓圣明智大学影印,收入《艺术丛编》。——**1921**⑩28。

周作人散文钞　周作人著。1932 年上海开明书店出版。——**1932**⑩31。

周贺诗集、李丞相诗集　别集。《周贺诗集》,一卷,唐代周贺撰,附张元济撰校勘记一卷;《李丞相诗集》,二卷,五代南唐李建勋撰,附张元济撰校勘记一卷。共一册。《四部丛刊》续编影印宋刊书棚本。——**1934**④14。

匋〔陶〕斋臧〔藏〕石记　日记又作《臧石记》。金石文字。四十四卷,附二卷,十二册。清代端方辑。宣统元年(1909)上海商务印书馆石印。——**1915**⑪24。　**1925**⑦15。

匋斋藏瘗鹤铭〔两种合册〕　碑帖。一册。南朝梁华阳真逸撰,上皇山樵书,清代端方藏本。上海有正书局石印。——**1914**⑫27。

备急灸方附针灸择日〔编集〕　医书。各一卷,共二册。宋代孙炬卿撰。清光绪十七年(1891)江宁藩署重刻本。——**1914**⑨12。

京报　日报。邵飘萍主办。1918 年 10 月 5 日创刊于北京。1924年底该报革新副刊,陆续增出《京报副刊》、《民众文艺周刊》、《妇女周刊》、《文学周刊》等多种。1925 年 4 月,又请鲁迅编辑《莽原》周刊。1924 年 12 月至 1926 年 4 月孙伏园编辑《京报副刊》期间,鲁迅曾在该刊发表许多文章。——**1924**⑫24。　**1925**①9,10。　②10,11,17,18。③29。④1,21,30。⑥14。⑧1。　**1926**②4。④7,14。

京报附〔副〕刊　见《京报》。

京畿金石考　金石题跋。二卷,二册。清代孙星衍撰。光绪十三年(1887)抱芳阁刻本。——**1912**⑥29。

京本通俗小说　今存九篇。宋、元佚名撰。其第二十一卷即《金虏

海陵王荒淫》,1925 年铅印本,二册。——**1915**⑤6。⑥10。　**1925**⑨
4。

夜宴　诗集。李长之著。1934 年北平文学评论社出版,《文学评
论社丛书》之一。——**1934**⑫30。

庚壬录　见《庚辛壬癸录》。

庚子日记　杂史。四卷。清代高枏撰。有光绪三十年(1904)刊
本。——**1912**⑥27。

庚辛壬癸录　日记又作《庚壬录》。别集。二卷,一册。明代吴应
箕撰。1935 年上虞罗氏蟫隐庐石印。——**1936**⑨5。

放翁文集　见《陆放翁全集》。

於越三不朽图　见《明於越三不朽名贤图赞》。

於越先贤象传　画传。二卷,二册。清代任熊绘象。光绪五年
(1879)上海点石斋石印。——**1912**④28。

於越先贤象传赞　传记。二卷,二册。清代王龄撰。光绪三年
(1877)刻本。——**1936**①21。

於越先贤祠目序例　见《越中先贤祠目序例》。

性之初现　未详。——**1925**⑤1。

怡兰堂丛书　九种,十册。唐鸿学辑。1922 年大关唐氏成都刻
本。——**1935**①20。

炉边　小说集。陈炜谟著。1927 年上海北新书局出版,《沉钟丛
刊》之一。——**1927**⑪11。

郑守愚文集　别集。三卷,一册。唐代郑谷撰。《四部丛刊》续编
影印宋本。——**1934**⑩13。

郑厂所藏封泥　金石图象。一卷,一册。清代潘祖荫辑。“厂”,即
“庵”、“盦”。——**1915**⑨19。⑩7。

卷葹　小说集。淦女士(冯沅君)著,鲁迅编,司徒乔作封面。1927
年上海北新书局出版,《乌合丛书》之一。——**1926**⑩19。

净土十要　佛教书籍。十卷,四册。后秦鸠摩罗什译,明代智旭
解。——**1921**⑨3。

净土经论十四种　佛教书籍。指《无量清净平等觉经》(二卷)、《大

阿弥陀经》(二卷)、《无量寿经》(二卷)、《观无量寿经》(一卷)、《阿弥陀经》(一卷)、《称赞净土佛摄受经》(一卷)、《鼓音声三陀罗尼经》(一卷)、《净土十疑论》(一卷)、《释净土群疑论》(七卷)、《净土论》(一卷)、《念佛三昧宝王论》(三卷)、《净土生无生论》(一卷)、《西方合论》(十卷)、《龙舒净土文》(十二卷)。——**1916**①28。

浅草 文艺季刊。浅草社编辑。上海泰东图书局发行。1923 年 3 月创刊,1925 年 2 月出至第四期停刊。——**1925**④3。

法言 见《扬子法言》。

法书考 书法书。八卷,一册。元代盛熙明撰。《四部丛刊》续编影印抄本。——**1934**⑩1。

法句经 佛教书籍。二卷,一册。法救撰,三国吴维祇难等译。——**1914**④18。

法显传 传记。一卷。晋代法显自记游天竺之事。鲁迅抄本现存北京图书馆。——**1916**③3,16。

法苑珠林 佛教书籍。一百卷。唐代释道世撰。鲁迅所购为清宣统二年(1910)常州天宁寺刻大藏本,共四十八册。——**1913**③1。⑧8。⑩12。 **1915**①17。

法国文学 见《Modern French Literature》。

法海观澜 佛教书籍。五卷,二册。明代智旭辑。——**1914**⑩25。

法界无差别论疏 佛教书籍。一卷或二卷,一册。坚慧菩萨造,唐代提云般若译,法藏疏。——**1914**⑤15。

河童 小说集。日本芥川龙之介著,黎烈文等译。1936 年上海文化生活出版社出版,《现代日本文学丛刊》之一。——**1936**⑩2。

河朔访古新录 金石地志。十四卷,附碑目十一卷(河朔金石目十卷,河朔金石待访目一卷),四册。顾燮光辑,范寿铭纂。1930 年上海天华印书馆铅印。——**1934**⑪20。

学堂日记 又作《学堂日记故事图说》。劝善书。一册。同治七年(1868)梁溪晦斋氏辑。上海翼化堂藏版。——**1927**⑥29。

学诂斋文集 别集。二卷,一册。清代薛寿撰。光绪十五年(1889)《广雅书局丛书》本。——**1927**⑨16。

　　波兰说苑　指英文《波兰小说集》，余不详。——**1917**⑤7。

　　泾林杂［续］记　杂记。一卷，一册。明代周元暐撰。《功顺堂丛书》之一。——**1913**①18。

　　宝藏论　佛教书籍。一卷，一册。后秦僧肇述。——**1914**④19。⑦5。

　　宝纶堂集　别集。十卷，拾遗一卷，八册。清代陈洪绶撰，陈字购辑。光绪十四年(1888)会稽董氏取斯家塾活字本。——**1913**⑫6。**1914**①12。

　　宜禄堂金石记　金石题跋。六卷，二十八册。清代朱士端纂，吴隐辑。1920 年西泠印社《遯盦金石丛书》本。——**1922**②2。

　　实学文导　理财书。二卷，二册。清代傅云龙纂。光绪二十一年(1895)石印本。——**1933**⑩24。

　　实斋札记　见《章实斋乙卯丙辰札记合刻》。

　　实斋信摭　见《信摭》。

　　实斋乙卯及丙辰札记　见《章实斋乙卯丙辰札记合刻》。

　　诗筏　诗文评。一卷，一册。清代吴大受撰。1922 年吴兴刘氏嘉业堂刻《吴兴丛书》本。——**1934**⑪3。

　　诗集　见《陆放翁全集》。

　　诗缉　儒家书籍。三十六卷，十二册。宋代严粲撰。——**1914**⑨6。

　　诗歌　日记又作《新诗歌》。月刊。中国留日学生林林、雷石榆、蔡健(易斐君)、林焕平、林望中等合办。雷石榆编。日本东京诗歌社发行。1935 年 5 月创刊，同年 10 月停刊。——**1935**⑦13。⑩17。

　　诗稿　见《文衡山自书诗稿》。

　　诗本义　儒家书籍。十五卷，郑氏诗谱补亡一卷，三册。宋代欧阳修撰。《四部丛刊》三编影印宋本。——**1935**⑩14。

　　诗人征略　见《国朝诗人征略》。

　　诗林正宗　见《三台学韵诗林正宗》。

　　诗经世本古义　儒家书籍。二十八卷，卷首一卷，十六册。明代何楷撰。光绪十九年(1893)上海鸿宝斋石印。——**1934**①3。

话匣子　散文集。茅盾著。1934年上海良友图书印刷公司出版，《良友文学丛书》之一。——1934⑫18,19。

建塔者　小说集。台静农著。1930年北平未名社出版部出版，《未名新集》之一。——1930⑪5,6。

建安七子集　合集。七种，四册。杨逢辰辑。1916年长沙杨氏坦园刻本。——1926⑩5。

隶释　见《隶释、隶续》。

隶韵　音韵书。十卷，考证一卷，碑目考证一卷，六册。宋代刘球篆。清嘉庆十五年(1810)重刻本。六册。——1916④29。

隶释刊误　见《隶释、隶续》。

隶释、隶续　金石文字。宋代洪适撰。《隶释》二十七卷，《隶续》二十一卷。清同治十年(1871)皖南洪氏晦木斋摹刻楼松书屋汪氏本。附有清黄丕烈撰汪本《隶释刊误》(同治十一年影刻士礼居本)。共八册。鲁迅曾自行装订。又，1935年所购《隶释》为《四部丛刊》三编影印明万历刻本，八册。——1917⑤6。　1924⑩4。　1935⑩14。

居士传　传记。五十六卷，四册。清代彭际清撰。——1914⑩25。⑪10。

屈原赋注等三种　指《屈原赋注》(十二卷，一册，清代戴震撰)；《屈子离骚汇订、杂文笺略》(六卷，三册，清代王邦采撰)；《楚辞天问笺》(一卷，一册，清代丁晏撰)。以上三种均为广雅书局刻本。——1926⑪5。

弥洒　文艺月刊。胡山源等编。上海弥洒社出版。1923年3月创刊，同年8月出至第六期停刊。——1923③27。

弥勒菩萨三经　佛教书籍。一册。即《佛说观弥勒菩萨上生兜率天经》(一卷)、《佛说弥勒下生经》(一卷)、《佛说弥勒大成佛经》(一卷)。——1916①28。

弥耳敦失乐园画集　见《シルトン失楽園画集》。

弦上　周刊。高长虹等编。1926年2月创刊于北京。——1926⑥30。

陕西碑林目录　指《陕西图书馆所管碑林碑目表》。一卷，一册。孙德倬编。1914年图书社铅印本。——1915②5。

　　迦丁比丘说当来变经　　日记作《当来变经》。佛教书籍。佚名译。与《杂譬喻经》、《忠惟要略法》、《十二游经贤圣集伽陀一百韵》、《广发大愿颂》、《无能胜大明陀罗尼经》、《无能明心陀罗尼经》和《十不善业道经》合订为一册。1920 年常州天宁寺刻本。——**1921**⑤10。

　　参加伦敦中国艺术国际展览会出品图说　　日记作《中国美术在英展览图录》、《中国艺术在伦敦展览会出品图说》。伦敦中国艺术国际展览会筹备委员会编。1936 年上海商务印书馆印行。共四册。其第三册为书画部分。——**1936**⑦25。⑨24。

　　承华事略　　见《钦定元承华事略补图》。

　　贯休画罗汉　　见《五代贯休画罗汉象》。

　　贯休罗汉象　　见《五代贯休画罗汉象》。

　　贯休画罗汉象　　见《五代贯休画罗汉象》。

　　孟子　　儒家书籍。十四卷,三册。汉代赵歧注。《四部丛刊》初编影印明抄本。——**1923**⑨29。

　　绀珠集　　笔记总集。十三卷。宋代佚名撰。——**1913**⑤29。

　　孤雁　　小说。王以仁著。1926 年上海商务印书馆出版,《文学研究会丛书》之一。——**1927**④22。

　　绍月刊　　见《绍兴教育会月刊》。

　　绍兴教育杂志　　见《绍兴教育会月刊》。

　　绍教育会月刊　　见《绍兴教育会月刊》。

　　绍兴教育会月刊　　日记又作《越教育会月刊》、《绍兴县教育会月刊》、《绍教育会月刊》、《绍月刊》、《绍兴教育会杂志》。周作人主编。绍兴教育会刊行。1913 年 10 月创刊。1914 年 11 月后改为《绍兴教育杂志》。该刊曾以"周作人"名义发表鲁迅的《〈会稽郡故书杂集〉序》。——**1913**⑩25,27,28。⑪18,21。⑫24,30,31。　**1914**①9,23,28,29。③6,27。④30。⑤26,27,29。⑦2,21。⑩27。　**1915**⑨18。**1916**①13,30。③20。

　　绍兴教育会杂志　　见《绍兴教育会月刊》。

　　绍兴县教育会月刊　　见《绍兴教育会月刊》。

　　绍县小学成绩展览会报告　　即《绍兴教育会月刊》第十期,周作人主编。绍兴县教育会编印。1914 年 9 月 20 日发行。——**1914**⑩15。

经训读本　小学课本。国民党广东省政府教育厅经书编审委员会编。1934 年商务印书馆广州分馆排印本。——**1935**③4。

经典集林　类书。三十二卷,总目一卷,二册。清代洪颐煊辑。1926 年海宁陈氏慎初堂影印。——**1927**②10。

经典释文　儒家书籍。三十卷,十册。唐代陆德明撰。鲁迅曾作抄补整理。——**1912**⑩10,13,14。

经训堂书目——**1931**⑤14。

经训堂丛书　二十一种,一六六卷。清代毕沅辑。——**1913**④8。

经典释文考证　儒家书籍。三十卷,十册。清代卢文弨撰。——**1912**⑩6。

经籍旧音辨证　音韵。七卷,二册。吴承仕撰。1923 年铅印。——**1925**⑩28。

经律异相因果录　佛教书籍。二卷,一册。——**1915**②8。

函芬楼秘笈　见《涵芬楼秘笈》。

函青阁金石记　金石文字。四卷,二册。清代杨铎辑。1931 年瑞安陈氏《湫漻斋丛书》本。——**1932**③17。

函夏考文苑议　建议书。一册。马良(相伯)撰。1912 年 10 月,章太炎与马良、梁启超等发起成立"函夏考文苑",仿照法国学士院,设考文苑。马良为考文苑的经办人。——**1912**⑫18。

九　　画

契文拓本　见《甲骨契文拓本》。

契诃夫小说(英译本)　未详。——**1917**⑨25。

契诃夫死后二十五年纪念册　见《А.П.Чехов, 25 лет со дня смерти》。

春水　诗集。冰心作。1925 年北京北新书局再版,《新潮社文艺丛书》之一。——**1925**⑧17。

春蚕　小说集。茅盾著。1933 年上海开明书店出版。——**1933**⑤17。

　　春秋正义　儒家书籍。三十六卷,十二册。唐代孔颖达等撰。《四部丛刊》续编影印宋刻本。——1934⑫29。

　　春秋复始　儒家书籍。三十八卷,六册。崔适撰。1918年北京大学出版部铅印。——1926⑤17。

　　春郊小景集　木刻画集。李桦作。1935年广州现代创作版画研究会印,《现代版画丛刊》之一。——1935⑤20。

　　春秋胡氏传　即《春秋传》。儒家书籍。三十卷,附校勘记一卷,四册。宋代胡安国撰。《四部丛刊》续编影印宋本。——1934⑨15。

　　春晖堂丛书　十二种,三十六卷,十二册。清代徐渭仁辑。道光至同治年间上海徐氏刊本。——1914①24。

　　春秋左传类编　即《东莱吕太史春秋左传类编》。儒家书籍。六卷,附校勘记一卷,三册。宋代吕祖谦撰。《四部丛刊》续编影印旧抄本。——1934⑧4。

　　春秋左传杜注补辑　儒家书籍。三十卷,首一卷,十册。清代姚培谦辑。光绪九年(1883)江南书局刻。——1925⑫26。

　　珂勒惠支画集　德文本。余未详。——1933⑫26。

　　珂勒惠支版画　见《凯绥·珂勒惠支版画选集》。

　　珂勒惠支版画集　见《凯绥·珂勒惠支版画选集》。

　　珂勒惠支版画选集　见《凯绥·珂勒惠支版画选集》。

　　珂勒微支版画选集　见《凯绥·珂勒惠支版画选集》。

　　城与年(大略)　《城与年》,小说。苏联费定(К.А.Федин)著。当时尚未译成中文。鲁迅请曹靖华代撰该书的概略,拟印入苏联画家尼古拉·亚历克舍夫的遗作《城与年》插图,作为对亚历克舍夫的纪念。后因鲁迅病,未印成。——1936①4。

　　赵先生的[底]烦恼　小说。许钦文著。1926年北京北新书局出版。——1927②10。

　　赵似升长生册　诗别集。三卷,二册。清代赵凤(似升)作,周嵩尧辑。宣统三年(1911)刻本。——1913④19,28。

　　荆南萃古编　金石图象。二册。清代周懋琦、刘瀚辑。光绪二十年(1894)钱塘周氏鸿宝署斋刻本。——1935⑪21。

革命〔的〕前一幕　小说。陈铨著。1934年上海良友图书印刷公司出版,《良友文学丛书》之一。——**1934**⑪3。

革命文豪高尔基　日记又作《高尔基传》。传记。韬奋据美国康恩(A.Kaun)《高尔基和他的俄国》编译,1933年上海生活书店出版。鲁迅曾为提供插画。——**1933**⑤17。⑦7。⑧11。

茜窗小品　画集。二册。佚名作。上海扫叶山房据北平孙氏研山斋藏本石印。——**1929**⑧27。

草隶存　金石文字。六卷,二册。邹安辑。1921年上海广仓学宭石印,《艺术丛编》本。——**1923**⑤22。

草莽私乘　传记。一卷,一册。元代陶宗仪辑。——**1913**⑥22。

草堂诗余　词合集。收入《词学丛书》者为《精选名儒草堂诗余》。三卷,一册。元代凤林书院辑。嘉庆十六年(1811)刻本。——**1912**⑦3。⑩15。

茶花女　剧本。法国小仲马(A.Dumas fils)著,刘半农译。1926年北京北新书局出版。——**1926**⑦24,27。

茶花女　小说。法国小仲马著,夏康农译。1929年上海春潮书局出版。——**1929**⑥12。⑫22。

荀子　儒家书籍。二十卷,六册。周代荀况撰。唐代杨倞注。上海商务印书馆影印《古逸丛书》本。——**1923**⑨14。

荀悦前汉纪袁宏后汉记〔纪〕合刻　日记又作《前后汉纪》。史书。《前汉纪》三十卷汉代荀悦撰,六册;《后汉纪》三十卷,晋代袁宏撰,六册。《四部丛刊》初编影印明嘉靖刊本。——**1912**⑩10。

茗斋集　别集。二十三卷,三十四册。清代彭孙贻撰。附明诗钞。《四部丛刊》续编影印手稿。——**1934**⑫22。

荒草　文学周刊。荒草社编。附北平《北辰报》发行。1934年1月15日创刊,同年11月26日出至第四十六期停刊。——**1934**⑦1。

茫茫夜　诗集。蒲风作。1934年上海国际编译馆出版。——**1934**④27。

故乡　小说集。许钦文著,鲁迅编校。1926年北京北新书局出版,《乌合丛书》之一。——**1925**⑩6。　**1926**⑤2,10。⑩12。

故事新编　小说集。鲁迅著。1936 年上海文化生活出版社出版，《文学丛刊》之一。——**1935**⑫26。　**1936**①16,28,31。②3,28,29。⑦24。

胡适文选　论文自选集。胡适著。1930 年上海亚东图书馆出版。——**1934**⑤31。

南史（大德本）　见《二十四史》（百衲本）。

南北集　见《南腔北调集》。

南行记　小说集。艾芜著。1935 年上海文化生活出版社出版，《文学丛刊》之一。——**1936**①31。

南齐书　见《二十四史》（百衲本）。

南唐书　见《陆放翁全集》。

南唐书（二种）　其一为北宋马令撰，三十卷，四册；其二为南宋陆游撰，十八卷，附元代戚光《音释》一卷，三册。《四部丛刊》续编影印明刊本及明代钱谷抄本。——**1934**④23。

南浔镇志　方志。四十卷，八册。清代汪曰桢纂。同治二年（1863）刻本。——**1926**⑨1。

南海百咏　诗别集。一卷，一册。宋代方信孺作。清光绪八年（1882）学海堂重刻本。——**1927**⑨16。

南菁札记　丛书。十四种，二十一卷，六册。清代溥良辑。光绪二十年（1894）江阴使署刻本。——**1934**①3。

南腔北调　见《南腔北调集》。

南湖四美　画册。一册。清代吴观岱绘。上海文明书局影印。——**1913**⑨23。

南雷余集　别集。一卷，一册。明代黄宗羲撰。——**1912**⑧14。⑩15。

南华玩具集　木刻画集。广州现代创作版画研究会会员创作。该会编印。——**1936**①14。

南宋院画录　画史。八卷，四册。清代厉鹗撰。——**1913**⑪16。

南陵无双谱　即《无双谱》。画象集。一册。清代金古良绘。清刻本。——**1936**⑨7,10。

南腔北调集　日记又作《南北集》、南腔北调。杂文集。鲁迅著。1934 年上海联华书局以"同文书局"名义出版。——1934②3。③1，16，30，31。⑤19。⑥17。　1935②7，14。

南阳汉画象集　日记又作《汉南阳画象集》。金石图象。一册。关百益辑。1930 年上海中华书局影印。——1930⑪15。

南阳会海对类　日记作《会海对类大全》。诗文评。二十卷，六册。明代吴望辑。清乾隆四十四年（1779）常郡陆省魁堂复刻明万历本。——1933⑩24。

南宋六十家集　见《南宋群贤小集》。

南宋六十家集　即《汲古阁影抄南宋六十家小集》。词总集。九十七卷，五十八册。宋代陈起辑。1921 年上海古书流通处影印明汲古阁影抄宋本。——1935⑧5。

南宋群贤小集　日记又作《南宋六十家集》。词总集。七十二种，附录二种，一六八卷，五十八册。宋代陈起辑，清代顾修重辑。嘉庆六年（1801）石门顾氏读画斋刊本。——1935②1。

南通方言疏证　语言学。四册。孙锦标纂。1913 年上海中国图书公司石印。——1915①17。②21。

南菁书院丛书　八集，四十一种，一四四卷，四十册。王先谦、缪荃孙辑。清光绪十四年（1888）南菁书院刻本。——1927④24。

南阳汉画象访拓记　金石地志。一册。孙文青撰。1934 年南京金陵大学铅印。——1935⑪15。

南薰殿图象考、国朝院画录、西清札记（三种合刻）　即《胡氏书画考》。丛书。三种：《南薰殿图象考》二卷，《国朝院画录》二卷，《西青札记》四卷。共四册。清代胡敬撰。嘉庆二十一年（1816）刻本。——1912⑫28。

药用植物　见《药用植物及其他》。

药用植物及其他　植物学。内收鲁迅所译日本刘米达夫著《药用植物》及许炳熙著《中国产的天然染料》等文。1936 年上海商务印书馆出版。——1930⑩18。　1935⑫27。

柏林晨报　见《Berliner Morgenpost》。

树蕙编　园艺。一卷,一册。清代方时轩撰。1936 年上虞罗氏蟫隐庐石印本。——**1936**⑨5。

威廉·蒲雪新画帖　见《Neues Wilhelm Busch Album》。

面城精舍杂文　杂著。二卷,一册。罗振玉撰。光绪年间刻本。——**1918**⑨10。

括异志　笔记。十卷,二册。宋代张师正撰。《四部丛刊》续编影印明正德十年(1515)俞氏传抄宋本。——**1934**④29。

拾遗　见《通俗忠义水浒传》。

拾遗记　笔记。十卷,二册。晋代王嘉撰。——**1921**②22。③17。

挥麈录　杂史。二十卷,六册。宋代王明清撰。《四部丛刊》续编影印汲古阁影宋抄本。——**1934**②19。

战后(下)　小说。德国雷马克(E.M.Remarque)著,沈叔之(夏衍)译。1931 年上海开明书店出版。——**1931**⑩12。

战争　小说。苏联铁霍诺夫著,茅盾译。1936 年上海文化生活出版社出版,《文化生活丛刊》之一。——**1936**④13。

点石斋画报　清末时事画报,旬刊。吴友如负责编绘。1884 年 5 月 8 日在上海创刊,点石斋石印局(英商)发行。随《申报》附送,也单独发售。1898 年 8 月停刊。——**1934**⑥16。

竖琴　见《苏联作家二十人集》。

显扬圣教论　佛教书籍。二十卷,四册。无著菩萨造,唐代玄奘译。——**1914**⑥3。

星花　见《苏联作家二十人集》。

星洲日报　华侨胡文虎在新加坡创办的中文报纸。1929 年 1 月 15 日创刊,每天出晨报、晚报两种。——**1934**⑫26。

星槎胜览　杂史。二集,二卷,一册。明代费信撰。1928 年国立中山大学语言历史研究所铅印。——**1928**⑪9。

昨夜　小说集。顾仲雍著。1925 年北京北新书局出版,《北新小丛书》之一。——**1925**⑥22。

昨日之歌　诗集。冯至作。1927 年北京北新书局出版,《沉钟丛刊》之一。——**1927**⑤23。

昭明太子集　　见《昭明太子文集》。

昭明太子文集　　别集。南朝梁萧统撰。日记所记版本有二:《梁昭明太子文集》,五卷,一册,《四部丛刊》初编影印明辽府刻本;另一种日记作《昭明太子集》,五卷,附札记一卷,考异一卷,二册,1919年贵池刘氏玉海堂影宋刊本。——**1928**⑦30。　**1935**⑫30。

昭德先生郡斋读书志　　又作《郡斋读书志》。目录学。南宋晁公武撰。鲁迅1913年所购版本不详。1933、1935年所购均四卷,附志八卷,八册,影印宋淳佑间袁州刻本,前者系《续古逸丛书》之一,后者系《四部丛刊》三编之一。——**1913**⑪22。　**1933**⑦30。　**1935**⑩14。

毘陵集　　别集。二十卷,附录一卷,补遗一卷,四册。唐代独孤及撰。《四部丛刊》初编影印清乾隆五十六年(1791)武进赵氏亦有生斋校刻本。——**1923**⑤1。

贵池二妙集　　合集。五十一卷,十二册。清代吴应箕、刘诚撰,刘世珩辑。光绪二十七年(1901)贵池刘氏唐石簃汇刻《贵池光哲遗书》本。——**1934**⑫27。

思适〔斋〕集　　别集。十八卷。清代顾广圻撰。收入《春晖丛书》。——**1914**①24。

思想·山水·人物　　随笔集。日本鹤见祐辅著,鲁迅选译。1928年上海北新书局出版。——**1928**④3。⑥1,2。

思益梵天所问经　　佛教书籍。四卷,一册。后秦鸠摩罗什译。——**1914**⑤31。

炭画　　小说。波兰显克微支(H.Sienkiewicz)著,周作人译。1914年经鲁迅介绍由上海文明书局出版。——**1913**⑨10。　**1914**①16。③6。④27,28。⑤5,17,30。⑥28。⑨9。⑪28。　**1915**①21。④6。

幽僻的陈庄　　小说。傀闻著。1935年北平文心书业社出版。——**1935**①7。④22。

钦文小说　　见《短篇小说三篇》。

钦定元承华事略补图　　日记作《承华事略》、《补图承华事略》。传记。六卷。元代王恽撰,清代徐郙等校并补图。日记所记版本有二:一为清内府刻本,一册;一为影印清内府刻本,二册。——**1927**⑪26。

1934⑥2。

拜经楼丛书　日记所记版本有二：一为七种，二十三卷，八册，清代吴骞辑，光绪十一年(1885)会稽鄂渚刊本；一为《重校拜经楼丛书》，十种，九十四卷，十册，清代朱记荣补辑，光绪二十年(1894)吴县朱氏校经堂刻本。——1912⑨24。⑩15。　1926①29。

拜经楼题跋　见《拜经楼藏书题跋记》。

拜轮时代之英文学（译本）　见《英国文学——拜伦时代》。

拜经楼藏书题跋记　日记作《拜经楼题跋》。目录学。五卷，附录一卷，二册。清代吴寿旸纂。——1912⑨8。

看云集　散文集。周作人著。1932年上海开明书店出版。——1932⑩31。

选集　见《鲁迅杂感选集》。

选佛谱　佛教书籍。六卷，二册。明代智旭述。——1914④18。⑥9。

选适园丛书　疑为《适园丛书》零本。张钧衡辑。——1918⑨10。

香谱　日记又作《陈氏香谱》。工艺。四卷，一册。宋代陈敬撰。——1935③21，23。

香东漫笔　杂考。二卷，一册。清代况周颐撰。光绪年间刻《蕙风丛书》本。——1915⑧5。⑩7。

种树集　诗集。衣萍作。1928年上海北新书局出版。——1928⑫16。

秋明集　诗词集。二册。沈尹默作。1925年北京书局出版。——1925⑪27。　1932⑫6。

秋思草堂〔遗〕集　一卷。清代陆莘行撰。附刊于《庄氏史案》。1912⑨8。

秋浦双忠录　合集。五种，四十卷，六册。清代刘世珩辑。光绪二十八年(1902)贵池刘氏刻本。——1913④5。

秋波小影册子　书画册。一册。清代舒位作。上海有正书局石印。——1912⑪2。

科学方法论　哲学。王星拱编著。1920年北京大学新潮社出版，

《新潮社丛书》之一。——1920⑤17。

重刊宋本孔丛子　儒家书籍。七卷,四册。汉代孔鲋撰,宋代宋咸注。清光绪元年(1875)海昌陈锡麒重刻宋嘉祐本。——1920③6。

复古编　文字学。二卷,附录一卷,三册。宋代张有撰。——1914⑪7,10。

复堂日记　杂录。八卷。清代谭献撰。——1915⑨9。

顺天通[府]志　方志。——1915⑪24。

俄文艺论战　见《苏俄的文艺论战》。

俄罗斯童话　见《俄罗斯的童话》。

俄国文学史略　西谛(郑振铎)编著。1924年上海商务印书馆出版,《文学研究会丛书》之一。——1924⑦7。

俄罗斯的童话　日记又作《童话》、《俄罗斯童话》。高尔基著,鲁迅译。1935年上海文化生活出版社出版,《文化生活丛刊》之一。——1934⑨14,19。　1935③22。④17。⑧10,22,24。⑨11。⑩17。

俄国社会运动史话　日记作《俄国社会革命运动史话》。历史。巴金著。1935年上海文化生活出版社出版,《文化生活丛刊》之一。——1935⑨25。

俄国社会革命运动史话　见《俄国社会运动史话》。

俗谚论　未详。——1921④15。

信撴　即《章实斋信撴》。日记作《实斋信撴》。杂考。一卷,一册。清代章学诚撰。——1912④29。⑩15。

皇明世说新语　日记又作《明世说》。小说。八卷,八册。明代李绍文撰。日本宝历四年(1754)京都万屋仁右卫门刻本。——1929③22。

鬼怪奇觚图　见《Das Teuflische und Groteske in der Kunst》。

剑南诗稿　见《陆放翁全集》。

胜鬘经宋唐二译　《胜鬘经》即《胜鬘师子吼一乘大方便方广经》。佛教书籍。"宋译",南朝宋求那跋陀罗译本,一卷;"唐译",未详。共一册。——1916①28。

脉经　医书。十卷,四册。晋代王叔和撰。清光绪十九年(1893)

益都杨氏邻苏园影刻宋何氏本。——**1915**②21。⑦29。

狱中记　回忆录。波兰柏克曼（A. Berkman）著，巴金译。1935年上海文化生活出版社出版，《文化生活丛刊》之一。——**1935**⑨25。

急就章　见《急就篇》。

急就篇　日记又作《急就章》。字书。四卷。汉代史游撰，唐代颜师古注，宋代王应麟音释。日记所记版本有二：一为明刻本；一为《四部丛刊》续编影印明抄本，一册。——**1913**⑪4。⑫29。　**1914**①11。**1934**⑦30。

急就章草法考　文字学。九卷，二册，附《急就章偏旁表》（日记作《偏旁表》），二卷，一册。清代李滨撰。1914年石印玉烟堂帖本。——**1915**⑩12。

疯狂心理　日记作《风狂心理》。心理学。英国哈忒（B. Hart）著，李小峰、潘梓年译。1923年北京大学新潮社出版，《新潮社丛书》之一。——**1923**③29。

音篇　见《文字学音篇》。

恒农冢墓遗文　金石文字。一卷，一册。罗振玉辑。1915年罗氏永慕园石印本。——**1916**⑦21。⑩12。

闺范　儒家书籍。四卷，四册。明代吕坤辑。1929年释邛光影印明万历年间刻本。——**1929**⑨20。

闻见录　见《苏联闻见录》。

炼狱　小说。周楞伽著。1936年上海微波出版社出版。——**1936**①20。

养鸡学　未详。——**1913**④8，9。

养鸡全书　未详。——**1913**④8，9。

美人恩　小说。张恨水著。1934年上海世界书局出版。三册。——**1934**⑤16。

美术论（福氏）　未详。——**1912**⑧7。

美术史要　见《Einführung in die Kunstges-chichte》。

美术生活　图画月刊。金有成创办。最初由钱瘦铁、吴朗西等十一人编，第七期起设常务编辑，由吴朗西、钟山隐等六人编辑。上海新闻报馆发行。1934 年 4 月 1 日创刊,1937 年 9 月停刊。——**1935**④3。⑥5。

美术史潮论　见《近代美术史潮论》。

美术与国民教育(复氏)　未详。——**1912**⑧7。

类说　杂纂。六十卷。宋代曾慥辑。——**1914**⑫7。　**1915**②9。③4。

类林杂说　杂纂。十五卷,二册。金代王朋寿辑。1920 年吴兴刘氏《嘉业堂丛书》本。——**1923**①5。

迷羊　小说。郁达夫著。1928 年上海北新书局出版。——**1928**①31。

前后汉记　见《荀悦前汉纪袁宏后汉纪合刻》。

前后男女二十四孝悌图说　日记作《二十四孝图》(二种)。劝善书。一册。上海新闻报馆编。1919 年上海鸿文书局石印。——**1927**⑥11。

洪水　综合性半月刊。周全平编。上海光华书局发行。1925 年 9 月创刊,1927 年 12 月出至第三十六期停刊。——**1927**⑨24。

洪荒　文学月刊。周茨石编。上海洪荒月刊社发行。1933 年 7 月创刊,仅出一期。——**1933**⑦13。

洪氏碑目　未详。——**1915**⑩26。

洛阳伽蓝记钩沈　专志。五卷,二册。清代唐晏撰。上海中国书店影印龙谿精舍本。——**1934**①6。

济颠大师醉菩提全传　日记作《醉菩提》。小说。四卷,二十回,四册。清代天花藏举人纂。宝文堂刻本。——**1928**⑥10。

觉醒的她　见《她的觉醒》。

觉世真经阐化编　即《关帝觉世真经本证训案阐化编》。道教书籍。八册。清代徐谦辑。道光二十六年(1846)北京重刻本。——**1923**④24。

语丝　文学周刊。孙伏园在鲁迅等支持下 1924 年 11 月在北京创刊,1927 年 10 月被奉系军阀查禁,移至上海出版。1930 年 3 月出至第五卷第五十二期停刊。在北京期间主要由周作人编辑,1927 年 12 月起由鲁迅接编,1929 年 1 月柔石续编,第五卷第二十六期后交由李小峰编。出版、发行工作则始终由李小峰负责。——**1924**⑪15,16,19,21,24,30。⑫17。　**1925**①10。②15。⑤1,3。⑦19,25。⑧17。⑩13,28。⑫6,20。　**1926**①26。②2。③1。⑥21。⑦6,10。⑧24。⑨8,16,18,24。⑩1,24。⑪4,8,21。⑫27。　**1927**①3。④28。⑥3。⑦8,15,20,27,30。⑧1,5,7。⑨5,12,16,18,23,26。⑩14。⑪4,11,21,29。⑫18,19,25。　**1928**①3,12。②3,26。③4。④3,7,19,26。⑤10,17,18,26。⑥1,9,15,22,23。⑦1,12,17,22,23。⑧9,19,24,29。⑨18,26。⑩3,19。⑪26。⑫7,19,25。　**1929**①5,17,18。②4,16,21。③15,23,26。④4,9。⑩26。⑪16,30。⑫4,15,29。　**1930**②11,12。

　　语言学论丛　日记作《言语学论丛》。林语堂著。1933 年上海开明书店出版。——**1933**⑫28。

　　神州大观　书画册。系由《神州国光集》所改。神州国光社编。1912 年至 1922 年上海神州国光社影印。——**1913**②12。⑧9。⑩4。⑫28。　**1914**⑤19。⑫6。　**1915**④21。⑫3,31。　**1916**④15。⑩10,12。　**1917**④22。　**1918**②17。⑥22　**1919**⑦14。　**1920**⑥25。

　　神话研究　黄石著。1927 年上海开明书店出版。——**1928**②25。

　　神州国光集　见《神州大观》。

　　祝枝山草书艳词　即《祝枝山书艳词墨迹》。书法。明代祝允明作。上海有正书局影印。——**1914**①18。

　　祝蔡先生六十五岁论文集　见《庆祝蔡元培先生六十五岁论文集》。

　　说史　见《中国小说史略》。

　　说戏　戏曲研究。一册。齐如山撰。北京京华印书局铅印本。——**1913**⑨5,16。

　　说库　丛书。一七〇种,四三一卷,六十册。王文濡辑。1915 年上海文明书局石印。——**1924**⑥2。

　　说苑　儒家书籍。二十卷。汉代刘向撰。日记所记一为四册,版本不详;一为《四部丛刊》初编影印明抄本,六册。——**1921**②14。

1923⑨29。

说报　见《小说月报》。

说郛　丛书。原书一百卷，元代陶宗仪辑，后有散佚；清初刻本一二〇卷，陶珽编刻，内容冗滥芜杂，已失原貌；1927年上海商务印书馆铅印本一百卷，张宗祥（阆声）校辑，近于元本面目。鲁迅1913年所借为京师图书馆藏明隆庆、万历间残抄本；1920年所借为张阆声转抄明写残本；1927年所购为商务印书馆印本。——1913⑤29。⑥1。1920⑫13。　1922⑨12。　1927⑫3。

说铃（前集）　丛书。三十四种，十册。清代吴震方辑。康熙四十四年（1705）苏州隆溪堂书坊刻本。——1913⑥28。

说文句读　文字学。十四册。清代王筠撰。——1915②20。

说文发疑　文字学。六卷，三册。清代张行孚撰。——1914⑨27。

说文匡鄦　文字学。一册。石一参撰。1931年上海商务印书馆石印。——1932⑨24。

说文校议　文字学。十五卷，五册。清代姚文田、严可均撰。同治十三年（1874）归安姚氏重刻本。——1914⑪15。　1916③30。

说文释例　文字学。二十卷，十册。清代王筠撰。——1912⑪2。

说文解字　文字学。十五卷，四册。汉代许慎撰。上海商务印书馆仿北宋小字本石印。——1926⑨29。

说文古籀补　文字学。十四卷，附录一卷，二册。清代吴大澂撰。光绪二十四年（1898）湖南重刻本。——1918③9。

说文古籀补补　文字学。十四卷，附录一卷，四册。丁佛言撰。1921年北京商务印书馆石印。——1925④29。

说文古籀拾遗　即《古籀拾遗》。文字学。三卷，附《宋政和礼器考》，共二册。清代孙诒让辑。光绪十六年（1890）家刊本。——1915⑨14。

说文古籀疏证　文字学。六卷，四册。清代庄述祖撰。——1912⑫7。

说文系传校录　文字学。三十卷，二册。清代王筠撰。——1915①30。

说文段注订补　文字学。十四卷,八册。清代王绍兰撰。光绪十四年(1888)萧山胡氏刻本。——1914⑪15。

说文解字系传　文字学。四十卷,八册。南唐徐锴撰。——1915①2。

说文解字附通检　文字学。十五卷,附《说文通检》十六卷,十册。汉代许慎撰,宋代徐铉校,清代陈昌治编,黎永椿撰《说文通检》。同治十二年(1873)刻本。——1914⑩25。

郡斋读书志　见《昭德先生郡斋读书志》。

咫进斋丛书　三集,三十七种,二十四册。清代姚觐元辑。光绪九年(1883)归安姚氏校刻本。——1915③21。　1916③30。

费晓楼仕女画册　一册。清代费丹旭绘。上海文明书局影印无锡王氏藏本。——1912⑫14。

眉庵集　别集。十二卷,补遗一卷,二册。明代杨基撰。——1912⑪2。

眉山诗案广证　传记。六卷,二册。清代张鉴撰。光绪十年(1884)江苏书局刻本。——1926⑩5。

除夕〔及其他〕　剧本。杨晦著。1929年北平沉钟社出版,《沉钟丛刊》之一。——1929⑨13。　1934⑩17。

娇红记(影明正〔宣〕德本)　传奇。二卷,一册。明代刘兑撰。日本九皋会编纂。昭和三年(1928)东京九皋会影印明宣德间刻本。——1929②21。

姚惜抱尺牍　书信。四册。清代姚鼐撰。——1913③2。

勇敢的约翰　长诗。匈牙利裴多菲(Petöfi Sándor)著,匈牙利考罗卓(K. de Kalocsay)译成世界语,孙用重译为中文,鲁迅校订并作后记。1931年上海湖风书局出版。——1929⑪14。　1930⑪21。⑫3。1931⑤6,16。⑨13,16,17,22,25。⑩6,7,12,13,17,30。⑪12,13,14。1932⑥2。　1935①24。

勇敢的约翰(世界语本)　见《Johano La Brava》。

癸巳存稿　杂考。十五卷,八册。清代俞正燮撰。光绪十年(1884)刻本。——1935①20。

结婚集　小说集。瑞典斯特林堡（A. Strindberg）著，蓬子、杜衡译。1929年上海光华书局出版。——**1929**⑪12。

结婚的爱　伦理。英国司托泼司（M. Stopes）著。Y. D（李小峰）译。1924年出版。——**1924**⑪22。

结一庐〔朱氏剩余〕丛书　五种，一一〇卷，二十册。清代朱记荣辑。光绪三十一年（1905）刊本。——**1922**①27。

给少年者　日记误作《给年少者》。青年读物。风沙著。1935年上海生活书店出版。——**1935**⑨28。

给年少者　见《给少年者》。

骆驼　文学月刊。骆驼社编辑。北京北新书局出版。1926年6月创刊。仅出一期。——**1926**⑦26。

绝妙好词笺　词合集。七卷，续抄一卷，三册。宋代周密辑，清代查为仁、厉鹗笺。与清张惠言词选合刻，共四册。同治十一年（1872）会稽章氏重刻本。——**1913**⑦5。

孩儿塔　诗集。白莽作，鲁迅序。鲁迅生前未能出版。——**1936**③11。

统计一夕谈　统计学。顾澄著。1913年上海文明书局出版。——**1913**⑫8。

统系矿物学　见《系统矿物学》。

十　　画

耕织图　诗画册。清代焦秉贞绘图，玄烨题诗。日记所记版本有二：《御制耕织图》，二卷，二册，光绪十二年（1886）上海点石斋石印本；《御制耕织图诗》，日记作《影印耕织图诗》、《耕织图题咏》，一册，1929年武进陶氏涉园影印康熙年间内府刻本。——**1927**⑪6。　**1932**④3。**1934**①9。⑥2。

耕织图题咏　见《耕织图》。

秦汉瓦当存　见《遯庵秦汉瓦当存》。

秦汉金文录　金石文字。八卷，五册。容庚辑。1931年国立中央研究院历史语言研究所影印，该所专刊之一。——**1932**⑩19。

秦金石刻辞　金石文字。三卷,一册。罗振玉辑。1914 年上虞罗氏影印。——**1915**⑨12,30。

秦泰山刻石　金石文字。一册。秦代李斯书。上海艺苑真赏社影印北宋拓五十三字本。——**1933**①15。

秦汉瓦当文字　金石文字。一卷,二册。罗振玉辑。1914 年上虞罗氏影印。鲁迅自 1915 年 3 月 19 日至 4 月 10 日抄录。——**1915**③19,29。④10,17。⑧10。⑨19,30。

秦绮思　见《Thaïs》。

泰山秦篆二十九字　金石文字。附《鲁孝王石刻》,共一册。民国初年上海有正书局影印南宋精拓本。——**1914**⑫20。

班固年谱　郑鹤声著。1931 年上海商务印书馆出版。——**1932**①19。

赶集　小说集。老舍著。1934 年上海良友图书印刷公司出版,《良友文学丛书》之一。——**1934**⑨1。

起世经　佛教书籍。十卷,二册。隋代阇那崛多译。——**1921**④27。

起信论　见《大乘起信论》。

起信论直解　佛教书籍。二卷,一册。明代德清解。——**1914**⑨6。

都市之[的]冬　诗集。王亚平作。1935 年上海国际书店出版。——**1935**⑥12。

恐惧　剧本。苏联阿菲诺甘诺夫(А. Н. Афиногенов)著,曹靖华译。鲁迅生前未能出版。——**1933**⑨4。

莽原　原为周刊。鲁迅编。附于《京报》发行。1925 年 4 月 24 日创刊,同年 11 月 27 日出至第三十二期停刊。1926 年 1 月 10 日改出半月刊,由未名社出版,单独发行。鲁迅离京后由韦素园等担任编辑。1927 年 12 月出至第二卷第十二期停刊。——**1925**④22,24。⑦20。**1926**①13。②15,25,27。⑤5。⑨20。⑩1,8,16,24。⑪14,21。⑫13。**1927**①4,8。④4。⑤3,31。⑥3。⑦15。⑧12。⑨23,24。⑪4。⑫12。

莫郘亭行述　见《莫郘亭(友芝)先生行述》。

莫斯科印象记　日记作《苏俄印象记》。游记。胡愈之著。1931年上海新生命书局出版。——**1931**⑧28。

莫邸亭(友芝)先生行述　日记又作《莫邸亭行述》、《邸亭行述》。传记。一册。清代莫祥芝撰。同治十年(1871)刻本。——**1915**⑫3。

荷牐丛谈　史料集。四卷,二册。明代林时对撰。1928年国立中山大学语言历史研究所铅印本,该所史料丛刊之一。——**1928**⑪9。

晋书　见《二十四史》(百衲本)。

晋书辑本　史书。十种,四十三卷,六册。清代汤球辑。光绪中《广雅书局丛书》本。——**1914**⑨22。⑩15。　**1926**⑪5。

晋纪辑本　史书。七种,七卷,一册。清代汤球辑。《广雅书局丛书》本。——**1914**⑨22。⑩15。　**1926**⑪5。

晋二俊文集　合集。包括《陆士衡集》(十卷,晋代陆机撰);《陆士龙集》(十卷,晋代陆云撰)。——**1926**⑨29。

恶之华(原文)　见《Les Fleurs du Mal》。

真美善　文学半月刊。上海真美善杂志编辑所编辑并发行。1927年11月创刊,第三卷起改为月刊。1931年4月改为季刊,同年7月停刊。——**1927**⑫18。

桂游日记　游记。三卷,一册。清代张维屏撰。道光十七年(1837)广东刻《张南山全集》本。——**1927**⑦3。

桂海虞衡志　杂记。宋代范成大撰。原书三卷,今存一卷。——**1922**⑨12。

桃园　小说集。茅盾译,鲁迅校阅。1935年上海文化生活出版社出版,《译文丛书》之一。——**1935**⑪11。⑫3,19。

桃花扇　见《桃花扇传奇》。

桃色的云　童话剧。俄国爱罗先珂(Б.Я.Ерошенко)作,鲁迅译。1923年北京大学新潮社出版,《新潮社文艺丛书》之一。1926年北京北新书局重印,1934年上海生活书店重印。——**1922**④30。⑤25。⑧10。　**1923**⑦28,30,31。⑧3,4。⑨11。⑩13,15。⑫7。　**1924**②28。⑧18。⑨8,12。　**1926**⑫6。　**1927**⑥27。　**1932**③22。④26。**1934**⑥6。⑪14。⑫10。　**1935**③25。⑦20。

桃华扇传奇　见《桃花扇传奇》。

桃花扇传奇　日记又作《桃花扇》、《桃华扇传奇》。剧本。清代孔尚任撰。——**1915**①6。

格林童话　见《Kinder und Hausmärchen der Brüder Grimm》。

格利［里］佛游记　小说。英国斯威夫特(J. Swift)著，韦丛芜译。1928 年至 1929 年北平未名社出版。二册。——**1928**⑩23。　**1929**②26。

校碑随笔　金石通考。六册。方若撰。1913 年西泠印社木活字印，《遁盦丛编》本。——**1916**①13。⑪30。

校友会杂志　见《北京高等师范学校校友会杂志》。

校正万古愁　日记作《万古愁曲、归玄恭恭年谱》。《万古愁曲》，俗曲，清代归庄撰。与《归元恭先生年谱》合刻一册。1925 年昆山赵氏又满楼刻本。——**1926**③2。

校经山房丛书　二十八种，一〇二卷。清代朱记荣辑。光绪三十年(1904)孙谿朱氏槐庐家塾据《式训堂丛书》版重编。共二十八种。——**1912**⑨8。

栟角公道话　江苏的一种地方小报。——**1923**⑥14。

索靖书出师颂　见《出师颂》。

贾子次诂　儒家书籍。内篇十卷，外篇二卷，翼篇四卷，二册。清代王耕心撰。光绪二十九年(1903)正定通德王氏校刻本。——**1915**⑧23。

夏娃日记　小说。美国马克·吐温(Mark Twain)著，李兰译，鲁迅校。1931 年上海湖风书局出版，《世界文学名著》之一。——**1931**⑦20。⑩22。⑫5,6。

破邪论　佛教书籍。二卷，一册。唐代法琳撰。——**1914**⑥3。

破垒集　小说集。黎锦明著。1927 年上海开明书店出版。——**1927**⑩23。

顾西眉画册　一册。清代顾洛绘。上海有正书局影印，《中国名画集外册》。——**1912**⑫7。

顾氏文房小说　丛书。四十种，十册。明代顾元庆辑。1925 年上海商务印书馆影印明阳山顾氏刻本。——**1926**⑥20。⑨13。

顾端文公遗书　别集。十三种,三十七卷,附年谱一卷,四册。明代顾宪成撰。光绪三年(1877)无锡顾氏家刻本。——**1935**①20。

顾恺之画女史箴　日记又作《女史箴图》。画册。一册。晋代顾恺之绘。——**1931**④19。

热风　杂文集。鲁迅著。1925年北京北新书局出版。——**1925**③25。⑩22。⑪14,24。⑫20。

监狱与病院　小说集。许拜言著。——**1932**①11。

晓风　诗集。张秀中作。1926年自费印刷,由北京明报社发行。——**1926**②8。

峭帆楼丛书　十八种,二十册。赵诒琛辑。1911年至1919年昆山赵氏峭帆楼刻本。——**1926**⑫24。

圆明园图咏　诗画册。二卷,二册。清高宗弘历作诗。鄂尔泰等注。光绪十三年(1887)天津石印书屋石印本。——**1933**⑫3。**1934**①9。⑥16。

铁流　小说。苏联绥拉菲摩维支(А. С. Серафимович)著,涅拉陀夫序,曹靖华译,史铁儿(瞿秋白)译序,鲁迅编校并作后记。1931年鲁迅以"三闲书屋"名义印行。后以版售与上海光华书局。——**1931**⑥13。⑧1,20,21,24。⑨2,5。⑩12。⑫8,12,14,17,21。**1932**①6,25。④27。⑥18,22,25。⑦6,11。⑧4。⑩2。**1933**①10。⑧30。

铁流(日文)　见《鉄の流》。

铁马版画　丛刊。铁马版画社出版。1936年1月创刊,同年3月出第二期。——**1936**②17。④9。

铁云藏龟　金石文字。六册。清代刘鹗(铁云)辑。1931年上虞罗氏蟫隐庐影印。——**1931**⑥7。⑧13。

铁桥漫稿　别集。八卷,四册。清代严可均撰。——**1921**②23。

铁云藏龟之余　金石文字。一卷,一册。罗振玉辑。——**1918**⑨10。

铁甲列车 Nr.14—69　小说。苏联伊凡诺夫(В. В. Иванов)著,侍桁译,鲁迅校订并作后记。1932年上海神州国光社出版,《现代文艺丛书》之一。——**1930**⑫30。

　　积学斋丛书　二十种,六十三卷。徐乃昌辑。——**1915**③13。

　　笔端　杂文集。曹聚仁著。1935 年上海天马书店出版。——**1935**①27。

　　笔尔和哲安　小说集。法国莫泊桑(G. de Maupassant)著,黎烈文译。1936 年上海商务印书馆出版,《文学研究会世界文学名著丛书》之一。——**1936**④6。

　　徐庾集　即《徐孝穆集》(十卷,南朝陈徐陵撰)、《庾子山集》(十六卷,北周庾信撰)合印本。五册。明代屠隆评。《四部丛刊》初编影印明东海屠隆刻本。——**1927**①10。

　　徐骑省集　即《骑省集》。别集。三十卷,八册。宋代徐铉撰。——**1913**⑫21。

　　徐文长故事　民间故事。四集。林兰等编。第一集北京大学新潮社出版,第二集起由北京北新书局出版。——**1924**⑩2,3。　**1925**⑥17。⑨18。⑫3。

　　徐孝穆全集　见《徐孝穆集笺注》。

　　徐公钓矶文集　见《唐秘书省正字先辈徐公钓矶文集》。

　　徐孝穆集笺注　别集。六卷,备考一卷,三册。南朝陈徐陵撰,清代吴兆宜笺注。——**1914**①27。

　　徐旭生西游日记　考古。徐炳昶著。1930 年中国学术团体协会西北科学考察团理事会印。三册。——**1931**③4。

　　徐青藤水墨画卷　见《徐青藤水墨花卉卷》。

　　徐青藤水墨花卉卷　画册。一册。明代徐渭绘。宣统元年(1909)上海神州国光社影印,《神州国光集外增刊》之一。——**1912**⑤8。⑪24。

　　殷文存　金石文字。二卷,一册。罗振玉辑。——**1918**②10。④10。

　　殷契拾遗　金石文字。一册。陈邦怀辑。1927 年影印。——**1928**⑥10。

　　殷虚卜辞　金石文字。余未详。现仅见北京大学图书馆藏有《殷虚卜辞》两编一册,二十七页。佚名手拓本。——**1918**⑦31。⑨21。

殷虚书契考释 文字学。一册。罗振玉撰。1914 年石印本。——
1918①4。

殷墟文字类编 日记又作《殷虚书契类编》。文字学。十四卷,附
《殷墟书契待问编》十三卷,《殷墟书契考释》一卷。罗振玉辑撰,商承祚
类次。1923 年刊本。——**1928**⑦19。

殷虚书契类编 见《殷墟文字类编》。

殷虚书契精[菁]华 金石文字。一册。罗振玉辑。1914 年影印
本。——**1918**⑨21。

殷虚书契待问编 文字学。一卷,一册。罗振玉辑。——**1918**①
4。

殷商贞卜文字考 文字学。一卷,一册。罗振玉撰。——**1917**①
28。

殷周青铜器铭文研究 金石文字。二册。郭沫若撰。1931 年上
海大东书局影印。——**1932**⑩27。

般若灯论 佛教书籍。十五卷,三册。龙树菩萨造,唐代波罗颇密
多罗译。——**1914**⑤15。

般涅槃经 见《佛般泥洹经》。

般若心经五家注 佛教书籍。为《心经疏》,唐代靖迈疏;《心经略
疏》,唐代法藏述;《心经注解》,明代宗泐如𡸣注;《心经直说》,明代德清
述;《心经释要》,明代智旭述。各一卷,合订一册。——**1914**⑨16。

爱眉小札 日记书信集。徐志摩著。1936 年上海良友图书印刷
公司出版,《良友文学丛书》之一。——**1936**④2。

爱罗先珂童话集 俄国爱罗先珂著,鲁迅等译。1922 年商务印书
馆出版,《文学研究会丛书》之一。——**1922**⑧10。

翁山文外 别集。十六卷,四册。清代屈大均撰。1920 年吴兴刘
氏《嘉业堂丛书》本。——**1934**⑪3。

翁松禅书书谱 书法。一册。清代翁同龢书。——**1914**③15。

馀冬序[叙]录 别集。六十五卷,二十册。明代何孟春撰。清光
绪六年(1880)郴州何氏补刻守约斋本。——**1935**②20。

高士传（并图）　日记又作《高士传象》。传记。三卷，二册。晋代皇甫谧撰，清代任熊绘。鲁迅藏书现存光绪三年（1877）刻本。——**1912④28。　1936①21。**

高僧传　传记。十四卷。梁代慧皎撰。——**1914⑦31。⑧7。**

高士传象　见《高士传》。

高尔基传　见《革命文豪高尔基》。

高木氏童话　见《日本昔ばなし》。

高氏小说选集　应为《高尔基论文选集》。萧参（瞿秋白）辑译。原由鲁迅介绍给现代书局出版，但被书局搁置，直至 1935 年 8 月赎出。后收入《海上述林》。——**1933⑨12。　1935⑧12。**

高昌壁画精华　画册。一册。罗振玉辑。1916 年上虞罗氏影印。——**1916⑫5。**

郭忠恕辋川图卷　画册。一册。宋代郭忠恕绘。1926 年上海商务印书馆影印。——**1931④28。**

痀瘘集　文学论文集。郑振铎著。1934 年上海生活书店出版，《创作文库》之一。——**1935④13。**

离婚　小说。老舍著。1933 年上海良友图书印刷公司出版，《良友文学丛书》之一。——**1933⑩3。**

离骚图〔经〕　日记作《影印萧云从离骚图》。画册。二册。清代萧云从绘，汤复刻。涉园影印本。——**1932④3。**

离骚图（二种）　即《陈萧二家绘离骚图》。画册。五卷，四册。清代陈洪绶、萧云从绘。1924 年蟫隐庐影印。——**1926⑩5。**

唐诗（费氏影宋刻合本）　指《唐中兴间气集》。二卷，唐高仲武辑。武进费氏影宋刻本。——**1926⑫24。**

唐风图　画册。一册。宋代马和之绘。——**1912⑪17。**

唐文粹　总集。一百卷，二十四册。宋代姚铉辑。明嘉靖八年晋藩养德书院刻本。——**1913⑥29。⑫7。**

唐人说荟　丛书。一六四种。清代桃源居士原辑，现存陈世熙（莲塘）辑本。——**1926②23。**

唐艺文志　目录学。四卷，二册。宋代欧阳修撰。1916 年吴兴张氏《择是居丛书》影印宋刻本。——**1926**⑩5。

唐国史补　杂史。三卷。唐代李肇撰。鲁迅所购者为日本天明二年(1782)据汲古阁本翻刻。三册。——**1923**⑦20,30。　**1927**⑧19。**1929**③22。

唐诗纪事　诗文评。八十一卷,十册。宋代计有功辑。鲁迅1923年1月从上海医学书局购得排印本,因发现有阙页,故于2月补写一页。——**1923**①13,20,21。②4。

唐高僧传　见《续高僧传》。

唐均〔韵〕残卷(唐人写本)　韵书。二卷,一册。唐代孙愐撰。清光绪三十四年(1908)上虞罗氏影印。——**1914**①18。

唐四名家集　合集。十一卷,四册。唐代窦常、李贺、杜荀鹤、吴融等作,明代毛晋辑。1926年上海商务印书馆影印清寒松堂刻本。——**1927**①10。

唐代文学史　王野秋著。1935年上海新亚图书公司出版。——**1935**⑩17。

唐百家诗选　日记作《百家唐诗选》。总集。二十卷,八册。宋代王安石选。上海文实公司据双清阁刻本石印。——**1925**①23。

唐宋传奇集　日记又作《传奇集》。八卷。鲁迅辑录。1927年至1928年北新书局分上下两册出版;1934年上海联华书局改印,合为一册。——**1927**⑧22,23,24。⑨10,17。⑫29。　**1928**①13。②14,17,18,23。③8。⑧20。　**1932**③22。④26。　**1933**⑩26。　**1934**④11。⑤17,19。⑥1。

唐人小说八种　未详。——**1928**④13。

唐人小说六种　见《唐开元小说六种》。

唐人写法华经　未详。——**1916**⑫5。

唐元次山文集　日记作《元次山集》、《元次山文集》。别集。十卷,拾遗一卷,二册。唐代元结撰。《四部丛刊》初编影印明正德间郭氏刻本。——**1924**⑤31。　**1927**⑦26。

唐宋诸贤词选　见《花庵词选》。

唐三藏取经诗话　见《大唐三藏取经诗话》。

　　唐开元小说六种　　日记作《唐人小说六种》。十一卷,二册。叶德辉辑。宣统三年(1911)长沙观古堂刻本。——1914⑩10。⑪4。

　　唐风楼金石跋尾　　见《唐风楼金石文字跋尾》。

　　唐风楼金石文字跋尾　　日记又作《唐风楼金石跋尾》。金石题跋。一册。罗振玉撰。鲁迅曾于1918年9月22日至10月14日抄录该书。——1915⑦27。　1918⑨22。⑩14。

　　唐李怀琳草书绝交书油素钩本　　日记作《李怀琳书绝交书》。书法。一册。唐代李怀琳书。上海有正书局影印。——1931⑤22。

　　唐秘书省正字先辈徐公钓矶文集　　日记作《徐公钓矶文集》。十卷,补一卷,二册。唐代徐寅撰,张元济撰校勘记。《四部丛刊》三编影印钱曾述古堂抄本。——1935⑫30。

　　唐大荐福寺故寺主翻经大德法藏和尚传　　日记作《贤首国师别传》。传记。一册。唐代崔志远撰。——1914⑥6,9。

　　旅伴　　童话集。丹麦安徒生(H. Andersen)著,林兰、C.F. 辑译。1924年北京大学新潮社出版。——1924⑩29。

　　部令汇编　　见《教育部令汇编》。

　　阅藏知津　　佛教书籍。四十卷,十册。明代智旭撰。——1914④18。⑪22。　1915①4。

　　烦恼由于才智　　见《Гope oт yмa》。

　　烟袋　　小说集。苏联爱伦堡(И. Г. Эренбург)等著,曹靖华译,鲁迅校阅。1928年北平未名社出版部出版。——1929①22。

　　烟屿楼读书志　　杂记。十六卷,六册,附《烟屿楼笔记》八卷,二册。清代徐时栋撰,徐方来等辑。1928年鄞县徐氏蓬学斋校印本。——1933②2。

　　剡录　　地志。十卷,二册。宋代高似孙纂。清道光八年(1828)李式圃刻本。——1913⑩5。

　　凌烟阁功臣图象　　日记作《影印凌烟阁功臣图》。传记。清代刘源绘,朱圭刻。1930年涉园影印。——1932④3。

　　益智图　　杂技。二卷,附《益智续图》一卷、《益智字图》一卷,四册。清代童叶庚等作。光绪四年(1878)刻本。——1931④20。

益雅堂丛书　四集,二十五种,二十册。清代傅士洵辑。光绪三年(1877)至光绪九年(1883)刻本。——**1927**⑧13。

益智燕几图　日记作《燕几图》。杂技。二册。清代童叶庚作。光绪十五年(1889)杭州任氏硃墨套印本。——**1931**④20。

益智图千字文　杂技。八册。清代童叶庚作。1923年上海商务印书馆石印本。——**1931**④22。

准风月谈　杂文集。鲁迅著。1934年上海联华书局以"兴中书局"名义出版。——**1934**⑥21。⑦16。⑩27。⑪25。⑫19。　**1935**②7。④30。⑦26。

资治通鉴考异　日记又作《通鉴考异》。编年史。三十卷。宋代司马光撰。鲁迅所购为《四部丛刊》初编影印宋刊本,六册。——**1914**⑧29。⑨12。　**1926**⑪10。

涛声　文艺周刊。曹聚仁编。上海群众图书公司发行。1931年8月15日创刊,1932年10月22日出至第二十七期休刊。1933年元旦出第二卷第一期,同年11月25日出至第四十六期停刊。——**1933**①30。⑤30。⑥12。⑧7。⑪20。

涑水记闻　杂史。十六卷,二册。宋代司马光撰。1919年上海商务印书馆据旧钞本校补铅印,《宋元人说部丛书》本。——**1921**②14。

浙江图书馆报告　见《浙江公立图书馆年报》。

浙江公立图书馆年报　浙江公立图书馆编。浙江印刷公司初版。——**1921**⑫16。

浙江图书馆印行书目——**1928**⑤18。

涅槃经　有小乘、大乘之《涅槃经》多种,鲁迅是日所借者未详。——**1917**⑨22。

海上　小说。陈学昭著。——**1933**⑥17。

海燕　文学月刊。鲁迅与胡风、聂绀弩、萧军、周文等所办,以"上海海燕文艺社"名义出版发行。编者先后署"海燕文艺社"和"史青文"。1936年1月20日创刊,出至第二期后停刊。——**1936**①19。②10。

海纳集　见《Heines Werke in dreizehn Teilen》。

海上述林　日记又作《述林》。译文集。瞿秋白译,鲁迅编校并作序。1936 年以"诸夏怀霜社"名义分上、下两卷出版。——**1935**⑧12。
⑩22。⑫6。　**1936**②7。④17,22。⑤13,22。⑧11。⑨30。⑩2,6,
16。

　　海滨月刊　文学月刊。广东汕头海滨师范学校(后改名海滨中学)
海滨学社编。1933 年底创刊。——**1934**⑩26。

　　海上花列传　小说。六十四回,四册。清代韩邦庆撰。——**1932**
⑪25。

　　海上名人画稿　画册。二册。清代张熊等绘。光绪十一年(1885)
上海同文书局石印。——**1934**⑥26。

　　海兑培克日报　日记又作《海兑培克新闻》。德国海德尔堡
(Heidelberg)的一种报纸。——**1930**⑤21,28。⑥18。⑧4,20。

　　海兑培克新闻　见《海兑培克日报》。

　　海宁王忠愍公遗书　日记作《观堂遗集》、《观堂遗书》、《王忠愍公
遗集》。别集。四集,四十三种,四十二册。王国维撰。1927 年至 1928
年海宁王氏排印本。——**1928**⑨27。⑩8。　**1932**⑥18。

　　浮士德与城　剧本。苏联卢那察尔斯基著,柔石译,鲁迅编选、校
订、作后记并译著者小传。1930 年上海神州国光社出版,《现代文艺丛
书》之一。——**1930**⑥16,18,22。

　　浮世绘复刻本　见《日本木版浮世繪大鑑》。

　　流冰　新俄诗选。画室(冯雪峰)译。1929 年上海水沫书店出
版。——**1929**③28。

　　流沙队简　见《流沙坠简》。

　　流沙坠简　日记又作《流沙队简》。考古。三卷,考释三卷,补遗一
卷,附录一卷,图表一卷,三册。罗振玉辑。1914 年上虞罗氏宸翰楼影
印。——**1915**⑨12,14,30。

　　流寇陷巢记　日记又作《陷巢记》。杂史。一卷,一册。明代沈常
撰。1936 年上海蟫隐庐石印。——**1936**⑨5。

　　浣玉轩集　别集。四卷二册。清代夏敬渠撰。——**1926**⑥23。

　　浪花　诗集。C.F. 女士作。1923 年北京大学新潮社出版。——
1923⑤20。

宾退录　杂说。十卷，四册。宋代赵与时撰。江阴缪氏影宋刻本。——**1913**⑥22。

容斋随笔　杂说。七十四卷，十二册。宋代洪迈撰。《四部丛刊》续编影印宋刊本及明活字版本。——**1934**⑫1。

诸子辨　杂考。明代宋濂撰，顾颉刚校点。1926年北京朴社出版。——**1926**⑨8。

诸葛武侯传　见《汉丞相诸葛忠武侯传》。

诸家文章记录　见《众家文章记录》。

诸暨民报五周〔年〕纪念册　诸暨民报社编。1925年出版。——**1925**⑥13。

读书生活　综合性半月刊。李公朴、夏征农等编。上海杂志公司发行。1934年11月创刊，1936年11月出至第五卷第二期停刊。——**1934**⑩26。⑪2，5，15。⑫3。　**1935**①16。

读书杂志　综合性月刊。北京努力周报社编辑，为《努力周报》增刊。1921年2月由胡适筹办，次年9月创刊，1924年2月出至第十八期终刊。——**1923**②5。

读书杂释　杂考。十四卷，四册。清代徐鼐撰。咸丰十一年（1861）刻本。——**1923**③17。

读书脞录　杂考。七卷，二册。清代孙志祖撰。嘉庆四年（1799）仁和徐氏梅隝书屋刻本。——**1935**②20。

读碑小笺　金石题跋。一册。罗振玉撰。——**1915**⑦27。

读四书丛说　儒家书籍。八卷，三册。元代许谦撰。《四部丛刊》续编影印元刊本。——**1934**⑥11。

读书脞录续编　杂考。四卷，一册。清代孙志祖撰。1931年上海中国书店影印仁和孙氏刻本。——**1935**②20。

读画录印人传（合刻）　传记。《读画录》四卷，《印人传》三卷，二册。清代周亮工撰。——**1912**⑩20。

被〔幽〕囚的普罗密修士　剧本。希腊埃斯库罗斯（Aischulos）著，杨晦译。1932年北平人文书店出版。——**1934**⑩17。

被解放之堂吉诃德　见《解放了的董吉诃德》。

被解放的堂克诃德（原文）　见《Освобождённый Дон Кихот》。

被侮辱〖的〗与被损害的　小说。俄国陀思妥耶夫斯基著，李霁野译。1934年上海商务印书馆出版。——**1934**①29。

谈天　天文学。十八卷，卷首一卷，三册。英国侯失勒（J. Herschel）著，伟烈亚力口译，清代李善兰删述，徐建寅续。同治十三年（1874）铅印本。——**1936**①21。

谈龙集　散文集。周作人著。1928年上海北新书局出版。——**1928**⑨2。

谈虎集　散文集。周作人著。1928年上海北新书局出版。二册。——**1928**⑨2。

屐痕处处　游记。郁达夫著。1934年上海现代书局出版。——**1934**⑦14。

陶集（小本）　见《陶渊明集》。

陶山集　别集。十六卷，八册。宋代陆佃撰。——**1913**④12。

陶庵梦忆　杂录。八卷，四册。明代张岱撰，清代王文诰辑。桂林刻本。——**1913**②8。⑤21。

陶渊明诗　即《宋本陶集》，日记又作《石印景宋本陶渊明集》）。别集。一卷，一册。晋代陶潜作。清光绪元年（1875）石印宋本。——**1915**①10。　**1932**⑧11。

陶渊明集　别集。晋代陶潜撰。鲁迅1915年1月6日预约的版本不详；同年1月16日所购为光绪五年（1879）番禺俞秀山仿刻苏东坡手写本，三册；同年2月及1926年2月所购为光绪二年（1876）桐城徐氏缩刻宋本，十卷二册；1924年6月及1926年11月所购为《四部丛刊》初编影印宋刊巾箱本《笺注陶渊明集》，十卷二册，宋代李公焕笺注，其一于1931年赠增田涉；1932年所购《石印景宋陶渊明集》见《陶渊明诗》。——**1915**①6，16。②21。④27。⑤18，29。⑥5。　**1924**⑥13。**1926**②20。⑪10。　**1931**⑤30。　**1932**⑧11。

陶靖节集　即《靖节先生集》。别集。十卷，卷首一卷，卷末一卷，四册。晋代陶潜撰，清代陶澍集注。光绪九年（1883）江苏书局刻本。——**1934**①6。

陶元庆的出品　见《立达学园美术院西画系第二届绘画展览会——陶元庆的出品》。

陶靖节诗集汤注　日记又作《汤注陶诗》。别集。四卷,补注一卷,附录一卷,一册。宋代汤汉注。——**1914**⑪28。

陷巢记　见《流寇陷巢记》。

通俗编　方言。三十八卷,八册。清代翟灏撰。——**1915**⑨19。

通俗小说　见《京本通俗小说》。

通鉴考异　见《资治通鉴考异》。

通俗三国志演义　见《明弘治本三国志通俗演义》。

通俗教育研究录　月刊。伍达编。上海中华通俗教育研究会发行。1912 年 6 月创刊。——**1912**⑦8。⑫3。　**1913**③31。

通俗忠义水浒传　小说。附《拾遗》,共八十册。元代施耐庵撰,日本冈岛璞编。宝历七年至宽政二年(1757—1790)江户平安书肆刻本。——**1923**⑪14。

绥山画传　见《Paul Cezanne》。

绥吉仪央小说　见《Дневники》。

绥拉菲摩维支全集　见《Собрание сочинений Серафимовича》。

十　一　画

聊斋志异　小说。八卷,或作十六卷。清代蒲松龄撰。——**1923**③23。

聊斋〔志异〕外书磨难曲　俗曲。清代蒲松龄撰,路大荒编注。1935 年东京文求堂出版。——**1936**③20。

域外小说集　日记又作《或外小说》、《或外小说集》。鲁迅、周作人译。收俄、波、英、芬、美、法等国小说十六篇,上下两册,分别于 1909 年 2 月、6 月印成。1920 年上海群益书社合排为一册,增加二十一篇。——**1912**⑧14,15。⑩7,17。⑪23,25。⑫1,14,16。　**1913**②16,18,27。⑨29,30。　**1914**①27。⑨17。　**1915**④6。⑨9。　**1916**⑫20。　**1917**⑤13。　**1919**⑩2。　**1921**③16。⑦30。⑧29。

埤雅　训诂。二十二卷,四册。宋代陆佃撰,顾栻校。明刻本。——

1912⑧1。⑪30。　**1913**③13。

教育公报　月刊。北京教育部编审处编纂股编。1914 年 6 月创刊，1926 年 4 月停刊。——**1915**①27。④2,16。⑥10。⑩7,30。⑫21。**1916**①29。③15。　**1917**①19。

教宗禁约　未详。——**1926**⑨9。

教育部〔编纂处〕月刊　1913 年 2 月创刊，同年 11 月出至第一卷第十册停刊。鲁迅曾在该刊发表《儗播布美术意见书》等文。——**1913**④4。⑨11,16。⑩21,23。　**1914**①12。

教育部令汇编　政书。教育部总务厅文书科编。1918 年铅印本。——**1918**⑩30。

黄花集　诗歌小品集。韦素园辑译。1929 年北平未名社出版部出版，《未名丛刊》之一。——**1929**③22。

黄蔷薇　中篇小说。匈牙利育珂摩耳（通译约卡伊·莫尔）著。周作人译。1913 年 9 月寄鲁迅寻求出版未果。后于 1927 年由上海商务印书馆出版。——**1913**⑨10。

黄山十九景册　见《梅瞿山黄山十九景册》。

黄石斋手写诗　书法。一册。明代黄道周书。清光绪三十三年（1907）国学保存会石印。——**1913**⑫14。

黄瘿瓢人物册　画册。一册。清代黄慎绘。上海文明书局影印。——**1914**⑪29。

黄初修孔子庙碑　见《宋拓魏黄初修孔子庙碑》。

黄尊古名山写真册　画册。一册。清代黄鼎绘。1929 年上海文明书局影印。——**1932**⑧2。

黄小松〔所〕藏汉碑五种　碑帖。五册。清代黄易藏。上海有正书局影印。——**1914**⑫30。

黄子久秋山无尽图卷　画册。一册。清代黄公望绘。上海有正书局影印。——**1912**⑦20。⑪24。

黄石斋夫人手书孝经　书法。一册。明代蔡玉卿书。上海有正书局石印。——**1914**⑫27。

萌芽〔月刊〕　文学月刊。鲁迅、冯雪峰编。上海光华书局发行。

1930 年 1 月 1 日创刊,同年 3 月"左联"成立后,为"左联"机关刊物之一。同年 5 月出至第五期被禁,第六期改名《新地》,仅出一期被禁。——**1929**⑪25。⑫26。 **1930**①24,27。②11,12。③15,19。④17,22,29。

萝摩亭札记 杂考。八卷,四册。清代乔松年撰。同治十二年(1873)刻本。——**1926**⑧31。

萝庵游赏小志 游记。一卷,一册。清代李慈铭撰。——**1913**⑫25。

萃编 见《金石萃编》。

菩提资粮论 佛教书籍。六卷,一册。龙树菩萨造,自在比丘释,隋代达摩笈多译。——**1914**⑨19。

萧在上海 见《萧伯纳在上海》。

萧伯纳在上海 新闻报道汇编。日记又作《萧在上海》。乐雯(原为鲁迅笔名,瞿秋白借用)编校,鲁迅作序。1933 年上海野草书屋出版。——**1933**③3,13,24,25。④3。

萧冰厓诗集拾遗 别集。三卷。宋代萧立撰,明代萧敏辑。《四部丛刊》续编影印明本。——**1934**⑤7。

梦 小说集。南非须林纳(O. Schreiner)女士著,C. F. 女士译。1923 年北京大学新潮社出版。——**1923**⑨21。

梦窗词 词别集。一册。宋代吴文英作。——**1912**⑦20。⑩15。

梦溪笔谈 杂考。四册。宋代沈括撰。日记所记版本有三:光绪三十二年(1906)番禺陶氏爱庐刻本,二十六卷,卷首一卷,卷末一卷,补笔谈三卷;大关唐氏成都刻本,二十六卷,补笔谈三卷,续笔谈一卷;《四部丛刊》续编影印明本,二十六卷,附校勘记一卷。——**1912**⑫21。**1913**⑥7。 **1934**③26。

梦东禅师遗集 别集。三卷,一册。清代际醒撰,唤醒、了睿辑录。1917 年 12 月许丹(季上)妻亡故后,为做功德而自印一百册。——**1918**⑤21。

梵网经疏 见《梵网经菩萨戒本疏》。

梵网经菩萨戒本疏 日记作《梵网经疏》。佛教书籍。有唐代法藏撰六卷(或十卷)本和智周撰五卷本等。——1921⑥22。

程史　笔记。十五卷,三册。宋代岳珂撰。《四部丛刊》续编影印元刊本。——1934②3。

梅谱　见《青在堂梅谱》。

梅花梦〔传奇〕　戏曲。二卷,二册。清代毘陵陈森撰。1921年诗盦影印原稿本。——1932③8。　1936②29。

梅花喜神谱　画册。二卷,二册。宋代宋伯仁辑。1928年上海中华书局影印宋刻本。——1928⑧8。　1930⑪11。

梅村家藏稿　别集。五十八卷,补一卷,年谱四卷,八册。清代吴伟业撰。宣统三年(1911)武进董氏诵芬室影刻四库著录本。——1935②20。

梅亭先生四六标准　别集。四十卷,八册。宋代李刘撰。《四部丛刊》续编影印宋刻本。——1934②26。

梅瞿山黄山十九景册　日记作《黄山十九景册》。画册。一册。清代梅清绘。1934年上海商务印书馆影印。——1935⑥25。

梅瞿山黄山胜迹图册　日记又作《梅瘤山黄山胜迹图册》。清代梅清绘。上海文明书局影印。——1912⑪17。　1932⑧2。

梅瘤山黄山胜迹图册　见《梅瞿山黄山胜迹图册》。

梅斐尔德木刻士敏土之图　日记又作《士敏土图》、《士敏土之图》。木刻集。德国梅斐尔德为苏联革拉特珂夫小说《士敏土》作的插图。鲁迅编选并作序。1930年以"三闲书屋"名义印行。——1930⑨12。⑫27。　1931②14。③4。⑤7。⑥11。⑦15。⑧31。⑨20。⑩6。1932①25。⑤21。⑩12,19。　1935⑫6。

曹集铨评　别集。十卷,卷首一卷,附逸文、年谱及跋等。清代丁晏纂。鲁迅1925年所购为清同治十一年(1872)金陵书局藏板本。——1914⑦22。　1925⑪21。

曹子建文集　别集。十卷,三册。三国魏曹植撰。《续古逸丛书》影印常熟瞿氏藏宋刻本。——1928⑦30。

副刊　见《中央日报副刊》。

副镌　见《晨报》。

龚半千画册　见《龚半千细笔画册》。

龚半千山水册　画册。一册。清代龚贤绘。1912 年上海文明书局影印。——1912⑪17。

龚半千细笔画册　日记作《龚半千画册》、《龚半千细笔山水册》。一册。清代龚贤绘。上海有正书局影印。——1912⑥16。⑪24。

龚半千细笔山水册　见《龚半千细笔画册》。

虢氏编钟图释　金石图象。一册。徐中舒编并考释。1932 年国立中央研究院历史语言研究所影印及铅印本。——1932⑩19。

盛明杂剧　戏曲总集。三十种，十册。明代沈泰辑。1925 年上海中国书店影印武进董氏刻本。——1926③2。

雪　小说。巴金著。1935 年以"美国旧金山平社出版部"名义出版，上海生活书店发行。——1934⑫18。

雪窦四集　即《雪窦显和尚明觉大师颂古集、拈古集、瀑泉集、祖英集》。别集。五卷，二册。宋代重显撰。《四部丛刊》续编影印宋本。——1934⑩20。

辅仁学志　学术性半年刊。辅仁大学辅仁学志编辑会编。北平辅仁大学图书馆发行。1929 年 1 月创刊，1947 年 12 月停刊。——1932⑪26。

推背集　杂文集。唐弢著。1936 年上海天马书店出版。——1936⑤10。

授堂遗书　别集。八种，七十六卷，附录二卷，十六册。清代武亿撰。道光二十三年(1843)偃师武氏重刻本。——1923②3。⑥18。

常山贞石志　金石地志。二十四卷，十册。清代沈涛撰。光绪二十三年(1897)灵溪精舍翻刻本。——1929③31。

野草　散文诗集。鲁迅著。1927 年 7 月北京北新书局出版，同年 8 月上海北新书局再版。——1925①28。　1927④28。⑩14。　1928③4，8。⑪15。　1929⑪30。　1931⑧27。　1933⑧31。

野草(英译本)　鲁迅著，冯余声译。译稿毁于 1932 年一·二八战火，未出版。——1931⑪6。

野菜博录　农书。三卷，三册。明代鲍山撰。1935 年杭州丁氏陶风楼影印明刊本。——**1935**⑦13。⑧25。

　　晨报　研究系的报纸。1916 年 8 月在北京创刊,原名《晨钟报》,1918 年 12 月改为《晨报》,每天出版两张八版。第七版专载小说、诗歌、小品及学术演讲录等,曾由李大钊编辑;1921 年 10 月 12 日起出单张,名称改为《晨报附刊》(又称《晨报副镌》、《晨报副刊》),每天出四开一张,每月合订一册。该刊自 1921 年秋至 1924 年冬由孙伏园编辑,鲁迅经常为之供稿。后出至 1928 年 6 月停刊。——**1919**⑪19,22,24。**1921**④12。⑤1,3,13。⑥11。⑦11。⑧1,8。⑨10,13。⑩19。⑫8。**1922**②2。⑪24。　**1923**①3,14,26。⑨22。⑫12。　**1924**①17。③24。④28。⑤11,31。⑥28。⑩2,8,16,19。⑪28。　**1925**①25。②13。**1933**③11。

　　晨报增刊　见《晨报》。

　　晨风阁丛书　二十二种,十六册。沈宗畸辑。宣统元年(1909)番禺沈氏刻本。——**1924**⑧27。

　　眼学偶得　杂著。一册。罗振玉撰。清光绪十七年(1891)刻本。——**1915**⑦27。

　　曼侬　小说。法国普列服(A. Prévost)著,石民、张友松译。1929年春潮书局出版。——**1929**⑥12。

　　曼殊集　见《曼殊全集》。

　　曼殊年谱　见《苏曼殊年谱及其他》。

　　曼殊全集　日记又作《曼殊集》。苏曼殊著,柳亚子编。1928 年上海北新书局出版。五册。——**1928**⑧12,19。　**1932**⑪8。

　　曼殊遗墨[迹]　书画集。苏曼殊作,萧纫秋藏,柳亚子编。1929年上海北新书局影印。——**1929**⑦10。

　　晚笑堂画传　又作《晚笑堂竹庄画传》。画册。五卷。清代上官周绘。——**1912**⑫21。　**1933**①28。　**1934**①9。

　　晚笑堂竹庄画传　见《晚笑堂画传》。

　　冕服考　儒家书籍。四卷,二册。清代焦廷琥撰。光绪十六年(1890)南陵徐氏刊《积学斋丛书》本。二册。——**1915**③13。　**1918**⑨10。

鄂州小集　见《罗鄂州小集》。

啸堂集古录　金石文字。二卷,二册。宋代王俅撰。日记所记版本有二:《续古逸丛书》影印明复刻宋淳熙本,《四部丛刊》续编影印宋本。——1928⑦30。　1934⑥2。

崖边　小说集。柏山著。1936年上海文化生活出版社出版。——1936⑨11。

铜人腧穴针灸图经　见《新刊补注铜人腧穴针灸图经》。

移行　小说集。张天翼著。1934年上海良友图书印刷公司出版。——1934⑫16。

笺谱　见《北平笺谱》。

笺经室丛书　三种,八卷,三册。清代曹元忠撰。光绪中曹氏笺经室刊本。——1928⑨27。

笺注陶渊明集　见《陶渊明集》。

符牌图录　见《历代符牌图录》。

笠泽丛书　别集。四卷,补遗一卷,续补遗一卷,四册。唐代陆龟蒙撰。清雍正九年(1731)江都陆氏大叠山房重刻本。——1914①13。1915④28。　1936①3。

第四十一　日记作《四十一》。小说。苏联拉甫列涅夫著,曹靖华译。1929年北平未名社出版部出版,《未名丛刊》之一。——1929⑧3。⑫20。

第四十一(插画本)　见《Сорок первый》。

第二才子好逑传　又名《侠义风月传》,日记作《好逑传》。小说。四卷,十八回,四册。清代名教中人编次。1921年上海扫叶山房石印。——1923①10。

做什么?　日记误作《为什么?》。周刊。中国共产党广东区委学生运动委员会机关刊物。毕磊编。1927年2月7日创刊。——1927②9。

偏旁表　见《急就章草法考》。

悉怛多般怛罗咒　佛经。悉怛多般怛罗,梵语白伞盖,大佛顶咒之名。——1934①23。

逸如　　小说集。郝荫潭著。1930 年北平沉钟社出版,《沉钟丛刊》之一。——**1930**②10。

猛进　　周刊。徐炳昶编。北京大学猛进社发行。1925 年 3 月 6 日创刊,1926 年 3 月 19 日出至第五十三期停刊。鲁迅曾为之写稿多篇。——**1925**④7。⑧13。

庸言报　　半月刊。梁启超主办,吴贯因、黄远庸编辑。天津庸言报馆发行。1912 年 12 月 1 日创刊。——**1914**⑥4。

康定斯基艺术论　　见《カンヂンスキーの芸術論》。

章氏丛书续编　　七种,四册。章炳麟撰。1933 年北平文瑞斋刻蓝印本。——**1935**⑦2。

章实斋乙卯丙辰札记合刻　　日记作《实斋札记》、《实斋乙卯及丙辰札记》。杂记。二册。清代章学诚撰。风雨楼藏版。——**1912**④29。⑩15。

商子　　法家书籍。战国卫商鞅撰。五卷,一册。嘉庆八年(1803)问经堂校刻本。——**1912**⑫21。

商市场[街]　　散文。悄吟(萧红)著。1936 年上海文化生活出版社出版,《文学丛刊》之一。——**1936**⑩14。

商周金文拾遗　　金石文字。三卷,一册。吴东发释注。褚德彝校。1924 年上海中国书店据手写影印。——**1932**③4。

商务印书馆书目　　——**1926**⑨13。

望堂金石　　金石文字。二集,八册。清代杨守敬辑。——**1915**⑥20。

情史　　小说。二十四卷,十六册。清代詹詹外史评辑。乾隆五十三年(1788)刻本。——**1923**⑫8。

情书一束　　小说集。章衣萍著。1926 年北京北新书局出版。——**1926**⑤17。

惜分飞　　小说。王余杞著。1929 年上海春潮书局出版。——**1929**⑧27。

阎立本帝王图　　即《唐阎立本帝王图真迹》。画册。一册。唐代阎立本绘。1917 年上海商务印书馆影印。——**1917**④15。

剪灯余话 小说。五卷,一册。明代李昌祺撰。1917 年武进董氏诵芬室据日本庆长活字本刻印。——**1920**④24。

剪灯新话 小说。四卷,附录《秋香亭记》一卷,一册。明代瞿佑撰。1917 年武进董氏诵芬室据日本庆长活字本刻印。——**1920**④24。

清隽集 见《三山郑菊山先生清隽集》。

清人杂剧 戏曲总集。初集四十种,十册;二集四十种,十二册。郑振铎辑。1931 年至 1934 年长乐郑氏影印。——**1934**⑨2。 **1935**②17。

清明时节 小说。张天翼著。1936 年上海文学出版社出版,《小型文库》之一。——**1936**④10。

清波杂志 杂录。十二卷,二册。宋代周煇撰。《四部丛刊》续编影印宋刊本。——**1934**⑥23。

清诗人征略 见《国朝诗人征略》。

清桢木刻画 日记作《木刻集》、《罗清桢木刻第二集》。罗清桢作。第一集、第二集先后于 1933 年 7 月、1934 年 5 月出版。——**1933**⑦5。**1934**⑤27。

清代文字狱档 史料。九辑。北平故宫博物院编印,1931 年至 1934 年间出版。——**1932**⑪22。 **1934**⑥1,12。

清代学者象传 传记。四册。清代叶衍兰纂,叶恭绰编。1930 年上海商务印书馆影印。——**1929**⑫29。 **1930**⑪5。

清仪阁〔所藏〕古器物文 金石文字。十册。清代张廷济辑。1925 年上海商务印书馆影印。——**1925**③1。⑧6。

清重刻龙藏汇记 见《大清重刻龙藏汇记》。

清内府藏唐宋元名迹 书画册。一册。收唐至元名人书画九幅。1920 年上海神州国光社影印。——**1921**⑪4。

清内府所藏唐宋元名迹 见《清内府藏唐宋元名迹》。

渚山堂词话 诗文评。三卷,一册。明代陈霆撰。1916 年吴兴刘氏《吴兴丛书》本。——**1934**⑪3。

淞隐续录 杂记。二册。清代王韬撰,张志沄绘图。上海点石斋画报据光绪癸巳排印本石印。——**1934**⑥28。

淞隐漫录　杂记。十二卷,六册。清代王韬撰,吴友如绘图。此书自《点石斋画报》析出,后经鲁迅托人重行装订。——1934⑥26。⑨5。⑩19。

淞滨琐话　杂记。十二卷,四册。清代王韬撰。光绪十九年(1893)淞隐庐铅印本。——1934⑥15。

渠阳诗注　别集。一卷,一册。宋代魏了翁撰,王德文注。——1913⑥22。

淑姿的信　即《信》。书信。金淑姿著,断虹书室辑,鲁迅作序。1932年新造社出版。——1932⑦20。⑧26。⑨21。

渑水燕谈录　杂记。十卷,补遗一卷,一册。宋代王辟之撰。1920年上海商务印书馆据清黄莞圃校宋本铅印,《宋元人说部丛书》本。——1921⑩28。

淮南子　一名《淮南鸿烈》。杂家书籍。二十一卷,三册。汉代刘安等撰,清代吴汝纶评点。——1921⑩7。

淮南〔子〕集证　杂家书籍。二十一卷,十册。刘家立纂。1924年上海中华书局铅印。——1924⑪10。

淮南旧注校理　三卷,校余一卷,一册。吴承仕撰。1924年歙县吴氏刻本。——1925⑩28。

淮南鸿烈集解　二十卷,附《淮南天文训补注》,六册。刘文典集解。1923年上海商务印书馆铅印。——1924②2。

淮阴金石仅存录　金石地志。一卷。上虞罗振玉撰。鲁迅曾于1918年10月15日至11月3日抄录此书。——1918⑩15。⑪3。

淳化秘阁法帖考正　字帖研究。十二卷,四册。清代王澍撰。《四部丛刊》三编影印雍正年间刻本。——1935⑫30。

深誓　诗集。章衣萍著。1925年北京北新书局出版,《文艺小丛书》之一。——1925⑧12。

梁书　见《二十四史》(百衲本)。

梁闻山书阴符经　书法。一册。清代梁巘书。上海文明书局影印。——1914③15。

涵芬楼秘笈　丛书。十集,五十二种,八十册。孙毓修辑。1916

年起涵芬楼影印。——**1916**⑫5。 **1917**⑥17。 **1918**⑨21。 **1919**
④7。 **1920**④23。 **1921**⑤4。⑦19。

寄小读者 散文集。谢冰心著。1926年北京北新书局出版。——
1926⑤13,17。

寂寞的国 诗集。汪静之著。1927年上海开明书店出版,《文学
周报社丛书》。——**1927**⑪3。

宿曜经 见《文殊师利菩萨及诸仙所说吉凶时日善恶宿曜经》。

密庵〔诗〕稿 别集。诗稿五卷,附文稿五卷,四册。明代谢肃撰。
《四部丛刊》三编影印明洪武本。——**1935**⑩14。

密尔格拉特〔得〕 小说集。俄国果戈理著,孟十还译。1936年上
海文化生活出版社出版,《译文丛书》之一。——**1936**⑥5。

密韵楼丛书 七种,二十册。蒋汝藻辑。1922年至1924年乌程
蒋氏密韵楼影印景宋刻蓝印本。——**1935**⑪21。

密德罗辛木刻集 见《Гравюры на дереве》。

隋书(大德本) 见《二十四史》(百衲本)。

隋遗录 传奇。二卷。唐代颜师古撰。——**1922**⑨14。

隋书经籍志考证 目录学。鲁迅藏书现存《隋经籍志考证》,十三
卷,四册。清代章宗源撰。光绪三年(1877)湖北崇文书局刻本。——
1935③22。

隋唐以来宫印集存 金石图象。一卷,附补遗一卷,附录一卷,一
册。罗振玉辑。1916年上虞罗氏影印。——**1918**③17。

随山馆存稿 丛书。四种,七册。清代汪瑔撰。光绪十三年
(1887)刻本。——**1935**①31。

随轩金石文字 金石文字。四册。清代徐渭仁辑。同治七年(1868)
广东春荣馆刻本。——**1915**①30。⑩7。

续图 即《益智续图》,见《益智图》。

续编 见《历代诗话续编》。

续编 见《全唐诗话续编》。

续书谱 书法。一卷,一册。宋代姜夔撰,清代蒋衡书。——**1914**
①13。

续谈助　杂纂。五卷。宋代晁载之辑。——1912⑧17。

续原教论　佛教书籍。二卷,一册。明代沈士荣撰。——1914⑧8。⑨12。

续高僧传　即《唐高僧传》。三十卷,十册。唐代释道宣撰。——1914⑦29。

续幽怪录　笔记。四卷,一册。唐代李复言撰。《四部丛刊》续编影印南宋书棚本。——1934④29。

续古逸丛书　四十七种。张元济等辑。1922 年起陆续由上海商务印书馆影印。——1928⑦30。

续汇刻书目　罗振玉编。十册。1914 年连平范氏双鱼室刻本。——1915③11。⑦29。

续藏经目录　书目。一册。1902 年日本京都藏经书院编印。——1914③9。

续楷帖三十种　书法。四册。霍丘裴氏、仁和王氏藏本。上海文明书局影印。——1914⑫9。

维摩诘所说经　一名《不可思议解脱经》。佛教书籍。三卷。后秦鸠摩罗什译。——1916①28。

维摩诘所说经注　佛教书籍。十卷,二册。后秦鸠摩罗什译,鸠摩罗什、僧肇、道生三家注。——1914④19。

巢氏病源候论　见《巢氏诸病源候总论》。

巢氏诸病源候〔总〕论　日记又作《巢氏病源候论》。医书。五十卷。隋代巢元方等撰。——1923②26。　1927④24。

十　二　画

琬琰新录　金石题跋。一卷,一册。顾燮光辑。1916 年石印。——1917⑤16。

斯坎第那维亚美术　见《Scandinavian Art》。

越风　文史半月刊。黄萍荪编。杭州越风社发行。1935 年 10 月创刊,1937 年第二卷第一期起改为月刊,同年 4 月出至第二卷第四期终刊。——1936①30。

越讴　未详。——**1923**⑧24。

越铎　见《越铎日报》。

越铎报　见《越铎日报》。

越画见闻　画史。三卷,三册。清代陶元藻撰。1913 年西泠印社木活字排印,《遯盦丛编》本。——**1915**③11。④28。

越铎日报　日记又作《越铎》、《越铎报》。宋子佩、王铎中等主办。1912 年 1 月 3 日创刊于绍兴。1927 年 3 月停刊。鲁迅曾为该报作发刊词。——**1912**⑧7。⑫18,21,22,25,29。　**1913**①13,17,18,19,22,25,26,29。②1,2,4,5,9,12,15,16,19,22,23,26。③1,2,5,8,9,12,15,16,19,22,23,26,29,30。④2,5,6,9,12,15,16,19,20,23,26。⑤5,6,7,8,9,10,11,12,13,14,15,16,17,18,19,20,21,22,23,24,26,27,28,29,31。⑥1,2,3,5,7,9,10,11,12,13,15,16,17,18,19。⑧8,9,10,12,14,18,19,20。

越缦日记　见《越缦堂日记》。

越中三子诗　合集。三种,三卷。清代陈月泉等作,郭毓辑。——**1915**⑩15,30。

越中金石记　金石地志。十卷,八册。清代杜春生撰。——**1915**④21。⑥20。

越缦堂日记　日记又作《越缦日记》。五十一册。清代李慈铭撰。1920 年北京浙江公会据手稿影印。——**1912**⑫28。　**1921**⑨30。**1925**⑪30。

越缦堂骈文　见《越缦堂骈体文》。

越缦堂散文　见《越缦堂骈体文》。

越中古刻九种　金石图象。一册。清代王继香辑。光绪二十二年(1896)石印。——**1913**④5。

越中先贤祠目　见《越中先贤祠目序例》。

越教育会月刊　见《绍兴教育会月刊》。

越缦堂日记补　十三册。清代李慈铭撰。1936 年上海商务印书馆影印原稿本。——**1936**⑩3。

越缦堂骈体文　日记又作《越缦堂骈文》、《越缦堂散文》。别集。

四卷,附越缦堂散体文一卷,四册。清代李慈铭撰。光绪二十三年(1897)常熟曾氏虚霩居刻本。——1913⑫7。　1914①12。　1922③6。　1923⑫22,24。

越中三不朽图赞　见《明於越三不朽名贤图赞》。

越中文献辑存书　丛书。十种,十七卷,四册。宣统三年(1911)绍兴公报社辑印。——1914⑧9。

越中先贤祠目序例　日记又作《於越先贤祠目序例》、《越中先贤词目》。专志。一卷,一册。清代李慈铭撰。光绪十一年(1885)北京刻本。北京绍兴县馆又称"越中先贤祠",其中仰蕺堂供奉汉代以来越中(绍兴一带)先贤二百四十人的牌位。——1912④29。⑤5。⑪24。

博古酒牌　即《博古叶子》。画册。一册。明代汪道昆撰,清代陈洪绶绘。日记所记版本有二:一为1930年上虞罗氏蟫隐庐影印;一为1936年郑振铎翻印本样本。——1932②10。　1934⑪8。　1936⑥5—30。

散文　见《越缦堂骈体文》。

散文一集　见《中国新文学大系》。

散曲丛刊　丛书。十五种,四十九卷,二十八册。任讷辑。1931年上海中华书局排印。——1935④18。

董若雨诗文集　别集。二十五卷,六册。明代董说撰。1914年吴兴刘氏嘉业堂刻本。——1935②1。

董香光山水册　画册。一册。明代董其昌绘。上海有正书局影印,《中国名画集外册》之一。——1912⑪16。

董解元西厢记　曲类。二册。清刻本。——1913⑥22。⑧9。

敬乡楼丛书　四辑。三十八种。黄群辑。——1932④4。

蒋南沙画册　见《蒋南沙华鸟草虫册》。

蒋南沙华鸟草虫册　日记又作《蒋南沙画册》。一册。清代蒋廷锡绘。——1912⑨15。

落花集　小说、诗歌集。王志之著。原名《血泪英雄》,1929年北平东方书店出版。后经作者删去原有历史剧《血泪英雄》,改名《落花集》,未出版。——1933⑥2。

韩诗外传　儒家书籍。十卷,二册。汉代韩婴撰。《四部丛刊》初编影印明沈氏野竹斋刻本。——**1927**⑦26。

朝华　文艺周刊。鲁迅、柔石等编。朝花社出版。上海合记教育用品社发行。1928 年 12 月 6 日创刊,1929 年 5 月 16 日出至第二十期改为《朝花旬刊》,卷期另起。同年 9 月 21 日出至第十二期停刊。——**1928**⑫16。　**1929**⑨27。⑩26。

朝霞　哲学。德国尼采著,梵澄译。1935 年上海商务印书馆出版。——**1935**⑪14。

朝市丛谈[载]　又名《增补都门纪略》。地理书。八册。清代李虹若纂。——**1923**⑤21。

朝华夕拾　见《朝花夕拾》。

朝花夕拾　散文集。鲁迅著。1928 年北京未名社出版,《未名新集》之一。1931 年上海北新书局重排印行。——**1927**⑤3。⑦13,15。⑨16。　**1928**⑦17,18。⑩8,9,17。⑪5。　**1929**④15。⑫29。　**1931**⑨12。　**1932**⑩13,15。　**1933**⑫2。

朝华旬刊　见《朝华》。

朝野新声太平乐府　日记作《太平乐府》。散曲总集。九卷,二册。元代杨朝英辑。上海涵芬楼借乌程蒋氏密韵楼藏元刊本影印。——**1924**⑤14,15。

植物采集法　见《Der Pflanzensammler》。

植物标本制作法(德文)　未详。——**1915**⑫3。

焚火　小说集。日本志贺直哉著,楼适夷译。1935 年上海天马书店出版。——**1935**⑥27。

雁影斋读书记　目录。一卷,一册。清代李希圣撰。1936 年上虞罗氏蟫隐庐影印。——**1936**⑨5。

插画家传　见《Les Artistes du Livre》。

搜神记　小说。晋代干宝撰。——**1921**③17,18。

雅雨堂丛书　清代卢见曾辑。日记所记版本有二:一为乾隆二十一年(1756)德州卢氏刻本,二十册;一为粗本,二十八册。——**1912**⑥29。⑪2,3,10,11,12。　**1913**④28。⑤1。　**1924**⑤31。

悲盦賸墨　书画集。十册。清代赵之谦作。杭州西泠印社影印。——**1930**⑨14。⑪13。

棠阴比事　法医。二卷,一册。宋代桂万荣撰。《四部丛刊》续编影印景元抄本。——**1934**⑧20。

赏奇轩四种　艺术丛书。四卷,四册。清代佚名辑。内收《南陵无双谱》、《竹谱》、《官子谱》、《东坡遗意》四种。——**1913**⑤18。

掌故丛编　史料。故宫博物院图书馆编印。——**1928**⑨2。

最后之[的]光芒　小说集。俄国契诃夫等著,韦素园译。1931年上海商务印书馆出版。——**1931**⑫24。

景德镇陶录　工艺。十卷,四册。清代蓝浦撰,郑廷桂补辑。——**1912**⑫14。

景德传灯录　传记。三十卷,十册。宋代道原撰。《四部丛刊》三编影印宋本。——**1935**⑩14。

景定严州续志　方志。十卷,二册。宋代郑瑶等撰。——**1915**⑩17。

遗诗　见《邵亭遗诗》。

啼笑姻缘　小说。张恨水著。1933年上海三友书社出版。——**1933**①13。

赌棋山庄全集　别集。十六种,三十二册。清代谢章铤撰。1884年至1925年南昌及福州刻本。——**1933**⑫25。

黑假面人　剧本。俄国安德烈夫著,李霁野译,鲁迅校订。1928年北平未名社出版,《未名丛刊》之一。——**1925**②15。　**1928**⑫4。

铸鼎遗[馀]闻　杂记。四卷,四册。清代姚福均撰。光绪二十五年(1899)常熟刘氏达经堂刻本。——**1928**⑨27。

短篇小说集　见《茅盾短篇小说集》。

短篇小说集　见《巴金短篇小说集》。

短篇小说三篇　日记作“小说集”、“钦文小说”、“许钦文小说”。许钦文著。1925年作者自刊本,北京沈讱斋印。——**1924**⑨25。　**1925**④27。⑤2。

嵇康集　又作《嵇中散集》。别集。三国魏嵇康撰。鲁迅曾以多种

版本校勘此集。——**1913**⑨23。⑩1,15,19,20。⑫19,30。　**1915**⑥
5。⑦15,16。　**1920**①20。③21。　**1921**②12。③2,8,20。　**1922**①
27。②16,17。⑧7。　**1924**⑤31。⑥1,3,6,7,8,10。　**1931**⑪13。
1933③28。　**1935**⑨17。

嵇中散集　见《嵇康集》。

程氏〔家塾〕读书分年日程　教育。三卷,纲领一卷,二册。元代程
端礼撰。《四部丛刊》续编影印元本。——**1934**⑪13。

等不等观杂录　佛教书籍。一册。杨文会撰。——**1913**④7。⑨
16。

傅青主诗　见《傅青主自书诗稿墨迹》。

傅青主自书诗稿〔墨迹〕　日记又作《傅青主诗》。书法。一册。清
代傅山作。上海有正书局影印。——**1913**⑪8。　**1914**①13。

集外集　诗文集。鲁迅著,杨霁云编。1935年上海群众图书公司
出版。——**1934**⑥19。⑫13,14,19,21。　**1935**⑤3,14。

集古今佛道论衡　日记又作《佛道论衡实录》、《古今佛道论衡录》。
佛教书籍。五卷,二册。唐代道宣撰。——**1914**⑨17。⑩26。

集神州塔寺三宝感通录　日记作《三宝感通录》。佛教书籍。四
卷,一册。唐代道宣撰。——**1914**⑥3。⑩26。

焦氏易林　见《易林》。

粤讴　曲类。一册。清代招子庸撰。咸丰八年(1858)广州登云阁
重补刻本。——**1927**④24。

粤雅堂丛书　三编,三十集,一八九种,附五种。清代伍崇曜辑。
道光至光绪间南海伍氏刊本。——**1913**②8。

循环日报　香港中文报纸。清同治十二年(1874)1月5日创刊。
王韬创办。辟有《循环世界》等副刊。约于1947年停刊。——**1927**⑥
11。

循园金石〔文字〕跋尾　金石题跋。二卷,一册。范鼎卿撰,顾燮光
辑。1923年石印。——**1923**⑧24。

舒铁云手札　即《舒铁云王仲瞿往来手札及诗曲稿合册》,日记又
作《舒铁云王仲瞿往来手札墨迹》。书法。一册。清代舒位、王昙作。

上海有正书局石印。——**1912**⑩26。

　　释名　训诂。八卷，一册。汉代刘熙撰。《四部丛刊》初编影印明嘉靖翻宋本。——**1927**⑦26。

　　释迦谱　佛教书籍。五卷，四册。南朝梁僧祐撰。——**1913**⑫14。**1914**⑥9。

　　释摩诃衍论　佛教书籍。十卷，四册。龙树菩萨造，后秦筏提摩多译。——**1914**⑥3。

　　释迦〔如来〕成道记注　佛教书籍。二卷，一册。唐代王勃记，宋代道诚注。——**1914**⑩25,26。

　　释迦如来应化事迹　画传。四册。清代永珊撰重绘缘起。嘉庆十三年(1808)豫亲王裕丰刊。——**1914**④18,28。

　　释石涛东坡时序诗意　见《石涛画东坡时序诗册》)。

　　鲁迅全集(日译)　见《鲁迅全集》。

　　鲁迅批判　评论集。李长之著。1936年上海北新书局出版。——**1936**④6。

　　鲁迅选集(日译)　见《鲁迅選集》。

　　鲁迅自选集　鲁迅著。1933年上海天马书店出版。——**1933**①20。③20。④3。⑤25。⑧18。

　　鲁迅书信选集　日记作《书信选集》。梁耀南编。1935年上海龙虎书店出版。梁编此集未经鲁迅同意。——**1935**⑥3。

　　鲁迅杂感选集　日记作《杂感选集》、《选集》。何凝(瞿秋白)编选并序。1933年上海北新书局以“青光书局”名义出版。——**1933**⑦8,10。

　　鲁迅论文选集　梁耀南编。1935年上海龙虎书店出版。梁编此集未经鲁迅同意。——**1935**⑥3。

　　敦交集　别集。一卷，一册。元代魏仲远辑。西泠印社活字本。——**1915**④11,16。

　　敦煌零拾　敦煌变文集。七种，一册。罗振玉校录。1924年上虞罗氏铅印。——**1928**②12。

　　敦艮斋遗书　别集。九种，五册。清代徐润第撰。——**1916**⑤14。

敦煌劫余录　目录。十四卷,六册。陈垣辑。1931 年北平国立中央研究院历史语言研究所铅印。该所专刊之一。——**1932**⑩19。

敦煌石室碎金　古籍残卷汇编。十七种,一册。罗振玉校录。1925 年东方学会铅印。——**1928**②12。

敦煌石室真迹录　金石题跋。二册。清代王仁俊编。——**1912**⑩6。

蛮性之遗留　民俗学。美国穆尔(J.H.Moore)著,李小峰译。1925 年北京北新书局出版。——**1925**⑦5。

童话　见《俄罗斯的童话》。

愧郯录　政书。十五卷,四册。宋代岳珂撰。《四部丛刊》续编影印宋本。——**1934**②3。

善女人传　传记。二卷,一册。清彭际清述。——**1914**⑨16。⑩26。

道德经　日记作《老子》。道家经典。署周代李耳撰,晋代王弼注,严复评点。1932 年成都书局刻本。——**1935**⑪25。

道德经注(憨山)　见《老子道德经解》。

道宣律师天人感通录　日记作《天人感通录》。佛教书籍。一卷,一册。唐代道宣撰。——**1914**⑩25。⑪12。

道光十八年进士登科录　名录。一册。钱恂辑。民国间归安钱氏刻本。——**1923**②5。

遂初堂书目　一卷。宋代尤袤撰。——**1922**⑧27。⑨3。

湖雅　名物。九卷,《湖蚕述》四卷,共八册。清代汪曰桢撰。——**1926**⑩5。

湖州丛书　十二种,二十四册。清代陆心源辑。道光年间湖城义塾刻本。——**1935**①28。

湖海楼丛书　十二种,二十二册。清代陈春辑。嘉庆二十四年(1819)萧山陈氏湖海楼刻本。——**1913**②9。　**1916**③30。

湖北先正遗书　丛书。共七十三种。卢靖辑。1923 年沔阳卢氏慎始基斋影印。——**1925**⑪21。

湖唐林馆骈〔体〕文　别集。二卷,一册。清代李慈铭撰。光绪十年(1884)刻本。——**1921**⑫16。

渺茫的西南风　　小说集。刘大杰著。1926 年北京北新书局出版。——**1926**⑤17。

温庭筠诗集　别集。七卷,又一卷,一册。唐代温庭筠作。《四部丛刊》初编影印清钱氏述古堂影宋写本。——**1927**①15。

温涛木刻集　画册。一册。温涛作。木刻印本。——**1935**⑤10。

温飞卿〔诗〕集笺注　别集。九卷,二册。唐代温庭筠作,明代曾益谦注,清代顾予咸补注。光绪八年(1882)万轴山房刻本。——**1932**②20。

溃灭　见《毁灭》。

游仙窟　传奇。唐代张鷟撰。国内早已失传。日记 1922 年 2 月 17 日所记《游仙窟钞》系日本所存元禄本的翻刻本(书中间有日文注释和插图)。1926 年川岛(章廷谦)据此本校点,鲁迅作序。1929 年上海北新书局出版。——**1922**②17。　**1926**②19。　**1927**⑦8。　**1928**⑨25。　**1929**②25。③29,31。

游仙窟钞　见《游仙窟》。

寒山诗　诗集。一册。唐代寒山作。附丰干、拾得诗。共三卷。又有《寒山诗集》仅收寒山诗一卷,日记正文作《寒山诗》,《书帐》作《寒山诗集》,究指何种未详。——**1913**①12。

谢承书　见《谢承后汉书》。

谢宣城集　见《谢宣城诗集》。

谢沈后汉书　史书。晋代谢沈撰。此书久佚。清代姚之骃、汪文台各有辑佚。鲁迅据光绪八年(1882)刊汪文台辑本校录一卷,并作序。——**1912**⑧2。　**1913**③28。

谢承后汉书　史书。三国吴谢承撰。此书久佚。清代姚之骃、孙志祖、汪文台都曾辑佚。鲁迅以孙、汪两本相校,厘定六卷,并作序。——**1912**⑧15。　**1913**①1。③5,27。

谢宣城诗集　原作《谢宣城集》。别集。五卷,一册。南齐谢朓作。鲁迅 1914 年所购《谢宣城集》版本不详,1924 年、1927 年所购为《四部丛刊》初编影印明据宋抄本。——**1914**⑩25。　**1924**⑤31。　**1927**⑦26。

谢氏后汉书补遗　史书。五卷。三国吴谢承撰，清代姚之骃辑，孙志祖增订。鲁迅借江南图书馆藏书抄录。——1914②15。③14。

十　三　画

瑜伽师地论　佛教书籍。一百卷，五册。弥勒菩萨说，唐代玄奘译。——1914⑦29。

鼓掌绝尘　小说。二集，十四回，一册。明代金木山人辑。1916年满洲大连支那珍籍颁布会印。——1930④23。

蒿里遗珍　金石文字。一卷，考释一卷，一册。罗振玉辑并考释。1914年上虞罗氏影印。——1915⑨12，30。

楔形文字与中国文字之发生及进化　见《Origine et évolution de L'écriture hieroglyphique et de L'écriture chinoise》。

楚州金石录　金石地志。一卷，一册。罗振玉辑。1921年上虞罗氏影印。——1921④22。

楷帖四十种　书法。四册。上海文明书局影印仁和王氏寄青霞馆藏本。——1914⑫9。

楞伽经三种译本　指《楞伽阿跋多罗宝经》（南朝宋求那跋陀罗译，四卷）、《入楞伽经》（北魏菩提留支译，十卷）、《大乘入楞伽经》（唐代实叉难陀译，七卷）等三种。七册。——1921⑥18。

槐庐丛书　五编，五十种。清代朱记荣辑。光绪中吴县朱氏槐庐家塾刊本。——1912⑨8。

楼炭经　又称《大楼炭经》。佛教书籍。六卷一册。晋代法立等译。——1914⑦11。　1921④30。

赖少麒版画集　日记作《木刻集》。画册。赖少其作。广州现代创作版画研究会印行，《现代版画丛刊》之一。——1934⑫25。

碑别字　金石文字。五卷，二册。罗振鋆辑。——1918②24。

碑别字补　金石文字。五卷，一册。罗振玉辑。——1915⑩17。

颐志斋四谱　传记。四种，一册。清代丁晏纂。道光十七年(1837)山阳丁晏刻本。——1932③30。

颐志斋感旧诗　别集。一卷，一册。清代丁晏作。——1918②2。

虞世南汝南公主墓志铭　即《虞世南书汝南公主墓志铭墨迹》。书法。一册。唐代虞世南书。民国初年上海有正书局石印。——1913⑫14。

路　小说。茅盾著。1935 年上海文化生活出版社出版，《文学丛刊》之一。——1935⑫19。

路工之歌　诗集。江岳浪作。1935 年青岛诗歌出版社出版。——1935⑫12。

蜈蚣船　小说集。澎岛著。1933 年北平北国社出版。——1934①18。

蜕庵诗集　见《张蜕庵诗集》。

罪与罚　小说。俄国陀思妥耶夫斯基著，韦丛芜译。1930 年北平未名社出版部出版上册，1931 年出版下册。——1930⑥20。　1931⑨9。

罪恶的黑手　诗集。臧克家作。1934 年上海生活书店出版，《创作文库》之一。——1934⑫1。

蜀碧　野史。四卷，二册。清代彭遵泗撰。康熙二十四年（1685）肇经堂刻本。——1934⑫1。

蜀龟鉴　杂史。七卷，卷首一卷，四册。清代刘景伯辑。宣统三年（1911）裴氏家刻本。——1934⑧6。

嵊县志　方志。通常的版本有：李以琰修十八卷六册，李式圃修十六卷八册，严思忠等修二十八卷十二册。——1913⑩5。

嵩山文集　别集。二十卷，十册。宋代晁说之撰。《四部丛刊》续编影印旧抄本。——1934⑪24。

嵩阳石刻集记　金石地志。二卷，二册。清代叶封撰。1923 年沔阳卢氏慎始基斋影印文津阁《四库全书》本，《湖北先正遗书》之一。——1925⑪21。

锦钱馀笑　诗别集。一卷。宋代郑思肖作。——1935③22。

辞通　辞书。朱起凤编。二十四卷，两册。1934 年上海开明书店出版。——1934⑨4。

筠清馆金文　见《筠清馆金石文字》。

筠清馆法帖　书法。六卷，六册。清代吴荣光辑。1924 年上海文明书局影印南海吴氏道光庚寅石刻拓本。——**1932**⑧11。

筠清馆金石文字　日记作《筠清馆金文》。五卷,五册。清代吴荣光辑。道光二十二年(1842)南海吴氏筠清馆刻本。——**1915**⑥20。

毁灭　小说。苏联法捷耶夫(A.A.Фадеев)著,鲁迅据日本藏原惟人译本参照英德两种译本重译。最初在《萌芽月刊》上连载,题为《溃灭》,发表至第二部第四节时《萌芽月刊》被禁。1931年由大江书铺、"三闲书屋"先后出版单行本并改题《毁灭》。——**1930**⑪28。⑫26,27。**1931**⑤13。⑨15。⑪26。⑫14。　**1932**①17,25。④27。⑥18。⑩2。**1934**⑨3。　**1935**⑨20。

微光　文学半月刊。方希贤等发起,1933年春创刊,江苏海门常乐镇微光半月刊社发行。1934年7月第二卷第一期起附由海门师山日报发行。——**1933**③13。

微雨　诗集。李金发作。北京新潮社1925年出版。《新潮社文艺丛书》之一。——**1925**⑫21。

微波　文学旬刊。北京大学微波社编。1925年5月27日创刊。——**1925**⑥18。

愈愚录　杂纂。六卷,二册。清代刘宝楠撰。光绪十五年(1889)《广雅书局丛书》本。——**1927**⑨16。

鲍集　见《鲍明远集》。

鲍氏集　见《鲍明远集》。

鲍明远集　日记又作《鲍集》、《鲍氏集》。别集。十卷。南朝宋鲍照撰。鲁迅1915年所购为明代汪士贤校刊本,四册。1918年以此本与清代毛扆校勘本相校。——**1915**⑨5。　**1918**⑨24,25。

解放的董吉诃德　见《解放了的董吉诃德》。

解放了的董吉诃德　日记又作《被解放之堂吉诃德》、《解放的董吉诃德》、《吉诃德》。剧本。苏联卢那察尔斯基著,易嘉(即瞿秋白)译,鲁迅作后记并译作者小传。1934年由上海联华书局出版,列为《文艺连丛》之一。——**1933**⑦5。⑩15。⑪4,14。⑫25,30。　**1934**②7。④20。

痴华鬘　即《百喻经》。二卷,一册。天竺僧伽斯那撰,萧齐天竺求那毘地译,王品青校点,鲁迅作题记。1926年北京北新书局铅印。——
1926⑤13。⑥1,6。

　　痴人之爱　小说。日本谷崎润一郎著,杨骚译。1928年上海北新
书局出版。——**1929**①22。

　　靖节先生集　见《陶靖节集》。

　　新书　儒家书籍。十卷,二册。汉代贾谊撰。《四部丛刊》初编影
印明正德长沙刻本。——**1924**⑤31。

　　新生　小说。日本岛崎藤村著,徐祖正译。1927年北新书局出
版。——**1929**①11。

　　新生　综合性周刊。杜重远、艾寒松编。上海新生周刊社发行。
1934年2月创刊,1935年6月被禁。——**1934**⑥30。⑨14,24。⑩20。

　　新声　文学半月刊。《武汉日报》附刊之一。汉口世界语学会编。
主要登载从世界语翻译的外国文学作品。1930年2月14日创刊,同
年7月出至第十期停刊。——**1930**④12。

　　新村　见《新しき村》。

　　新语　儒家书籍。二卷,一册。汉代陆贾撰。《四部丛刊》初编影
印明弘治刻本。——**1924**⑤31。

　　新路　小说。崔万秋著。1933年上海四社出版。——**1933**⑫13。

　　新潮　综合性月刊。北京大学新潮社编辑发行。1919年1月创
刊,1922年3月出至第三卷第二号终刊。——**1919**①16。②4。⑥16。
⑦8,9。⑧7。　**1920**②9。　**1935**①7,19。②12。

　　新小说　月刊。郑君平(伯奇)编。上海良友图书印刷公司发行。
1935年2月创刊,同年7月第二卷第一期出革新号后即停刊。——
1934⑫31。　**1935**②26。⑤4。⑥14,15。⑦2。⑧22。⑨1。

　　新女性　月刊。上海妇女问题研究会编。上海开明书店发行。
1926年1月创刊,1929年12月出至第四卷第十二期停刊。——**1925**
⑪1,24。　**1926**⑨14。⑪21。

　　新传统　美国作家评论集。赵家璧著。1936年上海良友图书印
刷公司出版,《良友文学丛书》之一。——**1936**⑨7。

　　新字典　辞书。陆炜士、高梦旦等编。1912年上海商务印书馆出

版。——**1912**⑫25。　**1913**②15。

新青年　月刊。陈独秀主编。1915 年 9 月创刊于上海,原名《青年杂志》,第二卷起改名《新青年》。1918 年 1 月起李大钊等参加该刊编辑工作。1922 年 7 月出至第九卷第六号休刊。——**1917**①19。**1918**①23。②23。③11。④1。⑤6。⑥17。⑦20,29,31。⑨4。⑩30。⑫24。　**1919**①28。②4,10。④28。⑤9,12。⑦8,9。⑧7。⑫11。**1920**⑧7。⑪9。　**1921**②8。⑦2,18,19。⑧17,30。⑨10,26。　**1935**②12。

新诗歌　月刊。上海中国诗歌会编辑、发行。1933 年 2 月创刊,1934 年 12 月出至第二卷第四期停刊。——**1934**⑪1。

新诗歌　见《诗歌》。

新语林　文学半月刊。徐懋庸等编。上海光华书局发行。1934 年 7 月创刊,同年 10 月出至第六期停刊。——**1934**⑥12,25,30。⑦14,23。⑧8。

新消息　周刊。创造社编。上海创造社出版部发行。1927 年 3 月创刊,仅出三期。——**1927**⑨24。

新教育　月刊。新教育共进社主办,1919 年 2 月创刊于上海。1921 年改由中华教育改进社主办。1925 年 10 月停刊。——**1921**⑧19。

新群众　见《New Masses》。

新俄纪行　见《Reise durch Russland》。

新俄画选　见《艺苑朝华》。

新精神论　见《The New Spirit》。

新文学大系　见《中国新文学大系》。

新文学概论　文艺理论。日本本间久雄著,章锡琛译。上海商务印书馆 1925 年出版,《文学研究会丛书》之一。——**1925**⑨25。

新旧约全书　通称《圣经》。基督教经典。——**1925**②21。

新诗歌作法　文艺理论。日本森山启著,徐突微译。1933 年出版,《珊瑚丛书》之一。——**1933**⑦18。

新俄小说集　见《苏联作家二十人集》。

　　新疆访古录　金石地志。二卷,一册。王树枬撰。聚珍仿宋印书局铅印。——**1919**⑦7。

　　新郑古器图录　金石图象。二册。关百益辑。1929 年上海商务印书馆影印及铅印。——**1930**④3。

　　新话宣和遗事　话本。四卷,四册。佚名撰。清代学山海居复刻宋本。——**1921**②21。

　　新中国文学大系　见《中国新文学大系》。

　　新性道德讨论集　伦理。章雪箴编。上海妇女问题研究会出版,《妇女问题丛书》之一。——**1926**①10。

　　新俄文学中的男女　文艺评论。美国库尼兹(J. Kunitz)著,周起应译。1932 年上海现代书局出版。——**1933**⑥11。

　　新俄小说二十人集　见《苏联作家二十人集》。

　　新俄小说家二十人集　见《苏联作家二十人集》。

　　新文学大系·小说三集　见《中国新文学大系》。

　　新刊补注铜人腧穴针灸图经　日记作《铜人腧穴针灸图经》。医书。五卷,二册。宋代王惟一撰。清光绪三十三年(1907)至宣统元年(1909)贵池刘氏玉海堂影金刻本。——**1923**④27。

　　意林　杂纂。五卷。唐代马总撰。——**1913**④6。

　　雍熙乐府　戏曲总集。二十卷,二十册。明代郭勋辑。《四部丛刊》续编影印明嘉靖本。——**1934**②3。

　　慎子　法家书籍。二卷,附补遗一卷,逸文一卷,内篇校文一卷,一册。战国慎到撰,明代慎懋赏校。《四部丛刊》初编影印江阴缪氏写本。——**1927**⑦26。

　　粮食　剧本。苏联凯尔升(В. Киршон)著,曹靖华译。鲁迅生前未出版。——**1932**⑨29。

　　粮食(原文)　见《Хлеб》。

　　慈闱琐记　传记。二卷,一册。清代孙仁述撰。清末刻本。——**1914**⑪26。

　　慈恩寺三藏法师传　见《大慈恩寺三藏法师传》。

　　窦氏联珠集　诗合集。一卷,一册。唐代窦常等撰,褚藏言辑。

《四部丛刊》三编影印宋刻本。——1935⑫30。

惫斋集古录　金石文字。二十六册。清代吴大澂辑。1917年上海商务印书馆影印。——1918⑥27。⑪27。

群经音辨　儒家书籍。七卷,二册。宋代贾昌朝撰。《四部丛刊》续编影印宋抄本。——1934②3。

嫉妒　见《妒误》。

叠山集　别集。十六卷,二册。宋代谢枋得撰。《四部丛刊》续编影印明本。——1934②6。

十　四　画

静静的顿河　小说。苏联萧洛霍夫著,贺非译第一册,鲁迅编校、书写封面并作后记。1930年上海神州国光社出版,《现代文艺丛书》之一。——1930⑨16。⑩2。

碧声吟馆谈麈　杂录。四卷,二册。清代许善长撰。——1935③21。

嘉兴藏目录　书目。一册。楞严经坊编。1920年北京刻经处刻。——1921⑥18。

嘉业堂刊印书目——1934⑤3。

嘉庆一统志索引　见《大清一统志》。

嘉庆重修一统志　见《大清一统志》。

嘉泰会稽志及宝庆续志　方志。《嘉泰会稽志》二十卷,宋代施宿纂;《宝庆续志》八卷,宋代张淏纂。共十二册。1926年绍兴王家襄等影印嘉庆戊辰(1808)采鞠轩刻本。——1926④5。

摹刻雷峰塔砖中经　指雷峰塔砖中所藏《陀罗尼经》的摹刻本。——1928⑦13。　1933①24。

蔡中郎集　见《蔡中郎文集》。

蔡中郎文集　别集。十卷,外传一卷,二册。汉代蔡邕撰。《四部丛刊》初编影印明正德十年锡山华氏兰雪堂铜活字本。——1924⑥13。1928⑦30。

模范文选(上)　北京大学国文教授会编。该校出版部1921年再版。——1925⑩13。

歌谣　周刊。北京大学研究所国学门歌谣研究会编。北京大学日刊课印。1922 年 12 月创刊。——1923⑧8。　1924③15。④4,9。

臧石记　见《匋斋臧石记》。

裴彖飞集　见《Petöfi 集》。

管子　法家书籍。二十四卷,四册。周代管仲撰,唐代房玄龄注。《四部丛刊》初编影印宋刻本。——1923⑨14。

舆地纪胜　地理书。二百卷,二十四册。宋代王象之纂。第十卷《绍兴府篇》中碑记一节述绍兴府所见碑石五十七种。——1914①16。

鼻烟四种　即《鼻烟丛刻》四种。丛书。刘声木辑。收《勇卢闲诘》(清代赵之谦撰)、《勇卢闲诘评语》(清代周继煦撰)、《勇卢闲诘摘录》(清代唐赞衮撰)、《士那补释》(清代张义澍撰)各一卷,共一册。1929 年庐江刘氏排印,《直介堂丛刻》本。——1934⑦16。

遁庵瓦当存　见《遁庵秦汉瓦当存》。

遁庵古镜存　日记又作《古镜存》。金石图象。二册。琅玡柯昌泗辑。——1915④11,16。

遁庵秦汉瓦当存　日记又作《遁庵瓦当存》、《秦汉瓦当存》。金石图象。二册。——1915④11,16。

疑年录汇编　传记类。十六卷,附分韵人表一卷,八册。张惟骧纂。1925 年武进张氏《小双寂庵丛书》本。——1932④3。

精神与爱的女神　诗集。长虹作。1925 年北京平民艺术团出版,《狂飙丛书》之一。——1925③9,12,20,22。④6。

漫云　诗歌散文集。吕沄沁著。1926 年北京海音社出版,《海音社文艺丛书》之一。——1926⑧25。

漫画生活　月刊。吴朗西、黄士英等编。上海美术生活杂志社发行。1934 年 9 月创刊,1935 年 9 月停刊。——1934⑩5,31。⑫21。1935③23。⑦6。

肇论　佛教书籍。一卷,一册。后秦僧肇撰。——1914⑨26。

肇论略注　佛教书籍。六卷,二册。后秦僧肇撰,明代德清述。——1914⑦28,29。

嫩芽　文学月刊。苏州青年业余文艺社编。苏州周庄镇发行。1935 年创刊。——**1935**⑪17。

缪篆分均〔韵〕　字书。五卷，补一卷，二册。清代桂馥撰。——**1915**⑥26。

十 五 画

增刊　即《晨报增刊》，见《晨报》。

蕙榜杂记　杂说。一卷，一册。清代严元照撰。——**1913**⑥22。又见于 1927 年末所附《西牖书钞》。

蕙榜琐记　见《蕙榜杂记》。

蕉廊脞录　杂说。八卷，四册。清代吴庆坻撰，刘承干校。1928 年南林刘氏《求恕斋丛书》本。——**1934**⑪3。

横阳札记　杂考。十卷，四册。清代吴承志撰，刘承干校。1922 年南林刘氏《求恕斋丛书》本。——**1934**⑪3。

樱花集　散文集。衣萍著。1928 年上海北新书局出版。——**1928**⑥13。

樊南文集补编　别集。十二卷，附玉溪生年谱订误一卷，四册。唐代李商隐撰，清代钱振伦笺，钱振常注。同治五年（1866）望三益斋刻本。——**1913**①12。

樊南文集笺注　见《李义山诗文集笺注》。

樊谏议集七家注　别集。七卷，二册。唐代樊绍述撰，元代赵仁举等注。1924 年绵绛书屋樊氏刻本。——**1932**②19。

飘渺的梦〔及其他〕　小说集。向培良著，鲁迅编。1926 年北京北新书局出版，《乌合丛书》之一。——**1926**⑥23。

醉菩提　见《济颠大师醉菩提全传》。

醉醒石　小说。十五回，二册。明代东鲁古狂生撰。1917 年武进董氏诵芬室刻本。——**1918**②6。

影　小说集。李霁野著。1928 年北平未名社出版部出版，《未名新集》之一。——**1929**①8。

影印耕织图　见《耕织图》。

影印凌烟阁功臣图　　见《凌烟阁功臣图象》。

影印萧云从离骚图　　见《离骚图经》。

蝎尾毒腺之组织学的研究报告　　未详。——**1918**⑦30。

墨池编　书法。二十卷，六册。宋代朱长文辑。清雍正十一年
(1733)刻本。附《印典》二册。——**1913**②8。

墨经解　即《墨子经说解》。墨家书籍。二卷，一册。清代张惠言
(皋文)撰。——**1914**①13。

墨经解　见《墨经正文解义》。

墨子闲诂　墨家书籍。十五卷，目录一卷，附录一卷，后语二卷，八
册。清代孙诒让撰。光绪三十三年(1907)瑞安孙氏刻，宣统二年
(1910)补刻。——**1914**⑧27。

墨经正义　见《墨经正文解义》。

墨经正文解义　日记又作《墨经解》、《墨经正义》。墨家书籍。三
卷。清代邓云昭撰。——**1915**①17,22。②21。

墨巢秘笈藏影　画册。李墨巢藏。1935年上海商务印书馆影
印。——**1935**⑥25。

墨巢秘玩宋人画册　一册。李墨巢藏。1935年上海商务印书馆
影印。——**1935**⑫7。

稷下派之研究　哲学。金受申著。1930年上海商务印书馆出版，
《国学小丛书》之一。——**1932**⑨24。

德文学之精神　即《德国现代文学之精神》，英文版。美国列维松
(L. Lewisohn)著。——**1917**⑫14。

德国近时版画家　见《Deutscher Graphiker》。

颜氏家训　杂说。二卷。北齐颜之推撰。《四部丛刊》初编影印明
辽阳傅氏刻本。——**1923**⑤13。

颜〔鲁公〕书裴将军诗卷　书法。一册。唐代颜真卿书。1926年
上海商务印书馆影印，第九版。——**1931**⑤15。

潜夫论　儒家书籍。十卷，二册。汉代王符撰。《四部丛刊》初编
影印述古堂影宋写本。——**1924**⑥13。

鹤山文钞　别集。三十二卷，附《周礼折衷》四卷，《师友雅言》一

卷,十二册。宋魏了翁撰。——**1915**⑦25。

豫报副刊 日刊。附于开封《豫报》。向培良、吕琦等编。1925 年 5 月 4 日创刊。——**1925**⑦2。

畿辅丛书 一七〇种。清代王灝辑。——**1912**⑥9。

十　六　画

燕几图 见《益智燕几图》。

燕寝怡情 画集,一册。佚名绘。上海艺苑真赏社影印清内府旧藏本。——**1931**⑥7,9。

蕗谷虹儿画选 见《艺苑朝华》。

薛氏钟鼎款识 见《历代钟鼎彝器款识法帖》。

醒世恒言 小说集。明代冯梦龙纂撰。1936 年上海生活书店出版,《世界文库》本。四十卷,一册。——**1936**⑩7。

醒世姻缘 一作《醒世姻缘传》。小说。一百回。署西周生辑著。——**1926**⑧19。

霹篥〔周年〕纪念刊 《霹篥》月刊增刊。北京平民大学霹篥文学社编辑并发行。1925 年 3 月 1 日出版。——**1925**⑥29。

默庵集锦 书法。二册。清代伊秉绶书。1933 年上海商务印书馆影印。——**1934**①28。

穆天子传 异闻。六卷,一册。晋代郭璞注。《四部丛刊》初编影印明代天一阁刊本。——**1927**①11。

儒林外史 小说。五十六回。清代吴敬梓撰。——**1926**②9。

儒学警悟 丛书。七集,六种,四十一卷,十册。宋代俞鼎孙、俞经辑。1924 年武进陶氏据明王良栋抄本重刻。——**1926**⑧19。

磨坊文札 小说集。法国都德(A. Daudet)著,成绍宗、张人权译。1927 年上海创造社出版部第二版。——**1927**⑨24。

麈余 杂纂。二卷,二册。明代谢肇淛撰。日本刻本。——**1923**①26。

辨正论 佛教书籍。八卷。唐代法琳撰。——**1914**⑨17。⑩26。

燎原 小说。高尔基著,罗稷南译。1936 年上海生活书店出版,

《世界文库》本。——**1936**⑧17。

寰贞石图　见《寰宇贞石图》。

寰宇贞石图　金石图象。六册。杨守敬辑。鲁迅曾整理此书。——**1915**⑦1，3。⑧3。　**1916**①2。

寰宇访碑录校勘记　金石目录。二卷，附补寰宇访碑录校勘记一卷，二册。清代李宗颢撰，文素松校补。1926年广州余富文斋刻本。——**1927**④24。

壁下译丛　论文集。鲁迅选译。1929年上海北新书局出版。——**1929**⑤5，7。

十　七　画

戴文节销寒画课　画页。一帖。清代戴熙绘。宣统二年（1910）上海文明书局影印。——**1912**⑫14。

戴文节仿古山水册　画册。一册。清代戴熙绘。上海文明书局影印。——**1912**⑪17。

藏文历书　藏文1913年历书，9月16日寄周作人。——**1913**③17。⑨16。

镡津文集　别集。十九卷，卷首一卷，四册。宋代契嵩撰。——**1914**⑦29。⑨12。

魏书　见《二十四史》（百衲本）。

魏略辑本　史书。二十四卷，附录一卷，二册。三国魏鱼豢撰，张鹏一辑。1924年陕西文献征辑处刻本。——**1926**⑫17。

魏稼孙全集　四种，十四册。清代魏锡曾撰。光绪九年（1883）广州刻本。——**1915**⑥27。

鍊　小说集。俞鸿谟著。1936年日本东京东流文艺社出版。——**1936**②14。

濯绛宦词　见《濯绛宦存稿》。

濯绛宦存稿　日记作《濯绛宦词》。词别集。清代刘毓盘作。宣统元年（1909）刻。——**1925**③20。

寰安五记　小说。一册。旧题寰安撰。1934年怀宁潘氏蓺止斋铅印。——**1935**①17。

十 八 画

藕香零拾　丛书。三十九种,三十二册。清代缪荃孙辑。光绪、宣统间刻本。——**1923**③30。

藤阴杂记　杂记。十二卷,二册。清代戴璐撰。——**1917**⑩4。

蝉隐庐书目——**1915**⑦27。⑨19。⑫2。　**1916**⑤8。　**1918**⑨30。　**1931**⑪21,24。　**1932**①25,27。　**1934**⑦11。　**1936**⑨2。

籀斋藏镜　金石图象。二卷,二册。宣哲辑。1925年蝉隐庐影印。——**1928**②12。

籀室殷契类纂〔正编〕　文字学。四册。王襄辑。1920年石印。——**1920**⑪2。　**1921**①28。

鹰之歌　散文集。丽尼著。1936年上海文化生活出版社出版,《文学丛刊》之一。——**1936**⑨15。

十 九 画

警铎〔报〕　绍兴出版的日报,1912年6月下旬创刊。——**1913**①26。②2,5。

攀古楼汉石纪存　金石文字。一册。清代吴大澂辑。同治十二年(1873)滂喜斋刻本。——**1918**⑫2。

籀膏述林　别集。十卷,四册。清代孙诒让撰。1916年刻本。——**1917**①28。

籀经堂钟鼎文考释　见《籀经堂钟鼎考释跋尾》。

籀经堂钟鼎考释跋尾　日记作《籀经堂钟鼎文考释》。金石题跋。清代陈庆镛撰。1921年西泠印社木活字排印,《遯盦金石丛书》本。——**1932**⑫30。

瀛壖杂志　杂记。六卷,二册。清代王韬撰。光绪元年(1875)刻本。——**1928**⑨27。

二十画以上

　　巍科姓氏录　见《明清巍科姓氏录》。

　　魔鬼的门徒　剧本。英国萧伯纳（G. Bernard Shaw）著，姚克译。1936 年上海文化生活出版社出版，《译文丛书》之一。——**1936**⑨22。

　　蠹贷　独幕剧集。俄国屠格涅夫（И.С.Тургенев）、契诃夫等著，曹靖华译。1929 年北平未名社出版部出版，《未名丛刊》之一。——**1929**⑩13。

　　纂喜庐丛书　四种，七册。清代傅云龙辑。光绪十五年（1889）德清傅氏影刻日本古卷子本。——**1912**⑤12。　**1913**⑤2。

　　麟台故事（残本）　政书。五卷（缺四至五），一册。宋代程俱撰。《四部丛刊》续编影印明影宋抄本。——**1934**⑧11。

日　文

あ　ア

　　アジアの生産方式に就いて　见《"アジアの生産様式"に就いて》。

　　"アジアの生産様式"に就いて　日记作《アジアの生産方式に就いて》。《关于"亚细亚生产方式"》。历史。苏联马克思主义东洋学者协会编，早川二郎译。昭和八年（1933）东京白扬社出版。——**1933**⑦11。

　　アトリヱ　《画室》。艺术月刊。北原义雄、藤本韶三等编。东京阿托利埃社发行。1924 年 2 月创刊。——**1930**⑨6。

　　アポリネール詩抄　《阿坡里耐尔诗抄》。法国阿坡里耐尔（G. Apollinaire）著，堀口大学译。昭和二年（1927）东京第一书房出版。阿坡里耐尔（1880—1918），法国诗人。——**1928**⑧2。

　　アメリカ文学　《美国文学》。文学史。高垣松雄著。昭和二年（1927）东京研究社出版。——**1927**⑪26。

アララキ　即《アララギ》。《紫杉》,文学月刊。斋藤茂吉、土屋文明等编。东京紫杉社发行。明治四十一年(1908)创刊。——**1933**②14。

あゐき太郎　《走路太郎》。童话。武井武雄著。昭和二年(1927)东京丸善株式会社出版。——**1927**⑫22。

アルス美術叢書　《阿尔斯美术丛书》。二十六种。大正十四年至昭和二年(1925—1927)东京阿尔斯社出版。"アルス",为拉丁文"ARS"的日语音译,意即"美术"、"艺术"。——**1926**①4。②4。⑥22。⑧5。　**1927**⑩22,27。　**1929**①18。

アンドレ·ジイド全集　日记作《ジイド全集》、"A. Gide 全集"。《安德烈·纪德全集》。法国纪德著,山内义雄等译。昭和九年至十年(1934—1935)东京建设社出版。纪德(1869—1951),法国作家。——**1934**⑩18。⑪14。⑫14。　**1935**①21。③10。⑩18。

い　イ

イヴアン·メストロウイチ　《伊凡·美斯特罗维奇》。传记。諏访森之助著。大正十五年(1926)东京洪洋社出版。伊凡·美斯特罗维奇(I. Mĕstrović,1883—1962),南斯拉夫雕刻家。——**1929**④26。

いのちの洗濯　日记作《命の洗濯》。《生命之洗濯》。漫画。谷脇素文编绘。昭和五年(1930)东京大日本雄辩会讲谈社出版。——**1930**⑩24。

インテリゲンチヤ　《知识分子》。副题《其特质及将来》。政治。德国蔡特金(K. Zetkin)等著,向坂逸郎、鸟海笃助译。昭和五年(1930)东京出版。——**1930**⑦7。

ろ　ウ

ヴアン·ゴホ大画集　见《ヴアン·ゴッホ大画集》。

ヴアン·ゴッホ大画集　日记又作《ヴアン·ゴホ大画集》、《Van Gogh 大画集》。《凡·高大画集》。荷兰凡·高(V. van Gogh)作,硲伊之助、足立源一郎等编。昭和八年(1933)东京阿托利埃社出版。凡·高

（1853—1890），荷兰画家。——**1933**⑤8。⑦8。⑨13。⑩6。

　　ヴイクトル・ユゴオ　　日记又作《ユゴオ》。《维克多·雨果》。传记。莱奥波尔德·马比约著，神部孝译。昭和二年（1927）东京新潮社出版，《文豪评传丛书》之一。——**1927**⑪22。

　　ヴェルレエヌ研究　　《魏尔伦研究》。作家研究。堀口大学著。昭和八年（1933）东京第一书房出版。魏尔伦（P. Verlaine, 1844—1896），法国象征派诗人。——**1933**③24。

　　ヴデゲ族の最後の者　　《最后一个乌兑格人》。小说。苏联法捷耶夫著，杉三郎、外村史郎译。昭和十年（1935）东京三笠书房出版，《现代苏联文学全集》之一。——**1935**⑧6。

　　ウキリアム・テル版画　　见《春秋座二月兴行版画——ウキリアム・テル》。

え　エ

　　エゲレスいろは　　见《エゲレスイロハ》。

　　えすぱにや・ぽゐつがゐ记　　《西葡记》，副题《以及关于初期日本吉利支丹宗门的杂稿》。宗教。木下杢太郎著。昭和四年（1929）东京岩波书店出版。——**1936**⑩13。

　　エチユード　　《画图习作》。美术。法国里维埃（J. Riviere）著，佐藤正彰等译。昭和八年（1933）东京芝书店出版。——**1933**⑫4。

　　エネルギイ　　《原动力》。小说。苏联革拉特珂夫著，上胁进、大平章译。昭和十年（1935）东京三笠书房出版，《现代苏联文学全集》之一。——**1936**①15。

　　え・びやん　　《挺好》，副题《法国文艺随笔》。散文集。辰野隆著。昭和八年（1933）东京白水社出版。——**1935**⑩28。

　　エピキユルの園　　《伊壁鸠鲁的花园》。小说。法国法朗士著，草野贞之译。昭和四年（1929）东京第一书房出版，《阿那托里·法朗士著作集》之一。——**1929**⑩23。

　　エリオット文学論　　《爱略特文学论》。文艺理论。英国爱略特（T. Eliot）著，北村常夫译。昭和八年（1933）东京金星堂出版。爱略特

(1888—1965)，英国诗人、评论家。——**1933**⑩6。

お　オ

オスカア・ワイルド　见《唯美主義者オスカア・ワイルト》。

オブロモーフ　《奥勃洛摩夫》。小说。俄国冈察洛夫（И. А. Гончаров）著，山内封介译。大正十五年（1926）东京新潮社出版。改译本。——**1934**⑦4。

おもちや絵集　《玩具绘集》。画册。月冈忍光等绘。昭和十一年（1936）东京白与黑社木刻本。——**1936**④3。⑤6。⑥2。⑧11，25。⑩10。

オランダ派フランドル派の四大画家論　日记作《フランドルの四大画家論》。《荷兰派弗朗德勒派四大画家论》。画家研究。德国博德（W. von Bode）著，日本关泰祐译。大正十五年（1926）东京岩波书店出版，《美术丛书》之一。弗朗德勒（Flandre），包括比利时的西部法国北部的一部分地区，从十五世纪以来画家辈出。——**1929**⑥7。

オルフエ　《阿尔斐》。剧本。法国科克多（J. Cocteau）著，堀口大学译。昭和四年（1929）东京第一书房出版。——**1929**⑥16。

か　カ

かくし言葉の字引　《隐语字典》。辞书。宫本光玄编。昭和四年（1929）东京诚文堂出版。——**1929**⑪27。

からす　《乌鸦》。散文集。山川均著。昭和十年（1935）东京日本评论社出版。——**1935**⑫16。

カンヂンスキーの芸術論　《康定斯基艺术论》。文艺理论。俄国康定斯基（B. Кандинский）著，小原国芳译。大正十三年（1924）东京伊德阿书院出版。康定斯基（1866—1944），俄国画家。——**1929**⑫5。

き　キ

キエルケゴール選集　《克尔凯郭尔选集》。哲学。丹麦克尔凯郭尔（S. Kierkegard）著，伊藤乡一等译。昭和十年（1935）东京改造社出

版。克尔凯郭尔(1813—1855),丹麦哲学家。——**1935**⑩31。⑪25。⑫25。

く　ク

グウルモン詩抄　《古尔蒙诗抄》。法国古尔蒙(R. de Gourmont)作,堀口大学译。昭和三年(1928)东京第一书房出版。古尔蒙(1858—1915)法国文学评论家、诗人。——**1929**①7。

グオタリイ日本文学　《日本文学季刊》。山室静编。东京耕进社发行。昭和八年(1933)创刊。——**1933**⑥30。⑧19。

グリム童話集　日记又作《全訳グリム童話集》。《格林童话集》。德国格林兄弟(J. Grimm, W. Grimm)著,金田鬼一译。昭和四年(1929)东京岩波书店出版,《岩波文库》本。雅各·格林(1785—1863)、威廉·格林(1786—1859),德国语言学家、童话作家。——**1929**⑥16。⑦6。⑫10。　**1930**①25。

グレコ　《格列柯》。传记。黑田重太郎著。大正十五年(1926)东京阿尔斯社出版,《阿尔斯美术丛书》之一。格列柯,即埃尔·格列柯(El Greco,约1541—1614),西班牙画家。——**1929**①5。

け　ケ

ゲオルゲ·グロッス　见《無産階級の画家ゲオルゲ·グロッス》。

ゲーテ批判　《歌德批判》。作家研究。大塚金之助等译,伊奈信男编。昭和八年(1933)东京隆章阁出版。——**1933**⑦18。

ケーベル博士小品集　《开培尔博士小品集》。俄国开培尔著,深田康算、久保勉同译。大正十四年(1925)东京岩波书店第九版。——**1925**⑨9。

ケーベル〔博士〕随筆集　《开培尔博士随笔集》。俄国开培尔(R. Koeber)著,久保勉译。昭和三年(1928)东京岩波书店出版,《岩波文库》本。开培尔(1848—1923),俄国哲学家。——**1928**⑤11。

けれども地球は迴つてゐる　日记作《雖モ地球ハ動イテ居ル》。《然而地球在转动》。艺术评论。苏联爱伦堡著,八住利雄译。昭和二

年(1927)东京原始社出版。——**1927**⑩8。

テ コ

ゴオゴリ全集　日记又作《ゴーゴリ全集》。《果戈理全集》。俄国果戈理著,平井肇等译。昭和九年(1934)东京那乌卡社出版。六册。——**1934**⑥6。⑦8。⑧13。⑨24。⑩29。⑫12。

ゴオゴリ研究　《果戈理研究》。作家研究。苏联魏烈萨耶夫(В. Вересаев)著,马上义太郎译。昭和十年(1935)东京那乌卡社出版。《果戈理全集》附赠本。——**1935**④22。

ゴオホ画集　《凡·高画集》。荷兰凡·高作,北原义雄编。昭和四年(1929)东京阿托利埃社影印。——**1931**④11。

ゴーリキイ全集　《高尔基全集》。高尔基著,中村白叶等译。昭和七年(1932)东京改造社出版。二十五册。——**1933**⑫28。

ゴーリキイ研究　《高尔基研究》。作家研究。米川正夫等译,上田进编。昭和八年(1933)东京隆章阁出版。——**1933**⑪20。

コクトオ芸術論　《科克多艺术论》。文艺理论。法国科克多(J. Cocteau)著,佐藤朔译。昭和五年(1930)东京厚生阁书店出版,《现代艺术与批评丛书》之一。科克多(1889—1963),法国诗人、评论家。——**1930**⑨12。

コクトオ诗抄　《科克多诗抄》。诗集。法国科克多著,堀口大学译。昭和四年(1929)东京第一书房出版。——**1929**③28。

コムミサール　《政治委员》。小说。苏联里培进斯基(Н. Н. Либединский)著,黑田辰男译。昭和四年(1929)东京马克思书房出版,《工农俄罗斯文学丛书》之一。——**1929**⑩28。

ゴリキィ·文芸書簡集　《高尔基文艺书简集》。高尔基著,横田瑞穗译。昭和十一年(1936)东京那乌卡社出版。——**1936**⑥5—30。

し シ

ジイド全集　见《アンドレ·ジイド全集》。

ジイド以後　《纪德以后》。文学史论。中村喜久夫著。昭和八年

（1933）东京金星堂出版。——**1933**⑧**3**。

ジイド研究　《纪德研究》。作家研究。法国莱昂・皮埃尔・坎（L. Pierre-Quint）著，吉村道夫、小田善一译。昭和九年（1934）东京三笠书房出版。《纪德全集别卷》。——**1935**⑥**25**。

シエストフ選集　日记又作"Shestov 全集"。《舍斯托夫选集》。哲学。俄国舍斯托夫（Л. Шестов）著，阿部六郎、木寺黎二等译。昭和十年（1935）东京改造社出版。第一卷五版，第二卷初版。舍斯托夫（1866—1938），俄国哲学家、文艺批评家。——**1935**②**10**。③**10**。

シモオヌ　《西摩奴》。诗集。法国古尔蒙作，堀口大学译。昭和九年（1934）东京裳鸟会出版。——**1934**⑪**11**。

シュベイクの冒険（上）　见《勇敢なる兵卒シュベイクの冒険》（上）。

ジヤズ文学叢書　《爵士文学丛书》。即《世界大都市尖端爵士文学》。日本东京春阳堂出版。鲁迅所购四本为《1001 夜・シカゴ狂想曲》、《JAZZ ブロトウエー》、《モン・パリ変奏曲・カジノ》、《モタン TOKIO 圓舞曲——新兴芸術派作家十二人——》，均为 1930 年出版。——**1930**⑥**4**。

ジョイス中心の文学運動　《以乔伊斯为中心的文学运动》。文学史。春山行夫著。昭和八年（1933）东京第一书房出版。乔伊斯（J. Joyce，1882—1941），爱尔兰作家、心理主义文学创始人。——**1934**①**4**。

ショウを語る　《谈谈萧伯纳》。作家研究。生形要著。昭和八年（1933）东京不动书房出版。附：《シヨウの恋愛観》（《萧伯纳的恋爱观》）。——**1933**⑥**22**。

シラノ劇版画　即《帝劇二月興行版画——シラノ之部》。《帝国剧院二月上演剧目版画——西拉诺之部》。栋方志功作。共三张。附于《春秋座二月上演剧目版画》内。西拉诺（Cyrano de Bergerac，1619—1655），法国诗人、小说家、剧作家。——**1931**④**27**。

す　ス

ストリンベルク全集　《斯特林堡全集》。瑞典斯特林堡著，小宫

丰隆等译。1924 年至 1926 年东京岩波书店出版。1928 年 2 月鲁迅所
购三本为《結婚》、《下女の子》、《大海のほとり》。斯特林堡(1849—
1912),瑞典作家。——**1927**⑩12。 **1928**②1。

せ セ

セザンヌ大画集 《塞尚大画集》。硲伊之助等编。昭和七年
(1932)东京阿托利埃社出版。塞尚(P. Cézanne, 1839—1906),法国画
家,后期印象派代表人物。——**1932**⑦28。⑨8。⑩9。

セメント 《土敏土》,现译《水泥》。小说。苏联革拉特珂夫著,辻
恒彦译。昭和三年(1928)东京南宋书院出版,《世界社会主义文学丛
书》之一。——**1928**⑪22。

セルパン 《塞庞》。综合性月刊。长谷川巳之吉编。东京第一书
房发行。"セルパン",系法语"Le Serpent"的日语音译。本义"蛇",转
义"睿智"。——**1933**④27。

そ ソ

ソヴエト文学概論 见《現代ソヴエト文学概論》。

ソヴエート学生の日記 日记作《ソヴエト学生日記》。《苏联学
生日记》,或译《新俄学生日记》。苏联奥格尼奥夫(Н. Огниёв)著,饶平
名智太郎译。昭和三年(1928)东京世界社出版。——**1929**①7。

ソヴエート文学の十年 日记作《大十年の文学》。《苏联文学的
十年》,或译《伟大的十年间文学》。苏联科冈(戈庚,C. Когон)著,山内
封介译。昭和五年(1930)东京白扬社出版。——**1931**①18。

ソヴエートロシアの芸術 《苏俄艺术》。美国弗里曼(J.
Freeman)等著,木村利美译。昭和六年(1931)东京白扬社出版。——
1931①16。

ソヴイエートロシヤの牢獄 日记作《蘇俄の牢獄》。《苏俄的牢
狱》。俄国政治犯数十人著,中岛信译。昭和二年(1927)东京金星堂出
版,《社会文艺丛书》之一。——**1928**③2。

ソヴエートロシヤ文学の展望 日记作《ソ·ロ文学の展望》。《苏

俄文学展望》。苏联戈庚著,黑田辰男译。昭和五年(1930)东京丛文阁出版。——**1930**⑤30。

ソヴエートロシア文学理論　《苏俄文学理论》。冈泽秀虎著。昭和五年(1930)东京世界社出版。——**1930**⑧14。

ソヴエートロシヤ美術大観　《苏俄美术大观》。俄罗斯革命美术家协会编,日本日俄艺术协会同人译。昭和三年(1928)东京原始社出版。——**1928**④7。

ソヴエトロシヤ詩集　见《ソ윗エトロシヤ詩選》。

ソヴエートロシヤ漫画・ポスター集　日记作《ソ・ロ漫画、ポスター集》。《苏俄漫画及宣传画集》。昇曙梦编。昭和四年(1929)东京南蛮书房出版。——**1929**⑥26。

ソヴエト学生日記　见《ソヴエート学生の日記》。

ソヴエト政治組織　见《世界革命の実現に活躍するロシヤの政治組織》。

ソヴエト大学生の性生活　《苏联大学生的性生活》。苏联格利森著,广尾猛译。昭和三年(1928)东京世界社再版。——**1934**①29。

ソ・ロ文学の展望　见《ソヴエートロシヤ文学の展望》。

ソ・ロ・漫画、ポスター　见《ソヴエートロシヤ漫画・ポスター集》。

ソ윗エエト・ロシヤ文芸叢書　《苏俄文艺丛书》。日本俄罗斯文学研究会编。昭和三年(1928)东京原始社出版。鲁迅6月26日所购三本为小说:《ピリニヤアク短篇集》(《毕力涅克短篇集》)、《妖僧ラスプウチン》(《妖僧拉斯普丁》)和《委任状》。——**1928**⑤18。⑥26。

ソ윗エト・ロシヤ詩選　《苏俄诗选》。黑田辰男、村田春海译。昭和四年(1929)东京马克思书房出版。——**1929**③8。

た　タ

ダーウィン主義とマルクス主義　《达尔文主义与马克思主义》。哲学。苏联瓦列斯卡伦(П. И. Валескалн)等著,松本滋译。昭和九年(1934)东京桔书店出版。——**1934**③25。

　　ダアシエンカ　《达先卡》,副题《小狗的成长》。散文。捷克恰彼克(K.Čapek)著,日本秦一郎译。昭和九年(1934)东京昭和书房出版。——1934⑥8。

　　タイース　日记又作《タイス》。《泰绮思》,或译《黛依丝》。小说。法国法朗士著,望月百合译。大正十三年(1924)东京新潮社出版,《现代法兰西文艺丛书》之一。——1924⑫28。　1928①17。

　　ダマスクスへ　《到大马士革去》。剧本。瑞典斯特林堡著,茅野萧萧译。大正十三年(1924)东京岩波书店出版,《斯特林堡全集》之一。——1927⑩12。

　　ダンテ神曲画集　《但丁神曲画集》。法国陀莱(P.Doré)作,中山昌树编。大正十五年(1926)东京新生堂出版。——1928③30。

ち　チ

　　チエーホフ集　见《チエホフ全集》。

　　チエホフ全集　日记作《チエーホフ集》、《チエーホフ全集》、"Chekhov"全集。《契诃夫全集》。俄国契诃夫著,中村白叶译。昭和九年至十一年(1934—1936)东京金星堂出版。——1934②26。③29。④27。⑤31。⑦5。⑨6。⑪5。　1935①15。③10。⑤7。⑦6。⑨4。⑪6。　1936①15。③8。⑤10。⑦14。⑨10。

　　チエーホフの手帖　《契诃夫的笔记》。俄国契诃夫著,神西清译。昭和九年(1934)东京芝书店出版。——1935③23。

　　チエーホフ傑作集　《契诃夫杰作集》。俄国契诃夫著,昇曙梦译。大正十年(1921)东京大仓书店出版,《俄国现代文豪杰作集》之一。——1928⑤7。

　　チエーホフとトルストイの回想　《对契诃夫和托尔斯泰的回忆》。高尔基等著,小松原隽译。大正十三年(1924)东京聚英阁出版。——1929⑥30。

　　チエホフ書簡集　《契诃夫书简集》。俄国契诃夫著,内山贤次译。昭和四年(1929)东京改造社出版,《改造文库》之一。——1929⑩19。

　　チヤパーエフ　见《赤色亲卫队》。

つ　ツ

ツアラトウストラ　《扎拉图斯特拉如是说》。哲学。德国尼采著,生田长江译。大正十三年(1924)东京新潮社出版。——**1925**⑧11。

ツアラツストラ解説及び批評　见《ニイチエのツアラツストラ——解釈並びに批評》。

ツアラツストラ解釈并びに批評　见《ニチイエのツアラツストラ——解釈並びに批評》。

ツルゲエネフ散文詩　日记又作《ツルゲネフ散文詩》。《屠格涅夫散文诗》。俄国屠格涅夫著,中山省三郎译。昭和八年(1933)东京第一书房出版,昭和九年(1934)出普及本。——**1933**②28。　**1934**④10。

ツルゲーネフ全集　《屠格涅夫全集》。俄国屠格涅夫著,除村吉太郎等译。昭和九年(1934)东京隆章阁出版。——**1934**⑦23。⑧1。⑨2。⑩12。⑫14。　**1935**⑥22。

て　テ

デカメロン　《十日谈》。故事集。意大利薄伽丘(G. Boccaccio)著,森田草平译。昭和六年(1931)东京新潮社出版。二册。——**1931**⑫26。

と　ト

ドストエフスキー論　《陀思妥耶夫斯基论》。法国纪德著,秋田滋译。昭和八年(1933)东京芝书店出版。——**1934**①6。

ドストエーフスキイ再観　《陀思妥耶夫斯基再认识》。昇曙梦编译。昭和九年(1934)东京那乌卡社出版。——**1934**⑤23。

ドストエフスキイ研究　《陀思妥耶夫斯基研究》。法国纪德著,竹内道之助译。昭和八年(1933)东京三笠书房再版。——**1934**①8。

ドストイエフスキイ全集　日记又作《ド氏集》、《ド氏全集》、"Dostoevsky"全集。《陀思妥耶夫斯基全集》。俄国陀思妥耶夫斯基著,外村史郎等译。昭和九年至十年(1934—1935)东京三笠书房出版。十

九册。1935 年又出普及本。——**1934**③1,29。④27。⑤25。⑥28。
⑦25。⑧26。⑩5。⑪2,30。 **1935**①11。②2。③10。④7。⑤4。⑥
8。⑦6。⑧6。⑫9,10。

ドーソン蒙古史 《多桑蒙古史》。瑞典多桑(A.C.M.D'ohsson)
著,田中萃一郎译补。昭和八年(1933)东京三田史学会出版。多桑
(1780—1885),瑞典外交官、历史学家。——**1934**⑩13。

トルストイとマルクス 《托尔斯泰与马克思》。苏联卢那察尔斯
基著,金田常三郎译。昭和二年(1927)东京原始社出版。——**1927**⑫
14。

トルストイとドストエーフスキイ 日记作《托氏と陀氏》、《托尔
斯泰卜陀斯妥夫斯基》。《托尔斯泰与陀思妥耶夫斯基》。俄国梅列日
科夫斯基(Д.С.Мережковский)著,昇曙梦译。大正十三年(1924)东
京东京堂书店再版,《世界名著丛书》之一。——**1924**⑫13。

ドレフュス事件 《德雷福斯事件》。大佛次郎著。昭和五年
(1930)东京天人社出版。《新世界丛书》之一。——**1930**⑪16。

ドン・キホーテ 《堂・吉诃德》。小说。西班牙塞万提斯著。鲁迅
1928 年所得为东京新潮社《世界文学全集》本,一册;1929 年所购为岛
村抱月、片上伸译,大正四年(1915)东京植竹书院再版本,二册。——
1928⑩31。 **1929**①9。

ド氏集 见《ドストイエフスキイ全集》。

ド全集 见《ドストイエフスキイ全集》。

ド氏全集 见《ドストイエフスキイ全集》。

な ナ

なくてならね独和動詞辞典 日记作《独和動詞辞典》。《必备德
日动词词典》。泽井要一编,昭和六年(1931)东京南山堂书店出
版。——**1931**⑦3。

に ニ

ニチイエのツアラッストラ——解釈并びに批評——日记作《ツ

アラッストラ解説及批評》、《ツアラッストラ解釈並びに批評》。《尼采的扎拉图斯特拉——解说及评论——》。哲学。阿部次郎著。鲁迅藏书有大正十三年(1924)东京新潮社第十版,大正十四年(1925)第十二版。——1925⑨12。　1928⑧10。

ニールの草　见《ニール河の草》。

ニール河の草　日记又作《ニールの草》。《尼罗河之草》。艺术史。木村庄八著。大正十五年(1926)东京新生堂改版。鲁迅曾用此书作辅导许广平学习日语的教材。——1927⑫19。

にんじん　日记又作《ニンジン》。《红萝卜须》。小说。法国赖纳(列那尔,J.Renard)著,岸田国士译。鲁迅6日所购为东京白水社昭和九年(1934)第七版,11日所购为该社昭和八年(1933)"鸟之子"版。——1934⑥6,11。

の　　ノ

ノア・ノア　《诺阿·诺阿》。旅行记。法国高更(戈庚,E.H.P.Gauguin)著,前川坚市译。昭和七年(1932)东京岩波书店出版。"ノア・ノア",原文作"Noa Noa",系新西兰毛里语,读如"诺阿·诺阿",意即"芬芳"。——1932④28。

ノヴアーリス日记　《诺瓦利斯日记》。德国诺瓦利斯(Novalis)著,饭田安译。昭和八年(1933)东京第一书房出版。诺瓦利斯(1772—1801)德国浪漫主义作家。——1933⑦25。

は　　八

ハイネ研究　《海涅研究》。舟木重信等著,高冲阳造编。昭和八年(1933)东京隆章阁出版。——1933⑦18。

バイロン　《拜伦》。英国尼科尔(J.Nichol)著,三好十郎译。大正十五年(1926)东京新潮社出版,《文豪评传丛书》之一。——1926⑦19。

ハウフの童话　《豪夫童话》。德国豪夫(W.Hauff)著,权田保之助译注。昭和四年(1929)东京有朋堂书店出版,《德日对译小品文库》之一。——1929⑦6。

バクダン　《炸弹》。散文集。内田鲁庵著。大正十五年(1926)东京春秋社出版。——**1927**⑪20。

<h2 style="text-align:center">ひ　ヒ</h2>

ヒステーリ　即《ヒステリー》。《歇斯底里》。心理学。奥地利弗洛伊德(S.Freud)著,安田德太郎译。昭和五年(1930)东京阿尔斯社出版,《弗洛伊德精神分析大系》之一。——**1930**⑪27。

ヒラカレタ処女地　《被开垦的处女地》。小说。苏联萧洛霍夫著,上田进译。分上、下册,昭和八年(1933)昭和十年(1935)东京那乌卡社出版。——**1933**⑨15。

<h2 style="text-align:center">ふ　フ</h2>

フアシズムに対する闘争　《对法西斯的斗争》。政治。德国安德烈·尼姆著,铃木安藏译。昭和三年(1928)东京丛文阁出版。——**1928**④12。

フイリップ全集　《菲力普全集》。法国菲力普(Crlarles-Louis Philippe)著,小牧近江等译。昭和四年至五年(1929—1930)东京新潮社出版。——**1930**①25。③31。

フイリップ短篇〔集〕　《菲力普短篇集》。小说集。法国菲力普著,堀口大学译。昭和三年(1928)东京第一书房普及版。鲁迅曾译其中的《捕狮》等篇。——**1928**⑤7。

フオードかマルクスか　《福特呢还是马克思?》。经济。雅各布·乌尔海尔著,松山止才译。昭和四年(1929)东京上野书店出版。——**1929**④26。

フリオ·フレニトと其弟子達　见《フリオ·フレニトとその弟子達》。

ブランド　《勃兰特》。剧本。挪威易卜生(H.Ibsen)著,角田俊译。昭和三年(1928)东京岩波书店出版,《岩波文库》之一。——**1928**⑦12。

フリオ·フレニトとその弟子達　日记作《フリオ·フレニトと其

弟子達》。《胡里奥·胡列尼托和他的学生们的奇遇》。小说。苏联爱伦
堡著,河村雅译。昭和二年(1927)东京春秋社出版。——**1928**⑤16。

　　フランドルの四大画家論　见《オランダ派フランドル派の四大
画家論》。

　　ブレイク研究　《布莱克研究》。此书未见。鲁迅藏书中现存《ブ
レイク論稿》(《布莱克论稿》),山宫允著。昭和四年(1929)东京三省堂
出版。布莱克(W. Blake, 1757—1827),英国诗人、水彩画家和版画
家。——**1933**⑤9。

　　プレハーノフ論　《普列汉诺夫论》。苏联雅各武莱夫著,石田喜
与司译。昭和四年(1929)东京白扬社出版,《马克思主义文艺理论丛
书》之一。——**1929**⑥7。

　　プレハーノフ選集　《普列汉诺夫选集》。俄国普列汉诺夫著。昭
和四年(1929)东京丛文阁出版。鲁迅所购两种:一为《チエルヌイシエ
フスキイーその哲学、歴史及び文学観》(《车尔尼雪夫斯基及其哲学、
历史和文学观》),一为《わが批判者の批判》(《我的批判者的批
判》)。——**1929**⑥24。

　　フロイド主義と弁証法的唯物論　《弗洛伊德主义与辩证唯物
论》。哲学。德国雷赫(W. Reich)等著,植田正雄译。昭和七年(1932)
京都共生阁出版。——**1933**⑧19。

　　フロオベエル全集　《福楼拜全集》。法国福楼拜(G. Flaubert)著,
伊吹武彦等译。昭和十年至十一年(1935—1936)东京改造社出版。九
册。——**1935**⑫7。　**1936**①11。②7。③8。④6。⑥5—30。⑧8。⑨
10。

　　プロレタリヤ文学論　《无产阶级文学论》。苏联戈庚著,昇曙梦
译。昭和三年(1928)东京白扬社出版。——**1928**⑤1。

　　プロレタリア[ヤ]文学概論　《无产阶级文学概论》。川口浩著。
昭和八年(1933)东京白扬社出版。——**1933**②16。

　　プロレタリア文学講座　《无产阶级文学讲座》。日本无产阶级作
家同盟教育部编。昭和七年至八年(1932—1933)东京白扬社出
版。——**1933**②13。③22。

プロレタリア芸術教程　日记又作《プロ芸術教程》。《无产阶级艺术教程》。饶平名智太郎编。昭和四年至五年(1929—1930)东京世界社出版。四册。——1929⑦25。⑫17。　1930⑤14。⑧22。

プロと文化の問題　见《プロレタリアートと文化の問題》。

プロレタリアートと文化の問題　日记作《プロと文化の問題》。《无产阶级与文化问题》。藏原惟人著。昭和七年(1932)东京铁塔书院出版。——1932⑥29。

プロ文学講座　见《プロレタリア文学講座》。

プロ芸術教程　见《プロレタリア芸術教程》。

プロ美術の爲めに　见《プロレタリア美術のために》。

プロレタリア美術のために　日记作《プロ美術の爲めに》。《为无产阶级的美术》。村山知义著。昭和五年(1930)东京阿托利埃社改订版。——1930⑥2。

へ　ヘ

ベトオフエン　即《ベートオエン》。《贝多芬》。传记。法国罗曼·罗兰著,高田博厚译。大正十五年(1926)东京丛文阁出版。——1926②23。

ほ　ホ

ボオドレール研究　见《ボオドレール研究序説》。

ボオドレール研究序説　日记作《ボオドレエル研究》。《波德莱尔研究序说》。辰野隆著。昭和四年(1929)东京第一书房出版。波德莱尔,法国颓废派诗人。——1929⑫26。

ボローヂン脱出記　《鲍罗廷脱险记》。美国安娜·路易斯·斯特朗(Anna Louis Strong)著,淡德三郎译。昭和五年(1930)东京改造社出版。鲍罗廷(М. М. Бородин,1884—1951),苏联政治活动家。二十年代曾是共产国际派往中国的代表。——1930⑪11。

ま　　マ

マキシズムの謬論　即《マルキシズムの謬論》。《马克思主义的谬论》。奥地利拉姆斯（P. Ramus）著，土方定一译。昭和二年（1927）东京金星堂出版。《社会科学丛书》之一。——**1928**②29。

マチス以後　《马蒂斯以后》，副题《法国绘画的新纪元》。川路柳虹著。昭和五年（1930）东京阿托利埃社出版。马蒂斯（H. Matisse，1869—1954），法国野兽派画家。——**1930**⑪20。

マリイ·ロオランサン詩画集　日记作《ロオランサン詩画集》。《玛丽·罗兰珊诗画集》。法国玛丽·罗兰珊（Marie Laurencin）作，堀口大学译。昭和十一年（1936）东京昭森社出版。玛丽·罗兰珊（1885—1956），法国女画家。——**1936**⑥5—30。

マルク·シアガル画集　日记作《Marc Chagall》。《马尔克·夏加尔画集》。内收作品五十幅。外山卯三郎编。1932年东京金星堂出版。马尔克·夏加尔（1889—?），法国画家。——**1932**⑫8。

マルクス·エンゲルス芸術論　《马克思恩格斯艺术论》。苏联共产主义大学文学艺术研究所编，外村史郎译。昭和十年（1935）东京改造社出版。——**1935**⑥26。

マルクスの経済概念　日记作《経済概念》。《马克思的经济概念》。德国库诺夫（H. Cunow）著，东利久译。昭和二年（1927）东京同人社书店出版，《马克思的历史、社会及国家理论》之一。——**1928**③20。

マルクス〔主義〕芸術論　日记又作《芸術論》。《马克思主义艺术论》。苏联卢那察尔斯基著，昇曙梦译。昭和三年（1928）东京白扬社出版。——**1928**⑨3。

マルクス主義者の見るトルストイ　《马克思主义者之所见的托尔斯泰》。作家评论。日本国际文化研究所编译。昭和三年（1928）东京丛文阁出版。——**1928**⑫12。

マルクス主義美学　《马克思主义美学》。未详。——**1931**⑧18。

マルクス主義的作家論　《马克思主义的作家论》。苏联沃罗夫斯基（В. В. Воровский）著，能势登罗译。昭和二年（1927）东京南宋书院出版。——1928⑤1。

マルクス主義と倫理　《马克思主义与伦理》。德国库诺夫（H. Cunow）著,滨岛正金译。昭和二年（1927）东京同人社书店第三版,《马克思的历史、社会及国家理论》之一。——1928④14。

マルクスの弁証法　见《マルクスの唯物弁証法》。

マルクスの唯物弁証法　日记作《マルクスの弁証法》。《马克思的唯物辩证法》。德国库诺夫著,森谷克己译。昭和二年（1927）东京同人社书店第四版,《马克思的历史、社会及国家理论》之一。——1928③30。

マルクス主義と法理学　日记又作《法理学》。《马克思主义与法律哲学》。苏联帕苏卡尼斯（E. Б. Пашуканис）著,佐藤荣译。昭和五年（1930）东京共生阁出版。——1930⑥3。

マルクス主義批判者の批判　《马克思主义批判者的批判》。河上肇著。昭和四年（1929）东京希望阁出版。——1929⑪30。

マルクス主義批評論　《马克思主义批评论》。苏联莱吉涅夫著,昇曙梦译。昭和四年（1929）东京出版,《马克思主义文艺理论丛书》之一。——1929⑦25。

マルクス主義の根本問題　《马克思主义的根本问题》。俄国普列汉诺夫著,木村春海译。昭和三年（1928）东京共生阁出版,《马克思主义选集》之一。——1928⑧2。

マルクス主義と芸術運動　《马克思主义与艺术运动》。田口宪一著。昭和三年（1928）东京白扬社出版。——1928⑦23。

マルクス主義芸術理論　日记作《マ主義芸術理論》。《马克思主义艺术理论》。苏联卢那察尔斯基著,外村史郎译。昭和五年（1930）东京丛文阁出版,《马克思主义艺术理论丛书》之一。——1931④11。

マルクスの民族、社会並に国家観　日记作《民族社会国家観》。《马克思的民族、社会及国家观》。德国库诺夫著,森谷克已译。昭和二年（1927）东京同人社书店出版,《马克思的历史、社会及国家理论》之一。——1928③20。

マルクスの唯物的歴史理論　日记作《唯物的歴史理論》。《马克

思的历史唯物主义理论》。德国库诺夫著,滨岛正金译。昭和二年
(1927)东京同人社书店出版,《马克思的历史、社会及国家理论》之
一。——**1928**③14。

マルクスの階級闘争理論　日记作《階級闘争理論》。《马克思的
阶级斗争理论》。德国库诺夫著,鸟海笃助译。昭和二年(1927)东京同
人社书店出版,《马克思的历史、社会及国家理论》之一。——**1928**③
14。

マルクス、レーニン主義芸術学研究　日记作《マ·レ·主義芸術学
研究》。《马克思、列宁主义艺术学研究》。古川庄一郎等著,东京艺术
学研究会编。昭和七年(1932)东京丛文阁出版。——**1932**⑧6。

マルチンの犯罪　《马尔腾的罪行》。小说。苏联巴赫梅节夫(B.
М. Бахметьев)著,杉本良吉译。昭和六年(1931)东京铁塔书院出版,
《苏联作家丛书》之一。——**1932**①13。

マ·レ·主義芸術学研究　见《マルクス·レーニン主義芸術學研
究》。

マ主義芸術理論　见《マルクス主義芸術理論》。

み　ミ

ミルトン失楽園画集　《弥耳敦失乐园画集》。法国陀莱作,帆足
理一郎编。昭和三年(1928)东京新生堂印行。——**1928**③30。

ミレー大画集　《米勒大画集》。小寺健吉编。米勒(J. F. Millet,
1814—1875),法国画家。——**1933**③27。⑥6。⑧7。

め　メ

メッザレム　《梅查列姆》。剧本。德国戈尔(I. Goll)著,久保荣
译。昭和三年(1928)东京原始社出版。本书又名《永遠のブルジョア》
(《永远的布尔乔亚》)。——**1928**⑤16。

も　モ

モリエール全集　《莫里哀全集》。法国莫里哀(Molière)著,吉江

乔松等译。昭和九年(1934)东京中央公论社出版。三册。——**1934**⑩
31。⑪11。　**1935**①21。

　　モンテエニユ論　《蒙田论》。作家研究。法国纪德著,淀野隆三
译。昭和九年(1934)东京三笠书房出版。蒙田(M. Montaigne,1533—
1592),法国思想家、散文家。——**1934**⑨16。

　　モンテーニュ随想録　《蒙田随想录》。法国蒙田著,关根秀雄译。
昭和十年(1935)东京白水社出版。三册。——**1935**⑧13。⑪30。

　　モンパルノ　《蒙派尔诺》。小说。法国米歇尔(G. Michel)著,折
田学译。东京第三书院出版,昭和八年(1933)改订版。——**1933**⑦18。

や　　ヤ

　　ヤボンナ月刊　《日本月刊》——**1930**⑫11。

ゆ　　ユ

　　ユカリ　《缘份》。散文集。亲法文艺会编译。大正十三年(1924)
东京改造社出版。——**1925**⑦28。

　　ユゴオ　见《ウィクトル・ユゴオ》。

ら　　ラ

　　ラムラム王　《兰姆兰姆王》。童话。武井武雄著。大正十五年
(1926)东京丛文阁出版。——**1929**②17。

る　　ル

　　ルウバアヤアット　见《ルバイヤット》。

　　ルネサンス　《文艺复兴论》。英国佩特(W. Pater)著,佐久间政一
译。大正十三年(1924)东京春秋社出版。藏书中另一译本题作《文艺
復興》。——**1924**⑫16。

　　ルバイヤット　日记作《ルウバアヤアット》。《鲁拜集》。诗集。
波斯莪默·伽亚谟(Omar Khayyám)作,片野文吉译。昭和十一年
(1936)东京龙星阁出版。——**1936**⑥5—30。

れ　レ

レッシング伝説(第一部)　《莱辛传奇》(第一部)。德国梅林(F. Mehring)著,土方定一、麻生种卫译。昭和七年(1932)东京木星社书院出版。莱辛(G. Lessing,1729—1781),德国剧作家。——1933⑩16。

レーニンのゴリキーへの手紙　《列宁致高尔基信》。中野重治译。昭和二年(1927)东京丛文阁出版。——1928①16。

レーニンと芸術　《列宁与艺术》。苏联德雷定编,藏原、村田、杉本、黑田合译。1930年东京丛文阁出版,《马克思主义艺术理论丛书》之一。——1930⑫3。

レーニンと哲学　《列宁与哲学》。苏联卢波尔(И. К. Луппол)著,松本信夫译。昭和四年(1929)东京南蛮书房出版。——1930①25。

レーニンの弁証法　《列宁的辩证法》。苏联德波林(А. М. Деборин)著,河上肇译。昭和二年(1927)京都弘文堂书房再版。《马克思主义丛书》之一。——1928⑥26。

レーニンの幼少時代　见《レーニンの幼少時代とその環境》。

レーニンの幼少時代とその環境　日记作《レーニンの幼少時代》。《列宁的幼少年时代及其环境》。苏联阿列克谢也夫(Б. Алексеев)等著,小出民声译。昭和四年(1929)东京弘津堂书房出版。(与《人間レーニン》——《人间列宁》合订)。——1929⑩19。

レーニン主義と哲学　《列宁主义与哲学》。苏联卢波尔著,广岛定吉译。昭和五年(1930)出版。——1930①25。

ろ　ロ

ロオランサン詩画集　见《マリイ・ロオランサン詩画集》。

ロシアの牢獄　见《ソヴイエートロシヤの牢獄》。

ロシア文学史　《俄国文学史》。山内封介著。昭和二年(1927)东京金星堂出版。——1927⑫5。

ロシア社会史　《俄国社会史》。苏联波克罗夫斯基(М. Н. Покровский)著,外村史郎译。昭和四年(1929)东京丛文阁出版。二册。——**1929**⑪18。⑫22。

ロシア労働党史　见《ロシア社会民主労働党史》。

ロシア社会民主労働党史　日记作《ロシア労働党史》。《俄国社会民主劳动党党史》。苏联季诺维也夫（Г. И. Зиновьев）著，川内唯彦译。昭和三年（1928）东京同人社书店出版。——**1928**②10。

ロシア革命映画　《俄国革命电影》。苏联卢那察尔斯基序，吉井虹二译。昭和五年（1930）东京白凤社出版。——**1930**⑤19。

ロシア革命後の文学　见《露西亜革命後の文学》。

ロシヤ文学思潮　日记又作《露西亜文学思潮》。《俄国文学思潮》。米川正夫著。昭和七年（1932）东京三省堂出版。——**1932**⑧23。

わ　　ワ

わが毒舌　《我的刻薄话》，法国圣佩韦（圣·蒲孚，A. Sainte-Beuve）著，石川涌译。昭和十年（1935）东京赛棱社出版。——**1935**⑩25。

わが漂泊　《我的漂泊》。随笔集。三上於菟吉著，昭和十年（1935）东京赛棱社出版。——**1935**⑧6。

ゑ　　ヱ

エゲレスイロハ　日记又作《エゲレスいろは》。《英语入门》。诗集及画册。川上澄生作。昭和五年（1930）东京雅博那书房木刻本。三册。——**1930**⑫22。　**1931**②10。

汉　　字

一　　画

一粒の麦もし死なずば　日记又作《一粒ノ麦モシ死ナズべ》。《如果一粒麦子不死的话》。小说。法国纪德著，堀口大学译。昭和八年（1933）东京第一书房出版。上卷。——**1933**⑨30。

一粒ノ麦モシ死ナズバ　见《一粒の麦もし死なずば》。

一革命家の人生·社会観　《一个革命者的人生及社会观》。传记。

西班牙巴罗哈著,冈田忠一译。昭和三年(**1928**)东京聚英阁出版。——**1928**⑥26。

　　一週間　《一周间》。小说。苏联里培进斯基著,池谷信三郎译。大正十五年(1926)东京改造社出版。——**1928**③14。

　　一立斎広重　《一立斋广重》。野口米次郎著。昭和八年(1933)东京诚文堂出版。六大浮世绘师决定版。一立斋广重,即歌川广重(1785—1858),日本六大浮世绘师之一。——**1933**④20。

　　一千一夜物語(画譜)上卷　日记作《画谱一千夜物语》(上)。《一千零一夜故事(画谱)》上卷。法国玛德吕丝编,矢野目源一等解说。昭和四年(1929)东京国际文献刊行会出版。——**1929**⑫18。

二　　画

　　二十世紀の欧洲文学　《二十世纪的欧洲文学》。苏联弗理契著,熊泽复六译。昭和六年(1931)东京铁塔书院出版,《马克思主义艺术史丛书》之一。——**1931**⑩29。

　　二葉亭全集　《二叶亭全集》。长谷川辰之助(二叶亭四迷)著。大正十五年至昭和二年(1926—1927)东京博文馆缩印版。三册。——**1928**⑩16。

　　二十世紀絵画大観　《二十世纪绘画大观》。外山卯三郎编。昭和五年(1930)东京金星堂出版。——**1931**①5。

　　二十世紀文学之主潮　应作《十九世纪文学之主潮》。丹麦勃兰兑斯著,这里指《青春独逸派》。

　　二九年度世界芸術写真年鑑　见《Photograms of the year》。

　　十月　小说。苏联雅各武莱夫著,井田孝平译。昭和三年(1928)东京南宋书院发行,《世界社会主义文学丛书》之一。——**1928**⑦18。

　　十字街頭を行く　见《十字街頭を往く》。

　　十字街頭を往く　日记作《十字街头を行く》。《走向十字街头》。文艺评论。厨川白村著。大正十二年(1923)东京福永书店出版。——**1924**⑩27。

　　人類の為めに　《为人类》。童话。俄国爱罗先珂著。大正十三年

(1924)东京刊行社出版。——1924⑩19。

人類学及人種学上ヨリ見タル北東亜細亜 《从人类学及人种学所见到的东北亚》。考古。鸟居龙藏著。大正十三年(1924)东京冈书院再版。——1924⑫13。

人形図篇 《玩偶图篇》。玩具艺术研究。西泽笛亩著。昭和九年(1934)东京雄山阁出版,《玩具丛书》之一。——1934③21。

人生十字路 书信集。俄国列夫·托尔斯泰等著,八住利雄译。昭和八年(1933)东京四条书房出版。——1933④22。

人生漫画帖 画册。池部钧等绘。昭和七年(1932)日本东京大日本雄辩会讲谈社编印。——1932④24。

人生遺伝学 《人生遗传学》。生理学。神谷辰三郎著。昭和三年(1928)东京养贤堂出版。——1928⑪22。

人形作者篇 《玩偶作者篇》。玩具艺术研究。久保田米所著。昭和十一年(1936)东京雄山阁出版,《玩具丛书》之一。——1936④24。

人体解剖学 西成甫、铃木重武著。昭和八年(1933)东京岩波书店出版,《岩波全书》之一。——1934①20。

人類協同史 《人类合作史》。历史。西村真次著。昭和五年(1930)东京春秋社出版。——1930⑤23。

人体寄生虫通説 医学。小泉丹著。昭和十年(1935)东京岩波书店出版,《岩波全书》之一。——1935⑥4。

九十三年 《九三年》。小说。法国雨果著。——1928③10。

<h1 style="text-align:center">三　　画</h1>

三人 作家研究。法国叙阿雷(A. Suarès)著,宫崎岭雄译。昭和十年(1935)东京山本书店出版。"三人",指法国帕斯卡(B. Pascal, 1623—1662)、挪威易卜生(H. Ibsen, 1828—1906)、俄国陀思妥耶夫斯基。——1935②26。

三太郎〔の〕日记 《三太郎日记》。小说。阿部次郎著。大正十三年(1924)东京岩波书店第二十版。——1925⑫14。

工芸美論 《工艺美论》。柳宗悦著。昭和四年(1929)东京万里阁书院出版。——**1929**⑤8。

　　工房有閑　随笔集。小杉未醒(小杉放庵)著。昭和六年(1931)东京雅博那书房出版。二册。——**1931**⑩14。

　　工場細胞　《工厂支部》。小说。苏联谢苗诺夫(Семёнов)著,黑田辰男译。昭和五年(1930)东京铁塔书院出版,《苏联作家丛书》之一。——**1930**⑫23。

　　土俗玩具集　画册。江南史朗等绘。昭和十年至十一年(1935—1936)东京白与黑社木刻彩色印本。十册。——**1935**⑧20。⑨4。⑫17。　**1936**①22。④3。

　　下女の子　《女仆之子》。小说。瑞典斯特林堡著,小宫丰隆译。大正十三年(1924)东京岩波书店出版,《斯特林堡全集》之一。——**1928**②1。

　　大十年の文学　见《ソヴエート文学の十年》。

　　大自然卜霊魂卜ノ対話　见《大自然と霊魂の対話》。

　　大自然と霊魂の対話　日记又作《大自然卜霊魂卜ノ対話》。《大自然与灵魂的对话》。散文集。意大利列奥巴尔迪(G. Leopardi)著,柳田泉译。大正十三年(1924)东京春秋社出版。另一册昭和八年(1933)出版。——**1927**⑪11。　**1933**⑨13。

　　大学生の日記　见《共産大学生の日記》。

　　大海のとほり　见《大海のほとり》。

　　大海のほとり　日记作《大海のとほり》。《大海边》。小说。瑞典斯特林堡著,斋藤晌译。昭和二年(1927)东京岩波书店出版,《斯特林堡全集》之一。——**1928**②1。

　　大調和　文学月刊。武者小路实笃主编。东京春秋社发行。郁达夫所赠该刊 1927 年 10 月号为《亚洲文化研究号》,载有鲁迅《故乡》的译文。——**1928**⑤27。

　　大旋風　小说集。苏联玛拉式庚(С. И. Малашкин)等著,木村利美等编译。昭和四年(1929)东京黎明社出版,《现代俄罗斯三十人集》(上卷)。——**1929**⑫31。

　　大東京百景版画集　中島重太郎编。昭和七年(1932)东京日本风景版画会出版。——**1932**⑫19。

　　万朝报　日报。黑岩涙香创办于 1892 年 11 月。早期有幸德秋水、堺利彦等参加编辑。1940 年并入东京每夕新闻社。1929 年该报曾刊登鲁迅的小说《故乡》。——**1930**①7。

　　上海自然科学研究所彙报　丛刊。东方文化事业上海委员会上海自然科学研究所编，东京丸善株式会社发行。鲁迅曾购此丛刊所收《漢藥写真集成》、《天産ナトリウム化合物の研究》等五种。——**1930**⑤23。⑩28。

　　山越工作所標本目録　博物标本目录。东京帝国大学山越工作所编印。——**1913**①26。

　　口語法　语法。日本国语调查委员会编。大日本图书株式会社出版。——**1918**②19。

　　千夜一夜　《一千零一夜》。古代阿拉伯故事集。日本大宅壮一等译。昭和四年至五年（1929—1930）东京中央公论社出版。十二册。——**1930**②4。③2。④7。⑤22，30。⑦2。⑧1，29。⑩4，31。⑫2，31。

　　千家元麿詩箋　千家元麿作。珂罗版影印。一帖四张。千家元麿（1888—1948），日本诗人。——**1931**⑥8。

　　川柳漫画集　见《川柳漫画全集》。

　　川柳漫画全集　日记又作《川柳漫画集》。矢野锦浪作。昭和五年至七年（1930—1932）东京平凡社出版。——**1930**⑩24。⑪13。⑫5，31。　**1931**②26。④10。⑥11。⑧13。⑪23。　**1932**⑥22。

　　凡人経　随笔集。西村真琴著。昭和十年（1935）东京书物展望社出版。——**1935**④4。

　　丸善书店书目——**1917**①7。⑧18。　**1928**⑫17。　**1929**①18。

　　女性のカット　《女子木刻》。木刻画集。山六郎、山名文夫编。昭和三年（1928）东京普拉东社出版。——**1928**⑩10。

　　女性と愛慾　日记又作《愛慾と女性》。《女性与情欲》。田中香涯著。大正十四年（1925）东京大阪屋号书店再版。——**1925**⑪5。

　　女騎士エルザ　《女骑士爱尔萨》。小说。法国马科奥朗（P. Mac

Orlan)著,永田逸郎译。昭和十一年(1936)东京第一书房出版,《法国现代小说》之一。——**1936**⑦29。

　　女一人大地を行く　日记作《女一人大地を行ク》、《女一人大地ラ行ク》。《大地的女儿》。小说。美国史沫特莱(A.Smedly)著,白川次郎(尾崎秀实)译。昭和九年(1934)东京改造社出版。——**1934**⑧24。

　　小さき者へ　《与幼者》。小说集。有岛武郎著。昭和二年(1927)东京新潮社第七版,《有岛武郎著作集》第七辑。

　　小说ノ作リ方　《小说作法》。——**1920**⑪24。

　　小说から见たる支那の民族性　原书作《小说から见た支那の民族性》。《从小说看来的支那民族性》。安冈秀夫著。大正十五年(1926)东京聚芳阁出版。——**1926**⑥26。

　　小供之画　《儿童的画》。——**1913**①12。

　　小林论文集　见《日和见主义ニ对スル斗争》。

　　小杉放庵画集　小杉放庵作。昭和七年(1932)东京阿托利埃社出版。小杉放庵(1881—1964),日本画家。——**1932**⑥26。

　　小林多喜二集　见《小林多喜二全集》。

　　小林多喜二日记　小林多喜二著,小林三吾编。昭和十一年(1936)东京那乌卡社出版。小林多喜二(1903—1933),日本作家、共产党员。1933年2月被日本政府逮捕,毒打致死。——**1936**④18。

　　小林多喜二全集　日记又作《小林多喜二集》。小林多喜二著,小林三吾编。昭和十年(1935)东京那乌卡社出版。三册。——**1935**④8。⑤27。⑥26。

　　小说研究十二讲　木村毅著。昭和八年(1933)东京新潮社出版,《新潮文库》之一。——**1933**④25。

　　小说研究十六讲　木村毅著。大正十四年(1925)东京新潮社出版,《思想文艺讲话丛书》之一。——**1925**③25。

　　小林多喜二书简集　小林多喜二著,小林三吾编。昭和十年(1935)东京那乌卡社出版。——**1935**⑧7。

四　画

王様の背中　《国王的背脊》。童话。内田百间著。昭和九年(1934)东京乐浪书院出版。鲁迅曾购两种版本,9月所购为普通版,11月所购为特制限定版 200 部之 167 号。——**1934**⑨16。⑪3。

王道　《王室之路》。小说。法国马尔罗(A. Malraux)著,小松清译。昭和十一年(1936)东京第一书房出版,《法国现代小说》之一。马尔罗(マルロオ,1901—1976),法国小说家。——**1936**③31。

王道天下之研究　副题《中国古代政治思想及制度》。田畸仁义著。大正十五年(1926)京都内外出版株式会社出版。——**1929**⑫30。

天産鈉化合物の研究　原书作《天産ナトウリム化合物の研究》。《天然钠化合物的研究》。冈田家武著。《上海自然科学研究所汇报》第一卷第四号(1930 年 8 月)。——**1930**⑩28。

五山の詩人　见《五山の四大詩僧》。

五山の四大詩僧　日记作《五山の詩人》。《五山的四大诗僧》。传记。今关天彭著。昭和八年(1933)出版。——**1933**⑫31。

五十年生活年譜　秋田雨雀著。昭和十一年(1936)东京那乌卡社出版。——**1936**⑤26。

支那に於ケル列強の工作とその経済勢力　《帝国主义列强在华之活动及其经济势力》。原胜著。昭和十一年(1936)东京学艺社出版。——**1936**④7。

支那の建筑　《中国的建筑》。伊藤清造著。昭和四年(1929)东京大阪屋号书店出版。——**1929**⑩28。

支那は眼覚め行く　《中国在觉醒》。德国维特福格尔(K. Wittvogel)著,二木猛译。昭和三年(1928)东京白扬社出版。——**1928**⑤24。

支那ユーモア集　见《世界ユーモア全集——支那篇》。

支那産"䗴"二就イテ　《中国生产的"䗴"》。工艺。山崎百治著。《上海自然科学研究所汇报》第一卷第一号(1929 年 10 月)。——**1930**⑤23。

支那語ローマ字化の理論　《中文拉丁化的理论》。鲁迅、叶籁士等著,日本斋藤秀一编译。昭和十一年(1936)日本鹤冈油印本。——**1936**⑧8。

支那文化の研究　《中国文化研究》。后藤朝太郎著。大正十四年(1925)东京富山房出版。——**1925**⑨26。

支那革命の現階段　原书作《支那革命の現段階》。《中国革命的现阶段》。斯大林(И.В.Сталин)、布哈林(Н.И.Бухарин)等著,藏原惟人译。昭和二年(1927)东京希望阁出版。——**1928**⑫31。

支那革命の諸問題　见《支那革命の理論的考察》。

支那革命の理論的考察　又作《支那革命の諸問題》。《中国革命的理论的考察》。布哈林著,野村哲雄译,产业劳动调查所编。昭和三年(1928)东京马克思书房出版,《国际小丛书》之一。——**1928**②13。

支那思想のフランス西漸　《中国思想的西传法国》。后藤末雄著。昭和八年(1933)东京第一书房出版。——**1933**⑥24。

支那人及支那社会の研究　《中国人与中国社会研究》。池田龙藏著。昭和六年(1931)东京池田无尽研究所出版。——**1931**⑪5。

支那革命及世界の明日　《中国革命及世界的未来》。细川嘉六著。昭和三年(1928)东京同人社出版。——**1928**③25。

支那　《中国》。山本实彦著。昭和十一年(1936)东京改造社出版。其中有记述鲁迅事迹的《从上海去S》、《鲁迅》。——**1936**⑨15。

支那研究　社会科学季刊。河野弥太吉编。大连支那研究会发行。大正十三年(1924)创刊。——**1925**①5。

支那遊記　《中国游记》。芥川龙之介著。大正十四年(1925)东京改造社出版。——**1926**④17。

支那漫談　见《生ケル支那ノ姿》。

支那小説史　即《中国小说史略》的日译本。鲁迅著并序,增田涉译。昭和十年(1935)东京赛棱社出版。——**1935**⑥10。⑦30。⑧6,13。⑩27。

支那住宅誌　《中国住宅志》。南满洲铁道株式会社经济调查会贵岛克己编。昭和七年(1932)大连南满洲铁道株式会社出版。——**1932**

⑧9。

支那社会史 《中国社会史》。苏联萨法洛夫（Сафаров）著，早川二郎译。昭和九年（1934）东京白扬社出版。——1934⑩24。

支那画人伝 《中国画家传》。传记。横川毅一郎著。大正十四年（1925）东京中央美术社出版。——1926③23。

支那学文藪 《汉学文薮》。狩野直喜著。昭和二年（1927）京都弘文堂书房出版。——1927⑩8。

支那南北记 《中国南北记》。游记。木下奎太郎著。大正十五年（1926）东京改造社出版。——1926②23。

支那童话集 《中国童话集》。池田大伍编。大正十三年（1924）东京富山房出版。——1925⑧11。

支那詩論史 《中国诗论史》。铃木虎雄著。大正十四年（1925）京都弘文堂书房出版，《支那学丛书》之一。——1925⑨15。

支那山水画史 《中国山水画史》。伊势专一郎著，东方文化学院京都研究所编。昭和九年（1934）《东方文化学院京都研究所研究报告》之一。——1935①17。

支那文芸論藪 《中国文艺论薮》。青木正儿著。昭和二年（1927）京都弘文堂书房出版。——1928⑧10。

支那文学史綱 《中国文学史纲》。儿岛献吉郎著。大正十四年（1925）东京富山房第八版。——1925⑨26。

支那文学研究 《中国文学研究》。铃木虎雄著。大正十四年（1925）京都弘文堂书房出版。——1926②23。

支那文学概说 《中国文学概说》。青木正儿著。昭和十年（1935）东京弘文堂书房出版。——1936②19。

支那仏教遺物 《中国佛教文物》。松本文三郎著。大正八年（1919）东京大镫阁出版。——1926②23。

支那社会研究 《中国社会研究》。日本桔朴著。昭和十一年（1936）东京日本评论社出版。——1936⑧29。

支那英雄物語 《中国英雄故事》。三井信卫著。昭和二年（1927）东京金星社出版。——1928⑩25。

支那思想研究　　日记又作《思想研究》。《中国思想研究》。桔朴著。昭和十一年(1936)东京日本评论社出版。——**1936**⑧29。

支那绘画小史　　《中国绘画小史》。大村西崖著。明治四十三年(1910)东京出版。——**1912**⑩12。

支那中世医学史　　《中国中世纪医学史》。廖温仁著。昭和七年(1932)京都卡尼亚书店出版。——**1933**④25。

支那仏教印象记　　《中国佛教印象记》。铃木大拙(铃木贞太郎)著。昭和九年(1934)东京森江书店出版。——**1934**⑩28。

支那文学史綱要　　《中国文学史纲要》。内田泉之助、长泽规矩也编。昭和七年(1932)东京文求堂书店出版。——**1932**⑥3。

支那古明器図鑑　　见《支那古明器泥象图鑑》。

支那印度短篇集　　日记作《支那印度短篇小説集》。《中国印度短篇集》。佐藤春夫编。昭和十一年(1936)东京河出书房出版,《世界短篇杰作全集》之一。——**1936**⑩2。

支那近代〔世〕戯曲史　　《中国近代戏曲史》。青木正儿著。昭和五年(1930)京都弘文堂书房出版。——**1930**⑤7。

支那法制史論叢　　《中国法制史论丛》。桑原隲藏著。昭和十年(1935)东京弘文堂书房出版。——**1936**②10。

支那馬賊裏面史　　《中国马贼秘史》。矢萩富桔著。大正十三年(1924)东京日本书院出版。——**1925**①6。

支那諸子百家考　　《中国诸子百家考》。儿岛献吉郎著。昭和六年(1931)东京目黑书店出版。——**1931**④11。

支那上代画論研究　　《中国古代画论研究》。金原省吾著。大正十三年(1924)东京岩波书店出版。——**1926**③23。

支那小説戯曲〔史〕概説　　《中国小说戏曲史概说》。宫原民平著。大正十四年(1925)东京共立社出版。——**1926**②23。

支那美術史·彫塑篇　　《中国美术史·雕塑篇》。大村西崖著。大正四年(1915)东京出版。——**1918**⑥1。

支那明器泥象図鑑　　见《支那古明器泥象图鑑》。

支那歴史地理研究　　《中国历史地理研究》。小川琢治著。昭和三年(1928)京都弘文堂书房再版。——**1929**⑨16。

支那古明器泥象图说 《中国古明器泥象图说》。二册。滨田青陵(滨田耕作)编著。昭和二年(1927)东京刀江书院印行。——**1930**⑦28。

支那古明器泥象图鑑 日记又作《支那古明器图鑑》、《支那明器泥象图鑑》。《中国古明器泥象图鉴》。大塚稔编著。昭和七年至八年(1932—1933)东京大塚巧艺社出版。六辑。——**1932**⑧16,22。⑪6。**1933**①7。⑦18。

支那古器図考·兵器篇 《中国古器图考·兵器篇》。原田淑人、驹井和爱著。昭和七年(1932)东京东方文化学院东京研究所出版。——**1933**①7。

支那印度短篇小说集 见《支那印度短篇集》。

支那歷史地理研究統编[集] 日记又作《統编》。小川琢治著。昭和四年(1929)东京弘文堂书房出版。——**1929**⑨16。

支那古代经济思想及制度 《中国古代经济思想及制度》。田畸仁义著。大正十五年(1926)京都内外出版株式会社增补四版。——**1929**⑫17。

不安と再建 《不安与再建》,副题为《新文学概論》。法国克莱米约(B.Crémieux)著,增田笃雄译。昭和十年(1935)东京小山书店出版。——**1935**①24。

犬·猫·人間 随笔集。长谷川如是闲著。大正十四年(1925)东京改造社第十七版,《改造社随笔丛书》之一。——**1925**⑪13。

友達 《朋友》。小说。铃木金二著。昭和六年(1931)横滨雅博那书房出版。——**1932**⑤2。

比較解剖学 西成甫著。昭和十年(1935)东京岩波书店出版,《岩波全书》本。——**1935**⑥24。

切支丹殉教記 《基督教徒殉教记》。松崎实著。大正十四年(1925)东京春秋社出版。——**1927**⑪25。

少年画集 谷中安规编。东京白与黑社木刻本。——**1933**①12。

日本プロレタリア美術集 《日本无产阶级美术集》。日本无产阶

级美术家同盟编。昭和六年(1931)东京内外社出版。——**1931**⑧6。

日本昔ばなし　日记作《高木氏童话》。《日本古代故事集》。高木敏雄著。大正六年(1917)东京敬文馆发行。——**1917**⑩2。

日本流寓の明末諸士　日记作《日本流寓之明末名士》。《流寓日本的明末诸士》。今关天彭著。昭和三年(1928)北京今关研究室出版。——**1929**⑥20。

日和見主義ニ対スル闘争　日记又作《小林論文集》。《对机会主义的斗争》。小林多喜二著。昭和八年(1933)东京日本无产阶级文化联盟出版部出版。——**1933**⑤5。

日本木彫史　坂井犀水编著。昭和四年(1929)东京时代出版社出版。——**1929**⑫31。

日本印象記　副题为《日本的太阳的根蒂》。游记。苏联毕力涅克(Б.А.Пильняк)著。井田孝平、小岛修一译。昭和二年(1927)东京原始社出版。——**1927**⑪25。

日本漫画史　细木原青起著。大正十三年(1924)东京雄山阁出版。——**1926**②3。

日本一之画噺　《日本最佳图画故事》。画册。岩谷小波作。**1917**⑧13。

日本玩具史篇　玩具艺术研究。有坂与太郎著。昭和九年(1934)东京雄山阁出版,《玩具丛书》之一。——**1934**⑤4。

日本玩具図篇　《日本玩具图篇》。玩具艺术研究。西泽笛亩著。昭和九年(1934)东京雄山阁出版,《玩具丛书》之一。——**1935**④19。

日本原始絵画　艺术研究。高桥健自著。昭和二年(1927)东京大冈山书店出版。——**1927**⑪10。

日本動物図鑑　日记作《動物図鑑》。《日本动物图鉴》。画册。内田清之助编。东京北隆馆出版。——**1932**⑫20。

日本童話選集　日本童话作家协会编。昭和二年至三年(1927—1928)东京丸善株式会社出版。三册。——**1927**⑪4。　**1928**⑩25。**1929**②17。

日本浮世絵傑作集　见《浮世絵板画名作集》。

日本裸体美術全集　上村益郎、高见泽忠雄编。昭和六年(1931)东京高见泽木版社出版。六册。——**1931**⑤21。⑥4。⑦13。⑨9。⑩14。⑪23。⑫8。

日本廿六聖人殉教記　法国帕热斯(Léon Pagés)著,木村太郎译,松崎实校注。昭和六年(1931)东京岩波书店出版。——**1934**②15。

日本木版浮世繪大鑑　日记作"浮世绘复刻本"。田中甚助编。大正十四年(1925)东京日本木版印刷株式会社出版。——**1931**⑨26。

日本初期洋風版[板]画集　《日本初期欧式版画集》。日本板画协会编。昭和十一年(1936)东京第一书房影印。——**1936**③20。

日本流寓之明末名士　见《日本流寓の明末諸士》。

中央美術　月刊。田口镜次郎编,东京中央美术社发行。——**1924**④15。

中世欧洲文学史　田部重治著。昭和七年(1932)东京第一书房出版。——**1932**⑫26。

中華民国書林一瞥　日记作《書林一瞥》。长泽规矩也著。昭和六年(1931)东京东亚研究会出版,《东亚研究讲座》之一。——**1931**③24。

内面への道　《内省的道路》。小说集。德国黑塞(H.Hesse)著,三井光弥译。昭和八年(1933)东京第一书房出版。——**1933**⑪18。

手芸図案集　见《武井武雄手芸図案集》。

仏陀[像]帰る　《佛象归来》。小说。苏联伊凡诺夫(B.B.Иванов)著,深见尚行译,日本俄国文学研究会编。昭和三年(1928)东京原始社出版,《苏俄文艺丛书》之一。——**1928**⑤18。

仏教に於ける地獄の新研究　《佛教中地狱的新研究》。山边习学著。昭和九年(1934)东京春秋社出版,《春秋文库》之一。——**1934**③18。

仏蘭西文学の話　《法国文学故事》。辰野隆著。大正十四年(1925)东京春阳堂出版。——**1926**②3。

仏蘭西精神史の一側面　《法国精神史的一个侧面》。后藤末雄著。昭和九年(1934)东京第一书房出版。——**1934**③16。

仏教美術　《佛教美术》。宗教研究。小野玄妙著。大正十五年

(1926)东京甲子社书房出版。——**1926**⑧10。

　　仏像新集　《佛象新集》。画册。权田雷斧、大村西崖编。大正八年(1919)丙午出版社出版。二册。——**1919**④4。

　　仏蘭西文芸　《法国文艺》。文学月刊。福冈益雄编。东京金星堂发行。昭和八年(1933)四月创刊。——**1933**⑧19。⑨3。⑪7。

　　仏蘭西詩選　《法国诗选》。法国贝特朗(L.Bertrand)等著,山内义雄辑译。大正十二年(1923)东京新潮社出版。——**1928**⑪1。

　　仏国文芸叢書　见《现代仏蘭西文芸叢書》。

　　仏蘭西新作家集　《法国新作家集》。法国拉克雷泰勒(J. de. Larcretelle)等著,青柳瑞穗译。昭和八年(1933)东京第一书房出版。——**1933**⑦15。

　　仏蘭西文芸叢書　见《现代仏蘭西文芸叢書》。

　　仏蘭西文学史序説　《法国文学史序说》。法国布伦蒂埃(F. Brunetière)著,关根秀雄译。大正十五年(1926)东京岩波书店出版。——**1927**⑫24。

　　仏教之美術及歴史　《佛教之美术及历史》。宗教研究。小野玄妙著。东京佛学研究会出版。——**1918**⑩14。

　　反逆児　《叛逆儿》。小说。法国拉克雷泰勒著,青柳瑞穗译。昭和十一年(1936)东京第一书房出版,《法国现代小说》之一。——**1936**⑨9。

　　文化の擁護　《文化拥护》。国际作家会议报告集。小松清编译。昭和十年(1935)东京第一书房出版。——**1935**⑪17。

　　文芸と法律　《文艺与法律》。胜本正晃著。昭和四年(1929)东京改造社出版。——**1929**③28。

　　文芸学の発展と批判　《文艺学的发展与批判》。苏联希列尔(Ф. П. Шиллер)著,熊泽复六译。昭和十一年(1936)东京清河书店出版。——**1936**②23。

　　文学と革命　日记又作《革命と文学》。《文学与革命》。苏联托洛茨基(Л. Д. Троцкий)著,茂森唯士译。大正十四年(1925)东京改造社出版。——**1925**⑧26。　**1928**②23。

文学と经济学 《文学与经济学》。大熊信行著。昭和四年(1929)东京大镫阁出版。——**1929**⑨28。

文学に志す人に 《给有志于文学者》。武者小路实笃著。大正十五年(1926)东京改造社出版。——**1926**⑥2。

文学の连续性 《文学的连续性》。英国戈斯(E.W.Gosse)著,相良次郎译。昭和七年(1932)东京研究社出版,《文学论小丛书》之一。——**1932**⑤31。

文学の爲めの经济学 见《文学のための经济学》。

文学のための经济学 日记作《文学の爲めの经济学》。《为文学的经济学》。大熊信行著。昭和八年(1933)东京春秋社出版。——**1933**⑪27。

文学の社会学的批判 《文学之社会学的批判》。文艺理论。西班牙卡耳瓦顿著,木村利美译。昭和五年(1930)东京白扬社出版。——**1930**③5。

文学古典の再认识 日记又作《文学古典之再认识》。秋田雨雀等著,艺术遗产研究会编。昭和十年(1935)东京现代文化社出版。——**1935**②18。

文学革命の前哨 《文学革命的前哨》。小宫山明敏著。昭和五年(1930)东京世界社出版。——**1930**⑩25。

文学理论の诸问题 《文学理论诸问题》。平林初之辅著。昭和四年(1929)东京千仓书房出版。——**1929**⑫17。

文芸论 《文艺论》。俄国梅列日科夫斯基(メレジコーフスキイ,Д.С.Мережковский)著。山内封介译,东京第一书房出版。梅列日科夫斯基(1866—1941),俄国文艺批评家,十月革命后逃亡国外。——**1933**⑩18。 **1935**⑪7。

文芸评论(ヂイド) 《文艺评论》。法国纪德著,佐藤正彰等译。昭和八年(1933)东京芝书店出版。——**1934**①6。

文芸复兴 《文艺复兴》。英国佩特(W.H.Pater)著,田部重治译。昭和三年(1928)东京北星堂书店出版,藏书中另一译本题作《ルネサンス》。——**1929**⑦26。

　　文芸辞典　《文艺辞典》。创元社编辑部编。大正十五年(1926)东京创元社第六版。——1926⑥1。

　　文芸管見　《文艺管见》。里见弴著。大正十四年(1925)东京改造社出版。——1925⑨9。

　　文芸批評史　《文艺批评史》。宫岛新三郎著。昭和四年(1929)东京春秋社出版,《春秋文库》之一。——1929⑪30。

　　文芸学概論　《文艺学概论》。德国佩特尔森(J. Petersen)著,芦田弘夫译。昭和七年(1932)出版,《德国文艺学丛书》之一。——1933⑩6。

　　文芸思潮論　《文艺思潮论》。厨川白村著。鲁迅藏书中现存大正十三年(1924)东京大日本图书株式会社第十九版。——1917⑪2。1924⑫12。

　　文芸復興論　见《ルネサンス》。

　　文芸家漫画像　未详。——1932⑩25。

　　文芸学史概説　《文艺学史概说》。德国舍尔(J. Scherr)著,村冈一郎译。昭和八年(1933)东京建设社出版,《德国文艺学丛书》之一。——1933⑪18。

　　文求堂書目——1934⑤23。

　　文化社会学概論　关荣吉著。昭和四年(1929)东京东京堂出版。——1929⑩23。

　　文学(ヴアレリイ)　诗论。法国瓦勒里(Paul Valéry)著,堀口大学译。昭和五年(1930)东京第一书房出版。瓦勒里(1871—1945)法国象征派诗人、文艺理论家。——1933⑦4。

　　文学論　土田杏村著。昭和二年(1927)东京第一书房出版。——1927⑪10。

　　文学論　竹友藻风著。大正十五年(1926)东京阿尔斯社第五版。——1926⑧10。

　　文学論　似即《プロレタリア文学論》。《无产阶级文学论》。苏联戈庚著,昇曙梦译。昭和三年(1928)东京白扬社出版。——1930⑤23。

　　文学論(森山氏)　森山启著。昭和十年(1935)东京三笠书房出版,《唯物论全书》之一。——**1935**⑪27。

文学論(ゴリキイ)　高尔基著。日记所记版本有三：一为本间七郎全译本,昭和十年(1935)东京改造社出版；一为大竹博吉译,昭和十年东京那乌卡社出版；一为熊泽复六译,昭和十年东京三笠书房出版。——**1935**⑪25。⑫28。　**1936**①8。

文学十講　见《近代文学十講》。

文学入門　小泉八云(L. Hearn)著,今东光译。大正十四年(1925)东京金星堂出版。——**1926**②23。

文学原論　德国埃尔斯特(E. Elster)著,高桥祯二译述。大正十三年(1924)东京东京堂出版。——**1924**④8。

文学評論　高尔基等著。——**1935**⑩10。

文学評論　片上伸著。大正十五年(1926)东京新潮社出版。其中《無産階級文学の諸問題》由鲁迅译出,题作《现代新兴文学的诸问题》。——**1927**⑪7。

文学論考　本间久雄著。昭和六年(1931)东京东京堂书店出版。——**1931**⑤26。

文学的戦術論　《文学的战术论》。大宅壮一著。昭和五年(1930)东京中央公论社出版。——**1930**③5。

文学思想研究　日本早稻田大学文学部编。第一辑昭和七年(1932)东京春秋社出版。——**1932**⑫24。

文学古典之再認識　见《文学古典の再認識》。

文豪評伝叢書　日记又作《現代文豪評伝叢書》。共六种。大正十四年至昭和二年(1925—1927)东京新潮社出版。除已列书名的《バイロン》(《拜伦》)和《ヴイクトル·ユゴオ》(维克多·雨果)外,另四种为《ドストエフスキー》(《陀斯妥也夫斯基》)、《イブセン》(《伊卜生》)、《ルソオ》(卢梭)和《タンテ》(《但丁》)。——**1926**⑦5,19。　**1927**⑪22。

六朝時代の芸術　《六朝时代的艺术》。梅泽和轩著。昭和二年(1927)东京阿尔斯社第五版,《阿尔斯美术丛书》之一。——**1927**⑪18。

六祖壇经·神会禅师语录(合刻)　佛教书籍。铃木贞太郎(铃木大拙)编。昭和九年(1934)京都森江书店印行。六祖,唐代禅宗实际创始人慧能(638—713);神会,唐代禅宗高僧(668?—760)。——**1934**⑤10。

巴里の憂鬱　日记作《巴黎の憂鬱》。《巴黎的烦恼》。散文诗。法国波德莱尔(C. Baudelaire)著。《日记》所记版本有二:一为高桥广江译,昭和三年(1928)东京青郊社出版;一为三好达治译,昭和四年(1929)东京厚生阁书店出版,《现代艺术与批评丛书》之一。——**1928**⑫20。　**1930**④24。

巴黎の憂鬱　见《巴里の憂鬱》。

水滸画譜　见《水滸伝画譜》。

水滸伝画譜　日记又作《水滸画譜》。柳川重信作。京都芸草堂刻本。——**1921**②16。　**1929**③2。

五　　画

正倉院誌　考古。大村西崖著。东京审美书院出版。——**1913**②24。

世界ユーモア全集——支那篇　日记作《支那ユーモア集》。《世界幽默全集——中国篇》。佐藤春夫译编。昭和八年(1933)东京改造社出版。书中收有增田涉译鲁迅小说《阿Q正传》、《幸福的家庭》。——**1933**③24。

世界の始　《世界的开端》。——**1927**⑩5。

世界の女性を語る　《谈谈世界女性》。木村毅著。昭和八年(1933)东京千仓书房出版。——**1933**④25。

世界文学と無産階級　《世界文学与无产阶级》。德国梅林著,川口浩译。昭和三年(1928)东京丛文阁出版,《马克思主义艺术理论丛书》之一。——**1928**⑫20。

世界文学と比較文学史　《世界文学与比较文学史》。德国斯特里希(F. Strich)著,伊藤雄译。昭和八年(1933)东京建设社出版,《德国文学丛书》之一。——**1933**⑪18。

世界革命の実現に活躍するロシヤの政治組織　日记作《ソヴエ

ト政治組織》。《为实现世界革命而活跃的俄国的政治组织》。久保田荣吉编。昭和四年(1929)东京内外书房再版。——**1929**④18。

世界観としてのマルキシズム 《作为世界观的马克思主义》。苏联塞姆可夫斯基(С. И. Семковский)编,日本马克思书房编辑部译。昭和四年(1929)出版,《马克思学教科书》第七分册。——**1929**⑩28。

世界年表 见《模範最新世界年表》。

世界史教程 见《唯物史観世界史教程》。

世界文学全集 日本东京新潮社出版的一套介绍欧美各国文学创作的丛书。鲁迅藏书中现存多种,1928 年 10 月 31 日所记为《ドン·キホーテ》(《堂·吉诃德》),1929 年 9 月 9 日所记为《近代短篇小説集》和《新興文学集》。1936 年 3 月 22 日所记第三十一种为《寂しき人人·恋愛三昧·モンナ·ワンナ其他》(《寂寞的人们、恋爱三昧、莫娜·万娜及其他》)。德国霍普特曼(G. Hauptmann)等著。——**1928**⑩31。 **1929**⑨9。 **1936**③22。

世界文学物語 《世界文学故事》。英国梅西(J. A. Macy)著,内山贤次译。昭和三年(1928)东京阿尔斯社普及版。二册。——**1928**⑥26。

世界文学評論 文学月刊。大野俊一、春山行夫编。东京世界文学评论社发行。1930 年 9 月创刊,1931 年出至第六期停刊。——**1931**③8。

世界玩具史篇 有坂与太郎著。昭和九年(1934)东京雄山阁出版,《玩具丛书》之一。——**1935**①5。

世界玩具図篇 日记又作《西洋玩具図篇》。《世界玩具图篇》。西泽笛亩著。昭和九年(1934)东京雄山阁出版,《玩具丛书》之一。——**1934**⑥28。

世界美术全集 日记又作《美术全集》。画册。下中弥三郎编。昭和三年至五年(1928—1930)东京平凡社出版。——**1927**⑪25。⑫27。**1928**②1,23。③25。④25。⑤24。⑥18。⑦23。⑧21。⑨20。⑩29。⑪24。⑫31。 **1929**①30。③2,30。⑤4。⑥7,26。⑦27。⑧31。⑨25。⑩23。⑪27。⑫29。 **1930**①17。②27。③29。④26。⑤30。⑥

20。⑦21。⑧23。⑨26。⑩30。⑪20。⑫2,31。　**1931**③11,12。④
10。⑤2。⑥5,25。⑦28。⑨30。⑩3,27。⑪27。⑫30。　**1932**①26。
⑤4。

　　世界裸体全集　见《世界裸体美術全集》。

　　世界文化史大系　英国威尔斯(H.G.Wells)著,北川三郎译。昭
和二年至三年(1927—1928)东京大镫阁出版。二册。——**1928**⑤11。
⑧10。

　　世界文芸大辞典　日记又作《世界文芸大辞書》。吉江乔松编。昭
和十年至十一年(1935—1936)东京中央公论社出版。七册。——**1935**
⑪6。　**1936**③4。⑤20。⑨10。

　　世界文芸大辞書　见《世界文芸大辞典》。

　　世界古代文化史　西村真次著。昭和六年(1931)东京东京堂出
版。装饰版。——**1932**①12。

　　世界出版美術史　小林莺里著。昭和五年(1930)东京文艺社出
版。——**1930**④24。

　　世界芸術発達史　《世界艺术发展史》。匈牙利马察(I.Matsa)著,
熊泽复六译。昭和六年(1930)东京铁塔书院版。——**1932**③30。

　　世界性慾学辞典　佐藤红霞编。昭和四年(1929)东京弘文社出
版。——**1929**⑥16。

　　世界原始社会史　苏联马托林编,早川二郎译。昭和九年(1934)
东京白扬社出版。——**1934**④28。

　　世界文芸名作画譜　《世界文艺名作画谱》。酒井清、高畠华宵编。
昭和三年(1928)东京一进堂书店第五版。——**1928**④2。

　　世界地理風俗大系　仲摩照久编。昭和三年至七年(1928—1932)
东京新光社出版。二十九册。——**1932**①9,26。⑥4,10,22。⑧4。

　　世界芸術写真年鑑　见《Photograms of the year》。

　　世界性業婦制度史　《世界娼妓制度史》。泷本二郎著。昭和二年
(1927)东京大同馆书店出版。——**1927**⑩12。

　　世界宝玉童話叢書　东京儿童书房出版的一套介绍欧洲各国童话
丛书。鲁迅藏书中现存四种。1932年9月2日所记为《がらんどうの

太鼓》(《空大鼓》,俄国 L.托尔斯泰著)、《大かにと象》(《大螃蟹与象》,印度佛本生经故事)、《五つぶのゑんどう豆》(《五粒豌豆》,丹麦安徒生著)。——**1932**⑥23。⑨2。

世界裸体美術全集　日记又作《世界裸体全集》。画册。太田三郎编。昭和六年(1931)东京平凡社出版。六册。——**1931**⑨29。⑩8。⑪11。⑫5。　**1932**①6。

世界社會主義文学叢書　《世界社会主义文学丛书》,日记作《社會主義文学叢書》。五辑。包括《地狱》(辛克莱尔著,前田河广一郎译)、《共产战士佩普》(藏原惟人译)、《工农俄罗斯短篇集》(藏原惟人译)、《真理之城》(至尔·妙伦译)、《十月》(雅各武莱夫著,井田孝平译)、《土敏土》(革拉特珂夫著,辻恒彦译)。昭和三年(1928)东京南宋书院编辑出版。——**1928**⑤1。⑦18。⑪22。

古東多卍　见《古東多万》。

古東多万　又作《古東多卍》。艺术月刊。佐藤春夫编。东京雅博那书房发行。1931 年 10 月创刊。"古東多万",日本万叶假名,意即"美辞"。该刊 1931 年第二号译载鲁迅《上海文艺之一瞥》,1932 年 1 至 3 月号载鲁迅《鸭的喜剧》、1930 年 9 月 17 日在"左联"为他祝寿仪式上的讲话等,别册译载《风波》。——**1931**⑪30。　**1932**④30。⑤6,30。⑨10。

古希臘風俗鑑　法国施沃布(M.Schwob)著,矢野目源一译。昭和四年(1929)东京第一书房出版。——**1929**⑥7。

古銅印譜擧隅　金石图象。十卷,四册。日本太田孝郎辑。昭和九年(1934)东京文求堂铅印本。——**1936**③16。

古明器泥象図鑑　见《支那古明器泥象图鑑》。

古代希臘文学総説　日记又作《希臘文学総説》。《古代希腊文学总说》。英国杰布(R.C.Jebb)著,木下正路译补。昭和八年(1933)东京第一书房出版。——**1933**⑦25。

石濤　画家研究。桥本关雪著。昭和五年(1930)东京中央美术社第三版。——**1932**⑤22。

右側の月　《右边的月亮》,副题《不平常的爱情》,或译《异样恋》。

小说。苏联玛拉式庚著,太田信夫译。昭和三年(1928)东京世界社出版。——**1929**①7。

北ホテル 《北方旅馆》。小说。法国达彼(E.Dabit)著,岩田丰雄译。昭和十一年(1936)东京第一书房出版,《法国现代小说》之一。——**1936**⑥30。

北京ノ顾亭林祠 《北京的顾亭林祠》,今关天彭著。曾刊于日文《北京周报》第五十一号(1923年2月9日)。——**1923**②11。

北京勝景 图册。丸山昏迷编。大正十二年(1923)北京华北报印刷部印。——**1923**⑤24。

北東亜細亜 见《人類学及人種学上ヨリ見タル北東亜細亜》。

北米遊説記 《北美游历演说记》,附《美国山庄记》。鹤见祐辅著。昭和二年(1927)东京大日本雄辩会讲谈社第六十三版。——**1927**⑫5。

北斋水浒画伝 疑为《北斋水滸伝》。《北斋水浒传》。画册。葛饰北斋绘。文政二年(1819)江户竹川藤兵卫等刊。——**1921**③14。

史的唯物論ヨリ見タル文学 《从唯物史观所见的文学》。法国伊科维支(M.Ickowicz)著,石川涌译。昭和四年(1929)东京春阳堂再版。——**1929**⑨28。

史学概論 苏联布依可夫斯基(С.Н.Буйковский)著,西雅雄译。昭和九年(1934)东京白扬社出版。——**1934**⑤23。

史的一元論 《论一元论历史观之发展》。俄国普列汉诺夫著,川内唯彦译。昭和四年(1929)东京南宋书院出版。——**1929**②28。

史的唯物論 苏联布哈林著,楢崎辉译。昭和二年(1927)东京同人社书店第十六版,《社会思想丛书》之一。——**1928**②7。

史的唯物論(上) 见《史的唯物論及例証》。

史的唯物論 列宁(В.И.Ленин)著,阿多拉茨基编,田村清吉译。昭和四年(1929)东京马克思书房出版。——**1929**⑪27。

史的唯物論 日记作《史底唯物論》。苏联梅德维杰夫(Медведев)编著,木村贤吉等译。昭和七年(1932)东京共生阁第五版。——**1932**⑤26。

史的唯物論 苏联共产主义大学哲学研究所编,广岛定吉、直井武夫译。昭和八年(1933)东京那乌卡社出版。——**1933**⑦15。

　　史底唯物論　见《史的唯物論入門》。

　　史底唯物論　见《史的唯物論》。

　　史的唯物論入門　日记又作《史底唯物論》。苏联萨拉比雅诺夫著,荒川实藏译。昭和五年(1930)东京先进社出版。——**1930**⑨4。

　　史的唯物論略解　德国布尔哈脱(J. Borchardt)著,水谷长三郎译。昭和二年(1927)东京同人社书店第五版。——**1928**③20。

　　史的唯物論及例証　指《史的唯物論》和《史的唯物論の例証》(《史的唯物论的例证》)。苏联塞姆可夫斯基编,日本马克思书房编辑部译。昭和三年至四年(1928—1929)出版,系《马克思学教科书》第四册第二编及第五册第二编。分册。——**1928**⑩29。　**1929**⑤2。

　　四十一人目　《第四十一》。小说。苏联拉甫列涅夫著,长野兼一郎译。昭和五年(1930)东京南蛮书房出版。——**1930**②4。

　　生ケル支那ノ姿　日记又作《支那漫談》。《活中国的姿态》,或译《一个日本人的中国观》。杂感。内山完造著,鲁迅作序。昭和十年(1935)东京学艺书院出版。——**1935**③6。⑫4。

　　生レ出ル悩ミ　《产生了烦恼》。有岛武郎著。昭和三年(1928)东京新潮社出版,《有岛武郎著作集》之一。——**1929**①6。

　　生理学　日记又作《岩波全書·生理学》、《岩波文庫·生理学》。桥田邦彦著。昭和八年至九年(1933—1934)东京岩波书店出版,《岩波全书》本。二册。——**1934**①20。　**1935**⑤6。

　　生理学粹　德国朱尔倍尔著,山田董等译。昭和二年(1927)东京南江堂书店增订第十二版。——**1928**⑫27。

　　生物学講座　即《岩波講座生物学》。正编十八辑,并补编、补正、补遗、增补等。昭和五年至九年(1930—1934)东京岩波书店编辑出版。——**1930**③17,26。⑤11,19。⑥17。⑦19。⑧18。⑨22。⑩18。⑪15。⑫16,30。　**1931**②20。③20。④23。⑤25。⑥18。⑨23。**1932**⑨13。　**1933**⑦26。　**1934**②20。⑩24,27。

　　生物学講座補編　见《生物学講座》。

　　生物学講座補正　见《生物学講座》。

生物学講座補遺　　见《生物学講座》。

生物学講座増補　　见《生物学講座》。

白と黒　　《白与黑》。版画月刊。料治朝鸣、料治熊太编。东京白与黑社发行。昭和五年(1931)创刊,昭和十年(1935)停刊。——1933③27。⑤31。⑥8。⑦18。⑧19。⑨3。⑩7。⑪7。⑫6,30。　1934①26。②20。③5。④21。⑤13。⑥22。⑦10。⑧11。　1935⑧20。⑨4。⑪24。

外国文学序説　　片上伸著。大正十三年(1924)东京新诗坛社出版。——1927⑪10。

広重　　《广重》。传记。内田实著。昭和五年(1930)东京岩波书店出版。广重,即安藤广重(1797—1858),日本浮世绘六大师之一。——1930⑨16。

広辞林　　《广辞林》。辞书。金泽庄三郎编。东京三省堂出版株式会社出版。——1928③14。　1933⑥24。

写真年鑑　　见《Photograms of the year》。

永遠の幻影　　《永远的幻影》。小说。苏联阿尔志跋绥夫著,马场哲哉译。大正十四年(1925)东京人文会出版部出版。——1926⑤3。

民族文化の発展　　《民族文化之发展》。木冈义雄译,日本苏维埃文化研究会编。昭和七年(1932)东京木星社书院出版,《苏维埃文化丛书》之一。——1932⑥29。

民族社会国家観　　见《マルクスの民族、社会並に国家観》。

弁証法と其方法　　见《弁証法と弁証の方法》。

弁証法と自然科学　　日记又作《自然科学と弁証法》。《辩证法与自然科学》。苏联德波林著,笹川正孝译。昭和五年(1930)东京白扬社出版。二册。——1930③11。⑦5。

弁証法と弁証の方法　　日记作《弁証法と其方法》。《辩证法与辩证的方法》。苏联戈列夫(Горев)著,藏原惟人译。昭和二年(1927)东京南宋书院第三版。——1928②13。

弁証法　　《辩证法》。苏联塞姆可夫斯基编。日本马克思书房编译部译。昭和四年(1929)出版。《马克思学教科书》之一。——1929⑩7。

弁証法(二本)　见《唯物弁証法講話》及《弁証法読本》。

弁証法読本　《辩证法读本》。德永直、渡边顺三著。昭和八年(1933)东京那乌卡社出版。——**1933**⑪12。

弁証的唯物論　日记作《唯物的弁証》。《辩证的唯物论》。苏联塞姆可夫斯基编,日本马克思书房编辑部译。昭和四年(1929)东京马克思书房出版。系《马克思学教科书》第八册第六编。——**1929**⑩7。

弁証的唯物論入門　见《弁証法的唯物論入門》。

弁証法的唯物論入門　日记作《弁証的唯物論入門》。《辩证唯物论入门》。塔尔海默(Thalheaimer)著,广岛定吉译。昭和三年(1928)东京白扬社出版。——**1928**③30。

六　　画

刑法史の或る断層面　《刑法史的一个断面》。泷川幸辰著。昭和八年(1933)京都政经书院出版。——**1933**⑫4。

老子原始　武内义雄著。大正十五年(1926)京都弘文堂书房出版。附《诸子考略》。——**1929**⑦19。

考古学研究　三宅米吉著。昭和四年(1929)东京冈书院出版。——**1929**⑫26。

共産大学生の日記　日记作《大学生の日記》。《共产主义大学生日记》,或译《苏联学生日记》。小说。苏联奥格尼奥夫(Н. Огнёв)著,杉本良吉译。昭和五年(1930)东京丛文阁出版,《苏联作家丛书》之一。——**1930**⑥2。

西比利亚から満蒙へ　《从西伯利亚到满蒙》。旅行考古记。鸟居龙藏等著。昭和四年(1929)东京大阪屋号书店出版。——**1929**⑥24。

西方の作家たち　《西方的作家们》。作家评论集。苏联爱伦堡著。小出峻、大岛博光译。昭和十一年(1936)东京橡书房出版。——**1936**⑩3。

西洋美術館めぐり　《西洋美术馆巡礼记》。儿岛喜久雄著。昭和十年(1935)东京座右宝刊行会出版。——**1935**⑥18。

西葡記　见《えすぱにや·ぽるつがる記》。

西藏遊記　青木文教著。大正十年(1921)京都内外出版株式会社再版。——**1925**⑩14。

西欧図案集　见《现代西欧图案集》。

西洋史新講　大类伸著。昭和十年（1935）东京富山房第五版。——**1936**②5。

西洋玩具図篇　见《世界玩具図篇》。

西洋美術史要　板垣鹰穂著。大正十三年(1924)东京岩波书店出版。——**1928**③30。

西域文明史概説[論]　羽田亨著。昭和六年(1931)京都弘文堂书房出版。——**1931**⑤24。

西域南蛮美術東漸史　关卫著。昭和八年(1933)东京建设社彩色版。——**1933**③21。

有史以前の人類　《史前人類》。美国摩尔根(L. H. Morgan)著,成田重郎译。昭和八年(1933)东京东京堂出版。——**1933**⑪5。

有島武郎著作集　有島武郎著。大正十三年至昭和二年(1924—1927)东京新潮社出版。十五册。——**1925**③25。　**1926**④9,17,26。⑤21。⑥1。　**1927**⑪18。　**1929**①6,20。

死せる魂　《死魂灵》。小说。俄国果戈理著,远藤丰马译。昭和九年(1934)东京文化公论社出版。——**1934**⑥24。

托爾斯泰卜陀斯妥夫斯基　见《トルストイとドストイエーフスキイ》。

虫の社会生活　《昆虫的社会生活》。昆虫学。松村松年著。昭和八年(1933)东京东京堂出版。——**1933**⑧27。

虫類画譜　森本东阁作。明治四十三年(1910)京都芸草堂出版。——**1931**⑦14。

毎日年鑑　大阪每日新闻社、东京日日新闻社编辑并出版。——**1929**⑪3。

印象記　散文集。厨川白村著。大正十三年(1924)东京积善馆出版。——**1925**⑨9。

伝説の時代　《传说的时代》,副题《神与英雄的故事》。美国布劳芬奇(Th.Bulfinch)著,野上弥生子译。大正十三年(1924)东京春阳堂出版。——**1924⑫13**。

自由と必然 《自由与必然》。哲学。苏联塞姆可夫斯基编,日本马克思书房编辑部译。昭和四年(1929)出版,系《马克思学教科书》第六册第四编。——**1929⑥26**。

自然科学と弁証法 见《弁証法と自然科学》。

自然 半年刊。西村舍也编。上海自然科学研究所俱乐部学艺部发行。昭和十年(1935)六月创刊。——**1936⑦29**。

自我经 即《唯一者及其所有物》。哲学。德国施蒂纳(M.Stirner)著,辻润译。大正十四年(1925)东京改造社改订六版。——**1927⑫19**。

自然科学史 冈邦雄著。昭和五年(1930)东京春秋社出版,《春秋文库》之一。——**1930②4**。

伊觇 日记作《伊睹》。日本福冈县糸岛中学校刊。加藤三重二编。福冈县糸岛中学校同窗会发行。该期载有纪念该校校友镰田诚一的文章。——**1936③18**。

伊太利ルネサンスの美術 《意大利文艺复兴时期的美术》。英国西蒙兹(J.A.Symonds)著,城崎祥藏译。昭和三年(1928)东京春秋社出版。——**1929⑦26**。

伊蘇普物語図 见《伊曽保絵物語》。

伊曽保絵物語 日记又作《伊蘇普物語图》、《伊蘇普物語木刻图》。《〈伊索寓言〉图画故事》。川上澄生绘。昭和六年(1931)横滨以士帖印社木刻本。三帖。——**1931①31**。**③3,17**。

伊蘇普物語木刻図 见《伊曽保絵物語》。

向日葵の書 《向日葵之书》。散文。江口涣著。昭和十年(1935)东京乐浪书院出版。——**1935⑫16**。

全訳グリム童話集 见《グリム童話集》。

名数画譜 大原民声编。文化六年(1809)京都芸草堂刻本。——**1929③2**。

巡洋艦ザリヤー 《巡洋舰札里耶号》。剧本。苏联拉甫列涅夫

著,杉本良吉译。昭和五年(1930)东京马克思书房出版。——**1930**⑤
31。

七　画

言語その本質、発達及び起原［源］　《语言的本质、发展及其起源》。丹麦叶斯柏森(O.Jespersen)著,市河三喜、神保格译。昭和二年(1927)东京岩波书店出版。——**1929**⑧8。

言海　辞书。大槻文彦编。东京弘文馆六合馆出版。——**1924**⑪29。

邦彩蛮華大宝鑑　图册。池长孟编。昭和八年(1933)东京创元社影印。附《对外関系美術史料年表》。二册。——**1936**③21。

赤い恋　《红色的爱情》。小说。苏联柯仑泰(A.M.Коллонтай)著。松尾四郎译,昭和二年(1927)东京世界社出版。——**1928**⑦23。

赤い子供　疑为《赤い少年》。《红色少年》。小说。德国至尔·妙伦著,荒畑胜三译。昭和四年(1929)东京无产社出版,《无产者童话》之一。——**1929**⑥26。

赤露見タママの記　《赤俄见闻录》。昇曙梦著。大正十三年(1924)东京新潮社出版,《新俄小丛书》第一辑。——**1924**⑩11。

赤色親衛隊　一名《チヤパーエフ》。《恰巴耶夫》。小说。苏联富曼诺夫(Д.А.Фурманов)著,小宫山明敏译,日本无产阶级科学研究所苏维埃文学研究会编。昭和六年(1931)东京铁塔书院出版。——**1931**⑨11。

芸術とは何ぞや　《什么叫艺术》。德国马克思(K.Marx)等著,日本久见彻编译。昭和五年(1930)东京白扬社第三版。——**1930**⑥29。

芸術とマルクス主義　《艺术与马克思主义》。昭和五年(1930)日本无产阶级科学研究所编印。——**1930**④7。

芸術と道徳　《艺术与道德》。西田几多郎著。大正十四年(1925)东京岩波书店出版。——**1925**⑫3。

芸術と社会生活　《艺术与社会生活》。俄国普列汉诺夫著,藏原惟人译。昭和二年(1927)东京同人社书店出版。——**1927**⑪2。

芸術と唯物史観　《艺术与唯物史观》。德国豪森施泰因（W. Hausenstein）著，阪本胜译。昭和三年（1928）东京同人社书店出版。——1928⑩10。

芸術と無産階級　《艺术与无产阶级》。藏原惟人著。昭和四年（1929）东京改造社出版。——1929⑪27。

芸術に関する走書的覚書　应作《芸術に関する走り書の覚え書》。《艺术漫笔》。中野重治著。昭和五年（1930）东京改造社第六版。——1930③5。

芸術の本質　《艺术的本质》。金子筑水著。大正十四年（1925）东京东京堂书店出版，《思想丛书》之一。——1925③5。

芸術の本質と変化　《艺术的本质及其变化》。德国马丁（R. Martin）著，青木俊三译。昭和六年（1931）东京共生阁出版。上卷。——1931③31。

芸術の始源　《艺术的起源》。德国格罗塞（E. Grosse）著，安藤弘译。大正十四年（1925）东京岩波书店第二版。——1928④17。

芸術の社会的基礎　《艺术的社会基础》。苏联卢那察尔斯基著，外村史郎译。昭和三年（1928）东京丛文阁出版，《马克思主义艺术理论丛书》之一。——1928⑫7。

芸術の勝利　《艺术的胜利》。昇曙梦著。大正十年（1921）东京日本评论社出版。——1927⑫24。

芸術の唯物史観的解釈　《艺术的唯物史观解释》。德国马丁著，林房雄、川口浩译。昭和三年（1928）东京南宋书院再版，《世界社会主义文学丛书》之一。——1928⑪30。

芸術の起源及び発達　《艺术的起源及其发展》。苏联文学研究会编。昭和六年（1931）东京丛文阁出版。为《马克思主义艺术论入门》丛书之一。——1931⑤8。

芸術の暗示と恐怖　《艺术的暗示和恐怖》。小川未明著。大正十三年（1924）东京春秋社出版，《早稻田文学小丛书》之一。——1930③31。

芸術上のレアリスムと唯物論哲学　《艺术上的现实主义与唯物

论哲学》。森山启著。昭和八年（1933）东京文化集团社出版。——**1934**①16。

芸術社会学の方法論　《艺术社会学的方法论》。苏联弗里契著，原藏惟人译。昭和五年（1930）东京丛文阁出版，《马克思主义艺术理论丛书》之一。——**1930**⑩22。

芸術的現代の諸相　《现代艺术的各种现象》。板垣鹰穗著。昭和六年（1931）东京六文馆出版。——**1931**⑩24。

芸術論（マルクス）　见《マルクス芸術論》。

芸術論　《艺术论》。俄国普列汉诺夫著，外村史郎译。昭和三年（1928）东京丛文阁出版，《马克思主义艺术理论丛书》之一。——**1928**⑪7。

芸術論（甘粕氏）　《艺术论》。甘粕石介著。昭和十年（1935）东京三笠书房出版，《唯物论全书》之一。——**1935**⑪27。

芸術論（蔵原惟人）　《艺术论》。藏原惟人著。昭和八年（1933）东京中央公论社再版。——**1933**⑫22。

芸林閑步　《艺林闲步》。散文。木下杢太郎著。昭和十一年（1936）东京岩波书店出版。——**1936**⑨24。

芸術総論　《艺术总论》。日本东京苏联文学研究会编。昭和五年（1930）东京丛文阁出版，《马克思主义艺术论入门》之一。——**1930**⑪21。

芸術戦線　《艺术战线》。苏联布丹切夫等著，尾濑敬止译。大正十五年（1926）东京事业之日本社出版。——**1927**⑩31。

芸術社会学　《艺术社会学》。鲁迅藏书中现存苏联弗理契著，昇曙梦译，昭和五年（1930）东京新潮社第八版一本。——**1930**⑤14。**1934**⑪5。

芸術学研究　《艺术学研究》。外山卯三郎编著。昭和四年至五年（1929—1930）东京第一书房出版。四册。——**1929**⑫20。**1930**⑤17。⑧24。⑪27。

芸術国巡礼　《艺术国巡礼》。林久男著。大正十四年（1925）东京岩波书店出版。——**1926**②23。

芥川竜之介全集　芥川龙之介著。昭和九年至十年（1934—1935）东京岩波书店出版。十册。芥川龙之介（1892—1927），日本作家。——1935④28。⑤24。⑥22。⑦26。⑧31。

医者の記録　《医生笔记》。小说。苏联魏烈萨耶夫著，袋一平译。昭和二年（1927）东京南宋书院出版。——1927⑫5。

医学煙草考　宇贺田为吉著。昭和九年（1934）东京隆章阁出版。——1935③8。

抒情カット図案集　《抒情木刻图案集》。板桥安五郎编。昭和五年（1930）东京宝文馆出版。——1930⑩4。

男女と性格　《男女与性格》。奥地利华宁该尔（O. Weininger）著，片山正雄译，大正十四年（1925）东京人文会出版部出版。另一日译本名《性と性格》。——1926⑤3。

図案資料叢書　《图案资料丛书》。田边泰编。大正十四年至昭和三年（1925—1928）东京洪洋社影印。十二册。——1929⑨28。⑩28。

吼えろ支那　《怒吼吧，中国！》。剧本。苏联特烈捷雅可夫（铁捷克，C. M. Третьяков）著，大隈俊雄译。昭和五年（1930）东京世界动态社出版。——1930⑤31。

乱婚裁判　副题为《苏俄性生活的实况》。剧本。苏联杰米德维奇著，太田信夫译。昭和三年（1928）东京世界社出版。——1928⑦23。

私の画集　《我的画集》。蕗谷虹儿绘。大正十四年（1925）东京交兰社第六版。——1928③30。

私は愛す　《我爱》。小说。苏联阿甫杰因科（A. O. Авдеенко）著，汤浅芳子译。昭和十一年（1936）东京那乌卡社出版。——1936⑨8。

佐野学雑稿　见《社会主義雑稿》。

作者の感想　《作者的感想》。散文。俄国阿尔志跋绥夫著，马场哲哉译。大正十三年（1924）东京人文会出版。——1926⑤3。

近代の恋愛観　日记又作《近代恋愛観》。《近代的恋爱观》。厨川白村著。鲁迅藏书中现存大正十四年（1925）东京改造社第一百二十一版一本。——1925①22。⑪5。

近代支那の学芸　《近代中国的学艺》。今关天彭著。昭和六年

（1931）东京民友社出版。——**1932**⑤6。

近代恋爱観　见《近代の恋愛観》。

近代の英文学　日记又作《最近之英文学》。《近代的英文学》。福原麟太郎著。大正十五年（1926）东京研究社出版。——**1926**④27。

近代文学と恋愛　日记作《近代文芸与恋愛》。《近代文学与恋爱》。英国莫德尔（A. Mordell）著，奥俊贞译。大正十三年（1924）京都内外出版株式会社出版。——**1927**⑩27。

近代劇全集　日本东京第一书房为纪念易卜生诞生一百周年而出版的一套欧洲的戏剧创作丛书。鲁迅购有第一卷《北欧篇》（易卜生著），第二十七卷《俄国篇》（果戈理等著，有复本），第三十卷《俄国篇》（阿尔志跋绥夫等著），第三十九卷《英国篇》（萧伯纳等著），别册：《舞台摄影》。——**1928**⑦18。　**1929**④4。⑫4。　**1931**③3。　**1933**②24。

近代劇文学十講　日记又作《文学十讲》。厨川白村著。东京大日本图书株式会社发行。——**1913**⑧8，23。　**1924**⑩11。

近代劇十二講　楠山正雄著。大正十三年（1924）东京新潮社十四版，《思想、文艺讲话丛书》之一。——**1925**③5。

近代英詩概論　见《最近英詩概論》。

近代唯物論史　俄国普列汉诺夫著，榎本谦辅译。昭和三年（1928）东京同人社书店再版，《社会思想丛书》之一。——**1929**⑫17。

近世錦绘世相史　《近代锦绘世态史》。浅水勇助著。昭和十年至十一年（1935—1936）东京平凡社出版。八册。锦绘，彩色浮世绘。——**1935**⑩17。⑪30。　**1936**①11。②22。④2。⑤10。⑥5—30。⑦14。

近代仏蘭西詩集　《近代法国诗集》。法国波德莱尔等作，大木笃夫译。昭和三年（1928）东京阿尔斯社出版。——**1928**⑪30。

近代文芸十二講　《近代文艺十二讲》。生田长江著。大正十三年（1924）东京新潮社出版，《思想、文艺讲话丛书》之一。——**1924**⑩11。

近代文芸与恋爱　见《近代文学と恋愛》。

近代文芸思潮論　见《欧洲近代文芸思潮論》。

近代芸術論序説　《近代艺术论序说》。本间久雄著。大正十四年

(1925)东京文省社出版。——1927⑪18。

近代思想十六講 《近代思想十六讲》。中泽临川、生田长江著。大正十三年(1924)东京新潮社第七十二版。《思想文艺讲话丛书》之一。——1924⑩11。

近代美術十二講 《近代美术十二讲》。森口多里著。大正十四年(1925)东京东京堂书店第十四版。——1925⑫30。

近代美術史潮論 《近代美术史潮论》。板垣鹰穗著。昭和二年(1927)东京大镫阁出版。此书有鲁迅中译本。——1927⑫5。

近代短篇小说集 法国司汤达(Stendhal)等著,山田珠树等译。昭和四年(1929)东京新潮社出版,《世界文学全集》之三十六。——1929⑨9。

近代仏蘭西絵画論 日记又作《近代法蘭西絵画論》。《近代法国绘画论》。艺术评论。法国皮埃尔·库尔台永著,税所笃二译。昭和六年(1931)东京建设社出版。——1933⑪17。

近代法蘭西絵画論 见《近代仏蘭西絵画論》。

近世社会思想史大要 日记作《社会思想史大要》。小泉信三著。昭和二年(1927)东京岩波书店第三版。——1928③20。

近世欧洲絵画十二講 日记又作《欧洲絵画十二講》。《近代欧洲绘画十二讲》。伊达俊光著。大正十四年(1925)东京新潮社出版,《思想、文艺讲话丛书》之一。——1928⑨7。

希臘の春 《希腊之春》。小说。德国霍普特曼著,山口左门译。大正十三年(1924)东京春秋社再版。——1928③10。

希臘天才の諸相 日记又作《希臘天才之諸相》。《希腊天才之诸相》。英国布徹尔(S.H.Butcher)著,田中秀央、和辻哲郎译。大正十三年(1924)东京岩波书店改版。——1924⑫12。

希臘文学総説 见《古代希臘文学総説》。

希臘天才之諸相 见《希臘天才の諸相》。

条件 随笔集。日本林麒著。昭和十年(1935)东京三省堂出版。——1935⑪17。

应用图案五百集 《应用图案五百种集》。画册。高桥春佳蒐集,图案研究会编纂。大正十一年(1922)大阪出版。——**1929**⑤8。

沙上の足跡　《沙滩上的足印》。诗集。法国德·古尔蒙作,堀口大学译。昭和五年(1930)东京第一书房出版。——**1930**⑤31。

汲古随想　随笔集。田中敬著。昭和八年(1933)东京书物展望社出版。——**1933**⑫12。

劳農ロシア戯劇集　应作《劳農ロシヤ戯曲集》。《工农俄罗斯戏曲集》。苏联卢那察尔斯基、阿·托尔斯泰(А. Н. Толстой)等著,杉本良吉译。昭和四年(1929)东京马克思书房出版,《工农俄罗斯文学丛书》第三辑。——**1929**⑫31。

劳農露西亜小说集　《工农俄罗斯小说集》。苏联伊凡诺夫(В. В. Иванов)等著,米川正夫编译。大正十四年(1925)东京金星堂出版。——**1927**⑩12。

社会主義及ビ社会運動　《社会主义和社会运动》。德国桑巴特(W. Sombart)著,林要译。昭和三年(1928)东京同人社书店第三版。——**1928**⑩16。

社会主義的レアリズムの問題　《社会主义现实主义问题》。苏联吉尔波丁(В. Я. Кирпотин)等著,外村史郎译。昭和八年(1933)东京文化集团社出版。——**1933**⑪3。

社会学上ヨリ見タル芸術　《从社会学上所见的艺术》。艺术理论。法国吉欧(M. J. Guyau)著,北昤吉监修。昭和三年(1928)东京潮文阁出版,《万有文库》之一。——**1930**③11。

社会進化の鉄則　《社会进化的规律》,苏联塞姆可夫斯基编,东京马克思书房编辑部译。昭和三年(1928)出版,《马克思学教科书》之一。二册。——**1928**⑪1,30。

社会科学の豫備概念　《社会科学的准备知识》。山木清著。昭和四年(1929)东京铁塔书院出版。——**1929**⑨11。

社会教育　吉田熊次著。大正二年(1913)东京敬文馆发行。——**1913**⑧8。

社会文芸叢書　《社会文艺丛书》。东京金星堂出版的一套介绍苏联文学创作的丛书。这里指其中的《解放されたドン·キホーテ》(《解

放了的堂·吉诃德》,卢那察尔斯基著,千田是也、辻恒彦译)、《法の外へ》(《法律以外》,伦茨著,上胁进译)。——**1928**④9。

社会主義雑稿　日记作《佐野学雑稿》。《社会主义杂稿》。佐野学著。昭和二年(1927)东京白扬社出版。——**1928**④4。

社会運動詞[辞]典　田所辉明编。昭和三年(1928)东京白扬社出版。——**1928**⑤24。

社会思想史大要　见《近世社会思想史大要》。

社会意識学概論　《社会意识学概论》。苏联波格丹诺夫著,林房雄译。昭和二年(1927)东京白扬社出版。——**1928**④17。

社会主義文学叢書　见《世界社会主义文学丛书》。

社会進化思想講話　《社会进化思想讲话》。高畠素之著。大正十四年(1925)东京雅典娜书院出版。——**1925**⑨15。

改造　综合性月刊。山本三生编。东京改造社发行。大正八年(1919)创刊,昭和三十年(1955)停刊。该刊曾发表鲁迅的《"看萧"和"看萧的人们"记》、《火、王道、监狱》、《在现代中国的孔夫子》和《我要骗人》等文。——**1933**②24。③23,27。　**1934**①31。②24。　**1935**④29。⑤30。　**1936**②23。③23。④7。⑤28。

改造文庫　东京改造社出版的一套丛书。鲁迅藏书中现存:《マルクシズム認識論》(《马克思主义认识论》,德国狄慈根著,石川准十郎译)、《弁証法の唯物観》(《辩证法的唯物观》,德国狄慈根著,山川均译)、《哲学の実果》(《哲学的实果》,德国狄慈根著,山川均译)、《財産進化論》(《财产进化论》,法国拉法格著,荒畑胜三译)、《我等の一團と彼、雲は天才てある》(《我们一群与他,云是天才》,诗歌,石川啄木作)、《労働者の居ない船》(《劳动者不能乘的船》,小说,叶山嘉树著)、《一週間》(《一周间》,小说,苏联里培进斯基著,池谷信三郎译)等八种。——**1929**②28。③28。⑩19。⑫30。

八　　画

玩具叢書　昭和九年至十一年(1934—1936)东京雄山阁编辑出版。共八种:《木偶图篇》、《日本玩具史篇》、《世界玩具图篇》、《世界玩具史篇》、《日本玩具图篇》、《玩具工业篇》、《玩具教育篇》、《木偶作者篇》。1935年11月22日所购为《玩具教育篇》。——**1934**③21。⑤4。⑥28。⑨20。　**1935**①5。④19。⑪22。　**1936**④24。

玩具工業篇　永泽谦三著。昭和九年(1934)东京雄山阁出版，《玩具丛书》之一。——**1934**⑨20。

武井武雄手芸図案集　日记作《手芸図案集》。《武井武雄手艺图案集》。武井武雄作。昭和三年(1928)东京万里阁书房第三版。——**1928**⑪7。

青い花　《蓝色的花朵》。小说。德国诺瓦里斯著，田中克巳译。昭和十一年(1936)东京第一书房出版。——**1936**①20。

青い空の梢に　日记又作《青空の梢に》。《苍茫天际》。诗集。中村恭二郎作。昭和二年(1927)东京大地舍出版，《地上乐园丛书》之一。——**1927**⑪5。

青空の梢に　见《青い空の梢に》。

青春を賭ける　《以青春作赌注》。小说。法国费尔南德斯(R. Fernandes)著，菱山修三译。昭和十一年(1936)东京第一书房出版，《法国现代小说》之一。——**1936**⑤26。

青春独逸派　《青年德意志派》。丹麦勃兰兑斯(G. Brandes)所著《十九世纪文学主潮》的两个分册。茅野萧萧译。昭和八年(1933)东京春秋社出版，《春秋文库》本。——**1933**⑧19。⑨21。

表現主義の戯曲　《表现主义的戏曲》。北村喜八著。大正十三年(1924)东京新诗坛社出版，《艺术研究丛书》之一。——**1928**③16。

表現主義の彫刻　《表现主义的雕刻》。日本建筑摄影类聚刊行会编。昭和二年(1927)东京洪洋社再版影印，《建筑摄影类聚》第五期第一回。——**1929**④7。

表現文様集　日记作《表现派紋様集》。《表现派图案集》。高梨由太郎编。大正十四年(1925)东京洪洋社出版。——**1929**⑪14。

表現派紋様集　见《表现文様集》。

長崎の美術史　《长崎美术史》。永见清太郎著。昭和二年(1927)东京夏汀堂出版。——**1929**①21。

長安史跡之[の]研究　《长安史迹之研究》。足立喜六著。昭和八年(1933)东京东洋文库出版,《东洋文库论丛》之一。——1934⑤9。

其中堂书目——1921②16。　1923①6。　1924①5。　1925①5。
1929②26。

苦悶の象徴　《苦闷的象征》。文艺理论。厨川白村著。东京改造社出版。此书有鲁迅中译本。——1924④8。　1928④25。

苦悶的象徵　见《苦悶の象徴》。

若きソヴェート·ロシヤ　《年青的苏维埃俄国》。秋田雨雀著。昭和四年(1929)东京丛文阁出版。——1929⑩17。

英国に於ける自然主義　《英国的自然主义》。丹麦勃兰兑斯所著《十九世纪文学主潮》的一个分册。宫岛新三郎译。昭和八年(1933)东京春秋社出版,《春秋文库》本。——1933⑩7。

英国近世唯美主義の研究　《英国近代唯美主义之研究》。本间久雄著。昭和九年(1934)东京东堂出版。——1934⑤28。

英文学史　鲁迅1927年11月30日购《英国文学史》,翌年1月5日购《英文学史》。鲁迅藏书中现存《ブルック英文学史——濫觴より現代に到る——》(《布鲁克英国文学史——从滥觞到现代》英国布鲁克著,石井诚译,1926年东京东光阁书店再版);《思潮を中心とせる英文学史》(《思潮的中心与背景的英国文学史》斋藤勇著,1927年东京研究社出版)。——1927⑪30。　1928①5。

英和字典(两种)　见《英和辞典》、《袖珍英和辞典》。

英和辞典　《英日辞典》。指《新コンサイス英和辞典》,即《简明新英日辞典》。东京三省堂编辑所编纂。昭和七年三省堂株式会社第五十二版。——1933②19。

英文学散策　《英文学漫步》。随笔集。平田秃木著。昭和八年(1933)东京第一书房出版。——1933④17。

英文学覚帳　《英国文学笔记》。户川秋骨著。大正十五年(1926)东京大冈山书店出版。——1927⑪25。

英国小説史　佐治秀寿著。昭和二年(1927)东京研究社出版。——1927⑪30。

英国文学史　见《英文学史》条。

英文学風物誌　中川芳太郎著。昭和八年(1933)东京研究社出版。——1933⑫12。

板画の作り方　见《創作版画の作り方》。

枝禁の考古学的考察　《葬器之考古学的考察》。梅原末治著。昭和八年(1933)京都东方文化学院京都研究所出版。——1934①24。

東方の詩　《东方的诗》。诗集。森三千代作。昭和九年(1934)东京图书研究社出版。——1934③12,17。

東亜文明の黎明　《东亚文明之黎明》。历史。滨田耕作著。昭和五年(1930)东京刀江书院出版。——1930⑥29。

東西交涉史の研究　《东西交涉史之研究》(包括《南海篇》、《西域篇》)。藤田丰八著,池内宏编。昭和七年至八年(1932—1933)东京冈书院出版,二册。——1933⑫12。

東洋美術史の研究　《东洋美术史之研究》。泽村专太郎著。昭和七年(1932)京都星野书店出版。——1933①25。

東方学報　社会科学学报。东方文化学院东京研究所编。东京文求堂发行。1931年创刊。——1932⑨22。⑫22。　1933⑫18。1935①28。⑧10。　1936④22。

東方学報　社会科学学报。东方文化学院京都研究所编。京都汇文堂发行。1931年创刊。——1932⑨22。　1934②16,19。⑧22。1936③12。

東亜植物　中井猛之进著。昭和十年(1935)东京岩波书店出版,《岩波全书》本。——1935⑥24。

東洋史論叢　市村博士古稀纪念东洋史论丛刊行会编。昭和八年(1933)东京富山房出版。——1933⑫20。

東洋画概論　金原省吾著。大正十三年(1924)东京古今书院出版。——1931⑦29。

東洲斎写楽　《东洲斋写乐》。画家研究。野口米次郎著。昭和七年(1932)东京诚文堂出版。——1932⑥30。

東西文芸評伝　《东西文艺评传》。高安月郊著。昭和四年(1929)

东京春阳堂出版。——**1929**⑥26。

東西文芸評論　见《東西文学評論》。

東西文学評論　日记又作《東西文芸評論》。小泉八云著,三宅几三郎、十一谷义三郎译。大正十五年(1926)东京聚芳阁出版。——**1926**⑥19。

東亜考古学研究　滨田耕作著。昭和五年(1930)东京冈书院出版。——**1930**⑤19。

東洋古代社会史　佐久达雄著。昭和九年(1934)东京白扬社出版。——**1934**②27。

東洋文化史研究　内藤虎次郎著。昭和十一年(1936)东京弘文堂书房出版。——**1936**⑤6。

東洋封建制史論　论文集。苏联波里雅珂夫等著,西村雄三译。昭和十一年(1936)东京白扬社出版。——**1936**③21。

東西文学比較評論　高安月郊著。大正十五年(1926)东京东光阁书店出版。二册。——**1926**⑧13。

或ル女　《某女子》。小说。有岛武郎著。大正十五年(1926)东京新潮社出版,《有岛武郎著作集》之一。二册。——**1929**①6。

或ル青年ノ夢　《一个青年的梦》。剧本。武者小路实笃著。此书有鲁迅中译本。——**1919**⑧2。　**1920**①18。

或ル魂の発展　《一个心灵的发展》。瑞典斯特林堡著,和辻哲郎译。大正十三年(1924)东京岩波书店出版,《斯特林堡全集》本。——**1927**⑩5。

画譜一千夜物語(上)　见《一千一夜物语(画譜)》(上卷)。

拝金芸術　《拜金艺术》。文艺评论。美国辛克莱(U. Sinclair)著,木村生死译。昭和二年(1927)东京金星堂出版,《社会文艺丛书》之一。——**1927**⑫14。

欧羅巴の滅亡　《欧洲的灭亡》。小说。苏联爱伦堡著,椎名昿译。大正十三年(1924)东京玄文社第三版。——**1927**⑩31。

欧米ポスター図案集　《欧美广告图案集》。图册。田边泰编。昭和三年(1928)东京洪洋社第三版,《图案资料丛书》之一。——**1929**

④18。

　　欧米に於ける支那古鏡　《在欧美的中国古镜》。考古。梅原末治著。昭和六年(1931)东京刀江书院出版。——**1932**⑥23。

　　欧洲文芸の歴史的展望　日记又作《欧洲文芸之歴史的展望》。《欧洲文艺的历史的展望》，副题为《自但丁至高尔基》。高冲阳造著。昭和九年(1934)东京清和书店出版。——**1935**③15。

　　欧洲文芸之歴史的展望　见《欧洲文芸の歴史的展望》。

　　欧洲文芸思潮史　《欧洲文艺思潮史》。名取尧著。昭和五年(1930)东京不老阁书房出版。——**1930**⑦23。

　　欧洲文学発達史　《欧洲文学发达史》。苏联弗理契著，外村史郎译。昭和五年(1930)东京铁塔书院出版，《马克思主义艺术史丛书》之一。——**1930**⑫31。

　　欧洲絵画十二講　见《近世欧洲絵画十二講》。

　　欧米文学研究手引　《欧美文学研究指南》。——**1915**⑪21。

　　欧洲近代文芸思潮論　见《欧洲近代文芸思潮概論》。

　　欧洲近代文芸思潮概論　日记作《欧洲近代文芸思潮論》。《欧洲近代文艺思潮概论》。本间久雄著。昭和二年(1927)东京早稻田大学出版部出版。——**1927**⑫27。

　　昆虫の驚異　《昆虫奇观》。昆虫学。仲摩照久编。昭和六年(1931)东京新光社出版，《科学画报丛书》之一。——**1932**⑩4。

　　昆虫記　法国法布耳(J.H.Fabre)著。十卷。鲁迅藏书中现存日译本三种：一为大杉荣等译，大正十三年至昭和六年(1924—1931)东京丛文阁版精装本；一为大杉荣、椎名其二译，昭和三年至六年(1928—1931)东京丛文阁版平装本；一为林达夫、山田吉彦译，昭和五年至十七年(1930—1942)东京岩波书店出版，《岩波文库》本。——**1924**⑪28。⑫16。　**1927**⑩5，31。　**1930**②15。⑤2。⑫23。　**1931**①17。②3。⑨5，29。⑪4，19。

　　国歌集　未详。——**1912**⑪28。

　　明日　文学双月刊。先后由岩仓具正等编。东京明日会发行。1932年12月创刊。——**1933**⑥19。⑨29。⑫8。　**1934**②19。

明治文学展望　木村毅著。昭和三年（1928）东京改造社出版。——1933②17。

岩波文库　日本东京岩波书店出版的一套综合性丛书。——1928①16。⑤7,11。⑦12。⑪15。　1929⑥16。⑦6。⑫10。　1930①25。1931⑨5。　1932④28。　1935③1。⑤6。⑥20。⑦26。

岩波全书　日本东京岩波书店出版的一套自然科学与社会科学丛书。——1934①20。　1935⑤6。⑥4,24。

岩波文库·生理学　见《生理学》。

岩波全书·生理学　见《生理学》。

季刊批评　社会科学季刊。福田政弘编。昭和七年（1932）六月创刊。东京木星社书院发行。——1933⑦18。

牧羊城　考古。日本东亚考古学会编。昭和六年（1931）出版，《东方考古学丛刊》之一。牧羊城，位于辽宁省大连市顺口区。——1935②16。

牧野植物学全集　牧野富太郎著。昭和九年至十一年（1934—1936）东京诚文堂出版。牧野富太郎（1862—1957），日本植物学家。其全集包括《日本植物图说集》、《植物随笔集》、《植物集说》（上、下）、《植物分类研究》（上、下）等。——1934⑩31。　1935④5。⑨4。　1936①15。⑨2。

物質と悲劇　日记又作《物質与悲劇》。哲学。德国尼采著，阿部六郎译。昭和九年（1934）东京芝书店出版。——1934⑩19。

物質与悲劇　见《物質と悲劇》。

版画を作る人へ　《给作版画的人》。永濑义郎著。大正十四年（1925）东京中央美术社改版。——1927⑪30。

版画　见《Hanga》。

版芸術　艺术月刊。料治熊太编。东京白与黑社发行。1932年4月创刊。——1932⑪30。⑫13,22,29。　1933②12。③13。④1,30。⑤27。⑦2,29。⑧25。⑨29。⑪1,30。　1934①31。③8。④9。⑤11,31。⑥29。⑧1,28,31。⑩1,29。⑫8,28。　1935②2。③3,26。④30。⑥1。⑦4。⑧1,27。⑩3。⑪4,27。⑫29。　1936①30。②27。

③26。④28。⑤29。⑥5—30。⑦28。⑧25。⑩2。

金時計　《金表》,或译《表》。小说。苏联班台莱耶夫著,槙木楠郎译。昭和八年(1933)东京乐浪书院出版。有鲁迅中译本。——1934⑦19。

命の洗濯　见《いのちの洗濯》。

周漢遺宝　《周汉遗宝》。考古。日本东京帝室博物馆藏编。昭和七年(1932)东京大塚巧艺社出版。——1933①31。

夜アケ前ノ歌　《天明前之歌》。童话集。俄国爱罗先珂著。秋田雨雀译,大正十年(1921)东京丛文阁出版。鲁迅曾转译其中一部分。——1921⑧30。

性と性格　《性和性格》。心理学。奥地利华宁该尔著,村上启夫译。昭和三年(1928)东京阿尔斯社普及版。另一日译本名《男女と性格》。——1928⑥26。

法理学　见《マルクス主義と法理学》。

学芸論鈔　《学艺论抄》。艺术评论。阿部次郎著。大正十三年(1924)东京改造社改订六版。——1925③25。

実用口語法　《实用口语法》。保科孝一著。1917年东京出版。——1918⑦29。

空想から科学へ　《从空想到科学》,副题为《空想的及科学的社会主义》;或译《社会主义从空想到科学的发展》。德国恩格斯著,堺利彦译。昭和二年(1927)东京白扬社出版。——1928②5。

房山雲居寺研究　日记又作《雲居寺研究》。考古。日本东方文化学院京都研究所编,《东方学报》第五册附刊。京都汇文堂发行。云居寺,在北京房山县境内。——1935⑤28。

阿難と鬼子母　《阿难与母夜叉》。剧本。坪内逍遥著。昭和九年(1934)东京书物展望社出版。——1934⑫26。

阿Q正伝(林译本)　鲁迅著,林守仁(山上正义)译,鲁迅校订。书中附有胡也频、柔石、冯铿等人的作品、小传和照像。昭和六年(1931)东京四六书院出版,《国际无产阶级文学选集》之一。——1931②27。③3。⑨21。⑩17,19。　1932④6。

阿 Q 正传(松浦氏译)　日本松浦珪三译。昭和六年(1931)东京白扬社出版,《中国无产阶级小说集》第一编。——**1931**⑪19。

九　画

春秋座二月興行版画——ウキリアム·テル　日记作《ウキリアム·テル版画》。《春秋座二月上演剧目版画——威廉·退尔》。稻垣知雄作。昭和六年(1931)木刻本。——**1931**④27。

革命と文学　见《文学と革命》。

革命の孃　《革命的女儿》。小说、剧本合集。美国里德(J. Reed)等著,阪井德三译。昭和六年(1931)东京四六书院出版,《国际无产阶级文学选集》之一。——**1931**⑩19。

革命ロシアの芸術　日记作《革命露西亜の芸術》。《革命俄国的艺术》。尾濑敬止著。大正十四年(1925)东京事业之日本社出版。——**1927**⑩31。

革命後のロシア文学　《革命后之俄国文学》。昇曙梦著。昭和三年(1928)东京改造社出版。——**1928**⑤31。

革命後之ロシア文学　见《革命後のロシア文学》。

革命露西亜の芸術　见《革命ロシアの芸術》。

革命期の演劇と舞踊　日记又作《革命期之演劇与舞踊》。《革命时期的演剧与舞蹈》。昇曙梦著。大正十三年(1924)东京新潮社出版,《新俄罗斯小丛书》之一。——**1924**⑫19。

革命芸術大系　《革命艺术大系》。尾濑敬止著。昭和二年(1927)东京解放社出版,《解放群书》之一。鲁迅藏书有复本。——**1927**⑩10。**1929**⑦9。

革命期之演劇与舞踊　见《革命期の演劇と舞踊》。

草の葉　日记又作《草之葉》。《草叶集》。诗集。美国惠特曼(W. Whitman)著。——**1928**⑨17。

草之葉　见《草の葉》。

草花模様　《花草图样》。画册。古谷红麟绘。明治四十年(1907)京都芸草堂合名会社彩色套印版。——**1929**②8。

南北朝に於ける社会経済制度　《南北朝的社会经济制度》。历史。冈畸文夫著。昭和十年(1935)东京弘文堂书房出版。——**1936⑤**6。

南欧の空　《南欧的天空》。散文。吉江乔松著。昭和四年(1929)东京早稻田大学出版部出版。——**1929①21**。

南山里　考古。日本东亚考古学会编。昭和八年(1933)出版,《东方考古学丛刊》之一。南山里,位于辽宁省大连市顺口区。——**1935②16**。

南蛮広記　《南蛮广记》。散文。新村出著。大正十四年(1925)东京岩波书店出版。——**1925⑨26**。

柳瀬正夢画集　柳濑正梦作。昭和五年(1930)东京丛文阁出版。柳濑正梦,日本画家。——**1930③15**。

研幾小録　《研几小录》。一名《支那学叢考》。杂记。内藤虎次郎著。昭和三年(1928)京都弘文堂书房出版。——**1928④4**。

郁文堂独和対訳叢書　《郁文堂德日对译丛书》。东京郁文堂书店出版。鲁迅所购三本为:《独逸現代詩人選》(《德国现代诗选》)、《独逸近代名詩選》(《德国近代名诗选》)、《シユトルム小品集》(《史托姆小品集》)。——**1929④15**。

面影　副题为《我的素描》。诗集。林芙美子著。昭和八年(1933)东京文学季刊社出版。——**1933⑫15**。

拷問と虐殺　《拷问与虐杀》,副题为《俄国史实》。历史。远藤友四郎著。大正十二年(1923)东京竹内书店出版。——**1928②7**。

显微镜下の驚異　《显微镜下的奇观》。仲摩照久编。昭和六年(1931)东京科学画报社出版,《科学画报丛书》之一。——**1932⑩4**。

映画芸術史　《电影艺术史》。岩崎昶著。昭和五年(1930)东京艺文书院出版。——**1930②20**。

星座神話　天文。野尻抱影著。昭和八年(1933)东京研究社出版。——**1933⑦15**。

虹児画譜　蕗谷虹儿作并绘。大正十四年至十五年(1925—1926)东京交兰社出版。三卷,包括《睡蓮の夢》(《睡莲之梦》)、《悲しき微笑》

(《悲哀的微笑》)、《銀砂の汀》(《银沙的海滨》)。——**1927**⑩8。　　**1929**②13。

思索と随想　日记又作《思索と随感》。《思索与随想》。散文。法国纪德著,山内义雄等译。昭和八年(1933)东京小山书店出版。——**1934**①28。

思索と随感　见《思索と随想》。

思想家としてのマルクス　《作为思想家的马克思》。奥地利阿德勒(M. Adler)著,山田秀男译。昭和三年(1928)东京日本评论社出版。——**1928**⑩12。

思想研究　见《支那思想研究》。

思潮批判　见《最近思潮批判》。

思想·山水·人物　随笔集。鹤见祐辅著。大正十三年(1924)东京大日本雄辩会第三版。有鲁迅选译本。——**1925**②13。

科学の诗人　《科学的诗人》,副题《法布耳的一生》。传记。法国卢格洛著,椎名其二译。大正十四年(1925)东京丛文阁出版。——**1931**⑪19。

科学随想　科学小品。西村真琴著。昭和八年(1933)东京中央公论社出版。——**1934**①16。

科学画报丛书　东京科学画报社编辑的一套自然科学丛书。新光社出版。——**1932**⑩4,5。

信と美　《真与美》。散文。柳宗悦著。大正十四年(1925)东京警醒社书店出版。——**1926**②23。

俚谣　民歌选。汤朝竹山人编。大正四年(1915)东京辰文馆发行。——**1919**⑧2。

食疗本草の考察　《食疗本草的考察》。医药学。中尾万三著。1930年2月东方文化事业上海委员会上海自然科学研究所编辑出版,《上海自然科学研究所汇报》第一卷第三号。——**1930**⑤23。

風流人　随笔集。泷井孝作著。昭和五年(1930)东京雅博那书房出版,《雅博那丛书》之一。——**1931**②10。

風景は動く　《风景在动》。诗集。北原白秋作。大正十五年

(1926)东京阿尔斯社出版。——**1926**⑧1。

風景画選集　画册。北原义雄主编。昭和五年(1930)东京阿托利埃社出版,《阿托利埃原色版画集》之一。——**1931**①28。

風景及静物画選集　见《風景画選集》、《静物画選集》。

独乙語自修の根柢　见《新式独逸語自修の根柢》。

独乙文学　见《独逸文学》。

独逸文学　日记又作《独乙文学》。《德国文学》。东京帝国大学德国文学研究室德国文学会编。大正十五年(1926)东京郁文堂书店出版。——**1929**①21。②14。

独逸浪漫派　《德国的浪漫派》。丹麦勃兰兑斯(G. Brandes)所著《十九世纪文学主潮》的一个分册。吹田顺助译。昭和八年(1933)东京春秋社出版,《春秋文库》之一。——**1933**⑧19。

独和動詞辞典　见《なくてならぬ独和動詞辞典》。

独逸語基本語集　见《独逸語基本単語集》。

独逸語基本単語集　日记又作《独逸語基本語集》。《德语基本单词集》。三井雄作编。昭和六年(1931)东京太阳堂书店出版。——**1931**⑥17。

独逸基礎単語四〇〇〇字　见《独逸語基礎単語四〇〇〇》。

独逸語基礎単語四〇〇〇　日记又作《独逸基礎単語四〇〇〇字》。《德语基础单词四千字》。小出直三郎等编。昭和五年(1930)东京时代出版社第七版。——**1930**⑨4。

哀史　《悲惨世界》。小说。法国雨果著,德田秋声译。大正三年(1914)东京新潮社出版,《西洋大著物语丛书》之一。——**1914**⑫25。**1915**⑦17。

美学及び文学史論　日记又作《美学及ビ美学史論》。《美学及文学史论》。德国梅林著,川口浩译,苏联文学研究会编。昭和六年(1931)东京丛文阁出版,《马克思主义艺术理论丛书》之一。——**1931**②21。

美学及ビ美学史論　见《美学及び文学史論》。

美術をたづねて　日记又作《美術を尋ねて》。《美术的探求》。大

类伸著。昭和二年(1927)东京博文馆出版。——**1928**①5。

美術を尋ねて　见《美術をたづねて》。

美術史の根本問題　《美术史的根本问题》。板垣鹰穗著。昭和五年(1930)东京天人社出版。——**1930**⑪10。

美学　阿部次郎著。大正十五年(1926)东京岩波书店五十二版(改订版),《哲学丛书》之一。——**1926**④9。

美学原論　德国屈尔佩(O. Külpe)著,藤井昭译。大正十四年(1925)东京东京堂书店出版。——**1926**④9。

美術全集　见《世界美術全集》。

美術概論　《美术概论》。森口多里著。昭和四年(1929)东京早稻田大学出版部出版,《文化科学丛书》之一。——**1929**③28。

美術叢書　东京岩波书店大正十三年(1924)起编辑出版。鲁迅藏书中现存:《现代の美術》、《オランダ派フランドル派の四大画家論》、《イタリア古典期美術》(《意大利古典期美术》,瑞士 H.佛耳弗林著,矢田部达郎译)、《レムブラント》(《伦勃朗》,西梅尔著,大西克礼译)、《造型美術に於ける形式の問題》、《パルテノオン》(《帕台农》,法国柯立农著,富永惣一译)。——**1929**⑥7。⑫31。　**1930**①4。

美術百科全書(西洋篇)　《美术百科全书》(西洋篇)。佐藤义亮编。昭和九年(1934)东京新潮社出版。——**1935**①24。

叛乱　小说。苏联富曼诺夫著。小宫山明敏译,1925年日本马克思书房出版,《工农俄罗斯文学丛书》之一。——**1930**④24。

叛逆者　艺术史。有岛武郎著。大正七年(1918)东京新潮社出版,《有岛武郎著作集》之一。——**1925**③25。

浅草ダヨリ　《浅草通信》。杂文。岛崎藤村著。大正十三年(1924)东京春阳堂第五版。鲁迅曾摘译此书,题作《从浅草来》。——**1924**⑫13。

洒落の精神分析　《俏皮的精神分析》。奥地利弗洛伊德著,正木不如丘译。昭和五年(1930)东京阿尔斯社出版,《弗洛伊德精神分析大系》之一。——**1930**⑥6。

海の童話　《海的童话》。诗画集。恩地孝四郎等作。昭和九年

(1934)东京版画庄出版。——**1934**⑧26。

　　海僊画谱　画册。清代王嬴作。天保十四年(1843)日本京都芸草堂刻本,加日语注音。——**1929**③2。

　　海外文学新選　《海外文学新选》。东京新潮社大正十三年(1924)到十五年(1926)出版的一套介绍欧美文学名著的丛书。——**1927**⑩29。　**1928**②7,29。

　　神話学概論　西村真次著。昭和二年(1927)东京早稲田大学出版部出版,《文化科学丛书》之一。——**1928**①19。

　　建設期のソヴエート文学　《建设时期的苏联文学》。德国奥尔巴赫(E. Auerbach)著,上田进译。昭和七年(1932)东京丛文阁出版。鲁迅藏书现存一本。——**1932**⑤26。⑥14。

　　勇敢なる兵卒シュベイクの冒険(上)　日记作シュベイクの冒険(上)。《勇敢的士兵帅克的冒险》(上),或译《好兵帅克》(上)。捷克哈谢克(J. Hašek)著,辻恒彦译。昭和五年(1930)东京众人社出版。——**1930**⑤30。

十　画

　　泰西名家傑作選集　画册。北原义雄编。昭和五年(1930)东京阿托利埃社出版,《阿托利埃原色版画集》之一。——**1930**⑫11。

　　泰西最新文芸叢書　日记作《最新文芸叢書》。《泰西最新文艺丛书》。东京新潮社出版。鲁迅藏书中现存《飢ヱ》、《地獄》(《地狱》,小说,法国巴比塞著,布施延雄译)、《五月の花》(《五月之花》,小说,西班牙伊巴涅思著,冈部壮一译)。——**1925**③5。　**1928**①29。

　　素描新技法講座　《素描新技法讲座》。北原义雄编。昭和六年至七年(1931—1932)东京阿托利埃社出版。五册。——**1933**④30。

　　真実はかく伴る　《真象如此伪装》。杂文集。长谷川如是闲著。大正十三年(1924)东京丛文阁第五版。　——**1924**④8。

　　原色貝類図　动物学。山川默编著。昭和七年(1932)东京三省堂改订十版。——**1932**④15。

　　殉難革命家列伝　《殉难革命家列传》。传记。守田有秋著。昭和三年(1928)东京解放社出版,《解放群书》之一。——**1929**②28。

造型美術に於ける形式の問題　日记又作《造型美術ニ於ケル形式問題》。《造型美术的形式问题》。德国希尔德布兰德(A. von Hildebrand)著,清水清译。昭和二年(1927)东京岩波书店出版,《美术丛书》之一。——**1930**①4。

造型美術ニ於ケル形式問題　见《造型美術に於ける形式の問題》。

造型美術概論　《造型美术概论》。外山卯三郎著。昭和五年(1930)东京建设社出版。——**1930**⑩22。

造型芸術社会学　《造型艺术社会学》。德国豪森斯泰因(W. Hausenstein)著,川口浩译。昭和四年(1929)东京丛文阁出版,《马克思主义艺术理论丛书》之一。——**1929**⑪14。

師、友、書籍　评论集。小泉信三著。昭和八年(1933)东京岩波书店出版。——**1933**⑥24。

島之[の]農民　《岛的农民》。小说。瑞典斯特林堡著,草间平作译。大正十四年(1925)东京岩波书店出版,《斯特林堡全集》之一。——**1927**⑩12。

殷墟出土白色土器の研究　《殷墟出土白陶之研究》。考古。梅原末治著。昭和七年(1932)京都东方文化学院京都研究所出版,《东方文化学院京都研究所研究报告》第一册。——**1934**①24。

饥ェ　《饥饿》。小说。挪威汉姆生(K. Hamsun)著,宫原晃一郎译。大正十年(1921)东京新潮社出版,《泰西最新文艺丛书》之一。——**1928**①29。

恋愛と新道徳　《恋爱与新道德》。苏联柯仑泰著,林房雄译。昭和三年(1928)东京世界社再版。——**1928**⑪7。

恋愛の道　《爱情之道》。苏联柯仑泰著,林房雄译。昭和三年(1928)东京世界社第三版。——**1928**⑦23。

高木氏童話　见《日本昔ばなし》。

高踏会紫葉会聯合図録　画册。日本绘画团体高踏会和紫叶会成员作品汇集。大原松云(紫叶会)编。昭和三年(1928)京都内田美术书

505

肆影印。鲁迅藏本书皮里页有钢笔题字："鲁迅先生惠存　世界文艺书社敬赠　一九二九、七、三。"但曾被以白色涂抹。——**1929**⑧27。

疾風怒濤時代と現代独逸文學　日记作《现代独逸文学》。《狂飙运动时代与现代德国文学》。成濑无极著。昭和四年(1929)东京改造社出版。——**1930**①4。

唐土名勝圖會　考古。冈田玉山等编绘。文化二年(1805)大阪和汉西洋书籍发行所刻本。六册。——**1923**②14。　**1927**⑧13。

唐宋大家像伝　《唐宋大家像传》。传记。河原英吉编。明治十二年(1879)京都芸草堂刻本。二册。——**1929**③2。

唐宋元明名畫大観　画册。东京美术学校文库内唐宋元明名画展览会编印。二册。——**1932**⑤17。　**1935**⑨6。

浮世繪大成　画册。东京东方书院编。昭和五年至六年(1930—1931)东京东方书院影印。十二册。——**1930**⑫18,31。　**1931**①31。②28。③28。⑤2。⑥4。⑦7,28。⑧29。⑨30。⑩27。

浮世繪六大家　传记。野口米次郎著。"六大家"指：安藤(一立斋)广重、东洲斋写乐、鸟居清长、喜多川歌麿、铃木春信、葛饰北斋。——**1932**⑩25。

浮世繪名作集　见《浮世繪板画名作集》。

浮世繪傑作集　见《浮世繪板画名作集》。

浮世繪板畫名作集　日记又作《浮世繪名作集》、《浮世繪傑作集》、《浮世繪版画名作集》、《日本浮世繪傑作集》。画册。东京第一书房编印。——**1930**⑪19,25。⑫22。　**1931**①20。②19。③17。④15。⑤20。⑥27。⑦22。⑧19。⑨19。⑩21。⑪23。

浮世繪版畫名作集　见《浮世繪板画名作集》。

袖珍英和辭典　《袖珍英日辞典》。至诚堂编辑部编。昭和四年(1929)东京至诚堂第十八版。——**1933**②19。

書物の敵　《书物之敌》。杂著。庄司浅水著。昭和五年(1930)东京博克多姆社再版。——**1932**⑩14。

書物の話　《书话》。庄司浅水著。昭和六年(1931)东京博克多社出版。——**1931**⑤26。

書斎の岳人 《书斋的岳人》。散文集。小岛乌水著。昭和九年(1934)东京书物展望社出版。——**1934**⑫26。

書斎の消息 《书斋的消息》。散文集。野口米次郎著。昭和二年(1927)东京第一书房出版,《小本丛书》第三十四编。——**1929**④4。

書林一瞥 见《中華民國書林一瞥》。

書物趣味 月刊。庄司浅水编。昭和七年至八年(1932—1933)日本东京书房出版,共出二卷八册。——**1933**⑪1。

書道全集 《书法全集》。下中弥三郎编。昭和六年至七年(1931—1932)东京平凡社出版。二十七册。——**1931**⑤9。⑥5。⑦7,28。⑧3,5。⑨5。⑩8。⑪4。⑫8,31。 **1932**③27。⑤19,20。⑧22。⑩18。

通論考古学 滨田耕作著。大正十五年(1926)东京大镫阁第五版。——**1928**②5。

紙魚供養 随笔集。斎藤昌三著。昭和十一年(1936)东京书物展望社出版。——**1936**⑨8。

紙魚繁昌記 随笔集。内田鲁庵著,斎藤昌三、柳田泉编。昭和七年(1932)东京书物展望社出版。——**1932**⑨30。

陣中の竪琴 《阵中竖琴》。散文。佐藤春夫著。昭和九年(1934)东京昭和书房出版。——**1934**⑦12。

十 一 画

現代のヒーロー 《当代英雄》。小说。俄国莱蒙托夫(М. Ю. Лермонтов)著,中村白叶译。昭和三年(1928)东京岩波书店出版,《岩波文库》本。——**1928**⑤7。

現代のフランス文学 《现代法国文学》。法国法伊(B. Fay)著,饭岛正译。昭和五年(1930)东京厚生阁书店出版,《现代艺术与批评丛书》之一。——**1930**⑧1。

現代の考察 《现代之考察》。文学评论。法国瓦勒里著,高桥广江译。昭和八年(1933)东京第一书房出版。——**1933**⑥9。

現代の独乙〔逸〕文学 《现代德国文学》。德国贝尔托(F. Bertho)

著,大野俊一译。昭和四年(1929)东京厚生阁书店出版,《现代艺术与批评丛书》之一。——**1930**⑧1。

现代の美術　《现代美术》。德国施米特(P.F.Schmidt)著,板垣鹰穂译述。大正十三年(1924)东京岩波书店出版,《美术丛书》之一。——**1929**⑥7。

现代の独逸文化及文芸　《现代德国文化与文艺》。片山孤村著。大正十一年(1922)东京－京都文献书院出版。——**1927**⑪18。

现代ソヴエト文学概論　日记作《ソヴエト文学概論》、《现代蘇ヴエト文学概論》。《现代苏联文学概论》。苏联特里方诺夫(C.Трифонов)等著,大竹博吉译。昭和九年(1934)东京那乌卡社出版。——**1934**⑤1。

现代蘇ヴエト文学概論　见《现代ソヴエト文学概論》。

现代芸術の諸傾向　《现代艺术的各种倾向》。苏维埃文学研究会编。昭和六年(1931)东京丛文阁出版,《马克思主义艺术论入门》之一。——**1931**⑨17。

现代欧洲の芸術　《现代欧洲之艺术》。匈牙利马察著,藏原惟人、杉本良吉译。东京丛文阁出版。《马克思主义艺术理论丛书》之一。——**1929**④13。

现代欧洲文学とプロレタリアート　《现代欧洲文学与无产阶级》。匈牙利马察著,熊泽复六译。昭和六年(1931)东京铁塔书院出版,《马克思主义艺术史丛书》之一。——**1931**④30。

现代　月刊。大日本雄辩会讲谈社编印。鲁迅从该刊上译出爱罗先珂所作童话《为人类》。——**1921**⑪29。⑫31。

现代文学　瀬沼茂树著。昭和八年(1933)东京木星社书院出版。——**1933**⑨15。

现代世界文学　见《现代世界文学研究》。

现代美学思潮　渡边吉治著。昭和五年(1930)东京第一书房出版。——**1930**⑥16。

现代美術論集　外山卯三郎著。昭和四年(1929)东京春秋社再版,《春秋文库》之一。——**1929**⑪30。

现代独逸文学　见《疾風怒濤時代と現代の独逸文学》。

现代漫画大観　日记又作《漫画大観》。《现代漫画大观》。代田收一等编。昭和三年（1928）东京中央美术社出版。十册。——**1928**③16。④25。⑤24。⑦2。⑧16。⑩4，16，20。⑪30。⑫31。

现代西欧図案集　日记作《西欧図案集》。《现代西欧图案集》。足立源一郎编。昭和三年（1928）东京宝文馆出版。——**1929**③16。

现代英文学講话　《现代英文学讲话》。小日向定次郎著。大正十五年（1926）东京研究社第四版。——**1928**③16。

现代文豪評伝叢书　见《文豪評伝叢书》。

现代世界文学研究　日记又作《現代世界文学》。东京早稻田大学欧洲文学研究会编著。昭和八年（1933）东京三省堂出版。——**1933**⑥30。

现代仏蘭西文芸叢书　日记又作《现代法蘭西文芸叢书》、《现代仏国文芸叢书》、《仏国文芸叢书》。《现代法国文艺丛书》。大正十二年至十五年（1923—1926）东京新潮社编辑出版。十二册。——**1924**⑫28。**1925**③5。　**1926**⑥19。

现代英国文芸印象记　《现代英国文艺印象记》。宫岛新三郎著。昭和四年（1929）东京三省堂出版。——**1933**②24。

现代法蘭西文芸叢书　见《现代仏蘭西文芸叢书》。

现代俄国文豪傑作集　见《露西亜现代文豪傑作集》。

现代尖端猟奇図鑑　见《现代猟奇尖端図鑑》。

现代猟奇尖端図鑑　日记作《现代尖端猟奇図鑑》。《现代猎奇尖端图鉴》。画册。佐藤义亮编。昭和六年（1931）东京新潮社出版。——**1931**⑤24。

理想郷　《理想乡》。小说。波兰显克微支著，冈田实麿译。大正二年（1913）东京北文馆发行，《世界短篇杰作丛书》之一。——**1914**⑧9。

理論芸術学概論　《理论艺术学概论》。匈牙利马察著，外村史郎译。昭和六年（1931）东京铁塔书院出版。——**1931**⑨26。

都会の論理　《都市的逻辑》。小说。林房雄著。昭和四年（1929）

东京中央公论社出版。——**1930**①4。

转形期の历史学　《转变时期的历史学》。羽仁五郎著。昭和四年（1929）东京铁塔书院出版。——**1930**②4。

转换期の文学　《转折时期的文学》。青野季吉著。昭和二年（1927）东京第二版。——**1927**⑪11。

转换期支那　《转折时期的中国》。美国安娜·路易斯·斯特朗（A. L. Strong）著，原胜译。昭和十一年（1936）东京改造社发行。——**1936**⑩12。

虚无よりの创造　《从虚无出发的创造》。俄国舍斯托夫著，河上彻太郎译。昭和九年（1934）东京芝书店出版。另一日译本名《無からの创造》。——**1934**⑨12。

黑い仮面　《黑假面人》。剧本。俄国安德烈夫著，米川正夫译。大正十三年（1924）东京金星堂出版，《先驱艺术丛书》之一。——**1927**⑫14。

黑旗　《黑旗》。小说。瑞典斯特林堡著，大庭米治郎译。昭和二年（1927）东京岩波书店出版，《斯特林堡全集》之一。——**1927**⑩22。

异常性慾の分析　《异常性欲之分析》。奥地利弗洛伊德著，林髞、小沼十寸穗译。昭和八年（1933）东京阿尔斯社出版，《弗洛伊德精神分析大系》之一。——**1933**⑫22。

唯物論と弁证法の根本概念　《唯物论与辩证法的基本概念》。俄国普列汉诺夫著，永田广志译。昭和二年（1927）东京南宋书院出版。——**1928**②13。

唯美主義者オスカア·ワイルド　日记作《オスカア·ワイルド》。《唯美主义者奥斯卡·王尔德》。本间久雄著。大正十二年（1923）东京春秋社三版，《早稻田大学文学小丛书》之一。——**1930**③31。

唯物史观　《唯物史观》。德国梅林著，冈田宗司译。昭和四年（1929）东京丛文阁出版。——**1929**⑦6。

唯物的弁证　见《弁证の唯物论》。

唯物史观入門　见《歷史底唯物論入門》。

唯物史观序说　《唯物史观序说》。昭和五年（1930）东京无产阶级科学研究所编辑出版。——**1930**④7。

唯物史観研究　《唯物史观研究》。河上肇著。大正十五年(1926)京都弘文堂书房第三十版。——**1929**③19。

唯物史観解説　《唯物史观解说》。荷兰果特(H. Gorter)著,堺利彦译。昭和二年(1927)东京白扬社第十版。——**1928**②21。

唯物的歴史理論　见《マルクスの唯物的歴史理論》。

唯物弁証法講話　《唯物辩证法讲话》。永田广志著。昭和八年(1933)东京白扬社出版。——**1933**⑪12。

唯物史観世界史教程　日记作《世界史教程》。《唯物史观世界史教程》。苏联波察洛夫等著,早川二郎译。昭和七年至九年(1932—1934)东京白扬社出版。五册。——**1933**②13。③11。　**1934**⑦20。

移民文学　或译《流亡文学》。丹麦勃兰兑斯所著《十九世纪文学主潮》的一个分册。吹田顺助译。昭和八年(1933)东京春秋社出版,《春秋文库》之一。——**1933**⑧19。

動物図鑑　见《日本動物図鑑》。

動物詩集　原名《Le Bestiaire》,中译《动物寓言诗集》,或译《禽虫吟》。法国阿坡里耐尔作,杜飞(R. Dufy)插图,堀口大学译。大正十四年(1925)东京第一书房出版。鲁迅曾选译其中一首。——**1927**⑩12。

動物の驚異　《动物奇观》。仲摩照久编著。昭和七年(1932)东京新光社出版,《科学画报丛书》之一。——**1932**⑩5。

動物学実習法　《动物学实习法》。——**1929**⑥26。

第二の日　《第二天》。小说。苏联爱伦堡著,中村白叶译。昭和十一年(1936)东京三笠书房发行,《世界长篇小说全集》之一。——**1935**⑫7。

袋街　日记作《袋路》。《死胡同》。小说。苏联魏烈萨耶夫著,松崎启次译。昭和四年(1929)东京马克思书房出版,《工农俄罗斯文学丛书》之一。——**1929**⑦26。

袋路　见《袋街》。

偶像再興　随笔集。和辻哲郎著。大正十三年(1924)东京岩波书店第九版。——**1927**⑩17。

進化学説　生物进化史。德拉日（Delage）、高得斯密斯（Goldsmith）著，小泉丹译。昭和三年（1928）东京丛文阁出版。福拉马利翁社《自然科学丛书》之一。——**1928**②19。

鳥羽僧正　《鸟羽僧正》。下店静市著。昭和二年（1927）东京阿尔斯社出版，《阿尔斯美术丛书》之一。鸟羽僧正（1053—1140），日本古代画僧。——**1927**⑫22。

鳥居清長　野口米次郎著。昭和七年（1932）东京诚文堂出版。鸟居清长，日本六大浮世绘师之一。——**1932**⑧17。

鳥類原色大図説　《鸟类原色大图说》。动物学。黑田长礼著。昭和八年至九年（1933—1934）东京修教社书院出版。三册。——**1933**⑫15。　**1934**①31。④27。

猟人日記　《猎人笔记》。小说。俄国屠格涅夫著，中山省三郎译。昭和八年至九年（1933—1934）东京第一书房出版。二册。——**1933**⑨21。　**1934**④19。

猫町　《猫街》。小说。萩原朔太郎著。昭和十年（1935）东京版画庄出版。——**1935**⑫5。

祭祀及礼と法律　《祭祀及礼与法律》。穗积陈重著。昭和三年（1928）穗积奖学财团出版，东京岩波书店发行，《法律进化论丛》之一。——**1930**②27。

鹿の水鏡　见《鹿の水かがみ》。

鹿の水かがみ　日记作《鹿の水鏡》。《鹿之水镜》。寓言。希腊伊索（Aisopos）著，伊藤贵麿译。昭和七年（1932）东京儿童书房出版，《世界宝玉童话丛书》之一。——**1932**⑥23。

断片　哲学笔记。德国诺瓦利斯（即ノヴアーリス，Novalis）著，饭田安译。昭和六年（1931）东京第一书房出版。——**1933**⑩3。

粕谷独逸語学叢書　《粕谷德语学丛书》。日本粕谷真洋译著的一套德国语文丛书，由东京南山堂书店出版。鲁迅所购为《独文和訳法》（《德文日译法》）、《ハイネ詩集》（《海涅诗集》）。——**1929**④15。

閉された庭　《被关闭的庭院》。法国格林（J. Green）著，新庄嘉章译。昭和十一年（1936）东京第一书房出版，《法国现代小说》之一。——**1936**④24。

婚姻及び家族の発展過程　日记又作《婚姻及家族の発展過程》。《婚姻及家族的发展过程》。德国库诺夫著，鸟海笃助译。昭和二年(1927)东京同人书店再版，《马克思的历史、社会及国家观》之一。——**1928**⑩29。

婚姻及家族の発展過程　见《婚姻及び家族の発展過程》。

婦人世界　月刊。增田义一编。东京实业之日本社发行。明治三十九年(1906)创刊。昭和八年(1933)五月停刊。——**1918**⑥27。

郷土研究　期刊。东京乡土研究社编辑发行。——**1915**①8,9。

郷土玩具集　《乡土玩具集》。画册。梅原与惣次等绘。昭和九年至十年(1934—1935)东京白与黑社木刻彩色印本。——**1934**⑧7。**1935**⑧20。

細胞学　见《細胞学概論》。

細胞学概論　日记作《細胞学》。山羽仪兵著。昭和八年(1933)东京岩波书店出版，《岩波全书》之一。　——**1934**①20。

経済概念　见《マルクスの経済概念》。

十 二 画

項羽と劉邦　《项羽与刘邦》。剧本。长与善郎著。大正十一年(1922)东京新潮社改版。——**1929**⑤27。

越天楽　《越天乐》。小说。近卫直麿著。昭和十年(1935)东京近卫家出版。——**1935**⑪8。

超現実主義と絵画　《超现实主义与绘画》。法国布雷东(A. Breton)著，泷口修造译。昭和五年(1930)东京厚生阁出版，《现代艺术与批评丛书》之一。——**1930**⑧1。

喜多川歌麿　野口米次郎著。昭和七年(1932)东京诚文堂出版。喜多川歌麿(1753—1806)，日本六大浮世绘师之一。——**1932**⑥14。

斯文　汉学学术月刊。佐久节编。东京斯文会发行。1919年2月创刊。——**1926**⑩30。　**1927**④1。　**1934**⑩17。

朝日新闻　日本日报。明治十二年(1879)一月创刊于大阪，后并在东京、名古屋等地出版日报和晚报。——**1933**⑫5，28。　　**1935**⑩21。

葛饰北斎　《葛饰北斋》。野口米次郎著。日记所记版本有二：一为昭和五年(1930)作者自刊彩色版；一为昭和七年(1932)东京诚文堂出版。葛饰北斋(1760—1849)，日本六大浮世绘师之一。——**1931**①13。　**1932**⑩25。

植物の驚異　《植物奇观》。仲摩照久编。昭和七年(1932)东京新光社出版，《科学画报丛书》之一。——**1932**⑩4。

植物集説　牧野富太郎著。昭和十年(1935)东京诚文堂、新光社出版，《牧野植物学全集》第三、第四卷。——**1935**⑨4。　**1936**⑨2。

植物随筆集　牧野富太郎著。昭和十年(1935)东京诚文堂出版，《牧野植物学全集》第二卷。——**1935**④5。

植物分類研究　牧野富太郎著。昭和十一年(1936)东京诚文堂、新光社出版，《牧野植物学全集》第五、第六卷。——**1936**①15。⑤10。

森三千代詩集　森三千代著。昭和四年(1929)作者自刊本。——**1929**①31。

厨川白村集　见《厨川白村全集》。

厨川白村全集　日记又作《厨川白村集》。厨川白村著。昭和四年(1929)东京改造社出版。六册。厨川白村(1880—1923)，日本文艺批评家。——**1929**④13，23。⑤17。⑥26。⑦30。⑨10。

裂地と版画　《布料与版画》。画帖。辻永等编。昭和三年(1928)东京巧艺社影印本。——**1929**⑦19。

雄鶏とアルルカン　《雄鸡和杂馔》。文艺随感。法国科克多著，大田黑元雄译。昭和三年(1928)东京第一书房出版。——**1928**⑧2。

雲居寺研究　见《房山雲居寺研究》。

最後の日記　《最后的日记》。有岛武郎著。昭和三年(1928)东京改造社出版。——**1928**⑪15。

最後之嘆息　《最后的叹息》。童话集。俄国爱罗先珂著。秋田雨雀编，1921年东京丛文阁出版。鲁迅曾选译其中《两个小小的死》、《桃色的云》。——**1921**⑫26。　**1923**⑤14。

最新ロシア文学研究　原书作《最新ロシヤ文学研究》。《最新俄

国文学研究》。苏联李沃夫－罗加切夫斯基(В. Л. Львов-Рогачевский)著,井田孝平译。大正十五年(1926)东京出版。——1927⑫5。

　　最近の英文学　见《近代の英文学》。

　　最新生理学　　小仓笃著,有大正十四年(1925)大阪宝文馆版。——1928⑫12。

　　最近之英文学　见《近代の英文学》。

　　最新文芸叢書　见《泰西最新文芸叢書》。

　　最近英詩概論　日记作《近代英詩概論》。厨川白村著。大正十五年(1926)东京福永书店再版。——1926⑧5。

　　最近思潮批判　日记又作《思潮批判》。太田善男著。大正十年(1921)东京日进堂出版,《最近思潮丛书》之一。——1927⑪22。

　　最新思潮展望　加藤朝鸟著。昭和八年(1933)东京晓书院出版。——1933⑤19。

　　最新独和辞典　权田保之助编。昭和四年(1929)东京有朋堂书店第十一版。——1929⑪27。

　　無からの創造　《从虚无出发的创造》。俄国舍斯托夫著,安土礼二郎等译。昭和九年(1934)东京三笠书房出版。另一日译本题作《虚無よりの創造》。——1934⑨16。

　　無産階級の文化　《无产阶级的文化》。平林初之辅著。大正十二年(1923)东京早稻田泰文社出版。——1927⑫14。

　　無産階級の画家ゲオルゲ・グロッス　日记作《ゲオルゲ・グロッス》。《无产阶级的画家乔治·格罗斯》。传记。柳瀬正梦编。昭和四年(1929)东京铁塔书院出版。——1929⑫20。

　　無産階級文学の理論と実際　见《無産階級文学の理論と実相》。

　　無産階級文学の理論と実相　日记作《無産階級文学の理論と実際》、《新俄パンフレット》。《无产阶级文学的理论与实况》。昇曙梦著。大正十五年(1926)东京新潮社出版,《新俄小丛书》之一。——1926⑦19。

　　無産者文化論　《无产者文化论》。苏联托洛茨基著,武藤直治译。大正十四年(1925)东京聚芳阁出版,《海外艺术评论丛书》之一。——

1926②23。

無産階級芸術論　《无产阶级艺术论》。苏联波格丹诺夫著,麻生义译。大正十五年(1926)东京人文会出版部出版,《社会思想文艺丛书》之一。——1926⑥1。

筆耕園　画册。和田幹男编。大正元年(1912)东京审美书院影印,线装本。四册。——1913②24,26。④28。

悲劇の哲学　《悲剧的哲学》,副题《陀思妥耶夫斯基与尼采》。俄国舍斯托夫著,河上徹太郎、阿部六郎译。昭和九年(1934)东京芝书店第三版。——1934⑥11。

集団社会学原理　《集团社会学原理》。圆谷弘著。昭和九年(1934)东京同文馆出版。——1935⑩27。

創作版画の作り方　日记又作《板画の作り方》。《版画创作法》。旭正秀著。昭和二年(1927)东京弘文社出版。——1928⑫27。

創作版画　见《Hanga》。

創作版画集　《创作版画集》。画册。武藤完一编。昭和九年(1934)东京东邦社影印本,《手工图案集》之一。——1934⑦19。

創造的批評論　《创造的批评论》。美国斯平加恩(J. E. Spingarn)著,远藤贞吉译。大正十四年(1925)东京聚芳阁出版,《海外艺术评论丛书》之一。——1925⑪5。

象牙の塔を出て　《出了象牙之塔》。文艺随笔集。厨川白村著。大正十三年(1924)东京福永书店第七十二版。此书有鲁迅中译本。——1924⑩27。

童謡及童話之[の]研究　《童谣及童话之研究》。松村武雄讲述,大阪每日新闻社编。大正十二年(1923)大阪每日新闻社出版,《文化大学丛书》之一。——1928①16。

装甲列車　《铁甲列车》。小说。苏联伊凡诺夫著,黑田辰男译。昭和五年(1930)东京马克思书房出版,《工农俄罗斯文学丛书》之一。——1930③26。

満洲画帖　《满洲画帖》。画册。石田吟松绘。昭和六年(1931)中日文化协会影印。二册。——1934④25。

満鉄支那月誌 《满铁支那月志》。综合性月刊。宫本通治、野中时雄编。南满洲铁道株式会社上海事务所研究室发行。大正十三年(1924)创刊于北京,名为《北京满铁月报》。昭和五年(1930)改《满铁支那月志》,移至上海出版。1933年停刊。——**1932⑪3**。

満鮮考古行脚 《满洲朝鲜考古旅行记》。高桥健自、石田茂作著。昭和二年(1927)东京雄山阁出版。——**1928④12**。

営城子 《营城子》。考古。日本东亚考古学会编。昭和九年(1934)出版,《东方考古丛书》之一。营城子,在辽宁省大连市。——**1935①20**。

運命の丘 《命运之丘陵》。小说。法国吉奥诺(J. Giono)著,葛川笃译。昭和十一年(1936)东京第一书房出版,《法国现代小说》之一。——**1936⑩10**。

開かれた処女地 见《ヒラカレタ処女地》。

開かれぬ手紙 《没有开封的信》。剧本。匈牙利莫尔纳尔(F. Molnár)著,铃木善太郎译。昭和三年(1928)东京第一书房出版。——**1928⑧10**。

階級社会の芸術 《阶级社会的艺术》。俄国普列汉诺夫著,藏原惟人译。昭和三年(1928)东京丛文阁出版,《马克思主义艺术理论丛书》之一。——**1928⑩10**。

階級社会之[の]諸問題 《阶级社会之诸问题》。德国霍夫曼(W. Hoffmann)著,小林良正译。昭和三年(1928)东京白扬社出版。——**1928⑥30**。

階級意識トハ何ゾヤ 《何谓阶级意识》。匈牙利卢卡契(G. Lukács)著,水谷长三郎、米村正一译。昭和二年(1927)东京同人社书店出版。——**1928②1**。

階級闘争小史 见《階級闘争論小史》。

階級闘争理論 见《マルクスの階級闘争理論》。

階級闘争論小史 日记作《階級争鬪小史》。《阶级斗争论小史》。苏联普列汉诺夫著,山口辰六郎译。昭和三年(1928)东京同人社书店出版。——**1928③30**。

　　結婚及ビ家族の社会学　《结婚及家族的社会学》。——**1934**①29。

　　結婚　小说。瑞典斯特林堡著，龟尾英四郎译。大正十五年(1926)东京岩波书店出版，《斯特林堡全集》之一。——**1928**②1。

　　絵入みよ子　《插图本美代子》。童话。佐藤春夫著。昭和八年(1933)东京青果堂刻本。——**1933**⑪14。

十 三 画

　　詩と体験　《诗与体验》。法国狄尔泰(W. Dilthey)著，佐久间政一译。昭和八年(1933)东京摩那斯出版。——**1933**⑨30。

　　詩と詩論　《诗与诗论》。冈本正一等编。昭和三年至六年(1928—1931)东京厚生阁出版。附《诗与诗论》别册特辑《现代英文学评论》一册，共十四册。——**1929**①7。③16。④4。⑥26。　**1930**①17。⑦17。⑩11。⑪27。　**1931**①8。③31。⑦2。⑨23。

　　詩人のナプキン　《诗人的餐巾》。小说集。法国阿坡里耐尔等著，堀口大学编译。昭和四年(1929)东京第一书房出版，《法国短篇小说集》之一。——**1929**⑨28。

　　詩の起原　《诗的起源》。竹友藻风著。昭和四年(1929)东京梓书房出版。——**1929**⑫17。

　　詩学　《诗学》，希腊亚里士多德(Aristoteles)著，松蒲嘉一译。大正十三年(1924)东京岩波书店出版，《哲学古典丛书》之一。——**1924**⑫16。

　　詩学概論　外山卯三郎著。昭和四年(1929)东京第一书房出版。——**1930**③17。

　　詩魂礼賛　《诗魂礼赞》。诗人评论。生田春月著。大正十五年(1926)东京新潮社出版。——**1926**⑦10。

　　詩之[の]形態学序説　《诗的形态学序说》。外山卯三郎著。昭和三年(1928)东京厚生阁书店出版。——**1928**⑪17。

　　詭弁の研究　《诡辩之研究》。逻辑学。荒木良造著。昭和七年(1932)京都内外出版印刷株式会社出版。——**1932**⑦21。

感想私録 《感想笔记》。法国波德莱尔(即ボオドレエル,Ch. Baudelaire)著,堀口大学译。昭和八年(1933)东京第一书房出版。——**1933**⑦25。

雷雨 剧本。曹禺著,影山三郎、邢振铎译。昭和十一年(1936)东京赛棱社出版。——**1936**②15。④22。

業間録 《业间录》。随笔集。铃木虎雄著。昭和三年(1928)京都弘文堂书房出版。——**1928**⑫31。

園芸植物図譜 《园艺植物图谱》。石井勇义著。昭和五年至九年(1930—1934)东京诚文堂出版。六册。——**1931**⑫23。 **1932**①12。⑨30。 **1934**①26。⑪3。

農民文芸十六講 《农民文艺十六讲》。农民文艺会编。大正十五年(1926)东京春阳堂再版。——**1928**②27。

罪と罰(前篇) 《罪与罚》(上部)。小说。俄国陀思妥耶夫斯基著,内田鲁庵译。大正二年(1913)东京丸善株式会社出版。——**1913**⑧8。

辞林 辞典。金泽庄三郎编。大正十三年(1924)东京三省堂第十二版。——**1924**⑪28。

鉄の流 《铁流》。小说。苏联绥拉菲摩维支著,藏原惟人译。1930年东京丛文阁发行,《苏联作家丛书》之一。——**1930**③26。**1932**⑦6。

鈴木春信 野口米次郎著。昭和七年(1932)东京诚文堂出版。铃木春信(1725—1770),日本六大浮世绘师之一。——**1932**⑫9。

愛と死の戯 见《愛と死の戯れ》。

愛と死の戯れ 日记作《愛と死の戯》。《爱与死的博斗》。剧本。法国罗曼·罗兰著,片山敏彦译。大正十五年(1926)东京丛文阁出版。——**1926**③23。

愛の物語 《爱的故事》。小说。挪威汉姆生著,宫原晃一郎译。大正十三年(1924)东京新潮社出版,《海外文学新选》之一。——**1928**②7。

愛慾と女性 见《女性と愛慾》。

　　愛書狂の話　《书癖的故事》。法国福楼拜著,庄司浅水译。昭和七年(1932)东京博克多姆社出版。——**1932**⑨30。

　　愛蘭情調　《爱尔兰情调》。随笔集。野口米次郎著。大正十五年(1926)东京第一书房出版,《小本丛书》第二十八编。——**1927**⑪22。

　　猿の群から共和国まで　《从猿群到共和国》。历史。丘浅次郎著。大正十五年(1926)东京共立社第二版。——**1926**⑥26。

　　痴人の告白　《疯子的自白》。小说。瑞典斯特林堡著,和辻哲郎、林达夫同译。大正十三年(1924)东京岩波书店出版,《斯特林堡全集》之一。——**1927**⑩12。

　　新らしい言葉の字引　《新词汇辞典》。服部嘉香、植原路郎编。昭和四年(1929)东京实业之日本社第三十一版。——**1929**⑦25。

　　新しき芸術の獲得　《新艺术的取得》。板垣鹰穂著。昭和五年(1930)东京天人社出版。——**1930**⑪10。

　　新しき村　《新村》。月刊。长岛丰太郎编。新村东京支部发行。大正七年(1918)创刊。——**1919**④11。　　**1921**⑧29。

　　新シキ者卜古キ者　《新人与旧人》。小说。苏联奥里约夏著,村田春海译。昭和五年(1930)东京铁塔书院出版,《苏维埃作家丛书》之一。——**1930**⑫23。

　　新しき糧　《新的粮食》。剧本。法国纪德著,堀口大学译。昭和十一年(1936)东京第一书房出版。——**1936**⑩12。

　　新フランス文学　《新法国文学》。广濑哲士著。昭和五年(1930)东京东京堂出版。——**1930**⑨24。

　　新ロシア文化の研究　《新俄文化之研究》。藏原惟人著。昭和三年(1928)东京南宋书院出版。——**1928**③20。

　　新ロシア文学の曙光期　《新俄文学之曙光期》。昇曙梦编著。大正十三年(1924)东京新潮社出版,《新俄小丛书》之一。——**1925**①6。

　　新ロシア美術大観　《新俄美术大观》。昇曙梦编著。大正十四年(1925)东京新潮社出版,《新俄小丛书》之一。——**1925**③5。

　　新ロシアパンフレット　日记作《新露西亜パンフレット》。《新俄小丛书》。昇曙梦编。大正十三年至十五年(1924—1926)东京新潮社出版。鲁迅藏书中现存七种。1926 年 7 月 5 日所购二本为:《プロレタリヤ劇と映画及音楽》(《无产阶级戏剧、电影与音乐》)、《第二新ロシヤ美術大観》(《新俄美术大观第二辑》)。——**1924** ⑩ 11。⑫ 19。**1925**①6。③5。 **1926**⑦5,19。

新反対派ニ就イテ 原书作《新反対派に就て》。《关于新反对派》。政论。苏联布哈林著,正木英太译。昭和二年(1927)东京南宋书院出版。——**1928**②13。

新式独逸語自修の根柢 日记作《独乙語自修の根柢》。《新式德语自修基础》。藤崎俊茂著。昭和三年(1928)东京太阳堂书店第五版。——**1928**④12。

新俄パンフレット 见《無産階級文学の理論と実相》。

新露西亜パンフレット 见《新ロシアパンフレット》。

新村 见《新しき村》。

新潮 文艺月刊。1904 年 5 月佐藤仪助创办。原名《新声》。1909 年起改版。——**1919**④9。

新潮文庫 日本东京新潮社出版的一套文艺丛书。鲁迅藏书中现存三种:《小説研究十二講》、《漫画坊つちやん》、《漫画吾輩は猫である》。——**1933**④17,25。

新興芸術 《新兴艺术》。艺术月刊。板垣鹰穗、田中房次郎等编。东京艺文书院发行。1929 年 10 月创刊。——**1930**①6。③3。⑤25。

新興演劇 戏剧月刊。山上貞一编,大坂新兴演剧社出版。鲁迅藏有昭和五年(1930)五月号一册。——**1930**⑧24。

新洋画研究 外山卯三郎编。昭和五年至六年(1930—1931)东京金星堂出版。五册。——**1930**⑧30。⑨13。 **1931**①5。③30。⑥8。

新興文学集 《世界文学全集》丛书之三十八,昭和四年(1929)东京新潮社出版。——**1929**⑨9。

新俄美术大観 见《新ロシア美術大観》。

新進作家叢書 日本新潮社大正六年(1917)出版的一套创作丛书。全四十五册。——**1918**⑤31。

新興文芸全集 见《新興文学全集》。

新興文学全集　日记又作《新興文芸全集》。下中弥三郎编。全二十四卷。其第二十三卷为露西亚篇Ⅱ。内收法捷耶夫著、藏原惟人译的《毁灭》和里别进斯基著、小宫山明敏译的《一周间》等作品。昭和四年(1929)东京平凡社出版。——**1929**⑤10。

新興仏蘭西文学　《新兴法国文学》。法国比利(A. Billy)著，草野贞之译。昭和六年(1931)东京白水社出版。——**1934**⑥11。

新俄文学之曙光期　见《新ロシア文学の曙光期》。

意匠美術類聚　见《意匠美術写真類聚》。

意匠美術写真類聚　日记又作《意匠美術類聚》。《图案美术摄影类聚》。图案美术摄影类聚刊行会编。大正十三年至昭和二年(1924—1927)东京洪洋社出版。鲁迅藏书中共有二期十二册。——**1928**③10。④12。

煙　《烟》。小说。俄国屠格涅夫著，大贯晶川译。大正二年(1913)新潮社出版。——**1913**⑧2。

煙草　《烟草》。植物学。英国英格仑(P. England)著，宇贺田为吉译。昭和九年(1934)东京隆章阁出版。——**1934**⑫30。

楽浪　《乐浪》。考古。本书系东乐浪郡古墓发掘报告，原田淑人、田泽金吾合著。东京帝国大学文学部编。昭和五年(1930)东京刀江书院出版。乐浪，汉代郡名，在朝鲜平壤以南，西晋末并入高勾丽。——**1930**⑪28。

楽浪王光墓　《乐浪王光墓》。考古。东京朝鲜古迹研究会编。昭和十年(1935)京都桑名文星堂出版，《古迹调查报告》第二册。王光墓，即古朝鲜乐浪太守椽王光夫妇合葬墓。——**1936**④29。

楽浪彩篋塚　《乐浪彩篋塚》。考古。东京朝鲜古迹研究会编。昭和九年(1934)京都便利堂出版，《古迹调查报告》第一册。——**1935**③26。

楽浪及高麗古瓦図譜　见《楽浪及高勾麗古瓦図譜》。

楽浪及高勾麗古瓦図譜　日记又作《楽浪及高麗古瓦図譜》。诸冈荣治编。昭和十年(1935)京都便利堂出版。高勾丽，朝鲜古国名。——**1935**⑤30。

《資本論》の文学的構造 《〈资本论〉的文学构造》。苏联涅奇金娜(М. В. Нечкина)著,村井勇译。昭和八年(1933)东京那乌卡社发行。——**1933**⑫10。

滞欧印象记 《滞欧印象记》。游记。本间久雄著。昭和四年(1929)东京东京堂出版。——**1929**⑫20。

漢薬写真集成 《中药摄影集成》。中尾万三、木村康一编。《上海自然科学研究所汇报》第一卷第二号、第五号(1929—1930)。二册。——**1930**⑤23。⑩28。

戦闘的唯物論 《战斗的唯物论》。俄国普列汉诺夫著,川内唯彦译。昭和五年(1930)东京丛文阁出版。——**1930**⑨12。

続動物の驚異 《续动物奇观》。动物学。仲摩照久编。昭和七年(1932)东京新光社出版,《科学画报丛书》之一。——**1932**⑩4。

続編 见《支那歴史地理研究続集》。

続小品集 《续小品集》。俄国开培尔著,久保勉译。大正十三年(1924)东京岩波书店出版。——**1927**⑩5。

続文芸評論 《续文艺评论》。法国纪德著,铃木健郎等译。昭和八年(1933)东京芝书店出版。——**1934**①6。

続南蛮広記 《续南蛮广记》。散文集。新村出著。大正十四年(1925)东京岩波书店出版。——**1925**⑫3。

続続小品集 《续续小品集》。俄国开培尔著,久保勉译。大正十三年(1924)东京岩波书店出版。——**1924**⑫12。

続紙魚繁昌記 《续纸鱼繁昌记》。随笔。内田鲁庵著,斋藤昌三编。昭和九年(1934)东京书物展望社出版。——**1934**⑦12。

十 四 画

读书術 《读书术》。法国法格(A. E. Faguet)著,石川涌译。昭和十一年(1936)东京松柏馆出版,《春秋文库》之一。——**1936**④23。

读史叢録 《读史丛录》。内藤虎次郎著。昭和四年(1929)京都弘文堂书房出版。——**1929**⑨11。

读书放浪 《漫读记》。内田鲁庵著,斋藤昌三、柳田泉编。昭和七年(1932)东京书物展望社限定版,翌年又出普及版。——**1932**⑧19。
1934②27。

静かなるドン　《静静的顿河》。小说。苏联萧洛霍夫著。日记所记版本有三:外村史郎译,昭和六年(1931)东京铁塔书院出版,《苏联作家丛书》之一,二册;外村史郎译,昭和十年(1935)东京三笠书房出版,二册;上田进译,书名作《静かなドン》(第一部全),昭和十年(1935)东京那乌卡社出版,一册。——**1931**④18。⑦26。　**1935**⑥25。⑦6,9。

静物画选集　画册。北原义雄编。昭和五年(1930)东京阿托利埃社出版,《阿托利埃原色版画集》之一。——**1931**①28。

模範最新世界年表　日记作《世界年表》。三省堂编辑所编。大正十四年(1925)东京三省堂增订四版。——**1925**⑧11。

様式と時代　《样式与时代》。文艺理论。苏联钦兹堡著,黑田辰男译。昭和五年(1930)东京丛文阁出版,《马克思主义艺术理论丛书》之一。——**1930**①25。

歌麿　画家研究。法国龚古尔(E.de Goncourt)著,野口米次郎译。昭和四年(1929)东京第一书房出版。——**1929**⑥19。

歴史ヲ捻ヂル　《扭转历史》。杂文集。长谷川如是闲著。昭和五年(1930)东京铁塔书院出版。——**1930**⑧2。

歴史過程の展望　《历史过程的展望》。历史。佐野学著。昭和三年(1928)东京希望阁出版。——**1928**⑤24。

歴史学批判叙説　《历史学批判叙说》。羽仁五郎著。昭和七年(1932)东京铁塔书院出版。——**1932**⑥14。

歴史底唯物論入門　日记又作《唯物史観入門》。余不详。——**1928**⑫27。

銃殺されて生きてた男　《被枪决而活下来的人》。小说。法国巴比塞(H.Barbusse)著,小牧近江译。昭和六年(1931)东京四六书院出版,《国际无产阶级文学选集》之一。——**1931**⑩19。

銀砂の汀　见《虹児画譜》。

精神分析入門　奥地利弗洛伊德著,安田德太郎译。昭和三年(1928)东京阿尔斯社出版。二册。——**1928**④25。

漱石全集　夏目漱石著。昭和十年至十二年(1935—1937)东京漱石全集刊行会出版。全十九册。夏目漱石(1867—1916),日本小说家。——**1935**⑫17,28。　**1936**①30。③6,28。⑤2,31。⑥30。⑧1。⑨2。⑩9。

漫画サロン集　《漫画沙龙集》。画册。星野辰男编。昭和八年(1933)东京朝日新闻社出版,《朝日画报》临时增刊。"サロン",法语Salon 的日语音译。——**1933**⑤1。

漫画の満洲　《漫画的满洲》。画册。池部钧等作。昭和二年(1927)东京大阪屋号书店出版。——**1927**⑩12。

漫画坊つちやん　《漫画〈哥儿〉》。画册。近藤浩一路绘。昭和八年(1933)东京新潮社出版,《新潮文库》之一。《哥儿》为夏目漱石的小说。——**1933**④17。

漫画吾輩は猫である　《漫画〈我是猫〉》。画册。近藤浩一路绘。昭和八年东京新潮社出版,《新潮文库》之一。《我是猫》为夏目漱石的小说。——**1933**④17。

漫画大観　见《现代漫画大観》。

漫画西遊記　《漫画西游记》。画册。宫尾重男作。昭和三年(1928)东京妇女界社出版。——**1928**⑩16。

漫画只野凡児　应为《只野凡儿　人生勉强》(《只野凡儿·学习人生》)第一卷(全三卷)。漫画连环画,麻生丰绘,昭和九年(1934)东京新潮社刊行。只野凡儿,为该连环画的主人公。该漫画于1933年在《朝日新闻》夕刊连载。——**1934**②10。

漁夫とその魂　《渔夫及其灵魂》。——**1929**⑦6。

十　五　画

論文集　德国勖本华尔(叔本华,A. Schopenhauer)著,佐久间政一译。大正十三年(1924)东京春秋社震灾后改版。叔本华(1788—1860),德国哲学家,唯意志论者。——**1924**⑫16。

蔵書票の話　《藏书票的故事》。斋藤昌三著。昭和五年(1930)东京展物社改版。——**1930**⑥13。

蔵原惟人芸術論　见《芸術論》(蔵原惟人)。

標注訓訳水滸伝　《标注训译水浒传》。元代施耐庵撰,平冈龙城译。大正四年至五年(1915—1916)东京近世汉文学会刻本。线装。十五册。——1923⑪14。

輪のある世界　《有轮子的世界》。随笔集。西胁顺三郎著。昭和八年(1933)东京第一书房出版。——1933⑥22。

輪郭図案一千集　《轮廓图案一千种》。高桥春佳画,图案研究会编。大正十五年(1926)大阪出版。——1929③19。

憂愁の哲理　《忧愁的哲理》。哲学。丹麦克尔凯郭尔著,宫原晃一郎译。昭和八年(1933)东京春秋社出版,《春秋文库》之一。——1933⑧27。

戯曲の本質　《戏曲的本质》。岛村民藏著,大正十四年(1925)东京东京堂出版,《学艺丛书》之一。——1926②3。

賦史大要　文学史。铃木虎雄著。昭和十一年(1936)东京富山房出版。——1936⑤15。

賭博者　小说。俄国陀思妥耶夫斯基著,原白光译。大正十三年(1924)东京新潮社第九版,《陀思妥耶夫斯基全集》之一。——1925⑧11。

影絵の[之]研究　《剪影之研究》。北尾春道著。昭和七年(1932)东京素人社书屋出版。——1933⑨26。

遺老説伝(球陽外卷)　《遗老说传》(球阳外卷)。小说。郑秉哲著,岛袋盛敏译。昭和十年(1935)东京学艺社出版。——1936②10。

魯迅全集　实即《呐喊》和《彷徨》的全译。鲁迅著,井上红梅译。昭和七年(1932)东京改造社出版。——1932⑪30。⑫1,14。　1933①9,12,14。

魯迅選集　鲁迅著,佐藤春夫、增田涉译。昭和十年(1935)东京岩波书店出版,《岩波文库》本。——1935⑥20。⑦26。

魯迅小説選集　见《鲁迅創作選集》。

魯迅創作選集　日记又作《鲁迅小説選集》。鲁迅著,田中庆太郎编。昭和七年(1932)东京文求堂出版。——1932⑤12,21。

澄江堂遺珠　诗集。芥川龙之介作,佐藤春夫编。昭和八年(1933)东京岩波书店出版。——**1933**③28。

十 六 画

壊滅　《毁灭》。小说。苏联法捷耶夫著,藏原惟人译。东京战旗社出版。——**1929**⑤2。

燕曲集　剧本集。瑞典斯特林堡著,小宫丰隆、大庭米治郎译。大正十五年(1926)东京岩波书店出版,《斯特林堡全集》之一。——**1927**⑩12。

機械と芸術の交流　原书作《機械と芸術との交流》。《机械与艺术的交流》。艺术评论。板垣鹰穗著。昭和四年(1929)东京岩波书店出版。鲁迅藏书中有复本。——**1929**⑫26。 **1930**⑪27。

機械と芸術革命　《机械与艺术革命》。艺术评论。福克斯(R.M.Fox)等著,木村利美编译。昭和五年(1930)东京白扬社出版。——**1930**⑩25。

機械論と弁証法的唯物論　《机械论与辩证唯物论》。哲学。苏联史托累雅罗夫著,笹川正孝译。昭和五年(1930)东京白扬社出版。——**1930**⑩8。

十 七 画

雖モ地球ハ動イテ居ル　见《けれども地球は迴つてゐる》。

舆論と群集　《舆论与群众》。心理学。法国塔尔德(J.G.Tarde)著,赤坂静也译。昭和三年(1928)东京刀江书院出版。——**1928**⑥18。

貘の舌　《貘之舌》。随笔集。内田鲁庵著。大正十四年(1925)东京春秋社出版。——**1927**⑪20。

貔子窩　考古。东亚考古学会编。昭和四年(1929)出版,《东方考古学丛刊》之一。貔子窝,地名,在辽宁省大连市。——**1935**②16。

十 八 画

臨床医学と弁証法的唯物論　《临床医学与辩证唯物论》。苏联利夫席茨(Лифщиц)著,安田德太郎译。昭和八年(1933)东京那乌卡社出版,《辩证法的唯物论丛书》之一。——**1933⑪**5。

　　魏晋南北朝通史　历史。冈畸文夫著。昭和七年(1932)东京弘文堂书房出版。——**1932⑨**27。

　　閗牛士　《斗牛士》。小说。法国蒙泰朗(H. de Montherlant)著,堀口大学译。昭和十一年(1936)东京第一书房出版,《法国现代小说》之一。——**1936②**20。

十九画以上

　　蘇俄の牢獄　见《ソヴイエートロシアの牢獄》。

　　霧社　《雾社》。小说。佐藤春夫著。昭和十一年(1936)东京昭森社出版。——**1936⑦**25。

　　霰　诗集。千家元麿作。昭和六年(1931)横滨雅博那书房出版,《雅博那丛书》之一。——**1931⑤**13。

　　露国の文芸政策　见《露国共産党の文芸政策》。

　　露国现代の思潮及文学　《俄国现代的思潮及文学》。昇曙梦著。大正十二年(1923)东京改造社出版。——**1925②**14。

　　露西亜文学の理想と现实　《俄罗斯文学的理想与现实》。俄国克鲁泡特金(П. А. Кропоткин)著,马场孤蝶等译。大正十四年(1925)东京阿尔斯社第八版。——**1925⑧**11。

　　露国共産党の文芸政策　日记作《露国の文芸政策》。《俄国共产党的文艺政策》。文件、演讲集。外村史郎、藏原惟人辑译。昭和二年(1927)东京南宋书院出版。此书有鲁迅中译本,题作《文艺政策》。——**1928②**27。

　　露西亜革命の豫言者　《俄国革命的预言者》。俄国梅列日科夫斯基(Д. С. Мережковский)著,山内封介译。昭和四年(1929)东京第一书房出版,《梅列日科夫斯基文艺论集》之一。——**1929⑨**28。

　　露西亜革命後の文学　日记作《ロシア革命後の文学》。《俄国革命后的文学》。苏联马克西莫夫(А. А. Максимов)著,秋山炭六译。昭和二年(1927)东京原始社出版,《新俄罗斯研究》之一。——**1927⑫**24。

露語四千字　见《露西亜語基礎単語四〇〇〇》。

露西亜三人集　《俄国三人集》。果戈理、契诃夫、高尔基著,秋庭俊彦、原久一郎译。昭和三年(1928)东京新潮社编辑出版,《世界文学全集》之一。——**1928**⑪24。

露西亜文学研究　《俄国文学研究》。片上伸著。昭和三年(1928)东京第一书房出版。——**1928**⑤11。

露西亜文学研究　季刊。早稻田大学俄国文学会编。东京耕进社发行。1934年1月创刊。——**1934**②1。

露西亜文学思潮　见《ロシヤ文学思潮》。

露西亜現代文豪傑作集　日记又作《現代俄國文豪傑作集》。《俄国现代文豪杰作集》。昇曙梦译。大正九年至十一年(1920—1922)东京大仓书店出版。共六编,鲁迅藏有其中第二编《クープリン、アルツィバアヤフ傑作集》(《库普林、阿尔志跋绥夫杰作集》)、第三编《ザイッエフ、ソログーブ傑作集》(《梭罗古勃杰作集》)、第五编《チエホフ傑作集》(《契诃夫杰作集》)、第六编《詩人傑作集》(《诗人杰作集》)。——**1927**⑪20。　**1928**⑤7。　**1929**⑥12。

露国現代之思潮及文学　见《露国現代の思潮及文学》。

露西亜語基礎単語四〇〇〇　日记作《露語四千字》。《俄语基本单词四千字》。小野俊一编。昭和五年(1930)东京时代出版社出版。——**1930**⑨6。

魔女　诗集。佐藤春夫著。昭和六年(1931)横滨以士帖印社出版。——**1931**⑪11。

鑑賞画選　《鉴赏画选》。藤村耕一编。东京宝文馆出版。——**1929**⑥11。⑩7。

鑑鏡の研究　《古镜之研究》。考古。梅原末治著。大正十四年(1925)东京大冈山书店出版。——**1928**③6。

蠹魚之自伝　《蠹鱼自传》。随笔。内田鲁庵著。昭和四年(1929)东京春秋社出版。——**1929**⑫18。

蠹魚無駄話　《蠹鱼的闲话》。随笔。庄司浅水著。昭和八年(1933)东京博克多姆社出版。——**1933**⑫18。

拉 丁 字 母

C.C.C.P.（サウエート社会主義共和国聯邦）　《苏联》。历史。他和律著。昭和五年(1930)东京阿尔斯社出版。——**1930**⑤7。

Hanga　日记作《版画》、《創作版画》。《版画》。丛刊。山口久吉编。神户版画之家木刻印本。——**1929**⑦5。⑧3。　**1930**①27。②11。　**1934**①31。

R.S.主義批判　未详。——**1929**①7。

西　文

A

A.Gide 全集　见《アンドレー·ジイド全集》。

A History of Wood-Engraving　英文,《木刻史》。英国布利斯（D.P.Bliss）著。1928 年伦敦与多伦多的登特出版社及纽约达顿出版社出版。——**1929**⑤20。

A Wanderer in Woodcuts　英文,《木刻界漫游者》。木刻画册。格林廷卡姆（H.Glintenkamp）作。1932 年纽约法拉尔与莱因哈特出版社出版。——**1933**⑪16。

Die Abenteuer des braven Soldaten Schwejk während des Weltkrieges 日记作《Schwejk's Abenteuer》。德文,《好兵帅克》。捷克哈谢克（J.Hašek）著，赖纳（G.Reiner）译。1929 年布拉格西涅克出版社出版。——**1931**①15。

Die Abenteuer des J.Jurenito　见《Die ungewöhnlichen Abenteuer des Julio Jurenito und seiner Jünger》。

Abrechnung Folget　德文,《续前清算》。——**1930**⑫2。

The Adventure of the Black Girl in her Search for God　英文,《黑女求神记》。小说。英国萧伯纳著,1932 年伦敦康斯特布尔有限公司出版。——**1933**③6。

Aesop's Fables　英文,《伊索寓言》。古希腊伊索著,英国特雷利(Ph. A. Trery)插画。伦敦牛津大学出版社出版。——**1928⑫24**。

Alay-Oop　英文,《阿赖·奥泼》,副题《马戏团演员的生活和恋爱的故事》。画册。美国格罗泼(W. Gropper)作。1930年纽约柯拉德－麦卡恩出版社出版。——**1931⑥7**。

Der alte Perdrix　德文,《佩德里老人》。小说。法国菲力普(Charles-Louis Philippe)著,比利时麦绥莱勒(F. Masereel)插画。1923年德国慕尼黑沃尔夫出版社出版。——**1930⑩28**。

Amerika im Holzschnitt　德文,《木刻上的美洲》。画册。德国塔尔曼(M. Thalmann)作。1927年耶拿迪德里希出版社出版。——**1930④30**。

Anders Zorn　德文,《安德斯·措恩》。画集。瑞典措恩(A. L. Zorn)作,德国弗里德里希(P. Friedrich)编。1924年柏林新美术社出版。措恩(1860—1920),瑞典画家、雕刻家、铜版画家。——**1931⑫28**。

Andron Neputevii　见俄文《Андрон Непутёвый》。

Animals in Black & White　英文,《黑白画中的动物》。美术丛书。英国达格利什(E. F. Daglish)著。1928年伦敦与多伦多的登特出版社出版。六册。——**1929④29**。**⑥23**。

Anna, eine Weib u. e. Mutter　见《Anna, eine Weib und eine Mutter》。

Anna, eine Weib und eine Mutter　日记作《Anna, eine Weib u. e. Mutter》。德文,《安娜——一个妻子和母亲》。——**1936⑥5—30**。

Anna Ostrao omova Liebedeva 画集　见《Ostraoomova-Ljebedeva》。

Das Antlitz des Lebens　德文,《人生的面目》。小说集。苏联聂维洛夫(А. С. Неверов)著。1925年维也纳文学与政治出版社出版。——**1930⑧6**。

Art and Publicity　英文,《艺术与宣传》,副题《精美的印刷和装帧》。英国琼斯(S. R. Jones)著。1925年伦敦画室有限公司出版。——**1928⑦9**。

The Art of Aubrey Beardsley　日记又作《Art of Beardsley》英文,《奥

布里·比亚兹莱的艺术》。画册。英国比亚兹莱（A. Beardsley）作，英国西蒙斯（A. Symons）序。1918 年纽约波尼和利夫莱特出版社出版，《现代丛书》之一。比亚兹莱（1872—1898），英国画家。——**1925**⑩6，9。

Art of Beardsley　见《The Art of Aubrey Beardsley》。

The Art of Rodin　英文，《罗丹之艺术》。法国罗丹（F. A. R. Rodin）作。1918 年纽约波尼和利夫莱特出版社出版，《现代丛书》之一。罗丹（1840—1917），法国雕塑家。——**1925**②3。

Art Review　英文，《艺术评论》，副题《一九三四年英国各种艺术总揽》。1934 年伦敦艺术家出版公司出版。——**1935**②26。

Art Young's Inferno　英文，《阿尔特·杨的〈地狱〉》，副题《但丁死后六百年的一次地狱之行》。画册。美国杨（A. Young）作。1934 年纽约德尔斐画室出版。杨（1866—1943），美国漫画家。——**1934**⑤26。

Les Artistes du Livre　日记又作《插画家传》、《书籍插画家集》。法文，《书籍插画家传》。1928 至 1932 年间法国巴黎的亨利·巴布书局出版的一套书籍插画家传记丛书。鲁迅收藏二十三册。第一集：《凯亥勒传》（《Carlègle》），瓦洛泰（M. Valotaire）著；第二集：《夏尔·马丹传》（《Charles Martin》），瓦洛泰著；第三集：《约瑟夫·埃马尔传》（《Joseph Hémard》）；第四集：《拉布勒传》（《Laboureur》），瓦洛泰著；第五集：《埃尔芒·保罗传》（《Hermann Paul》），热杰（R. Geiger）著；第六集：《皮埃尔·布里索传》（《Pierre Brissaud》），迪拉克（J. Dulac）著；第七集：《马蒂兰·梅于传》（《Mathurin Méheut》），埃塞（R. Hesse）著；第八集：《西尔万·索瓦热传》（《Sylvain Sauvage》），瓦洛泰著；第九集：《迪尼蒙传》（《Dignimont》），瓦尔诺（A. Warnod）著；第十集：《乔治·巴比埃传》（《George Barbier》），沃杜瓦耶（J-L. Vaudoyer）著；第十一集：《洛贝－里什传》（《Lobel-Riche》），布瓦西（G. Boissy）著；第十二集：《安德烈－E. 马尔蒂传》（《André-E. Marty》），迪拉克著；第十三集：《加布里埃尔·贝洛传》（《Gabriel Bélot》），莫克莱尔（C. Mauclair）著；第十四集：《奥古斯特·布鲁埃传》（《Auguste Brouet》），埃塞著；第十五集：《西梅翁传》（《Siméon》），伯努瓦（L. Benoist）著；第十六集：《贝托尔德·马恩传》（《Berthold Mahn》），热杰著；第十七集：《马塞尔·韦泰斯传》（《Marcel

Vertês》),萨蒙(A. Salmon)著;第十八集:《路易·莫兰传》(《Louis Morin》),埃塞著;第十九集:《皮埃尔·博纳尔传》(《Pierre Bonnard》),罗杰-马克斯(C. Roger-Marx)著;第二十集:《希莫传》(《Chimot》),莫里斯·拉(Maurice Rat)著;第二十一集:《路易·勒格朗传》(《Louis Legrand》),莫克莱尔著;第二十二集:《保罗·儒弗传》(《Paul Jouve》),莫克莱尔著;第二十三集:《雅克·图歇传》(《Jacques Touchet》),巴布(H. Babou)著。——**1929**⑥5。⑧27。 **1930**③8。⑤2。 **1931**①6。⑧29。 **1932**⑨11。 **1933**③11。

Asia 《亚细亚》。英文月刊。美国纽约出版。1917 年创刊。——**1935**①17。

At the Sign of the Reine Pédauque 英文,《鹅掌女皇的烤肉店》。小说。法国法朗士著,杰克逊夫人(Mrs W. Jackson)译,佩普(F. C. Pape)插图装帧。1924 年伦敦、纽约出版。——**1936**③22。

Das Attentat auf den Zaren 见《Das Attentat auf den Zaren Alexander Ⅱ》。

Das Attentat auf den Zaren Alexander Ⅱ 日记作《Das Attentat auf den Zaren》。德文,《谋杀沙皇亚历山大二世记》,即《猎俄皇记》。回忆录。俄国菲格涅尔(В. Н. Фигнер)著。1926 年柏林马利克出版社德文版。——**1930**⑩30。

Aubrey Beardsley 日记作《比亚兹来传》。德文,《奥布里·比亚兹莱》。画传。小鲁道夫·迪波尔德(R. K. Diepold)编。柏林勃兰杜斯出版社出版,《勃兰杜斯艺术丛书》之一。——**1924**④4。

Auguste Renoir 日记作《卢那画传》。德文,《奥古斯特·雷诺阿》。画传。尤里乌斯·迈耶尔-格拉夫(J. Meier-Graefe)编。1911 年慕尼黑佩珀公司出版。奥古斯特·雷诺阿(1841—1919),法国印象画派代表人物之一。——**1913**①12。

Aus dem Briefwechsel mit meinen Freunden 日记作《Briefwechsel》。德文,《与友人书信选集》。俄国果戈理著。1920 年柏林列柱门出版社德文版。——**1934**⑧13。

Der Ausreisser 德文,《逃犯》。小说。苏联谢芙琳娜著。1925 年柏林马利克出版社德文版。——**1931**①15。

B

Bala Jiz 画集　见《Бела Читц》。

Baluschek 传　见《Hans Baluschek》。

Barbaren und Klassiker　日记作《Barbaren u. Klassiker》。德文,《野蛮人与古典派》。德国豪森斯泰因(W. Hausenstein)著。1923 年德国慕尼黑佩珀公司出版。——**1931**⑫29。

Bauernkreig　德文,《农民战争》。版画组画,共四幅。德国珂勒惠支(Käthe Kollwitz)作,原拓本。鲁迅托人向作者购得。——**1931**⑦24。

BC 4ü　见《BC 4ü, Erlebnisse eines Eisenbahnwagens》。

BC 4ü, Erlebnisse eines Eisenbahnwagens　日记作《BC 4ü》。德文,《BC 4ü,一节车厢的经历》。小说。德国克勒策尔(C. Z. Klötzel)著,巴卢舍克(H. Baluschek)、比德曼(W. Biedermann)插图。1929 年德国斯图加特法兰克书店出版。——**1930**⑩7。

Der befreite Don Quichotte　日记作《Der breite Don Quixote》。德文,《解放了的堂·吉诃德》。剧本。苏联卢那察尔斯基著,戈茨(I. Gotz)译。1925 年柏林民众舞台出版发行公司出版。——**1930**②26。

Das Bein der Tiennette　德文,《亭乃特之腿》。法国菲力普(Charles-Louis Phillippe)著,比利时麦绥莱勒木刻插图。1923 年德国慕尼黑沃尔夫出版社出版。——**1930**⑩13。

Berliner Morgenpost　德文,《柏林晨报》。1898 年创刊。德国柏林乌尔斯坦公司出版发行。——**1930**①13,24。②17,28。③17,26。④12。

The Best French Short Stories　见《The Best French Short Stories of 1923—24》。

The Best French Short Stories of 1923—24　日记作《The Best French Short Stories》。英文,《一九二三至二四年法国最佳短篇小说集》。英国伊顿(R. Eaton)编。1924 年波士顿梅纳德出版社出版。附《法国短篇小说年鉴》。——**1929**①24。

Le bestiaire　　法文,《禽虫吟》。诗集。法国阿坡里耐尔（G. Aplolinaire)著,杜飞（R. Dufy)插图。1919 年巴黎"人头鸟女妖"出版社出版。鲁迅曾选用此书插图。——**1929**⑩14。

Bild und Gemeinschaft　　德文,《图画与群众》,副题《艺术社会学概论》。德国豪森斯泰因著。1920 年德国慕尼黑沃尔夫出版社出版。——**1929**⑫29。

Die bildende Kunst der Gegenwart　　德文,《近世造形美术》。通俗艺术讲话。波兰斯特瑞果夫斯基（J. Strzygowski)著。1907 年莱比锡克韦勒与迈耶尔出版社出版。——**1912**⑧11。

Bilder der Grossstadt　　日记作《Bilder des Groszstadt》。德文,《大城市画册》。比利时麦绥莱勒作,法国罗曼·罗兰序。1926 年德国德累斯顿赖斯纳出版社出版。——**1931**③16。

Bilder des Groszstadt　　见《Bilder der Grossstadt》。

Bildergalerie zur Russ. Lit.　　全称《Bildergalerie zur russischen Literatur》。德文,《俄国文学画苑》。亚历山大·伊利亚斯堡（Alexander Eliasberg)编,慕尼黑沃赫斯出版社 1922 年出版。——**1930**⑩15。

Book-Illustration in B. and A.　　见《Modern Book-Illustration in Great Britain & America》。

Der breite Don Quixote　　见《Der befreite Don Quichotte》。

Briefe　　见《Briefe an einen Jungen Dichter》。

Briefe(V. van Gogh)　　德文,《书信集》(凡·高)。——**1912**⑧16。

Briefe an einen jungen Dichter　　德文,《致一位青年诗人的信》。奥地利里尔克（R. M. Rilke)作。1929 年德国莱比锡岛屿出版社出版。——**1930**⑦22。

Briefe an Gorki　　见《Briefe an Maxim Gorki, 1908—1913》。

Briefe an Maxim Gorki, 1908—1913　　日记作《Briefe an Gorki》。德文,《致马克西姆·高尔基书信集》。内收列宁从 1908 年至 1913 年致高尔基的书信。1924 年维也纳文学与政治出版社出版。——**1930**⑩7。

Briefwechsel　　见《Aus dem Briefwechsel mit meinen Freunden》。

Die Brusky　　德文,《勃鲁斯基》,或译《贫民的组合》,现译《磨刀石农庄》。苏联潘菲洛夫(Ф.И.Панфёров)著。维也纳－柏林文学与政治出版社德文版。——1930⑤13。

Buch der Lieder　德文,《歌之书》。诗集。德国海涅(H.Heine)作。柏林马史勒出版社出版。——1930⑤2。

Der Buchstabe "G"　德文,《字母"G"》。小说集。苏联伊凡诺夫(В.В.Иванов)著,霍尼希(E.Honig)译。1930 年柏林马利克出版社德文版。——1930③8。

Bunin 小说　见《Mitjas Liebe》。

C

C.C.C.P.　见日文部分《C.C.C.P.》。

C.D.Friedrich:Bilde　见《Caspar David Friedrich》。

C.Philippe's Der alte Perdrix　见《Der alte Perdrix》。

C.Stirnhiem's Chronik 插画　见《Holzschnitte zu Carl Sternheim Chronik》。

Capital in Lithographs　见《Karl Marx' "Capital" in Lithographs》。

Caricature of Today　英文,《今日漫画》。画册。英国霍姆(G.Hlome)编。1928 年伦敦画室有限公司出版。——1928⑩24。

Carlègle　见《Les Artistes du Livre》第一集。

Caspar David Friedrich　日记作《C.D.Friedrich:Bilde》。德文,《卡斯帕尔·大卫·弗里德里希》。画集。德国塞曼(A.Seemann)编。莱比锡出版。弗里德里希(C.D.Friedrich,1774—1840),德国画家。——1931③11。

Ch.Meryon　见《Charles Meryon》。

Charles Meryon　日记作《Ch.Meryon》。德文,《查理·梅里昂》。艾锷风(G.Ecke)著。1923 年德国莱比锡克林哈德和比尔曼出版社出版,《版画大师丛书》第十一卷。——1927①14。

Chekhov(全集)　见《チエホフ全集》。

China Forum　英文,《中国论坛》。综合性刊物。美国伊罗生(H.R.Isaacs)主编。上海中国论坛社发行。1932 年 1 月创刊,初为英文版周刊,出至二十四期休刊;1933 年 2 月 11 日复刊,改为中英文对照刊物,不定期出版,1934 年 1 月出至第三卷第四期停刊。——**1932**⑤9。⑥1。

China Reise　日记又作《China's Reise》。德文,《中国纪行》。斯特朗著。1928 年柏林新德意志出版社出版。斯特朗,即安娜·路易斯·斯特朗(Anna Louis Strong,1885—1970),美国作家和记者。——**1930**⑫2。　**1931**①15。

China Today　《现代中国》。英文月刊。美国纽约出版。1934 年创刊。——**1934**⑪1,21。　**1936**⑤7。

China's Reise(Strang)　见《China Reise》。

The Chinese on the Art of Painting　英文,《中国画论》。瑞典西林(O. Siren)编。1936 年北平出版。——**1936**④25。⑤4。

Chinese Pottery of the Han Dynasty　日记作《支那土偶考》。英文,《汉代的中国陶器》。考古。美国劳弗尔(B. Laufer)著。1909 年伦敦布里尔出版公司出版。——**1917**⑦18。

The Chinese Soviets　英文,《中华苏维埃》。亚杭托夫(Victor Yakhontoff)著。1934 年纽约科沃德·麦卡恩公司出版。——**1934**⑨19。

Chinese Studies(Kiang Kang Hu's)　英文,《中国研究》。江亢虎著。1934 年上海商务印书馆出版。江亢虎(1883—1954),江西弋阳人。辛亥革命后曾组织"中国社会党"。抗日战争时曾任汪伪政府"考试院院长"等职。——**1936**④3。

The Concise Universal Encyclopedia　英文,《简明百科辞典》。英国汉默顿(J. A. Hammerton)等编。伦敦联合出版有限公司出版。——**1932**⑨15。

Contemp. Movements in Eu. Lit.　见《Contemporary Movements in European Literature》。

Contemporary European Writers　英文,《当代欧洲作家传》。美国德雷克(W. A. Drake)著。——**1928**⑪20。

Contemporary Figure Painters　英文,《当代肖像画家》。画册。英

国鲍德里(A.L.Baldry)编。伦敦画室有限公司出版。——**1930**②5。

Contemporary Movements in European Literature　英文,《当代欧洲文学运动》。罗斯(W.Rose)著。1928 年伦敦劳特利奇出版公司出版。——**1928**⑫14。

D

D.I.Mitrohin 版画集　鲁迅用拉丁化拼音和汉字拼写的俄文书名:《密德罗辛版画集》。苏联密得罗辛(Д.И.Митрохин)作。——**1933**⑨11。

D.Kardovsky 画集　见《Дмитрий Николаевич Кардовский》。

Dämonen u.Nachtgeschichte　德文,《魔鬼和黑夜的故事》。画册。奥地利库宾(A.Kubin)作。内有作者自画像及插图一三○幅。1926 年德累斯顿赖斯纳出版社出版。——**1931**⑧13。

Daumier Mappe　德文,《杜米埃画帖》。法国杜米埃(H.Daumier)作。1924 年维也纳阿吉斯出版社出版。杜米埃(H.Daumier,1808—1879),法国画家。——**1931**⑥23。⑦6。

Daumier und die Politik　德文,《杜米埃与政治》。画册。法国罗特(H.Rothe)编。1925 年莱比锡利斯特出版社出版。——**1931**③11。

Deine Schwester　德文,《你的姊妹》。木刻连环画。德国梅斐尔德作。——**1930**⑦21。

Deni 画集　见《Мы,наши друзья и наши враги в рисунках Дени》。

Desert　英文,《荒漠》,副题《一个传说》。小说。英国阿姆斯特朗(M.D.Armstrong)著,雷微留斯(E.Ravilious)作木刻插图。1926 年伦敦凯普公司出版。——**1929**⑥7。

Deutsche Form　见《Deutsche Form,Betrachtungen über die deutsche Kunst》。

Deutsche Form,Betrachtungen über die deutsche Kunst　日记作《Deutsche Form》。德文,《德国形式,对德国艺术之观察》。文艺理论。德国富克斯(G.Fuchs)著。慕尼黑和莱比锡米勒出版社出版。——**1931**⑪10。

Deutsche Graphiker　见《Deutsche Graphiker der Gegenwart》。

Deutsche Graphiker der Gegenwart　日记又作《Deutsche Graphiker》。德文,《德国近时版画家》。德国普菲斯特尔(K. Pfisster)著。1920 年莱比锡克林哈德与比尔曼出版社出版。——**1930**⑥30。

Deutschland,D. über alles　见《Deutschland,Deutschland über alles》。

Deutschland,Deutschland über alles　日记作《Deutschland,D. über alles》。德文,《德国,德国至上》。画册。图诃尔斯基(K. Tucholsky)编。1929 年柏林新德意志出版社出版。——**1930**②26。

Dnevniki　见《Дневники》。

Der Dom　德文,《大教堂》。木刻集。内收作品十幅。德国塔尔曼(M. Thalmann)作。耶拿迪德里希出版社出版。——**1930**④30。

Don Juan　英文,《唐·璜》。长诗。英国拜伦(G. G. Byron)作,奥斯汀(J. Austen)插图装帧。1926 年伦敦、纽约出版。——**1929**③7。

Dostoevsky(全集)　见《ドストイエフスキイ全集》。

Der dürre Kater　德文,《瘦猫》。小说。法国法朗士著,格罗斯曼(R. Grossmann)插图。1921 年德国慕尼黑沃尔夫出版社出版。——**1931**③16。

E

E. Boyd 论文　见《Studies from Ten Literatures》。

Edvard Munchs Graphik　见《Edvard Munchs graphische Kunst》。

Edvard Munchs graphische Kunst　日记作《Edvard Munchs Graphik》。德文,《爱德华·蒙克版画艺术》。德国希夫勒(G. Schiefler)编。附插图九十二幅。1923 年德累斯顿阿诺尔德出版,《阿诺尔德版画丛书》之一。蒙克(1863—1944),挪威画家。——**1931**⑤4。

Ein Blick in die Welt　德文,《世界一瞥》。画册。西蒙编。柏林卡尔德出版社出版。——**1930**⑤3。

Ein Ruf ertönt　德文,《呐喊声起》。版画集。德国珂勒惠支(K. Kollwitz)作。收作品三十六幅。1927 年柏林富尔希艺术出版社出版。——**1930**⑦15。

　　Ein Webraufstand　日记又作《Webraufstand》。德文,《织工暴动》。版画组画,共六幅。德国珂勒惠支作,原拓本。鲁迅托人向作者购得后,不久转赠内山嘉吉。——1931⑦24。⑧20。

　　Ein Weberaufstand, etc.　见《Ein Weberaufstand. Bauernkrieg, Krieg》。

　　Ein Weberaufstand, Bauernkrieg, Krieg　日记作《Ein Weberaufstand,etc.》。德文,《织工暴动、农民战争、战争》,三组画页。德国珂勒惠支作。收作品二十幅。柏林富尔希艺术出版社出版。——1930⑦15。　1931⑧20。

　　Einblick in Kunst　德文,《艺术之一瞥》,副题《表现主义,未来主义,立体主义》。德国瓦尔登(H. Walden)著。1924年柏林狂飙出版社出版。——1930⑩9。

　　Eine Frau allein　德文,《独自一妇女》,原名《大地的女儿》。自传体小说。美国史沫特莱著。1929年美因河畔法兰克福社会印刷所出版。——1930②10。

　　Eine Woche　德文,《一周间》。小说。苏联里别进斯基著,德国席曼(E.Schiemann)译。1923年汉堡纳赫弗尔格出版社出版。——1930⑧6。

　　Einführung in die Kunstges-chichte　德文,《美术史要》。德国格劳尔(R.Graul)著。内有插图一〇五四幅。1923年莱比锡克雷纳出版社第八版(增补版)。——1929①17。

　　Einfuhrung in die Psychologie　德文,《心理学入门》。德国冯特(W.Wundt)著,1911年莱比锡福格兰德出版社出版。——1912⑦11。

　　Elementargesetze der bildenden Kunst　日记作《有形美术要义》。德文,《造形艺术概论》,副题《实用美学基础》。珂纳柳斯(H.Cornelius)著。内附插图二五八幅。1911年莱比锡与柏林托伊布纳出版社再版。——1913①12。

　　Epimov 漫画集　见《Карикатура на службе обороны C.C.C.P.》。

　　Erinnerungen an Lenin　德文,《列宁回忆录》。德国蔡特金(K.Zetkin)著。1929年维也纳－柏林文学与政治出版社出版。——1930

⑫2。

Ernst Barlach 《恩斯特·巴拉赫》。画集。德国巴拉赫作。收作品三十七幅。柏林富尔希艺术出版社出版。巴拉赫（1870—1938），德国雕刻家、剧作家、诗人。——**1931**③11。

Es war einmal…und es wird sein 德文，《从前……和将来》。童话。德国至尔·妙伦著。1930 年柏林青年国际出版社出版。——**1931**⑦6。

Etching of Today 原书作《Etchings of Today》。英文，《今日的雕版画》。画册。英国霍姆（G. Holme）编。伦敦画室有限公司出版。——**1930**②5。

Eulenspigel 《厄楞斯皮该尔》，德文讽刺艺术周刊。柏林出版。Eulenspigel，一译欧伦施皮格尔（？ —1350），德国十四世纪的民间艺人，滑稽家。德国近代以来曾出现多种以他的名字为刊名的期刊，内容多为滑稽及讽刺艺术。——**1930**⑦19。 **1931**⑥9。

La Europe 《欧罗巴》。法文文学月刊。巴查尔什特等编。巴黎里埃德尔书局出版。1923 年创刊。1926 年 5 月、6 月刊载了敬隐渔所译鲁迅《阿 Q 正传》。——**1926**⑦1。

Expres. Bauernmalerei 见《Expressionistische Bauernmalerei》。

Expressionismus 德文，《表现主义》。艺术理论。奥地利巴尔（H. Bahr)著。内附十八幅全页的铜版画插图。1920 年慕尼黑海豚出版社出版。——**1926**①4。

Expressionistische Bauernmalerei 日记作《Expres, Bauernmalerei》。德文，《表现派的农民画》。德国皮卡德（M. Picard)编。1922 年慕尼黑德尔芬出版社出版。——**1931**⑫29。

F

F. Masereel's Bilder-Romane 德文，《麦绥莱勒连环图画集》。计六本，分别为：《Die Idee》（《理想》）;《Mein Stundenbuch》（《我的祈祷》）;《Geschichte ohne Worte》（《没有字的故事》）;《Die Sonne》（《太阳》）;《Das Werk》（《工作》）;《Die Passion eines Menchen》（《一个人的受难》）。1927 年至 1928 年慕尼黑沃尔夫出版社出版。——**1930**⑩28。

Fairy Flowers　英文,《仙花》,副题《事实和幻想的大自然故事》。英国纽曼(I. Newman)著,波加尼(W. Pogany)插图。1926 年伦敦牛津大学出版社出版。——**1928**⑫14。

Der Fall Maurizius　德文,《马里佐斯案件》。小说。德国华塞尔曼(J. Wassermann)著。1931 年柏林菲舍尔出版社出版。——**1932**⑧30。

Faust　英文,《浮士德》。诗剧。德国歌德(J. W. von Goethe)著。——**1928**⑥12。

Faust i Gorod　见《Фауст и Город》。

Fifty Caricatures　英文,《漫画五十帧》。英国比尔博姆(M. Beerbohm)作。1914 年伦敦海纳曼出版社第二版。——**1926**①4。

Der Findling　德文,《弃儿》。剧本。德国巴拉赫(E. Barlach)作。附木刻插图。1922 年柏林卡西雷尔出版社出版。——**1931**③11。

Les Fleurs du Mal　法文,《恶之华》。诗集。法国波德莱尔著。——**1929**⑫30。　　**1930**①9。

Flower and Still Life Painting　英文,《花卉与静物画》。画册。英国霍姆编。1928 年伦敦画室有限公司出版。——**1929**⑩8。

Francesco de Goya　德文,《法兰西斯柯·德·戈雅》。画集。德国厄特尔(R. Oertel)编。1929 年比勒费尔德与莱比锡费尔哈根与克拉辛出版社再版。戈雅(1746—1828),西班牙画家。——**1931**⑦25。

Frankfurter Zeitung und Handelsblatt　日记作《弗兰孚德报》、《弗兰孚德日报》。通译《法兰克福报》,为《法兰克福报和商报》的简称。德文报纸。1856 年至 1943 年在德国美因河畔法兰克福出版。——**1929**⑫27。　　**1931**①26,28。②13。

Für Alle　德文,《为了大众》。画册。德国齐勒(H. Zille)作。1929 年柏林新德意志出版社出版。——**1930**⑥30。

G

G. Grosz　德文,《乔·格罗斯》。画册。——**1930**⑨23。

G. Grosz 画集　德文,《格罗斯画集》。德国格罗斯作。此处未明指为何种。——**1932**⑥7。

G. Grosz's Die Zeichnungen　德文,《格罗斯绘画》。——**1930**③8。

G. Grosz's Gezeichneten　见《Die Gezeichneten》。

G. Hauptmann's Das Hirtenlied　见《Das Hirtenlied》。

George Grosz　德文,《乔治·格罗斯》。画集。内收作品三十三幅。沃尔夫拉蒂(W. Wolfradti)编。1921年莱比锡克林哈德与比尔曼出版社出版。——**1930**⑩7。

Geschichte der Weltliteratur　见《Illustrierte Geschichte der Weltliteratur》。

Geschichten aus Odessa　德文,《敖德萨故事集》。小说集。苏联巴培尔(И. Э. Бабель)著,1926年柏林马利克出版社德文版。——**1930**⑫2。

Gesichter und Fratzen　德文,《肖像和漫画》。木刻画集。内收木刻画六十幅。比利时麦绥莱勒作。1926年慕尼黑沃尔夫出版社出版。——**1930**⑩28。

Gewitter im Mai　德文,《五月暴风雨》。小说。德国甘霍费尔(L. Ganghofer)著。雨果(Hugo)插图。1923年斯图加特彭茨公司出版。——**1924**⑫25。

Die Gezeichneten　德文,《素描集》。内收十五年中所作六十幅。德国格罗斯作。1930年柏林马利克出版社出版。——**1930**⑤3。

God's Man　英文,《神子》。木刻连环画。沃德(L. Ward)作。1930年伦敦与多伦多的乔纳森·凯普公司出版。——**1931**①27。

Goethes, Briefe und Tagebücher　德文,《歌德的书信与日记》。袖珍二卷本。莱比锡岛屿出版社出版。——**1928**⑫10。

Goethes Reise, Zerstreungs-und Trostbuchlein　德文,《歌德游憩素描小集》。画册。内收歌德所作素描三十六幅。瓦尔(H. Wahl)选辑。1935年莱比锡岛屿出版社出版。——**1936**⑦12。

Gogols sämtliche Werke in fünf Bänden　德文,《果戈理五卷本全集》。俄国果戈理著。柏林列柱门出版社德文版。——**1934**⑪27。

Gore ot Uma　见《Гope oт yмa》。

Graphik der Neuzeit　见《Die Graphik der Neuzeit》。

Die Graphik der Neuzeit　德文,《近代版画艺术》。艺术理论。德国格拉塞尔(C. Glaser)著。1923 年柏林卡西雷尔出版社出版。——**1931**⑥12。⑪4。

Great Russian Short Stories　英文,《俄国短篇小说杰作集》。英国格拉汉(S. Graham)编。1929 年伦敦本恩公司出版。——**1929**⑪29。

Greek Studies　日记作《希腊文学研究》。英文,《希腊研究》。英国佩特(W. H. Pater)著。——**1918**⑦17。

Grimm Märchen　见《Kinder-und Hausmärchen der Brüder Grimm》。

Gustave Doré　德文,《古斯塔夫·陀莱》。画册。内收陀莱作品一四一幅。德国哈特劳布(G. Hartlaub)编。德国莱比锡克林哈德和比尔曼出版社出版,《版画大师丛书》之一。陀莱(1833—1883),法国木刻家。——**1929**②15。

H

H. Daumier-Mappe　见《Daumier Mappe》。

Ha Dne　见俄文部分《На Дне》。

Hamsun 小说　指德国莫洛(Molo)译挪威汉姆生(旧译哈漠生,K. Hamsun)的小说集。——**1928**②12。

Hanga　见日文部分《Hanga》。

Hans Baluschek　日记作《Baluschek 传》。德文,《汉斯·巴卢舍克》。传记。德国文德尔(F. Wendel)著,1924 年柏林迪茨出版社出版。巴卢舍克(1870—1935),德国画家。——**1931**⑫2。

Hans Ohne Brot　德文,《没有面包的汉斯》。儿童故事。法国保罗·瓦扬－古久列(P. Vaillant-Couturier)著,安娜·努斯鲍姆(A. Nussbaum)译,卜劳恩(M. Braun)插图。1928 年柏林青年国际出版社出版。——**1930**⑧18。　**1933**⑨5。

Heine's Werke　见《Heines Werke in dreizehn Teilen》。

Heines Werke in dreizehn Teilen　日记作《Heine's Werke》。德文,《海涅十三卷集》。德国海涅著,弗利德曼(H. Friedemaun)编并序。柏林德意志出版社出版。——**1925**⑨7。

Hermann Paul 传　见《Les Artistes du Livre》第五集。

Herr u. sein Knecht　见《Der Herr und sein Knecht》。

Der Herr und sein Knecht　日记作《Herr u. sein Knecht》。德文，《主与仆》。小说。列夫·托尔斯泰著，比利时麦绥莱勒作插图。1930年柏林特兰斯马尔出版社德文版。——**1931**⑧13。

Hintergrund　德文，《背景》。内收德国格罗斯为皮斯卡托尔剧场上演《帅克》而作的素描画十七幅。1928 年柏林马利克出版社出版。——**1930**⑤3。

Das Hirtenlied　德文，《牧歌》。德国霍普特曼著。1924 年德累斯顿赖斯纳出版社出版。——**1931**⑥4。

Hist. Materialism　见《Исторический материализм》。

Holy Bible　见《The Holy Bible Containing the Old and New Testaments》。

The Holy Bible Containing the Old and New Testaments　日记作《Holy Bible》。英文，《圣经，新旧约全书》。伦敦艾尔与史波蒂斯伍特（圣经库房）出版。——**1928**⑫12。

Holzschnitte　日记作《Karl Thylmann's Holzchnitte》。德文，《卡尔·蒂尔曼木刻集》。柏林富尔希艺术出版社出版。——**1930**⑨23。

Das Holzschnittbuch　德文，《木刻画集》。内收十四世纪至二十世纪的木刻作品一四四幅。德国韦斯特海姆（P. Westheim）编。1921 年波茨坦基彭霍伊尔出版社出版。——**1929**③8。

Holzschnitte zu Carl Sternheim Chronik　日记作《C. Stirnhiem's Chronik 插画》。德文，《卡尔·施特恩海姆〈编年史〉的木刻集》。比利时麦绥莱勒作。1922 年慕尼黑三面具出版社出版。卡尔·施特恩海姆（Carl Sternheim, 1878—1942），德国作家。——**1930**⑩28。

Honoré Daumier　德文，《杜米埃画集》。内收石版画、木刻画、水彩画七十二幅。法国杜米埃作。1930 年柏林莫塞图书出版社出版。——**1931**①15。③11。

Hunger　德文，《饥饿》。小说。挪威汉姆生著。——**1928**②6。

I

I. N. Pavlov 画集　　见《Гравюры И. Н. Павлова》。

I. Pavlov 木刻自修书　　见《Гравёр-самоучка》。

Idylles　　日记作《Les Idylles de Gessner》。法文,《格斯纳的田园诗》。瑞士格斯纳(S. Gessner)作,维贝尔(P. E. Vibert)插图。1922 年巴黎克雷斯出版公司出版。格斯纳(1730—1788),瑞士诗人、画家。——1929⑥5。

Les Idylles de Gessner　　见《Idylles》。

Illustrierte Geschichte der Weltliteratur　　日记作《Geschichte der Weltliteratur》。德文,《插图本世界文学史》。德国舍尔(J. Scherr)著,斯图加特弗兰克出版社第十版。——1930⑫2。

Illustrierte Kutur-und Sittengeschichte des Proletariats(Bd. I)　　日记作《Kulturgeschichte des Proletariats》。德文,《无产阶级文化风俗画史》(第一卷)。德国吕勒(O. Rühle)作,苏联卢那察尔斯基作前言。附图四九二幅。1930 年柏林新德意志出版社出版。——1930⑫12。

Intern. Lit.　　见《Internationale Literatur》。

Internationale Literatur　　德文,《国际文学》,双月刊,国际革命作家联盟机关刊物。国际革命文学局编。1931 年 6 月创刊时名《世界革命文学》,1933 年起改《国际文学》。这里指该刊的德文版,德国柏林新德意志出版社出版。——1933②3。　1935⑧8。

J

J. Bojer 小说　　见《The Power of a Lie》。

J. C. Orozco 画集　　见《Jose Clemente Orozco》。

J. Millet 画集　　见《Жан Франсуа Милле》。

Die Jagd nach dem Zaren　　日记又作《Die Jagd nach Zaren》。德文,《猎俄皇记》。回忆录。俄国菲格涅尔(В. Н. Фигнер)著。1927 年柏林青年国际出版社德文版。为《Roter Trommler》(《红鼓手》)之一。——1930⑩30。　1935⑫6。

Die Jagd nach Zaren　见《Die Jagd nach dem Zaren》。

Le Jaloux Garizalès　见《Le jaloux Garrizalès d'Estramadure》。

Le Jaloux Garrizalès d'Estramadure　日记作《Le Jaloux Garizalès》。法文,《埃斯特拉马杜拉的嫉妒的卡里札莱斯》。小说。西班牙塞万提斯作,法国维阿多(L. Viardot)译,儒(L. Jou)作木刻插图。1916 年法兰西文学社出版。——**1929**⑥5。

Japan Today and Tomorrow　英文,《日本的今日及明日》。日本画刊。荒木利一郎编。大阪每日新闻社发行。——**1931**②5。

Johano la Brava　世界语,《勇敢的约翰》。长诗。匈牙利裴多菲(Petöfi Sándor)作,考罗卓(K. de Kalocsay)译。——**1929**⑪14。　**1930**⑫3。

Jose Clemente Orozco　日记作《J. C. Orozco 画集》。英文,《奥罗斯科》。画集。墨西哥奥罗斯科作。1932 年纽约德尔斐克画馆出版。奥罗斯科(1883—1949),墨西哥画家。——**1933**⑦30。

K

K. Kollwitz 画帖(新版)　见《Käthe Kollwitz Mappe》。

Käthe Kollwitz 版画十二枚　此系德国版画家凯绥·珂勒惠支(Käthe Kollwitz)所作版画原作,鲁迅托人向作者购得收藏。——**1931**⑤24。

K. Kollwitz-Mappe　见《Käthe Kollwitz-Mappe》。

K. Kollwitz-Werk　见《Das Käthe Kollwitz-Werk》。

Karl Marx'"Capital"in Lithographs　日记作《"Capital"in Lithographs》。英文,《马克思的〈资本论〉石印版》。图解集。盖勒特(H. Gellert)作。1934 年纽约朗与史密斯公司出版。——**1934**⑥6。

Karl Thylmann's Holzschnitte　见《Holzschnitte》。

Käthe Kollwitz Mappe　日记又作《K. Kollwitz-Mappe》。德文,《凯绥·珂勒惠支画帖》。德国珂勒惠支作,艺术出版社(Kunstwart)编。1927 年慕尼黑艺术出版社出版。鲁迅先后两次得到该画帖,后以重出者赠坪井芳治。——**1930**⑦15。　**1931**⑥23。　**1932**⑩15。

Käthe Kollwitz-Werk　见《Das Käthe Kollwitz-Werk》。

Das Käthe Kollwitz-Werk　日记作《K. Kollwitz-Werk》、《Käthe Kollwitz-Werk》。德文,《凯绥·珂勒惠支作品集》。内收作品一八二幅。德国珂勒惠支作。1930 年德国德累斯顿赖斯纳出版社出版。——**1930**⑦15。　**1934**⑦19。

Kinder der Strasse　德文,《街头孩子》。画册。内收作品一〇二幅。德国齐勒(H. Zille)作。1922 年柏林泽勒－埃斯勒出版社出版。——**1930**⑨23。

Kinder und Hausmärchen der Brüder Grimm　日记作《Grimm Märchen》。德文,《格林兄弟儿童与家庭童话集》。德国雅各布·格林和威廉·格林作,附里希特尔(L. Richter)插图九十幅。莱比锡施米特与巩特尔出版社出版。——**1934**⑨10。

Der Körper des Menschen　见《Der Körper des Menschen in der Geschichte der Kunst》。

Der Körper des Menschen in der Geschichte der Kunst　日记作《Der Körper des Menschen》。德文,《艺术史上的人体画》。德国豪森斯泰因(W. Hausenstein)著。1916 年慕尼黑佩珀出版社出版。——**1931**⑤2。

Der Kubismus　德文,《立体主义》。艺术理论。德国屈佩尔斯(P. E. Küppers)著。1920 年莱比锡克林哈德与比尔曼出版社出版。——**1932**⑧30。

Kulturgeschichte des Proletariats(Bd. I)　见《Illustrierte Kultur-und Sittengeschichte des Proletariats》。

Die Kunst der Gegenwart　德文,《当代艺术》。德国施密特(P. F. Schmidt)著。柏林－新巴贝尔斯堡雅典学术出版社出版。《艺术丛书》之一。——**1932**⑧30。

Die Kunst ist in Gefahr　德文,《艺术在危险中》。论文三篇。德国格罗斯等著。1925 年柏林马利克出版社出版。——**1930**⑫2。

Die Kunst und die Gesellschaft　德文,《艺术与社会》。艺术理论。德国豪森斯泰因著。附图二九〇幅。1916 年慕尼黑佩珀出版社出版。——**1930**③14。④30。

Künstler-Monographien　德文,《艺术家评传》。比勒菲尔特与莱比锡的微尔哈根与克拉辛出版社出版的一套艺术传记丛书。——**1929**②13。

L

Landschaften und Stimmungen　日记又作《Masereel 木刻选集》、《Masereel 木刻画选》。德文,《风景与心境》。内收木刻画六十幅。比利时麦绥莱勒作。1929 年慕尼黑沃尔夫出版社出版。——**1930**⑦11。**1931**⑫2。　**1932**⑤7。

Lettre à un ami　法文,《致友人书》。法国瓦莱里(P. A. Valéry)著,凯亥勒作木刻插图。1926 年巴黎卡皮托尔出版社出版。——**1929**⑥5。

Der letzte Udehe　德文,《最后一个乌兑格人》。小说。苏联法捷耶夫著。1932 年莫斯科苏联外国工人合作出版社德文版。——**1933**①29。

Die Letzten Tage von Peking　德文,《北京之终日》。法国洛蒂(P. Loti)著,德国奥佩恩－布龙尼科夫斯基(F. von Oppeln-Bronikowski)译。德累斯顿阿累茨出版社出版。——**1925**④26。

The Life of the Caterpillar　英文,《毛毛虫的故事》。法国法布耳著。——**1936**④24。

Die Linkskurve　德文,《左向》,鲁迅又写作《左曲》。文艺月刊。德国路德维希·雷恩(Ludwig Renn,1889—1979)主编,柏林国际工人出版社出版。1929 年 8 月 1 日创刊,1932 年 12 月出至 4 卷 11—12 期合刊停刊。鲁迅曾翻译其中所刊雷恩的《世界无产阶级革命作家对中国白色恐怖及帝国主义干涉的抗议宣言》。——**1930**③26。

Die literarische Welt　《文学世界》。德文周刊。柏林出版。——**1930**⑤8。⑦15。⑧6。⑩15。⑪8。　**1931**③11,26。

Die Literatur in der S. U.　德文,《苏联文学》。——**1935**⑥22。

Literature and Revolution　英文,《文学与革命》。苏联托洛茨基(Л. Д. Троцкий)著。——**1927**⑨11,12。

M

M. Gorki：Aufsätze　见《Die Zerstörung der Persönlichkeit》。

M. Gorki's Ausgewahlte Werke　德文,《高尔基选集》。——1936 ⑥5—30。

M. Gorky 画象　见《Портреты Максима Горького》。

M. Gorky's Gesamt Werke　德文,《高尔基全集》。高尔基著。——1936⑥5—30。

Der Maler Daumier　德文,《画家杜米埃》。画传。德国富克斯(E. Fuchs)编。1930年慕尼黑阿尔伯特·朗根出版社出版。鲁迅10月28日所购者,内收作品一四〇幅,插图十八幅;11月20日所购者为增补版,内收附录六则、作品五六〇幅及插图一〇八幅。——1930⑩28。⑪ 20。

Maler Daumier(Nachtrag)　见《Der Maler Daumier》。

Die Maler des Impressionismus　德文,《印象画派述》。讲演集。匈牙利拉扎尔(B. Lázár)著。内收拉扎尔在布达佩斯大学的讲演稿六篇,并附插画三十二幅。1913年莱比锡－柏林托伊布纳出版社出版。——1913⑧8。

Die Malerei in 19 Jahrhundert　德文,《十九世纪的绘画》。——1932⑧30。

La malgranda Johano　世界语,《小约翰》。童话。荷兰望·蔼覃著,布尔图斯(H. J. Bulthuis)译。1926年柏林莫塞出版社出版。——1931 ⑤13。

Marc Chagall　见《マルク·シアガル画集》。

Masereel 木刻选集　见《Landschaften und Stimmungen》。

Max Beckmann　《马克斯·贝克曼》。画集。贝克曼(1884—1950),德国画家。——1931⑫28。

"Mein Milljoh"　德文,《"我的米约"》。著者未详。——1930⑨ 23。

Mein Stundenbuch　德文,《我的忏悔》。木刻连环画。比利时麦绥莱勒作。1928 年德国慕尼黑沃尔夫出版社出版。——**1930**⑧18。⑩28。

The Mind and Face of Bol.　见《The Mind and Face of Bolshevism》。

The Mind and Face of Bolshevism　日记作《The Mind and Face of Bol.》、《苏俄之表里》。英文,《布尔什维主义的精神与面貌》,副题《关于苏联文化生活的考察》。奥地利菲勒普－米勒(R. Fülöp-Miller)著,弗林特和泰特由德文转译。1927 年伦敦与纽约的普特南公司出版。——**1928**①15。

Le Miroir du livre d'art　法文,《书籍艺术镜报》。双月刊。巴黎索麦尔出版社出版。1926 年 11 月创刊。——**1930**②4。

Mit Pinsel und Schere　德文,《用画笔和剪刀》。画集。内收作品七幅。德国格罗斯(George Grosz)作。1922 年柏林马利克出版社出版。——**1930**⑦15。

Mitjas Liebe　日记又作"Bunin 小说"。德文,《米佳的爱情》。俄国蒲宁(И. А. Бунин)著。1925 年柏林菲舍尔出版社德文版,《菲舍尔小说丛书》之一。——**1928**②12。

Modern Book-Illustration in Brit. and America　见《Modern Book-Illustration in Great Britain & America》。

Modern Book-Illustration in Great Britain & America　日记作《Modern Book-Illustration in Brit. and America》。英文,《现代英美书籍插画》。达顿(F. J. H. Darton)解说。1931 年伦敦画室有限公司、纽约拉奇出版社出版。——**1932**①18。

Modern French Literature　日记作《法国文学》。英文,《现代法国文学》。美国威尔斯(B. W. Wells)著。1910 年波士顿利特尔－布朗公司出版。——**1918**⑧31。

The Modern Woodcut　英文,《现代木刻》。福斯特(H. Furst)著。1924 年伦敦博德利·赫德有限公司出版。——**1928**⑧4。

Moderne Illustratoren　日记作《近世画人传》。德文,《现代插图画家传记丛书》。慕尼黑－莱比锡佩珀出版社出版。——**1913**③9。⑤18。

Mutter und kind　德文,《母与子》。木刻集。内收作品三十七幅。德国珂勒惠支作。1928 年柏林富尔希艺术出版社出版。——**1930**⑦15。

My Method by the Leading European Artists　见《My Method, by the Leading European Black and White Artists》。

My Method by the Leading European Black and White Artists　日记作《My Method by the Leading European Artists》。英文,《我的手法——欧洲黑白画代表画家谈经验》。马杜(F. A. Marteau)编。1926 年伦敦戈登与戈契出版社出版。——**1929**⑩8。

N

N. Gogol's Sämt. Werk　见《Gogols sämtliche Werke in fünf Bänden》。

Der Nackte Mensch in der Kunst　见《Der nackte Mensch in der Kunst aller Zeiten》。

Der nackte Mensch in der Kunst aller Zeiten　日记作《Der Nackte Mensch in der Kunst》。德文,《历代艺术中的裸体人》。艺术评论。德国豪森斯泰因编著。慕尼黑佩珀出版社出版。鲁迅 1930 年所购为 1924 年版。——**1913**④16。　**1930**②15。

Neue Gesicht　见《Das neue Gesicht der herrschenden Klasse》。

Das neue Gesicht der herrschenden Klasse　日记又作《Neue Gesicht》。德文,《统治阶级的新面目》。画册。德国格罗斯作。1930 年柏林马利克出版社出版。——**1930**③8。⑤3。

Das neue Kollwitz-Werk　德文,《珂勒惠支新作集》。画册。德国珂勒惠支作。1933 年德累斯顿赖斯纳出版社出版。——**1934**④14。

Neue Kunst in Russland　见《Neue Kunst in Russland, 1914—1919》。

Neue Kunst in Russland, 1914—1919　日记作《Neue Kunst in Russlaud》。德文,《俄国的新艺术,1914—1919》,苏联乌曼斯基(К. Уманский)著。内收插图五十四幅。1920 年波茨坦基彭霍伊尔出版社、慕尼黑戈茨出版社出版。——**1929**⑪19。

Neues Wilhelm Busch Album　德文,《威廉・蒲雪新画帖》。图画故事集。内收作品一五〇〇幅。威廉・蒲雪(W. Busch)作。柏林克雷姆公司出版。——**1934**⑨10。

Die Neunzehn　日记作《Die 19》。德文,《十九人》,或译《毁灭》。小说。苏联法捷耶夫著。1928 年维也纳－柏林文学与政治出版社德文版。——**1930**②26。

New Book Illustration in France　见《The New Book-Illustration in France》。

The New Book-Illustration in France　日记作《New Book-Illustration in France》。英文,《法国书籍新插图》。法国皮雄(L. Pichon)著,格瑞姆斯特契(H. B. Grimsditch)译。1924 年伦敦画室有限公司出版。——**1928**⑦9。

New Masses　英文,《新群众》。美国综合性月刊。戈尔德(M. Gold)编。纽约新群众社发行。1926 年创刊,1944 年与《主流》(Mainstream)杂志合并。——**1931**⑤8。⑥23。　**1933**⑪26。

The New Spirit　英文,《新精神论》。心理学。英国艾利斯(H. H. Ellis)著。——**1929**⑧26。

The New Woodcut　英文,《新木刻》。英国萨拉曼(M. C. Salaman)作,英国霍姆编。1930 年伦敦画室有限公司、纽约艾尔伯特与查理・波尼公司出版。——**1930**⑩18。⑪27。

Niedela(插画本)　见《Неделя》。

The Nineteen　又作《The 19》。英文,《十九人》,或译《毁灭》。苏联法捷耶夫著,拉・德・加尔格(R. D. Chargues)译。——**1930**⑤2。

Noa Noa　法文,《诺阿・诺阿》。游记。法国高更(P. Gauguin)著,德・蒙弗莱德(de Monfreid)作木刻插图。1929 年巴黎克雷斯出版社出版。——**1912**⑦11。　**1933**④29。

Notre ami Louis Jou　法文,《我们的朋友路易・儒》。法国卡尔科(F. Carco)作。巴黎特莱莫瓦出版社出版。——**1930**③10。

Le Nouveau Spectateur　《新观众》。法文期刊。法国阿拉尔(R. Allard)编。巴黎出版。1919 年创刊。——**1929**⑧27。

O

O. Wilde's The Ballad of Reading Gaol 插画　指比利时麦绥莱勒为英国王尔德的诗集《累丁狱中的歌》作的木刻插画。——1930⑩28。

L'œuvre gravé de Gauguin　日记作《P. Gauguin 版画集》。法文，《高更版画集》。高更作,盖兰(M. Gurin)编。1927 年巴黎弗鲁利出版社重版。二册。——1933⑩28。

Origine et évolution de L'écriture hieroglyphique et de L'écriture chinoise　法文,《楔形文字与中国文字之发生及进化》。文字学。黄涓生(尊生)著,1926 年巴黎东方书店出版。——1927①27。

Die ostasiatische Tuschmalerei　德文,《东亚墨画集》。德国格罗塞(E. Grosse)编著。内收插画一六〇幅。1923 年柏林卡西雷尔出版社出版,《东方艺术丛书》之一。——1924②16。

Ostraoomova-Ljebedeva　日记作《Anna Ostrao omova Liebedeva 画集》。英文。《奥斯特罗乌莫娃－列别杰娃》。画集。苏联奥斯特罗乌莫娃－列别杰娃(А. П. Острoумова－Лебедева)作,贝诺阿(A. Benois)、厄恩斯特(S. Ernst)编。莫斯科-列宁格勒国家出版社出版。奥斯特罗乌莫娃－列别杰娃(1871—1955),苏联木刻家、油画家。——1932⑥3。

Osvob Don-Kixot　见《Освобождённый Дон Кихот》。

Osvoborhd. Donkixot　见《Освобождённый Дон Кихот》。

The Outline of Art　英文,《艺术大纲》。英国奥彭(W. N. M. Orpen)编。两卷集。附插图三百余幅。1926 年纽约与伦敦的普特南公司出版。——1928①19。

The Outline of Literature　日记作《Outline of Literature》。英文,《文学大纲》。英国德林克瓦特(J. Drinkwater)编。三卷。附插画约五百幅。1923 年至 1924 年纽约与伦敦出版。——1929③7。

Outline of Literature　见《The Outline of Literature》。

P

P. Gauguin 版画集　见《L'œuvre gravé de Gauguin》。

Pandora　德文,《潘多拉》。剧本。德国歌德著,霍夫曼(L. von Hofmann)插图。德累斯顿赖斯纳出版社出版。"潘多拉",古希腊神话中匠神制造的第一个女人。——**1931**⑧13。

Panzerzug Nr. 14—69　德文,《铁甲列车 Nr. 14—69》。小说。苏联伊凡诺夫著,席曼译。1923 年汉堡霍伊姆出版社出版。——**1930**⑧6。

Passagiere der leeren Plätze　德文,《空座位的旅客》。小说集。丹麦尼克索(M. A. Nexö)著,附德国格罗斯作插图十二幅。1921 年柏林马利克出版社出版。——**1931**①15。

Passion　德文,《耶稣受难》。画册。内收木刻画八幅。德国塔尔曼(M. Thalmann)作,塔尔荷夫(A. Talhoff)作诗。1923 年耶拿迪德里希出版社出版。——**1930**④30。

Die Passion eines Menschen　《一个人的受难》。木刻连环画。共二十五幅。比利时麦绥莱勒作。1928 年慕尼黑沃尔夫出版社出版。——**1931**③16。

Paul Cezanne　日记作《绥山画传》。德文,《塞尚》。画传。德国迈耶尔－格拉夫(J. Meier-Graefe)编。内收图画四十幅。1910 年慕尼黑佩珀出版社增订版。——**1912**⑨20。

Paul Jouve　见《Les Artistes du Livre》第二十二集。

Der persische Orden　见《Der persische Orden und andere Grotesken》。

Der persische Orden und andere Grotesken　日记作《Der Persische Orden》。德文,《波斯勋章和别的奇闻》。小说。俄国契诃夫著。附马修廷(W. N. Massjutin)木刻插图八幅。1922 年柏林世界出版社德文版。——**1930**④30。

Peter Pan　见《Peter Pan in Kensington Gardens》。

Peter Pan in Kensington Gardens　日记作《Peter Pan》。英文,《开新顿公园里的潘·彼得》。童话。英国巴雷(J. M. Barrie)著,雷克汉姆(A. Rackham)作插图。1927 年纽约斯克利布纳公司出版。——**1929**⑤7。

Petits Poèmes en Prose　法文,《散文诗集》。法国波德莱尔著。巴黎基菲出版社出版。——**1929**④23。

　　Petöfi 集　　日记又作《裴彖飞集》。德文,《裴多斐集》。诗与散文集。二册。匈牙利裴多斐作。德国莱克朗出版社出版,《万有文库》本。——**1929**⑥24,26。

　　Der Pflanzensammler　　日记作《植物采集法》。德文,《植物采集者》,副题《植物的采集和处理入门》。德国米斯巴赫(R. Missbach)著。1910 年斯图加特史特雷克与施罗德出版社出版。——**1912**⑨27。

　　The Phaedo of Plato　　日记作《Plato's Phaedo》、《Platon's Phaedo》。英文,《柏拉图的斐多篇》。古希腊柏拉图著,乔伊特(W. Jowett)译。1930 年英国金鸡出版公司出版。——**1929**⑫16。　**1930**⑥11。

　　Photograms of 1928　　见《Photograms of the Year 1928》。

　　Photograms of the Year　　日记又作《Photograms of 1928》、《写真年鑑》、《世界芸術写真年鑑》、《二九年度世界芸術写真年鑑》。英文,《摄影年鉴》,世界摄影艺术作品年鉴。莫太墨尔(F. J. Mortimer)编,伦敦伊尔福德(Ilford)有限公司出版,日本丸善书店经销。鲁迅先后收到 1928 至 1930 年出版的 1927 至 1929 年年鉴共三卷。——**1928**②21。 **1929**③19。　**1930**⑦18。

　　Pioniere　　德文,《先锋队》。小说。苏联博宾斯卡(H. Bobinska)著,富克(B. Fuk)插画。1929 年柏林青年国际出版社出版。——**1930**⑦11。

　　Die Pioniere sind da　　德文,《少先队员在这里》。小说。苏联古丽扬(О. Гурьян)著,舍文斯卡娅作画。柏林青年国际出版社出版。——**1930**⑤3。

　　Pisateli　　见《Писатели》。

　　Plato's Phaedo　　见《The Phaedo of Plato》。

　　Platon's Phaedo　　见《The Phaedo of Plato》。

　　Plunut Nekogda　　见《Плюнуть некогда》。

　　Poems of W. Whitman　　英文,《惠特曼诗集》。美国惠特曼(W. Whitman)著。惠特曼(1819—1892),美国诗人。——**1928**⑨2。

　　Poésies Complètes　　法文,《诗歌全集》。法国维尼(A. de Vrgny)著,

儒(L.Jou)木刻插图。1920 年巴黎克雷斯出版社出版。——**1929**⑥5。

Polish Art　英文,《波兰美术》。——**1936**⑨2。

Die Polnische Kunst　见《Die polnische Kunst von 1800 bis zur Gegenwart》。

Die Polnische Kunst von 1800 bis zur Gegenwart　日记作《Die Polnische Kunst》。德文,《一八〇〇年至当代的波兰艺术》。德国库恩(A.Kuhn)著,附插图一五〇幅。1930 年柏林克林哈德与比尔曼出版社出版。——**1930**⑧6。

The Power of a Lie　日记又作"J. Bojer 小说"。英文,《谎言的力量》。小说。博耶尔(J.Bojer)著。博耶尔(1872—1959),挪威小说家、剧作家。——**1928**④22。

Provd Ist. A-КЕЯ　见《Правдивая история А-Кея》。

Pravdivoe Zhizneopisanie　见《Правдивое жизнеописание》。

Q

Quelques Bois　法文,《几幅木刻》。——**1929**⑥5。

R

R.S 主義批判　见日文部分《R.S.主義批判》。

Die Raüber　见《Die Räuber》。

Die Räuber　日记作《Die Raüber》。德文,《强盗》,即《席勒剧本〈群盗〉警句图》。为席勒剧本《强盗》中的警句而创作的九幅石版画。德国格罗斯作。1922 年柏林马利克出版社出版。——**1931**⑤15。

Red Cartoons　英文,《红色漫画》,副题《选自〈工人日报〉、〈工人月刊〉、〈解放者〉的画》。1926 至 1928 年美国纽约、芝加哥出版。三册。——**1931**⑤8。

Reineke Fuchs　德文,《列那狐》。木刻画册。内收木刻动物画四十幅。克莱姆(W.Klemm)作,雷茨洛卜(E.Redslob)根据歌德诗意写文字说明。柏林富尔希艺术出版社出版。——**1930**⑩7。

Reise durch Russland　德文,《新俄纪行》。德国福格勒－沃尔普斯维德(Vogeler-Worpswede)著,附作者自作插图三十二幅。德累斯顿赖斯纳出版社出版。——**1931**⑥4。⑫28。　**1932**⑤7。

　　Rembrandt Handzeichnungen　德文,《伦勃朗素描集》。荷兰伦勃朗(Rembrandt Hermansz van Rijn)作,诺伊曼(C. Neumann)编。1923年慕尼黑佩珀出版社出版。伦勃朗(1606—1669),荷兰画家。——**1931**③11。

　　Roter Trommler　德文,《红鼓手》。介绍德、俄等国文学作品的丛书。柏林青年国际出版社出版。鲁迅收藏其第一至七、第九共八种。日记所记《Die Jade Nach dem Zaren》(《猎俄皇记》)为其第一种;第二种为《Der Muezzin》,(《祈祷者》),至尔·妙伦著,童话;第三种为《Die Preife des Jungen Kommunarden》(《青年近卫军的笛子》),爱伦堡著;第四种为《Die Sohne der Aischa》(《埃西亚的儿子们》),童话,至尔·妙伦著;第五种为《Clara Zetkin》(《克拉拉·蔡特金》),波雅斯卡娅著;第六种为《Said, der Traumer》(《梦幻者赛义德》),童话,至尔·妙伦著;第七种为《Lenin-Machen》(《关于列宁的童话》),苏联民间故事集。第九种为《Gericht Mutters Feiertag》(《审判》),博宾斯卡著。——**1930**⑧18。

　　Rubájyat　见《The Rubáiyát of Omar Khayyám》。

　　The Rubáiyát of Omar Khayyám　日记作《Rubájyát》。英文,《莪默·伽亚谟的鲁拜集》。古波斯莪默·伽亚谟著,英国菲茨杰拉德(E. Fitz Gerald)译,波加尼(W. Pogany)插图装饰。伦敦哈拉普出版社出版。——**1928**③28。

　　Russia Today and Yesterday　英文,《俄国今昔》。历史。英国狄龙(E. J. Dillon)著。1929年伦敦与多伦多的登特出版社出版。——**1930**①25。

　　Der russische Revolutionsfilm　德文,《俄国革命电影》。苏联卢那察尔斯基序。内收插图六十七幅。苏黎世－莱比锡菲斯利出版社德文本。——**1930**③8。

S

　　S. Sauvage　见《Sylvain Sauvage》。

San-Min-Chu-I　英文,《三民主义》。孙中山著,毕范宇(F. W. Price)译。上海商务印书馆出版。——**1929**③1。

Scandinavian Art　英文,《斯堪的那维亚美术》。艺术评论。美国－斯堪的那维亚基金会编。1922 年牛津大学出版社出版。——**1929**①17。

Die Schaffenden　德文,《创造者》。图画丛刊。韦斯特海姆(P. Westheim)主编。柏林奥佛里昂出版社、魏玛基彭霍伊尔出版社出版。——**1930**④27。⑧22。⑫12。

Das Schloss der Wahrheit　德文,《真理之堡》。童话。德国至尔·妙伦著。1924 年柏林－舍内贝格青年国际出版社出版。——**1930**④30。

Schwejk's Abenteuer　见《Die Abenteuer des braven Soldaten Schwejk während des Weltkrieges》。

The Seventh Man　见《The 7th Man》。

Shestov 全集　见《シエストフ選集》。

Short Stories of 1928　日记又作《一九二八年欧洲短篇小说集》。英文,《一九二八年短篇小说集》。——**1929**⑤7。

Sittliche order Unsittliche Kunst?　德文,《道德的或非道德的艺术?》。布雷特(E. W. Bredt)著。内有插图七十六幅。1911 年慕尼黑佩珀出版社出版。——**1913**⑧21。

Die Sonne　德文,《太阳》。木刻画集。内收作品六十三幅。比利时麦绥莱勒作。1920 年德国慕尼黑沃尔夫出版社出版。——**1930**⑧18。

Spiesser-Spiegel　见《Der Spiesser-Spiegel》。

Der Spiesser-Spiegel　德文,《庸人的镜子》。画册。德国格罗斯作。1925 年德累斯顿赖斯纳出版社出版。——**1931**⑧13。　**1934**⑦19。

Springtide of Life　见《The Springtide of Life》。

The Springtide of Life　日记作《Springtide of Life》。英文,《生命之春潮》。诗集。英国史文朋(A. Ch. Swinburne)著。1926 年纽约德伯尔代与佩治公司出版。——**1928**⑪1。

Der stille Don　　德文,《静静的顿河》。小说。苏联萧洛霍夫著。1929 年维也纳－柏林文学与政治出版社德文版。——**1930**⑤**13,16**。⑩**13**。

The Story of the World's Literature　　日记又作《World's Literature》。英文,《世界文学谈》(《世界文学故事》)。英国梅西(J. A. Macy)著。1925 年纽约波尼与利夫莱特出版社出版。——**1928**①**15**。

Studies from Ten Literatures　　日记又作"E. Boyd 论文"。英文,《十种文学研究》。爱尔兰波伊德(E. A. Boyd)著。1925 年纽约斯克利布纳公司出版。——**1928**⑨**2**。

Sylvain Sauvage　　见《Les Artistes du Livre》第八集。

T

Taschkent u. and.　　见《Taschkent die brotreiche Stadt, und eine Erzählung aus der Bürgerkriegszeit von A. Sserafimowitsch der eiserne Strom》。

Taschkent die brotreiche Stadt, und eine Erzählung aus der Bürgerkriegszeit von A. Sserafimowitsch der eiserne Strom　　德文,《丰饶的城塔什干和绥拉菲摩维支内战时期小说铁流》。苏联聂维洛夫等著。1929 年柏林新德意志出版社德文版。——**1930**②**26**。

Ten Polish Folk Tales　　英文,《波兰民间故事十则》。波兰斯特罗夫斯卡(S. Strowska)编,奥拉莱(M. O'reilly)自法文转译,米尔斯(D. A. H. Mills)插图。1929 年伦敦奥茨与沃什伯恩公司出版。——**1930**④**26**。

Das Teufelische in der Kunst　　见《Das Teuflische und Groteske in der Kunst》。

Das Teuflische und Groteske in der Kunst　　日记作《Das Teufelische in der Kunst》、《鬼怪奇觚图》。德文,《艺术中的鬼怪》。艺术评论。德国米歇尔(W. Michel)作。慕尼黑佩珀出版社出版。1911 年版收图九十七幅,1919 年版收图一〇三幅。——**1913**③**2**。　**1930**⑪**10**。

Th. A Steinlen 画集　　见《Теофиль Стейнлен》。

Thaïs　英文,《泰绮思》,或译《泰绮丝》、《黛依丝》。小说。法国法朗士著。鲁迅藏有罗伯特·道格拉斯(R. Douglas)译,佩普(F. Pape)插图,1926 年伦敦、纽约版和特里斯坦(E. Tristan)译,纽约《现代丛书》版。——1928①4。④23。

Das Tierbuch　日记作《W. Klemm Das Tierbuch》。德文,《动物画册》。内收石版画一五〇幅。德国克莱姆(W. Klemm)作。柏林富尔希艺术出版社出版。——1930⑨23。

Touchet　即《Jacques Touchet》。见《Les Artistes du Livre》第二十三集。

Tri Sestri　见俄文部分《〈Три сестры〉Пьеса А. П. Чехова, в Постановке Московского Художественного Театра》。

The True Story of Ah Q　英文,《阿 Q 正传》。鲁迅著,梁社乾(George Kin Leung)译。1926 年上海商务印书馆初版,1927 年再版,1929 年三版。——1925⑥14,20。 1926⑪30。⑫11,13,24。 1927⑧14。 1930⑥21。

U

Über alles die Liebe　德文,《爱情至上》。画册。内收素描画六十幅。德国格罗斯作。1930 年柏林卡西雷尔出版社出版。——1930⑪10。

Die Uhr　德文,《表》。小说。苏联班台莱耶夫著,爱因斯坦(M. Einstein)译。——1931⑦6。 1935⑩1。

Die ungewöhnlichen Abenteuer des Julio Jurenito und geiner Jünger　日记作《Die Abenteuer des J. Jureuito》。德文,《胡里奥·胡列尼托和他的学生的奇遇》。小说。苏联爱伦堡著,德国埃利亚斯堡(A. Eliasberg)译。柏林世界出版社德文版。——1930②26。

V

V. F. Komissarzhevskaia 纪念册　见《В. Ф. Комиссаржевская》。
Valery 致友人书　见《Lettre a un ami》。

Van Gogh 大画集　见《ヴアン・ゴッホ大画集》。

Van Gogh-Mappe　见《Vincent van Gogh-Mappe》。

Vater und Sohn　德文,《父与子》。漫画册。内收作品五十幅。德国卜劳恩(E. O. Plauen)作。1935 年柏林乌尔斯坦公司出版。——**1935**⑫28。

Verschwörer und Revolutionäre　德文,《阴谋家与革命者》。日记。波兰卡尼奥夫斯基(M. Kaniowski)著,库比茨基(St. Kubicki)译。柏林新德意志出版社出版。——**1930**⑧6。

Vigny 诗集　见《Poésies Complétes》。

Vincent van Gogh　《文森特·凡·高》。画集。内收作品五十幅。荷兰凡·高(V. van Gogh)作。1912 年慕尼黑佩珀出版社出版。——**1912**⑪23。

Vincent van Gogh-Mappe　德文,《文森特·凡·高画帖》。荷兰凡·高作。1924 年慕尼黑佩珀出版社出版。——**1930**⑩19。

Volksbuch 1930　德文,《一九三〇年通俗书》。奥托·卡兹编。新德意志出版社出版。——**1930**④30。⑧1。

W

W. Geiger：Tolstoi's Kreutzersonata 插画　见《Zwölf Radierungen und ein radiertes Titelblatt zu Tolstojs Kreutzersonate》。

W. Klemm：Das Tierbuch　见《Das Tierbuch》。

Die Wandlungen Gottes　德文,《上帝的化身》。木刻画集。内收作品七幅。德国巴拉赫作。1922 年柏林卡西雷尔出版社出版。——**1930**⑩19。

Was Peterchens Freunde erzählen　德文,《小彼得的朋友们所讲的》,一译《小彼得》。童话。德国至尔·妙伦著,德国格罗斯插图。1921 年柏林马利克出版社出版。——**1930**④30。

Weberaufstand　见《Ein Weberaufstand》。

Das Werk D. Riveras　见《Das Werk des Malers Diego Rivera》。

Das Werk des Malers Diego Rivera　日记作《Das Werk Diego

Riveras》、《Das Werk D. Riveras》。德文,《迪艾戈·里维拉画集》。墨西哥里维拉(D. Rivera)作。1928 年柏林新德意志出版社出版。里维拉(1886—1957),墨西哥画家。——**1930**④30。⑧1。

Das Werk Diego Riveras　见《Das Werk des Malers Diego Rivera》。

Wesen u. Veränderung der Formen　见《Wesen und Veränderung der Formen/Künste》。

Wesen und Veränderung der Formen/Künste　日记作《Wesen u. Verändrung der Formen》。德文,《艺术形式的本质与变化》。德国马丹(Lu Märten)著。1924 年美因河畔法兰克福台风出版社出版。——**1930**⑫2。

Wie Franz und Grete nach Russland Kamen　日记作《Wie Franz u. Grete nach Russland reisten》。德文,《弗朗茨和格雷特旅俄记》。小说。德国洛斯克(B. Losk)著,霍曼(D. Homann)插图。1926 年柏林国际联合出版公司出版。——**1930**⑧18。

Wie Franz u. Grete nach Russland reisten　见《Wie Franz und Grete nach Russland Kamen》。

Wirinea　德文,《维里尼亚》。小说。苏联谢芙琳娜著。1925 年柏林马利克出版社德文版。——**1932**⑥4。

Wood Cuts　英文,《木刻》。英国布利斯(D. P. Bliss)著。——**1929**⑩8。

The Woodcut of To-day　见《The Woodcut of To-day at Home and Abroad》。

The Woodcut of To-day at Home and Abroad　日记作《The Woodcut of To-day》。英文,《当代国内外木刻》。英国萨拉曼(M. C. Salaman)解说,英国霍姆(G. Holme)编。1927 年伦敦画室有限公司出版。——**1927**⑫5。

Woodcuts and Some Words　英文,《木刻图说》。英国克雷格(E. G. Craig)作。1924 年伦敦与多伦多的登特出版社出版。——**1929**①30。

The Works of H. Fabre　英文,《法布耳全集》。法布耳著。法布耳

(1823—1915),法国昆虫学家。——**1935**⑫25,27。

World's Literature　见《The story of the World's Literature》。

Z

Zement 木刻插画　见《梅斐尔德木刻士敏土之图》。

Zement　德文,《士敏土》,现译《水泥》。小说。苏联革拉特珂夫著。1927年柏林·维也纳文学与政治出版社德文版。——**1930**②26。⑨12。　**1933**⑨15。

Zeichnungen　见《Rembrandt Handzeichnungen》。

Die Zerstörung der Persönlichkeit　日记作《Aufsätze》。德文,《个性的毁灭》。论文集。高尔基著,夏皮罗(J. Chapiro)与莱翁哈德(R. Leonhard)译。1922年德累斯顿克梅雷尔出版社出版。——**1936**⑥5—30。

Zhelezniy Potok　见《Железный поток》。

Zovist　未详。——**1931**③13。

Zoology　英文,《动物学》。当时周建人正在从事动物学研究,并已编有《动物学》教科书。——**1934**⑪14。

Zwölf Radierungen und ein radiertes Titelblatt zu Tolstojs Kreutzersonate　日记作"W. Geiger:Tolstoi's Kreutzersonata 插画"。德文,《为托尔斯泰〈克莱采奏鸣曲〉所作镂版画十二幅和镂版封面一幅》。德国盖格尔(W. Geiger)作。1922年慕尼黑三面具出版社出版。——**1930**⑩28。

数　字

The 7th Man　日记又作《The Seventh Man》。英文,《第七人》,副题《一个南海岛食人者的真实故事》。木刻画册。内收作品十五幅。英国吉宾斯(R. Gibbings)作。1930年英国金鸡出版公司出版。——**1929**⑫16。　**1930**⑨22。

Die 19　见《Die Neunzehn》。

The 19　见《The Nineteen》。

30 neue Erzähler des nauen Russland　德文,《新俄新小说家三十人集》。德国爱因斯坦(M. Einstein)女士等译。1929 年柏林马利克公司出版。按"30"原作"Dreissig"。——**1930**②26。

56 Drawings of Soviet Russia　英文,《苏俄速写五十六帧》。画册。美国格罗泼作。格罗泼曾于 1927 年访苏。——**1930**④28。

俄　文

A

А. Каплун 画集　见《Крым》。

А. П. Чехов, 25 лет со днясмерти　《契诃夫死后二十五年纪念册》。1929 年莫斯科 - 列宁格勒国家文学出版社出版。——**1929**⑪6。

Андрон Непутёвый　日记作《Andron Neputevii》。《不走正路的安得伦》。小说。苏联聂维洛夫(А. Неверов)著。1931 年莫斯科 - 列宁格勒国家文学出版社出版。——**1932**①11。

Б

Бела Читп　日记作《Bala Jiz 画集》。《别拉·奇茨》。画集。苏联画家奇茨(Б. Читц)绘。1932 年莫斯科 - 列宁格勒国家出版总局 - 国家美术出版社出版。——**1934**①29。

B

В. Ф. Комиссаржевская　日记作《V. F. Komissarzhevskaia 纪念册》。《科米萨尔热芙斯卡雅纪念册》。科米萨尔热芙斯卡雅(1864—1910),俄国著名话剧女演员。——**1930**⑥28。

Г

Горе от ума　日记又作《烦恼由于才智》。《聪明误》。剧本。俄国格里鲍耶陀夫(А. С. Грибоедов)著。鲁迅 1925 年所得为 1921 年上海出版；1930 年所得为该剧在莫斯科艺术剧院演出剧照集，1923 年莫斯科－彼得堡国家出版社出版。——**1925**⑥13。　**1930**⑨30。

Гравёр-самоучка　日记又作《I. Pavlov 木刻自修书》。《木刻自修书》。苏联巴甫洛夫（И. Н. Павлов）作。1931 年莫斯科－列宁格勒，国家出版总局－国家美术出版社出版。鲁迅藏书中有复本。——**1932**⑤1。⑥7。

Гравюры И. Н. Павлова, 1886—1921　日记作《I. N. Pavlov 画集》。《巴甫洛夫版画集, 1886—1921》。苏联巴甫洛夫作。1922 年莫斯科国家出版社出版。巴甫洛夫（1872—1951），苏联版画家。——**1932**⑥7。

Гравюра　见《Гравюра на дереве》。

Гравюра Детей　《儿童的版画》。苏联索博列夫（Д. Соболев）编。收苏联莫斯科小学学生所作版画二十幅。莫斯科河南区出版科编印。1933 年出版。——**1933**⑨11。

Гравюра на дереве　日记作《Гравюра》、《木版雕刻集》。《木刻集》。鲁迅所得为第二至第四辑，1928 至 1929 年苏联艺术普及委员会出版。——**1930**⑨10。

Гравюры на дереве　日记作《密德罗辛木刻集》。《木刻集》。密得罗辛（Д. И. Митрохин）作。1934 年列宁格勒地区苏联艺术家协会出版。——**1936**⑦2。

Д

Дальние страны　《远方》。小说。苏联盖达尔（А. Гайдар）著，叶尔穆拉耶夫插图。——**1936**②21。

Дмитрий Николаевич Кардовский　日记作《D. Kardovsky 画集》。《德米特里·尼古拉耶维奇·卡尔多夫斯基》。画册。卡尔多夫斯基（Д. Н. Кардовский）绘。1933 年莫斯科出版。卡尔多夫斯基（1866—1943），苏联画家。——**1934**①29。

Дневники　日记作"绥吉仪央小说"、《Dnevniki》。《日记》。苏联沙吉娘（绥吉仪央，М. С. Шагинян）著。——**1933**⑩19。

Ж

Жан Франсуа Милле 日记作《J. Millet 画集》。《米勒》。画集。法国米勒(J. Millet)绘。1931 年莫斯科－列宁格勒国家出版总局－国家美术出版社出版。米勒(1814—1875),法国画家。——**1932**⑥7。

Железный поток 日记又作《Zhelezniy Potok》、《Zheleznii Potok》。《铁流》。苏联绥拉菲摩维支著。1931 年莫斯科联盟出版社出版。——**1931**⑧15。

И

Искусство 《艺术》。苏联画家和雕刻家协会机关刊物。1933 年创刊。——**1935**②22。

Исторический материализм 日记作《Hist. Materialism》。《历史唯物主义》。苏联阿多拉茨基(В. В. Адоратский)编。1926 年莫斯科－列宁格勒国家出版社出版,苏共党校和共产主义大学教材。——**1928**③30。

К

Карикатура на службе обороны С. С. С. Р. 日记作《Epimov 漫画集》、《安璧摩夫漫画集》。《为保卫苏联服务的漫画集》。苏联叶菲莫夫(Б. Е. Ефимов)作。1931 年莫斯科－列宁格勒,国家出版总局－国家美术出版社出版。——**1932**⑨12。

Китайские судьбы 日记作《中国的运命》。通译《中国人民的命运》。杂文集。美国史沫特莱著,1934 年莫斯科－列宁格勒国家文学出版社俄文版。——**1934**⑩29。

Книга тысячи и одной ночи 日记作《1001 ноти》、《一千一夜》(俄译)。《一千零一夜》。古代阿拉伯故事集。1929 年列宁格勒"学园"出版社俄文版。四册。——**1932**⑨12。 **1933**⑨27。

Крым 日记作《А. Каплун 画集》。《克里米亚》。石版素描画。苏联卡普伦(А. Каплун)绘。1930 年苏联艺术普及委员会出版。——

1930⑥13。

Л

Ленинград.Новые пейзажи,1917—1932　日记作《列宁格勒风景画集》。《列宁格勒新景,1917—1932》。画集。苏联孔纳舍维奇(В.М.Конашевич)绘。1932年列宁格勒时代合作出版社出版。——**1933**⑨11。

Литературная газета　日记又作"文报"。《文学报》。苏联作家协会机关报。1929年4月22日创刊于莫斯科。——**1934**⑥6。⑩8。

Литературная знциклопедия　日记作《文学辞典》、《文学百科辞典》。《文学百科全书》。——**1935**④16。⑫19。

Литературное наследство　《文学的遗产》。不定期刊,苏联共产主义大学文学与语言研究所编,莫斯科报刊联合出版社发行。1931年创刊。——**1932**⑩25。

Лицо международного меньшевизма　日记作《国际的门塞维克主义之面貌》。《国际的孟什维主义之面貌》。画册。苏联捷尼(台尼,В.Н.Дени)作。1931年莫斯科－列宁格勒国家出版总局－国家美术出版社出版。——**1932**⑤1。

М

Мы,наши Друзья и н.Враги　见《Мы,наши друзья и наши враги в рисунках Дени》。

Мы,наши друзья и наши враги в рисунках Дени　日记作《Deni画集》、《Мы,наши Друзья и н.Враги》(手稿为《Мы Hami dryзьr i H.Bragi》)。《捷尼的画——我们,我们的朋友和我们的敌人》,捷尼(台尼В.Н.Дени)绘。1930年莫斯科－列宁格勒国家出版社出版。——**1930**⑧19。

Н

Н.В.Гоголь в портретах и иллюстрациях　《果戈理画传》。尼古

拉也夫(Д.Н.Николаев)撰文。1934年列宁格勒市作家协会出版部出版。——**1936**①8。

На Дне　即《На дне》Пьеса Максима Горького в постановке Московского Художественного Театра 日记作《На Dne》。《高尔基〈底层〉在莫斯科艺术剧院演出剧照》。苏联艾弗罗斯(Н.Е.Эфрос)编。1923年莫斯科国家出版社出版。——**1930**⑦30。

Неделя　日记作《Niedela》(插画本)。《一周间》。苏联里别进斯基著。1932年联盟出版社出版。——**1933**⑨15。

О

Октябрь　《十月》,小说。苏联雅各武莱夫著。1930年莫斯科－列宁格勒"土地与工厂"出版社出版。——**1930**⑨10。

Освобождённый Дон Кихот　日记作《被解放的堂克诃德》、《Osvob Don-Kixot》。《解放了的堂·吉诃德》。剧本。苏联卢那察尔斯基著。1922年莫斯科国家文学出版社出版。——**1930**⑤16。　**1931**③13。

П

Писатели　日记作《Pisateli》。《作家传》,副题《当代俄罗斯散文作家自传及画像》。苏联理定(В.Г.Лидин)编。1928年莫斯科"当代问题"出版社出版。——**1929**⑦3。

Плюнуть некогда　日记作《Plunut Nekogda》。《没工夫唾骂》。苏联别德内依(Д.Бедный)著。1930年莫斯科－列宁格勒国家出版社出版。——**1930**⑦30。

Политические рисунки　日记作《台尼画集》。《政治画集》。苏联台尼绘。1923年莫斯科－列宁格勒国家出版社出版。——**1930**⑥4。

Портреты Максима Горького　日记作《戈理基像》、《M.Gorky画像》。《马克西姆·高尔基肖像画》。苏联魏烈斯基(Г.С.Верейский)等绘。1932年莫斯科－列宁格勒国家美术出版社出版。——**1932**⑨9。

Правдивая история А-Кея　日记作《Provd Ist A-КЕЯ》。《阿Q正传》。鲁迅著,苏联王希礼(Б.А.Васильев)译。1929年列宁格勒激浪

出版社出版。——**1931**③13。

Правдивое жизнеописание　日记作《Pravdivoe Zhizneopisanie》。《真实的传记》,《阿 Q 正传》的另一俄译名。苏联科金(М. Д. Кокин)译。1929 年莫斯科青年近卫军出版社出版。《当代中国中短篇小说集》之一。——**1929**⑦3。

P

Рассказы о животных　日记作《托尔斯泰小话》。《关于动物的故事》。俄国列夫·托尔斯泰著,苏联法复尔斯基(В. Фаворский)插图。1932 年莫斯科国家货币制造管理局出版。——**1932**⑨12。

Роман-Газета　日记又作《罗曼杂志》。《小说杂志》。半月刊。苏联国家文学出版社出版。1927 年创刊。——**1930**⑥13。⑫6。

Русские писатели　日记作《文学家像》。《俄国文学家像》。石版画集。内收作品二十幅。苏联魏烈斯基作。1929 年莫斯科－列宁格勒激浪出版社出版。——**1932**⑥3。

C

С. Чехонин 画集　《切霍宁画集》。苏联切霍宁作。切霍宁(1878—1937),苏联木刻家。——**1930**⑥13。

Собрание сочинений Горького　《高尔基全集》。高尔基著。——**1933**⑨4。

Собрание сочинений Серафимовича　《绥拉菲摩维支全集》。苏联绥拉菲摩维支著。——**1931**⑨21。

Совре. Обложка　即 Современная обложка《当代图书封面》。苏联戈列尔巴赫(Э. Ф. Голлербах)作。1927 年列宁格勒艺术学院出版。——**1931**⑫17。

Сорок первый　《第四十一》。小说。苏联拉甫列涅夫著。——**1936**④11。

Сто четыре рисунка к поэме Н. В. Гоголя《Мёртвые Души》　《死魂灵图》、《死魂灵图象》。《果戈理〈死魂灵〉一百零四图》,或译《死魂灵百

图》。俄国阿庚（A. Агин）绘，培尔那尔特斯基刻。1893年彼得堡出版。——**1935**⑪8。

Т

Теофиль Стейнлен　日记作《Th. A. Steinlen 画集》。《史太因林画集》。德国史太因林（Th. A. Steinlen）绘。1931年莫斯科－列宁格勒国家出版总局－国家美术出版社出版。史太因林（1859—1923），德国画家。——**1932**⑥7。

Тихий Дон　日记作《平静的顿河》。《静静的顿河》。小说。苏联萧洛霍夫著。——**1931**①30。

《Три сестры》Пьеса А. П. Чехова в Постановке Московского Художественного Театра　日记作《Tri Sestri》。《契诃夫〈三姊妹〉在莫斯科艺术剧院演出剧照》。俄国艾弗罗斯（Н. Е. Эфрос）编。1919年彼得堡出版。——**1930**⑦30。

Ф

Фауст i город　见《Фауст и город》。

Фауст и город　日记作《Faust i Gorod》、《Фауст i город》。《浮士德与城》。剧本。苏联卢那察尔斯基著。1918年出版。——**1931**⑫25。

Х

Хлеб　《粮食》。剧本。苏联凯尔升（В. Киршон）著。1931年莫斯科－列宁格勒国家文学出版社出版。——**1933**⑤11。

数　字

1001 Ноти　见《Книга тысячи и одной ночи》。